BASTEI
LÜBBE

Über das Buch:

»Einer der fünf besten Kriminalromane, die je geschrieben wurden.« MURDER INK

»Genial!« NEW YORK TIMES

»Ein Juwel.« BOOK WORLD

»Unübertroffen.« MURDER INK

Si Morley ist zunächst ungläubig, als ihm die Chance geboten wird, in die Vergangenheit zu reisen. Doch trotz aller Skepsis bricht er schließlich ins New York des 19. Jahrhunderts auf, um den mysteriösen Selbstmord des Vaters seiner Freundin aufzuklären. Er erlebt das Abenteuer seines Lebens.
Wie Caleb Carr in seinem Bestseller DIE EINKREISUNG versteht es Finney, die Atmosphäre des ausgehenden 19. Jahrhunderts wiederzuerwecken. Jede Seite zeugt von der Liebe zum alten New York: ein nostalgischer, spannender, historischer und zugleich utopischer Roman.

Über den Autor:

Jack Finney wurde 1911 in den USA geboren und begann seine Schriftstellerkarriere mit 35. Er ließ sich nie auf ein Genre festlegen und schrieb sowohl Science-Fiction-Romane als auch Krimis und allgemeine belletristische Werke. Sein bekanntester Roman dürfte THE BODY SNATCHERS sein, das als DIE KÖRPERFRESSER KOMMEN verfilmt wurde und heute zu den Klassikern zählt. Er erhielt zahlreiche Auszeichnungen u.a. auch für seine beiden ungewöhnlichen, illustrierten Kriminalromane VON ZEIT ZU ZEIT und IM STROM DER ZEIT (Bastei Lübbe Taschenbuch Bd. 14165).

Jack Finney

VON ZEIT ZU ZEIT

Die Vergangenheit ist nur einen Schritt entfernt

Roman

Ins Deutsche übertragen von Karl-Heinz Ebnet

BASTEI LÜBBE

BASTEI LÜBBE TASCHENBUCH
Band 14 840

1. Auflage: Januar 2003

Vollständige Taschenbuchausgabe

Bastei Lübbe Taschenbücher ist ein Imprint der Verlagsgruppe Lübbe

Titel der Originalausgabe: Time And Again

Lektorat: Stefan Bauer
Umschlaggestaltung: Tanja Østlyngen
Titelbild: Superbild/Key
Satz: KCS GmbH, Buchholz
Druck und Verarbeitung: Ebner & Spiegel, Ulm
Printed in Germany
ISBN 3-404-14840-1

Für Mary, der es gefiel

1

Wie gewöhnlich arbeitete ich hemdsärmelig; ich saß an der Zeichnung eines Seifenstücks, das am oberen Rand meines Zeichenbretts befestigt war. Seine Goldfolienhülle war sorgfältig zurückgeschlagen, so daß der größte Teil des Markennamens, der darauf gedruckt stand, noch zu lesen war; ich hatte die Verpackungshüllen von einem halben Dutzend Seifen zerreißen müssen, um diesen Effekt zu erzielen. Zugrunde lag die neue Idee, das Produkt dem, wie es das Begleitblatt nannte, ›duftenden, schaumigen, liebenswerteren *du*‹ gebrauchsfertig zu präsentieren, und mir war die Aufgabe zugefallen, es in ein halbes Dutzend Layouts einzufügen, wobei das Seifenstück jeweils in einem leicht veränderten Winkel gezeigt wurde.

Es war genauso langweilig, wie es sich anhörte. Ich unterbrach die Arbeit und blickte aus dem Fenster neben mir zwölf Stockwerke hinunter auf die 54th Street und die kleinen Köpfe, die die Bürgersteige entlanghasteten. Es war ein sonniger, glasklarer Tag Mitte November, und ich wäre gerne draußen gewesen, noch den ganzen Nachmittag vor mir und nichts zu tun; ich hatte nicht wirklich etwas zu tun, das war es.

Drüben am Leuchttisch stand Vince Mandel, unser Beschrifter, ein dünner, dunkelhäutiger Schwarzer. Wahrscheinlich fühlte er sich an diesem Tag genauso eingesperrt wie ich. Er arbeitete mit dem Airbrush; über seinem

Mund trug er eine baumwollene Schutzmaske, und er sprühte gerade einen fleischfarbenen Film auf das *Life*-Magazine-Photo eines Mädchens im Badeanzug. Wenn er fertig war, würde vom Badeanzug nichts mehr zu erkennen sein, und das Mädchen würde aussehen, als sei es ganz offensichtlich nackt – mit Ausnahme des Bandes, das sich von der Schulter bis zur Hüfte zog und auf dem *Miss Büromaschinen* zu lesen war. Diese Retuschen waren, so weit er zurückdenken konnte, Vinces liebste Beschäftigung während der Arbeit; das retuschierte Bild fügte er dann einer Sammlung ähnlicherBilder hinzu, die sich am Nachrichtenboard des Art Department befanden und die sich Maureen, unsere neunzehnjährige Praktikantin und Botin, hartnäckig weigerte anzuschauen, obwohl sie oft dazu gedrängt wurde.

Frank Dapp, unser Art Director, ein kleines rundes Energiebündel, kam auf sein abgeteiltes Büro in der nordöstlichen Ecke der Graphikabteilung zugetrottet. Als er die große metallene Materialkammer, die inmitten des Raumes stand, passierte, hämmerte er gewaltig auf die offene Tür und jodelte aus Leibeskräften. Eine Angewohnheit, die zur Freisetzung überschüssiger Energie diente, ähnlich dem Dampfstrahl einer Lokomotive, eine urtümliche Laut-eruption. Aber weder Vince noch Karl Jonas am Brett vor mir, noch ich selbst blickten auf. Auch niemand von den Schreibkräften draußen, soweit ich das wußte, obwohl uns bekannt war, daß es Fremde, die im Empfangsraum des Art Department hinten im Gang warteten, bei diesem Geräusch regelmäßig aus den Sesseln riß.

Es war ein ganz gewöhnlicher Tag, ein Freitag, noch zwanzig Minuten bis zum Mittagessen, fünf Stunden bis Büroschluß und Wochenende, zehn Monate bis zum Urlaub, siebenunddreißig Jahre bis zur Pensionierung. Dann klingelte das Telefon.

»Si, für dich ist ein Mann hier.« Es war Vera in der Telefonzentrale. »Er hat keinen Termin.«

»Ist in Ordnung. Das ist mein Mann. Ich brauch 'nen Schuß.«

»Du brauchtest etwas ganz anderes.« Sie legte auf. Ich stand auf und fragte mich, wer es sein könne; ein Graphiker in einer Werbeagentur bekommt normalerweise nicht allzu viele Besuche. Der Hauptempfangsraum lag ein Stockwerk tiefer. Ich nahm den langen Weg über die Rechnungsabteilung und die Medien, aber es waren keine neuen Mädchen eingestellt worden.

Frank Dapp bezeichnete den Hauptempfangsraum als Off Broadway. Er war mit echten orientalischen Teppichen ausstaffiert, einigen Schaukästen mit antiken Silbermünzen, die aus der Sammlung der Ehefrau eines der drei Partner stammten, und einer Gesellschaftsdame, deren Haar ebenfalls antik silbern war und die die Anfragen der Besucher an Vera weiterleitete. Als ich auf meinen Besucher zuschritt, betrachtete er eine der gerahmten Werbeanzeigen an der Wand. Etwas, das ich nicht gerne zugebe und zu verbergen gelernt habe, ist meine Schüchternheit im Umgang mit Leuten; und nun, während er sich bei dem Geräusch meiner Schritte zu mir umdrehte, spürte ich das bekannte Gefühl der Beklemmung und momentanen Verwirrung. Er war klein und glatzköpfig, die obere Rundung seines Kopfes ging mir nur bis zu den Augen, und ich bin fast ein Meter achtzig. Er war ungefähr fünfunddreißig und besaß einen beachtenswerten Brustumfang; er wog sicherlich mehr als ich, ohne dick zu sein. Er trug einen olivgrünen Gabardine-Anzug, der nicht zu seiner rötlichen Gesichtsfarbe paßte. *Ich hoffe, er ist kein Vertreter*, dachte ich; dann lächelte er, ein ehrliches Lächeln, und ich mochte ihn sofort und entspannte mich. *Nein*, sagte ich mir, *er verkauft nichts*, und damit hätte ich nicht falscher liegen können.

»Mr. Morley?« Ich nickte und lächelte zurück. »Mr. Simon Morley?« sagte er, als ob es hier in der Agentur mehrere von uns Morleys gäbe und er sich nur versichern wolle.

»Ja.«

Er war noch immer nicht zufrieden. »Nur so zum Spaß, erinnern Sie sich noch an Ihre Dienstnummer bei der Army?« Er nahm meinen Ellbogen und führte mich hinaus in den Aufzugskorridor, fort von der Empfangsdame.

Ich ratterte sie herunter; es fiel mir nicht einmal ein, mich darüber zu wundern, warum ich dies, ohne weitere Fragen, für einen Fremden tat.

»Richtig!«, sagte er zustimmend. Ich fühlte mich geschmeichelt. Wir befanden uns jetzt draußen im Korridor, ganz allein.

»Sind Sie von der Army? Wenn ja, ich habe heute dafür keinen Bedarf.«

Er lächelte, beantwortete aber meine Frage nicht. Er sagte: »Ich bin Rube Prien«, und zögerte einen Moment, als ob mir der Name etwas sagen könne, dann fuhr er fort. »Ich hätte anrufen und einen Termin ausmachen sollen, aber ich bin in Eile, also nahm ich die Gelegenheit wahr und kam auf einen Sprung vorbei.«

»Ist in Ordnung, ich war sowieso mit nichts beschäftigt, außer mit der Arbeit. Was kann ich für Sie tun?«

Er verzog grinsend das Gesicht ob der Schwierigkeit dessen, was er mir zu sagen hatte. »Ich würde gerne eine Stunde Ihrer Zeit beanspruchen. Jetzt gleich, wenn es Ihnen paßt.« Er sah besorgt aus. »Es tut mir leid, aber … wenn Sie mir einfach ein wenig Glauben schenken könnten, wäre ich Ihnen sehr verbunden.«

Ich war ihm bereits auf den Leim gegangen; er hatte mein Interesse gewonnen. »Gut. Es ist zehn vor zwölf; wollen wir zusammen essen? Ich kann etwas früher gehen.«

»Schön, aber lassen Sie uns nicht hier drinnen miteinander reden. Wir können unterwegs einige Sandwiches kaufen und sie im Park essen. Okay? Es es nicht allzu kühl.«

»Ich hole meinen Mantel und treffe Sie wieder hier«, sagte ich und nickte. »Sie interessieren mich auf seltsame

Weise.« Ich zögerte, besah mir eingehend diesen liebenswürdigen, aber hart aussehenden, glatzköpfigen kleinen Mann, dann konnte ich nicht widerstehen. »Ich denke, Sie können mir nichts vormachen. Tatsächlich haben Sie das hier bereits einige Male routinemäßig durchgespielt. Alles, einschließlich des besorgten Blicks.«

Er grinste und schnippte leicht mit dem kleinen Finger. »Und ich dachte, ich sei perfekt. Nun, dann muß ich wieder vor den Spiegel und üben. Holen Sie Ihren Mantel; wir verlieren nur Zeit.«

Wir gingen in nördlicher Richtung die Fifth Avenue hinauf, vorbei an unglaublichen Gebäuden aus Glas und Stahl, Glas und emailliertem Metall, Glas und Marmor, und an älteren mit mehr Stein als Glas. Eine erstaunliche Straße, einfach unglaublich; ich werde mich nie an sie gewöhnen und frage mich, ob das jemals jemand kann. Gibt es sonst einen Ort, wo sich eine ganze Wolkenformation vollständig in den Fenstern der Hauswand eines einzigen Gebäudes spiegeln kann und dann immer noch freier Platz bleibt? Heute genoß ich es besonders, draußen in der Fifth zu sein, die Temperatur lag etwas über zehn Grad, eine angenehme spätherbstliche Kühle erfüllte die Luft. Es war fast Mittag, wunderschöne Mädchen kamen aus den Bürogebäuden getanzt, an denen wir vorbeigingen, und ich bedauerte, daß ich die meisten von ihnen niemals kennenlernen, daß ich mich mit ihnen nicht einmal unterhalten werde. Der kleine glatzköpfige Mann neben mir sagte: »Ich werde Ihnen jetzt erzählen, weshalb ich hier bin; dann können Sie Fragen stellen. Vielleicht werde ich sogar einige von ihnen beantworten. Aber alles, was ich Ihnen wirklich sagen kann, wird ausgesprochen sein, bevor wir die 56th Street erreichen. Ich habe dies bereits über dreißig Mal getan und bislang noch nicht recht herausgefunden, wie ich es auf eine vernünftige Weise vermitteln kann, ohne verrückt zu klingen. Also.

Es gibt ein Projekt. Wir sollten es einfach als ein Projekt

der U.S.-Regierung bezeichnen. Geheim, natürlich; wie alles, was die Regierung heutzutage unternimmt. Nach meiner Meinung und der einer Handvoll anderer Personen ist es wichtiger als alle Nuklear-, Weltraum-, Satelliten- und Raketenprogramme zusammengenommen, obwohl es sehr viel kleiner ist. Ich sage Ihnen ganz offen, daß ich nicht einmal andeuten kann, worum es bei diesem Projekt geht. Und glauben Sie mir, Sie werden es niemals erraten. Ich kann Ihnen sagen, daß nichts, was die Menschen in ihrer ganzen bescheuerten Geschichte jemals unternommen haben, dem an Faszination auch nur annähernd gleichkommt. Als ich zum ersten Mal von diesem Projekt erfuhr, konnte ich zwei Nächte lang nicht schlafen, und ich meine das nicht im übertragenen Sinn; ich meine, ich konnte buchstäblich nicht schlafen. Und bevor ich in der dritten Nacht einschlief, brauchte ich einen Schuß in den Arm, obwohl ich angeblich zu den unverdrossen phantasielosen Menschen gehöre. Habe ich Ihre Aufmerksamkeit?«

»Ja; wenn ich Sie recht verstehe, haben Sie schließlich etwas gefunden, das interessanter als Sex ist.«

»Sie werden möglicherweise dahinterkommen, daß ich nicht übertreibe. Ich denke, eine Fahrt zum Mond ist verglichen mit dem, wozu sich Ihnen vielleicht die Möglichkeit bietet, beinahe langweilig. Es ist wahrscheinlich das größte Abenteuer überhaupt. Ich würde alles, was ich besitze oder jemals besitzen werde, dafür geben, an Ihrer Stelle zu sein. Und das ist alles, Freund Morley. Ich kann weiterreden und werde das auch tun, aber das ist wirklich alles, was ich Ihnen zu sagen habe. Noch eines vielleicht: ohne daß Sie etwas dafür getan oder geleistet haben, lediglich durch reines, dummes Glück, sind Sie eingeladen, an diesem Projekt teilzunehmen. Sich ihm hinzugeben. Blindlings. Sie kaufen die Katze im Sack, gut, aber, mein Gott, was für eine Katze. In der 57th Street gibt es einen ziemlich guten Delikatessenladen; was für Sandwiches wollen Sie haben?«

»Roast Pork, was sonst?«

Wir kauften unsere Sandwiches und einige Äpfel und gingen dann einige Blocks weiter zum Central Park. Prien wartete auf eine Antwort, einen halben Block gingen wir schweigend weiter; dann zuckte ich mit den Schultern. Ich wollte höflich sein, wußte aber nicht, was ich antworten sollte. »Was soll ich nun sagen?«

»Was Sie wollen.«

»Gut; warum ich?«

»Nun, ich bin froh, daß Sie diese Frage stellen, wie die Politiker sagen. Wir brauchen einen speziellen Charakter. Er muß über eine bestimmte Anzahl von Merkmalen verfügen. Eigentlich eine eher außergewöhnliche Liste von Merkmalen und eine sehr lange Liste. Darüber hinaus müssen die Merkmale in einem ziemlich ausgewogenen Verhältnis vorliegen. Anfangs wußten wir das nicht. Wir dachten, jede junge, intelligente, aufgeschlossene Person würde genügen. Nun wissen wir, oder glauben zu wissen, daß sie körperlich, psychisch und auch von ihrem Temperament her in Ordnung sein muß. Sie muß auf bestimmte Art und Weise die Dinge betrachten können. Sie muß über die Eigenschaft verfügen, und das scheint relativ selten zu sein, Dinge so zu sehen, wie sie sind, gleichzeitig aber auch, wie sie vielleicht gewesen sind. Wenn Sie verstehen, was ich meine. Wahrscheinlich tun Sie es, da das, was wir meinen, wohl das Auge eines Künstlers ist. Das sind nur einige der Eigenschaften, über die die betreffende Person verfügen muß. Es gibt noch andere Eigenschaften, von denen ich Ihnen zum jetzigen Zeitpunkt nichts erzähle. Das Problem ist, daß das, je nach Zählweise, den größten Teil der Bevölkerung ausschließt. Die einzige praktische Methode, die wir gefunden haben, um mögliche Kandidaten ausfindig zu machen, ist das Durchforsten der Tauglichkeitstests, denen die Rekruten bei der Army unterzogen werden. Sie erinnern sich?«

»Vage.«

»Ich weiß nicht, wie viele dieser Tests analysiert wurden; das fällt nicht in meinen Aufgabenbereich. Wahrscheinlich Millionen. Wir benutzen Computer für die erste Sichtung und schließen all diejenigen aus, die weit vom Anforderungsprofil entfernt sind. Was die Mehrzahl ist. Dann übernehmen Menschen den Auswahlprozeß; wir wollen nicht einen Kandidaten übersehen. Weil wir verdammt wenige finden. Wir haben ich weiß nicht wie viele Dienstaufzeichnungen durchgesehen, auch diejenigen der Frauen. Aus irgendwelchen Gründen scheinen Frauen mehr Kandidaten zu liefern als die Männer; wir hätten gerne mehr von ihnen. Jedenfalls scheint ein gewisser Simon L. Morley mit der schönen wohlklingenden Dienstnummer ein Kandidat zu sein. Wie kam es, daß Sie es nur bis zum PFC gebracht haben?«

»Mangelndes Talent für Idiotien wie stumpfsinnigen Drill.«

»Ich denke, der Fachterminus dafür lautet zwei linke Füße. Von weniger als hundert möglichen Kandidaten, die wir bislang gefunden haben, haben sich etwa fünfzig das angehört, was Sie nun zu hören bekommen, und haben abgelehnt. Etwa fünfzig haben sich freiwillig gemeldet, über vierzig davon haben die anschließenden Tests nicht bestanden. Jedenfalls haben wir nach verdammt viel Arbeit fünf Männer und zwei Frauen, die für uns in Frage kommen könnten. Die meisten, oder alle von ihnen, werden den eigentlichen Test nicht bestehen; wir haben nicht einmal einen, von dem wir überzeugt sind. Wir wollen etwa fünfundzwanzig Kandidaten, falls dies möglich sein sollte. Ursprünglich gingen wir von hundert aus, glauben aber nicht mehr, daß es so viele gibt. Zumindest wissen wir nicht, wie wir sie finden sollten. Aber Sie könnten einer von ihnen sein.«

»Toll.«

An der 59th Street warteten wir an der Ampel, ich

betrachtete Rubes Profil und sagte: »Rube Prien; ja. Sie spielten Football. Wann war das? Vor etwa zehn Jahren.«

Grinsend wandte er sich mir zu. »Sie erinnern sich! Sie sind ein guter Junge; ich wollte, ich hätte Ihnen eine dicke Cremeschnitte gekauft, so eine, wie ich sie heute nicht mehr essen darf. Aber es ist bereits fünfzehn Jahre her; ich bin in Wirklichkeit nicht der gutaussehende junge Mann, der ich zu sein scheine.«

»Wo haben Sie noch gespielt? Ich kann mich nicht erinnern.«

Die Ampel schaltete auf Grün, und wir traten vom Bordstein. »West Point.«

»Ich wußte es! Sie sind in der Army!«

»Ja.«

Ich schüttelte den Kopf. »Nun, es tut mir leid, aber dann müssen andere als Sie kommen. Ich schätze, Sie brauchten fünf durchtrainierte MPs, um mich wieder dorthin zurückzubringen. Ich würde mich mit Händen und Füßen wehren. Was immer Sie mir auch verkaufen wollen, wie faszinierend es auch sein mag, ich will es nicht. Die Aussicht auf schlaflose Nächte in der Army reicht nicht aus, Prien; ich hatte das alles bereits.«

Auf der anderen Straßenseite betraten wir einen Fußgängerweg, überquerten ihn und wandten uns dann einem Kiesweg des Central Park zu, den wir auf der Suche nach einer freien Bank entlangschlenderten. »Was stört Sie an der Army?« sagte Rube mit gespielter Unschuld.

»Sie meinten, das hier dauere eine Stunde, ich brauchte allein für die Kapitelüberschriften eine Woche.«

»Okay, Sie brauchen *nicht* in die Army. Melden Sie sich bei der Marine; wir machen aus Ihnen alles, was Sie wollen, vom Bootsmaat bis zum Lieutenant. Oder Sie treten dem Innenministerium bei; Sie könnten mit Ihrem Smokey-the-Bear-Hut Förster werden.« Prien fand Gefallen an sich. »Melden Sie sich bei der Post, wenn Sie wollen; wir machen Sie zu einem Inspektor und geben Ihnen ein

Abzeichen und die Befugnis, andere wegen Postdelikten zu verhaften. Ich meine das ernst. Suchen Sie sich irgendeinen Zweig innerhalb des Staatsapparates, den Sie mögen, außer im Außenministerium oder dem diplomatischen Korps. Und wählen Sie sich einen Titel, der Ihnen zusagt, mit einem Jahresgehalt von nicht mehr als zwölftausend, solange es kein gewähltes Amt ist. Denn, Si – in Ordnung, daß ich Sie Si nenne?« sagte er mit plötzlicher Ungeduld.

»Sicher.«

»Nennen Sie mich Rube, wenn Sie das wünschen. Si, es spielt keine Rolle, wer Sie bezahlt. Wenn ich sage, es ist geheim, dann meine ich das. Unser Budget ist auf viele Dienststellen und Departments verteilt, unsere Leute sind überall aufgeführt, nur nicht bei uns. Offiziell existieren wir nicht, und, ja, ich bin noch immer Mitglied der U.S. Army. Ich nähere mich der Pensionierung, außerdem mag ich die Armee, so exzentrisch sich das anhören mag. Aber meine Uniform ist weggepackt, ich muß nicht salutieren, und der Mann, von dem ich die meisten Befehle entgegennehme, ist ein freigestellter Historiker von der Columbia University. Es wird ein wenig kühl sein hier im Schatten; lassen Sie uns einen Platz in der Sonne suchen.«

Wir ließen uns etwa zehn Meter vom Weg neben einem großen schwarzen Felsen nieder; wir setzten uns an die Sonnenseite, lehnten uns gegen den warmen Felsen und öffneten die Sandwichpakete. Im Süden, Osten und Westen erhoben sich die Gebäude von New York, hingen über den Rändern des Parks wie eine drohende Streitmacht, bereit, über das Grün herzufallen, um es mit Beton zuzupflastern.

»Sie müssen in der Grade School gewesen sein, als Sie von Flying Rube Prien, dem wieselflinken Quarterback, hörten.«

»Ich nehme es an; ich bin achtundzwanzig.« Ich biß in mein Sandwich. Es war sehr gut, das Fleisch dünn geschnitten, aber dick belegt, mit wenig Fett.

Rube sagte: »Achtundzwanzig am elften März.«

»Das wissen Sie also auch?«

»Es steht in Ihren Armeeaufzeichnungen. Aber wir wissen auch Dinge, die dort nicht drinstehen; wir wissen, daß Sie vor zwei Jahren geschieden wurden, und warum.«

»Macht es Ihnen etwas aus, es mir zu erzählen? Ich habe den Grund nämlich niemals herausgefunden.«

»Sie würden es nicht verstehen. Wir wissen auch, daß Sie in den letzten fünf Monaten mit neun Frauen aus waren, aber nur mit vier mehr als einmal. Daß sich dies in den letzten sechs Wochen oder so mehr und mehr auf eine verengt hat. Allerdings glauben wir nicht, daß Sie schon für eine neue Ehe bereit wären. Sie glauben vielleicht, daß Sie das sind, wir meinen aber, daß Sie noch immer Angst davor haben. Sie haben zwei Freunde, mit denen Sie gelegentlich essen gehen; Ihre Eltern sind tot, Sie haben keine Brüder oder Schwest ...«

Mein Gesicht war rot geworden; ich spürte es und achtete darauf, meine Stimme ruhig zu halten. Ich sagte: »Rube, ich glaube, ich mag Sie. Aber ich muß Ihnen sagen: Wer gab Ihnen oder irgend jemand anderem das Recht, sich in meine persönlichen Angelegenheiten einzumischen?«

»Regen Sie sich nicht auf, Si. Das ist es nicht wert. Soviel haben wir nicht geschnüffelt. Und nichts Kompromittierendes, nichts Illegales. Wir sind nicht so wie ein oder zwei Regierungsstellen, die ich Ihnen nennen könnte. Wir glauben nicht an eine göttliche Befugnis unsererseits. Es gab keine Wanzen, keine illegalen Durchsuchungen; wir glauben, daß wir sogar ganz im Sinne der Verfassung gehandelt haben. Aber bevor ich gehe, hätte ich gerne von Ihnen die Erlaubnis, Ihr Apartment zu durchsuchen, bevor Sie heute abend zurückkommen.«

Ich spürte, wie sich mir die Lippen zusammenpreßten, und schüttelte den Kopf.

Rube lächelte und faßte mich am Arm. »Ich necke Sie ein

wenig. Ich hoffe, Sie nehmen es mir nicht übel. Ich biete Ihnen die Möglichkeit, die aufregendste Erfahrung zu machen, die ein Mensch jemals gemacht hat.«

»Und Sie können mir *nichts* darüber erzählen? Es überrascht mich, daß Sie sieben Leute gefunden haben. Oder überhaupt einen.«

Rube starrte auf das Gras, dachte nach, was er sagen könnte, dann schaute er wieder zu mir auf. »Wir würden gerne mehr wissen«, sagte er langsam. »Wir würden Sie gerne verschiedenen Tests unterziehen. Aber ich denke, wir wissen bereits verdammt viel über Sie, wie Sie sind, wie Sie denken. Wir besitzen zum Beispiel zwei originale Simon-Morley-Bilder von der Art Director's Show im letzten Frühling, daneben ein Aquarell und einige Zeichnungen, alles gekauft und bezahlt. Wir wissen einiges über Ihr Wesen, und einiges Neue habe ich heute erfahren. Also glaube ich, Ihnen folgendes sagen zu können: Ich kann Ihnen versichern, ich denke, ich *kann* Ihnen versichern – natürlich angenommen, Sie glauben mir und stellen sich für zwei Jahre zur Verfügung, und angenommen, Sie bestehen die weiteren Tests –, daß Sie mir danken werden. Sie werden mir sagen, daß Ihnen allein der Gedanke, Sie hätten das hier verpaßt, Schauer über den Rücken treibt. Wie viele Menschen haben jemals gelebt, Si? Fünf oder sechs Milliarden vielleicht? Nun, wenn Sie bei uns mitmachen wollen, werden Sie unter all diesen Milliarden zu dem Dutzend gehören, vielleicht auch *der einzige* sein, der das größte Abenteuer erlebt, das menschliche Wesen jemals erlebt haben.«

Ich war beeindruckt. Ich saß da, aß einen Apfel, starrte vor mich hin und dachte nach. Plötzlich wandte ich mich zu ihm. »Sie haben verdammt noch mal nicht mehr gesagt als am Anfang auch!«

»Sie haben es bemerkt! Einigen fällt es nicht auf. Si, das ist wirklich alles, was ich sagen *kann*!«

»Sie sind aber auch zu bescheiden. Sie haben Ihre Verkaufsstrategie hervorragend ausgearbeitet. Akzeptieren Sie eine Anzahlung auf die Brooklyn Bridge? Mein Gott, Rube, was soll ich denn sagen? ›Sicher, ich mache mit; wo muß ich unterschreiben?‹«

Er nickte. »Ich weiß, es ist hart. Es gibt aber keine andere Möglichkeit, es durchzuziehen. Das ist alles.« Dann sagte er leise: »Aber es ist für Sie leichter als für die meisten anderen. Sie sind unverheiratet, keine Kinder. Und Ihr Job langweilt Sie zu Tode, wir wissen das. Und warum auch nicht? Es kommt nichts dabei heraus, die Arbeit ist nicht wert, getan zu werden. Sie sind gelangweilt und mit sich selbst unzufrieden, und die Zeit läuft Ihnen davon. In zwei Jahren sind Sie dreißig, und Sie wissen noch immer nicht, was Sie mit Ihrem Leben anfangen sollen.« Rube lehnte sich gegen den warmen Felsen und starrte auf den Weg und die Leute, die in der sonnigen Herbstmittagsstunde spazierengingen. Er gab mir die Möglichkeit nachzudenken. Was er sagte, war wahr.

Als ich mich ihm wieder zuwandte, wartete Rube bereits. Er sagte: »Also tun Sie es. Ergreifen Sie die Chance. Atmen Sie tief durch, schließen Sie die Augen, fassen Sie sich an der Nase und springen. Oder wollen Sie weiterhin Seife, Kaugummi und Büstenhalter verkaufen oder was es auch immer sein mag, was Sie auf den Straßen feilbieten? Sie sind, Herrgott, ein junger Mann!« Rube rieb sich die Hände, schüttelte sich die Krümel ab und stopfte einige zusammengeknüllte Wachspapierbälle in seine Essenstüte. Dann stand er schnell und leicht auf, der Ex-Footballer. »Sie wissen, wovon ich rede, Si. Die einzige Möglichkeit, es zu tun, ist einfach darauf loszugehen und es zu tun.«

Ich stand ebenfalls auf, wir gingen zu einem Abfallbehälter aus Draht, der an einem Baum befestigt war, und warfen unsere Abfälle hinein. Als ich mit Rube zum Weg zurückkehrte, wußte ich, daß sich mein Puls beschleunigt hatte; ich war ziemlich aufgeregt. Mit einer Verwirrung, die mich überraschte, sagte ich: »Sie verlangen, daß ich verdammt viel von dem Gerede eines mir völlig Fremden glaube! Was, wenn ich an diesem großen Geheimnis teilnehme und feststelle, daß das alles überhaupt nicht so faszinierend ist?«

»Unmöglich.«

»Und wenn es so ist?«

»Sind wir erst einmal davon überzeugt, daß Sie ein Kandidat sind, und haben wir Sie darüber aufgeklärt, was wir vorhaben, müssen wir uns auf Sie verlassen können.«

»Werde ich von hier wegziehen müssen?«

»Über kurz oder lang. Wir werden uns für Ihre Freunde eine Geschichte ausdenken. Wir können es uns nicht leisten, daß sich jeder wundert, warum Si Morley verschwunden ist.«

»Ist es gefährlich?«

»Wir glauben nicht. Aber es entspräche nicht der Wahrheit, wenn wir behaupteten, es genau zu wissen.«

Als wir zum Ende des Parks Ecke Fifth Avenue und 59th Street gingen, dachte ich über mein Leben nach, das ich seit meiner Ankunft in New York City vor zwei Jahren geführt hatte. Ich war als Fremder mit einer Mappe unter dem Arm aus Buffalo angekommen und suchte einen Job als Graphiker. Hin und wieder ging ich mit Lennie Hindesmith zum Abendessen, einer Graphikerin, mit der ich bei meinem ersten New Yorker Job zusammengearbeitet hatte. Nach dem Essen gingen wir ins Kino oder zum Bowling oder so. Mit Matt Flax, einem jungen Buchhalter meiner Agentur, spielte ich oft Tennis, im Sommer in öffentlichen Courts, im Winter in der Armory. Er war es auch, der mich in das wöchentliche Bridgespiel am Montag abend eingeführt hatte, und wir waren wahrscheinlich gerade dabei, gute Freunde zu werden. Pearl Moschetti war Angestellte in einer Parfümerie in dem Gebäude, in dem ich zuerst gearbeitet hatte; seitdem sah ich sie hin und wieder, manchmal auch ein ganzes Wochenende, obwohl unser letztes Treffen bereits ziemlich lange zurücklag. Ich dachte an Grace Ann Wunderlich aus Seattle, die ich zufällig in der Longchamps-Bar an der 49th und Madison kennengelernt hatte, nachdem sie aus überwältigender Einsamkeit heraus angefangen hatte zu weinen; sie saß ganz alleine an einem Tisch und hatte einen Drink vor sich, den sie nicht mochte, während jeder andere in dem Laden seinen Spaß zu haben schien. Jedes Mal, wenn ich sie nachher wieder traf, meist in einer Bar im Village, tranken wir zuviel und folgten anscheinend dem Muster unseres ersten Zusammentreffens. Manchmal ging ich auch alleine dort hin, da ich die Barkeeper nun kannte und einige der Stammgäste und sie mich an eine wundervolle Bar erinnerte, in der ich einige Male während eines Urlaubs war, in Sausalito, California, die den Namen No-Name-Bar trug. Am meisten dachte ich an Katherine Mancuso, ein Mädchen, das ich immer öfter traf, das Mädchen, bei dem ich mehr und mehr daran dachte, sie zu fragen, ob sie mich heiraten wolle.

Die erste Zeit meines Lebens in New York war einsam gewesen; damals wäre ich sofort gegangen. Aber nun, da ich zwei oder drei oder auch mehr Nächte in der Woche alleine verbrachte – ich las, sah einen Film, den Katie nicht sehen wollte, saß zu Hause vor dem Fernsehapparat oder ging manchmal auch nur in der City spazieren –, machte es mir etwas aus. Ich hatte Freunde, ich hatte Katherine, und mir gefiel es, Zeit für mich selbst zu haben.

Ich dachte an meine Arbeit. Sie schätzten sie in der Agentur, sie mochten mich, und ich bekam ein gutes Gehalt. Die Arbeit war nicht exakt das, was ich mir, als ich in Buffalo zur Art School ging, vorgestellt hatte. Aber was ich mir damals vorstellte, wußte ich auch nicht zu sagen, wenn ich mir überhaupt etwas vorgestellt hatte.

Alles in allem lief in meinem Leben nichts wirklich verkehrt. Außer daß sich, wie bei jedem anderen auch, den ich kannte, ein großes klaffendes Loch auftat, eine enorme

Leere, die ich nicht auszufüllen wußte, von der ich nicht einmal wußte, was dorthin gehörte. Ich sagte zu Rube: »Meinen Job aufgeben. Meine Freunde aufgeben. Verschwinden. Woher weiß ich, daß Sie nicht ein weißer Sklavenhändler sind?«

»Schauen Sie in den Spiegel.«

Wir verließen den Park und hielten an der Ecke. Ich sagte: »Gut, Rube, heute haben wir Freitag. Kann ich darüber nachdenken? Das Wochenende über? Ich glaube nicht, daß ich interessiert bin, aber ich werde Sie es wissen lassen. Sonst bleibt mir im Moment nichts zu sagen.«

»Was ist mit der Erlaubnis? Ich würde nun gerne anrufen. Von der nächsten Telefonzelle aus, im Plaza« – er zeigte auf das alte Hotel gegenüber an der 59th Street – »um einen Mann hinzuschicken, der diesen Nachmittag noch Ihr Apartment durchsucht.«

Wieder spürte ich, daß ich errötete. »Ich werde alles wieder vorfinden?«

Er nickte. »Wenn Briefe herumliegen, wird er sie lesen. Wenn etwas versteckt ist, wird er es finden.«

»In *Ordnung*, verdammt noch mal! Tun Sie es! Interessantes wird er sowieso nicht finden!«

»Ich weiß.« Rube lachte. »Weil er gar nicht suchen wird. Es gibt niemanden, den ich anrufen werde. Niemand wird Ihr kleines unordentliches Apartment durchsuchen. Oder hat es durchsucht.«

»Was, zum Teufel, soll das alles?«

»Verstehen Sie nicht?« Er blieb einen Moment lang stehen, blickte mich an und grinste dann. »Sie wissen es nicht, und Sie werden es nicht glauben; aber es bedeutet, daß Sie sich bereits entschieden haben.«

2

Am Samstag morgen fuhren Katie und ich nach Connecticut. Das klare sonnige Wetter hielt noch immer; es war der längste Herbst, an den ich mich erinnern konnte. Ein Wetter, das einfach nicht andauern konnte. Wir wollten es ausnutzen, und so fuhren wir in Katies MG los. Ein veraltetes Modell mit geschwungenen Trittbrettern und offenem Kühler. Obwohl New York wirklich nicht der Ort war, um ein Auto zu besitzen, hatte Kate ihn, da er genau in den engen Durchgang neben ihrem Geschäft paßte, wenn man gesetzeswidrig über den Bordstein fuhr. Erst mal geparkt, mußte man über das hintere Ende herausklettern, aber sie sparte dadurch die Miete für eine Garage und konnte es sich so leisten, ihn zu behalten.

Katie hatte einen winzigen Antiquitätenladen an der 3rd Avenue auf der Höhe der Forties. Ihre Adoptiveltern – sie war im Alter von zwei Jahren adoptiert worden – waren vor einiger Zeit im Abstand von sechs Monaten nacheinander gestorben; ein ältliches Ehepaar, älter, als ihre eigenen Eltern gewesen waren. Damals war sie von Westchester nach New York gegangen und hatte als Stenographin gearbeitet, was ihr nicht gefiel, Ein Jahr später hatte sie mit den paar tausend Dollar, die sie geerbt hatte, den Laden aufgemacht. Er rentierte sich nicht. Sie hatte Grußpostkarten und eine kleine Leihbücherei hinzugefügt, was dem Laden auch nicht weiterhalf, und wir beide wußten, daß sie den Laden aufgeben mußte, wenn der Mietvertrag im Frühjahr ablief.

Es tat mir leid; für Kate und weil mir der Laden gefiel. Ich liebte es, dort herumzustreunen und Dinge zu entdecken, die ich niemals zuvor gesehen hatte: eine Schachtel mit alten Wahlkampfbuttons, die unter einem Tisch stand, oder etwas Neues wie einen Admiralshut, den ich anprobieren konnte. Und immer, wenn Zeit war oder ich auf Kate warten mußte, wie diesen Morgen, setzte ich mich mit einem Stereoskop und einer der großen Schachteln mit alten stereoskopischen Aufnahmen, die meisten waren von New York, in eine Ecke. Mich befällt immer dieses eigenartige, schwer zu beschreibende Gefühl, wenn ich alte Photographien sehe. Vielleicht brauche ich es auch nicht zu erklären, vielleicht wissen Sie, was ich meine. Ich meine das Gefühl des Wunderbaren, das sich einstellt, wenn man auf fremde Kleider und längst entschwundene Fassaden starrt, von denen man weiß, daß sie einst wirklich existierten. Daß von diesen Gesichtern und Objekten wirklich das Licht in die Linse fiel. Daß diese Leute einst *wirklich hier* waren und in die Kamera lächelten. Man hätte in die Szenerie hineinlaufen können, hätte diese Leute berühren und zu ihnen reden können. Man hätte in dieses seltsame altmodische alte Gebäude gehen und sehen können, was heute nicht mehr zu sehen ist – was sich hinter dieser Tür befand.

Das Gefühl des Wunderbaren wird mit den alten stereoskopischen Aufnahmen noch gesteigert – den beinahe, aber nicht ganz identischen Photographien, die nebeneinander auf fester Pappe montiert sind und die, werden sie vom Betrachter angeschaut, eine wunderbare Tiefenwirkung offenbaren. Es war mir nie ein Rätsel, warum einst das ganze Land verrückt nach ihnen war. Weil die guten, die wirklich scharfen Photographien so *real* sind: Man legt eine Ansicht ein, stellt sie scharf, und die alte Szenerie springt einen erstaunlich dreidimensional an. Und dann wird – für mich – das Gefühl der Ehrfurcht ungeheuer intensiv. Denn nun sieht man den *angehaltenen Augenblick*, so wirklich, daß sich das Gefühl einstellt, das Leben müsse weitergehen. Der erhobene Huf des Pferdes, der sich so klar im Vordergrund abzeichnet, müsse sich wieder auf das feste Pflaster unter ihm senken; die Räder der Kutsche müßten sich drehen, das Mädchen näherschreiten und der Mann aus der Szene entschwinden. Das Gefühl, daß die quälende Realität des vergangenen Augenblicks irgendwie zu greifen wäre – daß man, wenn man nur lange genug hineinstarrt, die erste, beinahe nicht wahrnehmbare Bewegung entdecken kann –; das ist die Antwort auf die Frage, die Kate mir mehr als einmal stellte: »Wie kannst du so lange hier sitzen – ohne dich zu bewegen! – und endlos auf das immer gleiche Bild starren?« Deswegen mochte ich den Laden; er besaß Dinge wie stereoskopische Ansichten, in die man starren konnte. Und ich mochte ihn, weil ich durch ihn Kate kennengelernt hatte; es war das einzige Mal in meinem Leben, daß ich den Mut hatte zu tun, was ich getan hatte.

Ich brauchte für eine Zeichnung, an der ich gerade arbeitete, eine bestimmte alte Tischlampe. Ich kam an Katies Laden vorbei und blieb stehen, um in das Fenster zu schauen, während sie gerade etwas herausnahm. Ich betrachtete sie; sie ist ein gutaussehendes Mädchen mit dickem, dunkelbraunem Haar, das einen kupfernen Schimmer hat, leicht sommersprossiger Haut und braunen Augen, die so oft damit einhergehen. Aber es war ihr Gesicht, das mich anzog; ich meine ihren Blick, ihren Gesichtsausdruck. Es war, man sieht das sofort, das Gesicht eines ungewöhnlich freundlichen Menschen, das war alles. Ich mochte sie sofort. Und ich bin mir sicher, daß ich deswegen, als sie zu mir hochblickte, den Mut hatte – ich kann mich nicht erinnern, ihn jemals vorher besessen zu haben –, um die Finger zu spitzen, damit die Lippen zu berühren und ihr durch das Glas hindurch einen Kuß zuzuwerfen, während sich unsere Blicke trafen. Sie lächelte, und bevor mich dieser für mich untypische Wagemut wieder verließ, ging ich in den Laden und vertraute darauf, daß mir etwas einfiel. Es fiel mir etwas ein. Ich sagte, ich suche nach einem anderen Napoleonhut, nachdem sie mir meinen alten weggenommen hätten. Sie lächelte wieder, was deutlich zeigte, wie freundlich sie war, und wir unterhielten uns. Und da sie nicht auf einen Kaffee aus dem Laden konnte, war ich am nächsten Tag wieder da, und wir gingen zum Essen.

Katie kam nun herunter – ihr Apartment lag über dem Laden. Sie trug einen kurzen braunen Staubmantel, und um ihr Haar hatte sie einen gelben Schal gebunden, was eine hervorragende Kombination darstellte. Sie gab mir die Autoschlüssel und fragte, ob es mir was ausmache zu fahren; sie wußte, daß ich es liebte, den MG zu steuern.

Wir verbrachten einen schönen Tag; am späten Nachmittag fuhr ich eine kleine Landstraße entlang – eine verdreckte Straße, zu beiden Seiten Farmland, hin und wieder kamen Steinmauern und viele Bäume, von denen einige noch immer mit herbstlichem Laub bedeckt waren. Ich fuhr nicht schneller als dreißig, trödelte herum, die eine Hand am Steuer, und dachte an nichts Bestimmtes. Einige Male an diesem Tag hatte ich an Rube Prien gedacht und mir gewünscht, ich könnte mit Katie darüber reden. Ich konnte mich nicht recht daran erinnern, ob ich versprochen hatte, die Unterhaltung mit Prien geheimzuhalten, also sagte ich nichts.

Es war noch immer relativ warm, die Spätnachmittagssonne schien, und Katie löste ihren Schal, nahm ihn ab und warf den Kopf vor und zurück, um das dicke, im tiefstehenden Sonnenlicht sehr kupferfarben wirkende Haar auszuschütteln, dann strich sie mit einer Hand über ihren Nacken und durch ihr Haar – eine herrliche Kombination femininer Gesten –, und ich blickte sie an und lächelte. Sie lächelte zurück; sie saß da und strich den Schal in ihrem Schoß glatt. Sie trug ein grünes Tweed-Kleid. Dann sah sie mich an und rückte näher, was angenehm war und mir schmeichelte. Sie hielt nun den Schal an den vorderen beiden Ecken und streckte ihn nach oben, gerade über die Windschutzscheibe. Der Luftstrom erfaßte ihn und riß den Teil unterhalb der Ecken flatternd nach hinten. Sie hielt ihn direkt über meinem Kopf, und dann – es ging sehr schnell, eine einzige schnelle Bewegung – stülpte sie die beiden Ecken über mein Gesicht und das Kinn und ließ den Schal los. Der Wind drückte ihn sofort fest gegen mein Gesicht, eine blaßgelbe Haut; ich war blind. Ich konnte nicht einmal mehr richtig atmen oder dachte, daß ich es nicht mehr konnte, und ließ einen gepreßten Schrei los. Eine Sekunde lang war ich in Panik und unfähig zu denken.

Versuchen Sie es einmal: Fahren Sie eine Straße entlang mit einem verdammten Schal, der über die Augen gelegt ist. Sie wissen nicht, was Sie tun sollen – sich ans Lenkrad klammern, um aus dem Gedächtnis zu steuern und gleichzeitig zu bremsen, ohne von der Straße zu schlittern, oder das Lenkrad loslassen, um den Schal zu entfernen, bevor der Wagen zu Schrott ist.

Ich wollte beides. Eine Hand noch immer auf dem Lenkrad, versuchte ich, mich genau zu erinnern, wie die Straßenränder aussahen, mit der anderen Hand langte ich zum Schal, bekam aber nur eine Handvoll Haare zu fassen; der Schal wollte sich nicht bewegen. Ich bremste scharf und spürte, wie sich das hintere Ende wegdrehte, und wußte, daß der Wagen unweigerlich im Straßengraben landen würde. Ich versuchte, den Schal von meinem Gesicht zu zerren, meine Finger scharrten jedoch nur über glänzendes Nylon. Dann standen wir, der Motor war abgewürgt, der Wagen stand quer auf der Straße, das Heck am Straßenrand, und als ich schließlich den Schal von meinem Gesicht hatte, lehnte Kate an ihrer Tür, einen Arm hatte sie leicht erhoben, um mit einem Finger auf mich zu deuten, und schüttelte sich aus vor Lachen.

Im ersten Augenblick, als ich wieder sehen konnte, prüfte ich die Straße vor und hinter uns, so schnell ich meinen Kopf drehen konnte, und natürlich war in jeder Richtung nichts zu sehen, sonst hätte Katie es auch nicht getan. Die Gräben an der Seite waren so flach, daß sie kaum vorhanden waren, und vollkommen trocken. Ich sagte: »Toll. Einfach toll. Wir sollten es noch einmal machen! Auf dem Parkway, wenn wir heute abend zurückfahren.«

»O Gott, du sahst so komisch aus«, sagte sie und brachte kaum die Worte heraus. »Du sahst so *komisch* aus!« Ich grinste sie an, sehr zufrieden mit diesem verrückten Mädchen, und in diesem Moment und für das gesamte Wochenende hatte Rube Priens mysteriöses Projekt keine Chance mehr bei mir.

Ich werde nicht alles erzählen, was es über Kate und mich zu erzählen gibt. Ich habe solche Berichte, oftmals sehr ausführliche und offene, gelesen; wenn sie gut waren, haben sie mir gefallen. Manchmal habe ich durch sie auch etwas über andere Menschen gelernt, so als hätte ich es selbst erfahren, und das ist sehr schön. Aber mein Wesen ist anders, das ist alles. Ich will und kann nicht alles über mich offenbaren. Ich liebe es, solche Dinge zu lesen, will sie aber nicht aufschreiben. Trotzdem werde ich nicht alles zurückhalten. Wenn Sie also glauben, daß Sie hin und wieder zwischen den Zeilen lesen können, dann haben Sie vielleicht recht. Jedenfalls werde ich nicht versuchen, alles, was mir zu Kate und mir einfällt, niederzuschreiben.

Das Wochenende über glaubte ich kaum, daß ich mir über Rube und seinen Vorschlag Gedanken machte. Und dennoch, am Montag nachmittag um 2 Uhr 30 beendete ich meine letzte ›liebenswertere *du*‹-Seifenzeichnung, ging in Frank Dapps Büro, legte sie auf seinen Schreibtisch, wollte mich bereits wieder zum Gehen wenden, öffnete statt dessen aber meinen Mund und hörte mir selber zu. Ich hätte etwas Geld gespart, sagte ich zu Frank. Nun wollte ich mir etwas Zeit nehmen, um zu sehen, ob ich es nicht als ernsthafter Künstler schaffen könne. Es war eine Lüge, aber trotzdem etwas, worüber ich oft nachgedacht hatte. »Du willst malen?« sagte Frank und lehnte sich in seinen Stuhl zurück.

»Nein. Die Malerei ist heutzutage vor allem abstrakt und gegenstandslos.«

»Du bist gegen das Abstrakte oder so?«

»Nein. Eigentlich bin ich so etwas wie ein Mondrian-Fan, aber ich glaube, daß er sich in eine Sackgasse gemalt hat. Mein Talent allerdings liegt, wenn überhaupt, im Gegenständlichen; also werde ich zeichnen.«

Frank nickte versonnen. Das war auch, was er gerne machen wollte, aber er hatte zwei Kids auf der High School, die darauf warteten, aufs College zu gehen. Er sagte, wenn ich es eilig hätte, könnte ich sofort nach Beendigung meiner momentanen Arbeit gehen; er wolle mir einen Drink auf gutes Gelingen spendieren, und ich dankte ihm. Wegen der Lüge fühlte ich mich ziemlich miserabel. Ich nahm den Fahrstuhl zur Lobby des Gebäudes und den öffentlichen Telefonzellen. Dort wählte ich die Nummer, die Rube mir gegeben hatte.

Es dauerte lange, bis ich ihn an der Leitung hatte. Ich mußte mit zwei Leuten reden, zuerst einer Frau, dann mit einem Mann, dann wartete ich volle zwei Minuten; der Operator kam dazwischen und verlangte mehr Geld.

Schließlich hatte ich Rube dran und sagte: »Ich rufe Sie an, um Ihnen mitzuteilen, daß ich, wenn ich mitmache, Katherine erzählen werde, was los ist.«

Es gab eine längere Pause. Dann sagte er: »Nun, es wird nicht viel geben, was Sie erzählen können, bis wir uns sicher sind, daß Sie ein Kandidat sind. Wenn es sich herausstellt, daß Sie nicht geeignet sind, werden wir uns für Ihre Unannehmlichkeiten bedanken; in diesem Fall, denke ich, werden Sie ihr überhaupt nichts zu sagen haben. Können wir uns darauf einigen?«

»Ja.«

»Wenn Sie wirklich an den Punkt kommen sollten, an dem Sie dem Projekt beitreten und wissen, was wir vorhaben« – er zögerte – »dann, verdammt noch mal, müssen Sie ihr wohl sagen, was Sie zu sagen haben. Wir haben zwei verheiratete Männer, deren Frauen eingeweiht sind. Wir nehmen ihnen das Versprechen der Geheimhaltung ab und hoffen, daß es dabei bleibt.«

»Okay. Was passiert, Rube, wenn sie plappert? Oder wenn ich etwas ausplaudere? Nur so aus Neugier?«

»Ein Mann in einem engen schwarzen Anzug und einer Maske vor dem Gesicht wird aus dem Kamin herauskommen und Sie mit einem geräuschlosen Blasrohr und einem lähmenden Gift erschießen. Wir werden Sie dann in einen großen Block aus transparentem Plastik bis zum Jahr 2001 einschweißen. *Nichts* wird passieren, Herrgott noch mal! Glauben Sie, die CIA oder sonstwer wird Sie umbringen? Alles, was wir tun können, ist, Leute zu finden, von denen wir annehmen, daß wir ihnen vertrauen können. Und Sie müssen wissen, wir haben uns Katherine angesehen, wir haben, sehr diskret, Erkundigungen eingezogen. Von Ihnen beiden vertraue ich ihr mehr. Ich nehme an, Sie werden uns beitreten?«

Ich verspürte den Impuls, zu zögern, kümmerte mich aber nicht darum. »Ja.«

»Okay, sobald es Ihnen möglich ist, kommen Sie etwa um neun Uhr morgens zu uns; hier ist die Adresse.«

Und so machte ich mich drei Tage später, am Donnerstag morgen kurz nach neun Uhr, auf die Suche nach der Adresse, die Rube mir gegeben hatte. Das schöne Wetter war offenbar vorbei, aber ich ging trotzdem zu Fuß, da ich zu nervös für eine Taxifahrt war. Ich war zunehmend verwirrt; das hier war die Upper West Side, ein Gebiet mit kleinen Fabriken, Werkzeugläden, Buchbindereien, Kramläden. An beiden Seiten jeder Straße standen ohne Unterbrechung, halb auf dem Randstein, Autos geparkt. Die Bürgersteige waren mit durchnäßtem Papier übersät, zusammengeknickten Orangendrink-Kartons, zerbrochenem Glas. Es gab keine weiteren Fußgänger. Ich überprüfte die Adresse, ging nach Westen und näherte mich mehr und mehr dem Fluß. Ich passierte *Buzz Banister*, Hersteller von Neonreklame, in einem heruntergekommenen weißen Stuckbau; die Fenster waren mit Pappkartons zugestellt. Daneben befand sich *Fiore Bros., Wholesale Novelties*, ein Vorhängeschloß vor der Tür, im Eingang eine zerbrochene Weinflasche. Auf der anderen Straßenseite waren, stumm und verlassen im Regen, Hunderte von verrosteten Autokarosserien zu Würfeln zusammengepreßt und hinter einem Stacheldrahtzaun aufgeschichtet.

Ich fragte mich allmählich, ob man mich hereingelegt hatte, und Rube Prien war … was? Ein Schauspieler vielleicht, der angeworben worden war, um mir einen Streich zu spielen? Es klang unwahrscheinlich, dennoch mußte die Nummer, die er mir gegeben hatte, wenn sie denn überhaupt existierte, im nächsten Block liegen. Der gesamte Block vor mir bestand jedoch, wie ich sehen konnte, aus einem einzigen großen, sechs Stockwerke hohen Gebäude, ein rußgeschwärzter Backsteinbau, der von einem verwitterten hölzernen Wasserturm überragt wurde. In großen, ausgewaschenen weißen Lettern stand unmittelbar unter der Regenrinne *Beekey Brothers, Moving & Storage*, 555–8811; die Schrift mußte bereits seit Jahren dort stehen.

Die Wände waren fensterlos, mit Ausnahme der direkt vor mir liegenden Ecke direkt über der Straße. Dort, auf Straßenniveau, waren zwei Fensterscheiben mit *Beekey Brothers* beschriftet, in abgebröckelter Goldfarbe. In dem winzigen Büro hinter den Fenstern saß ein Mädchen am Tisch hinter der Ladentheke und hantierte mit einer Rechenmaschine. Hoch oben an der Wand, die sich vor mir befand, stand auf einem rechteckigen Schild *Local and Long Distance; Storage our Speciality; Agent for Associated Van Lines*. An der Straße, einige Stockwerke tiefer, befand sich ein grüner Lastwagen vor der Metalltür einer Toreinfahrt an der Längsseite des Gebäudes; er trug die Aufschrift *Bee-*

key Brothers, Moving and Storage. Zwei Männer in weißen Overalls warfen Decken in das Innere des Lastwagens.

Ich konnte nichts anderes tun, als weiterzugehen, aber ich war mir sicher, daß die Nummer über der Bürotür nicht die Nummer war, die Rube mir gegeben hatte. Ich ging weiter. Einen ganzen Block ging ich durch den Regen, entlang der alten Backsteinmauer. Zwischen ihr und dem Gehweg, auf einem engen Streifen harten Bodens, wuchs eine knorrige, dreißig Zentimeter hohe Hecke. Zellophan-Fragmente hatten sich in ihren kleinen Zweigen verfangen, schmutzige Worte waren an die Wände gesprüht, und ich fragte mich, ob ich den Nerv hatte, Frank wieder um meinen alten Job zu bitten.

In der Gebäudemauer am Ende des Blocks befand sich eine gewöhnliche Holztür mit einem abgegriffenen Kupferknauf und einem Schlüsselloch. Die graue Farbe war mit Rissen durchzogen und stellenweise bis auf das Holz abgeblättert; die Tür schien verschlossen. Auf den nassen Ziegeln darüber aber war mit weißer Farbe, die so verwaschen war, daß man sie kaum noch erkennen konnte, die Nummer gemalt, die Rube mir gegeben hatte. Ich klopfte an die Tür, und nichts war zu hören, bis auf den Lärm der morgendlichen Stadt und das Klopfen des Regens auf die Motorhauben und Dächer der geparkten Autos hinter mir. Ich glaubte nicht, daß auf mein Klopfen geantwortet werden würde oder daß überhaupt jemand auf der anderen Seite der Tür war.

Aber es war jemand da. Der Knauf rüttelte und drehte sich, die Tür ging auf, und ein schwarzhaariger junger Mann in weißem Overall sah heraus; die rote Stickerei über einer Brusttasche wies ihn als *Don* aus. In einer Hand hielt er eine Ausgabe der *Sports Illustrated*. Er sagte: »Hi, kommen Sie herein. Junge, was für ein lausiger Tag.«

Ich ging an ihm vorbei nach drinnen. Als er die Tür schloß, konnte ich auf seinem Rücken in roten Blockbuchstaben *Beekey Brothers, Movers* lesen.

Wir befanden uns in einem fensterlosen, von Neonlicht erhellten Büro, das keine zehn Quadratmeter groß war. Es war ausgestattet mit einem Tisch, einem Drehstuhl und einigen gelblichen Eichenholzstühlen, von denen der Firnis längst abgescheuert war. An der Wand hingen ein Beekey-Brothers-Kalender und viele gerahmte Photographien von lächelnden Angestellten, die neben Beekey-Lastern posierten. »Ja?«, sagte der Mann im Overall, als er hinter dem Tisch Platz nahm. »Was können wir für Sie tun? Umzug? Lagerung?«

Ich sagte, ich wäre gekommen, um Rube Prien zu treffen. Halb nahm ich an, daß er mich fassungslos anstarren würde, aber er fragte nach meinem Namen, wählte dann eine Nummer und wies mit dem Kinn auf einige Haken an der Wand. »Legen Sie Ihren Hut und Mantel ab«, sagte er zu mir, dann ins Telefon: »Mr. Morley möchte Mr. Prien sehen.« Er hörte zu, dann sagte er: »Verstanden« und legte auf. »Wird in einer Minute hier sein; machen Sie es sich bequem.« Er lehnte sich in den Drehstuhl zurück und fuhr fort, seine Zeitschrift zu lesen.

Ich saß da und versuchte mir vorzustellen, was als nächstes passieren würde, es gab allerdings nichts, womit sich meine Phantasie hätte beschäftigen können; ich ertappte mich dabei, wie ich die gerahmten Photographien betrachtete: eine von ihnen, in weißer Tinte mit *›The Gang‹ 1921* unterschrieben, zeigte einen Beekey-Laster, einen alten Mack Truck mit metallenen Speichenrädern und Vollgummireifen; die Hälfte der Besatzung trug große Schnäuzer.

Von einer in der Wand rechts neben mir eingelassenen Tür ertönte ein Klicken. Ich sah auf, als sie sich öffnete; ich bemerkte, daß sich auf dieser Seite kein Knauf befand. Rube erschien, mit einem Fuß hielt er die Tür hinter sich auf. Er trug eine ausgewaschene Hose und ein kurzärmeliges weißes Hemd, das am Kragen offen war; auf seinen Unterarmen, die so breit wie mein Bizeps waren, nur muskulöser, kräuselten sich rote Haare. »Nun, ich sehe, Sie haben uns gefunden.« Er streckte mir die Hand hin. »Willkommen, Si. Freut mich, Sie zu sehen.«

»Danke. Ja, Ich habe es gefunden. Trotz der Tarnung.«

»Oh, wir sind nicht wirklich getarnt.« Er wies mich durch die Tür, die hinter uns zufiel; sie gab einen dumpfen Laut von sich und bestand, wie ich bemerkte, aus bemaltem Metall. Wir standen in einem kleinen Gang mit Betonboden, der durch die nackte Glühbirne in einem Drahtkäfig an der Decke schlecht beleuchtet war. Zwei grünlackierte Fahrstuhltüren befanden sich vor uns, und Rube faßte an mir vorbei, um den Knopf zu drücken. »Eigentlich sieht das Gebäude aus, wie es seit Jahren ausgesehen hat. Von außen. Bis vor zehn Monaten war es ein wirkliches Umzugs- und Lagergebäude, ein Familienunternehmen. Wir kauften es, und in einem abgeschlossenen Teil des Baus betreiben wir noch immer das Umzugs- und Lagergeschäft, gerade genug, um den Schein zu wahren.« Die Fahrstuhltüren gingen auf, wir stiegen ein, und Rube drückte auf 6. Der einzige andere noch sichtbare Knopf war die 1; alle anderen waren mit verdrecktem Klebeband überdeckt.

»Die älteren Angestellten wurden pensioniert, die anderen mit der Zeit durch unsere eigenen ersetzt; ich selbst wurde ›angeworben‹ und arbeitete einen Monat lang als Möbelpacker, was mich fast umgebracht hat.« Rube lächelte dieses angenehme, ehrliche Lächeln, dem man sich nicht entziehen konnte. »Unser Budget tendiert nun ein wenig nach oben, nicht viel, nur ein wenig. Und das Geschäft geht im allgemeinen an einen Konkurrenten. Nach außen hin sind wir so geschäftig wie eh und je. Was wir in Wirklichkeit auch sind. Wir haben sogar zwei neue Laster gekauft. Verdammt viel Zeug mußte in den geschlossenen Lastwagen von hier nach draußen geschafft werden; die gesamte Einrichtung des Gebäudes. Und ich schätze, wir haben sogar mehr Zeug wieder reingeschafft.« Die grünen Türen gingen auf, und wir traten hinaus auf einen Bürogang.

Man konnte den Geruch des Neuen förmlich greifen. Der Gang glich den Gängen in allen modernen Bürogebäuden: glänzende Vinylkorridore unter Oberlichtreihen; beigefarbene Wände mit schwarzen Pfeilen, die auf Gruppen von Büronummern hinwiesen; aufgerollte Feuerwehrschläuche hinter Glas; gelegentliche Wasserspender; numerierte Türen mit schwarz-weißen Plastiknamensschildern an der Wand daneben. Vor uns erschien ein Mädchen in weißer Bluse und schwarzem Rock und trug einen Packen Papier auf dem Arm. Ihr Gesicht war nicht zu erkennen, und bevor sie uns erreichte, drehte sie in ein Büro ab. Als wir daran vorbeigingen, warf ich einen Blick auf das Plastiknamensschild, um einen Hinweis zu finden, erblickte jedoch nur Namen ohne jede Bedeutung für mich: *W. W. O'Neill; V. Zahlian; Miss K. Veach* …

Rube deutete auf eine Tür vor uns; das Plastikschild an der Wand sagte *Personalabteilung*. »Zuerst müssen wir das hinter uns bringen; Formulare, Versicherung und so weiter. Selbst wir entkommen dem nicht.« Er öffnete die Tür, komplimentierte mich nach drinnen, und wir betraten ein kleines Vorzimmer, das zur Hälfte von einem Tisch ausgefüllt wurde, an dem ein Mädchen an einer Schreibmaschine saß. »Rose, das ist Simon Morley, ein neuer Mitarbeiter. Si, Rose Macabee.« Wir begrüßten uns, und Rube sagte: »Wie lange wirst du brauchen, Rose? Eine halbe Stunde?« Sie meinte um die fünfundzwanzig Minuten, und Rube sagte, er werde dann zurückkommen, und ging.

»Hier herein, bitte, Mr. Morley.« Das Mädchen öffnete eine Tür und führte mich in ein gewöhnliches Büro, das fensterlos war und sehr leer aussah. Ein großes Oberlicht beleuchtete es. »Wenn Sie bitte hier Platz nehmen wollen!« Ich ging zu einem Schreibtisch und setzte mich in den Drehstuhl. »Die Formulare sollten hier drin sein.« Sie öffnete eine Schublade und holte einen kleinen Packen mit sechs oder acht bedruckten Formularen in verschiedenen Farben und Größen, die zusammengeheftet waren, heraus. Sie nahm die Klammer weg und breitete sie unter der Schreibtischlampe aus. »Alle vollständig. Füllen Sie nur die Leerstellen aus, Mr. Morley. Und fangen Sie mit diesem langen Formular hier an. Hier ist ein Stift.« Sie reichte mir einen Kugelschreiber. »Es wird nicht allzu lange dauern. Rufen Sie mich, falls Sie Fragen haben.« Sie zeigte auf einen kleinen Tisch neben meinem Stuhl; die Oberseite bestand aus feinen Holzintarsien, die Seitenlänge war etwa dreißig Zentimeter, gerade groß genug, damit das weiße Telefon darauf Platz hatte. Sie lächelte und schloß im Gehen die Tür hinter sich.

Mit dem Stift in der Hand betrachtete ich einen Moment lang den Raum. Ein grüner Aktenschrank stand an der mir gegenüberliegenden Wand; an der Wand hinter mir hing ein Spiegel; an der Wand rechts befand sich neben der Tür ein gerahmtes Bild, ein Aquarell einer überdachten Brücke, keine schlechte Arbeit, annehmbarer Standard. Das war alles, was zu sehen war, und ich besah mir die Formulare, die unter der Lampe ausgebreitet waren – Formulare zur Steuer, zum Wohnort und dergleichen. Ich zog das lange Blatt zu mir heran – es war überschrieben mit ›Persönliche Angaben‹ – und begann, es auszufüllen. In die ersten freien Felder schrieb ich meinen Namen, meinen Geburtsort, *Gary, Indiana,* das Geburtsdatum, *11. März 1942,* und fragte mich, ob sich das jemals irgend jemand ansehen würde. Das Telefon auf dem kleinen Tisch neben meinem Ellbogen klingelte, ich drehte meinen Stuhl, nahm den Hörer ab, und ein Kälteschauer lief über meinen Rücken, denn der Apparat war grün. Er war weiß gewesen, ich war mir dessen sicher, aber nun war er grün. Ich sagte: »Hallo?«

»Mr. Prien ist wieder da. Sind Sie fertig, Mr. Morley?«

»Fertig? Ich habe gerade angefangen.« Einen Moment war nichts zu hören. »Gerade angefangen? Mr. Morley, Sie sind bereits seit« – es gab eine Pause, so, als blickte sie auf die Uhr – »über zwanzig Minuten damit beschäftigt.«

Ich wußte nicht, was ich ihr antworten sollte. »Miss Macabee, Sie müssen sich irren. Ich habe gerade erst angefangen.«

In ihrer Stimme konnte ich unterdrückte Ungeduld erkennen. »Gut, Mr. Morley, dann füllen Sie die Blätter so schnell wie möglich aus. Mr. Prien hat eine Verabredung mit dem Direktor.« Sie hängte auf, und ich legte langsam den Hörer auf die Gabel. Konnte es sein, daß ich zwanzig Minuten lang einem Tagtraum nachgehangen war? Ich wandte mich wieder dem Formular zu, das ich begonnen hatte auszufüllen, und sprang dann panisch auf; mein Stuhl schlitterte zurück und krachte gegen die Wand. Dort, unter meinem Namen, Geburtsort und -datum standen der Name meines Vaters, *Earl Gavin Morley*, sein Geburtsort und Geburtsdatum, *Muncie, Indiana, 1908*; der Mädchenname meiner Mutter, *Strong*, meine Hobbys, *Zeichnen und Photographie*, und meine gesamten früheren Arbeitgeber, angefangen mit *Neff & Carter* in Buffalo. Auch alle anderen Formulare waren ausgefüllt, genau wie dieses, in meiner unverwechselbaren Handschrift. Es konnte nicht sein, daß ich das, ohne es zu wissen, getan hatte, aber es war so. Es konnte nicht sein, daß zwanzig Minuten vergangen waren, und dennoch waren sie vergangen. Und das weiße Telefon – ich betrachtete es wieder – war noch immer grün. Mir sträubte sich das Haar im Nacken, und die Angst in meinem Magen glich einer geballten Faust.

Dann hörte es auf. Ich hatte diese Formulare *nicht* ausgefüllt, ich wußte es. Ich war höchstens drei oder vier Minuten in diesem Raum gewesen, auch das wußte ich. Meine Augen verengten sich, ich starrte über den Schreibtisch und dachte nach, dann sah ich das Aquarell an der Wand. Die überdachte Brücke war verschwunden; nun war ein föhrenbestandener Berg mit Schneekappen zu sehen. Ich lachte laut auf, die Angst war auf ein Nichts zusammengeschrumpft. Die Tür öffnete sich, und Prien trat herein. »Fertig? Was ist los?«

»Rube, was zum Teufel geht hier vor?« Grinsend stand ich auf, während er zum Tisch schritt. »Warum soll ich glauben, daß ich zwanzig Minuten hier war?«

»Aber Sie waren so lange hier.«

»Und das Bild an der Wand« – ich wies mit dem Kopf darauf – »verwandelte sich von einer Brücke in ein Gebirge?«

»Das Bild?« Rube stand vor dem Tisch und wandte sich verwirrt dem Bild zu. »Es zeigte immer ein Gebirge.«

»Und das Telefon – war es immer grün?«

Er warf einen Blick darauf. »Ja, ich nehme es an. Soweit ich mich erinnern kann.«

Ich schüttelte den Kopf. »Es ist zwecklos, Rube. Ich bin hier höchstens fünf Minuten drin gewesen.« Ich wies auf die Formulare auf dem Tisch. »Und ich habe das hier nicht ausgefüllt, und wenn es noch so sehr meine Handschrift zu sein scheint.«

Für einen Augenblick betrachtete mich Rube über den Tisch hinweg; in seinen Augen lag ein besorgter Blick. Dann sagte er: »Angenommen, ich schwöre es, Si, daß Sie es taten? Und daß Sie« – er blickte auf seine Uhr – »nicht ganz fünfundzwanzig Minuten hier waren?«

»Sie lügen.«

»Und angenommen, Rose bezeugt es auch?«

Ich schüttelte nur den Kopf. Plötzlich kauerte ich mich neben den kleinen Telefontisch und besah die Unterseite. Dort hing das weiße Telefon, von einem U-förmigen Kupferband zwischen den beiden Seiten des Tischchens festgehalten. Daneben war eine kleine Metallbox befestigt, von dem ein dünnes Drahtpaar ausging und ein Tischbein entlanglief. Ich drückte auf die Tischoberfläche und die Intarsienplatte setzte sich in Drehung, das weiße Telefon erschien, und der grüne Apparat drehte sich nach unten zur Kupferhalterung. Als ich zu Rube hochblickte, lächelte er, über seine Schulter gab er ein Zeichen zur Bürotür hinter ihm.

Ein Mann in Hemdsärmeln trat ein. Er war jung, dunkelhaarig, mit einem dünnen gezwirbelten Schnurrbart, und er sah mich sehr zufrieden an. Während er auf uns zukam, stellte uns Rube vor. »Dr. Oscar Rossoff, Simon Morley.« Wir begrüßten uns, ich reichte ihm meine Hand, doch statt sie zu nehmen, ergriff er mit dem Daumen und den anderen Fingern mein Handgelenk.

Kurz darauf sagte er: »Puls fast normal, geht schnell zurück. Gut.« Er ließ mein Handgelenk los, lächelte mich glücklich an und sagte: »Woher wußten Sie es? Was hat Sie darauf gebracht?« In der Tür stand Rose; sie lächelte ebenfalls.

»Nichts hat mich darauf gebracht, außer, daß es unmöglich war. Ich wußte einfach, daß ich diese Formulare nicht ausgefüllt hatte. Daß ich keine zwanzig Minuten in diesem Raum war.« Ich mußte erneut lächeln, als ich auf das Bild zeigte. »Und daß vor wenigen Minuten dieses verruchte Gebirge eine Brücke war.«

»Innengelenkt«, murmelte Rossoff, bevor ich den Satz beendet hatte. »Das ist wunderbar«, sagte er zu Rube, »eine sehr gute Reaktion.« Er wandte sich wieder mir zu. »Ihnen mag es wenig bemerkenswert erscheinen, aber ich darf Ihnen versichern, daß viele Leute anders reagieren. Einer sprang auf und rannte aus der Tür; wir mußten ihn im Gang festhalten und alles erklären.«

»Schön. Es freut mich, daß ich den Test bestanden habe.« Ich wollte es nicht zeigen, aber ich freute mich wie ein kleines Kind, das gerade das Alphabet richtig aufgesagt hat. »Aber was steckt dahinter? Und wie haben Sie es angestellt?«

»Die Fakten waren uns bereits bekannt«, sagte Rube. »Ein Schriftexperte benötigte vier Stunden, um diese Formulare mit einer chemischen Tinte auszufüllen. Alle, bis auf die ersten drei freien Felder des langen Formulars; die haben wir für Sie aufgespart. Die Tischlampe ist mit einer kleinen Infrarotbirne bestückt; stellt man sie an, wird innerhalb von wenigen Sekunden die Schrift sichtbar. Durch den Spiegel hinter Ihnen hat Rose Sie beobachtet; ein Korridor führt von ihrem Schreibtisch dort hin. Sobald Sie die ersten drei Felder ausgefüllt hatten, rief sie Sie an und schaltete die Infrarotlampe an. Sie sind mit dem Telefon beschäftigt, und wenn Sie wieder auf die Formulare blicken – hey, presto! – sind sie ausgefüllt.«

»Und das Bild?« Rube zuckte mit den Schultern. »Ein Loch in der Wand hinter dem Glas und dem Rahmen. Während der Kandidat schreibt, hole ich einfach die Brücke heraus und schiebe das Gebirge ein.«

»Schön, das übertrifft noch die Katzenjammer Kids, aber wozu?«

»Um herauszufinden, wie Sie reagieren, wenn das Unmögliche eintritt«, sagte Rossoff. »Einige Leute können das nicht ertragen. Sie vertrauen darauf, daß die Dinge immer so sind, wie sie sein sollten, und sich so verhalten, wie sie es immer tun. Trifft das plötzlich nicht mehr zu, kapitulieren ihre Sinne; sie können damit nicht umgehen. Bereits hier am Schreibtisch zeigen sie sich überfordert. Don unten am Eingang war ein solcher Fall. Wir mußten ihm eine Pille verabreichen, selbst als er wußte, was passiert war. Sie aber werden von Ihrem Inneren gelenkt, nicht von der Außenwelt. Sie wissen, was Sie wissen. Kommen Sie mit in mein Büro. Sie können Kaffee haben oder auch einen Drink, wenn Sie wollen; Sie haben ihn sich verdient.«

Rossoffs Büro lag den Gang hinunter, den Rube und ich entlanggegangen waren, um eine Ecke, dann durch eine Tür mit der Aufschrift *Krankenraum*. Als Rossoff sie für Rube und mich aufstieß, fühlte ich mich an ein Krankenhaus erinnert; die Tür war breiter als normale Türen. Wir gingen durch einen großen Raum, der außer dem Oberlicht keine Beleuchtung hatte. Er enthielt einen Tisch, eine

Reihe von Korbstühlen an einer Wand, einen Röntgenbildschirm, eine Augenkarte und einen, wie ich annahm, tragbaren Röntgenapparat. Rube sagte: »Von nun an keine Tricks mehr, Si. Ich verspreche es. Das war der erste und letzte.«

»Ich nehme es Ihnen nicht übel.« An der einen Seite des großen Raums, den wir durchquerten, lagen die Türen zu anderen, beleuchteten Räumen. Aus einem hörte ich Stimmen, die sich unterhielten, in einem anderen sah ich einen Mann in weißer Krankenhauskleidung, den Fuß in einer Schiene, der auf einem Untersuchungstisch saß und ein *Reader's Digest* las.

Wir betraten einen kleinen Empfangsraum; eine Schwester in weißer Uniform stand an einem Aktenschrank und blätterte in einer offenen Schublade eine Mappe durch. Zwischen ihren Zähnen hielt sie einen Stift. Sie lächelte, so weit es ihr unter den Umständen möglich war. Rube tat so, als würde er sie in den Hintern kneifen, als wir an ihr vorbeigingen, und sie gab vor, ihm zu glauben, und schwang sich aus dem Weg. Sie war eine große, gutaussehende und humorvolle Frau Ende der Dreißig, mit viel Grau in ihren Haaren.

In seinem Büro fragte Rossoff: »Zucker? Milch?«, ging zu einem niedrigen Zeitungstisch und einer Glaskanne mit Kaffee, die auf einer heißen Platte stand. »Ich hoffe nicht, denn wir haben nichts davon.«

»Ich glaube, ich nehme meinen schwarz«, sagte Rube und setzte sich in einen Polstersessel. »Wie ist es mit Ihnen, Si?«

»Schwarz ist in Ordnung.« Ich setzte mich in einen mit grünem Leder überzogenen Stuhl und blickte mich um. Es war ein großer rechteckiger Raum ohne Fenster, in den aber durch das riesige Oberlicht Tageslicht strömte. Ich mochte den Raum und fühlte mich wohl. Der Teppich war grau, an den Wänden hingen fröhliche Tapeten in einem roten und grünen Muster. Auf der einen Seite stand der überfüllte

Schreibtisch des Doktors, Stapel von Büchern und Papieren türmten sich darauf; auf der anderen befanden sich bis an die Decke reichende Bücherregale. Rossoff, der mir die Tasse Kaffee reichte, sah, daß ich sie betrachtete.

»Werfen Sie einen Blick darauf, wenn Sie wollen«, sagte er. Ich stand auf, ging hinüber und probierte dabei den Kaffee, der nicht besonders gut war.

Ich hatte medizinische Bücher erwartet, viele von ihnen waren auch welche. Doch zwei bis zweieinhalb Regalmeter waren mit Geschichtsbüchern gefüllt: College-Bücher, Nachschlagewerke, Biographien, alle Arten von Büchern zu jeder Epoche. Und es mußten über zweihundert Romane hier rumstehen, viele von ihnen waren, nach dem Einband zu urteilen, sehr alt; keiner der Titel war mir bekannt. Auf dem Weg zurück zum Stuhl überblickte ich kaffeeschlürfend rasch die gerahmten Diplome, die Approbation des Staates New York und die Photographien, die fast die gesamte Wand über einem grünen Sekretär einnahmen. Rossoff, soviel konnte ich erkennen, war ein M. D. und Psychologe vom John Hopkins. Er besaß außerdem eine fröhlich dreinblickende Frau, zwei Töchter im Grundschulalter und einen Basset. »Gehört alles mir, vor allem der Hund«, sagte er, als er bemerkte, daß ich die Bilder betrachtete.

Wir tranken den Kaffee, unterhielten uns träge und füllten eine fünfminütige Pause. Die meiste Zeit sprachen wir über die San Francisco Giants und einen Plan von Rossoff, sie nach New York zurückzubringen, indem man Willie Mays kidnappt. Dann stellte Rube seine Tasse auf einen kleinen Tisch neben sich und stand auf. »Danke, Oscar, der Kaffee war grausam. Si, ich werde zurückkommen, wenn der Doktor mit Ihnen fertig ist. Dann besuchen wir den Direktor.«

Er ging, Rossoff fragte, ob ich einen weiteren Kaffee wolle, und ich verneinte. »Okay, dann«, sagte er, »ich habe hier einige Tests, die ich mit Ihnen jetzt gerne machen würde. Mit den meisten dürften Sie bereits vertraut sein. Ich werde Sie zum Beispiel bitten, einige Rorschach-Kleckse anzusehen und mir dann zu sagen, welch schmutzige Dinge sie bei Ihnen hervorrufen. Solche Sachen. Wenn Sie alles richtig machen, finden wir vielleicht heraus, wie gut Sie lügen können. Ich werde Sie – ohne vorhergehende Warnung – auch bitten, die Rolle einer Person zu spielen, die Sie nicht sind, einen Rechtsanwalt zum Beispiel. Und Sie werden den Fragen von drei oder vier Leuten ausgesetzt sein, die Ihnen offensichtlich nicht glauben. Oder Sie sollen leugnen, daß Sie ein Künstler sind oder daß Sie jemals in New York waren, und sich dabei mit einigen fremden Personen unterhalten, die alle zum Projekt gehören und die versuchen werden, Sie in die Enge zu treiben. Aber das kommt später. Zuerst etwas anderes. Haben Sie nicht bereits daran gedacht, daß wir alle Verrückte sind und daß Sie direkt in ein riesiges Irrenhaus spaziert sind?«

»Deswegen habe ich mich hier gemeldet.«

»Gut. Sie sind augenscheinlich genau der Typ, den wir brauchen.« Ich mochte Rossoff; wenn er versucht hatte, mich zu entspannen, dann war es ihm gelungen. Er sagte: »Sind Sie jemals aus irgendeinem Grund hypnotisiert worden?«

»Nein, niemals.«

»Hegen Sie irgendwelchen Widerwillen dagegen? Ich hoffe nicht«, fügte er schnell an. »Das ist äußerst wichtig. Als erstes müssen wir sichergehen, daß man Sie hypnotisieren *kann*. Manche Leute sperren sich dagegen, wie Sie sicherlich wissen; die einzige Art, es herauszufinden ist, es auszuprobieren.«

Ich zögerte und zuckte dann mit den Schultern. »Gut, ich nehme an, wenn jemand kompetent genug …«

»Ich bin kompetent. Und ich werde es tun. Wenn Sie einverstanden sind.«

»Okay. Ich habe bis hierher mitgemacht; es würde keinen Sinn ergeben, es daran scheitern zu lassen.«

Rossoff stand auf, ging zu seinem Schreibtisch und holte einen gelben Bleistift. Er setzte sich wieder, rückte seinen Stuhl näher, bis wir nur noch einen Meter voneinander entfernt waren und uns gegenüber saßen. Er hielt den Stift an der Spitze vertikal vor meinem Gesicht und sagte: »Wir werden ein Objekt verwenden. Das oder beinahe jedes andere genügt. Es sollte nur nicht zu glänzend sein. Starren Sie einfach darauf, wenn Sie wollen, aber nicht angestrengt. Und wenn Sie blinzeln oder kurz wegblicken wollen, dann tun Sie es. Vergessen Sie nicht, wenn Sie verkrampfen oder sich widersetzen, dann klappt es nicht. Ich brauche mehr als Ihre wörtliche Zustimmung, Sie müssen innerlich zustimmen. Aus Ihnen selbst heraus, vollständig, ganz und gar. Widersetzen Sie sich nicht. Fühlen Sie sich wohl? Nicken Sie einfach, wenn es so ist.« Ich nickte. »Schön. Wenn Sie in Ihrem Inneren Widerstand verspüren, dann lassen Sie ihn wegschmelzen. Lehnen Sie sich zurück und beobachten Sie, wie er wegfließt. Entspannen Sie Ihre Muskeln. Ich möchte, daß Sie sich wirklich wohl fühlen. Entspannen Sie sogar ihren Kiefer; lassen Sie Ihren Mund ein wenig nach unten fallen, schauen Sie in eine unbestimmte Ferne. Ich denke, Sie spüren es bereits ein wenig. Sie sind intelligent und aufnahmefähig, und ich glaube, Sie akzeptieren das sehr gut. Wirklich sehr gut, und es ist doch schön, oder? Und nichts, worum Sie sich kümmern müssen. Gelegentlich praktiziere ich Selbsthypnose, was sehr leicht zu bewerkstelligen ist und was auch Sie lernen werden. Nur vier oder fünf Minuten Selbsthypnose, was nichts anderes heißt, als daß Sie sich öffnen, Ihren Geist öffnen, können wunderbar erfrischend wirken. Ich kann damit schwere Kopfschmerzen kurieren; ich benutze niemals Aspirin. Ich denke, Sie spüren, wie entspannend das ist. Es ist doch eine wunderbare Art, sich auszuruhen! Besser als ein Drink, besser als ein Cocktail.« Er ließ den Bleistift sinken und sagte: »Ich werde Ihnen zeigen, wie entspannt Sie sind. Betrachten Sie Ihren rechten Arm, der auf der Stuhllehne ruht. Er ist so vollkommen entspannt, mehr als jemals zuvor in Ihrem Leben, sogar mehr als im Schlaf, so entspannt, daß Sie ihn nicht mehr heben können. Auch die Muskeln sind entspannt, sie weigern sich, sich zu bewegen. Wenn ich bis drei zähle, werden Sie es selbst sehen. Versuchen Sie, den Arm zu heben, wenn ich ›drei‹ sage. Sie werden es nicht können. Eins. Zwei. Drei.«

Mein Arm bewegte sich nicht. Ich starrte ihn an, beugte mich ein wenig vor, meine Augen waren auf den Ärmel des Hemdes gerichtet, mein Gehirn wollte ihm befehlen, daß er sich bewegte. Aber er lag absolut reglos; er bewegte sich auf meinen stillen Befehl hin ebensowenig wie der Schreibtisch des Doktors.

»Okay. Seien Sie nicht beunruhigt; Sie haben sich freiwillig unter meine hypnotische Kontrolle begeben und haben das sehr gut gemacht. Ich werde nun einige Minuten mit Ihnen reden. Ihrem Arm steht es nun übrigens wieder vollkommen frei, sich zu bewegen.«

Ich hob meinen Arm, winkelte ihn ab, ballte die Faust und öffnete sie wieder, als sei sie eingeschlafen gewesen. Dann lehnte ich mich in das weiche Leder des Stuhls zurück; ich war zufriedener und fühlte mich wohler als jemals zuvor in meinem Leben.

Rossoff sagte: »In gewissem Sinne ist das Gehirn in verschiedene Bereiche unterteilt. Unterschiedliche Bereiche vollführen unterschiedliche Funktionen. Eliminiert man einen bestimmten Bereich, zum Beispiel durch einen Unfall, können Sie die Fähigkeit verlieren zu sprechen. Sie müssen das dann alles wieder von neuem lernen und einen anderen Bereich des Gehirns trainieren. Auf ähnliche Weise können wir uns auch das Gedächtnis vorstellen. Erinnerungen können ausgeblendet werden. So vollständig, als hätten sie niemals existiert. Passiert dies in übergroßem Maß, dann spricht man von Amnesie. Jetzt werden wir einen sehr kleinen Teil Ihres Gedächtnisses schließen. Wenn ich diesen Stift gegen die Armlehne meines Sessels schlage, werden Sie den Namen des Mannes vergessen, der Sie hierhergebracht hat. Er wird aus Ihrem Gehirn verschwinden, und es wird Ihnen nicht mehr möglich sein, sich an ihn zu erinnern.« Er schlug den Stift gegen die Armlehne seines Ledersessels; das Geräusch, das er hervorrief, war sehr leise, doch ich hörte es. »Sie erinnern sich an den Mann, der Sie angesprochen und Sie veranlaßt hatte, hierher zu kommen, oder? Und der gerade mit uns Kaffee getrunken hat? Sie können sich sein Gesicht vorstellen?«

»Ja.«

»Wie war er angezogen?«

»Ausgewaschene Hosen, weißes Hemd mit kurzen Ärmeln, braune Mokasinsschlappen.«

»Könnten Sie sein Gesicht zeichnen?«

»Sicher.«

»Okay, wie heißt er?«

Nichts fiel mir ein. Ich ging die Namen in meinem Gedächtnis durch: Smith, Jones, Namen von Leuten, die ich kannte oder gekannt hatte, Namen, die ich gehört oder von denen ich gelesen hatte. Keiner von ihnen bedeutete irgend etwas. Mir fiel einfach sein Name nicht mehr ein.

»Sie verstehen, warum Sie ihn nicht mehr wissen? Daß Sie unter hypnotischer Kontrolle sind?«

»Ja, ich weiß.«

»Nun, dann versuchen Sie, ob Sie sie durchbrechen können. Strengen Sie sich an. Sie kennen seinen Namen. Sie haben ihn gebraucht und einige Male an diesem Tag gehört. Kommen Sie, wie heißt er?«

Ich schloß die Augen und dachte angestrengt nach. Ich durchlief mein Gedächtnis, aber ich wußte nicht, wie ich ihn finden sollte. So, als hätte er mich nach dem Namen eines Fremden auf der Straße gefragt.

»Wenn ich den Stift wieder gegen die Armlehne schlage, werden Sie sich erinnern.« Er schlug den Stift gegen das Leder und sagte: »Wie heißt er?«

»Rube Prien.«

»Okay. Wenn ich meine Hände zusammenschlage, werden Sie aus der Hypnose aufwachen. Es wird nichts zurückbleiben, nicht die geringste Spur. Jede hypnotische Beeinflußbarkeit wird verschwunden sein.« Er schlug seine Hände gegeneinander, nicht laut, aber mit einem scharfen hohlen Plopp. »Fühlen Sie sich okay?«

»Ja.«

»Nur um sicherzugehen – wenn ich diesen Stift gegen die Armlehne schlage, werden Sie meinen Namen vergessen. Sie werden nicht in der Lage sein, sich daran zu erinnern.« Er schlug den Stift gegen die Armlehne. »Nun, wie heiße ich?«

»Alfred E. Neuman.«

»Nein, kommen Sie schon, keine Witze.«

»Rossoff. Dr. Oscar Rossoff.«

»Okay. Gut. Nur ein Test. Alles wieder in Ordnung. Nun, Sie waren ausgezeichnet, ein erstklassiger Kandidat. Ich habe das Gefühl, daß Sie es schaffen werden. Das nächste Mal werde ich Sie vielleicht wie einen Seehund bellen und rohen Fisch verschlingen lassen.«

Dann schaute ich mir Rorschach-Tests an und erzählte Rossoff, was mir dabei durch den Kopf ging. Ich betrachtete Bilder, interpretierte sie und zeichnete selber welche. Ich machte einen kurzen Wahr-Falsch-Test. Ich ergänzte fehlende Wörter in Sätzen, erzählte von mir selbst und beantwortete Fragen. Mit einer Binde vor den Augen ergriff ich Objekte, beschrieb ihre Form und Größe und manchmal ihren Verwendungszweck. Schließlich sagte Rossoff: »Genug. Mehr als genug. Normalerweise erstrecken sich die Tests über mehrere Tage, manchmal sogar eine Woche, aber wir sind uns dessen, was wir tun, nicht so verdammt sicher, als daß ich genau die Anforderungen für etwas angeben könnte, das vielleicht sowieso unmöglich ist. Ich habe, was Sie betrifft, das beste Gefühl, und kein Test wird mich davon abbringen. Außerdem bestätigen sie mich sowieso. Soweit es mir jemals möglich sein wird, das festzustellen, sind Sie ein Kandidat.« Er sah zur geschlossenen Tür und horchte. Wir konnten das Murmeln einer männlichen Stimme vernehmen, dann das Lachen einer Frau. Rossoff bellte: »Rube, nimm die Finger von Alice und komm herein!«

Die Tür öffnete sich, ein sehr langer, dünner ältlicher Mann kam herein, Rossoff stand schnell auf. »Ich bin nicht Rube«, sagte der Mann, »und meine Finger waren nicht an Alice, leider, muß ich sagen.«

»Es war gerade umgekehrt«, sagte die Schwester, die sich, um den Türknauf zu fassen, ins Büro beugte und lächelnd dann die Tür hinter sich zuzog.

Rossoff stellte uns vor. Es war Dr. E. E. Danziger, der Direktor des Projekts; wir gaben uns die Hände. Seine Hand, groß, haarig und mit hervortretenden Venen, wickelte sich um meine, seine Augen starrten mich aufgeregt und fasziniert an, als wollten sie in einem Blick alles von mir erfahren. Die Worte kamen aus ihm herausgesprudelt: »Wie war der Test?« Und während Rossoff es ihm erzählte, studierte ich ihn.

Er war ein Mann, den man sofort wiedererkannte, wenn man ihn nur einmal gesehen hatte. Er war fünf- oder sechsundsechzig, seine Stirn und seine Wangen waren von tiefen Falten durchzogen; die Wangenfalten bestanden aus einer Reihe von drei geschwungenen Klammern, die in den Mundwinkeln begannen und sich bis zu den Wangenknochen zogen; wenn er lächelte, vertieften und verbreiterten sie sich. Er war glatzköpfig und braungebrannt, die Oberseite seines Kopfes war mit Flecken besprenkelt, das Haar an der Seite noch immer schwarz oder vielleicht auch gefärbt. Er mußte ein Meter neunzig groß sein, vielleicht auch größer. Er trug eine blaue Fliege mit bunten Tupfen und einen altmodischen, zweireihigen Anzug unter einem offenen Mantel. Er war weit über sechzig, aber er war gut gebaut, maskulin und kraftvoll. Ich hatte das

Gefühl, daß er überhaupt nichts dagegen hätte, seine Hände auf Alice zu legen, und daß sie auch nichts dagegen gehabt hätte.

Zu Rossoff sagte er in getragenem Tonfall: »Sie meinen ja?« Und als Rossoff nickte, sagte er: »Dann schließe ich mich Ihrer Meinung an. Ich habe alles durchgesehen, was wir über ihn haben, und es *klingt* gut.« Er drehte sich um und blickte mich einige Sekunden lang nüchtern und abschätzend an. Währenddessen betrat Rube das Büro und schloß leise die Tür. Ich fühlte mich unter Dr. Danzigers Blick zunehmend unwohl, als er plötzlich zu grinsen begann. »Okay«, sagte er. »Und nun möchten Sie erfahren, wohin Sie hier geraten sind. Rube wird es Ihnen zeigen, dann werde ich versuchen, es Ihnen zu erklären.« Mit seinen großen fleckigen Fäusten griff er das Revers seines Mantels und starrte wieder auf mich, lächelte ein wenig und nickte langsam; zustimmend, wie ich spürte, und ich war erfreuter, als ich gedacht hätte.

»Ich bin für diesen Laden hier verantwortlich«, fuhr Danziger fort. »Eigentlich habe ich ihn ins Leben gerufen. Aber jetzt beneide ich Sie. Ich bin achtundsechzig Jahre alt. Vor zwei Jahren, als ich begriff, daß dieses Projekt Wirklichkeit werden sollte, habe ich begonnen, zum ersten Mal in meinem Leben auf meine Gesundheit zu achten. Ich habe aufgehört zu rauchen. Ich habe niemals gedacht, daß ich das könnte, und wollte es auch niemals, aber ich habe aufgehört« – er schnappte mit den Fingern – »einfach so. Ich vermisse es.« Seine Hand kehrte zum Revers zurück. »Aber ich werde nicht mehr anfangen. Ich trinke nur noch wenig, aus medizinischen Gründen. Früher trank ich sehr viel, zu allen möglichen Gelegenheiten, welche sehr oft vorkamen. Mir gefiel es so. Aber nichts mehr von alledem, und im übrigen achte ich auf meine Ernährung. Warum dieser Unsinn?« Er hob eine Hand, den Zeigefinger hatte er gestreckt. »Weil ich leben und so lange wie möglich dieses Projekt begleiten möchte. Ich hatte ein interessantes

Leben, ich bin nicht enttäuscht worden. Ich habe an zwei Kriegen teilgenommen, in fünf Ländern gelebt, ich hatte zwei Frauen, viele Freunde beiderlei Geschlechts, und vier Jahre lang war ich sogar reich. Keine Kinder, man kann nicht alles haben.« Wieder starrte mich Dr. Danziger, die Hände am Revers, mit freundlichen und neidischen Augen an. »Aber wenn dieses Projekt gelingen sollte, dann wird es das Bemerkenswerteste sein, was der Mensch jemals unternommen hat, und ich würde alles dafür aufgeben – ich würde eine Diät aus rohen Zwiebeln auf mich nehmen oder Pferdescheiße essen, nur um ein zusätzliches Jahr oder einen zusätzlichen Monat für mich herauszuschlagen. Ganz egal wie vorsichtig ein Mensch lebt, mit achtundsechzig sind die Tage gezählt, während Sie – wie alt sind Sie? Achtundzwanzig?« Ich nickte. »Nun, Sie sind mir vierzig Jahre voraus, und wenn ich sie Ihnen stehlen könnte, würde ich es freudig und ohne Reue tun. Ich beneide Sie sogar jetzt. Haben Sie jemals jemandem ein Buch gegeben, das Ihnen hervorragend gefallen hat, und dabei Neid empfunden, da der andere es zum ersten Mal lesen würde, eine Erfahrung, die Sie niemals wieder haben konnten?«

»Ja, Sir. *Huckleberry Finn*.«

»Genau. Nun, genauso fühle ich mich jetzt wegen des Tags, der Ihnen nun bevorsteht. Nehmen Sie ihn mit, Rube, es gibt vieles, was Sie ihm zeigen müssen, und wir sind in Eile.« Er hob einen Ärmel, um auf die Uhr zu blicken. »Bringen Sie ihn mittags in die Cafeteria.«

3

Draußen im Korridor, den ich mit Rube entlangging, kamen uns Leute entgegen, die zwischen den einzelnen Bürozimmern unterwegs waren; meist junge Männer und Frauen, die jedesmal, wenn sie uns passierten und Rube zunickten oder mit ihm einige Worte wechselten, mich neugierig anblickten. Rube beobachtete mich, wie ich bemerkte, lächelte ein wenig, und als ich ihn anschaute, sagte er: »Was glauben Sie, was Sie hier erwartet?«

Ich versuchte eine Antwort zu finden, mußte allerdings meinen Kopf schütteln. »Ich habe keinen Schimmer, Rube.«

»Nun, es tut mir leid, so geheimnisvoll auftreten zu müssen. Aber es ist dem Direktor vorbehalten, alles zu erklären. Und bevor er es erklären kann, müssen Sie es gesehen haben.« Wir bogen um eine Ecke, dann um noch eine und erreichten einen Gang, der beträchtlich schmaler war als der erste. Noch einmal ging es um eine Ecke, dann befanden wir uns in einem engen Gang, der sich ziemlich weit entlangzog.

Die eine Wand des Gangs war leer. An der anderen befand sich eine Reihe von getönten Fenstern, durch die wir in die, wie Rube erklärte, Instruktionsräume blicken konnten. Die ersten drei waren leer und waren wie gewöhnliche Schulzimmer ausgestattet. Sechs oder acht Holzstühle befanden sich darin, deren eine Lehne als Schreibunterlage diente; daneben Tafeln, Bücherregale,

Lehrerpulte und Stühle. Im vierten Raum, der wie seine Vorgänger eingerichtet war, saßen zwei Männer, einer am Pult, der andere auf dem Stuhl ihm gegenüber. Wir hielten an, um sie zu beobachten. »Wir können hineinsehen, sie aber nicht raus«, sagte Rube. »Jeder weiß das; es dient lediglich dazu, die Leute nicht bei der Arbeit zu stören.«

Der Mann auf dem Schülerstuhl redete, gleichmäßig, aber mit häufigen Pausen, manchmal rieb er sich nachdenklich sein Gesicht. Er war um die Vierzig, dünn und dunkel, und trug einen marineblauen Sweater und ein weißes Hemd, dessen Kragen geöffnet war. Der Lehrer am Pult war jünger und trug eine braune Sportjacke aus Tweed. Neben dem Fenster waren auf einer Stahlplatte zwei Knöpfe angebracht; Rube drückte auf einen, und wir konnten nun aus einem Lautsprecher oberhalb des Fensters die Stimme des Mannes hören.

Er sprach eine fremde Sprache, nach einigen Sekunden dachte ich, sie erkannt zu haben, und wollte dies äußern, hielt aber inne. Ich dachte, es sei Französisch, eine Sprache, die ich wiedererkennen konnte, aber nun war ich mir nicht mehr sicher. Ich hörte aufmerksam zu; einige der Worte waren französisch, davon war ich überzeugt, nur nicht ganz richtig ausgesprochen. Er sprach sehr flüssig weiter, hin und wieder korrigierte der Lehrer die Betonung, die der andere einige Male wiederholte, bevor er fortfuhr. »Ist das Französisch?«

Aus Rubes Lächeln sah ich, daß er auf die Frage gewartet hatte. »Ja. Aber mittelalterliches Französisch; niemand redet mehr so seit vierhundert Jahren.« Er drückte den anderen Knopf, der Lautsprecher verstummte, und wir gingen weiter. Beim nächsten Fenster drückte Rube auf den Sprechknopf, ich hörte ein ersticktes Grunzen und das Schlagen von Holz auf Holz, dann war ich neben ihm und blickte in den Raum.

Er war vollkommen leer, die Wände waren mit schwerem Segeltuch behangen; im Raum selbst kämpften zwei

Männer mit Gewehren, deren Läufe mit Bajonetten bestückt waren. Der eine trug den flachen Helm, das Khakihemd mit hohem Kragen und die Wickelgamaschen der amerikanischen Uniform des Ersten Weltkriegs; der andere schwarze Stiefel, eine graue Uniform und den tief nach unten gezogenen Helm der Deutschen. Die Bajonette schimmerten in falschem Silber, dann sah ich, daß sie aus bemaltem Gummi bestanden. Die Gesichter der Männer glänzten vor Schweiß, der sich unter den Achseln und am Rücken dunkel abzeichnete. Sie parierten und attackierten und grunzten, während die Gewehre aufeinanderschlugen. Plötzlich trat der Deutsche zurück, täuschte eine Finte an, wich einem Gegenangriff aus und trieb sein Gewehr direkt in den Magen des anderen; das Gummibajonett bog sich gegen die Khakiuniform. »Du bist tot, amerikanisches Schwein!« rief er, und der andere schrie: »Zum Teufel, das ist nur eine kleine Bauchverletzung!« Die beiden fingen an zu lachen und knufften sich gegenseitig. Rube starrte sie an und murmelte: »Falsch, falsch, die Bastarde! Eine absolut falsche Einstellung!« Ich blickte ihn an. Er wirkte verschlagen und gefährlich, seine Augen hatten sich verengt, die Lippen waren verschlossen. Schweigend starrte er noch einen Moment auf die Szene, dann drückte er hart mit dem Daumen auf den Knopf und entfernte sich.

Ein Dutzend Männer saßen im nächsten Raum. Die meisten von ihnen trugen weiße Overalls, einige Jeans und Arbeitshemden. Neben dem Tisch stand ein Mann in khakifarbenen Hosen und ebensolchem Hemd und zeigte mit einem Stab auf ein Pappmodell, das die gesamte Tischoberfläche einnahm. Es war das Modell eines Raums, dem eine Wand, ähnlich einer Theaterbühne, fehlte, und der Mann zeigte auf die Miniaturdecke. Rube drückte den Knopf neben dem Fenster »…gemalte Träger. Aber nur an den höchsten Punkten der Decke, wo es dunkel ist.« Der Zeigestab ging zu einer Wand. »Hier unten beginnen die wirklichen Eichenträger und wirklicher Stuck. Vermischt mit Stroh. Vergessen Sie das nicht, verdammt noch mal.« Rube betätigte den Ausknopf, und wir setzten uns wieder in Bewegung.

Im nächsten Raum befanden sich keine Menschen, sondern eine riesige Luftaufnahme einer Stadt, die sich über drei Wände, vom Boden bis zur Decke, erstreckte. Mit einem schwarzer Marker war sie beschriftet worden: *Winfield, Vermont. Momentaner Stand der Restaurierung Photo 9 aus Elf, Serie 14*. Ich blickte zu Rube, was er sicherlich bemerkte, doch er bot keine Erklärung an; er starrte einfach weiterhin auf die große Photographie, und schweigend weigerte ich mich, eine Frage zu stellen.

Die nächsten beiden Räume waren leer. Im anschließenden Raum waren die Stühle an die Wände geschoben, und ein attraktives Mädchen tanzte Charleston zur Musik aus einem tragbaren Phonographen, der auf dem Tisch stand. Eine Frau mittleren Alters beobachtete sie und wippte mit dem Zeigefinger im Takt. Der schwingende Saum des olivfarbenen Kleides hob sich über die fliegenden Knie des Mädchens, ihre Taille lag kaum höher. Ihr Haar war nach einer Mode geschnitten, die früher Shingle Bob genannt worden war, und sie kaute Kaugummi. Die ältere Frau war ähnlich gekleidet, ihr Kleid allerdings war länger.

Rube drückte auf den Lautsprecherknopf; wir hörten das schnelle rhythmische Geräusch ihrer Füße und die dünne, geisterhafte Musik eines längst vergangenen Orchesters. Die Musik hörte plötzlich auf, das Mädchen atmete hörbar und lächelte der älteren Frau zu, die zustimmend nickte und sagte: »Gut! Das waren die Ameisenfußgelenke.« Bei dieser schönen Schlußzeile drückte Rube den Knopf und versuchte, sein Lächeln zu verbergen. Wir gingen weiter, keiner von uns sprach ein Wort.

Es gab noch drei weitere Räume, in denen sich niemand befand; im vorletzten aber standen neben dem Lehrerpult ein Dutzend Schneiderpuppen, auf einem der Stühle lagen weiße Pappkartons, die aussahen, als enthielten sie Kleider.

Wieder passierten wir in Gängen mit Oberlicht numerierte Türen mit schwarz-weißen Namensschildern; *D. W. McElroy; A. N. Burke und Helen Friedman; N. O. Dempster, Archiv B*. Fast jeder, der uns begegnete, sprach einige Worte zu Rube, der für alle eine Antwort hatte. Die Männer waren meist zwanglos gekleidet, sie trugen Sweater und Sporthemden, obwohl auch einige Anzug und Krawatte anhatten. Die Frauen und Mädchen, einige davon sehr attraktiv, trugen die übliche Bürokleidung. Zwei Männer in Overalls zwängten sich an uns vorbei; sie schoben einen schweren Holzkarren, auf dem ein Motor oder ein anderes Maschinenteil lag, das teilweise mit einer Plane abgedeckt war. Dann blieb Rube vor einer Tür stehen, die sich in nichts von den anderen unterschied, nur daß sie nur mit einer Nummer bezeichnet war, keinem Namensschild. Er öffnete sie und ließ mir den Vortritt.

Der Mann hinter dem kleinen Schreibtisch war auf den Beinen, noch bevor mein Fuß die Schwelle überschritten hatte. Ein kleines ödes Vorzimmer mit Tisch, Stuhl und sonst nichts. Rube sagte: »Morgen, Fred.« Und der Mann sagte: »Morgen, Sir.« Er trug eine grüne Reißverschlußjacke, der Kragen seines Hemdes stand offen, er hatte kein Abzeichen oder eine sichtbare Waffe, trotzdem wußte ich, daß er eine Wache war; er besaß die Schultern, den Brustkorb, Nacken und Handgelenke eines trainierten Mannes. Alles, was er hier tat, war, eine Ausgabe des *Esquire* zu lesen.

In die Wand hinter dem Schreibtisch war eine Stahltür eingelassen. Sie besaß keinen Knauf, nur eine Messingleiste mit drei Schlüssellöchern. Rube holte einen Schlüsselbund hervor, wählte einen Schlüssel aus, ging dann um den Tisch herum, steckte den Schlüssel in das oberste Schloß und drehte ihn. Aus seiner Hemdtasche nahm er einen einzelnen Schlüssel, steckte ihn in das mittlere Schlüsselloch und drehte. Der Wachmann, der bislang neben ihm gestanden war, steckte nun einen Schlüssel in das unterste Loch, drehte ihn und öffnete die Tür. Rube entfernte seine beiden Schlüssel und wies mich durch. Er folgte, die Tür schloß sich hinter uns. Ich hörte das Klicken der einschnappenden Schlösser, und wir befanden uns in einem Raum, der kaum größer als ein großer Schrank war; fahles Licht fiel von einer oben in einem Gitterkäfig angebrachten Birne. Dann erkannte ich, daß wir uns oben auf einer metallenen Wendeltreppe befanden.

Rube schritt voraus. Wir gingen etwa drei Meter nach unten, von fast vollkommener Dunkelheit in einen hellen Lichtschein. Von der letzten Stufe traten wir auf einen Metallgitterboden. Bis auf den Boden war dieser Raum dem, von dem wir kamen, sehr ähnlich. Entlang zweier Wände erstreckte sich ein unlackiertes Holzregal, auf dem ein Dutzend unförmiger Stiefel aus zwei Zentimeter dickem, grauem Filz standen. Häßliche Dinger, die bis über die Knöchel gingen und wie Galoschen durch Schnallen zu schließen waren. »Sie passen über Ihre Schuhe«, sagte Rube. »Suchen Sie sich ein Paar aus, das bequem sitzt und nicht von den Füßen rutscht.« Er zeigte auf eine Metalltür vor uns. »Wenn wir erst einmal drin sind, muß es ruhig sein, absolut ruhig. Keine lauten oder scharfen Töne, wir können uns aber leise unterhalten. Der Schall scheint nach oben zu schweben.«

Ich nickte; mein Puls, das wußte ich, war nun nicht mehr normal. Was zum *Teufel* stand uns da bevor? Wir schlossen die Schnallen an den Stiefeln – sie waren hinderlich und zu warm –, dann drückte Rube die Tür auf, eine schwere Drehtür ohne Knauf oder Schloß, und wir traten ein; hinter uns schloß sich lautlos die Tür.

Wir standen auf einem Laufsteg, die schmale Fortführung des Metallgitterbodens auf der anderen Seite der Tür. Nur eine hüfthohe Reling aus Stahlseilen, die mir sehr dünn erschienen, sicherte uns gegen einen Absturz. Meine Hand griff nach dem obersten Seil, fester als notwendig, aber ich konnte mich nicht entspannen. Ich wollte nicht weitergehen, denn der Laufsteg unter uns war Teil eines riesigen Spinnennetzes von Metallgitterwegen, die über einem enormen, straßenblockgroßen, fünfstöckigen Raum in der Luft hingen; die Wege kreuzten sich, liefen zusammen, trennten sich und verschwanden in der Ferne.

Dieses große schwankende Netz von engen Metallstegen hing von der Decke – die Unterseite der Büroetage, die wir gerade verlassen hatten – an fingerdicken Metallseilen. Wir standen da, und Rube gab mir Zeit, die Notwendigkeit zu akzeptieren, auf das Netz hinauszuschreiten. Ich konnte noch immer nicht erkennen, was sich unter uns befand, mit Ausnahme der dicken Wände, die vom Boden des Lagerhauses fünf Stockwerke hoch bis etwa dreißig Zentimeter unter die Laufstege zu uns heraufragten. Diese Wände, soweit konnte ich sehen, teilten den blockgroßen Raum in unregelmäßige Flächen. Ich schaute nach oben und sah die Entlüftungsanlagen und die gedämpft tönenden Apparate, die vom Dach herunterhingen; dann schaute ich zu Rube zurück. Er lächelte über meinen Gesichtsausdruck. »Ich weiß, es ist ein Schock«, sprach er. »Nehmen Sie sich Zeit, gewöhnen Sie sich daran. Wenn Sie bereit sind, gehen Sie hinaus, wohin Sie wollen.«

Ich zwang mich also zu gehen, schaffte etwa drei Meter und konnte kaum dem Drang widerstehen, mich an die Reling zu klammern; noch immer war ich unfähig, nach unten zu schauen. Einige Meter weit führte der Weg von der Tür geradeaus, dann bog er nach rechts ab; ich bemerkte, daß wir eine Wand überquerten, die vom weit entfernten Boden bis fast an den Laufsteg reichte. Als wir diese Wand überschritten, spürte ich einen warmen aufsteigenden Lufthauch; über mir hörte ich das Summen der Entlüftung. Etwas unterhalb der Laufstege hingen über den Mauern Reihen von Metallröhren; Hunderte von Theaterscheinwerfern waren an ihnen befestigt. Sie schienen von jeder Größe, jeder Farbe und Tönung zu sein; sie waren zu Gruppen zusammengefaßt, um bestimmte

Gebiete unter ihnen zu beleuchten. Ich blieb stehen, drehte mich zur Seite, ergriff mit beiden Händen die Reling und zwang mich dazu, nach unten zu schauen.

Fünf Stockwerke tief, auf der anderen Seite des Areals, über dem wir standen, erblickte ich ein kleines Holzhaus. Von unserem Standpunkt aus konnte ich auf die überdachte Veranda sehen. Ein Mann in Hemdsärmeln saß auf der Veranda, die Füße auf den Stufen. Er rauchte eine Pfeife und starrte geistesabwesend auf die Kopfsteinpflasterstraße vor dem Haus.

Zu beiden Seiten dieses Hauses befanden sich Teile zweier weiterer Häuser. Die Seitenwände, die dem Haus in der Mitte gegenüberlagen, waren vollständig, inklusive Vorhänge und Fensterläden. Auch die Hälfte der Giebeldächer und die gesamten Vorderfronten mit Veranda und ausgetretenen Stufen waren komplett. Ein geflochtener Kinderwagen stand auf einer der beiden Veranden. Aber anders als das Haus in der Mitte bestanden diese beiden anderen nur aus zwei Fassaden und Teilen des Dachs. Vom Laufsteg aus waren Holzgerüste zu erkennen, die die Wände hinten abstützten. Vor allen drei Gebäuden waren Rasen und schattenspendende Bäume, dahinter ein gepflasterter Gehweg und eine ebensolche Straße mit Eisenpfosten am Bordstein. Auf der gegenüberliegenden Seite der Straße standen die Vorderfronten von einem halben Dutzend anderer Häuser. Auf einer Veranda lag ein kaputtes Fahrrad. Eine ausgefranste Hängematte hing an einer anderen. Aber diese scheinbaren Häuser waren lediglich Kulissen, die kaum dreißig Zentimeter stark waren; sie waren an die Mauer des Areals gebaut, die sie verdeckten.

Rube, der an der Reling lehnte, sagte: »Von dem Ort, wo der Mann auf der Veranda sitzt, und von jedem Fenster seines Hauses oder seines Rasenstücks hat er den Eindruck, als befinde er sich in einer normalen Straße mit kleinen Häusern. Man kann es von hier aus nicht sehen, aber am

Ende des kurzen Straßenstücks, das er jetzt betrachtet, ist in dioramischer Perspektive auf die Mauer die Fortsetzung der Straße gemalt und modelliert.«

Während er redete, erschien auf der Straße unter uns ein Junge auf einem Fahrrad. Ich hatte nicht gesehen, woher er kam. Er trug eine weiße Seemannsmütze, deren gebogener Schirm vollständig mit Reklamebuttons besetzt war, kurze braune Hosen, unter den Knien zusammengeschnallt, lange schwarze Strümpfe und dreckige Segeltuchschuhe, die bis über die Knöchel reichten. An einem breiten Riemen hing eine zerrissene Leinentasche über seiner Schulter, die mit zusammengefalteten Zeitungen gefüllt war. Der Junge radelte von einer zur anderen Straßenseite, er steuerte mit einer Hand und warf geschickt die gefalteten Zeitungen auf jede Veranda. Als er sich dem kompletten Haus näherte, erhob sich der Mann auf der Veranda, der Junge warf die Zeitung, der Mann fing sie auf, setzte sich wieder und schlug das Blatt auf. Der Junge warf eine Zeitung auf das falsche Haus nebenan, das an der Ecke stand. Dann bog er um die Ecke und – nun außer Sichtweite des Mannes auf der Veranda – stieg von seinem Fahrrad und schob es zu einer Tür in der Mauer, an der die kleine Kreuzung abrupt endete. Er öffnete die Tür und fuhr sein Rad durch.

Was sich auf der anderen Seite der Mauer befand, konnte ich nicht sehen, aber sofort darauf erschien ein Mann, der die Tür hinter sich schloß. Dann ging er zur Ecke und setzte einen flachen Strohhut mit schwarzem Band auf. Sein weißer Hemdkragen war offen, die Krawatte geöffnet, und er trug seine Anzugjacke über dem Arm. Fünf Stockwerke über ihm beobachteten Rube und ich, wie er kurz vor der Ecke stehenblieb, seinen Hut nach hinten schob, seine Jacke über die Schulter warf und ein zerknülltes Taschentuch aus der hinteren Tasche zog. Er wischte sich damit über die Stirn, setzte sich müde in Bewegung und bog um die Ecke; langsam ging er den gepflasterten Gehweg entlang, vorbei am Mann auf der Veranda, der seine Zeitung las.

»Hören Sie«, sagte Rube und formte mit einer Hand einen Trichter an seinem Ohr; ich tat dasselbe. Weit von unten, aber klar, hörten wir, wie der Mann auf dem Gehweg sprach. »Abend, Mr. McNaughton. Ist es Ihnen warm genug?« Der Mann auf der Veranda blickte von der Zeitung auf. »Oh, hallo, Mr. Drexsler. Ja, ziemlich heiß. Die Zeitung sagt, morgen soll es genauso werden.« Der Mann auf dem Gehweg, ein erhitzter Arbeiter auf dem Nachhauseweg, schüttelte bedächtig den Kopf. »Nun, es muß einmal aufhören«, sagte er, und der Mann auf der Veranda nickte lächelnd und sagte dann: »Vielleicht an Weihnachten.«

Der Mann auf dem Gehweg drehte sich um, überquerte in schrägem Winkel die Straße, stieg die Stufen zu einer der falschen Hausfassaden hoch und öffnete die Bühnentür. »Edna«, rief er. »Ich bin zurück.« Die Bühnentür fiel hinter ihm ins Schloß, und wir sahen, wie er eine kurze Leiter hinabkletterte, sich unter dem Gerüst wegduckte und eine Tür in der Mauer öffnete. Er schritt hindurch, leise schloß sie sich hinter ihm.

In der falschen Hausfront daneben öffnete sich eine Bühnentür, eine Frau ging auf die Veranda und hob die gefaltete Zeitung auf; sie trug ein ungewöhnlich langes blaues Hauskleid, dessen Saum kaum dreißig Zentimeter vom Boden entfernt war. Beim Öffnen ihrer Bühnentür hatte der Mann auf der Veranda gegenüber kurz aufgeblickt, dann hatte er sich wieder seiner Zeitung gewidmet. Mit weit ausgebreiteten Armen öffnete er nun das Blatt und schlug eine Innenseite auf. Die Frau auf der anderen Straßenseite trug die Zeitung in das Innere ihres falschen Gebäudes. In das mit Gardinen behangene Fenster neben der Eingangstür war eine rechteckige blaue Karte gesteckt, die mit großen Lettern bedruckt war. Ich lehnte mich ein wenig nach vorne, um die Aufschrift entziffern zu können.

»*EIS* steht darauf«, sagte Rube. »Die Seiten sind mit 25, 50, 75 oder 100 bedruckt. Man stellt die Karte ins Fenster, so daß die Anzahl der Pfund Eis, die man vom Eismann, der die Straße entlangkommt, haben möchte, oben steht.«

Ich schaute Rube an; er aber, die Unterarme auf dem Seil, die Hände lose zusammengeschlagen, beobachtete noch immer die Szene unten. Ich sagte: »Ich sehe keine Kamera, aber ich nehme an, daß sie dort unten eine Art Film drehen.« Ich konnte nicht vermeiden, daß ich etwas verwirrt klang.

»Nein«, sagte Rube. »Der Mann auf der Veranda lebt wirklich in diesem Haus. Es ist innen vollständig ausgestattet, eine Frau kommt zu ihm, um aufzuräumen und zu kochen. Lebensmittel werden jeden Tag von einem leichten Pferdewagen mit der Aufschrift *Henry Dortmund, Fancy Groceries* geliefert. Zweimal täglich trägt ein Postbote in grauer Uniform die Post aus, meistens Reklame. Der Mann wartet darauf, daß er für einen der Jobs, für die er sich in der Stadt beworben hat, eine Zusage erhält. Irgendwann wird er erfahren, daß er einen der Jobs bekommen hat. An diesem Punkt wird sich sein Verhalten ändern. Er wird in die Stadt hinausgehen, zur Arbeit.« Rube blickte mich an, dann betrachtete er wieder die Szene unten. »In der Zwischenzeit hält er sich im Haus auf. Gießt seinen Rasen. Liest. Verbringt den Tag mit Nachbarn. Raucht Lucky-Strike-Zigaretten aus grünen Päckchen. Manchmal hört er auch Radio, obwohl es bei diesem Wetter häufig statisches Knistern gibt. Gelegentlich besuchen ihn Freunde. Jetzt gerade liest er eine Zeitung, die vor nicht einer Stunde gedruckt worden ist; das Lokalblatt für den 3. September 1926. Er ist müde; es sind dort unten nachmittags fast vierzig Grad und in der Nacht um die dreißig. Eine richtige Sommerhitze, ohne Klimaanlage. Und wenn er nun nach hier oben blickt, dann sieht er einen heißen blauen Himmel.

Ich zwang mich zur Geduld und fragte: »Sie meinen, er folgt einem Drehbuch?«

»Nein, es gibt kein Drehbuch. Er macht, worauf er Lust hat, und die Leute, die er agieren sieht, handeln und reden gemäß der Situation.«

»Wollen Sie mir erzählen, daß er wirklich glaubt, in einer Stadt in –«

»Nein, nein, das nicht. Er weiß natürlich, wo er ist. Er weiß, daß er sich in einem New Yorker Lagerhaus aufhält, inmitten einer Art Bühnendekoration. Er wird sorgfältig vermeiden, jemals um die Ecke zu blicken oder zu gehen, obwohl er natürlich weiß, daß die Straße dort, außer Sichtweite, aufhört. Er weiß, daß das lange Straßenstück, das er am gegenüberliegenden Ende sieht, in Wirklichkeit eine gemalte Perspektive ist. Und wenn es ihm auch niemand gesagt hat, so bin ich mir dennoch sicher, daß er weiß, daß die Häuserfronten ihm gegenüber nur Kulisse sind.« Rube streckte sich und wandte sich von der Reling zu mir. »Si, alles, was ich Ihnen jetzt sagen kann, ist, daß er sich verdammt anstrengt, um wirklich zu fühlen, daß er an einem Spätsommernachmittag auf einer Veranda sitzt und liest, was Calvin Coolidge diesen Morgen gesagt hat.«

»Gibt es wirklich eine Stadt und eine Straße wie diese?«

»Ja. Eine Straße mit Häusern, Bäumen und Rasenflächen, die genauso aussieht wie hier, bis hin zum letzten Grashalm und dem Kinderwagen auf der Veranda. Sie haben die Luftaufnahme gesehen; Winfield, Vermont.« Rube grinste mich an. »Lassen Sie sich nicht verrückt machen«, sagte er wohlwollend. »Sie müssen alles erst gesehen haben, bevor Sie es verstehen können.«

Wir gingen weiter, hoch oben auf dem Spinnennetz, unter der summenden Maschinerie und den Hunderten und Aberhunderten von Scheinwerfern. Wir überquerten das Haus mit dem Mann auf der Veranda; es mutete seltsam an, daß er nur einen Himmel sehen sollte, wenn er gerade zu uns hochblickte. Er sah aber nicht hoch; er las weiter seine Zeitung, bis er unter dem Verandadach aus unserer Sicht verschwand. Nach links abbiegend, gingen wir über eine Mauer hinweg, und das Areal war nicht mehr zu sehen.

Es wurde augenblicklich kälter, feuchter, es roch nach Regen; wir hielten an, um hinunterzuschauen. Weit unter uns lag ein Prärieausschnitt, ein kleiner Bach floß mitten hindurch. Auf der von uns entfernt gelegenen Seite des Areals wuchs eine Ansammlung dünner weißer Birken, die Vorboten eines dichten Waldes, der sich über eine Anhöhe hinzog. Der größte Teil des Waldes, so erkannte ich nun, war an eine Wand gemalt, trotzdem wirkte er sehr real. Beinahe unmittelbar unter uns standen drei Tipis aus Hirschleder, die mit ausgebleichten Kreisen, Zickzacklinien und Strichfiguren von Menschen und Tieren geschmückt waren. Vor ihnen lag ein junger Hund an einen Pflock angeleint und hielt etwas zwischen den Pfoten, mit dem er sich sorgsam beschäftigte. Während wir hinunterstarrten, gingen einige der Scheinwerfer, die das Areal beleuchteten, nacheinander aus – wir konnten ihr leises Klicken hören – und die dreieckigen Schatten der Zelte fielen länger auf das Gras der Prärie. Nun konnten wir inmitten des aufsteigenden Rauches einzelne Glutfunken wahrnehmen.

»Ich liebe diese Szene«, murmelte Rube. »Montana, etwa sechzig Meilen vom heutigen Billings entfernt. In den Tipis leben acht Menschen, Frauen, Männer und ein Kind; alles vollblütige Crow-Indianer. Kommen Sie weiter.«

In unseren Fellstiefeln, in denen wir uns fast geräuschlos über die schmalen Gitterroste bewegten, gingen wir weiter; wieder überquerten wir eine Mauer. Wir hielten hoch über einem dreieckigen Areal an und standen direkt über seiner kürzesten Seite, dem weitesten Punkt gegenüber. Ein weißes Steingebäude erhob sich unter uns bis wenige Zentimeter unter unseren Füßen. Auch dieser Bau war nicht das, was seine Vorderfront und seine einzige Seitenwand vortäuschten; er bestand aus nur zwei Wänden, die an ihrer Rückseite von einem Eisengerüst gehalten wurden. Von der Basis dieser beiden Wände ging ein Pflasterweg aus; in die Zwischenräume der Steinplatten pflanzten vier Männer in Overalls Rasenstücke und kleine Grasklumpen, die sie Körben entnahmen. Das rauhe Pflaster endete in einem kurzen Rasenabhang, der zu einem wirklichen Fluß zu führen schien. Wasser floß dort, braun, trüb, entlang einer Seite des dreieckigen Areals bis zu seiner Spitze.

Irgendwie schien dieses Pseudo-Bauwerk aus weißem Stein mir bekannt zu sein. Ich ging den Laufsteg weiter, um einen besseren Blick auf die Frontseite zu erhalten. Die Seitenwand, an der ich mich entlangbewegte, war mit Strebepfeilern abgestützt, und dann sah ich, daß sich die Frontseite zu zwei quadratischen Türmen erhob. Aus den Turmwänden wuchsen Steinfiguren hervor, eine davon war so nah, daß man hinunterlangen und sie berühren konnte. Die Figuren stellten geflügelte Ungeheuer dar; die mit Strebepfeilern abgestützte Seitenwand und die Zwillingstürme gehörten zu einer Kathedrale. Es war Notre Dame in Paris; ich kannte sie nur von Bildern und Filmen.

Rube, der mich beobachtete, sah, daß ich verstanden hatte; er deutete nun auf einen Punkt hinter dem Fluß. Ich sah unbefestigte Straßen, die sich in der Ferne verloren; daneben wenige niedrige Holz- oder Steinhäuser. Der Großteil der Landschaft war Ackerland. »Das mittelalterliche Paris im Frühjahr 1451.« Rube lächelte. »Soll es zumindest einmal werden, falls wir dieses verdammte Ding jemals fertig bekommen.« Wieder wies sein Zeigefinger über den Fluß, und ich erblickte einen Mann in olivgrünen Leinenhosen und blauem Arbeitshemd, das voller Farbe war – ein Riese, der vor Häusern und Bäumen stand, die ihm kaum bis zu den Knien reichten. Auf seinem linken Unterarm lag eine Palette, und sorgfältig malte er den Wald aus, der mit Kohle auf der Arealmauer hinter der braunen, langsam fließenden Seine skizziert war. »Noch verdammt viel zu tun hier«, sagte Rube. »Jeder Stein der

Kathedrale muß mit Säuren künstlich gealtert werden; schließlich war sie 1451 schon mehrere Jahrhunderte alt. In gewissem Sinne ist das unser ambitioniertestes Projekt, und ich zweifle, ab Danziger selbst überzeugt ist, daß es jemals funktioniert. Fertig? Dann gehen wir weiter.«

Ohne Unterbrechung überschritten wir ein leeres Areal von fast rechteckigem Grundriß, dessen eine Seite etwas breiter als die andere war. Weit unter uns markierten zwei Männer auf Händen und Knien das Gebiet mit Klebeband und farbigen Kreiden. »Wenn ich mich recht erinnere«, sagte Rube, »dann soll das ein Feldhospital der AEF in der Nähe von Vimy werden, Frankreich 1918.«

Wir sahen auf eine schneebedeckte Farm in North Dakota, mitten im Winter 1924. Die Luft war empfindlich kalt. Wir standen über einer Straßenkreuzung in Denver im Jahre 1901; sie bestand aus Kopfsteinpflaster mit Schienen für die Straßenbahn, einem kleinen Lebensmittelladen mit zerrissener Markise, den zwei Männer in Overalls mit Waren auffüllten. Rube, der auf der Reling lehnte, murmelte: »Nach über siebzig Jahre alten Photographien und Aufnahmen rekonstruiert, darunter eine wunderbar klare stereoskopische Ansicht. Unter Zuhilfenahme von wer weiß wie vielen Messungen am heutigen Ort. Wir sind noch nicht fertig. Sie füllen den Laden auf, alles absolut authentisch für die Zeit. Aber wenn es vollendet ist, wird es genauso aussehen, wie es damals war.« Er schaute auf seine Uhr. »Es gibt noch einige andere, aber es ist nun an der Zeit, Danziger zu treffen.« Wir machten kehrt und gingen zurück. »Unser New Yorker Areal braucht nicht dupliziert zu werden; wir werden das nach dem Mittagessen sehen. Sind Sie hungrig? Verwirrt? Müde?«

Ich sagte: »Ja, und meine Füße tun mir weh.«

4

Wir aßen in einer kleinen Cafeteria im sechsten Stock, einem fensterlosen Raum mit Neonröhren und blassen blauen und gelben Kacheln, kaum größer als ein großes Wohnzimmer. Danziger wartete bereits auf uns, er saß alleine an einem der Tische. Als wir unsere Tabletts nahmen, winkte er uns zu; auf dem Tisch vor ihm standen ein Stück Apfelkuchen und eine Suppenschale, die mit einer Untertasse bedeckt war, um sie warm zu halten. Rube und ich schoben unsere Tabletts über die verchromte Anrichte. Ich nahm ein Glas Eistee und ein eingewickeltes Schinken-Käse-Sandwich aus dem angehäuften Vorrat; Rube wählte Steak mit Gemüse, das ein attraktives Mädchen servierte. Es gab keine Kasse am Ende der Auslagen, man mußte nichts bezahlen; Rube nahm sein Tablett, sagte, er werde mich später wieder treffen, und setzte sich zu einem Mann und einer Frau, die gerade zu essen begonnen hatten. Ich trug mein Tablett zu Dr. Danzigers Tisch. Es waren nur sieben oder acht Leute in der Cafeteria, die für vielleicht zwanzig Personen ausgelegt war; während ich mein Tablett abstellte und Danziger begrüßte, erriet er, woran ich gedacht hatte; er lächelte.

»Ja«, sagte er, »ein kleines Projekt. Vielleicht das kleinste, das in der Geschichte je von Bedeutung war. Ein erfreulicher Gedanke. Bei uns arbeiten etwa fünfzig Leute. Sie werden sie mit der Zeit alle kennenlernen. Wir können natürlich auf die Dienste und Mittel anderer Regierungsstellen zurückgreifen, manchmal tun wir das auch; aber wir tun dies auf eine Art und Weise, die nicht verrät, womit wir uns beschäftigen.« Er hob die Untertasse von seiner Suppenschale. »Kein Schokoladenkuchen heute, zum Teufel.«

Er nahm den Löffel in die Hand und beobachtete, wie ich das Sandwich auswickelte, das ich eigentlich gar nicht mochte. Ich war zu angespannt, um das Essen genießen zu können; ein Drink wäre mir lieber gewesen. Er sagte: »Wir wahren unsere Geheimhaltung, nicht indem wir Dinge als ›vertraulich‹ oder ›geheim‹ kennzeichnen, sondern durch Unauffälligkeit. Der Präsident weiß natürlich, was wir tun, obwohl ich mir nicht sicher bin, ob er davon überzeugt ist, daß wir das auch wissen. Oder ob er sich an uns überhaupt erinnern kann. Unvermeidlich ist, daß uns mindestens zwei Kabinettsmitglieder, einige Vertreter des Senats, des Repräsentantenhauses und des Pentagons kennen. Manchmal wünschte ich mir, daß selbst sie nicht notwendig wären, aber sie sind die Leute, die uns die Gelder besorgen. Eigentlich kann ich mich nicht beschweren; ich liefere meine Berichte ab, man akzeptiert sie, und keiner von ihnen hat uns jemals dazwischengeredet.«

Ich gab irgend etwas zur Antwort. Das Paar, das mit Rube am Tisch saß, bestand aus dem Mädchen, das den Charleston geübt hatte, und einem jungen Mann im gleichen Alter. Danziger sah meinen Blick und sagte: »Zwei weitere glückliche Menschen: Ursula Dahnke und Franklin Miller. Sie war Mathematiklehrerin an einer High-School in Eagle River, Wisconsin; er der Leiter eines Safeway-Ladens in Bakersfield, California. Sie ist für die Farm in North Dakota, er für Vimy; Sie haben ihn heute morgen vielleicht bei der Bajonettausbildung gesehen. Ich werde sie Ihnen das nächste Mal vorstellen, jetzt aber eine Frage: Was wissen Sie über Albert Einstein?«

»Nun, er trug einen ausgebeulten Pullover, hatte buschiges Haar und war ziemlich schlecht im Rechnen.«

»Sehr gut. Es gibt nur weniges, das man dem hinzufügen könnte. Wußten Sie, daß Einstein vor Jahren eine Theorie aufstellte, wonach Licht ein Gewicht besitzt? Nun, etwas Dümmeres hätte ihm nicht einfallen können. Kein Mensch auf der Welt hatte jemals daran gedacht; es widerspricht allem, was wir uns unter Licht vorstellen.« Danziger sah mich einen Augenblick lang an. Ich war interessiert und versuchte, dies zum Ausdruck zu bringen. »Aber es gab eine Methode, diese Theorie zu testen. Bei Sonnenfinsternissen beobachteten Astronomen, daß Licht, das die Sonne passierte, zu ihr hingezogen wurde. Sie sehen, es wurde von der Schwerkraft der Sonne angezogen. Es konnte nicht entkommen, das heißt, es besitzt ein Gewicht: Albert Einstein hatte recht, aber er war schon wieder ganz woanders.«

Danziger löffelte seine Suppe. Mein Sandwich, so hatte ich herausgefunden, war wirklich gut: viel Butter, der Käse hatte einigen Geschmack; ich war nun hungrig. Danziger legte den Löffel nieder, strich sich mit der Serviette über die Lippen und sagte: »Zeit verging. Dieser erstaunliche Geist arbeitete weiter. Und Einstein verkündete, daß $E = mc^2$ sei. Und, Gott mag uns vergeben, zwei japanische Städte versanken in Schutt und Asche und bewiesen, daß er wieder recht hatte.

Ich könnte so weitermachen; die Liste von Einsteins Entdeckungen ist lang. Ich möchte mich auf folgendes konzentrieren: Irgendwann sagte er, daß unsere Vorstellungen von Zeit zum größten Teil falsch seien. Und ich zweifle nicht einen Augenblick lang, daß er auch damit recht hat. Denn eine seiner letzten Arbeiten nicht allzu lange vor seinem Tod bestand darin zu beweisen, daß alle seine Theorien zu einem Ganzen gehören. Es sind keine einzelnen, voneinander unabhängigen Theorien, sondern sie stehen miteinander in Verbindung, bedingen und stützen sich gegenseitig; im großen und ganzen erklären sie, wie das Universum funktioniert, und es funktioniert nicht so, wie wir uns das immer vorgestellt haben.«

Er begann den roten Zellophanstreifen von der kleinen Crackerpackung zu lösen, die seiner Suppe beilag, sah mich an und wartete. Ich sagte: »Ich habe ein wenig davon gelesen, was er über die Zeit gesagt hat, aber ich möchte nicht behaupten, daß ich verstanden habe, was er meinte.«

»Er meinte, daß wir uns völlig falsche Vorstellungen davon machen, was Vergangenheit, Gegenwart und Zukunft wirklich sind. Wir glauben, die Vergangenheit sei vorüber, die Zukunft sei noch nicht eingetreten, nur die Gegenwart existiere. Denn wir können nichts anderes wahrnehmen als die Gegenwart.«

»Nun, wenn Sie mich darauf festnageln wollen, muß ich zugeben, daß es mir genauso erscheint.«

Er lächelte. »Natürlich. Mir geht es ebenso. Das ist nur natürlich. Wie Einstein selbst betont hat. Er sagte, wir seien wie Menschen in einem Boot ohne Ruder, das auf einem sich windenden Fluß dahintreibt. Um uns herum sehen wir nur die Gegenwart. Die Vergangenheit hinter uns, hinter den Kurven und Windungen, können wir nicht sehen. Aber sie ist da.«

»Meinte er das buchstäblich? Oder meinte er –«

»Er meinte immer genau das, was er sagte. Wenn er sagte, Licht besitze Gewicht, dann meinte er, daß das Sonnenlicht, das auf einem Getreidefeld liegt, mehrere *Tonnen* wiegt. Und nun wissen wir – es wurde gemessen –, daß es wirklich so ist. Er meinte, daß die enorme Energie, die Atome theoretisch aneinander bindet, in einer unvorstellbaren Explosion freigesetzt werden kann. Was auch wirklich möglich ist, eine Tatsache, die die Geschichte der Menschheit verändert hat. Und ebenso meinte er genau das, was er über Zeit gesagt hat: daß die Vergangenheit, dort hinten hinter den Kurven, *wirklich existiert*. Sie ist wirklich da.« Einige Sekunden lang verstummte Danziger, seine Finger spielten mit dem roten Zellophanstreifen. Dann schaute er auf und sagte nur: »Ich bin theoretischer Physiker an der Harvard-University und für dieses Projekt beurlaubt. Meine kleine

Erweiterung der großen Theorie Einsteins ist … daß es einem Menschen irgendwie möglich sein sollte, dieses Boot zu verlassen und das Ufer zu betreten. Und zu einer der Windungen hinter uns zurückzugehen.«

Ich hatte damit zu tun, den Gedanken, der sich in mir formte, nicht zu zeigen: daß das ein intelligenter, vernünftiger, aber doch ziemlich verwirrter alter Mann war, der viele Leute in New York und Washington davon überzeugen konnte, ihm einen Supermarkt voller Phantasien zu bauen. Konnte es sein, daß ich der einzige war, der das erkannte? Nein; diesen Morgen hatte Rossoff sich darüber lustig gemacht – wirklich lustig gemacht? –, daß ich hier einem Irrenhaus beitrete. Ich nickte gedankenschwer. »Wie zurückgehen?«

Danziger hatte noch ein wenig Suppe, die er nun auslöffelte; ich aß mein Sandwich auf. Dann hob er den Kopf, und seine Augen blickten direkt in meine. Ich erwiderte den Blick und wußte, daß Danziger nicht verrückt war. Er war exzentrisch, vielleicht irregeleitet, aber er war nicht verrückt; und plötzlich war ich froh, hier zu sein. Er sagte: »Welchen Tag haben wir heute?«

»Donnerstag.«

»Welches Datum?«

»Den … den sechsundzwanzigsten, oder?«

»Sie sagen es mir.«

»Den sechsundzwanzigsten.«

»Welchen Monat?«

»November.«

»Und Jahr?«

Ich sagte es ihm; ich lächelte nun ein wenig.

»Woher wissen Sie das?«

Ich wartete auf eine Antwort, die sich in meinem Gehirn formen sollte, währenddessen starrte ich über den Tisch hinweg auf Danzigers entschlossenes, glatzköpfiges Gesicht. Dann zuckte ich mit den Schultern. »Ich weiß nicht, was ich antworten soll.«

»Dann werde ich für Sie die Antwort geben. Sie kennen das Jahr, den Monat, den Tag aus buchstäblich Millionen von Gründen: weil die Decke, unter der Sie heute aufgewacht sind, zumindest zum Teil synthetisch ist; weil in Ihrem Apartment sich vielleicht ein Kasten befindet mit einem Schalter; stellen Sie den Schalter an, erscheinen auf einem Glasbildschirm die Gesichter von lebendigen Menschen, die zu Ihnen Unsinn reden. Weil rote und grüne Lichter anzeigen, wann Sie auf Ihrem Weg heute morgen die Straße überqueren sollten; und weil die Sohlen unter Ihren Schuhen aus Kunststoff sind, der länger hält als Leder.

Weil das Feuerwehrauto, das an Ihnen vorüberfuhr, einen Heulton hatte und nicht wie eine Sirene klang; weil die Teenager, die Sie sahen, so gekleidet waren, wie sie waren; und weil der Schwarze, an dem Sie vorbeigingen, Sie mißtrauisch beäugte, genau so wie Sie ihn, und jeder von Ihnen versuchte, es zu verbergen. Weil die Titelseite der *Times* an diesem Morgen genauso aussah, wie sie noch nie ausgesehen hat und auch niemals mehr aussehen wird. Und weil Sie mit Millionen und Abermillionen solcher Fakten jeden Tag konfrontiert werden.

Die meisten von ihnen sind nur in diesem Jahrhundert möglich, viele von ihnen nur in der zweiten Hälfte. Einige nur in diesem Jahrzehnt, andere nur in diesem Jahr, wieder andere nur diesen Monat, und wenige an diesem bestimmten Tag. Si, Sie sind von buchstäblich zahllosen Fakten umgeben, die Sie an dieses Jahrhundert, an dieses Jahr, an Monat und Tag … an diesen Moment binden – wie zehn Milliarden unsichtbare Fäden.«

Er nahm seine Gabel und wollte in den Kuchen stechen, hob sie dann jedoch an die Stirn und sagte: »Und hier drinnen gibt es Millionen dieser unsichtbaren Fäden. Ihre Kenntnis, zum Beispiel, wer zu diesem historischen Zeitpunkt Präsident ist. Daß Frank Sinatra nun Großvater sein könnte. Daß Büffel nicht mehr über die Prärien jagen und daß Kaiser Wilhelm nicht mehr unbedingt als Bedrohung angesehen wird. Daß unsere Münzen nun aus Kupfer, nicht mehr aus Silber sind, daß Ernest Hemingway tot ist, daß alles nur noch aus Plastik besteht und daß es auch mit Coke nicht besser ist. Die Liste ist endlos, alles davon ist Teil Ihres Bewußtseins und des Bewußtseins der Gesellschaft. Und es bindet Sie, wie uns alle, an den Tag und den jetzigen Augenblick, in dem genau diese Liste und nur sie möglich ist. Sie entkommen ihr niemals, und ich werde Ihnen den Grund dafür zeigen.« Danziger zerknüllte seine Serviette und legte sie an den Rand seines Tellers. »Fertig? Wollen Sie noch etwas?«

»Nein, das war sehr gut. Danke.«

»Ein sehr frugales Mahl, aber gut für Sie. So sagt man. Lassen Sie uns aufs Dach gehen. Ich werde den Kuchen mitnehmen.«

Draußen, am Ende des kurzen Korridors, kletterten wir die Betonstufen eines Fluchtwegs hinauf zu einer Tür, die sich auf das Dach öffnete. Der Morgenregen hatte aufgehört, der Himmel war fast klar, nur am Horizont zeigten sich Wolken, und einige Männer und Frauen saßen in Segeltuchstühlen, das Gesicht zur Sonne gedreht. Beim Geräusch unserer Schritte auf dem Kies drehten sie sich um. Danziger lächelte und winkte. Das Dach war riesig; ein ganzer Straßenblock aus Teer und Kies, unterbrochen nur von den Reihen der Oberlichter und dem Wald von Entlüftungsanlagen und Abzügen. Wir duckten uns unter den rostigen Drähten, die die höheren Abzugsschächte stabilisierten, umkurvten Wasserlachen und schritten auf den nachmittäglichen Schatten zu, den der hölzerne Wasserturm warf. Danziger aß seinen Kuchen, und ich sah mich um.

Weit im Süden und Osten konnte ich die riesige Masse des Pan Am Building erkennen, das das gesamte Gebiet um die Grand Central Station überragte und überschattete. Dahinter sah ich die langweilig graue Spitze des

Chrysler Building, rechts davon und weiter im Süden das Empire State Building. Danach kam eine dichte Nebelwand, die von industriellen Abgasen gelb gefleckt war. Im Westen, nur ein oder zwei Blocks entfernt, lag der Hudson, der dem trübgrauen Abwasserkanal glich, der er ist. An seinem anderen Ufer erhoben sich die Klippen von New Jersey. Im Osten konnte ich durch Gebäude hindurch einen Blick auf den Central Park erhaschen.

Danziger wies mit seiner Gabel auf den unsichtbaren Horizont und sagte: »Dort liegt was? New York? Und die Welt dahinter? Ja, das kann man sagen, natürlich; das New York und die Welt dieses Augenblicks. Aber genausogut kann man sagen, dort liegt der sechsundzwanzigste November. Dort draußen liegt der Tag, den Sie diesen Morgen durchschritten haben. Er ist angefüllt mit Fakten, denen Sie nicht entkommen und die ihn zu diesen Tag *machen*. Morgen wird es beinahe genauso sein, aber nur beinahe. In einigen Haushalten werden Dinge kaputt gehen, die heute zum letzten Mal benutzt werden. Ein alter Teller wird schließlich zerbrechen, ein oder zwei Haare werden grau aus ihren Wurzeln kommen, die ersten Anzeichen einer Krankheit werden sich einstellen. Einige Menschen, die heute noch leben, werden morgen tot sein. Manche Gebäude werden sich ein wenig ihrer Fertigstellung nähern. Oder ihrer Zerstörung. Und was dann dort draußen liegen wird – auch dem ist nicht zu entkommen –, wird ein etwas anderes New York, eine etwas andere Welt und ein etwas anderer Tag sein.« Danziger setzte sich zur Dachkante hin in Bewegung und schnitt dabei ein Stück seines Kuchens ab. »Ein sehr guter Kuchen. Sie hätten welchen nehmen sollen. Ich habe darauf geachtet, daß wir einen guten Koch anstellen.«

Es war schön hier oben: während wir umhergingen, legte sich das vom Boden reflektierte Sonnenlicht angenehm auf die Haut und das Gesicht. Wir erreichten das Ende des Daches und lehnten uns auf die hüfthohe Mauer des Gebäudes. Wieder zeigte Danziger auf die Stadt. »Der Grad der täglichen Veränderung ist normalerweise so gering, daß man ihn kaum wahrnimmt. Dennoch haben uns diese geringen täglichen Veränderungen aus einer Zeit weggeführt, in der es statt der Ampeln und Feuerwehrautos Ackerland, Bäume und Bäche gab; Kühe standen auf den Weiden, Männer trugen dreizackige Hüte, britische Segelschiffe ankerten in dem klaren, von Bäumen beschatteten East River. Das war alles einmal dort draußen, Si. Können Sie es sehen?«

Ich versuchte es. Ich starrte auf die unzähligen Fenster in den rußigen Fassaden von Hunderten von Gebäuden, hinunter in die Straßen, die mit Autos zugeparkt waren. Ich versuchte, eine ländliche Szenerie aufleben zu lassen, stellte mir Männer vor, die Schnallen an den Schuhen hatten und weiße Perücken, die eine staubige Landstraße entlanggingen, welche man Broadway nannte. Es war nicht möglich.

»Sie können es nicht? Natürlich nicht. Man sieht das Gestern, vieles davon ist noch vorhanden. Und vieles von 1965, '62, '58. Es gibt sogar noch vieles vom neunzehnten Jahrhundert. Und trotz all dieser gesichtslosen Glaskästen und Monstrositäten wie dem Pan Am Building und anderer Verbrechen gegen die Natur und den Menschen« – er fuchtelte mit der Hand vor dem Gesicht, als wollte er das alles wegwischen – »gibt es Fragmente von früheren Tagen. Einzelne Bauwerke. Manchmal mehrere nebeneinander. Und entfernt man sich vom Zentrum der Stadt, gibt es ganze Blocks, die noch immer so stehen wie vor fünfzig, siebzig, achtzig oder neunzig Jahren. Es gibt verstreute Plätze, die ein Jahrhundert alt sind, und einige wenige, die Washington noch betreten hat.« Rube war nun auch hier oben, wie ich sah; er trug eine Filzmütze und einen leichten Mantel. Ehrerbietig stand er außer Hörweite. »Diese Orte sind auf uns gekommene Fragmente, Si« – wieder strich Danzigers Gabel über den Horizont – »von Tagen, die einst so real dort draußen lagen wie der heutige Tag: überlebende Fragmente eines klaren Aprilmorgens anno 1871, eines grauen Winternachmittags anno 1840, einer verregneten Dämmerung anno 1793.« Aus den Augenwinkeln nahm er Rube wahr, dann schaute er wieder zu mir. »Eines dieser überlebenden Fragmente kommt, meiner Meinung nach, einem Wunder gleich. Haben Sie jemals das Dakota gesehen?«

»Das was?«

Er nickte. »Wenn Sie es gesehen hätten, dann würden Sie sich an den Namen erinnern. Rube!« Rube trat eilig vor, der aufmerksame Lieutenant, der auf das Rufen seines Colonels reagierte. »Zeigen Sie Si bitte das Dakota.«

Draußen vor dem großen Lagerhaus gingen Rube und ich nach Osten, zum Central Park; in dem kleinen Büro im Erdgeschoß hatte ich meinen Hut und Mantel geholt. Im Park begaben wir uns auf den West Drive, die Straße gleich innerhalb der westlichen Grenze des Parks. Wir gingen unter den Bäumen, manche trugen noch Blätter, die nach dem morgendlichen Regen nun klar und grün erschienen. Rube, der sich umblickte, sagte: »Auch der Park selbst ist so etwas wie ein Überlebenswunder. Genau hier, mitten im Herzen der wohl wandelbarsten Stadt der Welt, konnten sich nicht nur Acres, sondern einige Quadrat*meilen* praktisch unverändert bis auf den heutigen Tag bewahren. Legen Sie eine Karte des heutigen Central Park über eine von den frühen Achtzigern des neunzehnten Jahrhunderts, und Sie werden alle Namen und Plätze wiederfinden: das Reservoir, den See, North Meadow, das Green, den Pool, Harlem Mere, den Obelisk. Wir haben einige der alten Karten photokopiert, sie auf die Größe der heutigen gebracht, sie zwischen Glasplatten übereinandergelegt und dann mit einem starken Licht abgetastet. Abgesehen von einigen Fehlern der Kartographen stimmten sie überein, die Größe und Form der Dinge im Park hat sich all die Jahre über unverändert erhalten. Si, selbst die Krümmung dieser Kurve und fast alle Wege und Fußpfade sind unverändert.«

Ich bezweifelte es nicht. Zu unserer Linken lag die niedrige Umfassungsmauer des Parks, die nicht aus gegossenem Beton bestand, sondern aus alten, sorgfältig gehauenen und gesetzten Steinen; der Anblick des Parks, seine Brücken, selbst die Bäume vermittelten den Eindruck von etwas Altem. »Einzelheiten wurden natürlich verändert«, sagte Rube. »Die Bänke, Abfallkörbe, Hinweisschilder und der Belag der Pfade und Wege. Aber alte Photographien zeigen, daß der Park – außer den Automobilen auf den Straßen – noch genauso aussieht wie vor hundert Jahren, wenn man von einem, sagen wir, sechs- oder siebenstöckigen Gebäude auf ihn hinabblickt.« Rube mußte das, was er gesagt hatte, zeitlich abgestimmt haben – denn nun, als wir den letzten Baum an der Kurve des West Drive passierten, der zur 72nd Street und hinaus aus dem Park führte, hob er den Arm und wies voraus. Als wir unter der Krone des Baumes heraustraten, sagte er: »Von einem Apartment in einem Gebäude wie *diesem* zum Beispiel.« Und dann sah ich es und blieb wie angewurzelt stehen. Dort, auf der gegenüberliegenden Straßenseite, stand ein hohes, straßenblockgroßes Gebilde, wie ich es noch nie zuvor in New York gesehen hatte. Ein Blick, und man wußte, was Danziger gesagte hatte: ein wunderbarer Überlebender aus einer anderen Zeit. Später kam ich hierher zurück – nach einem Schneeschauer, wie Sie sehen können – und machte Photos von dem Gebäude, einen ganzen Film, der Hausmeister nahm mich sogar mit auf das Dach. Das eine oben auf dieser Seite habe ich von der Position aus aufgenommen, wo Rube und ich standen. Das Gebäude besteht aus blaßgelben Backsteinen, die sorgfältig mit schokoladenfarbenen Steinen eingefaßt sind; wie eine der späteren Aufnahmen zeigt, ist jedes der acht Stockwerke genau doppelt so hoch wie die des modernen Apartmenthauses daneben.

Ein wundervoller Anblick, doch das Dach zog sofort meine Aufmerksamkeit auf sich. Es glich einer Miniaturstadt – aus Giebeln, Türmen, Pyramiden, Spitzen. Von der Dachrinne bis zum höchsten Punkt des Daches mußten es zwölf Meter sein; unzählige Quadratmeter geneigter Oberflächen, die mit Schieferschindeln bedeckt und grünspanigem Kupfer gefaßt waren, durchsetzt von Fenstern, Gaupen und Dachrinnen; quadratisch, rund und rechteckig, groß und klein, weit und eng. Wie die Aufnahme vom Dach zeigt, läuft es in Flaggenmasten und ornamentalen Steinspitzen aus, verbreitert sich zu ebenen Promenaden, die mit filigranen gußeisernen Geländern bestanden sind. Und überall türmen sich hohe Kamine auf. Alles, was ich tun konnte, war, mich zu Rube umzudrehen, den Kopf zu schütteln und vor Vergnügen zu grinsen.

Auch er grinste, so stolz, als hätte er selbst das Bauwerk errichtet. »So hat man in den Achtzigern gebaut, Junge! Einige der Apartments haben siebzehn Räume, ich meine

große Räume; in Apartments wie diesen kann man sich buchstäblich verlieren. Mindestens eines von ihnen ist mit einem Ankleideraum, einem Empfangsraum, mehreren Küchen, ich weiß nicht wie vielen Badezimmern und einem privaten Salon ausgestattet. Die Wände sind sechzig Zentimeter dick, das Gebäude ist eine Festung. Nehmen Sie sich Zeit und schauen Sie es sich an; es ist es wert.«

Das war es. Ich starrte hinauf und fand noch mehr, was mich erfreute: Balkone aus geschnittenem Stein unter einigen der großen alten Fenster, einen gußeisernen Balkon, der das gesamte siebte Stockwerk umlief, runde Säulen an Erkern, die sich über die Fassade hinzogen und in Kuppeln oben am Dach endeten. Rube sagte: »Viel Licht in diesen Apartments. Das Gebäude ist ein hohles Quadrat um einen Hof, in dem sich einige große, sehenswerte Bronzebrunnen befinden.«

»Es ist toll, einfach toll.« Ich lachte und, ich konnte mir

nicht helfen, schüttelte den Kopf; es war ein so wunderbares altes Bauwerk. »Was ist das, wieso steht es noch immer?«

»Das ist das Dakota. In den frühen Achtzigern erbaut, als es praktisch noch außerhalb der Stadt stand. Die Leute sagten, es sei so weit von der Stadt entfernt, daß es auch in den Dakotas liegen könnte; also wurde es so genannt. So sagt man jedenfalls. Sie werden nicht erstaunt sein, wenn Sie erfahren, daß eine Gruppe fortschrittlicher Bürger vor einigen Jahren ganz erpicht darauf war, es niederzureißen und durch ein weiteres schönes neues modernes Monster zu ersetzen, das auf der gleichen Grundfläche mehr Apartments beherbergt – niedrige Decken, dünne Wände, keine Salons oder Anrichteräume, dafür viel Profit für die Besitzer, darauf können Sie wetten. Doch die Mieter hatten Geld und konnten Widerstand leisten; einige reiche Berühmtheiten wohnen hier. Sie taten sich zusammen, kauften es, und nun scheint das Dakota sicher zu sein. Wenn es nicht dazu verdammt ist, einem Freeway Platz zu machen, der direkt durch den Central Park führt.«

»Können wir rein und uns umschauen?«

»Dafür haben wir heute keine Zeit.«

Ich schaute noch einmal nach oben. »Es muß einen herrlichen Ausblick auf den Park besitzen.«

»Das hat es.« Plötzlich schien sich Rube nicht mehr dafür zu interessieren; er blickte auf die Uhr, und wir kehrten um und gingen den West Drive zurück. Schließlich verließen wir den Park, und im Westen vor mir erblickte ich wieder das riesige Lagerhaus mit den ausgewaschenen Lettern unter der Dachtraufe: *Beekey Brothers, Moving & Storage*, 555-8811.

Wenn ich erwartet hatte, daß Danzigers Büro luxuriös und beeindruckend ausgestattet war – was ich, wie ich denke, tat –, dann wurde ich enttäuscht. Das schwarzweiße Namensschild draußen sagte nur *E. E. Danziger*, kein Titel. Rube klopfte, Danziger bellte »Herein«, Rube öffnete die Tür, schob mich nach drinnen und wandte sich ab; er murmelte noch, er werde mich später wieder sehen. Danziger saß hinter seinem Schreibtisch und telefonierte; er hieß mich auf einem Stuhl neben dem Tisch Platz nehmen. Ich setzte mich – Hut und Mantel hatte ich wieder unten abgegeben – und sah mich so gut wie möglich um, ohne allzu neugierig zu erscheinen.

Es war einfach ein Büro, kleiner als Rossoffs und viel leerer. Es sah unfertig aus, das Büro eines Mannes, der eines haben mußte, sich darum aber nicht kümmerte und die meiste Zeit außerhalb verbrachte. Die Außenwand war einfach die alte Backsteinmauer des Lagerhauses, mit plissiertem Stoff bedeckt, der allerdings nicht lang genug war, um ganz nach unten zu reichen. Ein gewöhnlicher Teppich lag aus, an einer Wand hing ein kleines Bücherregal, an der anderen die Photographie einer Frau mit einem Haarschnitt, wie er in den Dreißigern Mode gewesen war. An der dritten Wand befand sich eine große Luftaufnahme von Winfield, Vermont – eine andere Ansicht als die, die ich bereits gesehen hatte. Danzigers Schreibtisch stammte aus einem Büromöbelkaufhaus, genau wie die beiden mit Leder bezogenen Metallstühle für Besucher. In einer Ecke stand ein Pappkarton auf dem Boden, der randvoll mit Kopierpapier gefüllt war. Auf einem Tisch an der Wand gegenüber lag ein sperriger Gegenstand, der unter einem Wachstuch verborgen war.

Danziger beendete sein Telefongespräch, das irgendwie damit zu tun hatte, ob jemand autorisiert war, Verrechnungsschecks zu unterschreiben. Er öffnete die oberste Schreibtischschublade, holte eine Zigarre hervor, schälte das Zellophan ab, schnitt dann die Zigarre mit einer großen Schere exakt in der Mitte auseinander und bot mir eine der Hälften an. Ich schüttelte den Kopf, er legte sie in die Schublade zurück und steckte die andere – nicht angezündet – in den Mund. »Das Dakota gefällt Ihnen«, sagte er; es war keine Frage, sondern eine Feststellung. Ich nickte lächelnd, und Danziger lächelte ebenfalls. Er sagte: gibt andere, in ihrer Grundsubstanz kaum verän Gebäude in New York, manche sind ebenso schön und viel älter, das Dakota jedoch ist einzigartig. Wissen Sie, warum?« Ich schüttelte den Kopf. »Nehmen Sie an, Sie stehen am Fenster eines der oberen Apartments und blicken auf den Park hinunter; sagen wir in der Morgendämmerung, wenn nicht viele Autos zu sehen sind. Um Sie herum ist ein Gebäude, das seit dem Tag seiner Errichtung unverändert geblieben ist, selbst das Zimmer, in dem Sie stehen, vielleicht sogar das Glasfenster, durch das Sie schauen. Und deswegen ist es einzigartig in New York: *Weil alles, was Sie draußen vor dem Fenster sehen, ebenfalls unverändert ist.*«

Er lehnte sich über die Schreibtischoberfläche und starrte mich an, bewegungslos, bis auf die Zigarrenhälfte, die langsam von einem Mundwinkel zum anderen rollte. »Hören Sie zu!« sagte er scharf. »Das Immobilienunternehmen, das das Dakota als erstes betrieb, existiert noch immer. Wir haben ihre frühen Aufzeichnungen auf Mikrofilm aufgenommen. Wir wissen exakt, wann alle Apartments, die zum Park hin gelegen sind, leergestanden haben und für wie lange.« Er lehnte sich zurück. »Stellen Sie sich vor, daß eines der oberen Apartments zwei Monate lang im Sommer 1894 leer gestanden hat. Was es damals auch tat. Und stellen Sie sich vor, daß wir – was wir bereits getan haben – genau dieses Apartment für die kommenden Sommermonate gemietet haben. Und nun versuchen Sie bitte, mich zu verstehen. Wenn Albert Einstein recht hat – was ich nicht bezweifle –, dann, so schwer es auch zu verstehen sein mag, *existiert* der Sommer von 1894 *noch immer*. Dieses stille, leere Apartment existiert in jenem Sommer, genau wie es in diesem kommenden Sommer existiert. Unverändert, das gleiche Apartment, sowohl in jenem Jahr als auch heute, in beiden existiert es. Ich glaube, daß es diesen Sommer möglich sein könnte, einfach möglich sein könnte – Sie verstehen –, daß ein Mann aus diesem unveränderten Apartment hinausgeht und in jenen Sommer hinein.« Er lehnte sich in seinen Stuhl zurück, seine Augen waren auf die meinen gerichtet, die Zigarre zitterte leicht, während er sie kaute.

Nach einer langen Pause sagte ich: »Einfach so?«

»O nein!« Er schoß nach vorne und beugte sich wieder über den Tisch. »*Nicht* einfach so«, sagte er und lächelte mich plötzlich an. »Die unzählbaren Millionen unsichtbarer Fäden, die hier existieren, Si« – er berührte seine Stirn – »fesseln ihn an *diesen* Sommer, ganz egal, wie unverändert das Apartment auch sein mag.« Er lehnte sich in den Stuhl zurück, sah mich an und lächelte noch immer. Dann sagte er ruhig und sachlich. »Aber ich möchte sagen, Si, das Projekt begann an dem Tag, an dem mir der Gedanke kam, daß es vielleicht eine Möglichkeit gibt, diese Fäden aufzulösen.«

Ich verstand. Ich kannte den Zweck des Projekts. Ich kannte ihn bereits seit geraumer Zeit, natürlich, aber nun war er ausgesprochen worden. Mehrere Sekunden lang nickte ich bedächtig; Danziger wartete darauf, daß ich etwas sagte. Schließlich tat ich es. »Warum? Warum wollen Sie das?«

Er rutschte in seinen Stuhl zurück und zuckte mit den Schultern. »Warum wollten Wrights ein Flugzeug bauen? Um Arbeitsplätze für Stewardessen zu schaffen? Oder uns die Möglichkeit zu geben, Vietnam zu bombardieren? Nein, ich denke, alles, was sie wollten, war, zu sehen, ob sie es konnten. Ich denke, deswegen schossen die russischen Wissenschaftler den ersten Satelliten in den Weltraum, gleichgültig, welchen angeblichen Nutzen sie daraus zogen. Aus keinem anderen Grund, als zu sehen, ob sie es konnten, wie Kinder, die einen Knallkörper unter eine Blechdose legen, um zu sehen, ob sie hochgeht. Und ich denke, das ist Grund genug. Für ihre Wissenschaftler wie für unsere. Beeindruckende Absichtserklärungen wurden später dazuerfunden, um die horrenden Kosten dieser Spielzeuge zu rechtfertigen, aber die ersten Versuche wurden nur um ihrer selbst willen gemacht, und das ist auch unser Grund.«

Dagegen hätte ich nichts einzuwenden, sagte ich. »Schön, aber warum Winfield, Vermont, um 1926? Oder Paris um 1451? Oder das Dakota-Apartment um 1894?«

»Die Orte sind für uns nicht wichtig.« Er nahm die Zigarrenhälfte aus dem Mund, sah sie angewidert an und steckte sie wieder zwischen die Zähne. »Ebenso die Zeit. Sie stellen nichts anderes dar als mögliche Gelegenheiten. Wir haben an den Crow kein besonderes Interesse, weder an denen von 1850 noch zu anderen Zeiten. Aber zufällig gibt es einige Tausend Acre Regierungsland in Montana, das weitgehend unberührt ist, unverändert seit 1850. Für vier oder höchstens fünf Tage wird das Landwirtschaftsministerium dieses Gebiet für uns absperren – keine Autos oder Greyhound-Busse – und die Jets fernhalten. Es wird uns auch eine Herde von etwa tausend Bisons besorgen. Könnten wir das Gebiet einen Monat lang haben, brauchten wir nicht die Simulation unten in der Halle. Unser Mann wird sich dort an die Umstände gewöhnen und – wie wir hoffen – dann das Beste aus den wenigen Tagen machen, die uns am realen Schauplatz zur Verfügung stehen.

Und Winfield«, er wies auf die Photographie an der Wand, »eine kleine Stadt in einem Gebiet mit ausgelaugtem Farmland, praktisch verlassen, als wir sie bekamen. Vierzig Jahre lang starb sie langsam vor sich hin und verlor immer mehr an Bevölkerung. In den letzten dreißig Jahren investierte kaum noch jemand Geld in Modernisierungsarbeiten, um das Unvermeidliche zu vermeiden. Eine alte Geschichte in einigen Teilen New Englands; die Geisterstädte sind nicht nur im Westen zu finden. Diese hier lag isolierter als die meisten anderen, also kauften wir sie durch eine andere staatliche Agentur, einfach als mögliche Gelegenheit. Angeblich, um einen Damm an ihrer Stelle zu errichten.«

Danziger grinste. »Wir haben die Zufahrtsstraße geschlossen und restaurieren sie nun. Welch ein Spaß! Die Umkehrung dessen, was sonst gemacht wird: einen Freeway durch eine schöne alte Stadt zu bauen oder ein reizendes altes Bauwerk durch die fensterlosen Monster zu ersetzen. Leute mit ausgeprägter Zerstörungsmentalität würden vor Frust verrückt werden, aber unsere Leute haben eine wunderbare Zeit dort.« Er lächelte wie ein Seemann, der von seinem besten Landgang berichtete.

»Sie reißen alle Neonröhren heraus, jede Telefonwählscheibe, jede matte Glühbirne. Die meisten elektrischen Einrichtungen haben wir bereits entfernt: elektrische Rasensprenger und dergleichen. Wir entfernen jedes Stück Plastik, restaurieren die Gebäude und reißen die wenigen neuen ein. Selbst den Teerbelag einiger Straßen entfernen wir und machen aus ihnen wieder hübsche unbefestigte Straßen. Wenn wir fertig sind, wird die Bäckerei frisch gebackenes Brot in weißes Papier einschlagen. In Gelardis Laden wird frisches Gemüse mit Wasser besprüht, um es kühl zu halten. Die Feuerwehr wird von Pferden gezogen, alle Automobile stammen aus der Zeit, und die Zeitung wird täglich Duplikate der Ausgaben von 1926 drucken. Wir arbeiten nach intensiven Studien und Auswertung von Photographien und Aufzeichnungen der Stadt; wenn wir fertig sind, dann wird das kleine, vergessene Winfield wieder so sein, wie es 1926 war. Nun, was halten Sie davon?«

Ich lächelte ihn an. »Klingt beeindruckend. Und teuer.«

»Überhaupt nicht.« Danziger schüttelte entschieden den Kopf. »Es wird uns, alles in allem, etwas mehr als drei Millionen Dollar kosten, weniger als die Kosten von zwei Tagen Krieg. All dies zum Wohle eines Mannes; Sie sahen ihn heute morgen in der Halle.«

»Der Mann auf der Veranda des kleinen Holzhauses.«

»Ja. Ein Duplikat eines Hauses in Winfield. Darin wird John sein Bestes geben, um sich in das Lebensgefühl in Winfield, Vermont, im Jahre 1926 zu versetzen. Dann, wenn er und wir bereit sind, werden etwa zweihundert Schauspieler und Komparsen ungefähr zehn Tage lang – die längste Periode, die praktizierbar ist – die wiederhergestellten Straßen von Winfield beschreiten, die alten Wagen fahren und auf den Veranden sitzen, wenn es warm genug ist. Wir sagen ihnen, daß es mit experimenteller Filmtechnik zu tun hat; verborgene Kameras werden ihre spontanen, aber authentischen Aktionen aufnehmen. Unter den zweihundert, die alle mit John wirklich in Berührung kommen, werden etwa zwanzig vom Projekt sein. Wir hoffen, daß John mental bereit ist, in den kurzen zehn Tagen das Beste daraus zu machen.« Der alte Mann starrte, den Zigarrenstummel kauend, auf die große Photographie an der Wand.

Dann schaute er wieder mich an. »Das ist der Zweck all unserer Konstruktionen unten in der Halle. Sie dienen der Vorbereitung: ein zeitweiliger Ersatz für die realen Orte, die noch nicht verfügbar oder nicht lange genug verfügbar sind. Es gibt nicht viele tausend Jahre alte Bauwerke, aber eines davon ist die Kathedrale Notre Dame in Paris. Den wirklichen Schauplatz werden wir nicht einmal fünf Stunden lang haben, zwischen Mitternacht und der Morgendämmerung, in einer Nacht. Auf der Ile de la Cité und an den Ufern links und rechts der Kathedrale werden Strom und Gas abgeschaltet. Wir haben die Erlaubnis, die unmittelbare Umgebung nach unseren Vorstellungen zu gestalten. Das Beste, was wir – durch das State Department – mit den Franzosen aushandeln konnten. Sie glauben, es handle sich um einen Film. Wir haben sogar ein ganzes Drehbuch ausgearbeitet, das wir ihnen vorlegen konnten und das sie, wie ich denke, überzeugt hat. Niemand im Projekt hegt für diesen Versuch große Hoffnungen, wir haben nur ein paar Stunden, in denen alles über die Bühne gehen muß. Ich befürchte, das wird nicht reichen. Und die Epoche liegt weit zurück; kann sich wirklich jemand hineinversetzen, wie es damals gewesen war? Ich muß es bezweifeln, aber noch habe ich Hoffnung. Wir tun unser Bestes, das ist alles.«

Danziger stand auf, wies mich an, ihm zu folgen, und ging an den zugedeckten Tisch. »Abgesehen von zahllosen Details wissen Sie nun, wovon dieses Projekt handelt. Aber das Beste habe ich für den Schluß aufgespart: Ihre Mission.«

Er zog das Tuch vom Tisch und enthüllte ein dreidimensionales, wunderbar gearbeitetes Modell. Aus grünem Wasser mit weißen Schaumkronen erhob sich eine bewaldete Insel zu einem kleinen Berg. Gegenüber der Insel, durch eine Wasserstraße getrennt, lag ein felsenübersäter Strand, hinter dem sich zerklüftete Klippen auftürmten. Über den Klippen wuchs Wald, und zwischen den Bäumen stand ein weißes Haus mit einer Veranda.

»Wir werden das in der Halle nachstellen.« Danziger berührte den Gipfel der bewaldeten Insel. »Das ist Angel Island in der Bucht von San Francisco; sie gehört dem Staat. Außer einer schon lange aufgegebenen Immigrationsstation und einem verlassenen Nike-Abschußplatz, die beide hinter Bäumen verborgen liegen, sieht die Insel noch genauso aus wie um die Jahrhundertwende, als dieses Haus« – er berührte das kleine Dach – »neu war. Es war das erste Haus, das hier gebaut wurde, es besitzt die beste Aussicht und liegt am nächsten zum Wasser. Das Haus existiert noch immer, und abgesehen von den hinteren Fenstern ist von ihm aus keines der neueren Häuser zu sehen. Außerdem blockiert Angel Island die Sicht auf die Bay Bridge. Der Ort ist daher heute noch genauso wie früher, sieht man von den modernen Schiffen ab, die durch die Bucht fahren. Für zwei volle Tage und drei Nächte können wir die Bucht so haben, wie sie damals war, inklusive zweier großer Segelschiffe und mehrerer kleiner.« Danziger lächelte mich an und legte seine große schwere Hand auf meine Schulter. »San Francisco war schon immer ein schöner Ort, der einen Besuch wert ist. Aber man sagt, daß die Stadt, die im Erdbeben und dem Feuer von 1906 zerstört wurde, ein ganz besonders schöner Ort gewesen sei. Mit keiner anderen Stadt zu vergleichen. Und das, Si – San Francisco im Jahr 1901 – ist Ihnen zugeteilt.«

Niemand mag Höhepunkte, die zunichte gemacht werden. Der Moment besaß eine Art unschuldiger Theatralik, die mir lieb war und die ich nicht gerne zerstörte. Aber ich mußte es tun, und ich schüttelte seufzend meinen Kopf. »Nein. Wenn ich die Wahl habe, Dr. Danziger, dann nicht San Francisco. New York wäre mir sehr viel lieber.«

»New York?« Überrascht zuckte er mit der Schulter. »Nun, ich würde mich anders entscheiden, aber wenn Sie wollen … Ich dachte, ich offeriere Ihnen etwas Außergewöhnliches, aber –«

Ich mußte ihn beschämenderweise unterbrechen. »Es tut mir leid, Dr. Danziger, aber ich meine nicht das New York von 1894.«

Er lächelte nun nicht mehr; er starrte mir in die Augen und fragte sich wohl, ab er mit mir nicht einen großen Fehler begangen hatte. »Oh?«, sagte er ruhig. »Wann dann?«

»Januar – das genaue Datum weiß ich nicht, werde ich aber herausfinden – des Jahres 1882.«

Bevor ich fertig war, schüttelte er verneinend den Kopf. »Warum?«

Es kam mir töricht vor, es auszusprechen. »Um … um einen Mann zu beobachten, der einen Brief aufgibt.«

»Nur zu beobachten? Das ist alles?« fragte er neugierig. Ich nickte. Abrupt drehte er sich um, ging zu seinem Schreibtisch, hob den Telefonhörer ab, wählte zwei Nummern und wartete dann. »Fran? Überprüfe unsere Aufzeichnungen zum Dakota; sie sind auf Film. Nach freien Apartments mit Blick auf den Park im Januar 1882.«

Wir warteten. Ich betrachtete unterdessen das Modell

auf dem Tisch, ging um es herum und besah es mir von allen Seiten. Dann ergriff Danziger einen Stift, notierte sich rasch etwas auf einem Block, sagte »Danke, Fran«, und legte auf. Er riß den Zettel vom Block und wandte sich mir zu; seine Stimme klang enttäuscht. »Es tut mir leid, das sagen zu müssen, aber es gab im Januar 1882 zwei freie Apartments. Eines im zweiten Stock, was nichts taugt. Das andere aber lag im siebten Stock und war den ganzen Januar frei, vom ersten Tag des Jahres bis in den Februar hinein. Offen gesagt, habe ich gehofft, daß es keines geben würde und daß damit Ihr Wunsch von vornherein als erledigt zu betrachten wäre. Das hier ist ein ernsthaftes Unternehmen, das sich nicht auf irgendwelche Privatinteressen einlassen kann. Was haben Sie vor? Erzählen Sie es mir.«

»Das werde ich tun. Aber ich will es Ihnen nicht nur erzählen, Sir. Ich will es Ihnen *zeigen*. Morgen vormittag. Denn ich glaube, wenn Sie sehen, wovon ich spreche, werden Sie mir zustimmen.«

»Das glaube ich nicht.« Er schüttelte erneut den Kopf, sein Blick aber war etwas freundlicher. »Trotzdem, zeigen Sie es mir morgen früh, wenn Sie wollen. Gehen Sie nun nach Hause, Si; das war sicherlich ein anstrengender Tag für Sie.«

5

Etwa drei Monate nachdem ich Katherine Mancuso kennengelernt hatte, brachte ich sie eines Abends nach Hause. Ich kann mich nicht mehr daran erinnern, wo wir gewesen waren. Wir waren mit dem MG unterwegs, ich fuhr ihn über den Bordstein und parkte ihn an seinem Platz zwischen ihrem Laden und dem nächsten Gebäude, und wir kletterten hinten raus. Oben in ihrem Apartment über dem Laden setzte Kate Wasser für Tee auf. Nichts Ungewöhnliches, trotzdem glaube ich, daß wir beide, schon als wir die Mäntel auszogen, auf mysteriöse Art und Weise wußten – mysteriös, da sich dieser Abend in nichts von vielen vorausgegangenen zu unterscheiden schien –, daß wir an diesem Abend eine unsichtbare Linie überschritten hatten, daß unsere Beziehung kein Geplänkel mehr war, sondern auf ein Ziel zuführte. Denn Katie begann, alles über sich zu erzählen.

Sie brachte den Tee, in jeder Hand eine volle Tasse samt Untertasse – ich wußte, daß sie in der Küche meinem Tee Zucker zugefügt hatte –, reichte mir meine Tasse, setzte sich neben mich auf das Sofa und begann zu erzählen, beinahe als hätten wir beide gewußt, daß sie das diesen Abend tun würde. Das meiste, was sie in dieser Nacht erzählte, spielt hier keine Rolle, nach einer Weile allerdings sagte sie: »Weißt du, daß ich eine Waise bin?«

Ich nickte; sie hatte mir das schon vor langer Zeit gesagt. Als Kate zwei Jahre alt war, unternahmen ihre Eltern einen

Wochenendausflug und ließen Kate wie gewöhnlich bei Ira und Belle Carmody, den Nachbarn. Das war in Westchester. Sie waren sehr viel älter als die Mancusos, aber gute Freunde, kinderlos und verrückt nach Kate. Die Eltern starben bei der Rückfahrt.

Für die folgenden Tage behielten die Carmodys Kate bei sich. Als sich herausstellte, daß es keine Verwandten gab, die sie aufnehmen konnten, sondern nur einen Cousin ihrer Mutter in einem anderen Staat, der sie niemals gesehen hatte, adoptierten sie die Carmodys,wozu der Cousin freudig seine Zustimmung erteilte. Sie zogen sie auf, und natürlich waren sie für Katie ihre Eltern; an ihre eigenen konnte sie sich nicht mehr erinnern.

Ich nickte; ja, sie war eine Waise. Kate stand auf, ging in ihr Schlafzimmer und kam zurück mit einer Akkordeonfaltmappe aus glänzend roter Pappe, die mit einem roten Band geschlossen werden konnte. Sie legte sie in ihren Schoß, öffnete sie, fand das richtige Fach, griff hinein und – wir sind von Geburt an alle instinktiv Schauspieler – zog die Hand nicht mehr heraus, sondern redete weiter und ließ meine Neugierde anwachsen. »Iras Vater war Andrew Carmody, ein ziemlich bekannter Geschäftsmann und Politiker im New York des neunzehnten Jahrhunderts, wenngleich er nicht zu den wirklich berühmten Leuten gehörte. Später schien er sein Händchen für Geldgeschäfte verloren zu haben und sein Vermögen dazu. Berühmtheit kann er allenfalls in seiner Funktion als Berater für Präsident Grover Cleveland beanspruchen, während Clevelands zweiter Amtszeit in den Neunzigern, zu der Zeit, als Ira geboren wurde.«

Ich nickte und sagte, nur um auch etwas zu sagen: »Welche Art von Ratschlägen hat er ihm gegeben?«

Kate lächelte. »Das weiß ich nicht. Nichts Besonderes, denke ich. Als historische Gestalt gibt er nicht viel her. Ira sagte immer, in einer sehr vollständigen und umfangreichen Untersuchung von Clevelands zweiter Amtszeit würde er höchstens eine Fußnote sein. Aber er war wichtig für Ira, denn als er noch ein Kind war, hat sich sein Vater umgebracht. Das hat ihn den Rest seines Lebens sehr beschäftigt.«

Kate zog die Hand aus der Mappe; sie hielt ein kleines rechteckiges Schwarzweiß-Photo zwischen den Fingern. »Andrew Carmody war pleite, er hatte sein letztes Geld verloren. 1898 schließlich zogen er und seine Frau nach Montana, in eine kleine Stadt namens Gillis. Jahre später, in den Dreißigern, als Ira Gillis bereits verlassen hatte, fuhr er zurück und überquerte den halben Kontinent, nur um sicherzugehen, daß das Grab seines Vaters noch immer so aussah, wie er es als kleiner Junge in Erinnerung hatte.«

Kate gab mir die kleine Photographie. »Das ist das Photo, das Ira in diesem Sommer gemacht hat: der Grabstein seines Vaters. Ich nehme an, er steht dort noch immer; irgendwann würde ich ihn gerne sehen.«

Ich konnte nicht erkennen, worauf ich auf diesem glänzenden Schnappschuß in meiner Hand starrte. Dann erkannte ich die Form: die Art von Grabsteinen, wie sie Karikaturisten zeichnen. Eine altmodische gerade Steinplatte, deren oberes Ende sich zu einem perfekten Halbkreis rundet. Dieser hier schien kaum einen halben Meter hoch zu sein – er war sehr viel kleiner als gewöhnlich – und stand auch nicht mehr senkrecht, sondern war nach links geneigt. Das Photo war scharf und klar; er mußte es bei hellem Tageslicht aufgenommen haben. Der Stein stand hinter dem dünn mit Gras bewachsenen Grab, einige welke Löwenzahnblüten waren zu sehen. Ein altes Grab, dessen vormals aufgewölbter Hügel eingefallen und nun auf gleicher Höhe mit der umliegenden Erde war. Dann bemerkte ich irritiert, daß der Grabstein keine Schriftzüge trug; er besaß kein Epitaph, nur eine Zeichnung. Ich hielt die Aufnahme näher und drehte sie in das Licht der Lampe, die neben dem Sofa stand.

Die Zeichnung bestand aus einem neunzackigen Stern

innerhalb eines Kreises; gebildet war er aus neunzig oder hundert Punkten, die der Steinmetz, Punkt für Punkt, eingekerbt hatte. Die Spitzen des Sterns berührten gerade den Kreis; die Zeichnung bedeckte fast die gesamte Oberfläche des Grabsteins. Die Photographie war gut, jeder Punkt war als schattige Vertiefung auf der rauhen Steinoberfläche zu erkennen, der verwitterte, halbkreisförmige Abschluß des Steines zeichnete sich klar gegen den dunkleren Hintergrund aus harter Erde und dünnem Gras ab, die umliegenden Grabsteine in der Umgebung waren leicht unscharf.

Mir kommt es vor, als hätte ich damals eine volle Minute über dem Photo gesessen und es angestarrt. Eine Minute ist eine lange Zeit; es besaß die Faszination vollkommener Realität; irgendwo in diesem Land, außerhalb einer kleinen Stadt in Montana, stand dieser fremdartige Grabstein, wahrscheinlich noch immer, verwittert, aufgerauht durch Jahre der Hitze, der Kälte, die wechselnden Jahreszeiten, Regen und Sonne. Schließlich sah ich Kate an. »Das hat seine Frau auf seinem Grab anbringen lassen?«

Kate nickte. »Es hat Ira das ganze Leben lang befremdet.« Ihre Hand kramte wieder in der Mappe. Dann zog sie ein Papierstück heraus, einen langen, rechteckigen, taubenblauen Umschlag. Kate sagte: »Sein Vater hat sich erschossen. An einem Nachmittag im Sommer. Er saß an seinem Schreibtisch in dem kleinen Haus. Und das hat er auf dem Tisch zurückgelassen.«

Ich nahm den Umschlag. Er trug eine abgestempelte Drei-Cent-Briefmarke mit dem Profil von Washington, in einem Design, das ich niemals zuvor gesehen hatte. Der kreisförmige Stempelaufdruck lautete: ›New York, N. Y., Main Post Office, Jan. 23, 1882, 6:00 PM.‹ Mit schwarzer Tinte war er an ›Andrew W. Carmody, Esq., 589 Fifth Avenue, City‹ adressiert. Die untere rechte Ecke des Umschlags war leicht verkohlt, als hätte jemand versucht, ihn zu verbrennen, und das Feuer sofort wieder gelöscht.

Ich drehte ihn um – die Rückseite war unbeschrieben –, und Kate sagte: »Schau hinein.«

Innen steckte ein weißes Blatt, in der Mitte gefaltet und an einer Seite angebrannt; es mußte im Umschlag gewesen sein, als dieser angezündet worden war. Über dem Falz stand in schwarzer Tinte und in derselben sauberen Handschrift wie die Adresse: *Wenn eine Unterredung über den Carrara-Marmor im Court House für Sie von Interesse sein sollte, so kommen Sie bitte nächsten Donnerstag um halb eins in den City Hall Park.* Darunter stand in blauer Tinte ein großes, nur halb leserliches Gekritzel mit vier Tintenklecksen: *Daß dieses Sendschreiben die Zerstörung des gesamten Welt* (ein Wort schien hier am Ende der Zeile, wo das Papier verbrannt war, zu fehlen) *durch Feuer herbeiführte, ist kaum zu glauben. Dennoch ist es so, und der Fehler und die Schuld* (ein weiteres Wort fehlte) *bei mir. Sie ist weder zu leugnen, noch ist ihr zu entkommen. Dieses erbärmliche Souvenir vor Augen, beende ich nun das Leben, das bereits damals hätte beendet werden sollen.*

Ich spürte, wie einer meiner Mundwinkel sich zu einem leichten Lächeln hob; dies alles schien so unwirklich zu sein. Als ich auf das verkohlte Blatt blickte, konnte ich kaum glauben, daß einstmals Leute diese überladen-blumige Nachricht schrieben, dann ein Gewehr ergriffen und sich töteten. Aber es *war* wirklich. Wie immer es auch geschrieben sein mag, dieses Ding in meiner Hand – wieder blickte ich darauf, und mein Lächeln verschwand – war eine verzweifelte Botschaft vom letzten Lebensmoment eines Mannes. Ich schob es in den Umschlag zurück und sah zu Kate. »Das Ende der Welt?« sagte ich, aber sie schüttelte den Kopf.

»Keiner weiß, was es zu bedeuten hat. Außer vielleicht Iras Mutter. Sie kam – ich habe mir das so oft vorgestellt, Si, obwohl es mir nicht gefällt und ich es hasse – in das Zimmer gelaufen, in dem der Geruch von Schießpulver hing, und stand vor der Leiche ihres Ehemanns, der über den Schreibtisch gefallen war; sie las das und zündete es an. Plötzlich aber schlug sie das Feuer aus und bewahrte den Brief auf. Sie rief keinen Doktor. Er hatte sich durch das Herz geschossen, sagte sie, als sie nach der Beerdigung befragt wurde; jeder Dummkopf konnte erkennen, daß er tot war. Statt dessen wusch sie die Leiche und bereitete sie für die Beerdigung her. Es war damals nicht unüblich, den Leichnam nicht einzubalsamieren; aber sie ließ weder den Leichenbeschauer noch sonst jemand an den Leichnam, bis er im Sarg lag.

In der Stadt sorgte dies natürlich für einen Skandal, was Ira, als er noch klein war, mehr als einmal zu spüren bekam. Aber sie hat sich nicht unterkriegen lassen. Sie hielt den Blicken stand und antwortete auf die Fragen, daß sie keine Ahnung habe, was die Notiz bedeute, und daß es niemanden etwas angehe, was sie getan habe. Zehn Tage später ließ sie den Stein auf dem Grab errichten, und auch darüber gab sie niemandem eine Erklärung.

Iras Leben war davon überschattet. So lange er lebte, wollte er wissen, warum, warum, warum? Und mir geht es ebenso.«

Genau wie mir. Wir sprachen viel in dieser Nacht. Ich erzählte Kate einiges von mir, vor allem von meiner Ehe und Scheidung und was ich mir davon erklären konnte und was nicht. Dies war kein Thema, bei dem ich jemals vorher den Wunsch verspürt hatte, mich mit jemandem darüber zu unterhalten. Aber selbst als ich über mich redete – mit Kate als aufmerksamer Zuhörerin –, ging mir Andrew Carmody durch den Kopf, und die Frage warum, warum, warum.

Neugier ist vielleicht der stärkste Instinkt des Menschen, stärker noch als Sex und Hunger: das absolute Bedürfnis, zu wissen. Sie kann manchmal ein ganzes Leben bestimmen, manchmal auch zum Tod führen, und die Aussicht, sie zu befriedigen, gehört zu den aufregendsten Gefühlen, die es gibt. Also konnte ich es am Freitag vormittag in Dr. Danzigers Büro kaum erwarten, von ihm eine Antwort zu erhalten. Er hörte zu. Er besah sich die kleine Aufnahme und den blauen Umschlag, den ich von Kate geliehen hatte. Und nun betrachtete er mich von seinem Schreibtisch aus; er trug einen dunkelblauen zweireihigen Anzug und ein weißes Hemd mit einer kastanienbraunen Krawatte. Ich trug denselben grauen Anzug, den ich bereits am Vortag getragen hatte. Nach einer kurzen Pause nahm er den blauen Umschlag wieder auf und las laut vor: »›Daß dieses Sendschreiben die Zerstörung des gesamten Welt … durch Feuer herbeiführte, ist kaum zu glauben. Dennoch ist es so …‹«

Plötzlich grinste er. »Und Sie würden gerne miterleben, wie dieses ›Sendschreiben‹ aufgegeben wurde, oder? Nun, da kann man Ihnen keinen Vorwurf machen. Aber *wozu* wollen Sie das, Si? Was wollen Sie dadurch erfahren? Wenn überhaupt etwas, dann ein weiteres bedeutungsloses Detail eines Geheimnisses, das Ihnen im Kopf umgeht und dem Sie nicht auf den Grund gehen dürfen. Denn sicherlich verstehen Sie«, er beugte sich über den Tisch zu mir, »daß es nicht den geringsten Eingriff in vergangene Ereignisse geben darf. Die Vergangenheit zu verändern würde bedeuten, die Zukunft, die sich daraus ergibt, zu verändern. Die Folgen sind unübersehbar, ein Risiko, das unter keinen Umständen akzeptiert werden kann.«

»Natürlich! Das verstehe ich. Aber, Dr. Danziger, wenn ich sehe, wie der Brief *aufgegeben* wurde! Ich weiß, daß ich dadurch nicht sonderlich viel erfahre. Vielleicht auch gar nichts. Aber … ich kann es nicht erklären.«

»Das müssen Sie nicht. Ich verstehe Sie. Nichtsdestotrotz –«

»Wenn es funktionieren sollte, dann werde ich *etwas* beobachten. Warum also nicht?«

»Theoretisch, denke ich, gibt es keinen Grund, der dagegen spräche. Ich habe befürchtet, daß Sie so argumentieren würden. Gut, Si. Nachdem Sie gestern gegangen waren, telefonierte ich mit den Vorstandsmitgliedern. Wir haben ein zweimonatliches Treffen, das nächste Woche angestanden hätte; ich habe sie gebeten, es auf heute vorzuverlegen. Ich wußte gestern nicht, was Sie vorhatten, aber ich dachte mir, daß es etwas sein könnte, worüber sie entscheiden sollten; ich bin nicht gänzlich unabhängig, müssen Sie wissen. Ich werden ihnen das hier präsentieren. Und auch sie werden nein sagen.«

Wenig später stellte mich Dr. Danziger dem Vorstand vor. Das Sitzungszimmer war ein relativ großer Konferenzraum, wie er auch in jeder Werbeagentur anzutreffen sein wäre: vorne eine Tafel, an Korkwänden Photos und Zeichnungen der Szenerien oder Pläne, die in der Halle verwirklicht werden sollten, ein langer Konferenztisch, an dem Männer in Hemdsärmeln, Pullovern oder Anzügen saßen. Danziger führte mich um den Tisch und stellte mich den einzelnen Mitgliedern vor. Einige von ihnen kannte ich bereits. Rube war anwesend, heute im Anzug; er grinste und zwinkerte mir zu, und ein Ingenieur, dem mich Rube im Gang vorgestellt hatte. Nun lernte ich einen Geschichtsprofessor von der Columbia-University kennen, einen intelligent aussehenden, überraschend jungen Mann; einen glatzköpfigen knubbeligen Meteorologen vom Cal Tech; einen Biologieprofessor von der Chicago University, der genau wie ein Professor aussah; einen Geschichtsprofessor aus Princeton, der wie ein Nachtclub-Komödiant aussah; einen gestählten Colonel von der Army mit leuchtenden Augen und Zivilkleidung namens Esterhazy; einen hinterhältig wirkenden Senator und einige andere. Eine ziemlich illustre Runde, so schien es mir, aber aus der Art, wie sie mir die Hand gaben und mich begrüßten, kam es mir vor, als wäre ich für heute der Ehrengast. Jeder von ihnen erhob sich, lächelte und sprach einige Worte zu mir. Ich lächelte zurück und antwortete, aber während wir uns die Hand gaben, inspizierten sie aufmerksam mein Gesicht. Ich erkannte, daß ich und ein halbes Dutzend andere der Grund waren, warum sie Treffen wie diese einberiefen: Wir *waren* das Projekt. Auf einmal fühlte ich mich sehr wichtig, während ich zur Cafeteria ging, wo ich über einer Tasse Kaffee saß und auf Dr. Danziger wartete.

Etwa zwanzig Minuten später erschien er; er wirkte erfreut und ein wenig überrascht. Er nahm an meinem Tisch Platz und erzählte mir, daß der Vorstand meine Bitte angenommen habe. Rube, der Professor aus Princeton und Esterhazy hatten meinen Vorschlag unterstützt, sagte er. Sie meinten, es könne kein Schaden daraus entstehen, vielleicht beinhalte er sogar manche Vorteile. Danziger lächelte und sagte: »Und nun kann ich der Versuchung nicht widerstehen. Meine Mutter war 1882 sechzehn Jahre alt. Sie wurde am sechsten Februar geboren, und an ihrem Geburtstag ging sie mit ihrem Vater, ihrer Mutter und Schwester ins Wallack-Theater; bei dieser Gelegenheit lernte sie meinen Vater kennen. Eine Familienanekdote, die beide immer wieder erzählten. Er kam am Theater an, ein fröhlicher junger Mann, sah Apple Mary, eine stadtbekannte Äpfelverkäuferin, die vor den Theatern ihre Ware anbot, und reichte ihr, einer Eingebung folgend, ein Fünf-Dollar-Goldstück, das, wie er sagte, ihr und ihm Glück bringen werde. Sie antwortete, daß dieser Abend gesegnet sei; er begab sich in die Lobby, und sein Blick fiel auf ein grünes Samtkleid und das Mädchen, das es trug. Er kannte die Leute, mit denen sie und ihre Familie sich unterhielten, ging hinzu, wurde vorgestellt, und einige Jahre später waren sie verheiratet. Sie können sich vorstellen, mit was für einer Versuchung Sie mich hier konfrontieren.« Lächelnd nickte ich; Danziger lehnte sich in seinen Stuhl zurück. »Es gab viele Augenblicke, in denen ich nicht mehr den geringsten Glauben an dieses Projekt hatte. Alles schien absurd zu sein, hoffnungslos. Aber wenn es gelingen *sollte*, Si, wenn Sie wirklich das damalige New York erreichen sollten und unauffällig in einer Ecke der Theaterlobby stehen, um Zeuge dieses Zusammentreffens zu werden … nun, wenn wir ein persönliches Motiv haben, warum dann nicht ein zweites. Ich wäre Ihnen sehr dankbar, Si, über einen Eindruck, ein Porträt von ihnen, wie sie damals waren.« Abrupt stand er auf. »Und nun müssen wir uns beeilen.« Sie könnten bereits Montag für mich bereit sein, sagte er, wenn sie das Wochenende über arbeiteten; ich nickte, hörte zu und wurde mir bewußt, daß noch in diesem Augenblick der Freude über die Nachricht, die Danziger mir gebracht hatte, alle Erregung auf perverse Weise abflaute, daß der Glaube an das ungewöhnliche Projekt dieses alten Mannes verebbte, als hätte jemand einen Stöpsel herausgezogen. Ein Gefühl, das ich immer und immer wieder verspürte und an das ich mich im Laufe der Zeit, die an diesem Montag morgen begann, gewöhnte.

6

Am Sonntag rasierte ich mich zum letzten Mal. Am Montag morgen standen zehn mit Laken verdeckte Puppen in dem Klassenzimmer aufgereiht, in dem ich mich laut Danziger melden sollte. Ich ging die Reihe der Puppen entlang, betrachtete sie und war versucht, unter ihre Hülle zu blicken. Aber bevor ich all meinen Mut zusammennehmen konnte, kam ein etwa sechsundzwanzigjähriger hagerer Mann hereingeeilt und stellte sich vor. Es war Martin Lastvogel, mein Lehrer; wir gaben uns die Hand und stimmten überein, daß es vernünftiger wäre, uns zu duzen. Ich saß auf einem der einarmigen Stühle und beobachtete ihn, wie er hinter dem Lehrertisch stand und in einer abgetragenen Aktentasche wühlte; die Riemen hatten sich nach jahrelangem Gebrauch aufgerollt, und unterhalb des Schlosses befanden sich die Überreste eines runden Aufklebers, auf dem einst *Columbia U* gestanden hatte.

Mein Gott, ist der unscheinbar, dachte ich. Er hatte nicht genug Kinn, um seine Nase auszubalancieren, die groß, scharf geschnitten und viel zu lang war; sein Haar war auch um etwa drei Wochen zu lang und seit mindestens vier Tagen nicht mehr gekämmt worden. Aber als er aufblickte und lächelte, strahlten seine Augen Intelligenz und Freundlichkeit aus; später fand ich heraus, daß er eine außerordentlich gutaussehende Frau hatte, die ihn wundervoll fand, daß Martin einundvierzig Jahre alt war.

»Okay«, sagte er; er hatte gefunden, wonach er gesucht

hatte, einen Packen Karteikarten, die er liebevoll durch die Finger gleiten ließ. Dann setzte er sich auf eine Ecke seines Tisches. »Ich bin eigentlich kein Lehrer, also hake immer nach, wenn ich mich nicht klar äußere oder Unsinn erzähle. Ich bin Forscher, einer der glücklichen Menschen, die ihren Lebensunterhalt verdienen, indem sie tun, wozu sie Lust haben; in meinem Fall historische Untersuchungen. Frage mich, wie im Paris des vierzehnten Jahrhunderts die Straßen beleuchtet wurden, wenn sie überhaupt beleuchtet wurden, oder woraus im achtzehnten Jahrhundert Perücken bestanden oder wie man 1926 in einer Metzgerei in New England Schweineschmalz verpackte. Ich werde in den Überresten der Vergangenheit herumwühlen, um es für dich herauszufinden. Am Wochenende habe ich in den Achtzigern gegraben. Eine ungeheuer vernachlässigte Periode, obwohl mir der Grund dafür nicht klar ist, denn in der Zeit ist viel Interessantes passiert.

Aber ich bin nicht hier, um dich mit Fakten zuzustopfen. Du kommst im zwanzigsten Jahrhundert zurecht, auch wenn du nicht alles darüber weißt.« Martin erhob sich und ging zur nächstgelegenen Figur; er ergriff das Laken. »Und ich denke, du mußt auch nicht alles über die Achtziger wissen. Aber du *mußt* sie *spüren* können.« Er riß das Laken von der Puppe.

Dort hing ein altes Kleid. Ein schlaff herabhängender Wulst aus schwerem, dunklem Material. Ich stand auf und ging näher, um es genauer zu betrachten. Es hing bewegungslos an der Puppe, der Saum berührte fast den Boden, die langen vollen Ärmel standen steif und gerade ab. Der Nacken war hochgeschnitten, ein filigranes Muster aus kleinen schwarzen Perlen zog sich um das Dekolleté und die Ärmel. Martin sagte: »Wir haben das aus dem Smithsonian geliehen, damit du daran lernen kannst. Es wurde in den frühen achtziger Jahren hergestellt und getragen. Die Leute schlendern durch das Smithsonian, sehen solche Dinge und glauben, daß die Frauen damals so gekleidet waren.« Er schüttelte den Kopf. »Aber so war es nicht. Präge dir ein, daß es so nicht war. Betrachte die Farbe! Wenn man es denn noch Farbe nennen möchte. Die alten Farbmittel sind nicht beständig, Si!« sagte er, als hätte ich das Gegenteil behauptet. »Seit Jahrzehnten bleicht dieses Ding vor sich hin, wird blasser, bis es schließlich überhaupt keine Farbe mehr hat. Und betrachte den Stoff. Zerknittert, aufgewölbt, an anderen Stellen eingefallen. Ich denke, aus den Stoffen ist jedes Leben gewichen. Selbst die Perlenfassung ist schwarz geworden!« Martin berührte meine Schulter. »Das ist es, was du verstehen mußt, mehr noch, du mußt es *fühlen*: Die Frauen in den Achtzigern waren keine Gespenster. Sie waren *lebendige Frauen*, und sie hätten niemals diesen Lumpen hier getragen!« Mit dem Daumen zeigte er auf das Kleid. »Die Frau, die das einst besessen hatte – was hat sie *wirklich* getragen, als sie zum ersten Mal dieses Kleid anlegte? *Hier* ist, was sie getragen hat! Auf einer Party!«

Martin riß das Laken von der nächsten Figur, und dort befand sich – ich würde es nicht ein Kleid nennen, sondern eine Robe aus leuchtend weinrotem Samt, das Gewebe frisch und ungetragen, der Stoff vorne und hinten in mehreren dicken Falten drapiert. Das Geschmeide zog das Licht an und glitzerte klar in dunklem Rot und verlieh dem Gewand ein Schimmern, als würde es sich bewegen. Unter dem Deckenlicht glühte es wie ein Juwel. »Wir haben dieses Original gewählt«, Martin berührte das traurig-hängende Kleid aus dem Museum, »da das Museum ein Tagebuch dazu besitzt, in dem genau aufgelistet ist, wann und wie es geschneidert wurde und welche Muster, Stoffe und Materialien Verwendung fanden. Wir ließen eine Kopie herstellen«, er langte nach vorn, seine Finger konnten dem neuen roten Samt nicht widerstehen, »die weit mehr dem entspricht, was die Frauen damals getragen haben, als das Original.« Er sah mich herausfordernd an, dann zeigte er auf die brandneue Robe. »Siehst du die

Frau aus Fleisch und Blut, Si, das *Mädchen*, das das trägt und absolut toll darin aussieht?«

Und ich sagte: »Verdammt noch mal, ja; ich sehe sie vor mir, wie sie tanzt.«

In den nächsten Stunden betrachteten wir das Wrack eines Kleides, das an den Rändern braun war und das – kaum noch vorstellbar – das Partykleid eines Mädchens gewesen war. Dann studierten wir die Kopie aus frischem, blumig rosafarbenen Stoff, die so aussah wie einst das Original. Und ich sah – als hätte er überlebt und hätte sich so erhalten, wie er damals war – den Anzug eines Jungen mit Messingknöpfen und knielangen Hosen, die Uniform eines Briefträgers, den Anzug eines Mannes, inklusive Cutaway mit seidenem Revers, zerknittert und verstaubt im Original, frisch und glänzend in der Kopie.

Während dieser Woche – ich konnte meine Hände nicht von meinem sprießenden Bart lassen – besahen wir uns eine Kollektion von Herren- und Damenhüten aller Arten, Originale und Duplikate; daneben Handschuhe, Muffs und Täschchen. Und eines Morgens hielt ich einen Damenschuh in meinen Händen, betrachtete das spröde, grauschwarze Leder, das von Rissen durchzogen war. Die Spitze und das Band am oberen Ende waren seltsam verfärbt, aus den Perlmuttknöpfen waren Stücke herausgebrochen; das war kein Schuh mehr, sondern eine Kuriosität. Dann gab mir Martin das Pendant aus neuem Leder; es lag geschmeidig in meiner Hand, die Knöpfe waren aus frisch geschnittenem Perlmutt, die Spitze und der Streifen oben leuchteten scharlachrot. Martin besaß Vorstellungsvermögen; der Schuh war nicht ganz neu. Er roch nach frischem Leder, die Sohle jedoch war leicht zerkratzt, der Absatz hatte die scharfen Kanten verloren, und über der glänzenden Innensohle lag der schwache Anfang einer Falte. Martin lächelte und sagte: »Das Problem mit allem, was aus der Vergangenheit kommt, ist, daß es alt ist. Ein Relikt. Es mag uns einiges darüber erzählen, wie es damals war, widerspricht aber jedem Gefühl, daß es einmal wirklich von Menschen aus Fleisch und Blut benutzt wurde.« Er wies auf den Schuh in meiner Hand. »Aber das hier ist ein Schuh, den ein lebendiger Mensch besitzen könnte. Obwohl wir ihn neu herstellen mußten.« Ich nickte; es fiel nicht schwer, sich ein junges Mädchen vorzustellen, das auf der Bettkante sitzt und ihn anzieht, ihn zuknöpft und dann bewundert, während es den Fuß kreisen läßt, damit das Licht auf das neue Leder fällt.

Mehrere Tage lang wälzten Martin und ich Bücher, deren Seiten braun geworden und von Flecken überzogen waren, manchmal saß der Mehltau darin. Blätterte man die Seiten um, brachen die Ecken ab; nur ein Geist konnte dies jemals gelesen haben. Dann zog Martin aus einem Karton die gleichen Bücher, in allem identisch, nur die Rücken und Einstände glänzten in frischem Rot, Blau und Grün, die Titel waren in schimmerndem Blattgold aufgeprägt, die Seiten in reinem Weiß, die frische Druckerschwärze roch noch nach Tinte. Offensichtlich hatte sie noch niemand gelesen – noch nicht. Und in meiner Vorstellung füllten sich die Achtziger ein wenig mit Leben.

Eines Mittags traf ich Rube in der Schlange zur Cafeteria; er begleitete Martin und mich zum Mittagessen. Den Rest des Nachmittags führte er mich dann in jedes Büro, in die Schreinerei und Spenglerei, in eine kleine Bibliothek, den Konferenzraum, zum Schneider und Schuster, den Kontrollraum für die Halle und in jedes andere Zimmer des Gebäudes, wo Leute arbeiteten; und er stellte mich allen vor.

Ich traf Peter Marple, einen jungen Maler, der vorher als Bühnenbildner an einem New Yorker Theater gearbeitet hatte; es stellte sich heraus, daß ich einige seiner Stücke gesehen hatte. Ich traf Larry McDermott, den Photographen des Projekts, der gelegentlich für eine Werbeagentur gearbeitet hatte, bei der ich beschäftigt gewesen war. Ich traf Techniker, Stenographen, Ingenieure und einen Buchhalter. Ich traf einen Assistenzprofessor für Geschichte von der Universität von Kalifornien und Leute, deren Aufgabenbereich nicht erklärt wurde. Rube stellte mir einen von ihnen als ›unseren Bestechungskünstler‹ vor, worüber der andere nur grinste.

Bis auf die beiden, die bereits in der Halle waren – John McNaughton im Haus in Vermont und George Wing, ein Crow-Indianer und ehemaliger Obermaat, der in dem Zelt lebte, das ich gesehen hatte –, traf ich auch mit meinen Mitkandidaten zusammen. Einer war der Mann, den ich beim Studium des mittelalterlichen Französisch gesehen hatte; wir besaßen einen gemeinsamen Bekannten, an dessen Vornamen sich keiner von uns erinnern konnte. Die andere war Eileen Jorgensen, eine schlanke, ängstlich blickende, junge Mathematiklehrerin aus Lincoln, Nebraska, die sich im Klassenzimmer neben dem meinen mit dem San Francisco der Jahrhundertwende auseinandersetzte. Und ich traf die attraktive Charleston-Tänzerin und den Mann, der mit dem Gummi-Bajonett geübt hatte.

Draußen im Gang zum Aufzug sagte Rube: »Wir haben mit diesem Paar einen Fehler gemacht. Es begann damit, daß sie in der Cafeteria zusammen Kaffee tranken, dann aßen sie gemeinsam zu Mittag, dann trafen sie sich auch außerhalb. Alles, was sie nun interessiert, ist der andere. Sie werden bald heiraten, und ich denke, das ist sehr schön. Aber wir haben hier keinen Club der einsamen Herzen, und niemand von uns gibt ihnen noch eine Chance, daß sie es wirklich schaffen. Also haben wir dem einen Riegel vorgeschoben, die Regel lautet jetzt: Verbringen Sie die Zeit mit den anderen Kandidaten, wenn Sie sie sehen, aber keine Verbrüderungen. Okay?«

»Klar, nachdem ich für die Charleston-Tänzerin sowieso schon zu spät dran bin.« Wir fuhren mit dem Fahrstuhl hinunter – es war zehn nach fünf – und gingen durch die Stadt; im Algonquin ließen wir uns auf einen Drink nieder.

Eines Morgens lehrte mich Doc Rossoff in seinem Büro die Technik der Selbsthypnose. Es war überraschend einfach, zumindest die Technik. Er ließ mich in seinem großen grünen Ledersessel Platz nehmen und sagte: »Schließen Sie die Augen, wenn Sie wollen, es ist aber nicht unbedingt notwendig.« Ich schloß sie. »Und nun sagen Sie sich, daß Sie sich angenehmer und angenehmer fühlen, daß Sie sich mehr und mehr entspannen, körperlich wie geistig. Und lassen es wahr werden. Reden sich ein, daß Sie langsam, aber stetig in Trance versinken. Eine leichte Trance, noch sind Sie wach und nehmen alles wahr. Lassen Sie sich vom Wort ›Trance‹ nicht einschüchtern; es ist nur der Begriff für einen Zustand erhöhter Bereitschaft zur Suggestion. Nichts Mysteriöses. Schließlich, wenn Sie glauben, soweit zu sein, sagen Sie sich einfach, daß Sie unter Selbsthypnose sind. Dann testen Sie sich: reden Sie sich ein, daß Sie zeitweilig unfähig sind, den Arm zu heben. Versuchen Sie es; wenn Sie es nicht schaffen, dann befinden Sie sich Trance. Dann können Sie jede selbsthypnotische Suggestion ausprobieren. Haben Sie Kopfschmerzen, sagen Sie sich einfach, daß Sie bis fünf zählen, und die Kopfschmerzen verschwinden, noch bevor Sie damit fertig sind. Oder Sie können Gedanken, Gefühle, Erinnerungen auslöschen und sie später durch posthypnotische Suggestion wieder zurückrufen. Okay? Es ist wirklich ein bemerkenswertes Werkzeug.«

Ich nickte, und er ließ mich allein, um es zu versuchen. Ich tat, was er gesagt hatte, und fühlte mich wunderbar entspannt. Schließlich sagte ich mir, daß ich allmählich in Trance falle, eine leichte Trance, und ich glaubte, es spüren zu können. Ich saß bewegungslos, fast schläfrig im Sessel und sagte mir, daß ich meinen Arm nicht mehr heben könnte, daß ich keine Kraft mehr hatte, ihn zu bewegen. Dann, die Augen auf den Ärmel gerichtet, versuchte ich ihn zu heben, und er sprang mir fast in die Augen, als er nach oben schnellte.

Ich versuchte es erneut, nahm mir mehr Zeit, spürte, wie sich jeder Muskel entspannte; der einzige Körperteil, der nicht wußte, daß ich unter Hypnose stand, war mein Arm; er schnellte jedesmal hoch, wie ein treuer, dummer Hund, der den Trick nicht ganz verstand. Schließlich kam der Doc zurück, hörte mir zu und sagte, ich solle es zu Hause versuchen, vor allem, wenn ich wirklich müde und schläfrig sei.

Eines Morgens ließ Martin Lastvogel eine Leinwand über der Tafel an der Frontseite des Klassenzimmers herunter, an der Rückseite war ein Diaprojektor aufgestellt. Wir saßen nebeneinander in den Stühlen, Martin hielt eine Fernbedienung in der Hand. Er drückte auf einen Knopf, die Kühlung des Projektors ging an, und ein abgerundetes Lichtquadrat, das an den Rändern ausfranste, füllte den größten Teil der Leinwand. Ein weiterer Klick, und das Quadrat verwandelte sich in eine scharfe Schwarz-weiß-Zeichnung: ein altmodischer Holzschnitt. Eine Straßenszene, sehr belebt – aus den Achtzigern, nahm ich an. Kutschen, Fuhrwerke, Fußgänger waren zu sehen. Das Bild war gut gemacht, der Künstler verstand sein Handwerk, allerdings in einem Stil, der mindestens ein halbes Jahrhundert nicht mehr benutzt worden war. »Wahrscheinlich direkt nach einer Photographie gemacht«, sagte Martin leise; unbewußt senkte er seine Stimme, wie es Leute im Dunkeln tun. »Viele Illustrationsholzschnitte waren nach Photographien kopiert worden, bevor es die Photogravur gab. Demnach siehst du hier die absolut akkurate Darstellung eines wirklichen Augenblicks. Zumindest so, wie es den Leuten zu der Zeit *erschien*. Mit Hilfe dieses Holzschnitts in der wöchentlichen Illustrierten konnten sich die Menschen diese Szene vorstellen.«

Das war nun mein Fachgebiet, und ich sagte: »Aber das entspricht nicht dem, was wir als Realität wahrnehmen. Das Bild erinnert mich an japanische Kunst, die Perspektive ist flach, sogar die Augen sind schlitzartig gezeichnet.

Uns erscheint die Zeichnung als unwirklich, für das Publikum der Zeit aber –«

»Richtig. Halt deine eigene Vorlesung und bring mich um meinen Job. Ich habe eine Familie zu ernähren, mußt du wissen. Okay, wir gaben, neben einigen anderen, eine Kopie dieses Holzschnitts an Sidney Urquhart. Du kennst ihn?«

»Ich habe Arbeiten von ihm gesehen: Straßenszenen, Stadtansichten. Meistens Aquarelle. Er ist ziemlich gut.«

»Er kann gut veranschaulichen, wie eine Stadt aussieht. Glaubst du, daß es ihm hier gelungen ist?« Martin klickte seine Fernbedienung, und ein Sidney Urquhart, den ich gerne selber besessen hätte, füllte die Leinwand. Die gleiche Szene, die wir vorher betrachtet hatten, Detail für Detail. Es war ebenfalls eine Zeichnung. Aber sie war in Farbe, die Umrisse in Tinte waren mit aufgesprühter chinesischer Tusche in intensiven Schattierungen ausgefüllt. Die gleiche Szene, aber impressionistisch: das Ding *bewegte* sich. Was ich so oft versuchte hatte, indem ich in Katies stereoskopische Ansichten starrte, hatte er auf das Papier gebannt; die Pferde vor den Kutschen trotteten wirklich, die Pferde vor den Fuhrwerken neben ihnen schwitzten vor Anstrengung. Wagenräder drehten sich, die Speichen fingen das Sonnenlicht, ein bärtiger Mann, der sich durch den Verkehr schlängelte, *huschte* vorüber, leichtfüßig und schnell; man *sah* es. Als Urquharts Skizze auf der Leinwand erschien, glaubte ich für einen Moment, auf dem Randstein zu stehen und die Szene so vor mir zu haben, als sei sie real.

Martin klickte, die Leinwand wurde weiß und leer, ein erneuter Klick, und auf dem Rechteck erschien eine Sepia-Photographie: Zwei Frauen in langen Kleidern und breiten Hüten gingen, den Rücken zur Kamera, einen von riesigen Bäumen beschatteten Weg entlang; eine von ihnen trug einen aufgespannten Sonnenschirm. Links der grasbewachsene Parkweg, an dem große Bäume wuchsen, deren Schatten auf den Weg fielen, rechts lang ansteigende Rasenflächen. Hinter dem Parkweg eine schattengesprenkelte Straße, die bis auf einen offenen Buggy leer war; das Pferd war an einen Begrenzungspfosten gebunden. Ein guter Augenblick; der Photograph hatte eine schöne Szene eingefangen. In dem Halbdunkel, in dem ich saß, konnte ich glauben – ich wußte es –, daß dies einmal Wirklichkeit gewesen war. Aber es wirkte eingefroren, unendlich weit weg, und die beiden Frauen dort oben würden niemals den nächsten Schritt tun.

Ein Doppelklick, und Sidney Urquharts Interpretation des gleichen Augenblicks füllte in Farbe die Leinwand. Nur eine Skizze, eine Impression, aber der nächste Schritt der Frauen drängte sich förmlich auf. Sie gingen wirklich, ihre Körper flossen in den nächsten Schritt, ihre Füße hoben sich, und man wußte, daß oben, nicht mehr zu sehen, die Blätter der Bäume sich bewegten und daß die beiden Frauen, hörte man nur angestrengt hin, sich leise unterhielten.

Wir verbrachten den ganzen Morgen mit Bildern, betrachteten erst eine Zeichnung oder eine Photographie aus den frühen Achtzigern, dann die ›Übersetzung‹, so bezeichnete sie Martin, von Urquhart, Karl Morse, Murray Sidorfsky oder anderen. Nicht alle waren gelungen, manche nur teilweise. Aber einige von ihnen riefen das erregende Gefühl hervor, das sich einstellt, wenn man glaubt, die Wirklichkeit eines vergangenen Moments wahrzunehmen.

Lange bevor wir fertig waren, wußte ich, das ich das gleiche tun konnte. Ich brauchte keinen Urquhart oder anderen Maler; auch ich konnte einen alten Holzschnitt oder eine Photographie betrachten und mich in sie hineinversetzen, bis ich die längst vergangene Wirklichkeit fand und berührte, die sie hervorgebracht hatte. Ich konnte es so gut wie die Künstler der neuen Zeichnungen, die wir gesehen hatten – und besser, dachte ich. Ob ich es auch zeigen konnte, ob ich dafür genug Künstler war, darüber war ich mir nicht sicher; ich bezweifelte es. Aber ich wußte, ich konnte es im Geiste.

Auf dem Weg zum Mittagessen sagte ich dies Martin; er nickte. »Wir haben gehofft, daß es so sein wird; Rossoff hat es vorhergesagt. Aber du wirst nicht viel Zeit haben, um wirkliche Zeichnungen anzufertigen; der Zweck dieses Morgens war, dir eine Ahnung davon zu vermitteln. Wir haben noch viel, was du zu betrachten und für dich zu übersetzen hast.« Die nächsten drei Tage verbrachte ich alleine vor dem Diaprojektor und studierte Aufnahmen aus den Achtzigern, Szene um Szene, starrte sie an und versuchte, die Wirklichkeit herauszufinden, die unter der Oberfläche verborgen lag. Mit der Zeit gewann ich an Erfahrung und Tempo.

An einem Nachmittag um vier Uhr wurde ich in der Schneiderei von Kopf bis Fuß vermessen. Dann stand ich in Socken da, hielt in jeder Hand einen Kübel Sand, während der Schuhmacher die Umrisse meiner Füße nachzeichnete.

Fast eine Woche lang hielt Martin Vorlesungen nach seinen Karteikarten. Wie hoch war die Bevölkerung der Vereinigten Staaten um 1880? fragte er mich. Ich halbierte die gegenwärtige Bevölkerungszahl und sagte einhundert Millionen. Martin sagte mir, es habe damals nur fünfzig Millionen Amerikaner gegeben, die meisten davon lebten östlich des Mississippi. Im Westen zogen noch Bisons über die Prärien, die neue transkontinentale Eisenbahn galt als nationales Wunder und erzeugte eine Begeisterung, wie es heutzutage nicht einmal die Raumfahrt schaffte; die Indianer skalpierten Weiße. Es war ein vollkommen anderes Land und eine andere Zeit. Es gab noch Tiere, die heute ausgestorben sind, ebenso wie Sozialsysteme; Europa war voll von Königen, Königinnen, Kaisern, Zaren und Zarinnen, die nicht nur repräsentierten, sondern *herrschten.*

Martin sprach davon, wie die Welt reiste und Güter verschickte. Es gab Dampfschiffe, die Eisenbahn war erst einige Jahrzehnte alt. Aber die Frachtschiffe waren gewöhnlich Segler, und die Leute reisten, wie sie immer gereist waren, zu Fuß oder mit dem Pferd. Die meisten Menschen in Amerika starben in dem Staat oder sogar in der Stadt, in der sie geboren waren; mehr Leute reisten über den Ozean als über das Land. Trotz der Unterschiede, sagte Martin, war die Welt der Achtziger der unseren näher, als es den Anschein hat. Lee De Forest, der als Neunjähriger durch das Amerika der Pferdewagen spazierte, dachte bereits über Probleme nach, die später die Erfindung des Radios, des Tonfilms und des Fernsehens nach sich zogen. Am Ende dieses Tages, als wir auf den Fahrstuhl warteten, sagte Martin zu mir: »Es ist eine ziemlich andere Welt, Si, aber sie ist unserer nicht so fremd und fern, und ich denke, du kannst dich in ihr heimisch fühlen.«

Kate meinte, daß das kragenlange Haar und der neue braune Bart – ich begann ihn nun zu stutzen – mir besonders gut standen; ich stimmte ihr zu. Sie hatte begonnen, mir abends bei den Hausaufgaben zu helfen. Eines Tages hatte ich sie zu einem Essen mitgenommen, in einem Restaurant an der Madison Avenue, und auch Rube und Dr. Danziger eingeladen; sie mochten sie. Kate ist attraktiv, körperlich wie geistig; sie ist intelligent, taktvoll und kann, wenn sie in Stimmung ist, witzig sein; sie besitzt Charme. Danach ließen sie sie das Projekt besichtigen; Dr. Danziger persönlich zeigte ihr die Halle, dann führte seine Sekretärin sie durch die übrigen Räume des Projekts. Ich konnte nicht dabei sein, ich war zu sehr mit Martin Lastvogel beschäftigt.

Kate war also, in gewissem Sinn, voll in das Projekt involviert, und in den meisten Nächten, manchmal bei mir, meistens aber bei ihr, paukte sie mit mir die Fakten aus Martins Vorlesungen, wobei sie seine Aufzeichnungen benutzte. Und sie arbeitete mit mir, wenn es darum ging, aus den Holzschnitten und Photographien, die ich mit nach Hause brachte, das Gefühl für die Achtziger herauszulesen. An einem Samstag morgen nahm ich sie mit zum Projekt und zeigte ihr die rekonstruierten Kleider, Hüte, Handschuhe und Schuhe der Zeit; sie war fasziniert und wünschte, die Sachen anprobieren zu können. Sie war eine große Hilfe und hat, denke ich, meinen Lernprozeß enorm beschleunigt. Martin dachte ähnlich. Und sie war eine große Hilfe bei der Selbsthypnose-Technik. Kate hatte, allein aus meiner Beschreibung, sofort begriffen, wie man es machen sollte. Das bestärkte mich darin, daß es wirklich möglich sei; aus ihrer Beschreibung erhielt ich eine Vorstellung, welches Gefühl sich einstellt, wenn man wirklich in ›Trance‹ fällt. Eines Abends, ich saß in ihrem antiken Schaukelstuhl, einem wirklich sehr bequemen Stuhl, schaffte ich es: Mein Arm wollte sich, konnte sich wirklich nicht mehr bewegen; fasziniert starrte ich ihn an. Ich redete mir dann ein, daß er nun frei war, sich zu bewegen, ich versuchte es, und er tat, was ich wollte. Dann redete ich mir ein, daß ich meine eigene Adresse vergesse und solange in Trance bleibe, bis Kate mich anredete. Ich saß da, versuchte mich an meine Adresse zu erinnern und konnte es nicht mehr; es war faszinierend und beängstigend zugleich. Ich sah hinüber zu Kate, die Martins Notizen durchlas, in dem Moment blickte sie auf, lächelte und sagte: »Na, Glück gehabt?« Und ich wußte meine Adresse, als ob nichts geschehen sei, und spürte, daß ich den Trancezustand verlassen hatte.

»Ja, endlich«, sagte ich. Dann verbrachten wir eine Stunde mit dem Studium von Geld; Münzen aus den Sechzigern, Siebzigern und frühen Achtzigern, darunter Goldstücke; große alte Banknoten, die von Lokalbanken herausgegeben worden waren, mit eigenen Motiven und von den Bankpräsidenten noch wirklich persönlich unterzeichnet. Am meisten aber gefielen mir Zertifikate, die nicht in Silbergeld, sondern in Gold einzulösen waren und deren Rückseiten mit orangefarbener Tinte bedruckt waren, die Gold suggerieren sollte.

Hin und wieder taten Kate und ich auch andere Dinge: Wir fuhren am Wochenende fort, machten einen Spaziergang, trafen uns sogar mit einigen Freunden. An einem Abend – Kate und ich waren, wie mir schien, zuviel zusammengewesen, und ich denke, sie hatte dasselbe Gefühl – rief ich Matt Flax an, erhielt aber keine Antwort. Kate wollte noch bügeln oder ihre Haare waschen, irgend etwas, und dann früh schlafen gehen. Aber ich verspürte Unruhe, also rief ich Lennie an, dann Vince Mandel, der in der Stadt lebte, erreichte aber niemanden. Ich blieb zu Hause und wollte lesen, um für einen Abend vom Projekt abschalten zu können. Ich saß also im Wohnzimmer und las in einer einbändigen, kompletten Ausgabe von Sherlock Holmes, zu der ich immer dann greife, wenn ich nichts anderes zu lesen habe. Auf Dr. Danzigers Bitte hin hatte ich die Lektüre von Zeitungen, Zeitschriften und modernen Romanen eingestellt; ich hatte den Radio- und Fernsehapparat ausgesteckt, was mir nicht sonderlich schwerfiel.

Im Projekt verbrachte ich, auf dem Schoß eine Schreibunterlage, jeden Tag damit, Martin zuzuhören. Nachmittags probierte ich manchmal Essen; gewöhnlich nach der Mittagessenzeit. Die Cafeteria war leer, nur Dr. Rossoff, der fette mittelalte Koch und ich waren anwesend. Der Koch trug einen Teller mit gekochtem Hammelfleisch, Kartoffeln und Roter Bete auf; Rossoff saß mir gegenüber, der Koch stand am Tisch, beide betrachteten mich und lächelten. Ich aß ein wenig von allem auf dem Teller, kostete es und starrte wie ein Weinkenner in die Ferne. Hammelfleisch hatte ich niemals zuvor gegessen und wußte daher nicht, was ich zu erwarten hatte; es schien in Ordnung zu sein. Die Kartoffeln und die Rote Bete schmeckten – nur nicht ganz so, wie sie sollten. Ich kaute, versuchte den Unterschied zu entdecken, und sehr bald sagte Rossoff: »Nun?« Ich schluckte und sagte: »Sie sind besser, geschmackvoller. Sie haben mehr Geschmack, als sie sonst haben.«

Beide grinsten etwas mehr, und Rossoff sagte: »Gemüse wurde in den Achtzigern ohne chemische Düngemittel, Insektizide oder andere Zusätze angebaut. Es gab keine Zusatz- oder Konservierungsmittel.« Der Koch sagte: »Und sie wurden in chlorfreiem Wasser gekocht.«

Ich aß ein Fondant mit Zucker, der auf eine Art raffiniert war, die ich nicht verstand; es schmeckte ganz normal. Ich hatte ein kleines Longhorn-Steak, das fester und anders im Geschmack war als sonst, danach eine wunderbare Eiscreme aus unpasteurisierter Milch und einen Schluck Whiskey, der extra für mich destilliert wurde; er war rauh, roh und sehr stark.

Und dann eines Abends machte ich mir zu Hause das Abendessen, spülte das Geschirr und entfernte aus dem Kühlschrank, was nicht in Dosen oder Flaschen verpackt war. Dann setzte ich mich an den Tisch in meinem Wohnzimmer und schrieb jedem, der mich kannte und der sich Sorgen machen könnte, einen Brief oder eine Postkarte.

Die Arbeit laufe nicht besonders gut hier in New York, schrieb ich, und jetzt hätten wir den 4. Januar, ein neues Jahr, also hätte ich spontan einen Kombi gekauft, ihn bepackt und würde morgen früh die Stadt verlassen, bevor ich meine Meinung ändern könne. Ich wollte einfach herumreisen – vielleicht mit einem der westlichen Staaten als Ziel – und zeichnen, malen und photographieren. Ich würde schreiben, wenn ich Zeit dazu hätte, und mich wieder melden, wenn ich zurück sei. Es gefiel mir nicht unbedingt, es auf diese Art zu tun, doch ich wußte, daß ich nicht überzeugend gewirkt hätte, wenn ich mich persönlich oder am Telefon verabschiedet hätte.

Ich gab die Karten und Briefe in der Lexington Avenue auf, einen Block von meinem Apartment entfernt. Ich warf sie in den Briefkasten und betrachtete dann New York in der zweiten Hälfte des zwanzigsten Jahrhunderts. Es gab nicht viel zu sehen, außer Gebäudefassaden, einem langen Stück Asphalt, auf dem sich ein einziges Taxi bewegte, und einem grau-schwarzen Himmelsausschnitt direkt über mir, der zu bedeckt war, um Sterne sehen zu können. Die Abgase der Autos schienen sich am Boden zu konzentrieren und ließen meine Augen brennen; es war kalt geworden. Einen halben Block weiter unten ging eine Gruppe Schwarzer auf die Lex zu; ich wollte hier nicht länger herumhängen, um ihnen zu begegnen und erklären zu müssen, wie gerne ich schon immer Martin Luther King gemocht hatte; also ging ich weiter, die Lexington hinauf, dann hinüber zum Lagerhaus. Ich war müde und trotzdem so aufgeregt, daß ich meinen Herzschlag spürte.

Zehn Minuten nach eins, anderthalb Stunden später, verließen wir das Lagerhaus; Rube hatte seinen Wagen, einen kleinen roten MG Sedan, in der Straße an der Seitentür geparkt. Er fuhr, Doc Rossoff saß auf dem Beifahrersitz, und ich war mehr oder weniger zwischen ihnen versteckt; ich trug den Regenmantel des Doc über meinem Kostüm, obwohl ich versuchte, es nicht als Kostüm zu sehen. Mein langes Haar und den Bart mußte ich natürlich nicht verborgen halten.

Ich liebe New York bei Nacht, wenn die meisten Geschäfte geschlossen und dunkel sind, die Straßen so leer und ruhig, wie sonst zu keiner Tageszeit. Wir konnten das Geräusch der Reifen auf dem Asphalt hören, und in der Amsterdam Avenue, als wir an der Ampel warteten, hörte ich jemanden einen halben Block entfernt husten. Wir redeten nicht viel; wir überquerten den Broadway, hielten auf der Columbus an einer weiteren Ampel, und Rube sagte ›komischer Hund‹ und zeigte auf eine Frau, die mit ihrem frisierten Pudel in einer juwelenbesetzten Hundedecke spazierenging. Einen Block weiter deutete Oscar Rossoff auf ein geschlossenes Restaurant und sagte ›guter Fisch hier‹. Ich kann mich nicht erinnern, irgend etwas gesagt zu haben, aber ich gähnte viel vor Nervosität. Rossoff verstand den Grund und lächelte mir gelegentlich freundlich zu.

Rube parkte etwa zehn Meter vor dem Haupteingang des Dakota; er streckte mir seine Hand entgegen, die ich ergriff. Alles, was er sagte, war: »Viel Glück, Si; ich wollte, ich wäre an Ihrer Stelle.« Rossoff öffnete seine Tür und stieg aus, ich rutschte über den Sitz und folgte ihm.

Der uniformierte Portier erwartete uns bereits; er nickte nur, und wir gingen unter dem großen Türbogen an ihm vorbei und dann über den Innenhof; die beiden großen grünen Bronzebrunnen waren leer. Wir stiegen die breite alte Treppe in der nordöstlichen Ecke des Dakota hinauf, ohne jemandem zu begegnen, und erreichten den siebten Stock; mein Apartment lag nur einige Türen entfernt. Ich holte meinen Schlüssel hervor. »Mein Mantel, Si«, sagte Oscar. Ich legte den Regenmantel ab und reichte ihn ihm. »Wollen Sie hereinkommen?« fragte ich, doch er schüttelte den Kopf; er starrte auf meine Kleidung, dann wanderte sein Blick auf meinen Bart und meine Haare, so, als hätte er sie niemals zuvor gesehen; plötzlich wirkte er ehrfürchtig. »Nein«, sagte er, »ich glaube nicht, daß irgend etwas aus der Gegenwart dort drinnen etwas verloren hat.« Er reichte mir seine Hand. »Viel Glück, Si. Sie wissen, was Sie zu tun haben, wenn Sie soweit sind.«

Wir gaben uns die Hand, dann ging ich zu meiner Tür, schob den Schlüssel in das Schloß und drehte den großen verzierten Messingknauf; die Tür öffnete sich geräuschlos, als ob sie ohne Gewicht wäre, obwohl ich ihre massive Bauart förmlich spüren konnte. Ich drehte mich noch einmal um, aber Doc Rossoff war bereits den Gang hinuntergegangen und bog gerade zur Treppe ab; noch einmal wandte er sich zu mir um, dann war er verschwunden.

Ich ging hinein und schloß hinter mir die Tür. Meine Augen mußten sich an das schwache Licht aus den großen rechteckigen Fenstern erst gewöhnen. Ich kannte den

Grundriß und die Einrichtung des Apartments; ich war mit Dr. Danziger und Rube an dem Tag hier gewesen, als es fertiggestellt worden war. Nun ging ich zu einem der Fenster, blieb davor stehen und schaute auf die fahlen Windungen und dunklen Schatten hinaus, die Wege und Grünflächen des Central Park im Mondschein. Direkt unter meinem Fenster hätte ich, wenn ich mir die Mühe gemacht und mich hinausgebeugt hätte, die Straße, Central Park West, mit ihren Ampeln und wenigen Autos sehen können. Weit hinter dem Park, wenn ich den Blick dorthin gerichtet hätte, hätte ich die wenigen noch erleuchteten Fenster der großen Apartmenthäuser gesehen, die an die östliche Seite des Central Park grenzen. Und wenn ich den Kopf nach rechts drehte, hätte ich die Dachneonreklame der Hotels an der südlichen Seite des Parks und die dahinter liegenden Lichter der großen Bürogebäude des Zentrums erblickt.

Aber ich tat es nicht. Statt dessen starrte ich auf die Schatten des Central Park, und unmittelbar vor mir schien der Mond auf die Seeoberfläche, so, wie es in anderen Nächten gewesen sein mußte, als das Gebäude, in dem ich stand, noch neu gewesen war. An den gewundenen Wegen des Parks brannten in großen Abständen Straßenlaternen, jede von der Aura spätnächtlichen Nebels umhüllt, und es schien mir, daß es früher von hier aus, wenn überhaupt, nicht viel anders ausgesehen haben könnte.

Es gab an den Fenstern, wie ich wußte, schwere grüne Rouleaus; in der Dunkelheit ließ ich sie herab und zog dann die Samtvorhänge vor. Dies tat ich an allen Fenstern, dann holte ich aus der Tasche eine Streichholzschachtel. Ich strich mit einem Holz über die Sohle meines Stiefels. Es zischte, fing dann Feuer und brannte gleichmäßig; ein dünner Strom Wachs lief das Holz hinunter. Mit der anderen Hand schützte ich das Feuer und hielt es an eine L-förmige verzierte Messingröhre, die aus der Wand heraus stand. Am kurzen Arm der Röhre war eine Klammer befestigt, die den gläsernen blütenartigen Lampenschirm hielt; eine schlüsselförmige Messingschraube war an der Unterseite der Röhre. Ich drehte daran, hörte das weiche Zischen des Gases, dann berührte ich mit dem brennenden Streichholz das offene Ende der Röhre. Eine blaugeränderte Flamme schoß unter dem Glasschirm hervor, und zu meinen Füßen erschien ein schwankender, blütenförmiger, grauer Teppich, dessen Bild sich dann stabilisierte.

Nur kurz besah ich mir den Raum und die Einrichtung. Es ging auf zwei Uhr morgens zu, zwei Uhr am Morgen des 5. Januar 1882, versuchte ich mir einzureden, als mir plötzlich bewußt wurde, daß das Experiment wirklich begonnen hatte. Aber ich war müde, ausgelaugt, und meine Hand war noch immer an der Einstellschraube; ich drehte das Licht aus und ging dann in mein Schlafzimmer.

7

Ich kann ziemlich gut kochen, was bei mir gewöhnlich dazu führt, daß die Küche hinterher eingeräuchert ist, eben so, wie ein Mann, der alleine lebt, es normalerweise lernt. Aber ich tat das nun schon seit einer Woche, und meine Erinnerung an gutes Essen verblaßte zusehends. An diesem Abend hatte ich Schweinekoteletts mit in Schweineschmalz gebratenen Kartoffeln und hoffte, daß beides gleichzeitig fertig werden würde – eine Hoffnung, die nicht besonders groß war. Ich hatte die Schnauze voll von meinen Kochkünsten, dachte ich, als ich in der großen alten Küche herumwerkelte, und lächelte dann; ›die Schnauze voll haben‹ war nicht ganz der richtige Ausdruck.

Der Junge vom Fishborn's Market hatte diesen Morgen am Dienstboteneingang des Apartments das Fleisch geliefert. Ich empfing ihn in meinen schwarzen, ungebügelten Wollhosen ohne Aufschlag, breiten Hosenträgern, schweren, schwarzen Schnürschuhen und einem grün-weiß gestreiften Hemd ohne Kragen, aber mit schwarzen Kragenknöpfen. Außerdem trug ich eine zweireihige schwarze Weste, deren Ränder mit Borten bestickt waren und über die sich eine schwere goldene Uhrkette zog. Ich stand da, händigte dem Jungen meinen mit einem Füllfederhalter geschriebenen Einkaufszettel für den nächsten Tag aus und gab ihm dann einen Nickel Trinkgeld. Der Nickel hatte auf einer Seite die Zeichnung eines Schildes, auf der anderen eine große Fünf; der Junge war froh und bedankte sich herzlich. Ich legte das Fleisch in das Eisfach und stellte mir den Jungen draußen auf der Straße vor, wie er zum Sitz seines leichten Lieferwagens hochkletterte, an dessen Seiten die Leinwand im Sommer hochgezogen werden konnte. Wenn es schneite, was nun jeden Tag der Fall sein konnte, würde er, wie ich wußte, auf seinen großen Schlitten ausweichen.

Das Fleisch, das ich auf die Eisstücke legte, war in rauhes Metzgerpapier eingewickelt und mit einer Schnur verschnürt – gummiertes Papierband oder Zellophan waren nicht erlaubt. Am ersten Tag war das vergessen worden, aber jemand anderer achtete nun anscheinend darauf; es war nicht wieder vorgekommen. Butter und Schmalz waren in dasselbe rauhe Papier eingewickelt und in flache, löffelförmige Schachteln aus dünnem Holz gepackt.

Die Kartoffeln brutzelten auf dem großen schwarzen Kohleherd, ich achtete auf sie und drehte sie hin und wieder um. Mir gefiel es in der Küche; ein riesiger Raum mit viel Platz für einen großen runden Holztisch und vier hohe Holzstühle, die in der Mitte des Zimmers standen. Der Herd war so groß wie ein Schreibtisch und mit gußeisernen Ornamenten verziert. Ein hoher hölzerner Küchenschrank nahm, vom Boden bis zur Decke reichend, eine ganze Seite ein und enthielt hinter Türen mit Glasscheiben das gesamte Porzellangeschirr, die Gläser, Töpfe und Pfannen.

Ein schöner Raum, vom Feuer angenehm erwärmt; die Fenster waren vom Küchendunst beschlagen. Ich ging vom Herd zum Schrank, entnahm dem großen roten Brotkasten einen halben Laib Brot und schnitt drei dicke Scheiben ab. Ich wußte, ich würde sie alle drei essen; dieses Brot war das einzige, was ich zu mir nahm, das gut schmeckte. Wahrscheinlich hielt es mich am Leben, sagte ich mir im stillen. Ich sprach nicht mit mir selbst, noch nicht. Es war selbstgemachtes Brot, gebacken von einer Irin, die es von Haus zu Haus verkaufte, wie sie sagte.

Das Kotelett war fast fertig, soweit ich das beurteilen konnte. Mit einer kleinen hölzernen, phantasievoll verzierten Kaffeemühle mahlte ich Kaffee, füllte damit den blechernen Kaffeetopf und stellte ihn auf den Herd.

Ich hatte mir angewöhnt, fast alle Mahlzeiten in der Küche einzunehmen; es war bequemer, als das Essen und die Teller und das Besteck durch die Wohnung zu tragen. Und abends, wenn das Essen fertig war, saß ich gewöhnlich in der Küche und las dabei das Abendblatt, das jede Nacht an die Tür gebracht wurde. Es war der 10. Januar, also las ich das frische Exemplar der *New York Evening Sun* vom 10. Januar 1882. Ich saß da, las, aß – das Kotelett war in Ordnung, vielleicht ein wenig zu trocken, die halb rohen Kartoffeln aber hätte selbst ein ausgehungerter Geier stehenlassen –, nahm meine Uhr heraus und drückte den kleinen Stift, der den Golddeckel aufschnappen ließ; sie zeigte kurz nach sieben Uhr an, vier Minuten mehr als die Küchenuhr, die noch nicht geschlagen hatte. Ich wußte nicht, welche der beiden Uhren richtig ging, aber es kümmerte mich nicht; der Abend, der vor mir lag, würde nicht besonders aufregend werden. Es war sieben Uhr, es würde sieben Uhr dreißig werden, bis ich mit dem Abwasch fertig war. Dann würde ich einige Patiencen legen, bis etwa um neun Uhr, zu Bett gehen und *Frank Leslie's Illustrated Newspaper* dieser Woche lesen, die der Postbote auf seinem zweiten Nachmittagsgang zustellte.

Einige Tage später allerdings erhielt ich Gesellschaft. Ich wusch gerade nach dem Essen das Geschirr, was mir, nachdem ich mich daran gewöhnt hatte, nichts mehr ausmachte. Ich bin so etwas wie ein Tagträumer, eine Eigenschaft, die mich schon oft in Schwierigkeiten gebracht hat. Es fing bereits im Kindergarten an, als ich einmal mit einem Zettel nach Hause geschickt wurde, der meinen Eltern mitteilte, ich sei ein ›Traumtänzer‹. Aber niemand in der Familie kümmerte sich darum, also wurde nichts dagegen unternommen, und ich blieb ein Traumtänzer.

Wenn ich Routinearbeiten wie Geschirrspülen erledige, dann gleite ich oft in Tagträume ab.

So auch an diesem Abend, wie an fast allen Abenden zu dieser Zeit, in der ich mit dem Geschirr beschäftigt war. Ich stellte mir vor, was hier und in der Stadt möglicherweise vor sich ging. Ginge ich nur ins Wohnzimmer hinüber und blickte hinab, könne ich ein Cabriolet sehen, das unter den Lampen und den nackten Bäumen vorgefahren käme. In Wirklichkeit sah ich nicht sehr oft aus dem Fenster, und wenn ich es tat, dann hin zur Parkmitte, spät abends oder sehr früh am Morgen. Denn ich befand mich natürlich im zwanzigsten Jahrhundert, nicht im neunzehnten, und je weniger ich daran erinnert wurde, um so besser war es. Also stellte ich mir, während ich am Ausguß stand, einen Mann vor, der unten in dem Cabriolet mit zurückgeschlagener Dachplane saß. In der einen Hand hielt er die Zügel, in der anderen die Peitsche. Bis zur Hüfte war er in eine leichte Decke gewickelt. Er trug einen schwarzen Cutaway und eine hohe Melone. Und Ohrschützer? Nein, so kalt war es nicht, aber Pelzhandschuhe.

Dann sah ich im Geiste einen Mann und seine Frau in einem Landauer, die in die entgegengesetzte Richtung fuhren; die Glasscheiben glitzerten, wenn sie an den Straßenlaternen vorüberfuhren. Sie waren zu einem Abendessen unterwegs, nahm ich an. Mit Hilfe der Holzschnitte Martin Lastvogels hatte ich das Bild eines livrierten Dieners vor mir, der zwischen zwei leuchtenden Lampen auf dem Kutschbock saß. Der Mann drinnen, der durch die ovale Rückscheibe zu erkennen war, trug einen schwarzen Mantel und einen Hut aus Seide. Seine Frau eine runde Pelzkappe, und auch der Kragen ihres Mantels war aus Pelz. Der Landauer und das Cabriolet durchfuhren einen der gelben Lichtkreise, und die Fahrgäste grüßten sich, die Männer tippten an ihre Hüte.

Adelina Patti sang heute abend in der Oper, laut der *Evening Sun*; ungefähr jetzt, so stellte ich mir vor, überprüften Männer in Overalls und mit Schnurrbärten die Bühnenbeleuchtung; ich sah sie, wie sie jedes einzelne Licht andrehten, das Gas entzündeten, die Flamme einen Augenblick lang brennen ließen und dann wieder löschten.

Im Feuerwehrgebäude, eine halbe Meile südlich, striegelte ein Mann in Schaftstiefeln in den Ställen an der Rückseite des Gebäudes die Pferde, wich mit dem Gesicht den Schwänzen aus und gab auf seine Beine acht, um sie nicht unter die Hufe zu bringen, deren hohles Stampfen auf den schweren Planken gelegentlich zu hören war; die Beinmuskulatur der Pferde zitterte.

Nach dem Abwasch zündete ich eine Kerze in einem Kerzenhalter aus Porzellan an, drehte die Gasleuchten über der Spüle und dem Tisch aus und ging, eine Hand schützend um die Kerzenflamme haltend, durch den langen Gang ins Wohnzimmer. Dort entzündete ich eine einzige Wandlampe und eine Lampe auf dem Tisch neben meinem Lieblingsstuhl. Vorsichtig blinzelte ich zum Fenster – es war dunkel draußen, es gab nichts zu sehen – und setzte mich in den Stuhl. Er war pflaumenblau gepolstert, und von den Lehnen und dem Rahmen hinten hingen eine Million Fransen herunter.

Als es an der Tür klingelte, sprang ich vor Schreck auf. Niemals war es mir eingefallen, daß jemand klingeln könne; der Junge vom Markt klopfte immer an die Tür. Ich hatte nicht einmal gewußt, daß es eine Klingel gab, und ich rannte los, um nachzusehen, denn ich befürchtete, etwas sei schiefgegangen.

Rube Prien und eine schwarzhaarige Frau mit braunen Augen standen im Gang und lächelten mir zu. Er trug einen knöchellangen Mantel mit braunem Pelzbesatz, in der einen Hand hielt er eine hohe Melone und etwas, das ich im Schatten des Ganges nicht erkennen konnte. Die Frau hatte einen knöchellangen marineblauen Mantel mit Kapuze an, um ihren Hals war ein weißer Schal gebunden.

»Hallo, Si«, sagte Rube. »Wir kamen gerade vorbei und dachten, daß wir auf einen Sprung reinschauen könnten. Freut mich, Sie anzutreffen.«

»Kommen Sie herein, kommen Sie herein!« Ich war aufgeregt wie ein kleines Kind. »Es freut mich außerordentlich.«

Rube stellte mich der Frau vor – ihr Vorname lautete May –, und ich nahm ihnen die Sachen ab. Rube trug zwei Paar Schlittschuhe, Kufen, die an Holzgestelle montiert waren und mit Lederriemen am Fuß befestigt werden konnten. Sie wollten zum Schlittschuhlaufen in den Park, sagte er; die Flagge sei oben, und Feuer seien entzündet. Er fragte mich, ob ich nicht mitkommen wollte, doch ich lehnte ab, nein, ich könne nicht Schlittschuhlaufen. Ich machte ihnen Kaffee; als ich ihn servierte, saß May am Harmonium und sah die Noten durch.

Das Harmonium hatte die Form und Größe eines richtigen Klaviers und war nur etwas mehr verziert als das Taj Mahal. Es bestand aus hellgelbem Holz – Eiche, denke ich – und war unvorstellbar reich mit Schnitzwerk bedeckt: Anscheinend war eine ganze Familie von schwachsinnigen Holzschnitzern durchgedreht und hätte das gute Stück in Grund und Boden geschnitzt, bis nur noch Späne übrig geblieben wären, hätte man sie nicht gewaltsam entfernt. May nahm ihren Kaffee; sie trug ein schlichtes knöchellanges Wollkleid, dessen braune Farbe zu ihren Augen paßte; eine kleine Silberbrosche hielt vorne den weißen Kragen. Ihr schwarzes Haar war in der Mitte gescheitelt und hinten zu einem Knoten geflochten. Rube saß im Holzschaukelstuhl und sah großartig aus: Sein Anzug hatte vier Knöpfe und ein hohes Revers, er trug einen Flügelkragen und eine schwarze Krawatte mit goldener Nadel; seine Schuhe waren hoch, schwarz und wie meine geknöpft.

May stellte ihre Tasse ab, öffnete ein Notenblatt und spielte etwas, das ›Hide Thou Me‹ hieß, dann ›Funiculi,

Funicula!‹ Sie spielte sehr gut, Rube und ich sahen ihr zu, lächelten, wippten mit den Köpfen zur Musik und gaben vor, sie zu mögen. Dann unterhielten wir uns einige Minuten über das Wetter, über das Feuer gestern in der 9th Street und über den Fortschritt beim Aushub des Hudson-Tunnels. Ich bot ihnen einen Drink an, aber Rube sagte nein, wenn sie noch Schlittschuhlaufen wollten, dann müßten sie jetzt gehen, und so verabschiedeten sie sich. Aber es dauerte etwa eine Stunde – so aufgeregt war ich über den Besuch –, bis ich dem Buch folgen konnte, das ich zu lesen versuchte.

Der Besuch bereitete mir am folgenden Tag nachträgliche Probleme. Nach dem Frühstück und der Lektüre der *Times* hatte ich plötzlich genug; ich war es leid, nichts zu tun zu haben, außer für mich Theater zu spielen. Alles erschien mir unsinnig; ich stand im Wohnzimmer und warf das Buch, das zu lesen ich mir vorgenommen hatte, in den Sessel. Dann stand ich da, in einer Kleidung, die plötzlich keine Kleidung mehr war, sondern ein langweiliges Kostüm, und wurde mir schmerzlich des wirklichen New York um mich herum bewußt. Die Kinos, Theater, Nightclubs, das Radio, das Fernsehen und vor allem die Menschen, die ich kannte und mit denen ich zusammensein wollte; alles, was ich tun mußte, war, einfach hinauszugehen. Flugzeuge flogen über die Stadt hinweg; ich konnte sie hören. Autos verstopften die Straßen, und außerhalb meiner Sichtweite erhob sich die Stadt aus Glas, Stahl und Beton. Das New York der Achtziger war tot.

Aber so, wie diese Rebellion begonnen hatte, verging sie auch wieder, und ich wußte, daß es mir nicht schwerfallen würde, mich wieder den Gegebenheiten zu fügen. Ich nehme an, fast jeder kennt diese Erfahrung während eines Urlaubs in einem abgelegenen Gebiet ohne Zeitungen und Fernsehen. Unter diesen Bedingungen schwindet die Realität der Welt, die man zurückgelassen hat, und die reale Welt ist, wo man sich gerade aufhält oder was man gerade tut.

Das geschah auch hier. Der Gedanke, einen Fernsehapparat einzuschalten, lag sehr fern. Die Erinnerung an das Gefühl, wie es ist, hinter dem Steuer eines Automobils zu sitzen, war verschwommen. Und die letzten nationalen oder internationalen Nachrichten, die ich gehört hatte, waren längst schal geworden. Alle Erinnerungen an die Welt, die ich verlassen hatte, hatten wahrnehmbar an Lebendigkeit eingebüßt. Und da das meiste, was wir tun, denken und fühlen, der Gewohnheit entspringt, fiel es mir nicht sonderlich schwer, das Buch aufzunehmen und dort wieder zu lesen zu beginnen, wo ich letzte Nacht aufgehört hatte, in der gleichen Stimmung wie zuvor.

Als die Tage vergingen, wußte ich jedoch, die Sache würde scheitern. Die Zeit floß dahin wie für einen Genesenden; langsam, ohne Anstrengung, ohne wirkliche Langeweile oder Unruhe. Die Stunden und Tage verschwanden beinahe unbemerkt wie schmelzendes Eis. Die Welt draußen war weit, weit weg, meine Routine war die einzige Wirklichkeit. Alles um sie herum bestand aus dem 15., 16., 17., 18., 19. Januar 1882, und fast, *fast* konnte ich glauben, daß es wirklich so war. Aber draußen … Von hier oben schien der Central Park unverändert, bis auf die Gebäude, die ihn umrahmten. Oft starrte ich nun, spät abends oder in der Morgendämmerung, zum Park hinab und versuchte das Gefühl der Welt des neunzehnten Jahrhunderts wachzurufen, die dahinter verborgen lag. Aber als ich glaubte, es könnte mir gelingen, fuhr ein brauner Mustang mit Aluminiumfelgen und Heckspoiler durch die Szenerie. Und niemals mehr wagte ich es, meine Augen von den alten Wegen und Pfaden zu nehmen; ich wußte, daß das zwanzigste Jahrhundert, wie mein Bild zeigt, sie deutlich sichtbar umlagert. Ich wußte, daß ich scheitern würde, wenn ich es tat; also wartete ich.

Eines Nachmittags las ich im Wohnzimmer; etwa um vier Uhr – die Küchenuhr, glaubte ich mich zu erinnern, hatte vor nicht langer Zeit geschlagen – sah ich von dem Buch auf; etwas im Raum hatte sichverändert. Ich schaute mich um, aber alles schien gleich zu sein. Dann blickte ich hoch, die Decke war heller; das Licht von draußen war anders. Und etwas anderes noch hatte sich verändert. Die Wände des Gebäudes waren dick; von draußen hörte ich nichts bis auf wirklich laute Geräusche, und die gedämpft. Aber nun konnte ich nicht einmal mehr diese hören; keine Sirenen, keine quietschenden Reifen, keinen Alarm. Die Stille war vollkommen. Dann, weit entfernt, schrie ein Kind vor Freude.

Ich ging mit meinem Buch zum Fenster und war voller Erregung; draußen lagen auf jeder horizontalen Fläche fünfzehn Zentimeter Neuschnee, unberührt und glitzernd, zehn Milliarden Schneeflocken rauschten an meinem Fenster vorbei. Nichts rührte sich auf der Straße unter mir, geparkte Wagen waren nicht mehr zu sehen, sie waren weggefahren worden, bevor der Schnee sie zudecken konnte. Unter meinem Fenster war Central Park West von unberührtem Schnee bedeckt, die Ampeln schalteten sinnlos von grün auf rot, von rot auf grün, und hinter der Straße war der Central Park ein einziger freudiger Anblick. Dort bewegte sich das Leben: Kinder in Rot, Blau, Braun und Grün rannten herum, rutschten aus und fielen in den Schnee; sie wälzten sich darin, klopften sich ab, warfen Schneebälle und aßen Schnee. Einige hatten Schlitten, und eine Gruppe rollte eine Schneekugel, die bereits größer als sie selbst war.

Ich bin verrückt nach Gewittern und Schneestürmen und stand wohl eine halbe Stunde am Fenster, schaute den großen Flocken zu, die am Glas vorüberwirbelten, und sah, wie der Central Park sich in einen Kupferstich verwandelte, während die schwarzen Zweige sich mit weißem Schnee bedeckten, sah die Pfosten und Pfeiler, die die

Wege und Straßen markieren sollten, langsam verschwinden.

Nach einer Weile machte ich Kaffee, zog einen Stuhl ans Fenster und setzte mich seitwärts darauf, die Beine über die Lehne. Dann – es war früh für das Abendessen, aber ich hatte Hunger – machte ich mir ein Sandwich und nahm es zusammen mit einem Apfel mit ans Fenster. Das Licht war fahl geworden, die weite, weiße Schneefläche draußen hatte einen blauen Schimmer angenommen. Ich aß und sah zu, wie der Tag verschwand. Die Ampeln an der Straße unter meinem Fenster hatten aufgehört zu blinken; entweder waren sie abgeschaltet worden, um Strom zu sparen, oder der Sturm hatte sie außer Betrieb gesetzt. Sie sahen nun anders aus, ihre gebogenen Röhren waren hoch mit Schnee bedeckt; sie hätten auch Straßenlaternen sein können. In der kalten Luft wurden die Schneeflocken kleiner, schwacher Wind kam auf und wehte den feinen Schnee gleich einem Nebelvorhang horizontal durch die Luft. Die Sicht reichte nur noch bis zur Mitte des Parks; drüben an der anderen Seite waren die Apartments entlang dem östlichen Parkrand im Nebelvorhang verschwunden; ebenso die Gebäude im Süden und natürlich auch im Norden. Die letzten Kinder gingen heim; es war kälter geworden – ich konnte es durch die Fensterscheiben spüren –, und es war fast dunkel. Dann ging die Straßenbeleuchtung an. Nichts bewegte sich mehr draußen, nur der Schnee im Wind, die Stille war vollkommen. Ich starrte auf den Park hinab und fragte mich plötzlich, ob es im Januar 1882 auch geschneit hatte.

Ich wußte es nicht, aber es war anzunehmen. Und wenn es der Fall gewesen war, dann glich die Szene *in allem* der, auf die ich nun starrte; sie war ohne Unterschied, genau dieselbe. Ich stand auf und ging ans Fenster, betrachtete meine eigene schwache Spiegelung im Glas, und in diesen Kleidern, in diesem Raum, in diesem Gebäude könnte ich damals genauso dagestanden haben, wie ich nun dastand.

Ich wandte mich ab, ging zum Kronleuchter, entzündete ein Streichholz und zündete alle Lampen an, eine nach der anderen. In der Porzellankanne, die ich neben den Stuhl gestellt hatte, befand sich noch warmer Kaffee, ich schenkte mir eine weitere halbe Tasse ein, die ich allerdings nicht trinken sollte. Ich setzte mich wieder an das Fenster. Der Raum war warm und angenehm, still, bis auf das leise Zischen des Gasstroms und das gelegentliche Rütteln des Windes, der gegen das Fenster blies. Ich lehnte mich in den Stuhl zurück, streckte die Beine aus, hielt die Tasse im Schoß und starrte auf die blaugeränderten Flammen, die hinter den gravierten Glasschirmen wie winzige mittelalterliche Streitäxte aussahen.

Ich dachte nicht mehr, sondern saß entspannt da, mit einer fast vollständigen Leere im Kopf; nur ein Bild formte sich, ohne mein Zutun, plötzlich in meiner Vorstellung: Leute, die noch auf den Straßen waren, weiter im Süden, im Zentrum, den geschäftigen Vierteln der Stadt. Ich sah sie gegen den peitschenden Schnee gebeugt, die Männer hielten ihre Melonen fest, die Hände der Frauen waren in Muffs vergraben. Auf den Straßen schlitterten die Hufe der Pferde, die nach Halt suchten. Einen Augenblick lang sah ich vor meinem inneren Auge den erhobenen, vor Schneematsch triefenden Huf eines Pferdes, die Fesseln von grauem Schnee umgeben. Und nun konnte ich – nicht sehen, das war nicht das Wort –, ich konnte die Stadt um mich herum *spüren*, all die anderen Menschen. Ich meine: die Menschen in ihren Häusern, die wie ich vor den weichen gelben Lichtern von Millionen Gasflammen saßen.

Ich mochte mich nicht bewegen; draußen war es so weiß und still; die Flocken zogen an meinem erleuchteten Fenster vorbei. Hier drinnen war es angenehm, die Schatten bewegten sich hin und wieder, wenn die Flammen flackerten. Noch immer wollte ich meinen Kaffee trinken, tat es aber nicht. Schließlich setzte ich die Tasse ab, stand auf und ging zum letzten Fenster links und ließ das Rouleau herunter. Wer würde draußen bemerken, daß dieses eine Fenster nun verdunkelt war – ich wußte es nicht, und es kümmerte mich auch nicht.

Als die Klingel über meiner Tür in ihrer Spiralfeder schrillte, war ich fast in meinem Stuhl eingeschlafen. Es war Oscar Rossoff, wie ich ohne Erstaunen wahrnahm, als ich die Tür öffnete. Er schlug den Schnee von seinen unpolierten, stark eingefetteten Stiefeln. Er trug einen glänzend schwarzen Bart, der spitz geschnitten war. »Hallo, Si.« Von seiner Melone, die er in der Hand hielt, schüttelte er Tropfen ab. »Ich kam gerade vorbei und wollte mich bei Ihnen nur kurz aufwärmen, wenn es recht ist. Eine schöne Nacht, aber schwierig für Fußgänger.«

»Kommen Sie rein, Oscar! Ich freue mich, Sie zu sehen.«

Er trat ein, lächelte und knöpfte seinen knöchellangen pelzbesetzten Mantel auf. Er reichte ihn mir, rieb seine Hände aneinander und genoß die Wärme; er trug einen schwarzen Cutaway mit Seidenrevers, schwarz-weiß karierte Hosen und einen Flügelkragen mit einer schwarzen Ascot-Krawatte. Wir gingen durch das Zimmer zu den gegenüberstehenden Stühlen, und Oscar öffnete seine Jacke, während er sich niederließ. Über seiner Weste hing eine schwere Uhrkette, die mit Gold- und Elfenbeinornamenten besetzt war.

»Oscar, ich mache ein Feuer. Oder wollen Sie zuerst einen Drink? Oder Kaffee, wenn Ihnen das lieber ist. Haben Sie bereits zu Abend gegessen?« Ich freute mich, Gesellschaft zu haben, und war richtiggehend aufgeräumt.

»Nein, ich kann nicht lange bleiben, Si; nur einen Moment. Machen Sie sich also wegen mir keine Umstände. Nur einen Drink, ja, ich *hätte* gern einen Whiskey! Das wäre fein.« Wieder rieb er seine Hände und blickte zum Fenster. »Welch eine Nacht!«

In kleinen geschliffenen Gläsern brachte ich den Whiskey, wir erhoben sie, prosteten uns zu und kosteten dann die Flüssigkeit. »Wunderbar«, sagte Oscar und lehnte sich in den Stuhl zurück; gedankenverloren begann er, mit einem münzförmigen Goldornament an seiner Uhrkette zu spielen. »Schön, hier mit einem Glas Whiskey zu sitzen, während draußen der Sturm nachläßt.«

Ich nickte. »Ja, ich bin froh, daß Sie gekommen sind. Ich war gerade am Einschlafen.«

»Das fällt nicht schwer in einer Nacht wie dieser.« Er nippte an seinem Whiskey und lehnte sich zurück, die Finger spielten mit der Uhr. Ich betrachtete ihren matten Schimmer im Gaslicht. »Nichts kann entspannender sein, draußen ist es so still und hier so warm und friedlich.« Ich nickte und wollte etwas darauf antworten, Oscar aber schüttelte langsam den Kopf und lächelte. »Bemühen Sie sich nicht um Small talk, Si, ich brauche keine Unterhaltung. Es ist so schön hier, das sollte man ohne große Gedanken genießen, den Geist entspannen, zufrieden und gelassen sein. Und der Whiskey hilft, oder? Man spürt, wie die Nerven und Muskeln sich entspannen. Ich glaube, der Wind hat nun aufgehört, es ist so still jetzt. Obwohl es noch schneit, große weiche Flocken. Sie sind nun sehr zufrieden mit sich selbst, Si, ich kann es sehen. So entspannt und locker. Zufrieden. Und ich glaube, ich helfe Ihnen dabei. Denn obwohl Sie mir zuhören, sind es nicht so sehr die Worte, sondern der Tonfall, das Murmeln, die Suggestion. Sie nehmen alle Spannung; ich sehe, Sie spüren es. Sie sind so entspannt, daß selbst das Glas in Ihrer Hand ein wenig schwer wird. Spüren Sie es? Sie sind zufriedener und gelassener als jemals in Ihrem Leben, nur indem Sie hier sitzen und auf den Tonfall meiner Stimme horchen. Das Glas *ist* zu schwer; stellen Sie es auf den Boden neben den Stuhl. So ist es besser, nicht wahr? Sollten Sie versuchen, es aufzuheben, dann wird es Ihnen zu schwer sein. Außerdem wollen Sie das nicht, es kümmert Sie nicht. Und Sie könnten es nicht. Versuchen

Sie es doch, Si; versuchen Sie, es einfach aufzuheben. Fester, nur einen Zentimeter hoch, dann stellen Sie es wieder ab. Sie können es nicht. Nun, das macht nichts. Es macht überhaupt nichts. Sie sind sehr müde, und in einem kurzen Augenblick werde ich Sie schlafen lassen. Ich will Ihnen nur noch etwas vorher sagen, dann werde ich gehen.

Sie werden nur kurz schlafen, Si. Aber es wird ein wunderbar erholsamer Schlaf sein. Tief und traumlos. Erholsam wie nie zuvor. Und wenn Sie erwachen, wird alles, was Sie über das zwanzigste Jahrhundert wissen, aus Ihrem Gehirn gestrichen sein. Während Sie schlafen, wird dieser gesamte Wissenskomplex in Ihrem Gehirn schrumpfen; zusammenschrumpfen auf einen Stecknadelkopf, tief in Ihrem Gehirn, für Sie nicht mehr erreichbar.

Es beginnt schon. Es gibt solche Dinge wie Automobile nicht mehr, Si; es gibt keine Flugzeuge, Computer, Fernsehen, keine Welt, in der sie möglich wären. ›Atom‹ und ›Elektronik‹ kommen in keinem Wörterbuch der Erde mehr vor.

Sie haben niemals die Namen von Richard Nixon … oder Eisenhower … Adenauer … Stalin … Franco … General Patton … Göring … Roosevelt … Woodrow Wilson … Admiral Dewey gehört. Alles, was Sie über die letzten acht Jahrzehnte wissen, entschwindet Ihrem Geist. Alles, wirklich alles. Das Kleinste wie das Größte, das Wichtige und die kleinsten Trivialitäten.

Aber Sie wissen, wie die Welt aussieht; Sie wissen das sehr gut. Sie wissen alles über sie. Warum sollten Sie auch nicht wissen, wie die Welt aussieht, heute, am 21. Januar 1882? Denn das *ist* das Datum; das ist die Zeit, in der wir uns natürlich befinden. Deswegen sind wir beide so gekleidet. Deswegen sieht das Zimmer so aus. Schlafen Sie noch nicht ein, Si. Halten Sie noch ein wenig die Augen offen. Nur noch einige Sekunden.

Nun hören Sie mir zu, was ich Ihnen sage. Ich gebe Ihnen nun eine letzte, unwiderrufliche Instruktion; Sie *werden* sie hören, und Sie *werden* sie befolgen. Sie werden zwanzig Minuten lang schlafen. Sie werden ausgeruht aufwachen. Sie werden einen Spaziergang machen, nur einen kleinen Spaziergang, um Luft zu schnappen, bevor Sie zu Bett gehen. Sie werden so vorsichtig sein, wie Sie nur können ... damit niemand Sie sieht. Sie werden mit niemandem reden. Sie werden nichts tun, das irgend jemanden auf irgendeine Weise beeinflussen könnte, mag es auch noch so trivial sein.

Dann werden Sie hierher zurückkommen, ins Bett gehen und die ganze Nacht schlafen. Wenn Sie wie gewöhnlich morgens erwachen, werden Sie von jeder hypnotischen Suggestion befreit sein. Sie öffnen die Augen, und Ihr Wissen vom zwanzigsten Jahrhundert ist wieder vorhanden. Aber *Sie werden sich an Ihren Spaziergang erinnern. Sie werden sich an Ihren Spaziergang erinnern. Sie werden sich an Ihren Spaziergang erinnern.* Nun ... lösen Sie sich, schlafen Sie.«

Ich war verwirrt; in dem Moment, als ich erwachte, blickte ich zu Oscars Stuhl hinüber – er war gegangen. Sein Glas stand auf dem Tisch, und ich fragte mich, was er wohl von mir halten mochte, nachdem ich in seiner Gegenwart, immerhin war er mein Gast, eingeschlafen war. Aber ich war mir sicher, daß er nicht böse sein würde; wir waren alte Freunde, und er würde sich darüber nur amüsieren.

Ich fühlte mich ausgeruht, voller Tatendrang und Energie, ein wenig zu ausgeruht, um ins Bett zu gehen. Ich beschloß, einen Spaziergang zu machen. Es schneite noch immer, große weiche Flocken. Der Wind hatte nachgelassen, ich war zu lange drinnen gewesen, und ich wollte hinaus, hinaus in den Schnee und die frische kalte Luft atmen. Ich ging zum Schrank, zog meinen Mantel und die Stiefel an und setzte meine runde Pelzkappe aus schwarzem Lammfell auf.

Dann schritt ich die Treppen des Gebäudes hinab, froh, niemandem zu begegnen; ich wollte mich nicht unterhalten, und wenn ich jemanden auf den Stufen gehört hätte, dann hätte ich, nehme ich an, so lange gewartet, bis er vorbeigegangen war. Unten verließ ich das Haus und blickte mich schnell um, sah aber keine Menschenseele. Ich wandte mich zum Central Park, der gerade der Straße gegenüberlag. Es war eine schöne, eine wunderbare Nacht. Die Luft schnitt in meine Lungen, Schneeflocken setzten sich gelegentlich auf meine Wimpern und ließen die Straßenlaternen vor mir verschwimmen, deren Licht im Schneetreiben zu nebeligem Dunst wurde.

Die Straße vor mir war von den Bordsteinkanten kaum mehr zu unterscheiden, unberührt von Schritten oder Spuren lag der Schnee vor mir. Ich überquerte sie und ging in den Park. Die Pfade waren nicht mehr auszumachen; ich hielt mich einfach den Bäumen und Sträuchern fern. Nur mühsam kam ich voran, der Schnee lag nun zwanzig bis fünfundzwanzig Zentimeter hoch. Ich wollte mich nicht zu weit von den Lichtern der Straßenlaternen entfernen, um mich nicht zu verirren; ich drehte mich um und blickte zurück. Die Straßenlaternen waren klar zu erkennen, in ihrem Licht sah ich die Abdrücke meiner Schritte, die aber bald zugeschneit sein würden; ich wußte, daß ich nach nur wenigen Minuten nicht mehr zurückfinden würde, sollte ich weitergehen.

Trotzdem schritt ich voran, stapfte schwer durch den nassen Schnee, genoß die Anstrengung und freute mich über die schneeglitzernde Nacht und mein Alleinsein. Hinter mir, in nördlicher Richtung, hörte ich fernes, rhythmisches Bimmeln, das mit jedem Ton lauter wurde; wieder drehte ich mich um und blickte zur Straße zurück. Einen Augenblick lang stand ich nur da und lauschte dem Tönen der Glocke, und dann, zwischen den Baum- und Zweigsilhouetten, in der Mitte der erleuchteten Straße, erblickte ich es – das einzige Gefährt, das in einer solchen Nacht unterwegs sein konnte: ein leichter, offener einsitziger Schlitten, der von einem einzigen mageren Pferd gezogen wurde, das leicht und leise durch den Schnee trabte. Der Schlitten hatte kein Verdeck; sie saßen, unter einer Decke eng aneinandergekauert, im fallenden Schnee: ein Mann und eine Frau, die bimmelnd die wirbelnden Schneekegel der Laternen durchfuhren. Sie trugen Pelzkappen, wie ich. Der Mann hielt in einer Hand die Zügel und die Peitsche. Die Frau lächelte, ihr Gesicht hatte sie nach unten geneigt, um es gegen den Schnee zu schützen, und die einzigen Geräusche, die zu hören waren, waren das Bimmeln der Glocke, das gedämpfte Aufschlagen der Hufe und das Geräusch der Schlittenkufen. Dann waren sie vorbei, der Schlitten entfernte sich, verlor sich im Schneetreiben, und der gleichmäßige Rhythmus der Glocke wurde leiser. Sie waren schon beinahe verschwunden, als ich die Frau kurz auflachen hörte; ihre Stimme wurde vom Schnee verschluckt, sie klang weit entfernt und glücklich.

Es war genug; ich hatte nicht das Bedürfnis, weiter in den Park vorzudringen, und kehrte um. Die schmalen parallelen Linien des Schlittens waren in der Mitte der Central Park West noch zu erkennen, aber sie verschwanden schnell; meine eigenen Fußspuren waren bereits vollkommen zugeschneit. Ich ging die Treppe des Dakota hoch, nahm Kappe und Mantel ab, drehte die Gaslichter im Wohnzimmer ab und war bereit, ins Bett zu gehen. Ich trat zum Fenster, um einen letzten Blick nach draußen zu tun. Ich wollte den Schnee noch einmal spüren, öffnete eine der Türen und ging auf den Balkon hinaus. Unten auf der Straße, die ich überquert hatte, waren die Spuren des Schlittens und meiner Schritte bereits nicht mehr zu sehen; der Schnee lag gleichmäßig und unberührt da. Einige Zeit starrte ich in den schwarz-weißen Park, dann blickte ich nach Norden. Alles, was ich durch den Schneeschleier erkennen konnte, war, kaum sichtbar, das Museum of

Natural History, das einige Blocks entfernt lag; eine der Fensterreihen war erleuchtet. Dann kehrte ich in das Wohnzimmer zurück; im Bett schlief ich fast augenblicklich ein.

8

»Erzählen Sie es uns noch einmal«, sagte Rube. »Erinnern Sie sich, verdammt noch mal!« Aus seiner Stimme sprachen Wut und Enttäuschung. »Gab es noch irgend etwas an dem Schlitten, irgend etwas? Sprachen sie irgend etwas miteinander?«

»Sachte, Rube, sachte«, murmelte Dr. Danziger. Er, Rube und Oscar Rossoff, der nun seine eigene Kleidung trug, saßen in meinem Dakota-Wohnzimmer, jeder hatte eine Tasse Kaffee in der Hand oder neben sich stehen. Oscar rauchte eine Zigarette; ich hatte ihn niemals zuvor rauchen gesehen. Nach einigen Zigaretten fragte ihn Danziger, ob er auch eine haben könnte, und nun rauchte auch er.

Ich saß in Hemdsärmeln, trug Hausschuhe, nippte am Kaffee und zwang mich dazu, jedes Detail des letzten Spaziergangs wieder in Erinnerung zu rufen; ich ging die Bilder in meinem Kopf durch und suchte nach neuen Details. Dann schüttelte ich wieder den Kopf. »Es war nur … ein Schlitten. Es tut mir leid. Und sie sprachen nichts miteinander. Sie lachte, als sie vorbei waren, aber wenn er etwas zu ihr gesagt hat, dann habe ich es nicht gehört.«

»Okay, und was ist mit den Straßenlaternen?« sagte Oscar gereizt. »Waren es Gaslampen oder elektrische? Das dürfte doch nicht so schwierig zu sagen sein.«

Gereiztheit steckt an, und ich sagte: »Oscar, ich habe genauso wenig auf die Straßenlaternen geachtet wie *Sie*, wenn Sie abends ausgehen.«

»Und Sie haben sonst niemanden gesehen?« drang Rube weiter auf mich ein. »Nichts sonst? Nichts gehört? Sie haben nichts *gehört*, irgend etwas?«

Ich haßte es – ich fühlte mich fast schuldig, so, als ob es mein Fehler sei –, aber nach einigen Sekunden, in denen ich versuchte, mich an andere Dinge zu erinnern als die, die ich ihnen sowieso bereits erzählt hatte, mußte ich wieder den Kopf schütteln. »Es war vollkommen still, Rube; überall Schnee, sonst war niemand auf der Straße.«

Sein Mund verzog sich vor Verärgerung, die Lippen preßten sich zusammen. Dann zwang er sich, mir zuzulächeln, um zu zeigen, daß er verstand. Aber er mußte seiner Wut körperlich Ausdruck verleihen, er stand auf, die Hände in den hinteren Taschen seiner Armeehose, und ging im Zimmer auf und ab. »Verdammt, verdammt, *verdammt*! Es könnte 1882 gewesen sein, es *könnte*. Oder gestern. Jemand hatte den alten Schlitten seines Großvaters herausgeholt, die Ampeln waren wegen des Sturms abgeschaltet.« Rube drehte sich Rossoff zu, hob hilflos die Hände und lachte, ohne sich darüber zu freuen. »Einfach lächerlich! Er könnte es geschafft haben! Vielleicht hat er es geschafft! Und wir wissen es nicht – Herrgott!« Er ging zu seinem Sessel, ließ sich hineinfallen und nahm seinen Kaffee vom Boden auf.

Mit leiser Stimme, die den Grad der Gereiztheit im Zimmer etwas beschwichtigte, sagte Danziger geduldig: »Sie kamen nach dem Spaziergang hier herauf? Und haben niemanden getroffen?«

»Richtig.« Ich nickte.

»Dann betraten Sie das Wohnzimmer, gingen zum Fenster und schauten auf den Park hinunter.«

»Richtig.« Ich nickte, starrte ihn an und hoffte, daß er etwas finden würde, von dem ich nicht wußte, daß es da war.

»Und Sie sahen – nichts?«

»Nein.« Ich lehnte mich in den Stuhl zurück und fühlte

mich plötzlich deprimiert. »Es tut mir leid, Dr. Danziger, schrecklich leid. Aber für mich *war* es letzte Nacht 1882. Zumindest in meiner Vorstellung. Diese Tatsache hatte für mich nichts Außergewöhnliches, also habe ich nicht darauf geachtet –«

»Ich verstehe.« Er nickte einige Male und lächelte mir zu; dann wandte er sich an die anderen und zuckte mit den Schultern. »Nun, das war's. Wir werden einfach auf eine andere Gelegenheit warten und es noch mal versuchen müssen. Das ist alles.«

Sie nickten, und wir saßen schweigend da. Dr. Danziger sah auf die angezündete Zigarette in seiner Hand, verzog sein Gesicht zu einer angewiderten Grimasse und drückte die Zigarette im Aschenbecher aus; ich wußte, daß er wieder einmal zu rauchen aufgehört hatte. Nach einer Weile, nach vielleicht einigen Minuten, sagte Rossoff: »Si, gehen Sie hinüber zum Fenster und treten Sie so wie letzte Nacht auf den Balkon hinaus.« Ich ging zur Balkontür, öffnete sie, trat hinaus und drehte mich fragend zu Rossoff um; ich war dies alles leid, fühlte mich allerdings verpflichtet, so lange weiterzumachen, wie sie wollten. Rossoff sagte: »Schließen Sie die Augen.« Ich schloß sie. »Okay, es ist letzte Nacht. Sie stehen hier und blicken auf den Park hinunter. Halten Sie die Augen geschlossen und versuchen Sie, alles wieder in Ihrer Vorstellung zu sehen. Sobald Sie etwas erblicken, beschreiben Sie es, Si, exakt.«

Nach einem Augenblick sagte ich: »Vollkommen weißer Schnee, unberührt, ohne Spuren; es ist schön ... die Bäume erscheinen vor dem weißen Schnee kohlrabenschwarz. Die Straße ist eben, mit Schnee zugedeckt, ohne alle Spuren: Ich sehe, daß meine Fußspuren verschwunden sind und daß es noch immer schneit. Im Licht der Laternen glitzert der Schnee, nichts bewegt sich, nichts; nichts ist zu hören. Ich stehe hier, schaue noch einige Sekunden auf den Park, dann entschließe ich mich, ins Bett zu gehen. Ich drehe mich um und will das Wohnzimmer betreten. Dann sehe ich, daß einige Fenster erleuchtet sind – die Putzfrauen, nehme ich an – im Museum of Natural History. Ich ziehe die Vorhänge zu und … das ist alles, es tut mir leid.« Ich drehte mich zu ihnen um und ging in das Zimmer. »Dann ging ich ins Bett und schlief die ganze –«

Ich beendete den Satz nicht. Dr. Danziger erhob sich langsam, baute seine eins neunzig auf, sein Gesicht erhellte sich. Er eilte auf mich zu, die Hand ausgestreckt, und packte mich an der Schulter, daß es weh tat. Er drehte mich wieder zur Balkontür hin und schob mich vor sich hinaus. Er trat nach mir ins Freie und sagte: »Schauen Sie!« Seine große, venenreiche alte Hand fuhr vor mein Gesicht, packte den Kiefer und drehte meinen Kopf nach Norden. »Dahin haben Sie letzte Nacht geblickt! Und jetzt! *Wo ist das Museum*?«

Ich konnte es nicht sehen, natürlich nicht. Zwischen mir und dem Museum standen vier dicke Blocks mit Apartmenthäusern, die sich hoch über das Dach des Dakota erhoben. Das Museum war nicht zu sehen – nicht von diesem Balkon – nicht mehr seit den frühen Achtzigern des neunzehnten Jahrhunderts. Und als das in mein Gehirn drang, und ebenso in Rubes und Oscars, flüsterte Rube: »Er hat es geschafft.«

Dann brüllte er mit rotem Gesicht: »Er hat es *geschafft*! O mein Gott, er hat es *geschafft*!« Oscar und Rube stürzten sich auf meine Hand, schüttelten sie, gratulierten mir und dann sich selbst, während ich grinsend dastand, nickte und die Tatsache zu verarbeiten suchte, daß ich in der letzten Nacht für eine kurze Zeit aus diesem Apartment hinaus in den Winter von 1882 gegangen war. Dr. Danzigers Augen waren halb geschlossen; ich sah ihn für einen Augenblick wanken. Ich denke, er stand kurz vor einer Ohnmacht. Dann plapperten er und wir alle drauflos, grinsten, machten lausige Witze, und während ich daran teilhatte, antwortete, zurückgrinste, erregt und ausgelassen war, stand ich gleichzeitig im Geiste wieder auf diesem

Balkon, mitten in der stillen weißen Nacht, und starrte über fünf leere Straßenblöcke hinweg, die seit langem, seit Jahrzehnten mit massiven Gebäuden gefüllt waren.

Zwanzig Minuten später saß ich im Lagerhaus in einem Raum, von dem ich mich vage erinnern konnte, daß ihn mir Rube während unserer Tour gezeigt hatte; ich saß in einem Drehstuhl und ein kleines Brustmikrophon war mit Klebeband an meinem Hals befestigt. Im Wandregal zu meiner Seite drehte sich ein Tonbandgerät, und ein Mädchen saß an einer beinahe lautlosen elektrischen Schreibmaschine, über den Ohren kleine Kopfhörer, die ihr meine aufgezeichnete Stimme wiedergaben. Danziger, Rube, Rossoff, der Princeton-Historiker, Colonel Esterhazy und ein Dutzend andere, die ich bereits vorher kennengelernt hatte, standen im Raum, lehnten an den Wänden, hörten zu und warteten.

Ich sagte: »Frederick Boague – Frederick *N.* Boague, New York. Zum letzten Mal vor dreieinhalb Jahren in der Kunstklasse gesehen.« Eine Sekunde lang dachte ich nach, dann sagte ich: »Es lief ein Film, *The Graduate*. Anne Bancroft spielte mit, und ein Typ namens Dustin Hoffman. Regie führte Mike Nichols.« Ich hielt inne und lauschte dem gedämpften Klappern der Schreibmaschine. »Es gibt Hershey-Riegel, Schokolade. Braune Papierverpackung mit silberner Aufschrift.« Eine Pause. »Clifford Dabney, New York City, etwa fünfundzwanzig Jahre alt, ein Werbetexter. Elmore Bob ist Vorstand der weiblichen Studenten, Montclair College. Rupert Ganzman ist Abgeordneter des Staates im Repräsentantenhaus. In Wyoming lebt ein Vollblut-Sioux namens Gerald Montizambert. In der East 51st Street, an der Lexington, kam es letzten Oktober zu einem Brand in einem Apartmenthaus. Penn Station wurde abgerissen.«

Ein junger Mann, dem ich in den Gängen manchmal begegnet war, kam leise, fast auf Zehenspitzen in den Raum. Vorsichtig riß er die obere Hälfte des Blattes in der elektrischen Schreibmaschine ab und ging wieder; das Mädchen tippte auf der unteren Hälfte weiter. Ich sprach weiterhin auf Band: Namen von Leuten, die ich kannte oder von denen ich wußte, Prominente und persönliche Bekanntschaften, alle möglichen Fakten, jedes Detail, das mir durch den Kopf ging und das von der Welt zeugte, die ich gestern verlassen hatte. »Queen Elizabeth ist Königin von England, aber die *Queen Mary* – das Schiff, meine ich – wurde an eine Stadt in Südkalifornien verkauft ... Es gibt einen Friseur, Emmanuel, in der 42nd, westlich des Commodore ...« Ein Mann öffnete die Tür, trat ein und grinste; er war um die Vierzig und glatzköpfig; ich hatte ihn bereits in der Cafeteria getroffen. »Soweit alles in Ordnung!« sagte er. »Alles, was wir überprüfen können.« Es gab ein Murmeln, alle waren aufgeregt; der Mann ging wieder, und ich fuhr fort: »Es gibt einen Comic, *Peanuts*, und vor nicht allzu langer Zeit sagte Lucy zu Snoopy ...«

Um elf Uhr schnitt Danziger mir das Wort ab; es sei genug, sagte er. Mittags wußten wir es. Jedes zufällige Faktum der Welt, so wie es mir vor dem Spaziergang in der letzten Nacht in Erinnerung war, war auch heute noch ein Faktum. Die wenigen Schritte durch den Schnee in die Welt von 1882 und zurück hatten diese Welt nicht verändert – hatten folglich unsere Welt nicht verändert. Es gab niemanden, den ich kannte oder gestern gekannte hatte, der diesen Morgen nicht mehr existierte. Keine Wahrheit jedwelcher Art, ob klein oder groß, wich von der ab, die mir im Gedächtnis war. Alles war noch so, wie ich es verlassen hatte, es gab keine wahrnehmbaren Veränderungen, und das bedeutete, daß das Experiment vorsichtig fortgeführt werden konnte.

Davor jedoch traf ich Katie. Nach dem Mittagessen ging ich in die Stadt, sie schloß ihren Laden, und oben erzählte ich vierzig Minuten lang dreimal, was geschehen war. »Wie war es? Wie *fühlte* es sich an?« fragte sie immer wieder. Ich versuchte es ihr zu erzählen, suchte nach Worten, die es zum Ausdruck bringen konnten, und Kate beugte sich mit offenem Mund und blinzelnden Augen zu mir heran und versuchte die volle Bedeutung dessen, was ich ihr zu vermitteln versuchte, für sich zu erschließen. Manchmal schüttelte sie vor Verwunderung und Ehrfurcht – unbewußt – den Kopf, aber natürlich war sie enttäuscht: Ich konnte ihr meine Erfahrung nicht mitteilen, und als ich aufstand, weil ich gehen mußte, fragte sie noch immer: »Wie war es? Wie fühlte es sich an?«

Im Lagerhaus zog ich mich in Doc Rossoffs Büro wieder um, und während ich damit beschäftigt war, stellte er seine Fragen. Zusammengefaßt ging es darum, ob ich die Realität dessen, was ich erlebt hatte, emotional empfinden sowie intellektuell begreifen konnte. Und immer ergeben, dachte ich darüber nach, als ich in meine Kleidung schlüpfte. Vor meinem Geist sah ich den Schlitten, der sich im Gestöber der weichen Schneeflocken entfernte, hörte das leiser werdende Bimmeln des Zaumzeugs und den klaren musikalischen Ton des Lachens der Frau in dieser wunderbaren Winternacht; freudige Schauer liefen mir über den Rücken. Ich nickte Doc zu und sagte ja.

Er fuhr mich danach zum Dakota; wir waren nun in Eile. Ich hatte lange gebraucht, um den Punkt zu erreichen, der gestern zum Erfolg geführt hatte; nun hatte ich nur noch diese Nacht, den folgenden Morgen und einen Teil des Nachmittags, um diesen Punkt wieder zu erreichen, wenn ich sehen wollte, wie Katies langer blauer Umschlag in ›New York, N. Y.; Main Post Office, 23. Januar 1882, 6: 00 PM‹ aufgegeben wurde. Dieses Mal, um das Experiment zu beschleunigen, sollte ich auf die Hilfe von Doc Rossoff verzichten.

Um vier Uhr stieg ich die Treppen des Dakota hoch. Das Paket von Fishborn's lag im Flur vor der Tür. Ich hob es auf, und als ich die Tür öffnete und in mein Wohnzimmer trat, schien es mir erstaunlicherweise, als kehrte ich nach Hause zurück. Um sechs, ich stand mit einer langen Gabel in der Hand am Herd und wartete darauf, daß die Kartoffeln kochten, wobei ich die *Evening Sun* vom 22. Januar 1882 las, kam es mir vor, als hätte ich diese alltäglichen Arbeiten niemals unterbrochen. Unten vor dem Gebäude hatte ich gesehen, wie der Schnee der letzten Nacht vor meinem Fenster weggeräumt worden war, daß die Ampeln wieder funktionierten und der Verkehr wieder floß. Aber das zählte nicht mehr. Denn nun wußte ich – *wußte* einfach –, daß dort draußen der Januar 1882 existierte. Und ich wußte – *wußte* –, daß ich zu gegebener Zeit in der Lage war, wieder dort hinausgehen zu können.

Ich stach in meine Kartoffeln; sie waren in der Mitte noch immer hart, also las ich weiter die der Länge nach gefaltete Zeitung. Der Prozeß gegen Guiteau, den Attentäter auf Garfield, war heute fortgeführt worden; Guiteau hatte sich wie bisher selbst verteidigt; die Untersuchungen im Star-Route-Skandal zogen sich in die Länge, auf einer einsam gelegenen Farm in Wyoming war eine ganze Familie skalpiert aufgefunden worden. Meine Türklingel schellte.

Mit der Zeitung unter dem Arm ging ich in meinen Hausschuhen durch den langen, breiten Gang, öffnete die Tür, und Katie stand draußen im Flur. In einem knöchellangen Wintermantel, um den Kopf einen Schal, lächelte sie mich nervös an und wartete darauf, daß ich etwas sagte. Nach einem Augenblick, in dem ich sie nur anstarrte, glitt sie schnell an mir vorbei ins Wohnzimmer. Ich drehte mich um, schloß automatisch hinter mir die Tür und sagte: »Katie, was zum Teufel soll das?« Aber sie durchschritt das Zimmer und zog den Mantel aus. Sie trug ein dunkelgrünes Seidenkleid mit weißen Borten, das am Hals und an den Ärmeln geknöpft war, der Saum, der ihrer unvermittelten Drehung nachfolgte, streifte den Rist ihrer geknöpften Schuhe. Mit einer schnellen Handbewegung schälte sie den dunklen Schal ab, so, als müßte sie befürchten, ihn weiterhin zu tragen, wenn sie sich nicht beeilte. Ihr

Haar war in der Mitte gescheitelt, glatt nach hinten gekämmt und im Nacken zu einem Knoten geflochten.

Ich mußte lächeln, sie sah sehr gut aus; ihr dickes, kupferschimmerndes Haar, ihre blasse, leicht sommersprossige Haut, die großen braunen herausfordernden Augen, dazu das schimmernde Grün ihres Kleides; sie wußte, was sie tat, als sie diese Farbe auswählte. In dem Moment, wo ich sie anlächelte, sagte sie schnell: »Ich werde mit dir gehen, Si. Um den Brief zu sehen. Er gehört mir, und ich werde mitkommen, um es zu sehen!«

Ich mag Frauen, ich sehe sie nicht als den Männern unterlegen an, und verachte Männer, die das tun. Und ich denke, daß Frauen genauso wie Männer Prinzipien haben – aber es sind, zum Teufel, sicherlich andere Prinzipien. Ich wußte, daß ich Kate in wirklich allem vertrauen, daß ich mich absolut auf sie verlassen konnte; ihre Einschätzung von richtig und falsch war ebenso ausgeprägt wie meine. Nun aber stritten wir uns: Kate am Ofen, wo sie die Vorbereitung des Essens übernommen hatte, ich am Küchentisch, wo ich wartete. Dann, wir teilten uns die beiden Koteletts, führten wir die Auseinandersetzung am Tisch weiter. Ich fing an, mich wie ein spießiger Bürokrat zu fühlen, der seine eigenen verstaubten Vorstellungen von Moral hochhielt. Denn für Kate zählte es einfach nicht, daß dies ein Regierungsprojekt von größter Wichtigkeit war, das unter enormem Aufwand und hohen Kosten verfolgt wurde und an dem wichtige Leute im ganzen Land sich beteiligten. Ohne die geringsten Schwierigkeiten durchschaute Kate das alles und führte den Vorwand der Wichtigkeit auf die Wahrheit zurück – die weibliche Wahrheit. Sie wußte, das alles war in Wirklichkeit ein großes, teures und faszinierendes Spielzeug; wir alle spielten damit, und wie eine entschlossene Göre auf dem Spielplatz, die sich ihren Weg in den Kreis der Jungs bahnte, würde sie verdammt noch mal hier auch mitspielen.

Ich leitete zu praktischen Argumenten über, aber das

war ein Schlag ins Wasser. Denn unverzüglich wies sie darauf hin – sie deutete mit der Gabel auf mich, ihr Essen ließ sie kalt werden –, daß sie ebenso vorbereitet war; daß sie ebenso viel über die 1880er gelernt hatte wie ich. Und, führte sie aus, daß sie eigentlich besser vorbereitet sei, als ich es das letzte Mal war, denn sie wußte nun, daß es wirklich möglich war.

Hinter meinen Argumenten lag das Wissen, daß sie recht hatte. Ich war felsenfest davon überzeugt, daß ich es morgen schaffen würde; es war nicht nur Optimismus, sondern die Gewißheit. Und ich wußte, falls ich das vermitteln konnte, daß die schiere Stärke meiner Gewißheit Kate mittragen würde. Ich wußte, ich war vollkommen davon überzeugt, daß wir es schaffen konnten, wir beide; im Wohnzimmer, nach dem Essen, nachdem das Geschirr gewaschen war, verebbte unser Streit.

Dies habe ich ihr allerdings so nicht zu verstehen gegeben. Sie ging weiterhin auf und ab und redete, ihr langes Kleid vollführte bei jeder Drehung, die sie machte, leise raschelnde Bewegungen. Ich sah ihr zu, mußte mich zusammennehmen, um nicht zu lächeln, denn ihr Anblick war einfach wunderbar – ihr Haar besaß unter den Gaslichtern des Kronleuchters einen ganz besonderen, eigenen Glanz. Sie sah toll aus, schließlich stand ich auf, nahm sie in den Arm und küßte sie. Sie erwiderte den Kuß, wir küßten uns noch einmal, dann trat sie zurück. Sie hatte gewonnen; der Streit war vorüber. Wir hatten alles gesagt, und sie wußte, daß ich sie nicht aus der Wohnung werfen würde. Sie sagte: »Nichts mehr davon, Si. Es zählt nur noch eines, daß wir es morgen schaffen. Davon sollte uns nichts ablenken.«

Während der Tage und Wochen, die ich hier alleine verbracht hatte, hatte ich mir oft vorgestellt, Kate wäre hier bei mir; nun war sie es. Aber was sie soeben gesagt hatte, war so wahr, daß nichts dagegen gesagt werden konnte; wir verbrachten einen ruhigen, häuslichen Abend der Achtziger: lasen *Harper's Weekly* und *Leslie's*, dann, nach einer Tasse Tee, spielten wir Domino.

Etwa um halb elf gingen wir zu Bett. Während ich den Kronleuchter ausdrehte, ging Kate zum Schrank an der Eingangstür. Aus der Tasche ihres schweren Wintermantels zog sie ein zusammengerolltes weißes Bündel, ihr Nachthemd; ich lächelte und schüttelte den Kopf über die Sicherheit, mit der sie angenommen hatte, daß ich sie bleiben lassen würde. Die Hand auf der kleinen, grünbeschirmten Leselampe auf dem Spieltisch, wo noch die Dominosteine lagen, wartete ich, bis Kate das Licht im Gang anschaltete. Ich hörte das leise Zischen des Gases und sah das flackernde Licht an den Wänden, dann drehte ich die Leselampe aus.

Kate stand auf der Schwelle ihres Zimmers; die L-förmige Klammer des offenen Ganglichts befand sich genau auf der Höhe ihres Kopfes, rechts neben der Tür; wieder fiel mir der besondere Schimmer auf, den das Gaslicht ihrem rötlichen Haar verlieh. Sie sagte: »Gute Nacht, Si; wir sehen uns morgen.«

»Okay. Gute Nacht, Kate.«

»Es wird klappen, oder, Si?«

Ich nickte. »Ich denke schon. Du solltest nicht hier sein, aber ich bin froh, daß du da bist. Und ich denke, daß es klappen wird.«

Den größten Teil des nächsten Tages – nachdem das Frühstück, der Abwasch und die Morgenzeitung erledigt waren – verbrachten wir mit Vorlesen. Im offenen Kamin des Wohnzimmers hatte ich ein Kohlefeuer entfacht, dann fand ich das Buch, das ich gelesen hatte, als ich durch den Schneesturm hindurch zum Park hinuntergeschaut hatte, auf dem Boden neben dem Fenster – das war erst vorgestern gewesen, wie ich erstaunt feststellen mußte. Das Buch stammte aus dem Regal im Wohnzimmer; ein leuchtend neues Exemplar von *Tried for Her Life* von Mrs. Emma D. E. N. Southworth, vor einem Jahr erst veröffentlicht. Ein Taschenbuch, auf dessen Cover allerdings keine halbnackten Frauen abgebildet waren, nur schwarze Schriftzüge auf einfarbig rotem Umschlag.

Ich gab Kate eine Zusammenfassung dessen, was ich bislang gelesen hatte, dann – ich saß bequem in einen Sessel gelümmelt, die Füße mit den Pantoffeln auf einem Kissen – fand ich meine Stelle und las die Geschichte laut vor. Es war schön, hier drinnen sein zu können, es war warm, hin und wieder knackte das Feuer; draußen sah es nach Kälte aus, der Himmel war grau und vollkommen bedeckt. »›Als Sybil sich von ihrer totenähnlichen Ohnmacht erholt hatte‹«, las ich, »›fühlte sie sich langsam durch einen, wie ihr schien, engen unterirdischen Gang getragen, doch die vollkommene Finsternis, die lediglich durch einen kleinen glühenden roten Funken, der wie ein Stern vor ihr herschwebte, gemindert wurde, verhinderte, daß sie mehr wahrnahm. Eine Ahnung drohenden Unheils erfüllte sie, überwältigender Schrecken bemächtigte sich ihrer Seele und lähmte alle ihre Sinne.‹« Ich blickte auf, um Kate zuzulächeln; sie saß auf dem Sofa, die Füße untergeschlagen. Ich lächelte angesichts der überladenen Prosa; ich war mir sicher, daß sich vernünftige, aufgeklärte Leute in den Achtzigern *durchaus* über diese Art der Literatur amüsierten. Aber mein Lächeln war sehr verhalten; ich hatte inzwischen viele dieser Bücher gelesen, und so lächerlich deren Stil auch sein mochte, er hatte sich längst abgenützt, daher war ich, indem ich häufig weiterblätterte und übersprang, nur an der Handlung interessiert, die weder besser noch schlechter war als die der vielen Horror- und Mysteryromane des zwanzigsten Jahrhunderts, die ich gelesen hatte.

Wir wechselten uns beim Lesen ab, machten eine Pause für den Kaffee, für das Mittagessen und beendeten das Buch am Nachmittag. Das Buch schloß, wie die meisten dieser Bücher schließen: Sie fassen zusammen, was den Charakteren nach dem Ende der Geschichte passiert. Eigentlich keine schlechte Idee; ich habe viele Bücher gelesen und oft den Wunsch verspürt, zu erfahren, was mit den Leuten, die ich gerade kennengelernt hatte, nach der letzten Seite geschieht. Je besser das Buch, je realer die Charaktere, um so mehr wollte ich wissen.

Nun, Mrs. Southworth befriedigte diese Neugierde. Kate las gerade, als wir die letzte Seite erreichten. »›Nur Weniges ist noch zu erzählen‹«, las sie. »›Raphael Riordan und seine Stiefmutter, Mrs. Blondelle, kamen, um den Leichnam zu sehen und seine Bestattung anzuordnen. Gentiliska, die zu einer sehr stattlichen Matrone geworden war, blickte den Leichnam mit einer seltsamen Mischung aus Mitleid, Abscheu, Trauer und Erleichterung an.‹«

»Stop«, sagte ich. Als Kate hochblickte, weitete ich ein wenig die Augen, runzelte die Stirn und zog einen Mundwinkel nach oben. »Sieht das wie Mitleid aus?«

»Ungefähr.«

Ich verstärkte das Stirnrunzeln, ließ ein Auge vor Mitleid offen und verengte das andere. »Ich habe gerade Abscheu hinzugefügt. Und nun schau her: jetzt kommt Trauer.« Wehleidig öffnete ich den Mund. »Und nun die Krönung: Erleichterung!« Ich warf das Kinn nach oben, öffnete so weit wie möglich den Mund und versuchte, den bisherigen Gesichtsausdruck beizubehalten. Ohne den Mund zu bewegen, sagte ich: »Wie sehe ich aus?«

»Als ob du erwürgt wirst.«

»Das habe ich befürchtet. Aber ich wette, Gentiliska schaffte das mühelos. Sie hätte wahrscheinlich noch Erschrecken, Verdruß und Ekstase hinzugefügt, ohne ihre Gesichtsmuskulatur übermäßig zu strapazieren.«

»Irgendwie magst du Gentiliska, oder?«

»Meine literarische Lieblingsfigur, für alle Zeiten. Bitte fahre fort.«

»›Raphael, ein ernster und stattlicher Mann geworden,

traf Mrs. Berners; seine Gestalt war von Trauer gezeichnet. Er verehrte sie ohne Unterlaß, so rein und beständig wie immer. Zweifel an seinem Glauben kannte er nicht. Die Witwe Blondelle verkaufte ihre Anteile an den Schwefelquellen in Dubarry White und kehrte mit ihrem Stiefsohn Raphael Riordan nach England zurück. Mr. und Mrs. Berners haben nur ein Kind – Gem! Aber sie ist der Liebling ihrer Herzen und Augen, und sie ist verlobt mit Cromartie Douglas, den sie wie ihren eignen Sohn lieben.‹«

Kate schloß das Buch; beide lächelten wir ein wenig. Aber dann sagte sie ernst: »Ich bin froh, daß Gem und Cromartie sich verloben. Auch wenn es nach dem Schluß der Geschichte ist. Ich dachte, daß dies passieren würde, aber es ist schön, es zu wissen.«

»Ja. Was Gentiliska und ihre gemischten Gefühle angeht – je mehr man über sie erfährt, desto besser. Und Ich sage dir, was mir außerdem noch gefällt: Mir gefallen Leute, denen solche Geschichten wie diese hier gefallen.« Kate nickte, und schweigend saßen wir da. Der Abzug im Kamin röhrte verhalten, dann knackte ein Kohlenstück. Ich sagte: »Kate, sie sind dort draußen.« Ich wies zum Fenster; alles, was wir sahen, war der silberne winterliche Himmel. Ich meinte, was ich gesagt hatte; den ganzen Tag über hatte ich die lebendige Präsenz New Yorks im Winter 1882 gespürt, die sich um uns herum versammelt hatte – stärker, wirklicher als in all den Tagen und Wochen, die zurücklagen. Denn eine Wahrheit konnte nicht mehr rückgängig gemacht werden: Ich wußte, daß diese Zeit existierte. »Sie warten auf uns, Kate«, sagte ich, und – starke Stimmungen und mächtige Gewißheiten übertragen sich von einem Geist auf den anderen – Kate nickte. Auch sie glaubte und wußte es. Ich sagte: »Kate, ich denke, es ist an der Zeit.« Einen kurzen Moment sah sie aus, als fürchtete sie sich, dann nickte sie und schloß die Augen.

Ich schloß ebenfalls die Augen und nahm Kates Hand,

lehnte mich zurück, lockerte jeden Muskel und ließ die Spannung von mir abfallen. Und schließlich – Kate tat das gleiche – sprach ich leise zu mir. *In wenigen Augenblicken, und für einen kurzen Augenblick, wirst du an nichts mehr denken; und du wirst beinahe schlafen. Wir haben den 23. Januar. Und das wird auch das Datum sein, wenn du schließlich wieder die Augen öffnest: der 23. Januar 1882. Du und Kate habt etwas zu erledigen; du wirst mit ihr in den Park gehen, und in deinem Geist wird keine andere Zeit sein. Alles, woran du denkst, ist, daß du zum Postamt willst. Sei dort um 5 Uhr 30. Keinesfalls später. Und beobachte, wer den blauen Umschlag abgibt. Mische dich nicht in die Ereignisse ein. Beobachte sie, bewege dich in ihnen, aber greife nicht ein. Eine Änderung: Das ist neu, aber es wird funktionieren, es wird funktionieren. An irgendeinem Punkt, wenn du durch den Park gehst, an irgendeinem Punkt, wenn du dir absolut sicher bist, daß das ein Winternachmittag im Jahre 1882 ist, wirst du dich an die Gegenwart erinnern. Du wirst dich an die Gegenwart erinnern, und zum ersten Mal wirst du wirklich ein Beobachter sein.*

Mich riß es ein wenig, meine Augen öffneten sich; ich hatte wirklich gedöst, wie mir schien. Kate beobachtete mich, ihre Hand lag in meiner. »Ich habe auch geschlafen. Wir müssen zum Postamt, Si. Hast du Lust dazu?«

»Ja.« Ich nickte und stand gähnend auf. »Wird mir guttun, nach draußen zu kommen.«

Am Schrank im Gang zog ich gähnend meinen Mantel mit der Kapuze an, meine Stiefel und die runde schwarze Pelzkappe. Kate schlüpfte in ihren Mantel und wickelte den Schal um. Ich achtete ebensowenig auf das Jahr oder Jahrhundert wie andere Leute, die sich anziehen, um nach draußen zu gehen. Und unten, als wir den Eingang zum Gebäude an der 72nd Street verließen, die Schultern eingezogen, das Kinn in den Mantelkragen vergraben, und in die Kälte hinausgingen, sah ich nicht nach Westen; wir überquerten die Straße, die an den Park angrenzte. Ich schaute weder nach Norden noch nach Süden. Warum auch? Es kam mir nicht in den Sinn; die Luft war kalt und hart, ich hielt den Kopf gesenkt.

Den Park durchschritten wir in südlicher und östlicher Richtung, hin zum Eingang an der 59th und 5th. Es war kalt, wir sahen niemanden, und hier im Park war von der Stadt fast nichts zu hören. Wir hörten nur das monotone Knirschen unserer Schritte auf den Wegen; in meinem Mantel fühlte ich mich geborgen, ich war nicht mehr so schläfrig, und ich begann, den Spaziergang zu genießen. Außerhalb der Wege war der Schnee fast unberührt, nur gelegentlich konnte man Spuren oder Schritte sehen. Einige Dutzend Meter lief unser Pfad parallel zur gewundenen Straße; von weitem hörte ich das schwache Quietschen einer Achse und das langsame, gedämpfte Geräusch von Hufen, machte mir allerdings nicht die Mühe, mich umzudrehen, noch tat es Kate. Wir gingen einfach durch den Park, hatten uns nun an die Kälte gewöhnt, genossen sie und den Spaziergang und dachten an nichts.

An der südöstlichen Ecke, der 5th Avenue und der 59th Street, verließen wir das riesige Rechteck des Central Park; ich knöpfte den Mantel auf, um aus meiner Hosentasche die Geldbörse für die Fahrkarten zu holen. Katie stöhnte, ich schaute schnell zu ihr hinüber. Sie preßte eine Hand gegen die Stirn, ihre Augen waren geschlossen, das Gesicht kreidebleich. Ich wollte mich umdrehen und sie festhalten, statt dessen stolperte ich einen halben Schritt zur Seite, um im Gleichgewicht zu bleiben, mit gespreizten Füßen beugte ich mich weit nach unten, die Ellbogen bohrten sich in meinen Magen, die Hände rutschten hinauf und über das Gesicht. Ich kämpfte gegen die Ohnmacht an, während die Erinnerung jede meiner Gehirnzellen durchströmte.

Keiner von uns beiden hatte einen körperlichen Schockzustand erwartet. Ich brachte einen Arm um Kates Schultern; sie zitterte. Ich lehnte gegen einen Baumstamm am Bordstein und versuchte uns beide zu stützen; an meiner

Stirn und Oberlippe spürte ich Schweiß austreten, ich wußte, ich war leichenblaß. Ich fixierte meine Schuhspitzen und atmete tiefe Züge der scharfen, kalten Luft; dann spürte ich den Schweiß auf meinem Gesicht trocknen und wußte, daß ich in Ordnung war. Ich sah zu Kate; ihre Augen waren nun geöffnet, ihre Zunge netzte die Lippen. »Ich bin okay, danke«, sagte sie und richtete sich auf. »Aber, o mein Gott, Si!« flüsterte sie. Ich konnte nur nicken.

Wir drehten uns nicht sofort um; wir konnten uns nicht dazu durchringen. Aber wir hörten das Kreischen von Eisenrädern, die durch kalten trockenen Schnee furchten, hörten das Holz- und Eisengerassel des Wagens, das Niedersausen von Lederpeitschen auf Fleisch. Dann drehten wir – ganz langsam – unsere Köpfe zu dem kleinen, bogenförmig überdachten Wagen mit hohen Holzspeichenrädern, der von zwei ausgemergelten Pferden gezogen wurde; ihr Atem strich bei jedem Schritt weiß dampfend in die Winterluft. Er war nun näher und füllte unser Blickfeld; und während wir ihn anstarrten, wußten wir, woher und aus welcher Zeit wir gekommen waren. Es dauerte einen Moment, bis sich mein Gehirn der Wahrheit bewußt wurde: Wir waren hier, an einer Ecke der Upper 5th Avenue, an einem grauen Januarnachmittag im Jahre 1882; und ich zitterte und war einen Augenblick lang voller Furcht. Dann erfüllten mich Freude und Neugier.

9

Ich sah zu Kate, und sie grinste; dann drehte ich mich um und blickte nach Süden, die gesamte Länge der 5th Avenue hinunter, und wieder spürte ich das Gefühl der Ohnmacht.

Jeder kennt, aus Filmen oder der Realität, die herrliche Glitzerwelt der 5th Avenue, die breite Straße, an der dichtgedrängt unglaubliche Türme aus Metall, Glas und funkelndem Stein stehen: das glitzernde Corning Glass Building, dessen Glaswände sich endlos zu erheben scheinen; das riesige, mit Aluminium verkleidete Tishman Building; die mächtigen Steinmassen des Rockefeller Center; die vom Wetter gegerbte St. Patrick's Cathedral, deren Zwillingstürme zwischen den riesigen Gebäuden zwergenhaft verschwinden. Und die Glitzerläden: Saks, Tiffany's, Jensen's; und die große, alte, verdreckte weiße Bibliothek an der Ecke der 42nd Street, deren Eingang zwei Steinlöwen flankieren. Die wahrscheinlich berühmtesten siebzehn Straßenblocks der Welt, und weiter unten an dieser erstaunlichen Straße die unglaubliche Höhe des Empire State Building, an der 34th Street, wenn wunderbarerweise die Luft klar genug sein sollte, um es sehen zu können. Das war das Bild – Asphalt, Stein und Türme aus Metall und Glas, die den Himmel berühren, welches in meinem Kopf war, als ich mich umwandte und die Straße hinunterblickte.

Verschwunden. Alles verschwunden! Diese Straße hier

war winzig! Schmal! Gepflastert! Eine baumbestandene Wohnstraße! Mit offenem Mund starrten wir auf die Häuserreihen aus braunem Sandstein und Ziegeln, auf die Bäume und die eingezäunten, schneebedeckten Vorgärten. Auf der gesamten Länge dieser ruhigen Straße waren die höchsten Bauwerke, die ich sehen konnte, die dünnen Spitzen der Kirchen, nichts mehr war über ihnen außer grauer Winterhimmel. Und während wir so starrten, näherte sich erneut ein von Pferden gezogener Bus, seine Räder ratterten auf den Pflastersteinen dieser seltsam kleinen 5th Avenue; es war das einzige Gefährt, das sich hier weit und breit bewegte.

Kate faßte mich am Arm und flüsterte. »Das Plaza Hotel ist verschwunden!« Sie zeigte darauf, ich wandte mich um und starrte hinüber zur 59th Street, wo das Plaza stehen sollte; statt dessen öffnete sich dort nur leerer Raum, als sei das Hotel von der Bildfläche gelöscht worden. Wir mußten aufhören, auf diese Art zu denken: Es war nicht verschwunden, es war einfach noch nicht gebaut. Aber die Plaza selbst, das kleine Rechteck an der 5th Avenue gegenüber der Straße vom Park – die war da; in seiner Mitte ein Brunnen, der nun im Winter abgestellt war. Ich stieß Kate an: »Schau. Der Droschkenplatz!« Dort standen sie und warteten, die uns wohl vertrauten fünf, sechs oder sieben Pferdedroschken, die am Randstein der 59th, neben dem Park, aufgereiht waren und noch immer aufgereiht sind.

Wir hörten ein Geräusch und drehten uns um. Der kleine Holzbus hatte am Randstein angehalten, seine Laterne war verschmiert. Als wir auf ihn zuschritten, bekam ich scharfen Ölgeruch in die Nase. Die Tür befand sich hinten, über einem hölzernen Trittbrett. Ich öffnete für Kate die Tür und blickte nach vorne zum Fahrer – eine bewegungslose, in Decken gewickelte Figur draußen auf dem Vordersitz, unter einem schweren Schirm. Ich folgte Kate nach drinnen, das Geschirr scheuerte am Rumpf der

Pferde, der Bus ruckelte, und wir lösten uns vom Bordstein. Auf der vorhergehenden Seite befindet sich eine Zeichnung, die ich aus dem Gedächtnis angefertigt habe und die den Moment zeigt, als wir an einem Winternachmittag, dem 23. Januar 1882, die 5th Avenue hinunterfuhren.

Drinnen zogen sich unter den Fenstern zwei Bankreihen entlang; Kate setzte sich neben die Hintertür, ich ging nach vorne zu dem kleinen Blechkasten, auf dem *Fahrpreis 5 C* stand. Ich fand zwei Nickel, warf sie hinein und bemerkte das Loch im Dach, durch das der Fahrer sehen konnte, ob wir auch bezahlten.

Und dann saßen wir – außer uns waren keine anderen Fahrgäste anwesend – und drehten unsere Köpfe, um beide Seiten dieser fremden, kleinen Straße gleichzeitig sehen zu können. Halb im Spaß sagte ich: »Das ist nicht die 5th Avenue. Es kann sie nicht sein.« Kate zeigte nach draußen. Eine kleine Straßenlaterne zog am gegenüberliegenden Fenster vorbei, vier horizontale bemalte Glasstreifen bildeten einen kastenförmigen Rahmen um sie, und die Schrift darauf besagte *5th Avenue*.

Kate nahm mich am Mantelärmel. Als ich mich umdrehte, wies sie mit dem Kinn auf den Ausblick nach hinten. »Die Seventies, an der East Side«, sagte sie, und ich nickte. Wirklich: der Block, den wir nun durchfuhren, glich exakt einigen der baumbestandenen Straßen der East Seventies im modernen New York; eine Reihe von hohen, ehrwürdigen, drei- und vierstöckigen Häusern, die von *Geld* zeugten. Und ich wußte, daß *das*, obwohl es anders aussah, die 5th Avenue war. Zwischen der 58th und 57th Street, an der östlichen Seite der 5th, waren die Häuser tatsächlich aus weißem Marmor und sahen sehr pompös aus. Den gesamten Block an der Westseite der 5th nahm ein Château aus Ziegeln und Sandstein ein.

Ein Gong ertönte, nicht laut, nur ein Schlag mit dem Klöppel, ich drehte mich um und sah die Ursache: Ein dunkelgrün lackierter, leichter Wagen bog von der 55th Street in die 5th ein und fuhr dann nach Süden. Fast unmittelbar danach bog er erneut ab, rechts in eine Einfahrt hinein, die den Gehweg und einen Streifen schneebedeckten Rasens durchschnitt. Wir sahen nun das Profil des Kutschers. Er hatte einen dicken Schnurrbart und trug eine dunkelblaue Kappe mit einem flachen Schirm. An der einen Seite des Wagens sah ich den Messinggong, den ich gehört hatte. *St. Luke's Hospital* stand in goldenen Lettern auf den grünen Seitentafeln; der Wagen hielt in der gewundenen Einfahrt. Das Gebäude – wir konnten es nun sehen – war uns vollkommen fremd; es war groß, mit einem langen Flügel, der sich bis zur 55th hinunterzog: das Hospital. Der Kutscher band die Lederzügel am Kutschbock fest, dann sahen wir ihn herabklettern – erst einen Fuß oben auf das Rad, dann den nächsten auf die Nabe, dann ein kurzer Sprung zum Boden. Ein weiterer Mann, er hatte ebenfalls einen Bart und trug einen knöchellangen weißen Mantel, erschien und ging zum Wagenende. Da die Fenster unseres Busses etwas offenstanden, hörten wir das Rasseln der Ketten, als sie die Heckklappe öffneten; dann sahen wir, wie sie eine Holz- und Leinwandtrage heraushoben, auf der bewegungslos ein bärtiger Mann lag, der in den Himmel blickte, bis zum Kinn in eine dunkle Decke gewickelt. Wir wandten uns zurück, sahen aber noch, wie sie ihn rasch die Steinstufen hochtrugen und dann in dem großen Gebäude verschwanden. Ich betrachtete die hohen, schmalen und oben gerundeten Fenster; es war ein seltsamer Anblick; ein Hospital hier an der 5th Avenue. Ich dachte an den Mann auf der Trage, der von Schwestern in langen Kleidern und bärtigen Doktoren versorgt werden würde. Leise, so daß es der Fahrer nicht hören konnte, sagte ich zu Kate, die sich zu mir herüberbeugte: »Ärzte und Schwestern, die niemals die Worte *Penicillin, Antibiotika* oder *Sulfonamid* gehörten haben.« Ich konnte mich nicht daran erinnern, daß Martin Lastvogel dies erwähnt hatte, und ich fragte mich, ob sie in diesem Krankenhaus überhaupt Betäubungsmittel hatten.

In dem Fenster eines Hauses an der südwestlichen Ecke der 5th und der 53rd Street sah ich ein Schild mit der Aufschrift *ALLEN DODSWORTH'S SCHOOL FOR DANCING*, dann glitten zwei gute alte Freunde an unserem Fenster vorüber. Zuerst, an der südwestlichen Ecke der 52nd Street, eine der Vanderbilt-Villen. Ich konnte mich nur noch schwach erinnern, wie ich als kleiner Junge bei einem Besuch in New York mit meinem Vater eine halbe Stunde davor stand und zusah, wie das alte Gebäude langsam abgerissen wurde, um Platz für das Crowell-Collier Building zu machen. Es war damals alt, fleckig, verdreckt und abgenutzt; hier nun stand es in seiner Jugend, ein schimmerndes Château aus sauberem weißen Kalkstein. An der Straße gegenüber befand sich das katholische Waisenhaus, und im Block dahinter erblickte ich eine wirkliche alte Freundin. Grinsend näherten wir uns ihr, Kate flüsterte: »Ich bin so froh, so *erleichtert*, sie zu sehen.«

Ich nickte.

»Nur ihr Anblick«, sagte ich, »läßt mich fast zum Katholizismus übertreten.« Denn hier stand sie, die alte Freundin, St. Pats gute, graue Kathedrale; sie sah riesig aus, höher als alle anderen Gebäude und unverändert – nein, sie war verändert, irgendwie sah sie anders aus. Aber wo lag der Unterschied? Ich preßte mein Gesicht gegen die Scheibe, sah hinaus und hinauf, und die beiden Türme waren – natürlich nicht verschwunden; sie waren noch nicht gebaut. Wir befanden uns nun direkt vor ihr, die graue Kathedrale füllte die gesamte Fensterreihe, davor, wie verschwommene Geister, die Spiegelung unserer Gesichter. Ihr Anblick war so vertraut, daß mir plötzlich schien, als *müßte* die 5th Avenue, so wie ich sie kannte, existieren, und ich blickte die Straße zum Central Park hinauf und spürte erneut den Schock: vor mir Meilen nackter

Bäume, Häuser und Kirchen, deren Turmspitzen hoch in den Himmel zeigten. Ich schaute wieder nach vorne – wir passierten ein völlig unbekanntes Gebäude namens Buckingham Hotel, gerade gegenüber St. Pat, an der 50th Street – und sahen weitere Meilen eleganter Häuser, die sich scheinbar ohne Unterbrechung bis zur Battery hinzogen.

Ich bemerkte, daß wir angehalten hatten und die Tür aufging. Ein Mann kletterte herein, warf sein Fahrgeld in den Blechkasten, setzte sich auf die andere Seite des Ganges und warf uns einen desinteressierten Blick zu. Dann, die Zügel knallten, und wir setzten uns wieder in Bewegung, schlug er die Beine übereinander und sah ebenfalls aus dem Fenster. Ich beobachtete ihn aus den Augenwinkeln heraus, angespannt, erregt, beinahe ängstlich; zum ersten Mal betrachtete ich wirklich ein lebendes menschliches Wesen aus dem Jahr 1882.

In gewissem Sinne war der Anblick dieses einfachen Mannes, den ich nie wieder in meinem Leben gesehen habe, die intensivste Erfahrung meines Lebens. Dort saß er, starrte gedankenverloren aus dem Fenster, trug eine seltsame hohe Melone und eine abgetragene schwarze Jacke. Sein grün-weiß gestreiftes Hemd besaß keinen Kragen und war am Hals mit einer Messingspange verschlossen; ein Mann um die Sechzig, glattrasiert.

Ich weiß, es klingt absurd, aber die *Farbe* seines Gesichts, von mir nur durch den Gang getrennt, war faszinierend: es war keines der bewegungslosen braun-weißen Gesichter auf den alten Photographien. Während ich ihn beobachtete, berührte die rosafarbene Zunge die aufgesprungenen Lippen, die Augen zwinkerten, hinter ihm glitten die Ziegel- und Steinbauten vorüber. Ich sehe es noch vor mir, dieses Gesicht vor dem langsam sich bewegenden Hintergrund, und höre das nicht enden wollende Geratter der eisenbeschlagenen Räder auf dem Untergrund von zusammengepreßtem Schnee und rauhem

Kopfsteinpflaster. Es war die Art von Gesicht, die ich auf den alten Sepia-Photographien studiert hatte, aber sein Haar unter der Hutkrempe war schwarz mit grauen Strähnen, seine Augen waren durchdringend blau, seine Ohren, die Nase und das frisch rasierte Kinn waren rot von der Winterkälte; seine zerfurchte Stirn fahlbleich. Es gab nichts Bemerkenswertes an ihm; er sah müde aus, traurig und gelangweilt. Aber er lebte und schien gesund zu sein, noch voller Kraft und Energie, wahrscheinlich hatte er noch einige Jahre zu leben vor sich. Ich wandte mich an Kate, mein Mund berührte fast ihre Ohren, als ich ihr zumurmelte: »Als er ein Junge war, hieß der Präsident Andrew Jackson. Er kann sich noch an ein Amerika erinnern, das vor allem aus unerforschter Wildnis bestand.« Dort saß er, ein lebender, atmender Mann mit diesen Erinnerungen, und ich starrte verwundert auf das Heben und Senken seines Brustkorbs.

The Rev. and Mrs. C. H. Gardner's Boarding and Day School for Young Ladies and Gentlemen zog an der Ecke der 49th an unserem Fenster vorbei; 603 Fifth sagte das polierte Messingschild an der braunen Häuserfront. Dann, nach der 58th, flüsterte Kate: »Da ist es, fünfneunundachtzig!« Ich verstand nicht, und sie zischte: »Carmodys Haus!« Ich drehte mich auf der Bank, um es zu sehen. Es war großartig: eine große, wundervoll proportionierte Villa aus braunem Sandstein mit einem reich verzierten Bronzezaun und kleinen Rasenflächen. Wir starrten es an, während es vorüberzog; ich war erstaunt. Fast war ich mir sicher, es schon einmal gesehen zu haben. Es schien mir vertraut zu sein, dann fiel es mir ein. Es sah aus wie die große James-Flood-Villa aus Sandstein, die auf Nob Hill im San Francisco des zwanzigsten Jahrhunderts überlebt hatte; selbst den Bronzezaun gab es dort, und ich fragte mich, ob sie nicht vom selben Architekten geschaffen worden waren. Wir waren fast daran vorbei, starrten zurück und fragten uns, ob sich Andrew Carmody – jetzt, Jahre bevor er sich in Gillis, Montana, erschießen sollte – irgendwo in diesem Haus aufhielt.

Die Seitenstraßen passierten – 49th, 48th, 47th, 46th –, fremde, gleichförmige Straßen mit ununterbrochenen Reihen von braunen Sandsteingebäuden mit hohen Veranden, ähnlich den Blocks, wie sie noch in der West Side existieren. Wir näherten uns dem Herz der City, auf den Straßen zeigte sich mehr und mehr Leben. Und hier waren sie nun, spazierten auf den Gehwegen, überquerten die Straße – die Leute. Und ich schaute hinaus, ehrfürchtig, dann erfreut; betrachtete die bärtigen, rohrstockschwingenden Männer mit kleinen glänzenden Seidenhüten, Pelzkappen wie meiner; hohen Melonen wie die des Mannes uns gegenüber, und jüngere Männer in flacheren Melonen. Fast alle trugen knöchellange schwere Mäntel, die Hälfte der Männer schien Kneifer zu haben, und wenn die älteren Männer, diejenigen mit den Seidenhüten, einen Bekannten passierten, berührten sie zum Gruß mit der Stockspitze die Krempe des Hutes. Die Frauen trugen Schals oder Hüte, die mit Bändern unter dem Kinn befestigt waren, kurze taillierte Cutaway-Winterjacken oder Capes oder mit Broschen zusammengesteckte Schals. Einige hatten Muffs oder Handschuhe; alle trugen geknöpfte Schuhe, die unter den langen Kleidern hervorblitzten und wieder verschwanden.

Hier – nun, hier *waren* sie, die Leute von den steifen alten Holzschnitten, nur … sie bewegten sich. Die schwingenden Mäntel und Kleider auf den Gehwegen und den Straßen vor und hinter uns bestanden aus frisch gefärbtem Stoff – ockerfarben, dunkelgrün, blau, braun, tiefes Schwarz –, und ich sah das Schimmern des Lichts und die Schatten in den sich ständig ändernden Faltenwürfen. Das Leder und das Gummi ihrer Schuhe preßten sich in den Schneematsch und hinterließen Abdrücke, ihr Atem strich in die Winterluft, war nur einen Moment zu sehen. Und durch die zitternden, ratternden Glasscheiben des Busses hörten wir ihre Stimmen, hörten ein Mädchen laut auflachen. Während wir zu ihren von der Kälte geröteten Gesichtern hinausschauten, hätte ich vor Freude aufschreien mögen.

Innerhalb von zwei Blocks war ein halbes Dutzend Menschen zugestiegen; einer der melonetragenden Männer mit Kneifer, einige andere, und dann, irgendwo auf der Höhe der Forties, fuhren wir an den Randstein, eine Frau stieg ein, ging an uns vorbei zum Fahrgeldkasten,

und ihr langes Kleid streifte unsere Beine. Sie trug einen mit Blumen verzierten Filzhut, einen einfachen schwarzen Mantel, einen langen blaßgrünen Schal, und der Saum ihres Kleides, der unter dem Mantel hervorschaute, war purpurrot. Eine Frau in den Dreißigern. Mein erster Eindruck, als sie den Gang entlangschritt, war, daß sie schön war. Dann fiel ihr Geld klimpernd in den Kasten, sie drehte sich um und – Kate und ich saßen direkt an der hinteren Tür – ließ sich im vorderen Teil des Wagens nieder. Das ist eine Zeichnung, die ich aus dem Gedächtnis gemacht habe. Nun sah ich deutlich ihr Gesicht; schnell wandte ich mich ab, um sie nicht zu beleidigen. Ihr Gesicht war mit Dutzenden kleiner Narben übersät – die Pocken gehörten noch zum Alltag. Niemand sonst schenkte ihr Aufmerksamkeit.

Wir fuhren am Windsor Hotel vorbei, dem Sherwood, dann an etwas, das sich *Ye Olde Willow Cottage* nannte, laut dem altenglischen Schild, das sich über die gesamte Breite des Gebäudes erstreckte: ein hölzernes Gebäude im Kolonialstil mit Fensterläden, einer breiten Veranda und kurzen Holztreppe, ähnlich einem Laden auf dem Land. Aus dem Pflaster vor ihm wuchs ein großer Baum, die Fußgänger wichen ihm aus, und wenn Ye Olde Willow Cottage auch nicht aus kolonialen Zeiten stammen sollte, so sah es doch danach aus. Gleich rechts daneben auf dieser erstaunlichen 5th Avenue befand sich Henry Tyson's Fifth Avenue Market, anscheinend eine Metzgerei, denn ich erhaschte einen Blick auf gehäutete Rinderhälften, die im Inneren aufgereiht hingen.

Der Verkehr hatte zugenommen. Wir passierten Fuhrwerke; ein leichter Wagen, dunkelrot mit der Aufschrift *Moquin* in goldenen Lettern, überholte uns. Während ich noch hinausschaute, berührte Kate meinen Arm. Sie runzelte die Stirn und schüttelte den Kopf. »Si, es ist genug. Zuviel, einfach zuviel. Ich würde mich gerne … zurückziehen und einfach die Augen schließen.«

»Ich verstehe, ich verstehe, was du meinst.« Ich stand auf und bückte mich, um nach vorne blicken zu können. Wir mußten uns nun der 42nd Street nähern, und unbewußt hielt ich nach der Markierung Ausschau, die das bestätigen würde: die große Bibliothek an der westlichen Ecke der 42nd. Wieder ein Augenblick äußerster Verwunderung, denn natürlich war sie nicht da. Dort, wo sie sich befinden sollte, stand etwas, das der Basis einer riesigen Pyramide glich: hohe glatte, nach innen geneigte Wände, die sich an der 5th bis zu 41st Street hinabzogen und an der 42nd in westlicher Richtung aus dem Blickfeld verschwanden. Martin hatte mich mit Bildern vorbereitet, ich wußte also, was es war: das Croton Reservoir. Ein verwirrender Anblick mehr in einer Stadt, die mir vollkommen vertraut und die dennoch so anders war. Der Bus fuhr an den Straßenrand, ich nickte Kate zu, und wir stiegen aus, direkt vor einer zweirädrigen Droschke, die kurz vor der Ecke geparkt hatte. Ich öffnete die Tür und half Kate hinein. Drinnen, nachdem ich mich neben sie gesetzt hatte, lehnte sie den Kopf zurück und schloß die Augen. Der Kutscher saß hinten, auf einem hohen Sitz, von wo aus er über das Dach blicken konnte; ich hörte ein Geräusch und sah hinauf. Ein Brett wurde zurückgeschoben, das eine kleine quadratische Öffnung im Dach freigab. Einen Moment später erschienen ein Auge und die Hälfte des Gesichts, eine vor Kälte gerötete Nase und Teile eines großen Schnurrbarts. »Das Hauptpostamt«, sagte ich; dann zog ich meine Uhr hervor und drückte auf den Stift, der den Deckel aufschnappen ließ. Es war fast fünf. »Schaffen Sie es in einer halben Stunde?«

»Weiß ich nicht«, sagte er voller Abscheu, schnalzte dem Pferd zu und zog an den Zügeln. Wir fuhren auf die Straße hinaus. »So wie heutzutage der Verkehr ist; er wird von Tag zu Tag schlimmer, man kann sich einfach nicht mehr festlegen. Wir werden es versuchen; die 5th hinunter zum Square sollte es nicht so schlimm sein zu dieser Tageszeit.

Dann hinüber zum Broadway, um der verdammten Hochbahn zu entgehen; verzeihen Sie, Ma'am.« Auch ich hatte den Kopf zurückgelegt und die Augen geschlossen; ich hatte genug gesehen, fast mehr, als ich vertragen konnte. Aber als sich das Brett in der Decke zuschob, lächelte ich; so anders New York auch war, es hatte sich nicht wirklich verändert.

10

Das langsame, gleichmäßige *Klipp-klapp, klipp-klapp* der Hufe unseres Pferdes auf dem harten Schnee – ein wenig lauter und durchdringender auf den Pflastersteinen – wirkte beruhigend, ebenso wie das rhythmische Schwanken und Rütteln der bequem gefederten Karosserie. Ich erholte mich allmählich von der Übermacht der Eindrücke, hin und wieder öffnete ich die Augen. Aber das, was ich erblickte, war nach wie vor dasselbe: eine enge, schöne, baumbestandene, teure Wohnstraße. Gelegentlich passierten wir auch Hotels mit fremdartigen Namen: St. Marc … Shelburn.

Dann hörte ich das ferne Geräusch einer Glocke, die mit jedem Schlag lauter wurde; als wir die 33rd Street überquerten, wuchs es plötzlich westlich von uns zu einem ohrenbetäubenden Geläut an. Kate richtete sich neben mir auf, ich schaute hinaus, und da kam es direkt auf uns zu: ein Paar schneeweißer Pferde mit wehenden Mähnen und stampfenden Hufen, die einen roten und messingfarbenen Feuerwehrwagen zogen. Der Kutscher schlug mit der Peitsche auf die Pferde ein, weißer Schneestaub wurde, ähnlich dem Fahrwasser eines Schiffes, hinter dem Wagen aufgewirbelt. Die Glocke schlug nun wie wild, das Stampfen der Hufe auf den Pflastersteinen war so schnell und so gleichmäßig, daß es einem Donnern glich. Es war ein furchterregender Anblick, als das feuerverschlingende Ungetüm auf uns zu kam; unser Kutscher ergriff die Peitsche und lenkte den Wagen über die Straße und aus dem Weg. Hinter uns sahen wir es die 5th hinaufrasen, die rotgoldenen Speichen blitzten, andere Fahrer stoppten und machten ihm den Weg frei. Vier oder fünf Blocks weiter hörten wir das Geräusch erneut, diesmal im Süden, und mir wurde bewußt, daß das eine Stadt aus Holzbalken, Holzböden und Holzwänden war, mit offenen Feuerstellen und offener Beleuchtung.

Unterdessen klapperten wir weiter, Block für Block näherten wir uns Downtown, dem geschäftigen Teil der Stadt; der Straßenverkehr nahm zu. Dann wurden Kate und ich plötzlich hart aneinander geworfen. Die Droschke hatte angehalten und war zur Seite, in den Matsch des Straßenrands, ausgewichen. Dann ruckelte sie, fuhr wieder an, ich setzte mich gerade, hörte den Fahrer fluchen und öffnete mein Fenster, um den Kopf hinauszuhalten; der Lärm war infernalisch.

Wir befanden uns auf der Kreuzung Broadway und 5th; Wagen strömten aus dem Broadway heraus und versuchten, sich in unsere Fahrtrichtung einzureihen, was gerade noch möglich war. Manche aber versuchten, die 5th zu überqueren, was fast unmöglich war. Fast jeder Wagen hatte vier Räder, die alle eisenbeschlagen waren und auf den Pflastersteinen dröhnten, jedes Pferd hatte vier Hufeisen, die dasselbe taten; der Verkehr verlief völlig ungeordnet. Räder klapperten, Holz ächzte, Ketten rasselten, Leder krachte, Peitschen schnalzten gegen Pferderücken, Männer brüllten und fluchten, und keine Straße, die ich im zwanzigsten Jahrhundert gesehen habe, erzeugte nur halb so viel ohrenbetäubenden Lärm wie diese hier.

Auf der Kreuzung von 5th Avenue und Broadway standen lackierte Lieferwagen, gezogen von mageren Pferden, flache Wagen mit übergroßen Rädern, die turmhoch mit Fässern, Kisten, Säcken beladen waren und die teilweise Gespanne mit bis zu sechs Pferden hatten, riesige, vor Schweiß dampfende Warmblüter; schwarze, braune, grüne, ockerfarbene Droschken, manche heruntergekommen, andere elegant, die vor Glas und Lack glitzerten. Sie trotteten, standen oder ratterten über die Steine, verlangsamten das Tempo und hielten vor den kleinen Knäueln und Wagenansammlungen an. Kate lehnte sich aus ihrem Fenster, wir sahen ein Zugpferd auf der Kreuzung, das mit den Hinterbeinen ausschlug und wieherte; ich sah einen Fuhrwerkkutscher aus dem Broadway kommen, der vor seinem Sitz stand und mit der Peitsche auf die eigenen und auf fremde Pferde einschlug, die ihm in den Weg kamen. Andere Kutscher saßen nur geduldig auf ihrem offenen, hohen Bock, reglos vor Kälte zusammengekauert und bis zur Hüfte in alte zerrissene Decken gewickelt, sie trugen tief herabgezogene Pelz- oder Strickmützen und riesige Mäntel aus geflicktem Stoff oder abgescheuertem Pelz. Dann waren wir über die Kreuzung, nahmen auf der 5th das gleichmäßige *Klipp-klapp* wieder auf, und ich schrie zum Fahrer: »Man sollte Ampeln haben!« Er öffnete seine Luke.

»Was meinen Sie?«

»Man sollte Signallichter einführen, um den Verkehr zu regeln«, sagte ich, aber natürlich starrte er mich nur an, dann schloß sich das Brett. Am Washington Square bogen wir links ab – kein Bogen am Eingang, und wieder schien es mir, als sei er *entfernt* worden – hinüber zum Broadway. Ich hielt Kates Hand; mein Körper, meine Sinne und meine Aufnahmefähigkeit waren erschöpft. Kate lehnte ihren Kopf an das harte Lederpolster, ich tat es ihr gleich und betrachtete die Telegrafendrähte, die aufgetaucht waren, als wir in den Broadway einbogen und die oberhalb meines Fensters endlos hin- und herliefen. Ich setzte mich nicht mehr auf oder schaute hinaus, bis wir Chambers Street erreicht hatten. Dann, einen Block weiter auf Kates Seite, erblickte ich die City Hall, und es war schön, wieder etwas Vertrautes sehen zu können; ich holte meine Uhr heraus. Es war fünf Uhr zwanzig, Zeit zu gehen, und ich rüttelte am Dach.

Wir gingen nach Süden, an der City Hall und dem kleinen Park davor vorbei. »Das ist die originale City Hall, das kannst du nicht bestreiten«, und Kate lächelte. Dann überquerten wir die Straße zum großen Hauptpostamt, das das Dreieck gegenüber dem City Hall Park füllte, wo die Park Row am Broadway endet. Als wir die Eingangsfront des Postamts erreichten, grinsten wir uns an; ein lächerliches Gebäude – Fenster und ornamentale Steinsäulen erhoben sich fünf Stockwerke hoch zu Schindeltürmen, gußeisernen Dachgeländern und einer verzierten Kuppel, an einem Fahnenmast flatterte ein langer Wimpel, auf dem *Post Office* zu lesen war.

Drinnen waren Kachelböden, Spucknäpfe aus Messing, dunkles Holz, Kieselglas und Gaslichter. Wir fanden eine riesige Tafel mit Briefschlitzen aus Messing, die überschrieben waren mit *City, Brooklyn, Staten Island, Angrenzender Bezirk,* daneben einige weitere für die einzelnen Staaten oder Territorien, und *Canada, Newfoundland, Mexico, South America, Europe, Asia, Africa* und *Oceania*. Hinter dieser großen Tafel war eine ganze Wand voll mit Tausenden von Kästen mit privaten Postfächern. Es war gerade 5 Uhr 30 vorbei, und Kate und ich nahmen zu beiden Seiten der großen Tafel Aufstellung und warteten.

Ungefähr fünfzig Leute kamen während der nächsten fünfzehn Minuten herein und warfen Briefe in die Schlitze; es waren fast ausnahmslos Männer; und der Blick des Erstaunens und des Ekels auf Kates Gesicht war wirklich sehenswert. Fast jeder Besucher zielte, ohne seinen Gang zu unterbrechen, eine Ladung dicken braunen Kautabaksaftes in einen der mehrere Dutzend Spucknäpfe, die in der großen Halle aufgestellt waren. Manche waren darin geübt, trafen das Ziel sicher und hörbar und gingen dann erfreut und selbstsicher weiter. Andere verfehlten um bis zu dreißig Zentimeter das Ziel, und nun, da sich unsere Augen an den Schimmer des schwachen Lichts gewöhnt hatten, sahen wir, daß der Boden überall mit Tabaksaft und

Speichel bedeckt war. Kate faßte an einer Seite ihr Kleid und hielt es gut fünf Zentimeter hoch über den Boden.

Wir warteten Minute für Minute, Leute strömten herein und hinaus, das Klappern und Quietschen der Briefkastenklappen aus Messing hörte niemals ganz auf. Ich war mir sicher, daß Kate den blauen Umschlag vor Augen hatte, der an einer Ecke angesengt und auf der Rückseite mit den letzten Worten eines Mannes bedeckt war. Sollten wir ihn wirklich sehen? Vielleicht nicht, es war möglich, daß er in einen der außen angebrachten Briefkästen eingeworfen worden war, und bei diesem Gedanken war ich augenblicklich davon überzeugt, daß wir das ›Sendschreiben‹, das die ›Zerstörung des gesamten Welt … durch Feuer herbeiführte‹, niemals zu Gesicht bekommen würden.

Und dann kam er; zehn Minuten vor sechs, wie die große Uhr in der Halle anzeigte, schob er sich durch die schweren Türen. Hier kam er, schnellen Schritts, vom Zweck seines Tuns erfüllt, ein schwarzbärtiger, rundbäuchiger Bulle von einem Mann; die Aufregung übermannte mich derart, daß ich ihn tatsächlich kaum sehen konnte. Als er wieder in mein Blickfeld trat, überquerte er gerade den Kachelboden; er kam direkt auf uns zu, in seiner behaarten rechten Hand hielt er den taubenblauen, langen, schlanken Umschlag. Sein unförmiger Zylinder hing ihm flott auf dem Hinterkopf, sein offener Mantel, der durch die Eile seines Schritts hinter ihm her flog, gab den Blick frei auf die geschwungene Kurve seines Bauches, den er kriegerisch nach vorne schob. Das Kinn trug er hoch, sein steifer Bart war dadurch fast horizontal nach vorne gerichtet, so als fordere er die ganze Welt heraus, und in einem Mundwinkel hatte er einen Zigarrenstummel.

Eine imposante Erscheinung, die Eindruck machte; er sah mich nicht, er sah niemanden. Seine braunen, feurigen, kleinen Augen blickten starr geradeaus, er war nur mit sich selbst und der Wichtigkeit seines Tuns beschäftigt.

Und dann sahen wir das, wofür wir all die Jahre zurückgekommen waren.

Er warf den langen blauen Umschlag in den Messingschlitz mit der Aufschrift *City*; für einen Augenblick sah ich die Vorderseite, die fremdartige grüne Marke, die etwas nach rechts verschoben war, sah sie in meiner Erinnerung, abgestempelt, und sah sie nun hier, ohne Aufdruck; sah die schräge Schrift, alt und vergilbt in der Erinnerung, hier nun frisch, gerade erst geschrieben, schwarz, aber identisch: *Andrew W. Carmody, Esq., 589 Fifth Avenue* ... Das Ende des Umschlags, ungeöffnet, ohne Brandspuren, fiel durch die Messingklappe, die Hand, die ihn hielt, drehte sich, und ein Diamantring wurde sichtbar. Dann war der blaue Umschlag verschwunden, die Messingklappe pendelte noch, und seine mysteriöse Reise in die Zukunft begann.

Der Mann machte auf dem Absatz kehrt, bewegte sich schnell zum Ausgang, und – das war es, weshalb wir hierhergekommen waren und was wir hatten sehen wollten, aber wir *konnten* ihn einfach nicht in die Nacht hinausgehen und für immer entschwinden lassen – Kate und ich machten uns auf und folgten ihm.

Wir traten durch die Tür, es war nun dunkel draußen. Unser Mann wandte sich nach Norden, den Weg zurück, den wir gekommen waren, und ging die Broadway-Seite des Postamts entlang. Wir folgten ihm, sahen ihn durch die gelblichen Kreise der Straßenlampen gehen, deren Licht an den seidenen Linien seines Zylinders entlangglitt. Jenseits des Randsteins lag der Broadway in fast völliger Dunkelheit, der Verkehr war noch immer laut, obgleich er nachgelassen hatte. Die Gespanne waren fahle Formen und sich bewegende Schatten, nur noch teilweise zu sehen; die Drehung verdreckter Speichen, die im schwankenden Licht einer Radlaterne aufblitzten. Wagen, Kutscher und Pferdegespann aber waren in der Schwärze unsichtbar. Oder der Schein eines silbernen Türknaufs und die gewachste Linie einer Wagenkarosserie im flackernden Seitenlicht, sonst nichts. Auf der anderen Straßenseite waren die Fenster und Eingänge der Geschäftshäuser abgedunkelt, ihre Formen waren nur durch die zurückgedrehte Nachtbeleuchtung zu erkennen. Fußgänger – die letzten der Büroangestellten, vermutete ich – eilten an uns vorüber; ihre Gesichter waren gelb und wurden für einen Augenblick klar, wenn sie die Lichtkegel der fahlen Straßenbeleuchtung durchquerten; außerhalb davon waren sie blaß und verloren sich in der dazwischen liegenden Dunkelheit. Uns gegenüber trug ein Mann, ein dunkler Schatten vor den schwach erleuchteten Fenstern und Eingängen, eine Stange, mit der er die dunklen Straßenlaternen berührte und sie entzündete.

Ich fühlte, wie Kates Arm sich fester um meinen schlang und sie mich näher zu sich hinzog, und ich verstand, warum. Diese fremde düstere Straße, in der noch immer Eisen auf Pflastersteine schlug, diese Schwärze, die durch Quadrate, Rechtecke und Zylinder fahlen Lichtscheins nur unzureichend erhellt wurde, vermittelte auch mir ein Gefühl des Unbehagens. Und dennoch reagierte etwas in mir auf das alles und das Geheimnis der eilenden, kaum zu erkennenden Menschen um uns herum, und ich wußte, Rube Prien hatte recht gehabt: Das war das größte vorstellbare Abenteuer.

Mein Arm drückte sich fester an Kate. Vor uns hatte unter einer Straßenlampe unser Mann den Gehweg verlassen und war auf die Straße getreten. Nun stand er, den Bauch vorgereckt, mit glänzendem Hut, auf dem Pflaster in einem leicht flackernden Lichtkegel und sah an uns vorbei nach Süden; sein Kopf bewegte sich unruhig hin und her, die Pose eines Mannes, der ungeduldig versucht, durch den Verkehr einen Bus auszumachen. Schemenhaft zog in der Dunkelheit der Straße ein schweres Fuhrwerk an uns vorüber. Kate und ich betrachteten die schaukelnde Laterne unter der Hinterachse, sahen den großen schwarzen Umriß, der auf den gelben Lichtschein und den Mann, der darin stand, zufuhr. Der Kutscher erhob sich, klar zeichnete er sich für uns gegen das Straßenlicht ab; er schrie etwas, fluchte, sein Arm vollführte schnelle Bewegungen, und wir hörten das Schnalzen der Peitsche. Der Mann auf der Straße blickte ihn an, hob seinen Hut, streckte den Bart nach vorne, und wir sahen, wie er zum Kutscher hochstarrte, ohne eine Miene zu verziehen, unwillig, zurückzutreten. Wir blickten auf den Rücken des Kutschers, der die Peitsche drohend erhob. Dann bewegte er die linke Schulter und zog die linken Zügel, und unter der Laterne wichen Pferd und Wagen dem Mann auf der Straße aus. Die erhobene Peitsche war nun direkt über dem glänzenden Hut, doch weder die Peitsche noch der Mann bewegten sich. Dann schrie der Kutscher, als sein Fuhrwerk bereits wieder in die vorausliegende Dunkelheit eintauchte, eine Obszönität über die Schulter; unser Mann warf den Kopf nach hinten – ich dachte, sein Hut würde ihm vom Kopf fliegen – und lachte.

Wir liefen weiter, verminderten das Tempo und waren mit ihm fast auf gleicher Höhe, als er ein weiteres Mal nach Süden blickte und sich dann ungeduldig zum Randstein umdrehte. »Ein *Bus*?«, sagte er, als wäre er plötzlich darüber erstaunt. »Warum sollte ich je wieder auf einen Bus warten!« Er trat auf den Bürgersteig; Kate und ich blickten auf die Straße hinaus und gaben vor, ihn nicht zu sehen; er war jetzt nur einige Schritte vor uns. Schnell setzte er seinen Weg in nördlicher Richtung fort; wir blieben stehen und gaben ihm etwas Vorsprung.

Er ging nicht weit. Wir warteten, beobachteten ihn, während er eine Reihe von vier oder fünf Droschken abschritt, die an der Straßenecke aufgestellt waren, und bei der ersten stehenblieb. »Nach Hause«, sagte er, als er die Tür erreichte; seine Stimme klang glücklich und ausgelassen. »Nach Hause, den ganzen Weg, und mit Stil.«

»Und wo soll das sein?« Die schwache Silhouette des

Fahrers beugte sich herab, seine Stimme hatte einen sardonischen Unterton.

»Gramercy Park neunzehn«, sagte der Mann und stieg ein; dann wurde die Droschkentür zugeworfen, ich hörte den Fahrer das Pferd antreiben, hörte die Zügel schnalzen und beobachtete, wie die Droschke losfuhr und sich in den dünnen Verkehrsstrom unter den flackernden Laternen einreihte. Ich wandte mich zu Kate, aber sie starrte auf den Gehweg.

Am Fuß eines hölzernen Telegraphenmasten am Randstein befand sich ein halbes Schneeoval, das im Schutze des Mastes von den Fußgängern nicht berührt worden war; der Schneefleck lag genau innerhalb des blassen Lichtkreises der Straßenlaterne, und am Rande des Flecks, klar und deutlich in den Schnee eingeprägt war die Miniaturkopie des Grabsteins von Andrew Carmody in Gillis, Montana, dessen Photographie mir Kate gezeigt hatte.

Fast sachlich murmelte Kate: »Es ist unmöglich.« Sie sah mich an. »Es ist unmöglich!« wiederholte sie; ihre Stimme klang plötzlich verärgert. Ich wußte, was sie empfand; das hier war so weit von jeder vernünftigen Erklärung entfernt, daß man darüber verrückt werden konnte; ich nickte.

»Ich weiß«, sagte ich. »Aber hier ist es.« Und dort war es noch immer; wir beugten uns nach vorne und starrten es an. Alles, was wir tun konnten, war, auf diese Form im Schnee zu starren; unten und an den Seiten gerade, die Oberseite perfekt gerundet und in der Mitte eine Zeichnung aus Dutzenden von winzigen Punkten, der neunzackige Stern in einem Kreis.

Die Droschke war längst verschwunden, als ich mich wieder aufrichtete; sie war im Verkehr und in der Dunkelheit untergetaucht. Mit zusammengekniffenen Augen stand ich da und starrte vor mich hin. Eine Sekunde zwar hatte ich über dem Eisengerassel des dünner werdenden Broadway-Verkehrs ein Geräusch vernommen, einen vertrauten Ton am äußersten Rande meiner Aufmerksamkeit, und nun wußte ich, was es war. Ich sagte: »Kate, möchtest du einen Drink? Vor einem großen warmen Feuer?«

»Ja, o mein Gott, *ja*«, sagte sie; ich nahm ihren Arm, und wir gingen fünf Meter zur Ecke. Gegenüber stand auf einem der beleuchteten Schilder, die die Straßenlaternen rahmten, *Broadway*, auf dem anderen *Park Place*. Und einen Block westlich von Park Place sah ich die Quelle des klackernden und ratternden Geräuschs. Die drei hohen, schmalen Fenster waren rot erleuchtet, die vertraute Giebelform des Daches zeichnete sich schwarz vor dem nächtlichen Himmel ab. Dort, über der Straße, war eine Hochbahn-Station, die mir wie ein alter Freund erschien.

Wir überquerten den Broadway – es war nun nicht mehr schwierig, es gab kaum noch Verkehr – und auf der anderen Seite angekommen, blickte ich zurück. Es war eine dunkle Stadt, aber hinter der Rückseite des Postamts erkannte ich ein fünfstöckiges Gebäude, das auch noch im New York des zwanzigsten Jahrhunderts steht. Aber nun waren die oberen Stockwerke mit Hunderten von Gaslichtern hell erleuchtet, und an der Seite des Gebäudes, in Stein gemeißelt und im Licht der oberen Fenster deutlich zu lesen, stand *The New York Times*. Sie waren dort oben – ich hätte zurückgehen, die Treppen hochsteigen und sie sehen können –, melonentragende Reporter, die handschriftlich ihre Artikel verfaßten; Dutzende und Aberdutzende von Setzern mit Ärmelschonern, die in langen Reihen standen und aus Holzkästen die Lettern nahmen und damit Wort für Wort, Sätze, Absätze, Säulen und ganze Seiten dessen zusammentrugen, was morgen früh mit noch frischer Druckerschwärze als die neue *New York Times* ausgeliefert werden würde. Dort waren sie nun, während ich durch die Dunkelheit hindurch auf diese hell erleuchteten Fenster starrte, und bereiteten eine Zeitung vor, die ich vielleicht einst als längst zerknittertes, vergilbtes, in einer vergessenen Schublade abgelegtes abgelegtes Blatt gesehen hatte. Ein Schauer lief über meinen Rücken, wir drehten uns um und gingen den kurzen Block zur Hochbahnstation.

Während wir die Stufen hochstiegen, schienen mir selbst die Eisengeländer auf wundervolle Weise vertraut zu sein. Als Junge hatte ich oft New York besucht und war viele Male mit der Hochbahn gefahren. Und hier, in dieser kleinen Station, waren sie wieder, die nackten, abgetretenen Holzböden, die Holzwände, das Brettchen, das unter dem Fenster des Kassenhäuschens hervorstand und von Zehntausenden von Händen abgegriffen war und glänzte. Auf dem Boden stand ein Spucknapf; zur Beleuchtung der Station diente eine einzige blecherne Kerosinlampe, die von der Decke hing. Aber selbst das fahle Licht war mir vertraut; bis in die 1950er hinein war ich auf Stationen wie dieser hier gewesen.

Ich schob zwei Nickel durch die kleine halbmondförmige Öffnung unter dem weitgittrigen Rost zwischen mir und dem bärtigen Mann im Häuschen. Ohne von seiner Zeitung aufzublicken, nahm er sie und gab mir zwei Tickets. Dann gingen wir zum Bahnsteig, und wieder war es einen Augenblick lang ein Schock, das Dutzend wartender Fahrgäste zu sehen: Frauen in Kleidern, die fast die Plattform streiften, in Hüten, Schals und Muffs, schnurrbärtige Männer mit Melonen, Seidenhüten und Pelzmützen, die Zigarren rauchten und Rohrstöcke bei sich hatten. Dann ein Pfeifen, ein hoher fröhlicher Ton, wir drehten uns um und blickten auf die Gleise, und wieder war ich erstaunt. Martin hatte mir davon erzählt und Bilder gezeigt, aber ich hatte es vergessen: Eine kurze, gedrungene Spielzeuglokomotive schnaufte heran; aus ihrem kleinen Schornstein flogen rote Funken in die Nacht. Die Bremsen kreischten, das Schnaufen verlangsamte sich, weißer Dampf schoß aus der Seite, und der Zug glitt in die Station und an uns vorüber.

Drei Waggons, hellgrün lackiert und mit goldfarbigen

Arabesken verziert, kamen zum Stehen; drinnen liefen Bänke die Längsseite des Waggons entlang. Sie waren mit braunem Polstern ausgestattet, auf denen in regelmäßigen Abständen *New York Elevated Rail* gestickt war. An jedem Ende des Waggons befand sich an der Decke eine Kerosinlampe. Wir saßen kaum, als der Schaffner mit einer flachschirmigen braunen Uniformmütze schon schnellen Schritts herbeieilte und die Tickets einsammelte.

Der Waggon war fast voll, aber langsam gewöhnte ich mich daran, wie die Leute aussahen; ich sah zu Kate hinüber und konnte erkennen, daß es ihr ähnlich ging. Es kam mir nicht in den Sinn, daß der braunbärtige Mann uns gegenüber auf eine Hochzeit gehen könnte; den glänzenden Seidenhut trug er natürlich jeden Tag, wie so viele andere Männer in diesem Waggon. Neben ihm saß eine Frau, die gedankenverloren vor sich hin starrte; sie hatte einen marineblauen Schal um den Hals gebunden und trug einen braunen, geknüpften Schal und einen langen dunkelgrünen Rock, und – ich erhaschte einen Blick – unter ihrem Rock und über ihren schwarzen Schuhen dicke weiße Strümpfe mit breiten roten Ringeln. Aber ich konnte mehr als bloß die Kleider wahrnehmen, ich sah nun auch das Mädchen, das sie trug. Und ich sah, daß sie, trotz ihrer Kleidung, jung und hübsch war. Ich glaubte sogar, erkennen zu können, daß sie eine gute Figur besaß.

Kate stieß mich an. »Keine Werbung.« Sie nickte zu den freien Flächen über den Fenstern.

Ich sah hinauf und sagte: »Ich frage mich, wie lange es noch dauern wird, bis irgendein Genie darauf kommt.«

Der Zug machte direkt nach dem Verlassen der Station eine scharfe Linkskurve, dann, etwa einen Block weiter, eine Kurve nach rechts. Ich wußte nicht, wo wir waren oder welche Straße wir gerade überfuhren. Aber wir bewegten uns in die richtige Richtung, direkt nach Norden, und hielten nur für einige Sekunden an anderen Stationen. Die Leute um uns herum interessierten uns nicht mehr so sehr, wir saßen nur da und starrten aus den Fenstern. Wir blickten nach Westen, vorbei am Hut des Mannes uns gegenüber, und ich schaute durch das spiegelnde Fenster hinaus auf dieses fremde nächtliche New York, das an uns vorbeizog.

Es gab Lichter, Tausende von ihnen, aber keine Helligkeit; bloß Tausende von winzigen Flecken, die die Dunkelheit nicht durchdringen konnten; Gaslichter, die von Ferne weiß und regelmäßig aussahen, aber auch Kerzen und, wie ich annahm, Kerosinlampen. Keine Farben, kein Neon, nur eine weite Schwärze, die mit Lichtern gespickt war, und alle, wie mir auffiel, unterhalb von uns. Ein Manhattan, über dessen Dächer wir blicken konnten. Die höchsten Gebäude waren Dutzende von Kirchen, die sich vor dem Hudson River abzeichneten, der unter dem aufgehenden Mond sichtbar wurde. Einige Minuten später – wir konnten den Mond nun nicht mehr sehen, denn er war höher gestiegen – erhellte sich der Fluß, und seine dunkle Oberfläche schimmerte. Plötzlich erkannte ich die dunklen Umrisse und die Silhouetten der nackten Masten von Seglern, die vor der Küste ankerten. Ich zitterte; ich starrte durch das Fenster auf die Fremdartigkeit der Stadt. Das war Manhattan, und dort lag der Hudson, aber ich war weit entfernt von allem, was ich kannte.

Am letzten Haltepunkt stiegen wir aus, 6th Avenue und 59th Street, nur einen Block von dem Ort entfernt, wo wir heute nachmittag den Central Park verlassen hatten. Wir überquerten die Straße und betraten wieder den Park; schweigend durchmaßen wir ihn und verschoben alles, was wir uns zu sagen hatten, auf die Rückkehr in unsere Zufluchtsstätte, das Dakota; wir konnten es vor uns sehen, turmartig ragte es vor dem mondbeschienenen Himmel auf.

Dann saßen Kate und ich im Wohnzimmer mit dem zweiten Drink in der Hand; gute starke Drinks, Whiskey und Wasser. Das Feuer brannte, und wir wiederholten immer und immer wieder, was wir über den blauen Umschlag und den Mann, der ihn aufgegeben hatte, und das kleine Bild des Grabsteins von Gillis im Schnee zu sagen hatten. Nach einer kleinen Weile sagte ich: »Was von allem, was du heute gesehen hast, hat den stärksten Eindruck hinterlassen? Die Straßen, die Leute? Die Gebäude? Der Anblick der Stadt von der Hochbahn aus?«

Kate nahm einen Schluck von ihrem Drink und sagte: »Nein, ihre Gesichter.« Ich schaute sie fragend an. »Das sind nicht die Gesichter, die wir gewohnt sind«, erklärte sie und schüttelte den Kopf, als würde ich sie in Frage stellen. »Die Gesichter, die wir heute sahen, sind anders.«

Ich dachte, daß sie wahrscheinlich recht hatte, sagte aber: »Eine Illusion. Sie kleiden sich anders. Die Frauen tragen kaum Make-up. Die Männer haben Kinn- und Backenbärte ...«

»Das ist es nicht, Si. Wir sind an Bärte gewöhnt. Die Gesichter sind einfach *anders;* denk darüber nach.«

Ich trank einen Schluck, dann sagte ich: »Vielleicht hast du recht. Wahrscheinlich. Aber wie anders?«

Wir vermochten es beide nicht zu sagen. Aber während ich in das Feuer starrte, an meinem Drink nippte und mich an die Gesichter erinnerte, die wir gesehen hatten – im Bus, auf den Gehwegen der 5th Avenue, in der Hochbahn, in der vom Gaslicht erhellten Marmor-Holz-Lobby dieses seltsamen Postamts –, wußte ich, daß sie recht hatte. Dann wurde mir etwas bewußt: »Verschwunden«, sagte ich zu mir selbst und sah zu Kate auf. Ich wollte ihren Eindruck prüfen. »Katie, wo sind wir? Was ist jetzt draußen vor dem Fenster? Sind wir noch immer im Jahr 1882?«

Sie dachte einen Moment lang nach und schüttelte dann den Kopf.

»Warum nicht?«

»Weil ...« Sie zuckte die Schultern. »Weil wir zurückkamen, das ist alles. Wir hatten alles erledigt, also kamen wir in dieses Apartment zurück, und wir kamen wieder in unsere Welt zurück.« Und plötzlich, als zweifele sie daran, fügte sie hinzu: »Oder?«

Wir standen auf, traten mit den Gläsern in der Hand zum Fenster und schauten zögernd hinunter in die Schwärze des Central Park. Dann beugten wir uns vor und blickten, die Stirn gegen das Fenster gedrückt, direkt auf die Straße. Wir sahen die langen Reihen der Ampeln, rot, soweit wir sehen konnten, in beiden Richtungen. Sie sprangen alle auf grün, die Autos fuhren an, eine Taxihupe kreischte, wütend über einen Wagen, der aus dem Park herausschoß, um die Ampel an der 72nd noch zu schaffen. Ich wandte mich zu Kate, zuckte mit den Schultern und hob den Drink. »Jawohl«, sagte ich, »wir sind zurück.«

11

Wir hatten begonnen, es meine ›Einsatzbesprechung‹ zu nennen; ich saß da, wie zuvor mit einem Mikrophon auf der Brust, und rezitierte Namen und zufällige Fakten, die auf Band aufgezeichnet wurden. Während ich sprach, beobachtete ich die Leute, die saßen oder gegen die Wand gelehnt waren; sie alle starrten mich an. Meine Stimme dröhnte, begleitet vom leisen Geklapper der elektrischen Schreibmaschine, und sie beobachteten mich; alle wußten, daß ich nun anders als sie war. Und ich, der ich zurückstarrte, wußte es auch.

Rube war hier, in ausgewaschenen, sehr sauber gebügelten Armeehosen und einem Hemd ohne Abzeichen. Er saß in einem Plastikstuhl zurückgelehnt, die Hände hinter dem Kopf verschränkt, und sah mich an. Als sich unsere Blicke trafen, grinste er, zuckte mit einem Mundwinkel und schüttelte vor gespielter Ehrfurcht und Bewunderung den Kopf; seine Augen füllten sich mit freundlich schmerzvollem Neid. Dr. Danziger stand nur da, seine großen Hände waren am Revers seines zweireihigen braunen Anzugs eingehängt; seine Augen, gefüllt mit freudiger Erregung, ließen nicht von mir ab. Colonel Esterhazy, freundlich kühl in einem grauen Anzug, stand vor einer Wand, eine Hand hielt sein Armgelenk umklammert, und betrachtete mich nachdenklich. Die Geschichtsprofessoren von Columbia und Princeton waren anwesend, ebenso der Senator und einige andere, die ich bereits getroffen hatte, sowie drei oder vier elegant gekleidete Fremde.

Nachdem ich fertig war, warteten wir etwa vierzig Minuten in der Cafeteria. Rube, Danziger und Colonel Esterhazy waren bei mir, ich hatte drei, vielleicht sogar vier Tassen Kaffee getrunken. Alle Stühle an den anderen Tischen waren besetzt, Leute saßen sogar auf der Heizungsabdeckung an der Wand. Ich mußte auf eine ganze Reihe von Witzen antworten, die man mir zurief, oder Fragen beantworten, ob ich etwa Manhattan-Immobilien zu vernünftigen Preisen erstanden hätte. Oscar setzte sich für eine Minute zu uns. Er fragte: »Was hat Sie am meisten beeindruckt?« und ich versuchte ihm von dem Mann zu erzählen, dem lebendigen, *wirklichen* Mann, der uns gegenüber im Bus saß und der sich vielleicht noch an Andrew Jackson als Präsident erinnern konnte. Oscar nickte und lächelte ein wenig; er wußte, was ich meinte. Sobald er gegangen war, lehnte sich Rube zu mir rüber und sagte: »›Uns‹? Wer war denn noch da, Si?« Und ich erzählte ihm, daß ein oder zwei Passagicre auf meiner Seite des Busses saßen.

Der große glatzköpfige Mann vom Vortag eilte in den Raum. Als er unseren Tisch erreicht hatte, verstummten alle Gespräche. Grinsend verkündete er, daß alles, was sie untersuchen und bislang überprüfen konnten, okay sei. Er war sich nun sicher, daß auch der Rest in Ordnung war, und es erscholl aufgeregtes Gemurmel.

Um 1 Uhr 15 versammelte sich der Vorstand; ich saß an einem Ende des langen Konferenztisches, und zum vierten Mal an diesem Tag beschrieb ich, was passiert war. Jeder Stuhl am Tisch war besetzt, entlang einer Seite war sogar eine zweite Reihe mit Klappstühlen aufgebaut, die ebenfalls gefüllt war. Soweit ich es überblicken konnte, waren alle wieder hier, die ich bereits vorher getroffen hatte, dazu mindestens ein Dutzend weitere, die ich nicht kannte. Einer von ihnen, erzählte mir später Danziger, war ein Repräsentant des Präsidenten.

Ich sprach wieder im Singular, von Kate erwähnte ich nichts. Ich mußte es Danziger erzählen, nachher, wenn wir alleine waren. Ich beschrieb jede Bewegung, die ich gemacht hatte, jede Szenerie, die ich gesehen, jeden Ton, den ich gehört hatte; im Raum war es still. Etwa zwei Dutzend Männer saßen um einen Tisch oder auf den Klappstühlen, und keiner hustete oder blickte zur Seite. Es kann sein, daß sich manche von ihnen während der zwanzig Minuten, die ich sprach, Zigaretten anzündeten oder sich in die Stühle zurücklehnten, ihre Stellung änderten oder die Beine übereinanderschlugen; ich denke, sie taten das alles. Aber mein Eindruck war der einer bewegungslosen, vollkommenen Stille, vollkommen bis auf meine Stimme und die auf mich gerichtete Konzentration, die so absolut war, daß ich meinte, mit einer Art unsichtbaren Taschenlampe zu reden, die mich in den Schein ihrer Aufmerksamkeit hüllte.

Ich kam zum Schluß und beantwortete dann eine halbe Stunde lang ihre Fragen. In den meisten Fällen handelte es sich um dieselbe unbeantwortbare Frage: Wie *war* es? Wie war es *wirklich*? Und nun *waren* sie unruhig. Sie bewegten sich, seufzten, flüsterten, zündeten Zigaretten an. Denn so sehr ich es auch versuchte und so ausführlich ich auch die Details schilderte, das, was mir widerfahren war, konnte ich ihnen nicht beschreiben; das blieb weiterhin ein Geheimnis.

Ein Fragenkomplex, vom Senator vorgetragen, hatte einen anderen Tonfall. Aus Gründen, die ich nicht verstand, war er gegen mich eingestellt. Als ob er annahm oder glaubte, ich würde ihnen allen einen Streich spielen. Ich nehme an, daß das unter den Umständen kein unvernünftiger Verdacht war, obwohl ihn sonst niemand äußerte. Aber der Senator konnte sich zum Beispiel nicht daran erinnern, daß sein Großvater jemals die Art Busse erwähnt hatte, die ich beschrieben hatte. Er blickte mich mißtrauisch an, als hätte er eine Schwachstelle entdeckt.

Alles, was ich tun konnte, war höflich mit den Schultern zu zucken und zu erwidern, daß ich sie trotzdem so gesehen hatte. Ich nehme an, er folgte einfach dem Instinkt der Politiker, sich selbst zu schützen, falls später etwas schief laufen sollte. Schließlich unterbrach ihn Esterhazy gewandt, stellte mir eine kleinere Frage und vergaß dann, das Wort wieder dem Senator zu erteilen. Er dankte mir, fragte mich, ob es mir etwas ausmachen würde, hier im Gebäude solange zur Verfügung zu bleiben, bis das Treffen beendet sei. Als ich mit ›ja, natürlich‹ antwortete, dankte er mir noch einmal, und ich verstand, daß ich nun entlassen war, und ging. Es gab einen kleinen Applaus, als ich hinausschritt, und mein Gesicht wurde rot.

Ich saß dann unendlich lange in Rubes Büro, blätterte –wie im Wartezimmer eines Arztes – alte Ausgaben von *Life* durch und mußte erneut feststellen, daß es nicht leicht zu sagen war, ob man sie schon einmal durchgesehen hatte. Dann nahm ich mir einen *Playboy* und ein Exemplar des *U.S. Infantry Journal* vor und ging hinaus und zur Cafeteria, wo ich mir eine Coke holte, die ich nicht mochte. Rubes Sekretärin kam zweimal herein und wollte natürlich wissen, wie es gewesen war, wie es *wirklich* gewesen war, und wieder tat ich mein Äußerstes, um Worte zu finden und es ihr zu vermitteln. Es war nach vier Uhr, als sie ein drittes Mal erschien. Sie hatte soeben einen Anruf erhalten: Ob ich bitte zum Konferenzraum kommen könnte?

Ich habe niemals einen Raum betreten, in dem Geschworene mehrere Stunden lang eingeschlossen waren, aber ich denke, die Atmosphäre muß ähnlich sein. Der Konferenzraum besaß eine Klimaanlage, er war nicht verqualmt, obwohl die Aschenbecher überquollen und die Luft nach Zigarettenrauch roch. Krawatten waren nun gelöst, Anzugjacken hingen an den Stuhllehnen, Notizblöcke waren vollgekritzelt, zusammengeknülltes Papier lag auf dem Tisch, und ich bemerkte einen Bleistift, der in der Mitte auseinandergebrochen war; die Gesichter waren gerötet, manche geschwollen. Esterhazy erhob sich, als ich hereintrat; er lächelte freundlich und sah kaum mitgenommen aus. Er hatte *seine* Anzugjacke noch an, Krawatte und Hemd saßen so perfekt wie immer. Er bedeutete mich zu dem Stuhl, auf dem ich bereits zuvor gesessen hatte, wartete, bis ich saß, und nahm dann selbst Platz, die Unterarme auf den Tisch gelegt, die Hände lose verschränkt, sehr entspannt.

Er sagte: »Es tut mir leid, Sie so lange warten gelassen zu haben; Sie müssen, körperlich wie geistig, sehr müde sein.« Es klang, als meine er dies auch; ich murmelte eine freundliche Erwiderung. Eigentlich, fiel mir auf, hatte ich erwartet, daß Danziger rede; ich blickte über den Tisch zu ihm hinüber. Eine seiner großen Hände lag auf der Tischkante, sein Stuhl war vom Tisch weggerückt, so – der Gedanke drängte sich mir auf – als habe er sich von diesem Treffen abgewandt. Sah er verärgert aus? Nein, entschied ich; sein Gesicht war ohne Ausdruck. Es war nicht zu erkennen, was er fühlte oder dachte. Esterhazy sprach. »Wir mußten, wir *wollten* jede Meinung hören, um in dieser wichtigen Angelegenheit eine Entscheidung herbeizuführen, die wir nun« – langsam schweifte sein Blick über den Tisch – »auch getroffen haben.«

Dann lächelte er und schaute mich einen Augenblick an, und ich hatte plötzlich das Gefühl, als interessiere er sich für mich sowohl als Person als auch wegen dem, was ich getan hatte. »Ihr erster ›Besuch‹, wenn das der richtige Ausdruck ist, hätte nicht vorsichtiger ablaufen können. Niemand hat Sie bislang gesehen oder gehört, und nicht die geringste Spur Ihrer kurzen Anwesenheit wurde zurückgelassen. Es gab keinen noch so kleinen Eingriff in die Ereignisse der Vergangenheit. Ihr zweiter Besuch allerdings war – wie ja auch geplant – mutiger. Wieder haben Sie in die Ereignisse nicht eingegriffen, außer« – er öffnete die Hände und streckte den Zeigefinger nach oben, ein

West Point-Ausbilder, der Aufmerksamkeit forderte – »außer, daß Ihre Anwesenheit selbst ein Ereignis war. Ein kleines zwar, aber diesmal haben Leute Sie gesehen und, zumindest kurz, mit Ihnen gesprochen. Welche Gedankenfolgen haben sich möglicherweise daraus ergeben, die wiederum Ereignisse beeinflußten, die sich später in irgendeiner Form auswirkten. Wir sind ein Risiko eingegangen, und kein geringes, aber« – lautlos schlug er mit der Faust auf den Tisch und betonte jedes einzelne Wort – »*ein Risiko, das bereits vorüber und vergangen ist*. Wir nahmen dieses Risiko auf uns. Der vollständige Bericht liegt nun vor, und wieder gibt es nicht den geringsten Hinweis, daß Ihre Anwesenheit nachfolgende Ereignisse auch nur im geringsten beeinflußt hätte.«

Einen Moment lang schwieg er, dann lächelte er wieder und fügte plötzlich und sehr überraschend an: »Ich bin darüber nicht im geringsten verwundert. Es bestätigt, wie viele von uns meinen – und deren Ansicht, davon bin ich überzeugt, werden sich schließlich alle anschließen –, eine Theorie, die wir ›Zweig-im-Fluß‹ genannt haben. Wollen Sie mehr darüber hören?« Ich nickte. »Nun, Zeit wird oft mit einem Fluß, einem Strom verglichen, wie Sie wissen. Was nun einem bestimmten Punkt in diesem Strom passiert, hängt zumindest zum Teil von dem ab, was weiter stromaufwärts passiert. Aber jeden Tag und jeden Augenblick ereignen sich unzählig viele Ereignisse, Milliarden Ereignisse, einige von ihnen von großer Tragweite. Wenn also Zeit ein Fluß ist, dann ist sie unendlich viel größer als selbst der Mississippi, wenn er über die Ufer steigt. Während Sie«, er lächelte mich an, »einer der allerkleinsten Zweige sind, die in diesen Strom geworfen werden. Es ist möglich, oder scheint so zu sein, daß selbst der kleinste aller Zweige Auswirkungen nach sich zieht; daß er zum Beispiel irgendwo hängen bleibt und einen Stau verursacht, der die gesamte Richtung des mächtigen Stromes ändert. Die Wahrscheinlichkeit, die *Gefahr* einschneidender Veränderungen scheint zu bestehen. Aber ist das wirklich so? Wie hoch ist diese Wahrscheinlichkeit? Es gibt im Grunde eine hundertprozentige Wahrscheinlichkeit, daß ein Zweig, der in diesen enormen und unglaublich mächtigen Strom, in dieses unvorstellbare Momentum des weiten Mississippi der Ereignisse geworfen wird, ihn *verdammt noch mal nicht das kleinste bißchen* verändert!«

Nur für einen kurzen Moment rötete sich sein Gesicht, dann war es wieder weiß, beinahe blaß, und er lehnte sich in den Stuhl zurück, die Arme entspannt auf der Tischoberfläche, und sagte ruhig: »Das ist die Theorie, und das ist Tatsache.«

Im Raum war es dann sechs oder sieben Sekunden lang still; hätte es eine Uhr gegeben, hätten wir sie ticken gehört. Dann sagte Danziger, ohne sich zu rühren, ohne die Hand von der Tischkante zu nehmen: »Das ist die Theorie. Mit ihr stimme ich überein, da sie zum größten Teil von mir stammt. Aber ist sie auch Tatsache?« Er nickte bedächtig. »Ich denke, ja, ich nehme es an.« Langsam drehte er den Kopf und sah alle am Tisch an. »Aber was ist, wenn wir nicht recht haben?«

Ich war überrascht. Esterhazy murmelte: »Ja«, und nickte würdevoll und zustimmend. »Die Wahrscheinlichkeit ist enorm, sie ist real und schrecklich. Und dennoch« – langsam und widerstrebend hob er eine Schulter – »bevor wir einfach das Projekt aufgeben, aufgeben, *weil* es gelungen ist –«

»Nein, natürlich nicht«, sagte Dr. Danziger ein wenig zu brüsk. »Und niemand will dies, am allerwenigsten ich. Ich sage –«

»Ich weiß«, sagte Esterhazy in bedauerndem Tonfall und nickte wieder. »Langsam weitermachen«, sagte er und beendete Danzigers Satz. »Weitermachen, aber unendlich vorsichtig. Über einen Zeitraum von Wochen, Monaten, sogar *Jahren*, wenn dies notwendig sein sollte, um letzte Gewißheit zu erhalten. Nun, ich würde ebenso denken …

wenn uns diese Option offen stünde. Aber wie der Senator weiß, wie ich und eine ganze Menge anderer wissen und wie Sie, Dr. Danziger, vielleicht niemals die Gelegenheit hatten zu erfahren, funktioniert die Regierung nicht so.« Mit einer Geste wies er auf das gesamte Gebäude. »Das hat *Geld* gekostet, das ist das Problem. Und deswegen, eben, weil das Projekt *gelungen* ist, muß es seine Kosten durch praktische Resultate rechtfertigen. Mr. Morley wird zurückgehen; wir alle haben uns darauf geeinigt. Es ist undenkbar, daß er es nicht tut. Aber … er wird mit höherem Tempo kühner voranschreiten, als wir das alle vielleicht wünschen. Reine Forschung, die sich selbst überlassen ist, geht mit unendlicher Geduld voran. Aber das kostet Geld, welches die Regierung genehmigen muß. Ohne die Zustimmung des Kongresses. Nur sollten dabei einige eindeutige praktische Resultate herausspringen.«

Er sah erst mich an, dann, langsam den Kopf drehend, die übrigen Anwesenden und fuhr fort. »Aber ich möchte Mr. Morley und allen anderen, mit Ausnahme Dr. Danzigers, der das immer verstanden hatte, sagen, daß dies noch immer sein Projekt ist, auch wenn Entscheidungen nicht alleine von ihm abhängen. Er ist der Leiter, der Boß, nur der Vorstand kann ihn überstimmen, was er selten tut und wenn er es tut, dann nur unter gründlicher und sehr ernsthafter Abwägung seiner Ansichten. So, Mr. Morley«, er lächelte mir zu, »ich verweise Sie wieder an Dr. Danziger.« Er erhob sich, streckte dabei seine Schultern, dann standen langsam auch alle anderen auf, Unterhaltungen setzten ein, und das Treffen war beendet.

In Danzigers Büro war ich der erste, der das Wort ergriff. Er, Rube und ich gingen gemeinsam durch die Korridore, nachdem wir den Konferenzraum endlich verlassen konnten; wir sprachen über nichts Wichtiges, bis wir Danzigers Büro erreicht hatten. Danziger ließ sich hinter seinem Schreibtisch nieder, holte aus der obersten Schublade eine halbe Zigarre, betrachtete sie und steckte sie dann unangezündet in den Mund. Ich wartete, bis dieses Ritual vorüber war; dann beugte ich mich in meinem Stuhl nach vorne und lehnte mich an seinen Schreibtisch. Rube saß mir gegenüber, links von Danziger und etwas nach hinten versetzt, da er seinen Stuhl gegen die Wand gekippt hatte. Ich sagte: »Dr. Danziger, ich weiß nicht einmal, wer Colonel Esterhazy ist. Bis man mich vom Gegenteil überzeugt, ist er für mich ein Colonel der ecuadorianischen Reserve.« Rube lächelte; er mochte das. »Wer immer er auch sein mag, ich habe ihm und dem, den er vertritt, keinen Treueid geschworen. Sie und Rube haben mich angeworben, ich arbeite für Sie, und ich werde tun, was Sie sagen.«

Danziger grinste breit, als ich geendet hatte; er war sehr zufrieden. »Danke, Si«, sagte er, »herzlichen Dank.« Er machte es sich auf seinem Drehstuhl bequem, zog eine der unteren Schubladen heraus und legte die Füße darauf. »Wissen Sie, solange wir keinen wirklichen Erfolg hatten, lief alles nach Plan, wunderbar reibungslos.« Er lächelte. »Meine Berichte wurden ohne Kommentar angenommen, der Vorstand beschäftigte sich mit den Problemen, die ich ansprach und die gewöhnlich damit zu tun hatten, daß wir etwas mehr Geld brauchten. Was sie im allgemeinen auch bewilligten, wenn auch nicht immer in der Höhe, um die ich gebeten hatte. Oft trafen wir uns ohne Tagesordnung und waren nach einer halben Stunde wieder fertig. Ich denke, die meisten aus dem Vorstand hatten nicht den geringsten Glauben an unser Projekt; die meisten waren uns einfach zugeteilt worden.« Er nickte einige Male, dann fuhr er fort. »Deswegen habe ich mich vielleicht daran gewöhnt, es ganz und gar als mein eigenes Projekt zu betrachten.« Dr. Danziger nahm die halbe Zigarre aus dem Mund, musterte sie, steckte sie wieder zwischen die Lippen, lehnte sich nach vorne und verschränkte die Hände auf dem Schreibtisch. »Aber natürlich hat Esterhazy recht. Das ist nicht nur unser Spielzeug; wir müssen irgendeinen praktischen Nutzen vorweisen können. Ich weiß das. Ich würde es vorziehen, sehr vorsichtig weiterzumachen. Aber ich bin ebenso wie die anderen davon überzeugt, daß wir wahrscheinlich vorsichtig genug vorgehen. Ich sage ›wahrscheinlich‹; wenn es nach mir ginge, würde ich am liebsten überhaupt kein Risiko eingehen.

Aber ich stimme mit der Entscheidung überein: Was ich von Ihnen will, ist das, was alle von Ihnen wollen; es gibt hier keinen Konflikt. Und was wir von Ihnen wollen, erinnert mich in gewisser Weise an unsere erste Raumkapsel.« Er lehnte sich wieder zurück. »Die erste kleine Kapsel wog – wieviel? Einige Pfund. Und jeder wollte Platz für sich. Die Biologen wollten einige Mäuse an Bord haben, um die Auswirkungen der kosmischen Strahlung zu studieren. Die Botaniker hatten einige Samen, die Geographen, Wetterforscher und das Militär wollten Platz für Kameras. Die Nachrichtenstationen, die gesamte Kommunikationsindustrie und Gott weiß wer sonst noch hatten Wünsche und Forderungen. Also schnürten sie ein Paket oder versuchten es, das alle zufriedenstellte, nominell zumindest.

Das gleiche Problem stellt sich uns, Si. Deswegen hat der Vorstand entschieden, daß Sie auf Ihren Mann mit dem Umschlag einen Blick werfen können. In gewisser Weise ist er anscheinend mit einem Fragment der Geschichte verbunden, mit einem nachgestellten Berater von Cleveland. Wie diese Beziehung aussieht, wissen wir nicht. Nun, unsere Historiker wollen wissen, ob dieses Projekt ihnen wirklich behilflich sein kann: Können wir wirklich in einem bisher nicht gekannten Ausmaß zur Vermehrung des historischen Wissens beitragen? Die Soziologen haben ähnliche Fragen, die Psychologen auch, und natürlich haben die Physiker, zu denen ich auch gehöre, Millionen von Fragen. Ihr Mann, der mit einer Fußnote der Geschichte in Verbindung steht, bildet ein akzeptables kleines Päckchen. Wenn Sie in der Lage wären, ihn behutsam zu beobachten, und wenn Sie zu Ergebnissen gelangen, die dies rechtfertigen, können wir vorsichtig zu ambitionierteren Angelegenheiten übergehen, über die wir zusätzliches Wissen benötigen.

Das also ist es, was wir wollen, Si. Beobachten, sehr vorsichtig beobachten – wenn möglich wie die Maus in der Zimmerecke, wie die Fliege an der Wand; wir wollen, daß Sie ihn beobachten. Erfahren Sie soviel Sie können; Sie sollen soviel wie möglich entdecken. Dabei erhöht sich sicherlich die Möglichkeit, daß Sie in die Ereignisse eingreifen, aber«, er zögerte, dann zuckte er die Schultern, »minimieren Sie das so weit wie möglich. Okay? Sie wissen, wo er wohnt: Können Sie zurückkehren und das für uns tun?«

Ich wollte mit dem Kopf nicken, aber bevor ich antworten konnte, sagte Rube mit leiser und vollkommen freundlicher Stimme, ohne zu lächeln: »Alleine. Diesmal alleine. Diesmal bleibt Ihre Freundin Kate dort, wo sie verdammt noch mal hingehört.«

Mein Mund öffnete sich, aber ich hatte keine Antwort parat. Mit offenem Mund saß ich da, und nun lächelte Rube ein wenig. »Sparen Sie sich die Mühe«, sagte er, »antworten Sie nicht; ich kann mir ziemlich gut vorstellen, wie es war, und ich nehme an, daß man Ihnen keine wirkliche Schuld zuschieben kann. Aber wir haben schon genug Probleme, wir brauchen keine zusätzlichen Zuschauer.«

Ich nickte. »Gut. Ich wollte es Dr. Danziger erzählen, das dürfen Sie mir glauben. Aber woher wissen Sie es?«

»Wir wissen es. Das Projekt besteht nicht nur aus Ihnen allein, es gibt viele andere, die sich dafür einsetzen, und viele Details. Ihnen ist der Platz im Rampenlicht vorbehalten, und wir belästigen Sie nicht mit dem Kleinkram. Aber wir kümmern uns um das Projekt und sichern es nach allen Seiten hin ab. Und nichts und niemand sonst zählt dabei. Okay?«

Das war eine Warnung, vielleicht sogar eine Drohung, die ich akzeptierte, da sie berechtigt war. »Okay.«

Er zeigte das wirklich großartige Lächeln, das ich an Rube von Anfang an gemocht hatte. Dann tippte er seinen

Stuhl an, der nach vorne kippte, wobei die Vorderbeine hart auf den Vinylboden schlugen, und erhob sich. »Dann zurück zum Dakota, Sie glücklicher Bastard. Ich fahre Sie hin.«

12

Als ich diesmal, mit einer Reisetasche in der Hand, aus dem Dakota trat, wußte ich Bescheid. Ich wandte mich nach links zum Central Park auf der gegenüberliegenden Straßenseite; im Park konnte ich nicht den geringsten Unterschied wahrnehmen – aber ich spürte es. Als einen Augenblick später ein von zwei Pferden gezogener Wagen mit Heuballen die Kreuzung vor mir überquerte, war ich nicht überrascht.

Und ich erinnerte mich; an der Ecke überquerte ich nicht die Straße, die in den Park führte, sondern wandte mich nach Norden. Ich erinnerte mich an die unglaublich große freie Fläche, auf die ich vor einigen Nächten vom Balkon meines Apartments gestarrt hatte: die dunkle Leere, die ich zwischen dem Dakota und dem fünf Block entfernten Museum of Natural History gesehen hatte. Nun wollte ich sie bei Tageslicht betrachten, dreißig Sekunden später sah ich sie; ich blieb stehen, starrte darauf und war überrascht, dann begann ich zu lachen.

Ich weiß nicht, was ich erwartet hatte – alles, nur nicht das – und noch immer lächelnd schüttelte ich den Kopf und holte aus meiner Reisetasche einen kleinen Skizzenblock, während ich weiterschritt. Ich fertigte eine rasche, aber detaillierte und genaue Skizze, die ich später vollendete. Etwa zehn Meter vom Gehweg entfernt, gegenüber dem Dakota, südlich der Ecke 74th und Central Park West, habe ich das gesehen, lediglich den Bäumen habe ich

einige Blätter hinzugefügt, damit sie besser zu erkennen sind. Diese Leute waren *Farmer* – wirkliche Farmer –, die Getreide anbauten und Tiere besaßen; sie lebten in Hütten und Verschlägen, die sie offensichtlich selbst gezimmert hatten.

Hier sind sie – die Farmer, die neben dem eleganten Dakota ihrer Arbeit nachgehen; die Kinder spielen, und die Tiere suchen zwischen den Flecken halb geschmolzenen Schnees nach Nahrung.

Ich konnte es kaum glauben; als ich mit der Skizze fertig war, ging ich einen Block weiter in Richtung Museum – im Tageslicht konnte ich nun erkennen, daß es aus einem einzigen Gebäude bestand – und starrte auf den fremdartigen und erstaunlichen Anblick, den mir die Gehöfte bis hin zum Hudson boten. Und komischerweise waren die Straßen alle sichtbar; ein Netzwerk gerader Straßen, die sich Block für Block auf gleicher Höhe befanden, während das Land dazwischen tiefer lag. In diesen rechteckigen blockgroßen Niederungen lagen Hunderte von Acres Ackerland. Von der Straße aus konnte ich unter der dünnen Schneeschicht die regelmäßigen Formen der alten Felder und Beete erkennen. Auf einer dieser kleinen Farmen harkten Leute den weichen Untergrund; warum, weiß ich nicht. Natürlich zeichnete ich auch diese Szene.

Das hier links ist die 75th Street, im Hintergrund ist die Hochbahn der 9th Avenue zu sehen; während ich zeichnete, hörte ich das Muhen der Kühe, das Blöken der Schafe, hörte Schweine grunzen, Gänse schnattern und gleichzeitig das ferne, vertraute und unzeitgemäße Klappern der Hochbahn. Dann ging ich weiter, durchquerte den Park zur Hochbahn der 3rd Avenue, dann Downtown zum Gramercy Park.

Gramercy Park neunzehn war ein Haus, das ich bereits kannte. Es existiert noch immer, weit in das zwanzigste Jahrhundert hinein, manchmal war ich an ihm und den

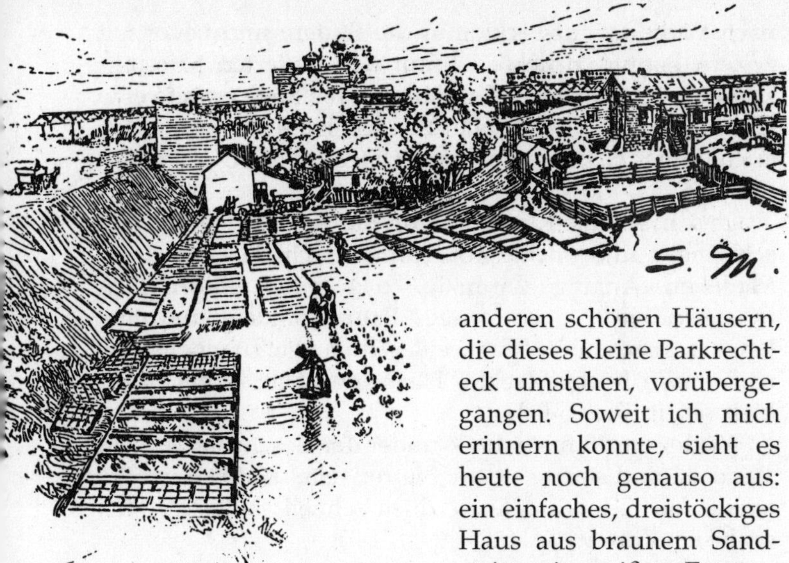

anderen schönen Häusern, die dieses kleine Parkrechteck umstehen, vorübergegangen. Soweit ich mich erinnern konnte, sieht es heute noch genauso aus: ein einfaches, dreistöckiges Haus aus braunem Sandstein mit weißen Fensterrahmen, einer kurzen Treppe mit steinernen Stufen und einem schwarzen gußeisernen Geländer. In der Ecke eines Fensters im ersten Stock befand sich ein kleines blau-weißes Schild mit der Aufschrift *Unterkunft und Verpflegung*.

Ich stand auf dem Gehsteig, hielt meine Reisetasche in der Hand, blickte zum Haus hinauf und fühlte mich wie jemand, der auf einem Sprungbrett steht, höher als alles, was er bislang gewagt hatte. Ich sollte etwas beginnen, das weit über den Austausch einiger Worte und das anschließende Weiterschreiten hinausging. Ich sollte, wenngleich vorsichtig und behutsam, am Leben dieser Zeit teilnehmen, und ich betrachtete äußerst nervös und neugierig das Schild, konnte aber nicht den Mut finden, den ersten Schritt zu tun.

Ich mußte mich in Bewegung setzen; die Tür konnte aufgehen, und jemand konnte heraustreten und mich hier herumlungern sehen. Ich zwang mich dazu, einen Schritt nach vorne zu tun, erklomm die Stufen, und bevor ich zögern konnte, drückte ich auf den polierten Messingknauf in der Türmitte. Auf der anderen Seite ertönte eine Glocke, und ich hörte Schritte. Ich hatte es getan; was auch immer passieren mochte, ich war in diese Zeit getreten.

Ich sah, wie die Klinke sich drehte, sah die Tür zurückschwingen und blickte auf. Auf der Schwelle stand ein Mädchen Anfang Zwanzig, das mich eindringlich musterte. Sie trug ein graues Baumwollkleid und eine lange grüne Schürze. Ein weißes Tuch war zu einem Turban um ihr hochgestecktes Haar gewickelt, in der Hand hielt sie ein Tuch. »Ja?«

Wieder ergriff mich das Wunder der Geschehnisse – ich stand da und starrte sie an. Sie runzelte die Stirn, wollte wieder zu reden anfangen, doch schnell sagte ich: »Ich suche ein Zimmer.«

»Und Verpflegung? Das ist alles, was wir anbieten.«

»Ja, und Verpflegung.« Ich nickte und versuchte zu lächeln.

»Gut, wir haben zwei Zimmer frei«, sagte sie zweifelnd, als sei sie nicht sicher, ob sie mich nicht wieder loswerden wolle. »Eines vorne mit Blick auf den Park für neun Dollar die Woche. Das andere ist hinten; es kostet sieben Dollar und fünfundzwanzig Cents. Beide mit Frühstück und Abendessen.«

Ich sagte, ich würde sie gerne ansehen, und sie trat zur Seite und wies mich nach drinnen in den schwarz-weiß gekachelten Flur. Er war tapeziert und wurde dominiert von einem riesigen Hut- und Schirmständer, dessen Mittelteil von einem Spiegel eingenommen wurde. In ihm erhaschte ich, während sie die Tür schloß, einen Blick auf ihren schlanken Nacken und die schwarze Haarsträhne, die unter dem Turban hervorschaute. Nervös wie ich war, lächelte ich; der bloße Nacken eines Mädchens hat etwas Unschuldiges und Anziehendes. Sie war hübsch.

Ich folgte ihr zur teppichbelegten Treppe am Ende des Flurs. Um sie zu erklimmen, faßte sie den Rock am Knie und zog ihn bis zu den Knöcheln nach oben; ich bemerkte, daß sie schwarze Schuhe mit etwas abgelaufenen Absätzen und dicke Baumwollstrümpfe trug, die blau-weiß geringelt waren. Und mein Blick fiel auf ihre vollen, runden Waden; trotz der Schuhe und Strümpfe hatte sie schöne Beine. *Sie ist tot, vergiß das nicht* – der Gedanke kam mir. *Tot und seit Jahrzehnten nicht mehr hier.* Ich schüttelte den Kopf und wollte den Gedanken verscheuchen; dann drehte sie sich oben auf der Treppe um und wies mich in ein Zimmer. Während ich an ihr vorbeiging, lächelte sie und ich sah – sehr nah – die lebendige Realität ihrer Erscheinung, die leichten Falten um ihre Augenwinkel; die Bewegung ihrer Lider, als sie blinzelte; sie war so jung und lebendig, daß der Gedanke jede Bedeutung verlor.

Ich sah mich im Zimmer um, während sie an der Schwelle wartete. Es war groß, sauber und hell, mit viel Licht von zwei großen rechteckigen Fenstern an der Frontseite. Der Raum war altmodisch möbliert … natürlich war er nicht altmodisch. Der hölzerne Schaukelstuhl, das geschnitzte Holzbett, der kleine Tisch mit grünem Fransentuch, der zwischen den Fenstern stand, waren kaum zehn Jahre alt. Der Teppich, grün und rosafarben und mit riesigen Rosen- oder Kohlblattmustern verziert, war etwas ausgetreten. Unter einem Fenster stand ein Sessel mit Samtpolster, die Fenster waren mit Gardinen behängt, die an einigen Stellen ausgebessert waren. Ein goldgerahmter Stich neben der Tür zeigte einen Schäfer, der bis zu den Knien in seiner Schafherde stand, die Tapeten waren von einem wilden braun-grünen Muster. Es gab eine dunkle Kommode mit Porzellanknöpfen und einer weißen Marmorplatte, auf der ein Krug in einer Schüssel stand. Das Badezimmer, das mit anderen Gästen zu teilen war, befände sich unten, sagte sie. Ich nickte: »Es gefällt mir. Sehr gut. Ich nehme es, wenn Sie nichts dagegen haben.«

»Können Sie vielleicht Referenzen vorweisen?«

»Es tut mir schrecklich leid, das kann ich nicht. Ich bin soeben in New York angekommen und kenne keine Seele. Ausgenommen Sie.« Ich lächelte, doch sie erwiderte mein Lächeln nicht. Sie zögerte, und ich sagte: »Es stimmt schon, ich bin ein ausgebrochener Sträfling, ein Geldfälscher und ein gelegentlicher Mörder. Und ich heule bei Vollmond. Aber ich bin nett.«

»In diesem Fall sind Sie willkommen.« Nun lächelte sie. »Ihr Name?«

»Simon Morley, sehr erfreut, Sie kennenzulernen.«

»Ich bin Miss Julia Charbonneau.« Plötzlich war sie reserviert, fast kühl, aber ich wußte, daß wir Freunde waren. »Dieses Haus gehört meiner Großtante, Sie werden sie um sechs beim Abendessen kennenlernen.« Sie wandte sich um, die Hand auf dem Türknauf, um die Tür hinter sich zu schließen, und wollte gehen, plötzlich hielt sie inne. »Da Sie von außerhalb sind, vergessen Sie nicht, daß das Gaslichter sind«, sie zeigte auf das runde Licht an der Decke und auf das Licht, das an der Wand über dem Bett hing, »und keine Kerosinlampen oder Kerzen. Blasen Sie sie nicht aus; drehen Sie die Flamme herunter.«

»Ich werde daran denken.« Sie nickte, blickte sich noch einmal im Zimmer um, fand nichts mehr, was sie noch hinzufügen konnte, und drehte sich um. »Miss Charbonneau.« Sie schaute sich um, und im ersten Augenblick wußte ich nicht, was ich sagen sollte, dann fand ich etwas. »Bitte entschuldigen Sie meine Unwissenheit. Das ist mein erster Besuch in New York, und ich kenne die Sitten nicht.«

»Ich nehme an, sie unterscheiden sich nicht sonderlich von denen anderswo.« Wieder lächelte sie, nun etwas spöttisch. »Jedenfalls machen Sie nicht den Eindruck, als würden Sie lange ein Greenhorn bleiben.« Sie ging und zog die Tür zu.

Drüben am Fenster schaute ich auf den kleinen Gramercy Park hinab; Bänke, Sträucher und Gras waren mit Schnee bedeckt. Ich konnte mich nicht erinnern, wann ich den Park zuletzt gesehen hatte und ob er noch immer so aussah; es schien so. Drei Seiten um den Park waren so, wie ich sie in Erinnerung hatte; alte Häuser aus braunem Sandstein, Ziegeln oder grauen Steinen. Nur an der vierten Seite, 21st Street, standen keine Apartmenthäuser, sondern weitere alte Gebäude. Die Wege und Pfade des Parks waren freigeschaufelt, in den Rinnsteinen neben den Straßen türmte sich allerdings hoch der Schnee. Er war vom Ruß schwarz gefleckt. New York war eine dreckige Stadt, vor allem im Winter, nahm ich an, wenn Zehntausende Kohle- und Holzherde brannten und Ruß in die Luft abgaben. Wenigstens waren sie nicht radioaktiv. Vor jedem Haus befanden sich schwarz bemalte, schmiedeeiserne Pfosten; manche besaßen Pferdeköpfe mit Ringen durch die Nase. Vor jedem dieser Pfosten stand ein breiter Steinblock, der zum Einsteigen in Kutschen diente; sie waren alle vom Schnee befreit und bereit, benutzt zu werden. Sonst war der Gramercy Park so, wie ich ihn kannte.

Eine Bewegung erregte meine Aufmerksamkeit; hinter den nackten schwarzen Zweigen öffnete sich eine Tür, und eine Frau trat heraus. Sie zog die Tür zu, hielt sich am Geländer fest und schritt vorsichtig – aus Furcht vor dem Eis – die Stufen hinunter. Auf dem Gehweg wandte sie sich nach links und bog an der 20th Street um die Ecke, auf mich zu. Ohne die Äste, die den Blick versperrten, sah ich sie deutlicher. Die Schultern waren vor Kälte unter einem dunklen Cape eingezogen, die Hände tief in einem glänzenden Pelzmuff verborgen; ihre Haubenbänder waren unter dem Kinn zusammengebunden, ihr brauner Cutaway-Mantel war mit einem breiten Band schwarzer Lammwolle besetzt, und die Schuhspitzen kamen, während sie ging, unter dem Rocksaum zum Vorschein und verschwanden wieder. Wieder mußte ich mir die Wahrheit eingestehen; das war New York City im Januar 1882, und ich war hier und ein Teil davon.

In eben diesem Moment begann es zu schneien, winzige Flocken, die verstreut niederfielen. Doch innerhalb einer halben Minute, die Zeit, die die Frau brauchte, um Irving Place zu erreichen, wo sie aus meinen Augen verschwand, wurden die Flocken dichter. Sie wurden herumgeschleudert, wirbelten und begannen die Wege, Pfade und Steinstufen zu bedecken und setzten sich auf die Mäuler der eisernen Pferde.

Es wurde mir zuviel, ich konnte nicht sagen, warum; ich ging vom Fenster weg und legte mich auf das lange Bett, sorgsam bedacht, mit meinen Füßen das weiße Laken nicht zu beschmutzen. Ich schloß die Augen und verspürte plötzlich Heimweh. Mir kam der Gedanke, daß ich buchstäblich keinen einzigen Menschen auf der gesamten Welt kannte und daß alles, was mir vertraut war, unerreichbar weit weg war.

Eine Stunde lang, vielleicht etwas weniger, schlief ich. Dann weckten mich Stimmen, das Geräusch sich öffnender und schließender Türen und Schritte im Flur. Das Zimmer war nun dunkel, doch die schlanken Fensterrechtecke am Fußende meines Bettes wurden durch den Neuschnee draußen erleuchtet. Ich wußte wieder, wo ich mich befand, schwang meine Füße aus dem Bett und ging zum Fenster.

Die Straßenlampen, die den Platz umgaben, brannten; in ihrem Lichtschein am Boden glitzerte der Schnee. Zu meiner Rechten, an der Ecke des Platzes, wurde eine Kutschentür zugeschlagen. Als ich mich hindrehte, sah ich das glänzende Geschirr der beiden mageren grauen Pferde. Dann fuhr die Kutsche in meine Richtung los, die Seitentüren funkelten schwarz im Licht der Seitenlampen. Die hohen dünnen Räder hinterließen schmale Spuren, die Kutsche glitt in den Lichtkegel einer Laterne, der glitzernd im schwarzen Lack und in den Fensterscheiben zerstiebte. Durch das Glas meines Fensters hörte ich das schwache Klirren des Zaumzeugs und das gedämpfte *Klipp-klapp* der Hufe auf dem Schnee. Die Kutsche umfuhr die Kurve, und ich betrachtete die geduckte Gestalt des Kutschers, der hoch oben auf seinem Sitz kauerte, bis zur Hüfte in eine Decke gehüllt, in den behandschuhten Händen Zügel und Peitsche haltend. Pferde, Fahrer und Kutsche fuhren unter meinem Fenster vorbei; ich sah auf die grauen Pferderücken hinab, auf den schimmernden Seidenhut des Kutschers und das matte Schwarz des Kutschendachs. Wieder durchschnitten Pferde und Kutsche einen gelben Lichtkegel, ihr Schatten fiel schwach und kurz auf den neuen Schnee. Dann gewann er an Festigkeit, wurde blau-schwarz, eilte der Kutsche voraus, wurde länger und löste sich auf. Im ovalen Rückfenster erblickte ich nun zwei Köpfe, einen männlichen unter einem hohen Hut, und das zu einem Knoten geflochtene Haar einer Frau. Der Mann wandte sich zur Frau, sagte irgend etwas – ich konnte es an der Bewegung seines Bartes erkennen, dann bog die Kutsche um die Ecke, ihre Seiten wurden erleuchtet, und die Pferde verschwanden aus meinem Blickfeld. Dann war auch die Kutsche verschwunden, nur ihre dünnen Spuren waren noch zu sehen. Und das Hochgefühl, hier zu sein, durchfuhr mich, zu dieser Zeit, in dieser Stadt. Ich entfernte mich vom Fenster, zog meinen Mantel aus, ging zur Kommode, goß Wasser aus dem Krug in die Schüssel und wusch mich. Ich zog ein sauberes Hemd an, band die Krawatte um, kämmte mein Haar und ging rasch zur Tür, in den Flur und zu den Leuten im Haus.

Ein dünner junger Mann in Hemdsärmeln, der eine flache Wasserschale trug, kam mir im Flur vom Badezimmer entgegen. Er hatte dunkles, gescheiteltes Haar und einen braunen Fu-Manchu-Bart. Als er mich erblickte, grinste er. »Sie sind der neue Gast?« Er blieb stehen. »Ich kann Ihnen nicht die Hand geben«, lächelnd wies er mit dem Kinn auf die Schale in seinen Händen, »aber erlauben Sie mir, mich vorzustellen. Ich bin Felix Grier. Heute ist mein Geburtstag; ich bin einundzwanzig geworden.«

Ich gratulierte ihm, sagte ihm meinen Namen, und er bestand darauf, mit zu ihm in sein Zimmer zu kommen, um die neue Kamera zu begutachten, die ihm seine Eltern geschenkt hatten. Sie war gestern angekommen, und mit einem Blitzstativ, das er mir zeigte – ein Stativ mit einer horizontalen Gasleitung, die für ein Dutzend Flammen durchbrochen war, dahinter ein Reflektor –, hatte er von jedem im Haus Portraits gemacht und sogar einige der Räume bei Tageslicht photographiert. Er entwickelte seine Filme selbst und machte Abzüge; einige Dutzend von ihnen waren wie Wäsche zum Trocknen auf eine Leine gehängt. Die Abzüge hatten alle möglichen Formen, Rechtecke, Kreise, Ovale. Ich besah mir seine Kamera, ein schweres Ding, das, wie ich schätzte, sieben oder acht Pfund wog. Poliertes Holz, Glas, Messing und rotes Leder, einfach wunderschön. Ich sagte es ihm und fügte an, daß ich ebenfalls ein Kameraenthusiast sei, worauf er mir anbot, sie mir zu leihen; ich wolle darauf zurückkommen, antwortete ich. Dann mußte ich ihm posieren, und er machte von mir eine Aufnahme – mit kürzerer Belichtungszeit, als ich vermutet hatte, nur einige Sekunden; er versprach mir eine Serie davon. Ich wollte sie damals nicht unbedingt haben, später allerdings war ich froh darüber. Ich verließ Felix, der noch einige Abzüge anfertigen wollte, und als ich an diesem Abend in mein Zimmer zurückkehrte, fand ich vor der Tür einen Packen Bilder; die Portraits von allen im Haus, mein eigenes eingeschlossen, neben einigen Aufnahmen vom Haus selbst.

Dies hier ist eines von ihnen und zeigt Felix selbst; er ist gut getroffen, nur etwas ernster, als ich ihn kennengelernt hatte; jedesmal, wenn ich mit ihm redete, grinste er und war sehr aufgeregt.

Auch mein eigenes Portrait füge ich gleich mit bei: das Bild rechts. Ich vermag nicht zu sagen, wie gut ich getroffen bin, doch glaube ich, daß ich im großen und ganzen, mit Bart und allem, so ausgesehen habe. Ich habe nie behauptet, daß ich sonderlich schön sei.

Ich verabschiedete mich von Felix und ging nach unten in den großen Salon, der sich zum Flur hin öffnete. Ein Feuer brannte in dem großen, schwarzen, vernickelten Ofen, der auf einer Metallplatte vor der Wand stand. Über dem Ofen erhob sich ein ebenfalls vernickelter, dreißig Zentimeter hoher Ritter in Rüstung; ich schritt hinüber, um ihn zu betrachten, faßte ihn an und zog im selben Moment die Hand wieder zurück: er war heiß. Hinter Schiebetüren hörte ich das Klappern von Porzellan und Besteck und das Gemurmel von Stimmen. Eine von ihnen gehörte Julia, die andere einer älteren Frau. Ich nahm an, sie deckten den Tisch; ich hustete.

Die Türen wurden geöffnet, und Julia trat herein. Sie trug ein ockerfarbenes Kleid mit weißem Kragen und weißen Ärmelaufschlägen; nicht das, in welchem Felix sie photographiert hat.

Das ist ihr Portrait; das Haar so frisiert, wie sie es auch an diesem Abend getragen hatte, über den Ohren locker nach hinten gebunden und dort zu einem Zopf geflochten. Hinter ihr sah ich einen zum Teil gedeckten ovalen Tisch; dann trat eine schlanke Frau mittleren Alters in den Salon.

Auf dieser Seite links finden Sie Felix' Portrait von ihr, ein sehr gutes; genauso sah sie aus. Julia sagte: »Tante Ada, das ist Simon Morley, der ohne Referenzen und ohne großes Gepäck angekommen ist. Aber mit einer Überfülle an schmeichelnden Worten, die er sehr generös verteilt. Mr. Morley, Madam Huff.« Die Tante, über Julias Worte lächelnd, machte daraufhin einen wahrhaftigen Knicks vor mir, was ich niemals zuvor gesehen hatte. »Guten Abend, Mr. Morley.«

Es erschien mir nur natürlich, mich vor ihr zu verbeugen. »Guten Abend, Madam Huff. Miss Julias Worte lassen nichts anderes zu, als Ihnen zu sagen, daß ich glücklich bin, hier zu sein. Das ist ein reizendes Zimmer.« Ich mußte mich zusammennehmen, um über meine eigenen Worte nicht zu schmunzeln.

»Darf ich es Ihnen zeigen?« Tante Ada wies auf den Raum, in dem ich mich mit echtem Interesse umsah. Auf der nächsten Seite ist das Photo, das Felix mit seiner Geburtstagskamera aufgenommen hat; es zeigt natürlich nicht das ganze Zimmer. Es war mit Teppichen ausgelegt, an den Wänden hingen Tapeten, und an den Fenstern waren, neben den weißen Spitzengardinen, purpurfarbene Samtvorhänge befestigt, die mit Fransen und kleinen Kügelchen besetzt waren. Es gab zwei große Brokatsofas, zwei Schaukelstühle aus Holz und schwarzem Leder, drei gepolsterte Sessel, einen Sekretär und Bilder mit goldenen Rahmen an den Wänden.

Aber Tante Ada schritt zu einer Etagere mit Glasfront, die in einer Ecke stand; ich folgte ihr. »Das sind einige Dinge, die Mr. Huff und ich von unserer Reise nach Europa und in das Heilige Land mitgebracht haben.« Sie zeigte sie mir. »Diese Phiole enthält Wasser vom Jordan. Und das hier sind Marmorfragmente, die wir im Forum aufgesammelt haben.« Sie gab mir einen kurzen Abriß von allem, was auf den Regalen lag; ein kleiner Fächer aus Frankreich, ein Souvenir an die Revolution; ein goldfarbener Pantoffel, der ein samtbezogenes Nadelkissen enthielt und den sie in Belgien gekauft hatte; eine Muschel, die ihr ›verstorbener Ehemann‹ am Strand des englischen Seebades gefunden hatte, wo sie Quartier bezogen hatten. Sie schloß mit dem Höhepunkt ihrer

Sammlung: einem braunen, gepreßten Gänseblümchen vom Grab Shelleys.

Der junge Felix kam die Stufen herunter und in den Salon gepoltert. Er trug nun einen sauberen Kragen, eine Krawatte, Weste, goldene Uhrkette, eine kurze schwarze Jacke und schwarz-weiß karierte Hosen. Als er sah, daß ich durch den Raum geführt wurde, zwinkerte er mir zu. Er setzte sich dann an die Fenster der Frontseite und begann eine Zeitung zu lesen, die er mitgebracht hatte, den *New York Express*. Julia war wieder im Speisezimmer und deckte den Tisch, und Tante Ada und ich gingen zum weißen marmornen Kaminsims und der Reihe von Weihnachtskarten, die dort standen. Auf den Karten, die glänzten wie lackiert, waren lockige Kleinmädchen-Engel zu sehen, die Blumen verstreuten; einige dünne Nikoläuse in rot-weißer Kleidung, die einem Mönchshabit mit Kapuze und bis zum Boden reichendem Mantel glich; es gab auch einige witzige Karten, von denen eine zum Beispiel ein Weihnachtsessen zeigte, bei dem sich die streitende Familie mit Geschirr und Gläsern bewarf. Noch mehr überraschten mich allerdings die ›Agonie‹-Karten, wie sie sie nannte. Eine zeigte ein weinendes kleines Mädchen inmitten eines Schneesturms, eine andere die Fußspuren eines Kindes, die am Ufer eines Flusses enden; und eine dritte einen toten, auf dem Rücken liegenden Vogel, der seine Krallen in den Himmel streckt, und darüber war geschrieben *Hört! Hört! Die Lerche an den Himmelstoren trillert!* Ich wußte nicht, wie ich reagieren sollte, bis Tante Ada mir zu Hilfe eilte. »Sie sind absurd«, sagte sie, »lächerlich natürlich, aber so ist es heutzutage nun mal.« Und ich lächelte.

Ein Mann Mitte Dreißig kam herunter; Tante Ada stellte uns vor. Hier ist Felix' Photo von ihm. Ein großer schlanker Mann namens Byron Keats Doverman; er trug einen Bart, dessen Spitzen zu kleinen Auswüchsen explodierten, die seinen Kiefer überwölbten. Sein Haar war dick, gewellt und rotbraun.

Er setzte sich, gratulierte Grier zum Geburtstag und borgte sich einen Teil seiner Zeitung; die Tour, die fortgesetzt wurde, ignorierte er. Ich inspizierte und bewunderte eine Bambusstaffelei, auf der ein gerahmtes Stilleben stand. Tante Ada führte mich zu einem kleinen Tisch mit Gewürzständern aus Porzellan; ich wartete, ehrerbietig die Hände hinter dem Rücken verschränkt, während ich über eine große Sepia-Photographie gebeugt war, die an einer Vase mit Rohr- und Teichkolben lehnte. Das Portrait einer Frau in einer Trikotage und einem spitzen Hut, von dem eine lange Feder wegstand; einen Ellbogen hatte sie auf eine Marmorsäule gestützt, die Hand berührte ihr Kinn. Sie war im Profil gezeigt; ihr Blick ging in eine weite Ferne. In Goldschrift war *The Jersey Lily* zu lesen, in der anderen Ecke der Name des Photographen, Sarony.

Das Beste hatte sie für den Schluß aufgehoben. Neben einem kleinen schönen Harmonium stand auf dem Kaminsims eine fast ein Meter hohe Figurengruppe aus Gips, die ungefähr fünfzig Kilogramm wiegen mußte. Der Titel, in die Basis der Gruppe eingeritzt, lautete *Das Wiegen des Kindes*, und die Figuren zeigten einen bärtigen Arzt im Gehrock und eine Frau mit Haube, die die Anzeige der Waage ablas, in deren einer Schale ein schreiendes Kind lag. Auf der einen Seite dieses Gipstableaus stand eine Glashaube, unter der sich ein Blumenbouquet mit fremdartigen Gewächsen befand. Bei näherem Hinschauen erkannte ich, daß es aus gebleichten Federn bestand.

Tante Ada mußte gehen, bevor wir den Rundgang abschließen konnten; das Abendessen war fast fertig, signalisierte ihr Julia. Aber es gab noch viele andere Dinge zu sehen: Familienportraits, gerahmte Bilder, ein Riesenfarn in einer Ecke bei den Fenstern an der Vorderseite. Ich hatte ihr gesagt, daß ich ihren Salon sehr schätzte, was nur der Wahrheit entsprach. Ich glaube, es war der angenehmste Raum, in dem ich mich jemals aufgehalten habe. Während ich dasaß und auf das Abendessen wartete – Felix Grier reichte mir einen Teil seiner Zeitung, in die ich hineinblickte, aber nicht las, schaute ich mich weiter in diesem interessanten und vollgestopften Raum um, lauschte dem Knistern des Feuers im Kamin, spürte dessen Hitze auf meinem Gesicht, beobachtete, wie der Wind gelegentlich

einen Schneeschauer am Fenster draußen vorbeitrieb, und fühlte mich sehr zufrieden.

Ich saß mit dem Gesicht zur Treppe und wartete auf den Mann, wegen dem ich gekommen war. Schließlich kam Miss Maud Torrence herab und setzte sich zu uns: eine kleine, einfache Frau mit schönem Gesicht um die Fünfunddreißig. Sie trug einen Rock aus blauem Serge, eine weiße, hochgeschlossene Bluse und eine kleine goldene Uhr an einer Kette um den Hals. Sie arbeitete in einem Büro, erfuhr ich später, und dies war die Kleidung, die sie zur Arbeit trug. Byron Doverman stellte uns vor. Sie stand am Fenster und schaute in die Nacht hinaus; und ich konnte den Holzbleistift erkennen, der im Knoten ihres dichtgerollten Haares im Nacken steckte. Sie fragte mich höflich, ob ich nicht auch denke, daß das Wetter in letzter Zeit ›wild‹ gewesen war, und ich stimmte ihr zu und meinte, zu dieser Jahreszeit könne man in New York nichts anderes erwarten; dann rief Julia an der Tür hinter uns, daß das Abendessen bereitstünde.

Ich war zu aufgeregt, um viel zu essen; aufgeregt, hier an diesem Tisch unter dem fast lautlosen Zischen der Gaslichter des Kronleuchters zu sitzen, und außerdem beunruhigt, daß mein Mann nicht erschienen war. Zu sechst saßen wir am Tisch, ein Stuhl blieb leer. Tante Ada an der Stirnseite des ovalen Tisches zerlegte die Brust eines Truthahns und reichte uns dann die Teller. Eine Zeitlang schwiegen wir, bis auf das Dankgemurmel, während wir die Teller weitergaben. Ich blickte mich unauffällig ein wenig um. An den Wänden hing ein halbes Dutzend gerahmter Bilder. Eines davon war ein Sepia-Brustbild eines ernst blickenden Mannes, ein Familienportrait nahm ich an. Die anderen waren schwarzweiße Stiche des Forum Romanum, ländliche Szenen und dergleichen. Dann begannen wir, nachdem alle ihre Teller hatten, mit dem Essen. Byron Doverman begann die Konversation, indem er verkündete, er habe soeben *Ben Hur* zu Ende gelesen. Julia und Felix waren überrascht, daß er es nicht schon längst beendet hatte. Eine kleine Diskussion über *Ben Hur* schloß sich an, vor allem über die ›Botschaft‹ des Buches, und Tante Ada fragte, ob ich es gelesen hätte. Ich hatte es niemals gelesen, jedoch den Film gesehen, also sagte ich ja und fügte einiges über die Dramatik des Wagenrennens an. Dann erwähnte Byron Doverman beiläufig, daß er einst den Autor gesehen hatte, General Lew Wallace, der an seinem Regiment vorbeigeritten war, als er während des Krieges als Soldat in der Nähe von Washington kampierte. Ich starrte über den Tisch hinweg auf diesen noch immer jugendlichen, rötlich-braunhaarigen Mann, dessen Gesicht kaum von Falten durchzogen war, und es dauerte einige Zeit, bis mir bewußt wurde, daß er den Bürgerkrieg meinte.

»Schon das Neueste von Guiteau gehört?« fragte Felix die um den Tisch Versammelten. »Jemand schoß auf ihn durch das Fenster seiner Zelle.«

»Das stand in den Zeitungen«, sagte Julia.

»Ja, aber das nicht – die Geschichte war diesen Nachmittag in der ganzen Stadt zu hören. Die Kugel traf die Wand und wurde dabei zu einem absolut perfekten Profil von Guiteau verformt, so wie der Schurke aussieht, wenn er sich fürchtet.«

Ich blickte mich vorsichtig am Tisch um, aber alle nickten und akzeptierten mit ernster Miene die Geschichte als Tatsache. Dann bemerkte ich, daß Tante Ada zu mir sprach und mich nach meiner Meinung zum Gerichtsurteil fragte.

Ich tat, als ob ich überlegte, und versuchte mich an das wenige zu erinnern, was ich von Guiteau wußte. Ich hatte nicht viel über ihn gelesen, wußte aber, daß er für schuldig befunden und zum Tode verurteilt worden war. Ich war nicht hier, um soziale Reformen einzuleiten, also erzählte ich Tante Ada, daß ich sicher sei, er würde gehängt werden, nachdem zweifelsfrei seine Schuld festgestellt worden war.

Am anderen Ende des Tisches sprach Felix über den Eisbruch; sie hatten bei Bordentown, New Jersey, angefangen, sagte er. Dann sprach man etwas über den Hochbahn-Skandal, was immer das auch sein mochte. Ich lächelte Julia zu und meinte, der Truthahn sei wunderbar; Truthahnfleisch hatte ich immer als trocken und beinahe geschmacklos in Erinnerung, der hier aber war saftig. Es war wilder Truthahn, sagte Julia, und als ich überrascht aufblickte und fragte, woher sie ihn hatte, war *sie* überrascht. »Vom Markt natürlich.« Ich fragte nach und erfuhr, daß dort auch Wachteln, Waldhühner, Rebhühner, junge Zuchttauben, Wildenten, auch Stockenten, Kanvasenten und Tafelenten sowie Hasen und Kaninchen verkauft wurden. Ich hatte immer gedacht, daß Hase ein anderes Wort für Kaninchen war, und wollte auch hier nachfragen, unterließ es dann jedoch; Julia starrte mich mit zusammengekniffenen Augen verwundert über den Tisch an. Ich wandte mich an Felix neben mir und fragte ihn, nur um etwas zu sagen, ob er sich für Baseball interessiere.

Ein wenig, antwortete er. Er sei letzten Sommer auf dem Polofeld gewesen, als keine Polospiele stattfanden, und habe dort die Mets spielen sehen. Ich fragte: »Wen?« Er sagte: »Die Metropolitans.« Ich nickte und meinte, das hätte ich mir gedacht. »Und wie waren sie?« fragte ich. Er sagte: »Nicht besonders. Sie hatten schlechte Pitcher«, und ich antwortete, das wundere mich nicht.

Zum Dessert gab es einen Geburtstagskuchen, dessen Kerzen Felix ausblies. Und dann fand eine Geburtstagsparty statt! Julia und ihre Tante blieben im Speisezimmer und schlossen die Schiebetüren, um den Tisch abzuräumen. Im Salon setzte sich Maud Torrence an das Harmonium und sah die Noten durch. Felix Grier und Byron Doverman standen hinter ihr, und als ich mich mit der Zeitung niederließ, riefen sie mich, und ich wußte, daß nun kein Entkommen mehr war. Ich ging zu ihnen hinüber.

Ich konnte in das erste Lied mit einstimmen, ›I'll Take You Home Again, Kathleen‹, und als wir geendet hatten, sagte Felix: »Wenn nur Jake hier wäre, dann hätten wir ein Quartett!« Das war meine Chance und ich fragte: »Jake wer?« »Jake Pickering«, sagte Felix, »ein weiterer Gast.« Nun wußte ich seinen Namen und hatte das Gefühl, einen Fortschritt erzielt zu haben.

Die nächste Nummer war ›If I Catch the Man Who Taught Her to Dance‹ oder etwas Ähnliches, und alles, was mir übrigblieb, war, der Melodie und dem Text so gut es eben ging zu folgen. Dann kamen Julie und ihre Tante, und wir alle sangen ›In the Evening by the Moonlight‹ und ›Oh, Dem Golden Slippers‹. Tante Ada sang sehr schön, nur Julia hielt manchmal nicht ganz den Takt. Byron Doverman sagte; »›Cradle's Empty, Baby's Gone!,«, und Julia sagte; »Oh, *nein*«, wurde aber von den anderen überstimmt. Maud fand die Noten, und wir alle – über ihre Schulter lasen wir den Text – sangen das vielleicht schwermütigste Lied, das ich jemals gehört habe; es handelte von einem armen kleinen Baby und enthielt Zeilen wie ›das Kind ist fort und weilt bei den Engeln, und ruhet in Frieden immerzu‹. Julia lächelte mich schulterzuckend an; ihr erschien es lächerlich. Aber als Maud geendet hatte, drehte sie sich vom Harmonium weg und sagte, sie hätte nun genug gespielt; ihre Augen glänzten, sie war den Tränen nah. Ich erinnerte mich, daß zu dieser Zeit häufig Babys starben; vielleicht bedeutete ihr das Lied etwas.

Die Haustürglocke klingelte; ich hoffte, es sei mein Mann. Aber Julia ging zu Tür und kam mit vier oder fünf

Umschlägen zurück, von denen sie einen Byron reichte; die anderen waren Geburtstagswünsche für Felix. Der Postbote kam um sieben Uhr abends; als ich darüber mein Erstaunen zum Ausdruck brachte, antwortete Julia mit großstädtischer Geste, Post werde in New York City fünfmal am Tag ausgetragen. »Byron«, sagte sie dann, »wollen Sie uns mit einigen Zauberkunststücken erfreuen?« Er nickte, eilte, zwei Stufen auf einmal nehmend, nach oben und kam wenig später zurück, ging durch das Zimmer und holte Münzen aus unseren Ohren und bat uns, ›eine Karte zu ziehen, irgendeine‹. Er war wirklich gut, und alle, ich eingeschlossen, genossen seine Vorstellung sehr.

Er hörte auf, steckte das Kartenspiel in seine Tasche und setzte sich. Tante Ada sagte: »Mein Onkel schickte mir einen Fächer aus China, und ich fächle so.« Sie begann ihre Hand vor ihrem Kinn hin- und her zu bewegen, als würde sie sich mit einem imaginären Fächer Luft zufächeln, und wir alle machten es ihr nach. Zu ihrer Rechten, in einem Stuhl neben dem Fenster, sagte Maud Torrence: »Mein Onkel schenkte mir einen Fächer aus China, und ich fächle so.« Mit ihrer linken Hand begann sie nun an ihrem linken Ohr zu fächeln, und wir alle – die rechte Hand fächelte noch immer vor dem Kinn – taten es ihr nach. Nun war die Reihe an mir, und ich sagte: »Mein Onkel schenkte mir einen Fächer aus der Tschechoslowakei, und ich fächle so. Ich zog die Lippen auseinander, bleckte die Zähne, als hätte ich einen Fächer im Mund, und fuhr mit dem Kopf auf und ab. Jeder machte es nach. Felix war der nächste, und er beendete das Spiel mit einem Zwillingsfächer von den Sandwich-Inseln, indem er die Füße vom Boden hob und mit ihnen zu fächeln begann. Als wir die Bewegungen nachmachten, brachen alle in schallendes Gelächter aus; es *war* lustig. Alle von uns lagen in ihren Stühlen und fächelten mit Händen, Kopf und Füßen gleichzeitig.

Tante Ada sagte: »Wo ist die Tschechoslowakei, Mr. Morley?«

»Nun, ich glaube südlich von Deutschland.«

Sie nickte und akzeptierte die Antwort, ebenso wie Maud Torrence. Aber die beiden Männer und Julia blickten mich nur an. Ich wußte, was nicht stimmte; es gab noch keine Tschechoslowakei, es würde sie noch jahrzehntelang nicht geben. Ich grinste, um zu zeigen, daß ich nur Spaß gemacht hatte.

Felix' Gesicht war gerötet, seine Augen leuchteten; es war für ihn ein wunderbarer einundzwanzigster Geburtstag, und er sagte: »Julia? *Tableaux vivants!*«

»Gut.« Was immer es auch sein mochte, sie liebte die Idee. »Soll ich zuerst wählen?« Er nickte, und sie sagte: »Dann brauche ich Sie und Byron.« Sie gingen ins Speisezimmer und schlossen hinter sich die Schiebetüren, Tante Ada stand auf und drehte die Lichter des Salonkronleuchters sehr niedrig. Dann lächelten sie und Maud erwartungsvoll in Richtung der geschlossenen Tür; als sie zu mir herüberblickten, tat ich das gleiche. Julia rief »fertig«, und Tante Ada, die am nächsten war, erhob sich und öffnete die Türen.

Die Lichter im Speisezimmer waren hell aufgedreht, die drei standen auf der Schwelle, als seien sie auf einer Bühne; sie posierten und rührten sich nicht. Byron und Julia sahen zu Felix, der auf einem Bein stand, das andere leicht erhoben. Unter einem Arm hielt er einen Stecken, wie eine Art Krücke; sein Mund war offen, als wollte er etwas reden, die Augen weit aufgerissen. Julias Kopf war nach hinten geworfen, ihr Mund war ebenfalls offen und die Augen so weit aufgerissen wie die von Felix. Auch Byron sah bewegt aus, den Handrücken hatte er gegen seine Stirn gepreßt.

So standen sie und schwankten leicht; wir saßen da und starrten. Dann sagte Maud mit enttäuschter Stimme: »Oh, ich *kenne* es, ich kenne es gut!«

Plötzlich schrie Tante Ada triumphierend: »Die Rückkehr des Soldaten!« und das *tableau vivant* brach kopfnickend und schwatzend auseinander. Tante Ada erhob sich; augenscheinlich war nun die Reihe an ihr. »Ich brauche Sie, Mr. Morley«, sagte sie, und ich folgte ihr in das Speisezimmer und zog die Türen zu. »Kennen Sie die Sklavenauktion?« fragte sie voller Eifer. Stirnrunzelnd stand ich vor ihr, dann mußte ich zugeben, daß ich sie leider nicht kannte. »Das macht nichts, ich postiere Sie. Wir brauchen einen Hammer.« Sie schaute sich um, eilte dann zu einem Küchenschrank und brachte einen großen Schöpflöffel. »Das hier reicht. Halten Sie ihn wie einen Hammer.« Sie schob einen Stuhl an die geschlossenen Türen und drehte ihn mit der Lehne zum Salon. »Steigen Sie hinauf, das ist der Stand des Auktionators.« Ich kletterte hinauf, das Gesicht zu den Türen gewandt. »Erheben Sie den Hammer; Sie rufen gerade ›zum ersten, zum zweiten, zum dritten!‹« Ich tat es, und Tante Ada kniete vor dem Stuhl und legte die Handgelenke übereinander, als wären sie gebunden. »Fertig!« rief sie ziemlich aufgeregt und senkte dann ihr Kinn auf die Brust.

Die Türen gingen auf, und obwohl ich mich nicht bewegte – die Hand mit dem Hammer erhoben, den Mund geöffnet –, merkte ich, daß ich errötete. Aber alle erkannten es sofort und schrien fast gleichzeitig: ›*Die Sklavenauktion*‹. Dann überschütteten sie uns mit Gratulationen, sie hätten es so schnell erraten, weil wir es so gut dargestellt hätten.

In der Folgezeit – wir hatten einige weitere *tableaux vivants: Der verwundete Scout* und *Rückzug des Geliebten* – fand ich heraus, was wir taten. Wir imitierten die Posen der Figuren von Statuengruppen, die ein Mann namens Rogers gemacht hatte und die er in Gips tausendfach reproduzierte. Anscheinend besaß jedes Haus eine Rogers-Gruppe – *Das Wiegen des Kindes* vor Tante Adas Kamin war eine davon –, und jeder war mit den meisten von ihnen vertraut. Ich saß wie die anderen und versuchte so zu blicken, als würde ich die Titel durchgehen, die auf die

Posen im Speisesaal zutrafen. Mir gegenüber kratzte Maud gedankenverloren ihre Initialen in den Frost auf dem Fensterbrett. Richtigen Frost hatte ich nicht mehr gesehen, seitdem ich als Kind auf das Fenster der Farm meines Großvaters geschrieben habe. Im letzten *tableau* – Julia war eine der Liebenden und saß traurig auf einer Bank – sah ich sie mir einen Blick zuwerfen; ich glaubte, ihre Gedanken lesen zu können: Ich war die einzige Person im Raum, die nicht in der Lage gewesen war, einen Titel zu erraten, nicht einmal einen falschen hatte ich hersagen können.

Byron schlug als nächstes Scharaden vor; aus seinem Verhalten konnte ich schließen, daß er gut darin sein mußte. Aber Felix – und ich dachte, er sei darin vielleicht nicht so gut – sagte, sie ähnelten zu sehr den *tableaux vivants*. Julia saß bei der Etagere, betrachtete mich noch immer neugierig und sagte dann: »Vielleicht unterhält uns Mr. Morley. Sie sind an der Reihe, Mr. Morley; wir sind alle einer Meinung!« Die anderen stimmten sofort zu, und ich nickte. In Julias Stimme glaubte ich einen herausfordernden Ton herauszuhören, als ob sie sagte: *Wer sind Sie? Beweisen Sie sich!* Nun, das wollte ich, ich saß da und überlegte und spürte plötzlich Panik aufsteigen. Ich sah zu Julia hinüber; sie wartete und lächelte ein wenig spöttisch.

Dann grinste ich sie an, ich hob meine Hände, die Handinnenflächen zu ihr hingestreckt, die beiden Daumen berührten sich und rahmten ihren Kopf und ihre Schultern. »Halten Sie still.« Ohne sich zu rühren, saß sie da, ihre Augen leuchteten plötzlich vor Interesse. »Drehen Sie ein wenig Ihren Kopf, nur ein wenig. Nein, in die andere Richtung, zum Kabinett.« Langsam drehte sie den Kopf, und als das Licht von dem über ihr hängenden Kronleuchter schräg auf ihr Gesicht fiel, es von der Seite beleuchtete und ihr Profil an die Tapetenwand hinter ihr warf, sagte ich: »Nicht bewegen, nicht atmen.« Ich hatte den Schlüssel für mein Dakota-Apartment in meiner Westentasche gefunden, wandte mich nun zum Fenster neben mir und kratzte mit der scharfen Kante des Schlüssels durch die dünne weiße Frostschicht auf dem Glas. Ich entwarf den Umriß ihres Wangenknochens, schaute zu Julia zurück und zeichnete dann in einer schnellen sauberen Kurve ihren Kiefer. Die Linien waren gut zu sehen, die Schwärze der Nacht draußen ließ sie sich deutlich abzeichnen; ich arbeitete schnell. Alle anderen waren nun auf den Beinen und standen in respektvollem Abstand neben mir, um mich zu beobachten.

Die Zeichnung war gelungen; in weniger als zwei Minuten hatte ich sie eingefangen. Die hervorstechenden Wangenknochen, die etwas zu scharfe Kieferlinie, eine Andeutung des kleinen resoluten Kinns – alles war da in drei schwungvollen Linien. Die Rundung der Augen, und sogar das war mir gelungen – der feine Schatten unter ihnen lag hier in einem sicheren Kratzer auf dem Weiß des Fensters. Ebenso die dunklen Brauen und die schöne gerade Nase. Ich nickte, gab Julia frei, und sie eilte zu uns herüber.

Es gefiel ihr nicht. Sie sagte es nicht, aber nach einigen langen Sekunden beugte sie sich nach vorne, um die Zeichnung zu betrachten, dann nickte sie und gab höflich vor, damit zufrieden zu sein. Ihr Nicken kam jedoch zu schnell, sie schaute mich nicht an, und ich wußte, daß sie ihre Enttäuschung verbarg. Auch die anderen murmelten nur höfliche Zustimmung. »Was stimmt daran nicht?« sagte ich ruhig.

»Nichts!« Sie blickte nun zu mir her, in ihren Augen lag Überraschung über diese Frage. »Es ist schön! Ich bin erstaunt!«

Aber ich schüttelte den Kopf. Das war eine Fähigkeit, auf die ich stolz war, und ich wollte es wissen. »Nein, sagen Sie mir die Wahrheit. Sie können mich nicht täuschen; es gefällt Ihnen nicht.«

»Nun.« Sie richtete sich auf und blickte zu Boden; einen

Finger hatte sie am Kinn, als denke sie nach; sie war verlegen. »Nicht, daß ich es nicht mag, aber ...« Wieder blickte sie zu der Skizze, dann zu mir; es tat ihr leid, damit angefangen zu haben. »Aber was *ist* es?« platzte es aus ihr heraus. Schnell fügte sie an: »Ich meine, es ist nicht *fertig*, oder? Ich kann ein Gesicht erkennen, oder könnte es, wenn es fertig wäre, aber ...« Ich nickte eifrig und schnitt ihr das Wort ab; nun verstand ich, was nicht stimmte. Von der Kindheit an sind wir darauf trainiert, daß schwarze Linien auf weißem Papier ein menschliches Gesicht darstellen können. Ich habe gelesen, daß manche primitiven Völker das nicht können; eine Zeichnung oder gar eine Photographie ergibt für sie keinen Sinn, solange sie nicht wie wir gelernt haben, sie zu übersetzen. Und diese Skizze auf dem frostbeschlagenen Fenster – schnell hingeworfene, andeutende Linien, die vom Betrachter gefüllt werden mußten – war eine Technik des zwanzigsten Jahrhunderts, die hier genauso unverständlich sein mußte wie ein unbekannter Code, was sie genaugenommen auch war.

Zu Julia sagte ich: »Bleiben Sie hier stehen, bewegen Sie sich nicht, geben Sie mir fünf Minuten, nicht mehr.« Ich wartete die Antwort nicht ab, sondern trat schnell an das mittlere Fenster und versuchte, so schnell wie möglich zu arbeiten. Ich benutzte wieder die Spitze meines Schlüssels und wendete eine Technik an, die ich manchmal zum Spaß mit Martin Lastvogel ausprobiert hatte: Die Technik des Holzschnittes. Jede Linie war zu sehen, nichts wurde weggelassen; die gesamte Form des Gesichts, Augen, Nase, Lippen, alles sorgsam ausgezeichnet, dann mit feinen, sich überkreuzenden Linien die Schatten eingetragen. Ich nutzte die gesamte Fensterfläche; bei dieser Technik brauchte ich Platz. Das Glas war bis auf die oberen Ecken mit Frost überzogen; aber die Ecken waren klar, glänzend schwarz und wirkten vor der schwarzen Nacht draußen wie ein Spiegel. Aus der Nähe konnte ich hindurchsehen; ich sah die Straßenlaternen, die schneebedeckten Gehwege und die Straße, die undeutlichen schwarzen Umrisse der Sträucher und Bäume des Gramercy Park. Und plötzlich, schnell den Gehweg zum Haus entlangschreitend, sah ich ihn; die kurze, gedrungene, vertraute Gestalt mit dem Zylinder auf dem Hinterkopf. Ich hielt inne, meine Hand war bewegungslos, und beobachtete ihn. Dann bog er zu unseren Stufen ab, entschwand aus meinem Blickfeld, und ich schaute zu Julia hinüber und zeichnete weiter.

So gut sie es vermochte, ohne dabei die Pose aufzugeben, beobachtete sie, was ich tat; als ich nun zu ihr hinüberblickte, hob sie die Arme, fummelte an ihrem Nacken herum und ließ dann die Haare herabfallen, die ihr über die Schulter reichten. Sie hob leicht das Kinn, in ihren Augen leuchtete Stolz.

Ihr Haar war dunkelbraun, wunderbar dicht, und nun, da es geöffnet war, lang und glänzend. Herrlich, genau wie sie. Ich bin mir sicher, daß sich in meinem Gesicht zeigte, was ich fühlte. »Schön, *einfach schön*«, murmelte ich; auf ihren Lippen spiegelte sich ihre Freude, sie errötete. Niemand außer uns hatte dies bemerkt. Da ich es erwartet hatte, nahm ich die leisen Geräusche des Öffnens und Schließens der Eingangstür wahr, aus den Augenwinkeln heraus sah ich ihn im Flur stehenbleiben. Ich versuchte nun nicht mehr, den Glanz von Julias Haar wiederzugeben, sondern beschränkte mich auf die Andeutung seiner Länge und Dichte und beendete schnell die Skizze auf der Fensterscheibe.

Aber die Technik, die ich versuchte, erforderte mehr Zeit und Übung, als mir zur Verfügung stand; zwangsläufig wurde die Zeichnung nicht so gut wie erhofft. Ich trat zurück, studierte sie, während sich die anderen um sie drängten, und alles, was man darüber sagen konnte, war, daß sie das Gesicht eines Mädchens zeigte, das schön war und langes Haar besaß. Irgendein Mädchen, nicht dieses besondere, obwohl es vage an Julia erinnerte.

Aber Julia betrachtete sie fünf oder sechs Sekunden lang, was eine lange Zeit ist, dann rief sie mit unverhohlener Freude aus. »Oh, es ist schön!« Erfreut wandte sie sich mir zu. »Sehe ich wirklich so aus? Oh, natürlich nicht! Aber es ist schön! Großer Gott, Sie sind talentiert!« Ihre Augen leuchteten, sie betrachtete mich nun mit wahrer Bewunderung, fast ehrfürchtig, was auf mich seinen Eindruck nicht verfehlte: in mir entzündete sich das Verlangen, sie küssen zu wollen; ich mußte mich zusammennehmen, um nicht vorzutreten und sie zu umarmen.

Ihre Augen schielten zur Tür. Plötzlich hatte sie ihn gesehen, und augenblicklich errötete ihr Gesicht. Ihre Stimme schien ruhig zu sein, vollkommen gelassen. »Jake, wir haben einen neuen Gast! Und einen sehr talentierten, wie es scheint! Kommen Sie und schauen Sie sich an, was er –«

»Stecken – Sie – Ihr – Haar – hoch«, sagte er zwischen zusammengekniffenen Zähnen, wobei er jedem Wort dieselbe kalte Betonung verlieh.

»Aber Jake, wir –«

Nun klang er weicher. »Ich sagte … stecken Sie es hoch«, und Julias Hände griffen nach hinten und gehorchten unverzüglich.

Ich drehte mich – wie alle anderen – zur Tür um; Pickering kam nun auf mich zu, seine braunen Augen waren bar jeden Ausdrucks, so daß sie drohend wirkten wie der leere Blick eines Hais. Er blieb vor mir stehen. Einen langen Moment, mindestens drei oder vier Sekunden, starrten wir uns nur an; im Zimmer war es vollkommen still. Ich war fasziniert: Hier *war* er nun, der Mann, der den langen blauen Briefumschlag aufgegeben hatte.

Dann lächelte er plötzlich, sein Gesicht strömte über vor Freundlichkeit, die Augen waren warm – eine augenblickliche Veränderung –, und er reichte mir die Hand, während er sich vorstellte. »Ich bin Jacob Pickering, ein Gast wie Sie hier.« Er schüttelte mir mit freundlichem Gesicht die Hand, sein Griff allerdings nahm mit jedem Moment an Stärke zu. Ebenso freundlich lächelte ich zurück und legte alle Kraft, die ich hatte, in meine Hand. Wir kämpften, hier in diesem angenehmen Zimmer, unbemerkt von den anderen, unsere Unterarme begannen leicht zu zittern, während wir uns gegenseitig zulächelten und ich ihm meinen Namen nannte und unsere Hände, aus denen die Knöchel weiß hervortraten, langsam auf- und abbewegten, als hätten wir vergessen aufzuhören. Dann hatte mein Griff seine maximale Stärke erreicht, während die seine weiterhin zunahm; ich spürte, wie meine Handknochen zusammengepreßt wurden. Meine Finger, plötzlich kraftlos geworden, öffneten sich in seiner Faust; ich klammerte mich an mein Lächeln, leise mahlten die Zähne, und ich wußte, daß ich aufschreien wollte, es aber nicht tun würde. Dann, kurz bevor er mir buchstäblich die Knochen meiner Hand gebrochen hätte, entspannte sich sein Griff, ein letzter kurzer schmerzhafter Druck, und noch immer warm lächelnd, wies er kopfnickend auf meine Zeichnung am Fenster. »Sie *sind* talentiert, Mr. Morley. Wirklich talentiert.« Er hatte sich umgewandt und ging schnell zum Fenster. »Aber ich hoffe, Sie haben Madam Huffs Fensterglas nicht zerkratzt.« Er beugte sich nach vorne und holte, mit dem Gesicht nur wenige Zentimeter vom Fenster entfernt, schnell und tief Luft und atmete mit aller Kraft aus; in der Mitte der Scheibe entstand ein aufgetauter Kreis, der bald auf die Größe eines Tellers anwuchs. Bis auf die äußeren und nun bedeutungslosen Teile war die Zeichnung verschwunden.

»Nein«, sagte er, als er das klare Glas untersuchte, »glücklicherweise ist es nicht zerkratzt.« Er bedachte die Skizze an der anderen Fensterscheibe mit einem Blick voller Abscheu, dann drehte er sich zu uns um, lächelte uns mit dem Rücken zum Fenster an.

»Ich mochte das nicht, Mr. Pickering«, sagte Julia. »Mir gefiel es überhaupt nicht.« Sie wandte sich mir zu. Ihre Augen loderten, ihre Hände waren noch immer mit den Haaren beschäftigt. »Vielleicht machen Sie eine andere von mir, Mr. Morley?« sagte sie. »Auf Papier. Eine, die ich aufheben kann. Es würde mir eine Freude sein, Ihnen jederzeit Modell zu stehen!«

Meine Hand hielt ich in der Hosentasche versteckt. Ich wußte, sie war rot und würde bald anschwellen; sie schmerzte ziemlich. »Es wird mir eine Freude sein, Miss Julia. Eine sehr sehr große Freude.« Während ich das sagte, drehte ich meinen Kopf zu Pickering, so daß mein Blick auf seine Augen fiel, als ich den Satz beendete. »Tatsächlich bestehe ich darauf.«

Er lächelte nur: über mich, über alle anderen. »Vielleicht hatte ich unrecht«, sagte er und senkte in gespielter Demut leicht den Kopf. »Manchmal handle ich vorschnell.« Dann hob er den Kopf und blickte mir in die Augen. »Wenn es meine Verlobte betrifft.«

Tante Ada, Maud, Byron und Felix begannen sich zu unterhalten und deckten den unangenehmen Zwischenfall zu. Julia drehte sich um und ging schnell in das Speisezimmer und in die Küche, wo sie Tee bereitete. Byron Doverman sagte etwas zu Pickering, der darauf antwortete. Tante Ada kam zu mir herüber, und ich fragte sie etwas über die Etagere: eine dünne Glasphiole, die mit einem Korken verschlossen war. Es stellte sich heraus, daß sie Sand aus der Sahara enthielt.

Wir nahmen den Tee ein, den Julia auf einem großen Holztablett servierte. Wieder folgten einige Minuten der Unterhaltung, wobei allerdings weder Pickering noch ich miteinander sprachen oder uns gar anblickten. Dann gab jeder Felix noch einmal die Hand und brachte ihm letzte Geburtstagsgrüße dar, und die Party war vorüber.

Oben in meinem Zimmer, während ich im Dunkeln mein Hemd aufknöpfte und in die leere Finsternis des Gramercy Parks hinabblickte, wußte ich, daß Rube, Oscar, Danziger und ich das Offensichtliche nicht beachtet hatten: daß das Zusammenleben mit Leuten bedeutete, in die Ereignisse hineingezogen zu werden. Ich sollte hier nur den Beobachter spielen, der sich strikt heraushält, der sich nicht in die Ereignisse einmischt, geschweige denn sie verursacht. Und dennoch hatte ich gerade das Gegenteil getan. Ich wollte mein Hemd ausziehen, ließ es dann und starrte regungslos auf einen Begrenzungspfosten, der mit Schnee bedeckt war. Ich hätte so schnell wie möglich von hier verschwinden können. Sofort packen, hinunterschleichen und hinaus, zurück zum Dakota, bevor hier noch größerer Schaden angerichtet werden konnte.

Aber alles in mir schrie auf. *Donnerstag! Morgen ist Donnerstag!* Morgen, ›um halb eins‹, wie der Brief sagte, den Jake Pickering aufgegeben hatte, ›kommen Sie bitte in den City Hall Park‹. Ich mußte dort sein, *mußte* einfach. Unsichtbar, ohne mich einzumischen, *mußte* ich dort sein. *Nur noch einen Tag, einen halben Tag länger!* sagte ich zu mir selbst. Wenigstens diese wenigen Stunden konnte ich in die Rolle des Beobachters zurücktreten, oder? Im schwachen, vom draußen liegenden Schnee reflektierten Licht betrachtete ich die Hand und verglich sie mit der anderen; die rechte Hand war angeschwollen, die Knöchel aller vier Finger pochten regelmäßig. Ich starrte sie an, streckte die Finger und versuchte sie zu einer Faust zu schließen. Ich konnte es nicht, aber während ich es versuchte, trat ein Bild vor mein geistiges Auge, in dem diese Faust Pickering ins Gesicht schlug.

Ich mußte still darüber lachen und ließ die Hand sinken; es beunruhigte mich. Aber ich brauchte Pickering morgens nicht zu begegnen. Ich konnte solange in meinem Zimmer bleiben, bis er das Haus verlassen hatte, um ihm dann niemals wieder von Angesicht zu Angesicht entgegenzutreten. Und Julia – nun, was war mit Julia? Nach einigen Augenblicken nickte ich; in gewisser Weise war ich nicht in der Lage, die Situation zu analysieren. Ich war auch mit ihr irgendwie verbunden. Aber das sollte keine Rolle spielen; wir stammten aus unterschiedlichen Zeiten, und ich würde sie bald wieder verlassen.

Ich probierte etwas aus; ich dachte über Kate nach, stand dort in der Dunkelheit und überprüfte meine Gefühle zu ihr. Nichts hatte sich geändert. Sobald ich wieder zurückgekehrt war, wollte ich sie sehen; ich verspürte Erleichterung und machte mir dann darüber Gedanken. Schließlich wandte ich mich vom Fenster weg, knöpfte das Hemd auf – nur den oberen Teil, unten war das Hemd wie ein T-Shirt geschlossen –, zog mich aus und schlüpfte in mein Nachtgewand. Als ich im Bett lag, lächelte ich: was für ein Tag. Eine Minute später schlief ich ein im Bewußtsein, daß es zwar ein schrecklicher Fehler war hierzubleiben, aber daß ich es trotzdem tun würde. Ich wollte sehen, was im City Hall Park am Donnerstag, dem 26. Januar 1882, um halb eins – morgen – passierte.

13

Morgens nahm ich das Frühstück alleine ein; alle anderen Gäste waren bereits gegangen. Ich war im Bett liegengeblieben und hatte gelauscht und mitgezählt, als sie in Minutenabständen die Stufen hinabschritten. Dann hatte ich mich angezogen und am Fenster gewartet, bis ich sehen konnte, wie Jake Pickering das Haus verließ.

Als ich den Salon betrat, bemerkte ich, daß er ausgewischt und abgestaubt war; ich sah zu den Fenstern. Sie waren fast ganz klar, Frost und Zeichnungen waren weggewaschen worden, und eine neue Reifschicht bildete sich auf dem Glas. Als ich mich zum Speisezimmer wandte, fragte ich mich wieder, ob ich die Probleme gestern abend hätte vermeiden können. Nein, und nun, im Tageslicht, sah alles weniger schlimm aus, als ich vermutet hatte. Jemand, der so eifersüchtig war, daß ein belangloser Fremder dieses Gefühl hervorrufen konnte, hatte früher Ähnliches getan und würde es wieder tun. Ich hatte nicht wirklich in die Vergangenheit eingegriffen; etwas in dieser Art wäre früher oder später sowieso mit jemand anderem passiert, auch wenn ich nicht dagewesen wäre.

Ich setzte mich an den langen Eßtisch, und Tante Ada – die, wie ich dachte, auf mich gewartet hatte – trat in ihrer Arbeitskleidung aus der Küche. Sie trug ein einfaches dunkles Baumwollkleid mit einer weißen Schürze, die in einer großen Schleife hinten zusammengebunden war. Sie begrüßte mich sehr freundlich und warmherzig, fragte mich, wie ich geschlafen hatte und ob ich mit meinem Zimmer zufrieden sei. Dann sagte sie mir, noch immer lächelnd und darauf bedacht, mich nicht vor den Kopf zu stoßen, daß dies der einzige Morgen sei, wo ich noch nach acht Uhr ein Frühstück erwarten könne; ich antwortete, ich stünde entweder früher auf oder wolle ohne auskommen.

Dann servierte sie das Frühstück: ein gebratenes Kotelett, Eier, Toastbrot mit drei verschiedenen Sorten Marmelade, Kaffee und die Morgenausgabe der *Times*. Sie sah mich an, während sie alles auf den Tisch stellte, zögerte, und dann – offensichtlich um mein Wohlergehen besorgt – schlug sie vor, daß ich früher aufstehen solle, wenn ich Arbeit suchte. Mit der Oberseite ihrer Finger prüfte sie die silberne Kaffeekanne, die sie auf einen dicken rechteckigen Untersetzer stellte, schenkte mir die Tasse ein und ging; ich öffnete die *Times* und begann zu lesen.

Die Story des Tages war GUITEAU FÜR SCHULDIG BEFUNDEN, in der linken Spalte der Titelseite. Ich übersprang sie jedoch und las die Geschichte der vierten Spalte, *Bewilligung der Eisenbahn durch Choctaw. Wie Gould und Huntington mit der neuerworbenen Linie ihre Konkurrenz ausschalteten.* Ich konnte allerdings nur schwer folgen; ich verstand, daß eine Gruppe von ›selbsternannten Vertretern der Indianer‹, die die Eisenbahn nicht wollten, schnell durch ›offizielle Vertreter‹ ersetzt worden waren, die das Projekt für eine tolle Sache hielten.

Und ich war fasziniert von ERZBISCHOF PURCELLS SCHULDEN, unter der Choctaw-Geschichte. Aus Gründen, die die *Times* nicht erläuterte – es schien sich um eine schon seit längerer Zeit aktuelle Geschichte zu handeln, die Vorwissen voraussetzte –, gab es anscheinend fünftausend Gläubiger, die behaupteten, daß der Erzbischof ihnen vier Millionen Dollar schulde; nun zeichnete sich ab, daß die Forderungen beglichen werden sollten, indem einige ›Gotteshäuser … an den höchsten Bieter versteigert werden sollen‹. Kardinal McCloskey, von den Kongregationen ganz zu schweigen, zeigte sich äußerst empört, und die *Times* meinte: »Der Fall kommt nun vor Gericht und wird einer der interessantesten der gesamten Rechtsgeschichte Amerikas werden.« Eine Meinung, der ich mich anschloß.

Während ich den Toast aß und am Kaffee nippte, las ich eine Anzeige McCreerys, die für ›Abendrouleaus *Nonnenschleier* in den Tönen weiß, cremefarben, hellblau, elfenbein und rosa‹ warb. Julia kam die Treppe herab, und wir wünschten uns einen guten Morgen, als sie das Eßzimmer durchquerte. Während sie ihr eigenes Frühstück aus der Küche holte, hatte ich Zeit, sie zu betrachten. Ihr Haar war heute hochgesteckt, und sie trug, obwohl ich mir dessen nicht sicher war, Make-up oder zumindest Puder. Sie war zum Ausgehen angezogen mit einem wunderbaren Kleid aus purpurrotem Samt; es war vorne in einer Reihe von Bögen hochgezogen und hatte unterhalb der Hüfte eine lavendelfarbene Schleife, die mindestens zwanzig Zentimeter breit sein mußte, sowie eine Turnüre.

Sollte diese Beschreibung lächerlich klingen, das Kleid war es nicht; sie sah großartig aus. Ich mußte mir eingestehen, daß bei mir, als sie sich hinsetzte und lächelnd die Serviette nahm, alle Glocken klingelten; Jake Pickering hatte sich letzten Abend vielleicht doch nicht getäuscht. Ich schmunzelte über mich selbst und akzeptierte die Anziehungskraft, die diese junge Frau auf mich ausübte, als nackte Tatsache, ohne Gefühlsregung, da sie im Grunde keine Rolle spielte. In wenigen Stunden würde ich fort sein. »Ich sehe, Sie konsultieren den Anzeigenteil«, sagte Julia im Konversationsstil.

Ich hatte bereits beschlossen, den Rest des Morgens außer Haus zu verbringen, als Antwort sagte ich nur: »Ja, ich brauche neue Kleidung.«

Sie lächelte. »Nun, Sie werden großartig aussehen! Mir ist bereits gestern aufgefallen, daß Sie wenig Gepäck hatten.«

Ich konnte nicht widerstehen. »Die meisten meiner

Sachen würden hier etwas komisch wirken. Können Sie mir einen guten Laden empfehlen?«

Mit einem Stück Toast in der Hand stand sie auf, kam zu mir herüber und begann, die Seiten meiner Zeitung durchzusehen; sie überflog die Anzeigen, während ich mich zurücklehnte und sie beobachtete. Sie bewegte sich anmutig; schnell und genau griffen ihre Finger die Ecken der Seiten. Bei einer Seite, die fast vollständig mit Anzeigen gefüllt war, hielt sie inne und beugte sich neben mir über den Tisch, um die Anzeigen durchzusehen. Und – es war absurd, dachte ich, ein schlechter Witz, den man mir spielte – von ihrem Haar strömte parfümierter Duft aus; ich war augenblicklich erregt, der Duft war so intensiv, daß mein Blick beeinträchtigt war und ich mich zur Seite beugen mußte.

Alle Anzeigen waren eine Spalte breit und bestanden nur aus Text. »Hier!« Julias Fingerspitze zeigte auf eine von ihnen. »Macy hat Herrenkleidung zum Verkauf.« Ich versuchte, das Parfüm zu ignorieren, und beugte mich näher an sie heran, um die Anzeige zu lesen; sie besagte, daß Macy Hemden für neunundneunzig Cents verkaufte, was lächerlich wenig erschien, allerdings ganz anders klang, wenn man bedachte, daß ein ungelernter Arbeiter für einen zwölfstündigen Arbeitstag zwei Dollar bekam. Kragen kosteten sechs und acht Cents, sagte die Anzeige, halblange Baumwollhosen achtzehn Cents das Paar. Als ich die letzte Zeile der Anzeige erreichte, die meinte ›Unsere Kunden dürfen versichert sein, daß wir von keinem anderen Geschäft unterboten werden‹, überkam mich ein kleiner Freudenschauer über diesen frühen Vorfahren von Macys bekanntem Slogan.

»Oder Sie gehen zu Rogers Peet«, sagte Julia und blickte mich an; unsere Gesichter waren nur Zentimeter voneinander entfernt, und schnell richtete sie sich auf. »Sie haben einen brandneuen, größeren Laden«, fügte sie hinzu und ging zu ihrer Seite des Tisches, »und führen sicherlich alles, was Sie benötigen.« In ihrer Stimme lag ein kühler Unterton; ich glaubte, sie verstanden zu haben. Die Kleidung eines Mannes war ein zu intimes Thema für ausführliche Diskussionen. Ich sagte: »Okay, ich werde zu Rogers Peet gehen«, man sagte ›okay‹, wie ich in der vergangenen Nacht bemerkt hatte, nahm meine Kaffeetasse für einen letzten Schluck und ließ eine längere Pause folgen, um das Thema endgültig abzuschließen.

Als ich meine Tasse aufnahm, sah Julia meine Hand. Sie war an diesem Morgen nicht mehr so rot, dafür am mittleren Knöchel blau angelaufen und stark geschwollen. Sie starrte sie an, sagte aber nichts – ich denke, sie wußte den Grund oder konnte ihn erraten; vielleicht hatte Pickering ähnliches bereits früher getan –, und sie errötete. Im ersten Moment wußte ich nicht warum, dann sah ich ihre Augen: Sie war wütend. Sie sah von meiner Hand zu meinem Gesicht. »Wissen Sie, wo Rogers Peet ist?« fragte sie sehr leise. Ich konnte nur mit »Nein« antworten. »Am Broadway und der Prince Street, gegenüber dem Metropolitan Hotel, und wenn Sie niemals zuvor in New York waren, dann wissen Sie auch nicht, wo das ist.« Das war wahr, ich wußte nicht, wo die Prince Street lag, und hatte bestimmt noch nichts vom Metropolitan Hotel gehört. Ich schüttelte den Kopf. »Nun, ich gehe zur Ladies' Mile«, sagte sie, »und werde Sie mitnehmen.« Ich schüttelte schnell den Kopf und versuchte einen Grund zu finden, um absagen zu können; sie beobachtete mich, dann sagte sie sanft: »Sind Sie wegen Jake beunruhigt?«

»Nein, ich bin nicht wegen ihm beunruhigt. Aber er sagte ›Verlobte‹.«

»Ja.« Julia starrte an mir vorbei. »Das hat er schon öfters gesagt.« Sie blickte mich wieder an. »Aber ich habe ihm gesagt, daß ich niemandes Verlobte bin, solange ich das nicht selbst erklärt habe. Und das habe ich noch nicht.« Sie ging zum Salon und zum Schrank im Flur. »Kommen Sie mit?«

Ich wußte, ich würde nicht ablehnen, und ließ sie im Glauben, Jake habe mich abgeschreckt. Und wenn ich ja sagte, dann sollte es klingen, als ob ich es auch wirklich meinte. »Darauf können Sie wetten«, sagte ich; auch ein Ausdruck, den ich letzte Nacht mehr als einmal gehört hatte. Ich ging nach oben, um Hut und Mantel zu holen. In meinem Zimmer steckte ich einen kleinen Skizzenblock und zwei Bleistifte ein, einen harten und einen weichen. Im Spiegel sah ich für einen Moment mich selbst; ich betrachtete mein Gesicht. Es schien voller Freude und Aufregung zu sein, Gefühl ignorierte Logik, und ich zuckte die Schultern. Die Ereignisse hatten mich einfach aufgenommen und weitergetragen; und wenn ich schon nichts dagegen tun konnte, dann konnte ich es auch genießen.

Julia wartete im Flur; sie trug eine geblümte, unter dem Kinn zusammengebundene Haube, einen dunkelgrünen Mantel und ein kurzes schwarzes Schultercape, ein kleiner schwarzer Pelzmuff baumelte an einem Handgelenk. Als sie mich hörte, blickte sie auf; sie sah großartig aus. Ich konnte nicht anders als grinsen und den Kopf schütteln.

Der Herr mag uns beistehen, was hat New York über die Jahre hinweg nicht alles verloren! Wir gingen nach Norden zur 22nd Street. Julia war aufgeregt, weil sie mir die Stadt zeigte und es sichtlich genoß; ich fühlte mich gerührt, sie schien so unschuldig. An der 23rd bogen wir nach Westen zum Madison Square und dem Fifth Avenue Hotel ab, das einige Blocks weiter am Broadway und der 5th Avenue stand, dem Anfang, wie Julia es genannt hatte, der ›Ladies' Mile‹. Plötzlich rief ich »Oh!« – der unverstellte Ausdruck reinster Freude; Julia schaute mich forschend an und lächelte über die beabsichtigte Wirkung.

Für mich, der ich in New York City arbeite und wohne, hatte der Madison Square keine besondere Bedeutung; eine von der Sonne ausgetrocknete, mit braunem Gras bewachsene Leere von Parkbänken und Pfaden im Sommer, die sich nur mittags mit Büroangestellten füllte, die versonnen ihr Essen aus Papiertüten einnahmen, für die übrige Zeit aber bis auf einige Penner verlassen war. Im Winter war er noch dreckiger, leerer und noch verlassener und wurde in der Nacht wie jeder andere Park in New York automatisch gemieden. Wenn überhaupt, dann bildete er die Abwechslung einer leeren Fläche inmitten all der engen korridorähnlichen Straßen zwischen den hohen Gebäuden. Er schien keine andere Bedeutung oder anderen Zweck zu haben: ein heruntergekommener, freudloser Ort.

Jetzt aber entfuhr mir bei seinem Anblick ein Aufschrei reinen Entzückens: der Platz war voller Leben. Unter den winterlichen Bäumen und den noch immer brennenden Gaslaternen waren zahllose Kinder: Mädchen in Hauben und Schals, Jungen in kleinen eckigen Lammwollkappen mit Ohrenschützern; Jungen und Mädchen in troddelbesetzten Schottenmützen mit Bändern, die über den Nacken fielen; Jungen in kleinen Anzügen mit dicken Schals um den Hals; Mädchen in langen Pelzmänteln; alle trugen Stiefel, die Hälfte der Mädchen geringelte Strümpfe, einige von ihnen kleine Muffs. Fremdartige Winterkleidung, aber sie waren trotzdem nur Kinder im Schnee, die rannten, fielen, warfen, Schneebälle warfen und einander auf hohen Holzschlitten zogen, deren Kufen zu anmutig geschwungenen Vogelkopfornamenten ausliefen. Auf den Wegen spazierten Kindermädchen in schwesternähnlicher Kleidung und schoben Kinderwagen mit großen Rädern aus Holzspeichen. Und Erwachsene schlenderten, *schlenderten* durch den Madison Square, den Schnee, den Winter, einfach aus Lust daran, als ob allein die Tatsache, im Freien sein zu können, ihnen Vergnügen bereitete. Hunde bellten, tollten herum, rollten und überschlugen sich, schnappten aufgeregt nach Luft oder dem Schnee. Und über diesen lebendigen, lebhaften Platz rollte die glitzerndste Kutschenparade, die man sich vorstellen konnte.

Sie waren nicht nur schwarz. Wunderbare kastanienbraune, im sattesten Tonfall, waren darunter, dunkle olivgrüne, eine besaß eine kanariengelbe Karosserie, Räder und Radabdeckungen waren glänzend schwarz. Die meisten waren geschlossen, einige wenige aber waren tatsächlich offen, und Julia benannte sie mit schönen Namen wie *Victorias, fünffenstrige Landauer, Barouches, Phaetons* und *Light Rockaways*. Livrierte Männer fuhren sie, ihre Zylinder sammelten und reflektierten das Licht; polierte Stiefel und weiße Hosen kamen unter Mänteln mit silbernen Knöpfen zum Vorschein, deren Farbe manchmal mit der der Kutschen abgestimmt war. Auf vielen von ihnen saß hinten auf der Kutsche ein Paar von begleitenden Dienern, die Arme verschränkt, in großartiger Nutzlosigkeit.

Und die Pferde *stolzierten*; sie waren schlank und wunderbar anzusehen, ihre Körper und das Zaumzeug schimmerten, die Köpfe mit der gestutzten Mähne hielten sie hoch, die Knie schlugen bis fast an die Brust. Viele Gespanne bestanden aus absolut identischen Pferden, schwarzen, braunen, grauen, weißen. Und in den Kutschen saßen die elegantesten, schönsten und aufregendsten Frauen, die ich jemals gesehen hatte. Nach einigen wenigen Runden um den Platz fuhren sie einkaufen, sagte Julia – zur Ladies' Mile, die sich den Broadway nach Süden hinab erstreckte.

Wir kamen nun näher, und ich grinste vor Vergnügen, als ich diese Frauen sah, die sich nicht in die tiefen Polster ihrer von langweiligen Chauffeuren gesteuerten, teueren Automobile zurückfallen ließen, wo sie beinahe verschwanden; diese Ladies saßen aufrecht und weit vorne, lächelten, zeigten sich hinter dem blitzenden Glas, sahen königlich und vollkommen mit sich zufrieden aus. Es war absurd, protzig, eine offene Zurschaustellung von Geld und Privilegien, die so unschuldig wirkte, daß sie schon wieder bezaubernd war; ich hätte vor Vergnügen laut auflachen können.

Wir waren nun weniger als einen halben Block entfernt

und konnten sie auch hören: die dünnen Schreie der Kinder, das *Bim-bim-bim* der Glocken am Zaumzeug, das scharfe hohe *Klipp-klapp* der teuren Hufe auf den Holzplanken der Wege. Und heute, wie ich nun bemerkte, kontrollierte wirklich jemand den Verkehr auf dem Broadway und der 5th Avenue: Ein riesiger Polizist mit hohem Helm und weißen Handschuhen leitete mit zackig-anmutigen Bewegungen seines dünnen Schlagstockes den Verkehr – wie ein Dirigent vor einem Orchester – und achtete darauf, daß die Kutschen, die den Platz verließen, vom stärkeren Verkehr kaum aufgehalten wurden.

Eine wunderbare Szene. Über den Platz hinweg konnte ich zwischen den Zweigen der Bäume die weißen Fassaden fremdartiger Hotels erkennen und ihre Schilder entziffern: das Fifth Avenue, das Albemarle, das Hoffman House, St. James, Victoria, und im Norden das Brunswick. So etwas hatte ich in New York noch nie gesehen; lächelnd sagte ich zu Julia: »Das ist Paris!«

Sie lächelte, in ihrem Gesicht spiegelte sich meine Aufregung, aber sie schüttelte den Kopf. »Nein, das ist New York«, sagte sie stolz.

Wir gingen weiter zur Madison Avenue, warteten am Randstein auf eine Lücke im Verkehr, und ich zeigte auf den Broadway, der direkt vor uns lag. »Wie weit geht die Ladies' Mile?«

»Bis zur 8th Street.« Dann singend: »Die Männer besitzen ihn ab der achten Straße, die Frauen verschmähen ihn ab der achten Straße! Das ist das Gesetz dieser großen Stadt, achte Straße runter, achte Straße rauf.« Ich hätte sie küssen können. Es tat sich eine Lücke in der doppelten Reihe der den Platz umrundenden Kutschen auf, ich griff Julias Hand, und wir rannten über die Madison Avenue zum Madison Square. Durch die Umrisse der Zweige und Äste hindurch sah ich etwas weit im Norden: ein Gebilde, eine Struktur, nein, etwas anderes, eine irgendwie vertraute Gestalt. Wir bogen in einen Weg ein, der kurvenreich nach Norden und Westen führte, mein Kopf drehte sich von einer zur anderen Seite, mit zugekniffenen Augen versuchte ich auszumachen, was dort vorne zwischen den Bäumen und den Spaziergängern lag.

Ich hatte nach unserem Spurt über die Straße noch immer Julias Hand gehalten, nun hielt ich abrupt an, so daß ich beinahe ihren Arm quetschte, und drehte sie zu mir her. Reglos stand ich da, starrte über den Platz und wußte nun, was es war; es war unmöglich.

Was ich zwischen den Pfaden, hinter den Leuten, den Bänken, dem Schnee und den noch immer erleuchteten Laternen sah, *konnte nicht da sein*, war es aber dennoch; mit offenem Mund wandte ich mich zu Julia, hob meinen Arm und zeigte darauf. »Der Arm«, sagte ich dümmlich, dann schrie ich fast, so daß sich ein Mann zu uns umdrehte. »Mein *Gott*«, sagte ich, »der Arm der Freiheitsstatue!« Ich drehte mich von Julia weg und starrte über den Platz.

Ich wäre nicht erstaunt gewesen, wenn er in dem kurzen Augenblick, in dem ich weggesehen hatte, verschwunden wäre; aber er war noch immer da, massiv, fest und unglaublich: Der ausgestreckte rechte Arm der Freiheitsstatue stand an der Westseite des Madison Square, die leuchtende Fackel hoch über die umliegenden Bäume erhoben.

Ich konnte es nicht glauben. Ich ging so schnell, daß ich beinahe rannte. Julia, den Arm bei mir eingehakt, sprachlos über mein ungewöhnlich reges Interesse, eilte mit. Dann waren wir da, standen direkt davor; den Kopf nach hinten geworfen, blickte ich zu diesem riesigen Arm hoch, der aus einem rechteckigen Steinblock hervorwuchs. Ich hatte niemals bemerkt, daß er so groß war; riesig, ein enormer Unterarm, der in einer zur Faust geballten rechten Hand endete, mit Fingernägeln, so groß wie ein Bogen Briefpapier, und die große Kupferfackel, die diese Hand hielt, erreichte die Höhe eines dreistöckigen Gebäudes. Weit oben, über das verzierte Geländer gelehnt, das die

Basis der Fackel umlief, schauten Leute auf uns herab. »Die Freiheitsstatue«, murmelte ich ungläubig zu Julia. »Der *Arm* der Freiheitsstatue!«

»*Ja!*« Verwirrt und amüsiert lachte sie über mich. »Er steht schon seit einiger Zeit hier, er wurde von der Weltausstellung in Philadelphia hierhergebracht.« Sie schaute zu ihm hoch. »Die ganze Statue soll eines Tages im Hafen aufgestellt werden«, sagte sie ohne jedes Interesse. »Wenn denn jemals entschieden werden sollte, wo, und wenn genügend Geld aufgebracht werden kann. Niemand scheint daran interessiert zu sein; manche meinen, es wird niemals geschehen.«

»Nun, ich sage, es wird geschehen!« antwortete ich enthusiastisch und ohne Bedenken. »Und ich sage, Bedloe's Island ist genau der richtige Platz!« Dann starrte ich wieder hoch, freute mich darüber, daß der Arm nicht verwittert und mit Grünspan überzogen war, wie ich ihn kannte, sondern neu, das Kupfer hatte noch seine ursprüngliche Farbe, war nur an manchen Stellen eingetrübt; von den Knöcheln und der geschwungenen Linie des Geländers darüber und von der Fackelspitze schimmerte matt die Wintersonne.

Wir stiegen den Arm hoch, kletterten die enge Wendeltreppe innen hinauf, stießen mit Leuten zusammen, die herunterkamen, und traten auf die kreisförmige Plattform unterhalb der Fackelbasis hinaus. Ich sah über den Madison Square, diesen wundervollen, fröhlichen, winterlichen Platz, sah über den weit entfernten Helm des riesigen, bärtigen Verkehrspolizisten mit den weißen Handschuhen, über ein noch nicht existierendes Flatiron Building hinab auf diese enge 5th Avenue, diesen fremdartigen Broadway, und plötzlich mußte ich meine Augen schließen, denn mir kamen die Tränen über der kaum zu fassenden Tatsache, daß ich wirklich hier war.

Die Ladies' Mile war großartig, die Gehwege und Eingänge der sich über mehrere Straßenblocks erstreckenden, großen glitzernden Geschäfte waren voller Frauen – den Frauen, die wir auf dem Platz gesehen hatten, am Randstein warteten nun ihre Kutschen auf sie, aber auch anderen Frauen jeden Alters. Die Schaufenster lagen niedrig, und viele von ihnen waren durch hüfthohe polierte Messinggitter geschützt – eine Schutzmaßnahme, die notwendig war. Denn die Frauen standen oftmals Schulter an Schulter vor ihnen und starrten auf die Auslagen; wenn sich eine entfernte, wurde ihr Platz sofort von einer anderen eingenommen. Ich schlenderte mit Julia an ihnen vorüber und betrachtete einige der Auslagen; es waren nicht sonderlich viele: meistens Bänder und Stoffe, die etwa ein Meter lang ausgerollt waren. Erst nach einigen Geschäften fiel mir auf, daß wir keine Kleider in den Fenstern gesehen hatten; als ich dies Julia sagte, sah sie mich erstaunt an. »Aber Kleider werden doch zu Hause gemacht«, sagte sie.

Hüte gab es in eigenen Geschäften, genau wie Handschuhe. Ich stand mit Julia vor einem Schaufenster, das voll von ihnen war; einige lagen in flachen Schachteln, andere waren auf Dekorationsarme gezogen. Einige gehörten zur Abendgarderobe, sie besaßen vom Handgelenk bis zum Ellbogen Knöpfe, bei manchen ging die Knopfreihe sogar darüber hinaus. Ich stieß Julia an und wies auf ein purpurrot gefärbtes Paar. »Achtzehn Knöpfe«, sagte ich. Sie nickte, suchte, unmerklich bewegten sich ihre Lippen, während sie zählte, dann wies sie auf ein schwarzes Paar. »Zwanzig.« Ich sah die Reihe darüber durch, wählte ein lavendelfarbenes Paar und begann zu zählen. Julia unterbrach mich und wies auf ein weiteres schwarzes Paar. »Einundzwanzig.« Ich nickte, begann von neuem zu zählen und kam vom Handgelenk bis zum Oberarm auf zweiundzwanzig Knöpfe. Wir lachten, als ich das verkündete, und gingen weiter. »Ich bin der Sieger«, sagte ich, und Julia antwortete: »Natürlich.«

Das Straßenleben war phantastisch lebhaft. Man kam nur langsam auf den überfüllten Wegen voran. Jungen, die sich wie flußaufwärts schwimmende Fische dem Strom der Fußgänger entgegenstemmten, drückten jedem, der nur wollte, Werbezettel in die Hand; Männer und Frauen standen in den Hauseingängen oder liefen umher und verkauften alles, was man sich nur denken konnte, und vieles, woran man niemals gedacht hatte. Ich fertigte einige Skizzen davon an, die ich später ausarbeitete. Ein paar sind hier beigefügt:

Dieses etwa sechzehnjährige Mädchen stand in einem Türeingang und hielt eine Holztafel mit Boutonnieren und künstlichen Blumen. Sie mußte mich gesehen haben, als ich sie betrachtete, denn als mein Blick von der Tafel zu ihrem Gesicht wanderte, erwarteten mich ihre Augen bereits. Hoffnungsvoll lächelte sie mich an, und ich mußte natürlich eine kaufen. Sie kostete zehn Cents; als ich sie Julia gab, bedankte sie sich und sah mich fragend an, als wüßte sie nicht, was sie mit ihr anfangen sollte; sie steckte sie an ihren Muff.

Im selben Block stand ein Mann in einem Hauseingang; zu seinen Füßen befand sich ein Korb, und in seiner Hand hielt er etwas, das jeder inspizieren konnte. Als ich es näher betrachtete, stellte es sich als winziger Spitzwelpe heraus, der kaum fünfzehn Zentimeter groß war. Sechs weitere befanden sich im Korb. Sie jaulten und wimmerten, während er sie zum Kauf anbot. Ich ging weiter und traf in der Menge auf zwei Männer, von denen einer Flugblätter verteilte; alle beide trugen Sandwich-Tafeln und sehr hohe Hüte. Sowohl auf den Hüten als auch auf den Tafeln stand *2 Waisen* zu lesen. Obwohl ich meine Hand ausstreckte, um ein Flugblatt zu erhalten, bekam ich keines; ich habe niemals herausgefunden; was dieses Paar eigentlich wollte.

Am Broadway und der 20th Street, wir passierten gerade Lord & Taylor's, mußten wir plötzlich stehenbleiben, um ein Paar an uns vorüber ziehen zu lassen; eine wirklich herrliche Matrone mit einem kleinen flachen Hut, der mit einem großschleifigen Band unter dem Kinn zusammengebunden war, und einem langen pelzbesetzten Mantel, gefolgt von einem die Pakete tragenden, hutlosen Mann – Geschäftsführer, Abteilungsleiter? – in leichtem Mantel, Flügelkragen, gestreiften Hosen und mit einem servilen Lächeln im Gesicht; die Begleitperson auf der Kutsche sprang herab, um die Pakete zu nehmen.

In der 19th Street passierten wir ein wunderbares Geschäft aus weißem Marmor, dessen Messingschilder – sie

befanden sich jeweils in der unteren Ecke der langen Schaufensterreihen – mir auffielen: *Arnold Constable & Co.* Neben dem Geschäft saß auf einem kleinen Klappstuhl eine Frau mittleren Alters, die aus einem Korb Spielsachen verkaufte. Wir begegneten einem Mann in dunkelblauem Militärmantel und mit flachem blauem Schiffchen, wie sie im Bürgerkrieg getragen wurden, der mit einer hölzernen Apfelkiste, die an einem Lederriemen um seinen Hals hing, gegen den Passantenstrom ankämpfte. Wir sahen eine ältere Frau, die in einem Korb gepreßte Farne verkaufte; ich weiß bis heute nicht, wozu man sie brauchte. Wir trafen einen einarmigen Mann mittleren Alters, der ebenfalls ein blaues Schiffchen trug; um seinen Hals hatte er einen Leierkasten hängen, der durch ein Bein abgestützt wurde. Mit seinem einzigen Arm drehte er die Kurbel und krächzte dazu – ich horchte, um sicherzugehen, und ja, es war: »Hail, Hail, the Gang's All Here!«

Niemals waren wir außerhalb der Sichtweite der großen Uhren, die auf hohen verzierten Eisenpiedestalen standen. Nur die Wohlhabenden besaßen Uhren, erinnerte ich mich an Martins Lektionen; sie waren teuer und wurden an die Söhne und Enkel weitergegeben. Es gab hier keine Timex.

Mindestens ein halbes Dutzend Frauen fiel mir auf, die Trauerkleidung trugen; ich meine richtige Trauer, schwarz von Kopf bis Fuß. Eine besaß sogar einen schweren schwarzen Schleier. Und ich sah mehr lahme und verkrüppelte Menschen, Leute auf Krücken und mit Pockennarben und Muttermalen, als ich je zuvor gesehen hatte.

Wir schritten unter einem großen hölzernen Paar von Zwickern hindurch, das über dem Gehweg hing und den Laden eines Optikers bewarb; sie waren fast zwei Meter lang, vergoldet, und hinter die Linsen waren zwei enorme blaue Augen gemalt.

An einem Klapptisch stand ein Mann. An der Tischkante war ein Schild befestigt, auf das mit unglaublich feinen und zierlichen Tuschestrichen ein Vogel gemalt war, der in seinem Schnabel ein weißes, flatterndes Band hielt; auf dem Band standen Worte geschrieben in so phantastischer Manier, daß sie kaum zu lesen waren. Sie besagten, daß der Mann in eben dieser Schrift den Namen seiner Kunden auf ein Dutzend Visitenkarten schrieb, während man darauf wartete; das Ganze kostete zehn Cents.

Und es gab Juweliere, Konditoreien, Drugstores, wir kamen an einem Restaurant namens Purcell's und an einem namens Maillard's vorbei. Es gab einige Zigarrenläden, und zwischen Madison Square und Union Square mußten wir an fünf oder sechs Hotels vorbeigegangen sein, wo ein endloser Strom zigarrenrauchender, zylindertragender, unheimlich wichtig aussehender Männer ausund einging. Weitere Schilder hingen über den Gehwegen: vergoldete Holzuhren der Juweliere, der Holzschuh eines Schuhmachers, vor jedem Zigarrenladen stand eine lebensgroße Holzfigur, die eine Reihe von Zigarren hielt. Einige der Figuren waren Indianer, einer ein schön geschnitzter und sorgfältig bemalter Schotte. Ich sah einen Baseball-Spieler, Uncle Sam und eine Figur mit wunderlichem Ziegenbart und breitkrempigem Hut, die ich für Buffalo Bill hielt. Zwei der Hotels verfügten über unter dem Straßenniveau gelegene Barbierläden, am Randstein vor ihnen stand jeweils die hölzerne, spiralförmig rot-weiß gestreifte Stange der Friseure, die mit vergoldeten Kugeln gekrönt war.

Nördlich des Union Square stand eine, wie Julia sie nannte, ›deutsche Kapelle‹: fünf Männer mit Klarinette, Trompete und drei Hörnern, darunter eine Posaune. Sie spielten gut, richtig gut; als wir vorbeigingen, pausierten alle bis auf den Trompeter, der eine Reihe von steigenden und fallenden Trillern blies, die sich toll anhörten. Ich warf einige Münzen in den Filzhut, der vor einem der Bläser lag.

Vor uns sah ich ein Pferd aus dem Verkehr des Broadway hin zum Randstein ausscheren, wo es aus einem Steintrog Wasser trank. Am Broadway und der 15th Street passierten wir Brentano's Literary Emporium, und ich bin mir nicht ganz sicher, aber ich dachte, ein fernes Schild mit der Aufschrift *Tiffany's* gesehen zu haben. Ich wollte Julia fragen, aber sie warf mir einen seltsamen Blick zu und kam mir zuvor.

Sie sagte: »Woher wußten Sie, was es war?«

»Wußte, was was war?«

»Der Arm der Freiheitsstatue.«

Ich hatte keine Antwort parat; wie *konnte* ich es gewußt haben? »Ich habe eine Photographie davon gesehen.«

Sie zweifelte. »Oh? Wo?«

Nun, wo konnte ich sie gesehen haben? »In *Frank Leslie's Illustrated Newspaper*. Mir war nur nicht bewußt, daß sie hier in New York ist.«

Sie nickte, dann runzelte sie die Stirn. »Eine Photographie?«

»Ja, natürlich. Ich bin mir sicher, daß der Holzschnitt nach einer Photographie gemacht worden ist.« Sie nickte zufrieden, und ich sagte: »Schauen Sie!«, keineswegs sicher, was ich damit meinte, aber ich wollte das Thema wechseln. Dann erblickte ich eine kleine Menschenmenge, die sich vor einem Schaufenster drängte, und wies darauf. Wir gingen hinüber; es war der Laden eines Photographen, Sarony's, und die Menge betrachtete ausgestellte Sepia-Photographien: Schauspieler in Kostümen und Trikotagen; langhaarige, bärtige Politiker, Schriftsteller, Dichter, Generäle aus dem Bürgerkrieg. Aber der kleine Menschenauflauf – manche gingen, manche traten hinzu – befaßte sich mit dem größten Stück der Ausstellung, einer vergrößerten Photographie, die sich auf einer Schaustaffelei befand, eine Vase mit Gänseblümchen stand davor.

Ein bekanntes Gesicht, ich war mir sicher, ich kannte es: ein junger Mann mit schulterlangem Haar und dem Anflug eines Lächelns; er trug einen langen schwarzen Wintermantel mit mächtigem, schalähnlichem Pelzkragen und breiterem Pelzbesatz an den Ärmeln; in den Händen hielt er ein Paar weiße Handschuhe. »Oscar Wilde!« rief ich aus, Julia und ein oder zwei andere Leute betrachteten mich mitleidig. Als wir gingen, sagte Julia überlegen: »Wissen Sie, ich habe seine Vorlesung gehört.«

»Welche Vorlesung?«

»Sie sind *wirklich* ein Dummkopf. Ich dachte, Sie wüßten das. Seine Vorlesung in der Chickering Hall vor einigen Wochen.«

»Oscar Wilde hat hier gelesen? Und Sie haben ihn gehört? Sie waren wirklich da? Was hat er gesagt?«

»Oh, sein Thema war die Englische Renaissance. Ich nehme an, ich habe ihn nicht mit der Aufmerksamkeit verfolgt, die angemessen gewesen wäre; Jake war verärgert. Aber ich war über *ihn* verärgert. Fast jeder lachte, als Mr. Wilde erschien, Jake so laut wie alle anderen.«

»Worüber?«

»Über seine Kleidung: Frack, Kniebundhosen, Schleifen an den Schuhen. Und er trug weiße Ziegenlederhandschuhe. Er hat ein *sehr* großes Gesicht.«

»Aber was *sagte* er? Sie müssen sich doch an etwas erinnern?«

»Nun … er sprach von Byron, Keats, Shelley, den Präraffaeliten. Und er sagte, ›nichts über diese großen Männer zu wissen gehört zu den notwendigen Bestandteilen der englischen Erziehung‹, und alle lachten. Ich glaube, ihm gefiel das, denn dann sagte er, ›sie besaßen drei Dinge, die die englische Öffentlichkeit niemals verzeiht: Jugend, Kraft und Enthusiasmus‹. Auch dafür gab es lauten Applaus. Dann sagte er, ›Satire erwies ihnen die Anerkennung, die Mediokrität dem Genie zuteil werden läßt‹.«

»Sie hörten ihn das sagen?« Ich grinste und schüttelte den Kopf. »Sie hörten wirklich Oscar Wilde das sagen?«

»Natürlich«, sagte sie abwesend, ohne Interesse; sie starrte auf einen alten Mann neben einem Glaskasten, der auf einem Faß am Randstein stand.

Er hatte struppiges weißes Haar und ein Holzbein und trug eine Offiziersmütze, deren Schirm sich grün verfärbt hatte. Als wir uns ihm näherten, erkannten wir hinter dem Glas ein Schiffsmodell, das unter vollen Segeln über ein Meer aus Stoffwellen fuhr. Oben auf dem Kasten befand sich ein handgeschriebenes Schild mit der Aufschrift *Die Arbeit eines armen alten Seemanns*.

Wir blieben stehen; der alte Mann wandte sich dem Kasten zu, hantierte an einem Holzgriff an der Seite, und das Schiff begann zu schaukeln, die Wellen bewegten sich in verschiedenen Schichten, die sich in entgegengesetzte Richtungen verschoben. Geduldig starrte er in weite Ferne, um nicht den Eindruck zu erzeugen, er bettle; doch neben dem Schild stand eine Holzschachtel mit einem oben angebrachten Schlitz. Ich warf einen Quarter hinein und spürte Julias Arm unter meinem, der mich unsanft anstupste. Als wir weitergingen, flüsterte sie mir zu: »Man sagt, er besitzt einen ganzen Block mit schönen Häusern in Brooklyn!«

Als ob es ihr selbst gehöre, zeigte mir Julia ein riesiges, blockgroßes Geschäft zwischen der 9th und 10th Street am Broadway, A. T. Stewart's; wir blieben stehen, damit ich es betrachten konnte. Ich kannte dieses Geschäft; ich wußte, es würde bis in die 1950er hinein als Wanamaker's überleben, nicht bewußt war mir allerdings, daß es aus weißem Marmor bestand. Als wir nähertraten, erkannte ich, daß es kein Marmor war, sondern weißbemaltes Gußeisen. Im gleichen Block befand sich Bunnel's Museum, das auf handbemalten Schildern seine Schaustücke anpries: *Dicke Frauen, Skelette, Zwerge, Zulus, Dr. Lynn, der Vivisektionist! Er schneidet Menschen auf! Er bringt Menschen zum Lachen!* Und gegenüber von Stewart's befand sich Jacksons Trauerladen; die Fenster waren voll mit schwarzer Frauen-, Männer- und Kinderkleidung, inklusive Seidenhüten mit schwarzen Crêpe-Bändern, die auf den Rücken herabhingen. Ein Schild im Fenster kündete von *Reduzierten Preisen wegen Inventur*. Ich machte einen kleinen Witz, dies wäre vom wirtschaftlichen Standpunkt aus eine gute Zeit zum Sterben. Julia schaute mich verwirrt an, dann lachte sie, als sei dies eine völlig neue Art von Witz, was sie vielleicht auch war.

Ein zerlumpter Mann, der auf uns zukam, hatte eine Zigarrenschachtel voll mit kleinen Kügelchen; er begann auf Julia einzureden, doch sie schnitt ihm scharf das Wort ab, und wir ließen ihn stehen. Er verkaufte ›Fettentferner‹, sagte Julia, um Flecken aus der Kleidung zu waschen, die allerdings nicht funktionierten. Sie hatte ihm einmal eine Kugel für einen Dime abgekauft und sie ausprobiert. Ein anderer Mann kam uns langsam entgegen, die Finger seiner Hände flogen hin und her. Als wir näher kamen, sah ich, daß er ein komisches Ding in Händen hielt, einen Nadeleinfädler, und endlos demonstrierte er das Einfädeln einer Nadel. An seinem Revers steckten Dutzende dieser Apparate, und er schrie »zehn Cents, zehn Cents, zehn Cents«, immer und immer wieder. Nicht weit hinter ihm verkaufte ein Türke in rotem Fez, roter, goldverzierter Weste, weißen knielangen Hosen und roten, vorne hochgezogenen Pantoffeln Tonkabohnen von einem Tablett. Bevor er uns erreichte, zog ich Julia unvermittelt zur Seite; in einem Fenster, vor dem ein halbes Dutzend Leute standen, saß ein Baby – es konnte kaum älter als zwei Jahre sein – auf einer, wie das Schild im Fenster und die Plakate

dahinter sagten, *patentierten Kinderschaukel*. Apathisch saß es dort und hielt eine Rassel, ein lebendes Schaufensterobjekt; vielleicht war es mit einer Dosis eines der Laudanum-Präparate betäubt, für die in *Harper's* geworben wurde.

Aber es war, ob mit oder ohne betäubtes Baby, eine schöne und aufregende Ladies' Mile. Bevor wir ihr Ende erreichten, kamen wir noch an einigen alten Freunden vorbei: Ich erinnere mich an Revillon Frères unterhalb der 9th Street, an W. & J. Sloane zwischen der 3rd Street und Bleecker. Wir sahen ein Rechengenie mit schwarzer Tafel, der mit unglaublicher Geschwindigkeit jedes mathematische Problem, das die Leute ihm zuriefen, löste. Er war ein Wunder. Zu seinen Füßen stand eine Zigarrenschachtel mit einigen Münzen, in die ich einen Quarter warf; ich fragte mich, wer er wohl sei – oder war.

An der Bleecker trat Julia neben einer Laterne zur Seite, den Fußgängern aus dem Weg, und zeigte über die Houston zur, wie sie sagte, Prince Street, die einige Blocks entfernt lag. Das neue Backsteingebäude an der nordwestlichen Ecke, das sei Rogers Peet, sagte sie. Sie wolle mich nun hier verlassen, um zurückzugehen und ihre Einkäufe zu erledigen. Ich war mir nicht sicher, ob ich ihr die Hand geben sollte, tat es dann aber dennoch. »Julia«, sagte ich, »das war mit das Schönste, was mir im Leben passiert ist.«

Sie lächelte über die, wie ihr schien, gnadenlose Übertreibung und sagte, auch ihr habe es gefallen. Der Augenblick, eine irreführende Intimität, verlieh mir plötzlich Mut, und ich sagte: »Julia, Sie können es doch nicht ernsthaft in Betracht ziehen, Jake zu heiraten.«

Sie starrte mich an. »Und warum nicht?«

Sie schien richtiggehend verwirrt, aber ich mochte es nicht glauben. »Warum … er ist viel zu *alt* für Sie. Und zu fett, zu hausbacken. Überhaupt einfach zu *lächerlich*, Julia!«

Nach einer langen Pause sagte sie: »Sie sind es, der lächerlich ist. Er ist ein Bild von einem Mann. Noch lange nicht zu alt. Und er wird gut für mich sorgen.« Sie legte ihre Hand auf meinen Arm und lächelte. »Eine Frau muß solche Dinge in Betracht ziehen, Sie Dummkopf. Lieber praktisch sein als eine alte Jungfer.« Schnell drehte sie sich um und ging den Broadway hinauf.

Ich blickte ihr nach. Bis auf den Abschied mit einer Entschuldigung, die ich zu erfinden hatte, später an diesem Tag, war es das letzte Mal, daß ich sie sah. Früher dachte ich, daß ein Mädchen in einer Turnüre mir lächerlich erscheinen würde, Julia aber tat es nicht; sie sah reizend aus, absolut wunderbar, und ich bemerkte, daß die Kleidung der Leute, die an mir vorüberschritten, sogar die glänzenden Seidenhüte, mir vollkommen selbstverständlich erschien.

Julia war beinahe nicht mehr zu sehen. Ein letztes Aufleuchten ihres purpurfarbenen Kleides, dann war sie fort, verschwunden zwischen den Fußgängern, und ich ging weiter.

Zum City Hall Park waren es etwa ein Dutzend Blocks; ich würde viel zu früh dort sein. Ein schwacher Wind war aufgekommen, es war zu kalt, um im Park zu sitzen und zu warten. Außerdem konnte ich es nicht riskieren, daß mich Pickering dort sah. Ich mußte weitergehen. Einige Augenblicke lang aber stand ich vor dem kleinen Park, blickte hinüber zur City Hall und auf das dahinter liegende Gerichtsgebäude und wunderte mich, wie wenig sie sich verändert hatten. Soweit ich mich erinnerte, sah der ganze Park genauso aus wie zu meiner Zeit. Ich holte meinen Skizzenblock hervor, trat in den Park und skizzierte ihn: City Hall, Gerichtsgebäude, die Wege, Bänke und winterlichen Bäume. Ich betrachtete die Zeichnung; sie hätte auch in der zweiten Hälfte des zwanzigsten Jahrhunderts angefertigt worden sein können.

Aber dann fügte ich einige eilende Fußgänger hinzu und den Verkehr: eine Kutsche, wartende Einspänner an einer Broadway-Kreuzung, einen großen grün-gelben Postwagen, der von vier Pferden gezogen wurde. Ich blickte über den Park zur Centre Street und erinnerte mich an ihr Aussehen, als ich sie zum letzten Mal gesehen hatte – wie sie aussehen würde, um genau zu sein. Wie die Fahrzeuge, die nun auf den Straßen zu sehen waren, von den Automobilen, die ihnen nachfolgten, vertrieben wurden. Und auch das fügte ich in meine Zeichnung ein: die Autos, die großen Dieselbusse, die mächtigen Trucks, die diese und jede andere Straße in New York verpesten.

Ich sah sie alle gleichzeitig, so als ob sie nicht einander folgten, sondern den von Pferden gezogenen Verkehr aus der Szene verdrängen würden.

Ich ging weiter; dies hier war der Geschäfts- und Büroteil des Lower Broadway, das Gebiet, in dem Kate und ich arbeiteten. Ich überquerte die Straße und ging die westliche Wand des riesigen, absurden Hauptpostamts entlang; mein Blick ging hinauf zum hohen Fahnenmast auf einer Kuppel, auf dem die Aufschrift *Post Office* steif im Wind flatterte. Vor mir, südlich der mir gegenüberliegenden Seite der Ann Street, bemerkte ich, daß jeder, der vorbeischritt, einen Blick in ein zwei Meter hohes, sehr schmales Wachhäuschen mit Giebeldach warf. Es stand am Randstein vor einem Drugstore im Herald Building, der sich Hudnut's Pharmacy nannte; als ich vorbei ging, sah ich ebenfalls hinein. Drinnen hing ein großes Thermometer, das größte, das ich jemals gesehen hatte. Es war durch die Hütte vor dem Wind geschützt. Die Temperatur betrug acht Grad minus; es freute mich, die exakte Temperatur zu wissen, da ich mich hier wesentlich mehr für das Wetter interessierte als zuvor.

Im Tageslicht wurde mir bewußt, was Kate und ich in der Dunkelheit nicht gesehen hatten: den unglaublichen Wirrwarr der Telegraphendrähte. Wie ein Mondsüchtiger ging ich einen halben Block und starrte hinauf in den grauen Winterhimmel, der, so schien es zumindest, von den buchstäblich Hunderten und Aberhunderten von Telegraphendrähten verdunkelt wurde, die an beiden Seiten der Straße entlangliefen und sie bündelweise überquerten; ein erstaunliches Durcheinander. Alle paar Meter erhoben sich aus dem Gehweg hölzerne Telegraphenmasten, einige von ihnen – ich blieb stehen und zählte sie – besaßen bis zu vierzehn Querbalken, die mit Drähten beladen waren. Jeder Mast war, wie ich bemerkte, mit dem Namen der miteinander konkurrierenden Gesellschaften markiert, die ihn dort aufgestellt hatte.

Der Verkehr war nun dicht, er rumpelte und holperte über das Kopfsteinpflaster. Der Broadway war kein breiter Weg; eigentlich eine enge Straße, was dem Verkehrsfluß nicht förderlich war. Es gab eine Menge flacher, niedriger Fuhrwerke, die Kisten oder Fässer transportierten. Einer dieser Rollwagen mit der Aufschrift *Marvins' Safe Co.* transportierte einen in Latten verpackten Safe; durch die Latten hindurch konnte ich ihn – schwarz glänzend und nagelneu – erkennen; auf der oberen Hälfte der Tür war eine gemalte kleine Szene zu sehen – Kühe auf einem Feld. Während ich ihn beobachtete, kam ein Junge angelaufen, löste die hintere Klappe, ließ sich darauf nieder und ergaunerte sich somit eine Fahrt. Im gleichen Block rollte ein beladener Umzugswagen vorbei, ein mächtiger rotgestrichener Kasten auf Rädern; der Fahrer saß hoch über den Hinterteilen seines Gespanns. An der einen Seite des Wagens, unter dem vergoldeten Namen *Butler Brothers, Moving* war eine gemalte Szene, umgeben von einem wild verzierten Rahmen, zu sehen. Keine Pastorale, sondern ein Breitseitenduell zweier voll aufgetakelter Schiffe, in einem Oval darunter stand *Die Schlacht am Erie-See*. Die Broadway-Busse, Dutzende von ihnen fuhren ständig die Straße auf und ab, manchmal drei oder vier in einer Reihe, glichen denjenigen der 5th Avenue, nur waren sie rot, weiß und blau bemalt und trugen an den Außenwänden ebenfalls Bilder: meist Pastoralen, oft einfache Kleckereien. Aber alle waren unterschiedlich, und mir gefiel die Idee, alltägliche Dinge mit Bildern zu dekorieren. Die Dieselmonster des zwanzigsten Jahrhunderts, beschloß ich, würden dadurch erheblich dazugewinnen.

Es gab viele leichte, von nur einem Pferd gezogene Lieferwagen, hin und wieder tauchte im Berufsverkehr eine der schönen Kutschen auf, die den Broadway hinauffuhren – zur Ladies' Mile, wie ich annahm. Und überall, wohin ich schaute, waren Schilder; die Namen der Firmen, die in den Gebäuden residierten, an denen die Schilder hingen. Die meisten bestanden aus schwarzen Lettern vor weißem Hintergrund, oder goldenen vor schwarzem Hintergrund; sie hingen über den Gehwegen oder waren unterhalb der Fensterbretter befestigt und leicht nach vorne geneigt, so daß sie von der Straße aus zu lesen waren.

Ich mochte die Straße; sie war abwechslungsreich und interessant anzusehen. Die Eingänge zu manchen Häusern lagen vier oder fünf Stufen über dem Straßenniveau, die weiten Treppenfluchten waren oft durch Messinggeländer in Ein- und Ausgangsbereiche unterteilt. Gewöhnlich befanden sich im Untergeschoß, halb unter dem Straßenniveau gelegen, Büros, Barbiere oder Restaurants; die Stufen wurden durch schwarze Eisengeländer geschützt, die entlang der Straße mit einer Reihe von Spitzen besetzt waren, damit sich niemand daraufsetzte. Die Gebäude bestanden aus allen erdenklichen Materialien; viele Backstein- und Holzbauten. Es gab manche, deren gesamte Fassade, bis hinauf zum dritten oder vierten Stockwerk, aus Gußeisen bestand; daneben Marmor, Granit, brauner Sandstein, Holz und sogar Stuck. Und sie waren aus verschiedenen Perioden; zwischen den neueren vier- und fünfstöckigen Bürogebäuden kam ich an vielen kleinen, bescheidenen Häusern vorbei, die augenscheinlich aus älteren Zeiten stammten. In den oberen Stockwerken besaßen sie altmodische Dachfenster, die unteren Stockwerke waren zu Geschäften mit Schaufenstern aus Glas umgewandelt worden. An einem dieser Fenster standen acht bis zehn Männer, zu denen ich mich gesellte. Ein Mädchen, steif, formell und ein wenig verlegen, demonstrierte den Gebrauch einer Schreibmaschine. Eine fremdartige Konstruktion, die sehr hoch und fast vollständig offen war, so daß man die mechanischen Teile sehen konnte. Hier und da war sie mit goldenen und roten Arabesken verziert. An die Fensterscheibe waren Proben ihrer Arbeit geklebt, die die Maschine, ihre Geschwindigkeit und Überlegenheit gegenüber der Handschrift priesen. Wir beobachteten sie solange, bis sie ihre Arbeit, einen kurzen Geschäftsbrief, beendet hatte. Dann befestigte sie ihn am Fenster und begann mit einer neuen Probe. Ein Mann neben mir sagte: »Bald werden wir sie überall haben, Sie werden es sehen.« Aber ich schüttelte den Kopf. »Nein, sie werden sich niemals durchsetzen. Ihnen fehlt der persönliche Bezug.« Nachdenklich blickte er mich an.

Ich ging weiter; die Gehwege waren dicht gefüllt, meistens mit Männern. Gab es hier mehr stämmige und fast fette Männer als im zwanzigsten Jahrhundert? Mir kam es so vor. Dutzende von Jungen – warum waren sie nicht in der Schule? – schoben sich in Botenuniformen durch die Menge; sie waren, nahm ich an, das Gegenstück zu unseren heutigen Telephonen. Daneben andere, kaum ältere Jungs, die Leinwandsäcke mit, wie es schien, richtigem Geld schleppten; ich hörte in ihnen das Klimpern von Münzen. Und jüngere, manche von ihnen keine sechs Jahre alt, die buchstäblich in Lumpen gehüllt waren, mit verdreckten Gesichtern und Händen. Einige von ihnen verkauften Zeitungen. Ich erblickte alle Morgenausgaben – den *Herald*, die *Times*, *Tribune*, *Sun*, *World*, und die ersten Nachmittagsausgaben: den *Daily Telegraph*, die *Staats Zeitung*, *Telegram*, *Express*, *Post*, *Brooklyn Times*, *Brooklyn Eagle* und andere, an die ich mich nicht mehr erinnern kann. Alle hatten Schlagzeilen über das Guiteau-Urteil; viele der Passanten, die vorübergingen, führten seinen Namen im Mund. Andere der kleinen Jungen putzten an tragbaren Ständen, die sie mit Riemen über der Schulter trugen, Schuhe und Stiefel. Das waren die Jungs, fiel mir plötzlich ein, über die Horatio Alger geschrieben hatte; er lebte jetzt, erinnerte ich mich, vielleicht schrieb er gerade in diesem Moment an *Tom, der Schuhputzer*. Aber die leuchtenden, eifrigen, fröhlichen Gesichter, über die er schrieb, waren hier nicht zu sehen. Diese Gesichter, selbst die der Sechsjährigen, waren entschlossen, durchtrieben und wachsam, was sie auch sein mußten, um heute abend etwas zu essen zu kriegen – ich glaubte, es in ihren Gesichtern lesen zu können. Plötzlich blieben mehrere Männer auf dem Gehweg stehen, traten an den Randstein und zogen aus den Westentaschen ihre Uhren hervor. Innerhalb weniger Minuten säumten Hunderte von Männern den Bordstein des Broadway, blickten von ihren geöffneten Uhren, die sie in Händen hielten, zum Dach eines der höchsten Gebäude hier. Das Dach bestand aus einem schindelgedeckten, vielgiebeligen Komplex mit pyramidenförmigen Türmen unterschiedlicher Größe. In ihrer Mitte erhob sich ein rechteckiger Turm, der höchste Gebäudeteil überhaupt, der an seiner Basis von einem eingezäunten Rundgang umgeben war. *Western Union Telegraph Co.* war kreisförmig an die Seite des Turms gemalt, und nun sah ich, daß viele der unzähligen Drähte, die sich über die Straßen zogen, von diesem Turm ausgingen. Das Dach des Turms krönte ein Flaggenmast, an dem die amerikanische Fahne im Wind flatterte. An der Spitze des Mastes, direkt über der Fahne, erkannte ich eine große, leuchtend rote Kugel. Anscheinend besaß sie, ähnlich einem Donut, in der Mitte ein Loch, durch das der Mast hindurchlief; sie mußte auf Meilen hin zu sehen sein.

Ich wußte nicht, was vor sich ging, holte allerdings ebenfalls meine Uhr heraus – zwei Minuten vor zwölf zeigte sie an – und stand wie die anderen Männer, die, so weit ich blicken konnte, den Broadway säumten, am Straßenrand. Plötzlich, begleitet von unisono einsetzendem Murmeln, rutschte die rote Kugel die Länge des Fahnenmastes hinab, und der neben mir stehende Mann murmelte: »Mittag, exakt.« Sorgfältig stellte er seine Uhr, ich tat es ihm gleich und schob den Minutenzeiger vor. Überall um mich herum hörte ich das Klicken der goldenen Uhrdeckel, die geschlossen wurden. Die Männer, die zu Hunderten am Randstein gestanden hatten, drehten sich nun um und kehrten wieder in den Passantenstrom zurück; ich lächelte vor Vergnügen: Etwas an dieser kleinen Zeremonie, die uns alle für einen Moment vereint hatte, bewegte mich tief.

Nach dem Mittagsschlag setzte nun irgendwo hinter mir Musik ein – ein Glockenspiel; ich kannte die Melodie: ›Rock of Ages‹. Ich drehte mich um und lächelte. Die Quelle der Musik lag unten an der Straße: eine alte Freundin, Trinity Church. Ihr Glockenspiel klang klar durch die Winterluft. Ich eilte auf sie zu. Dann, einige Dutzend Schritte von der Kirche entfernt, den Rücken gegen einen Telegraphenmast gelehnt, machte ich eine schnelle Skizze, die ich später ausarbeitete. Ich hatte die Trinity bereits früher einmal gezeichnet, jetzt aber erhob sich ihr Turm schwarz in den Himmel, höher als jedes andere Gebäude in der Umgebung. Ich beendete die Zeichnung, kritzelte Notizen an den Rand für die spätere Überarbeitung, betrachtete sie, und ein Botenjunge in blauer Uniform mit Messingknöpfen trat heran, besah sich die Skizze, nickte und ging dann weiter. Hier ist die vollendete Zeichnung; sie ist sehr genau, nur habe ich den Bäumen Laub hinzugefügt, um ihre Schönheit und ihr Alter mehr herauszustellen. Das ist der Broadway, auf dem ich entlang gegangen bin – in mittlerer Entfernung links ist das Western Union Building mit der Kugel zu sehen, die wenige Minuten zuvor die Fahnenstange hinabgeglitten war.

Auf dem Rückweg, während ich meine rohe Skizze betrachtete, war ich versucht, die Geister der riesigen Türme hinzuzufügen, die eines Tages Trinity umgeben und den Kirchturm am Grunde eines Canyons begraben würden. Aber ich passierte in diesem Moment den Eingang zur Kirche, und vier oder fünf Männer, die auf dem Gehweg herumstanden, forderten mich auf, die Kirchturmspitze zu besichtigen. »Höchster Punkt in der City, Sir! Bester Blick über die Stadt!« Ich hatte Zeit und nickte demjenigen zu, der ein wenig Geld am nötigsten zu brauchen schien.

Drinnen führte er mich eine steile, sich endlos windende Steintreppe nach oben, vorbei an den Glocken, die hier so ohrenbetäubend klangen, daß die einzelnen Noten nicht voneinander zu unterscheiden waren. Schließlich erreichten wir in der Spitze einen hölzernen Rundgang, der an schmalen offenen Fenstern vorbeiführte. In den Knien spürte ich den Aufstieg, ich versuchte mein Schnaufen zu verbergen und faßte an einen der steinernen Fenstersimse, um mich zu versichern, daß sie auch hielten. Der Führer lachte. »Ich habe darauf gewartet, daß Sie an den Sims greifen; das tun alle. Nicht einer unter zehn lehnt sich an den Sims, ohne vorher zu prüfen, ob er hält. Es waren auch schon Männer hier mit mir oben, die sich dem offenen Fenster nicht mehr als einen halben Meter genähert haben. Und Frauen, denen vor dem Blick nach unten schwindelte.« Er plapperte fort, während ich mich umblickte: der Kirchturm war sechsundachtzig Meter und fünfzig Zentimeter hoch, sagte er; er bildete den höchsten Punkt der Stadt, fast fünf Meter höher als die Türme der Brooklyn Bridge, außerdem lag der Standort der Kirche höher. Mindestens fünftausend besichtigten jedes Jahr den Kirchturm, wahrscheinlich sogar mehr, aber sehr selten kam es vor, daß ein New Yorker allein hier hochstieg; noch nie hätte jemand versucht, von hier aus Selbstmord zu begehen und so weiter, während ich auf die Upper Bay hinausstarrte.

Der Himmel war stahlgrau, die Luft sehr klar, alles war deutlich zu erkennen. Über den niedrigen Dächern konnte ich die beiden Flüsse sehen, ihr Wasser – vor allem das des Hudson – kräuselte sich und war grau wie Blei. Entlang der South Street zu meiner Linken lagen Hunderte und Aberhunderte von Masten. Ich sah die Fähren, deren große Schaufelräder das Wasser aufwühlten. Mein Blick vom Kirchturm ging in alle Richtungen; ich sah erstaunlich viele Bäume, vor allem im Westen, und fühlte mich erneut an Paris erinnert. Ich blickte auf die Gehwege und die Köpfe der Passanten hinunter, auf die kleinen Kreise ihrer Seidenhüte, die im klaren Winterlicht matt schimmerten. Am gegenüberliegenden Fenster sah ich nach Norden,

über das Dach des Postamts zum City Hall Park. Dahinter, im Osten und deutlich gegen den winterlichen Himmel abgehoben, standen die großen steinernen Türme, die die riesigen Kabel trugen, an denen die Fahrbahnen der Brooklyn Bridge hängen würden; ich sah Arbeiter, die sich auf vereinzelten Planken zwischen großen Freiräumen im Brückenbelag hin- und herbewegten; der Fluß darunter war noch deutlich zu erkennen.

Ein großartiger Anblick der Stadt, das zeitgenössische Pendant zum späteren Blick vom Empire State Building. Der Vergleich war alles andere als lächerlich, dachte ich, als ich über die Stadt blickte. Das hier *war* der höchste Punkt in der Stadt, auch wenn er in der Zukunft zwischen wesentlich höheren Gebäuden verschwinden sollte. Und wenn ich eines Tages über neunzig Stockwerke hochsteigen sollte, um einen diesigen, vom Smog beeinträchtigten Blick auf New York zu erhalten, statt dieser brillantklaren, sehr viel intensiveren Ansicht einer niedrigeren und freundlicheren Stadt, warum sollte ich dann darüber lachen? Ich wollte die Aussicht skizzieren, aber es hätte Stunden gedauert, nur die Umrisse anzudeuten; jetzt aber war ich in Eile. Unten gab ich meinem Führer einen Quarter, was ihn sehr freute; dann beeilte ich mich, in den City Hall Park zurückzukommen.

14

Vierundzwanzig Minuten nach zwölf stand ich im ersten Stock am rückwärtigen Fenster des Postamts und schaute über die Straße nach Norden auf den kleinen winterlichen Park und die Leute, die auf den sich überschneidenden Wegen spazierten; die Seltsamkeit meines Tuns wurde mir bewußt. Während ich aus dem rußverschmierten Fenster starrte, mußte ich an den Brief in Kates Apartment denken, das an den Rändern vergilbte Papier, die einstmals schwarze Tinte, die mit der Zeit verblichen war. Und das Treffen in diesem Park, das durch diesen Brief arrangiert worden war, wurde zu einem historischen Ereignis, das Jahrzehnte zurücklag und längst vergessen war.

Konnte es wirklich kurz bevorstehen? Es fiel mir schwer, daran zu glauben. Leute, Fremde traten aus dem Park oder gingen hinein. Gerade vor mir, gegenüber der Straße rechts von mir, Park Row, stand das fünfstöckige New York Times Building, das ich in der Nacht gesehen hatte, als ich mit Kate zur Station der Hochbahn gegangen war. Wieder beschlich mich ein seltsames Gefühl, als ich daran dachte, daß es auch noch im Manhattan des zwanzigsten Jahrhunderts stand. Im Tageslicht las ich nun die langen schmalen, unter den Fenstersimsen angebrachten Schilder der Mitbenutzer des Gebäudes: *Forest, Stream Rod & Gun … Leggo Bros. …* Das Times-Building schloß rechts an ein weiteres fünfstöckiges Sandsteingebäude an, das sich fast direkt gegenüber von mir befand. Es hatte hohe schmale Fenster. Seine Fassade war – wie die des Times-Building nebenan und wie die der meisten anderen Häuser in dieser Gegend – mit schmalen, gold-schwarzen oder schwarz-weißen Zeichen und Schildern behangen, die unter den Fenstern der Mieter angebracht waren. Dann fiel mein Blick auf den Eingang, und ich sah Jake Pickering dort stehen.

Ich befand mich im Postamt, gegenüber der Straße am südlichen Ende des City Hall Park. Der Eingang, in dem Jake Pickering stand, war einige Meter von der Straße zurückgesetzt und lag zwei oder drei Stufen über dem Straßenniveau. Das Gebäude war rechts von mir, so daß ich ihn sehen konnte, er allerdings war vom Park aus nicht zu sehen. Und er achtete darauf, daß niemand ihn sah – er stand auf den Stufen, dicht an die Wand des zurückgesetzten Eingangs gedrängt. Seine Augen suchten den Park ab. Dann trat er zufrieden vor, überquerte rasch den Gehweg, wand sich durch den Verkehr der Park Row und betrat eilig den Park. Er ging unverzüglich in die Mitte, wo die meisten der Wege zusammentrafen. Dort stand er, den Hut auf den Hinterkopf geschoben, den Mantel geöffnet, die Hände in den Hosentaschen vergraben, die Kiefer mahlten auf einer Zigarre, deren Spitze himmelwärts wies, und wartete.

Fünf Minuten vergingen. Ich konnte Pickerings Atem erkennen; es war kalt draußen, er spürte es und begann langsam auf- und abzugehen, einige Meter jeweils, dann kehrte er wieder um. Aber er knöpfte weder den Mantel zu, noch nahm er die Hände aus den Taschen oder die Zigarre aus dem Mund. Von Zeit zu Zeit zog er an der Zigarre, ihr blauer Rauch vermischte sich mit dem weißen Dunst seines Atems. Er posierte: Er gab das Bild eines völlig mit sich zufriedenen Mannes ab. Und es gelang ihm. Seine Haltung, das langsame Spazieren, alles an ihm sagte, daß er entspannt und zufrieden war, daß er nicht einmal die Kälte wahrnahm.

Weitere fünf Minuten vergingen. Die Uhr der City Hall hinter dem Park zeigte auf 12 Uhr 35. Und als ich wieder hinabblickte, sah ich den zweiten Mann, der sich von Westen kommend schnell der Mitte näherte. Und ich wußte, daß der blaue Fleck in seiner behandschuhten Hand (das Ereignis gehörte nun nicht mehr der Geschichte an; über meinen Rücken lief ein Schauer, als mir klar wurde, daß ich hier stand und sah, wie alles begann) der Umschlag war, den ich Pickering aufgeben gesehen hatte; der andere Mann hielt ihn nun als Erkennungszeichen in seiner Hand.

Pickering hatte ihn gesehen und kam ihm entgegen; mein Atem beschlug die verschmutzte Scheibe, so nah stand ich vor dem Fenster; widerwillig ging ich ein oder zwei Zentimeter zurück. Pickering lächelte; die beiden Männer blieben stehen und sahen sich an. Der zweite schob den blauen Umschlag in die Innentasche seines Mantels, Pickering nahm die Zigarre aus dem Mund, an den Bewegungen seines Bartes sah ich, daß er sprach, dann zitterte ein wenig der Bart des anderen, als er antwortete. Aus der Entfernung hätten sie schwarzbärtige Zwillinge sein können, die zusammen auf dem Weg standen, jeder im glänzenden Seidenhut, praktisch gleich gekleidet, jeder mit der stattlichen Figur dieser Epoche. Ihre Köpfe bewegten sich, als sie sich umschauten und den Park absuchten; ich widerstand dem Impuls, mich zu ducken. Dann zeigte Pickering über den Park, und sie schlängelten sich in meine Richtung hin zu einer Bank, die durch den hohen Steinsockel einer Statue vor dem Wind geschützt lag. Sie setzten sich und waren nun durch den Sockel kaum mehr zu sehen, nur das linke Knie und die Schulter eines der beiden lagen noch in meinem Blickfeld.

Ich mußte hören, was sie sprachen, *mußte* einfach. Schnell verließ ich durch den Hinterausgang das Postamt, rannte hinter einem Brauereiwagen, der hoch mit Holzfässern beladen war, über die Straße und ging durch den City

Hall Park zum Sockel der Statue. Ich drehte mich um, mein Rücken berührte fast den Sockel – stirnrunzelnd stand ich da und schaute mich gelegentlich um, als wartete ich auf jemanden, der sich verspätet hatte. »… verstehe nicht warum«, sprach eine Stimme. »Es ist unter null Grad und wird noch kälter, außerdem ist es windig. Niemand sitzt an einem Tag wie diesem in einem Park. Wenn Sie kein eigenes Büro besitzen, gleich gegenüber der Straße ist die Lobby des Astor House, ich gebe Ihnen einen aus.«

»Oh, ich habe ein eigenes Büro«, sagte Jake Pickerings Stimme mit tiefem Glucksen. »Kein besonders großes. Nichts verglichen mit *Ihrem,* darauf wette ich. Und Sie wollen es trotzdem sehen? Nein, das wollen Sie nicht. Noch nicht. Ja, niemand sitzt bei solch einem Wetter im Park. Aber genau deswegen sitzen wir hier; was ich Ihnen zu sagen habe, bleibt strikt unter uns. Es geht um Carrara-Marmor, deswegen sind Sie gekommen. Ohne Zögern. Und deswegen werden Sie hierbleiben. In der Kälte. Andrew Carmody, der bedeutende Millionär.«

»Deswegen bin ich hier«, erwiderte der andere gleichförmig. »Aber nicht, um mit mir spielen zu lassen. Also behalten Sie Ihre Bemerkungen über meine Bedeutung für sich und sagen Sie unverblümt, was Sie wollen, oder ich stehe auf und gehe und schere mich um Sie einen feuchten Kehricht.«

»Gut. Sie müssen mir verzeihen, aber ich habe den Höhepunkt von mehreren Jahren Arbeit erreicht und genieße ein wenig meinen Triumph.«

»Was wollen Sie?«

»Geld.«

»Sicher. Wer will das nicht? Kommen Sie zum Punkt.«

»Also gut. Zigarre?«

»Nein, danke. Ich rauche meine eigenen.«

Stille trat ein, ein Zündholz war zu hören, dann das Anzünden der Zigarren. Schließlich fuhr Pickering fort: »Ich arbeite in der City Hall, wo ich Schreiber bin, der

Niedrigste unter den Niedrigen. Dennoch habe ich mich um diese Arbeit beworben, Sir! Und eine sehr viel einträglichere Anstellung verlassen. Warum? Warum, fragen Sie.«

»Das tue ich nicht«, ich hörte Carmody an seiner Zigarre ziehen, »aber fahren Sie fort.«

Pickerings Stimme senkte sich. »Tweed ist der Grund. Sind Sie überrascht? Er ist im Gefängnis gestorben, der Tweed-Ring ist zerschlagen und beinahe schon vergessen. Und dennoch, vor einigen Jahren – Sie erinnern sich? – verging kein Tag, an dem die Times nicht von der ›schleimigen Spur des Tweed-Rings‹ gesprochen hatte. Nun, wer hat die Stadt um mehr als dreißig Millionen betrogen? War es nur Tweed? Oder Sweeny, Connolly und A. Oakey Hall? Nein, Tweed hatte Hunderte bereitwilliger Helfer, die noch immer unentdeckt sind und von denen jeder seinen großen oder kleinen Anteil bekommen hat. Warum also habe ich zwei Jahre in dieser ungenügenden Anstellung als *Schreiber* in der City Hall verbracht?« Pickerings Stimme wurde noch leiser und dramatischer. »Weil das der Ort ist, wo die schleimigen Spuren *sind*.«

Ich war gespannt, aufmerksam, atmete flach und verpaßte kein Wort. Trotzdem nagte etwas in meinem Hinterkopf; als ich es zu deuten wußte, mußte ich lächeln. In der Art, in der Pickering seine Stimme benutzte und seine Worte und Sätze auswählte, lag mehr als Theatralik; es näherte sich der Melodramatik. Ich denke, wir alle agieren so, wenn wir glauben, daß es von uns verlangt wird. Ich hatte zwei Professoren am College, die sich, wenn sie zuhörten, in ihre Stühle zurücklehnten und professorengemäß die Hände, Fingerspitze an Fingerspitze, aneinanderlehnten. Und einen Freund, einen zwanghaften Spieler, der oft wie zufällig stehen blieb und mit ausdruckslosem Gesicht eine Münze warf und wieder auffing. Und Pickering und Carmody verhielten sich gemäß ihrer Rolle; in einer Zeit, als melodramatische Konventionen auf der Bühne weithin als Repräsentation der Realität akzeptiert wurden. Alle beide, denke ich, schätzten ihre eigene Vorstellung und den tödlichen Ernst, der aus ihren Worten sprach.

»Die schleimigen Spuren«, sagte Pickering, »ziehen sich durch die Gänge mit den Aktenordnern. Das wurde mir bewußt!« sagte er stolz. »Ich erkannte, daß die Korruption des Tweed-Ring so weit ging und so weit verzweigt war, daß alle Hinweise darauf niemals zerstört werden konnten. Sie mußten noch existieren, irgendwo unter tonnenschweren alten Aufzeichnungen vergraben sein, und ich mußte nur klug genug sein, sie zu erkennen, wenn ich auf sie stieß, und sie wie ein Puzzle Teil für Teil wieder zusammenfügen. So wurde ich der fleißigste Schreiber in der City Hall!«

»Löblich. Wenn Sie Arbeit suchen, dann wenden Sie sich an meinen Hauptbuchhalter.« Ich hörte ein Geräusch, das ich mittlerweile erkannte: das metallische Schnappen eines goldenen Uhrdeckels, der geöffnet wurde, um die Zeit abzulesen, und das etwas andere Geräusch, wenn er wieder zuschnappte.

»Ja«, sagte Pickering. »Sie sind ein vielbeschäftigter Geschäftsmann. Aber nichts ist für Sie wichtiger, Mr. Carmody, *nichts*, als dem zuzuhören, was ich Ihnen zu sagen habe. Egal wie ausführlich ich es zu sagen wünsche!« Es gab eine Unterbrechung, dann fuhr Pickering ruhig fort. »Monat für Monat habe ich endlose Stunden zwischen den Aktenregalen verbracht und den Spuren unter dem Staub der Jahre nachgejagt. Ich entdeckte sie und folgte ihnen, sobald sie auftauchten, verlor sie wieder, entdeckte sie Tage oder Wochen später erneut unter Zehntausenden von falschen Rechnungen, stornierten Bankanweisungen, gefälschten Quittungen, belastenden Botschaften, Memoranden und Briefen. Die besten dieser Spuren, Sir, habe ich aufgehoben und sie aus der City Hall fortgeschafft! Ein Blatt oder zwei am Tag, verstehen Sie, die ich in meine Tasche gleiten ließ und während meiner halbstündigen

Mittagspause in mein bescheidenes Büro trug. Oder ich habe sie einfach mit der Post geschickt, um sie meinen Akten hinzuzufügen, die ich in vielen, vielen langen Abendstunden durchgegangen bin und geordnet habe.

Trotzdem erwies sich das meiste, was ich erfahren habe, als nutzlos! Vollständige Zeugnisse! Unwiderlegbare Beweise für eklatanteste Korruption. Und dann mußte ich feststellen, daß der Schurke einen Monat vorher gestorben war. Seine Komplizen habe ich nicht mehr ausfindig machen können; wahrscheinlich haben sie sich nach Westen oder nach Kanada abgesetzt. Andere fand ich, immer noch hier in New York, aber nicht mehr reich – alles verloren! Dann gab es Fälle, wo die Zeugnisse, die ich gesammelt hatte, zwar klar, aber unvollständig sind. Soviel ich auch suchte, den letzten Beweis konnte ich nicht finden. So reduzierten sich all diese schleimigen Spuren, Mr. Carmody, auf einige wenige. Bis nur noch einer übrig blieb: der obskure Lieferant, der dafür bezahlt wurde, unser Court House, die Korridore, die Räume und Nebenräume mit nichts weniger als Carrara-Marmor auszustatten. *Tonnen* von herrlichstem Carrara, der aus Italien importiert wurde – das zumindest sagen die Rechnungen und gewissenhaft abgestempelten Zollpapiere, die ich gefunden habe; neben den Rechnungen für unzählige Arbeiter, die mit Namen und Adresse aufgeführt sind und die angeblich Wochen gebraucht haben, um den Marmor zu verlegen. Wollen Sie eine davon sehen? Hier ist eine Rechnung.«

Ich hörte das Rascheln von Papier, darauf einige Sekunden Stille, dann sprach Carmody. »Gut, ich sehe sie.«

»Nein, behalten Sie sie, Sir! Als Andenken. Ich habe viele weitere.«

»Daran zweifle ich nicht, weswegen ich sie Ihnen wieder zurückgeben möchte.«

»Ich will sie nicht. Glauben Sie, ich möchte sie wieder zu meinen Akten zurücklegen? Während Sie mir folgen und herausfinden, wo ich sie aufbewahre? Ich versichere Ihnen, Sir, ich werde nicht in mein Büro zurückkehren, bis auf einen letzten Besuch. Und der wird den Zweck verfolgen, die gesamte Akte dem Lieferanten zurückzugeben, zu dem ich nun spreche.«

Wieder gab es eine kleine Pause, dann sagte Pickering: »Obwohl die Gewinne, verglichen mit denen des Tweed-Rings, bescheiden waren, machten sie diesen Lieferanten reich. Denn er legte sie in New Yorker Immobilien an, und jetzt, nur einige Jahre später, besitzt er Millionen, *Millionen*. Und eine Frau, die, wie man mir sagte, jeden einzelnen Dollar dieser Millionen genießt und die Unterstützung, die sie ihr geben, um ihre Ansprüche in der Gesellschaft geltend zu machen. Mr. Carmody, gehen Sie mit mir zum Court House hinüber, falls es Ihnen nichts ausmacht.« Pickering, daran zweifelte ich nicht, hatte mit dem Kopf auf das Gerichtsgebäude gleich hinter der City Hall gewiesen. »Wir werden es, Raum für Raum, gemeinsam absuchen. Genau so, wie ich es abgesucht habe: manchmal saß ich als Zuschauer bei Gerichtsverfahren im Gerichtssaal und ließ meinen Blick schweifen, um den Marmor zu finden; oder stand in Büros und wartete darauf, daß man mich vorließ, damit ich mein Anliegen vorbringen konnte, auch dort strich mein Blick über den ganzen Raum. Ich habe das Gebäude Stockwerk für Stockwerk, Korridor für Korridor, selbst die Umkleideräume und das Zimmer des Staatsanwalts abgesucht. Und wenn Sie mir in diesem Court House einen einzigen Quadratzentimeter zeigen können, den Sie mit Carrara oder anderem Marmor verkleidet haben, Lieferant Carmody, dann gebe ich Ihnen mein Wort, Sie nicht mehr zu belästigen.«

Die Antwort kam ausdruckslos und monoton. »Was wollen Sie?«

»Eine Million Dollar«, sagte Pickering sanft; seine Lippen genossen förmlich den Laut der Worte. »Nicht mehr, nicht weniger. Das ist alles, was ich brauche, um den Weg zu größerem Wohlstand, dem auch Sie gefolgt sind, zu beschreiten.«

»Nicht unvernünftig, denke ich. Wann?«

»Sofort. Innerhalb von vierundzwanzig Stunden ... *Schütteln Sie nicht den Kopf, Sir!*« rief Pickering wütend aus. »Sie haben es, und viel mehr!«

»Nicht in *bar*, Sie Idiot.« Carmodys Stimme war voll stiller Wut. »Ich habe es, ja. Und ich werde zahlen. Wenn Sie mir die Beweise Ihrer Behauptungen überreichen. Aber mein Geld ist in Immobilien angelegt – *alles*. Ich besitze kein unnützes Barvermögen!«

»Natürlich nicht. Das habe ich auch nicht erwartet. Aber die Lösung ist einfach: Verkaufen Sie Teile ihrer Liegenschaften.«

»Das ist nicht *so* einfach.« Er sprach es durch die Zähne. »Eine Million in bar aus meinen Liegenschaften herauszuziehen, *ist momentan nicht möglich*. Ob Sie das verstehen wollen oder nicht. In jeder Hinsicht ist dies die *falsche* Zeit. Mein Geld ist gebunden. In einem großen, noch nicht fertiggestellten Wohnhaus, einer Anlage, in der wegen der Kälte alle Arbeiten ruhen. Selbst der Verputz muß bei wärmerem Wetter aufgetragen werden. In nahezu einem Dutzend Geschäftsobjekten, bei denen die älteren Häuser, die darauf noch stehen, im kommenden Frühjahr erst abgerissen werden. In Hypotheken, die so sicher wie Gold, aber noch nicht fällig sind. In unbebauten Grundstücken nördlich des Central Park, die darauf warten, daß die Stadt sie erreicht. Mit einem Wort, Sir, ich bin ausgedünnt. Gefährlich ausgedünnt! Sollte ich jetzt versuchen, eine Million aufzubringen, bekäme ich keine zehn Cents für den Dollar. Und nun wissen Sie mehr von meinen Geschäften als jeder andere.« Einige Sekunden lang war nichts zu hören; als Carmody wieder begann, war seine Stimme verändert, ruhig und gefaßt, beinahe freundlich, als ob er den anderen in sein Vertrauen gezogen hatte und sie nun beinahe Partner waren. »Ich werde Ihnen ein Geheimnis preisgeben, von dem sonst niemand weiß. Meine größte Furcht besteht darin, daß ich in den nächsten Monaten sterben könnte. Denn sollte dieser tragische Fall wirklich eintreten, wäre meine Frau bald ohne jeden Penny. Wie die Wölfe würden sie sich auf mein Vermögen stürzen und es zerreißen und die Teile in alle vier Himmelsrichtungen auseinandertragen. Sie weiß nichts über meine Finanzen, auch kann eine Frau unter diesen Umständen nicht mit der erforderlichen Schnelligkeit, Fähigkeit und reifem Urteilsvermögen handeln. Ich werde von dem Risiko, das ich eingegangen bin, profitieren, und zwar bald. Aber zum jetzigen Zeitpunkt sind meine Mittel auf das äußerste strapaziert: ich wage nicht einmal, mich auf eine Reise zu begeben! Ich habe Angst, für eine Woche krank zu werden! Verstehen Sie mich, Sir? Alles würde zusammenbrechen, wenn nun Forderungen an mich herangetragen werden. Und dann wäre *alles* verloren, alles. Warten Sie«, sagte er in freundlichem Tonfall. »Bewahren Sie Geduld noch ein wenig länger, wie Sie es schon so lange getan haben. Und im Frühjahr – schütteln *Sie* nicht darüber den Kopf, Sir! – werde ich zahlen. Ich sagte, ich werde zahlen! Mehr als gefordert, eineinviertel Millionen im Frühjahr. Aber Sie müssen mir –«

Pickering gluckste, ein wohltönender Laut. »Nichts. Ich gebe Ihnen nichts. Oh, Sie sind ein Wunder! Sie müssen sich zu Ihrem Vermögen geredet haben! Aber ich erkenne einen Bluff, wenn ich ihn höre, und ich gebe Ihnen bis Montag Zeit, nicht länger. Ich kann nicht monatelang warten, das wissen Sie! Glauben Sie wirklich, ich wüßte es nicht? Oder nehmen Sie wirklich an, daß die Freundschaft zwischen Inspector Byrnes und den Reichen in dieser Stadt für uns übrige ein Geheimnis ist? Ich würde in Sing-Sing landen! Aus welchem Grund, das weiß ich nicht, aber dorthin werde ich sicherlich kommen, wenn ich Ihnen die Zeit lasse, alles zu arrangieren.«

Carmodys Stimme klang verärgert. »Dort mögen Sie in

der Tat landen. Ich *bin* mit Inspector Byrnes bekannt!« Es folgte eine Pause, in der er seine Wut buchstäblich hinunterschluckte. »Von Zeit zu Zeit gelingt es mir, ihm eine kleine Gefälligkeit zu erweisen, und ich warne Sie –«

»Daran zweifle ich nicht. Jeder wohlhabende Mann in der Stadt kennt ihn; man sagt, er sei alleine durch die Börsentips von Jay Gould reich geworden. Aber ich kenne ihn auch. Wissen Sie, daß ich einmal an der Wall Street-Bannmeile abgewiesen worden bin?«

»Tatsächlich?« Carmody brach in schallendes, wütendes Gelächter aus.

»Ja«, sagte Pickering ruhig. »Vor einigen Jahren, als ich keine Anstellung hatte und deswegen vielleicht ein wenig schäbig aussah, ging ich den Broadway hinunter zur Wall Street, wo ich als Schreiber Arbeit zu finden hoffte. Aber an der Bannmeile bei der Fulton Street hielt mich ein Polizist auf.«

»Was auch richtig war, wenn Sie wie ein Bettler oder Taschendieb ausgesehen haben. Jeder weiß, daß Byrnes sie nicht im Gebiet um die Wall Street haben möchte. Und das aus gutem Grund.«

»Ich war kein Taschendieb oder Bettler! Und sagte dies auch! Es war ein junger Polizist, der zuhörte. Dann sagte jemand etwas aus einer Kutsche am Randstein heraus. Wir sahen hinüber, und Byrnes' Kopf erschien im Fenster. ›Wenn er Probleme macht, braten Sie ihm eins über‹, rief er, und die Hand des jungen Polizisten ging zum Schlagstock. Ich machte auf dem Absatz kehrt und drehte um. Lachen Sie nicht! Dieser Augenblick wird *Sie* eine Million kosten! Ich wandte mich ab, Mr. Carmody, mein Gesicht war kreidebleich. Ich spürte es. Ich konnte kaum durch den Schleier sehen, der vor meinen Augen stand. Aber damals wußte ich, *wußte*, daß ich eines Tages zur Bannmeile zurückkehren und die Polizisten vor mir ihre Helme zücken würden! Denn ich werde zur anderen Seite *gehören*, zu den Fisks und den Goulds und den Sages und Astors.

An diesem Tag habe ich, obwohl ich das damals noch nicht wußte, angefangen, nach *Ihnen* zu suchen.«

Pickerings Stimme kam plötzlich von einer anderen Stelle; er mußte aufgestanden sein, wahrscheinlich hatte er sich vor Carmody aufgebaut. »Was immer Sie auch denken mögen, aber in geschäftlichen Dingen bin ich alles andere als unwissend. Natürlich benötigen Sie einige Zeit, um die erforderliche Summe aufzutreiben. Heute haben wir Donnerstag, ich geben Ihnen noch den ganzen Montag, zweieinhalb Geschäftstage. Drei, rechnet man Samsta morgen noch hinzu. Kommen Sie Montag abend wieder. An diesen Ort. Zu dieser Bank. Um Mitternacht, Mr. Carmody, wenn dieser Park und die Straßen der Umgebung verlassen sind. Ich werde sichergehen, daß uns niemand folgt. Bringen Sie das Geld in einer Aktentasche, oder ich lasse Sie hochgehen. Ich werde keine Stunde länger warten, sondern direkt zu den Räumen der *Times* gehen« – für einen kurzen Moment war es still; ich stellte mir vor, daß er mit dem Kopf zum Gebäude auf der gegenüberliegenden Straße zeigte – »mit meinen Dokumenten.«

Es folgte eine Pause von sechs, acht, zehn, zwölf Sekunden; dann wußte ich, daß sie fort waren. Ich trat hervor, ging um den Sockel der Statue und auf den Pfad vor der Bank. Beide eilten schnell aus dem Park, der eine nach Osten, der andere nach Norden in Richtung des Court House. Ich stand da, sah ihnen nach und wußte, daß keiner von beiden sich umdrehen würde.

15

Ich war mir nicht sicher, ob Pickerings Privatbüro in dem Gebäude lag, aus dem ich ihn hatte herauskommen sehen. Aber es schien wahrscheinlich; ich überquerte die Park Row und stand an der Ecke Park Row und Beekman Street und blickte hinauf. Ein Haus ohne Besonderheiten, ein altes, müde aussehendes Gebäude mit flachem Dach und Läden in der Straßenzeile, darüber vier identische Stockwerke mit schmalen, eng aneinanderliegenden Fenstern. Die Schaufenster waren dreckig, viele von ihnen besaßen ausgebleichte Markisen, die nun an die Wand gefaltet waren; die untere Hälfte mancher Fenster war durch verrostete Metallgitter geschützt. In Lower Manhattan haben viele dieser heruntergekommenen Gebäude bis in die zweite Hälfte des zwanzigsten Jahrhunderts überlebt.

Es bot einen deprimierenden Anblick. In den Fenstern der New York Belting & Packing Company lagen Türme aufgeschichteter Pappkartons und Bündel aus Ledergürteln; daneben befand sich ein schmuddeliger Schreibwarenhändler, Willy Wallach. Große Glaskrüge in Holzkisten standen in einem anderen Fenster; sie trugen die Aufschrift *Polnisches Wasser*, was auch immer das sein mochte. *Owen Hutchinson, Agent* stand auf einem weiteren Fenster geschrieben, und es gab einen *S. Gruhn, Schneider, Rodriguez & Pons, Zigarrenhändler,* und ich weiß nicht was sonst noch.

Unter vielen der Fenster in den oberen Stockwerken

hingen die länglichen, nach vorne geneigten Schilder; ihre Ausmaße richteten sich nach dem Büroraum, den die Firmen gemietet hatten, deren Namen auf den Schildern standen. *Turf, Field & Farm* war die Aufschrift unter einer Fensterreihe im vierten Stock. Eine andere lautete *The Scottish American*, eine weitere *The Retailer*. Ich sah *Scientific American* unter einer Fensterreihe des dritten Stocks, und am Ende der gleichen Reihe befand sich ein Schild, das ich wie die anderen auch beiläufig überflog und das mir später in Alpträumen erschien und immer noch erscheint. *The New-York Observer* stand darauf.

Ich ging die Holzstufen hinauf, die einen neuen Anstrich nötig hatten, und trat durch ein Paar schwerer Holz-Glastüren in das Vestibül, das nur durch das einfallende Straßenlicht erhellt wurde. Das Gebäude war heruntergekommen; drinnen trat dies deutlich zutage, und niemand hatte den Versuch gemacht, das zu kaschieren. Der Holzboden, der in das düstere Gebäudeinnere führte, war abgenutzt, die Nägel standen glänzend heraus, und er war dreckig: von Tabak, Speichel, Zigarrenstummeln und dem eingetretenen Straßenschmutz bedeckt. Genauso sah die Holztreppe zu meiner Linken aus, die Stufen waren so ausgetreten, daß sie in der Mitte eingedellt waren. An der dunkelgrün verputzten Wand war ein Mieterverzeichnis angebracht. Der Zeigefinger einer großen, sorgfältig gemalten Hand – jeder Finger war deutlich zu unterscheiden, der Ärmel dahinter war abgerundet – zeigte nach vorne; hinter dem Ärmel war eine Liste von Namen mit ihren Büronummern aufgeführt. Die gleiche Hand war auf die Wand an der Treppe gemalt und zeigte nach oben, dahinter eine weitere lange Namensliste. Auf beiden Verzeichnissen waren manche Namen professionell geschrieben, waren nun aber verblichen oder abgebröckelt; das waren die älteren Mieter, dachte ich. Neuere Namen waren oftmals unbeholfen hingemalt, Farbspritzer liefen von den einzelnen Buchstaben hinab. Viele Namen waren durchgestrichen oder übermalt, andere darüber geschrieben. Manche waren einfach nur hingekritzelt, einer in gewöhnlicher Schreibschrift. Und einer von ihnen lautete ›Jake Pickering‹.

Ein Mann, dann ein Botenjunge waren nach mir eingetreten und die Treppen hochgegangen; ich hörte Geräusche aus der Dunkelheit des ersten Stocks. Dann kamen Schritte die Treppen herab, ein weißbärtiger Mann mittleren oder bereits etwas älteren Alters erschien, er trug einen Mantel und eine runde Stoffkappe mit Ohrenschützern. Er blickte mich an, und ich fragte ihn: »Gibt es hier irgendwo einen Hausverwalter?«

»*Ha!*« rief er aus – ein kurzes, angewidertes, lachendes Bellen – »einen Hausverwalter! Im Potter Building! Nein, Sir, hier gibt es niemand mit diesem Titel oder der Funktion; es gibt nur einen Hausmeister.« Ich fragte ihn, wo ich diesen finden könne, und er antwortete: »Eine Frage, die oft gestellt und selten mit Gewißheit beantwortet wird. Er hat seine Höhle, sein Versteck unter dem Eingang der Nassau Street, wo man ihn manchmal aufstöbern kann. Hier ist Ellen Bull«, er zeigte in das Gebäude hinein, wo ich die Silhouette einer rundlichen Figur erkennen konnte. »Sie wird Sie hinführen.« Ich dankte ihm, und er sagte: »Wenn Sie ihn finden sollten, was sehr zweifelhaft ist, dann sagen Sie ihm bitte, daß ihn Dr. Prime vom *Observer* nochmals daran erinnern möchte, daß seine Büroräume viel zu warm sind, um angenehm arbeiten zu können.« Er lächelte freundlich, nickte mir kurz zu und trat durch die Tür auf die Straße.

Ich ging weiter und fand Ellen Bull, eine große und sehr dicke Schwarze, die über zweihundert Pfund wiegen mußte; sie hatte über ihr Haar ein Tuch gebunden und trug einen leeren Eimer und einen Wischmop. Das Kabuff des Hausmeisters, sagte sie, sei direkt unter der Kellertreppe am Eingang der Nassau Street. Ich dankte ihr, und sie lächelte; ihre Zähne leuchteten weiß in dem düsteren

Licht. Sie mußte um die Fünfundvierzig sein, und während ich weiterging, wurde mir bewußt, daß sie wahrscheinlich eine Sklavin gewesen war. Ich passierte schwere Holztüren, einige wenige trugen Nummern, häufiger allerdings hatten sie keinerlei Bezeichnungen. Einige standen offen, die meisten waren verschlossen. Manche besaßen sorgfältig gemalte Namen: *August W. Almquist, Patentanwalt; J. W. Denison; W. H. Osborn, Rechtsanwalt*. Andere hatte nur einen Papier- oder Pappstreifen, der einen handgeschriebenen Namen trug und an den Rahmen gesteckt war. Der Flur war in der Mitte des Gebäudes von einem fahlen Gaslicht erleuchtet, das sehr niedrig gestellt war; zu den Eingängen hin stammte alles Licht von der Straße.

Im Vestibül an der Nassau Street führte unter der Treppe, die nach oben ging, eine zweite, schmale Treppe in den Keller. Ich sah hinunter; es war vollkommen dunkel. Irgendwo über mir hörte ich das monotone Geräusch einer Handsäge und das in den Ohren schmerzende Quietschen von Nägeln, die aus Brettern gezogen wurden. »Irgend jemand dort unten?« rief ich in den Keller. Stille; über eine Antwort wäre ich auch überrascht gewesen. Ich stieg die Treppe halb hinab und blieb dann stehen. Ich wollte dort unten in der Dunkelheit nicht herumstolpern und mir ein Bein brechen. Über mir gingen das Quietschen der Nägel und die Sägegeräusche weiter. Ich legte beide Hände an den Mund und rief erneut; wieder Stille. Dann schrie ich: »Irgend jemand dort *unten*?« und erhielt eine schwache, ferne Antwort. Ich ging ins Vestibül hinauf, wartete dort und hörte schließlich Schritte den Boden entlangschlurfen, dann die Holztreppe erklimmen. Ich blickte hinab und sah einen hageren alten Mann, der aus der Dunkelheit des Kellers auftauchte und, die Hand am Treppengeländer, langsam hochstieg. Eine Glatze mit Pigmentflecken erschien, dann blaue Augen, die mich anblinzelten und die eine Brille brauchten, wie ich annahm; dann tauchten breite grüne Hosenträger über den Schultern eines weißen Hemdes auf, schließlich trat der Rest aus der Finsternis in mein Blickfeld; langsam hoben sich die Knie, während er hochging, die Hosen waren ihm um die Hüfte viel zu weit und berührten kaum den Körper des Alten.

Als er auf den letzten Stufen war, gab ich ihm Dr. Primes Botschaft weiter; traurig nickte sein Kopf. »Ich weiß, ich weiß. Jeder beschwert sich. Es *ist* zu warm!« Er betrat das Vestibül, seufzte und wies auf den Putz an der Wand neben mir. »Fühlen Sie!« Ich legte die Hand an die Wand und nickte; es war ziemlich warm. »Die Heizungsrohre gehen hier durch, und wir verbrennen in diesen Tagen Holz.« Er rollte die Augen nach oben, zu den Säge- und Quietschgeräuschen. »Brechen einen Aufzugsschacht durch die Decke, und der Hausbesitzer will, daß wir die alten Holzböden verbrennen«, sagte er verächtlich. »Um Kohlen zu sparen. Erzeugt Wärme und macht mehr Arbeit.«

Ich hörte ihm zu, verzog mitfühlend das Gesicht und sagte dann, daß ich einen Anwohner suche, Jacob Pickering. Er seufzte und sagte, »Nun, Mr. Pickering, worüber wollen *Sie* sich beschweren? Wenn es Ihnen zu heiß sein sollte, dann –«

»Nein, ich bin nicht Pickering. Ich *suche* ihn. Wo ist sein Büro?«

Aber das war zuviel; wieder schüttelte er den Kopf und wandte sich dem Keller zu. »Ich kannte jeden Mieter, als noch Papiere geführt wurden. Nun wird nichts mehr geführt, mit dem Gebäude geht es bergab. *Potter* Building heißt es nun«, sagte er verächtlich. »Alle alten Mieter ziehen so schnell wie möglich aus, wenn ihr Mietvertrag abläuft. Sie kommen und gehen, manche sind nur Untermieter, und weder ich *noch* Mr. Potter wissen Bescheid. Ich *kann* nicht mehr auf dem laufenden bleiben. Waren Sie schon oben?« Ich sagte nein, und er schüttelte den Kopf, eingedenk der Unmöglichkeit, es beschreiben zu können. »Kaninchenställe. Aufgeteilt in kleine neue Büros mit

Sperrholzwänden; man kann durch sie hindurchspucken! Sogar neue Korridore gibt es dort oben, und es sollen noch mehr entstehen, dort, wo die Zeitung war. Wer weiß schon, wer alles dort oben ist?«

Ich war für einen Moment wie vor den Kopf geschlagen, dann fiel mir etwas ein. »Wie bringen Sie ihnen die Post, wenn Sie nicht wissen, wer dort oben eingemietet ist?«

Er murmelte etwas, zog den Kopf ein und wollte hinabsteigen. »Oh, irgendwie schaffe ich das schon; ich habe es immer irgendwie geschafft.«

»Davon bin ich überzeugt, aber wie?«

Ich hatte ihn nun; er blieb stehen, blickte mich an und sagte: »Ich führe ein Buch.«

Das hatte ich mir gedacht. »Und wo ist dieses Buch?«

»Unten«, sagte er verärgert. »Irgendwo dort unten; ich weiß nicht genau, wo –«

Ich hatte meine Hand in der Tasche. »Nun, mir ist bewußt, daß das mit Unannehmlichkeiten verbunden ist.« Ich fand einen Quarter, mehr als der Stundenlohn für diesen Mann, und reichte ihn ihm. »Aber ich wäre Ihnen dankbar –«

»Sie sind ein Gentleman, Sir; stehe Ihnen zu Diensten. Bin in einer Minute zurück.«

Es dauerte länger, aber er kam mit einem Notizbuch mit sich wölbendem Pappdeckel die Treppen wieder hoch. In einer Ecke des Buchs war ein Loch, ein weißer Faden war durchgezogen und mit einer Schleife zugebunden. Er öffnete es, überflog die Seiten, während er sie langsam umblätterte und dabei jedesmal den Daumen anfeuchtete. Ich schaute ihm über die Schulter; mindestens die Hälfte der Namen war durchgestrichen, andere, neue darübergeschrieben. Er murmelte unentwegt: »Sollte abgerissen und neu gebaut werden. Der Aufzug wird nicht fertig, so geht es nun schon seit Wochen, wird aber sowieso nichts nützen. Kann nicht auf dem laufenden bleiben, jemand zieht ein, dann liegt es an ihm, mir seinen Namen zu sagen, wenn er die Post haben will.« Seine alte Stimme war beinahe ein Krächzen. »Was sie meistens auch tun! Oder, wenn er auszieht und will, daß ihm die Post nachgeschickt wird. Auch das wollen sie gewöhnlich. Hier ist er: Pickering. Dritter Stock, Nummer siebenundzwanzig. Das ist oben, gleich neben dem neuen Schacht. Sie können es nicht verfehlen. Er wird sich beschweren, wenn der Aufzug einmal läuft – falls er jemals laufen sollte; das sind laute Teufel. Bin einmal mit einem gefahren.«

Ich ging nach oben, im zweiten Stock stand die Tür zum Büro gleich rechts neben der Treppe offen. Die Sägegeräusche und das Quietschen der herausgezogenen Nägel kamen dort heraus; ich ging hinüber und blickte hinein Zwei Zimmerleute in weißen Overalls knieten mit dem Rücken zu mir auf dem Boden. Einer sägte durch die Holzdielen und ließ die Bretter direkt durch den offenen Schacht in den Keller fallen, wo sie zweifellos der alte Hausmeister aufsammeln und verbrennen mußte. Der zweite Zimmerer löste methodisch die kurzen Stumpen, die an den Balken noch festgenagelt waren; mit dem Haken seines Hammers zog er die Nägel heraus und warf die kurzen Stücke ebenfalls in den Keller. Die beiden Männer arbeiteten sich zur Türschwelle hin, in der ich stand Zwischen ihnen und der gegenüberliegenden Wand war der Boden völlig verschwunden; die dicken Deckenbalken waren freigelegt. Irgendwann würden auch sie abgesägt und verbrannt werden, nahm ich an.

Im dritten Stock war die Tür zum Büro über dem Raum, in dem die Zimmerer arbeiteten, mit einem schweren und neu installierten Vorhängeschloß gesichert; mit roter Farbe war auf die Tür *Achtung! Nicht betreten! Fahrstuhlschacht* geschrieben. Die Tür des nächsten Büros wies die Nummer siebenundzwanzig auf und war verschlossen. Vorsichtig probierte ich den Türknauf und lauschte. Niemand war zu sehen. Ich befand mich in einem kurzen Gang, der im rechten Winkel vom Hauptflur abzweigte; schnell kniete ich mich nieder und spähte durch das Schlüsselloch von Büro siebenundzwanzig. Direkt vor mir sah ich ein hohes, verschmutztes Fenster, durch das grau-weiß das Winterlicht fiel. Unmittelbar davor befanden sich ein Rolltisch und ein Stuhl. Der Blick nach links wurde durch etwas blockiert, das nahe an der Tür stand, so nahe, daß es nicht zu erkennen war. Rechts konnte ich einen Teil des Durchgangs erkennen, der dieses Büro einst mit dem nebenan, das nun verschlossen war, verband. Der Durchgang war nun allerdings mit Brettern vernagelt. Die Zimmerer, die den Schacht für den Aufzug freischnitten, mußten sich von unten nach oben vorarbeiten, damit die Dielen der einzelnen Böden jeweils zum Keller durchfallen konnten.

Ich erfuhr über Jake Pickerings Büro alles, was es hier zu erfahren gab, und wahrscheinlich alles, was ich zu erfahren hatte. Etwa eine halbe Minute stand ich davor, bis ich jemanden die Treppen herabkommen hörte. Ich wußte, warum es mir so schwerfiel, mich umzudrehen und fortzugehen; meine Mission war nun beendet, und ich wünschte, sie wäre es nicht gewesen.

Ich ging in den Hauptgang zurück, dann weg von der Treppe und durchschritt die gesamte Länge des Gebäudes; ich kam an den Türen von Andrew J. Todd, Anwalt, vorbei, von Prof. Charles A. Seeley, Chemiker; der American Engine Company; J. H. Hunter, Notar. Dann befand ich mich vor den Büroräumen des *New-York Observer*, die auf die Park Row hinausgingen, und vor der Treppe zur Straße. Auf dem Weg nach unten merkte ich erst, wie hungrig ich war.

Im Astor House, gegenüber dem Broadway, wie Carmody gesagt hatte, nahm ich ein Mittagessen ein. Beinahe hätte ich kehrtgemacht, als ich die Lobby betrat. Sie war voll mit Männern, die in Gruppen oder zu zweit herumstanden und sich unterhielten; fast alle hatten ihre Hüte auf dem Kopf, und der Marmorboden war bedeckt, und ich meine bedeckt, mit Kautabaksaft, wie sie ihn nannten. Als ich im Eingang stand und mich umblickte, keine vier oder fünf Sekunden lang, drehten sich mindestens ein Dutzend Männer mit angeschwollenen Backen um und spien ihren Saft mehr oder weniger gekonnt und mehr oder weniger umsichtig in die Porzellanspucknäpfe, die überall auf dem Boden der großen Lobby herumstanden; manche machten sich nicht einmal die Mühe zu schauen, wohin sie zielten. Ich versuchte an etwas anderes zu denken, ging durch die Lobby, vorbei an einem riesigen Hut- und Stockständer, einem Eisenbahnfahrkartenschalter, einem Telegraphenbüro und einem Zeitungs- und Tabakstand, zu einem großen, phantastisch lauten Restaurant, wo ein großes eichenumrahmtes Schild *Keine Flüche, bitte* einforderte. Ich hatte zwei Dutzend Austern, die diesen Morgen frisch aus der Bucht von New York geholt worden waren und die absolut großartig schmeckten; ich war froh, hierher gekommen zu sein.

Mit der Hochbahn fuhr ich zum Gramercy Park zurück. Ich ging zur Station östlich des City Hall Park, stieg dort ein und fuhr mit ihr über den Chatham Square nach Norden; es stellte sich heraus, daß es die alte Hochbahn der 3rd Avenue war. An die Leute hatte ich mich mittlerweile gewöhnt; die anderen Passagiere sahen genauso aus, wie sie auszusehen hatten. Aber am Chatham Square stieg eine Familie zu, von der ich meinen Blick nicht lassen konnte. Sie mußten in dieser Stunde von Ellis Island angekommen sein, und ich konnte – unglaublich für jemanden aus dem zwanzigsten Jahrhundert – allein aufgrund ihrer Kleidung sagen, woher sie kamen. Der Vater, der einen großen hängenden Schnurrbart hatte, und der zehn Jahre alte Sohn trugen blaue Stoffmützen mit glänzend schwarzen Spitzen, kurze, doppelreihige blaue Jacken mit Porzellanknöpfen; um ihren Hals hatten sie kurze Tücher gewickelt, und sie hatten Hosen, die von den Hüften abwärts sich weit aufbauschten und an den Knöcheln eng zusammenliefen.

Und obwohl der Vater Stiefel anhatte, trug der Junge – ich war fasziniert und mußte mich zwingen, wegzublicken – Holzschuhe. Die Mutter war gedrungen, rotwangig, mit zwei Dutzend Röcken und genau dieser Art von Kopfbedeckung, wie sie auf dem Label des Old Dutch Cleanser zu sehen ist. Am Boden, zu Füßen des Vaters, lag ein Koffer, auf dem Sitz neben ihm ein großes Stoffbündel. Sie sahen glücklich und freundlich aus, starrten durch die Scheiben und kommentierten ihre Eindrücke in ihrer Sprache, Holländisch, was es ohne Zweifel war. Sie sahen wunderbar aus, wie aus einer Werbung für Schokolade. Und mir wurde bewußt, daß zu diesem Zeitpunkt – wohl zum letzten Mal in unserer Geschichte – die Welt ein wunderbar mannigfaltiger Ort war: daß Soldaten in Griechenland wahrscheinlich noch immer spitz zulaufende Schuhe an den Füßen hatten, lange weiße Strümpfe und kleine Ballettröcke; daß Türken Feze trugen und ihre Frauen verschleiert waren; daß viele Eskimos noch immer nicht ihren ersten weißen Mann und seine Krankheiten kennengelernt hatten und Zulus noch glückliche Kannibalen waren, in einer nicht zubetonierten, plattgewalzten und verschmutzten Welt.

Wir näherten uns meiner Zielhaltestelle; ich wandte den Blick ab von der holländischen Familie und sah über dieses seltsam niedrige New York und seine Kirchtürme, die die höchsten Punkte auf der Insel waren. Mich beschlich ein komisches Gefühl, so über die Stadt zu blicken und den Hudson zu sehen und die erstaunlich vielen Bäume, die es gab. Die meisten Querstraßen waren von ihnen gesäumt, und auch auf den Avenues standen sie in großer Anzahl. Manche von ihnen waren schöne große Bäume, höher als die Häuser, die sie umgaben; das grüne Laub all dieser Bäume mußte der Stadt im Sommer ländliches Flair verleihen, wie in einem großen Dorf; ich wünschte mir, es sehen zu können.

Wir näherten uns meinem Haltepunkt, einen Augenblick lang erhaschte ich in einer der westlichen Querstraßen – die siebzehnte? achtzehnte? – den Anblick eines wunderbaren fünfstöckigen Apartmenthauses mit Mansardendach. Ich war mir ziemlich sicher, daß es – roter Backstein mit braunen Sandsteinfassungen – das Stuyvesant war. Ein Freund von mir, ein Künstler, der dort gelebt hatte, bevor sie es irgendwann in den 50ern abrissen, hatte ein Aquarell davon in seinem Wohnzimmer hängen. Er trauerte dem Haus noch immer nach; sein Apartment war wunderbar gewesen, mit hohen Fenstern, sechs Meter hohen Decken und vier offenen Kaminen. Es war New Yorks erstes Apartmenthaus, sagte er, auch bekannt als ›Stuyvesants Wahnwitz‹, weil die Leute meinten, kein New Yorker Gentleman würde mit anderen Fremden zusammenleben wollen. Er sprach gerne darüber, und ich war glücklich, einen kurzen Blick erhaschen zu können.

An der 23rd Street stieg ich aus und ging zu Gramercy Park Nr. 19 zurück. Tante Ada hörte mich bereits an der Tür, sie kam aus der Küche, ihre Hände und Unterarme waren voller Mehl. Ich fragte, ob Julia zu Hause sei, sie sagte nein, aber sie müsse jeden Moment kommen, und ich dankte ihr und ging auf mein Zimmer.

Es war ein langer Tag gewesen, ich war so weit gelaufen wie schon lange nicht mehr; nun war ich froh, mich ausstrecken zu können und zu warten. Hin und wieder hörte ich draußen im Park Kinder schreien, ihre Stimmen waren in der kalten Luft dünn und hoch. Ich hörte das mittlerweile vertraute Klappern der Pferdehufe und das Klimpern der Ketten an ihrem Zaumzeug. Ich wollte dieses New York nicht verlassen; es gab in dieser seltsamen und zugleich vertrauten Stadt noch so viel zu sehen.

Ich schlief natürlich ein und erwachte, als Julia zurückkehrte: Ich hörte ihre Stimme und die der Tante. Ich stand schnell auf und warf einen Blick auf die Uhr. Es war gerade halb fünf vorbei, ich zog Schuhe und Mantel an und schlenderte nach unten. Sie standen im Flur und blickten zu mir hoch; Julia war noch für die Straße gekleidet und zeigte der Tante, was sie gekauft hatte.

Wir begaben uns alle in den Salon; Julia nahm ihren Hut ab, und ich erzählte ihnen eine Geschichte, die ich gerade erfunden hatte; ich war erstaunt über meine Schuldgefühle, als ich den beiden vertrauensvollen Frauen ins Gesicht sah. Ich sei auf dem Postamt gewesen, so erzählte ich, um das Postfach aufzulösen, das ich für die Zeit gemietet hatte, in der ich keine feste Wohnung besaß. Aber im Fach lag ein dringender Brief. Mein Bruder sei krank, und während der Zeit seiner Genesung, fügte ich schnell hinzu – ich wollte keine Mitleidsbekundungen – brauchten sie mich auf der Farm meines Vaters. Ich müsse deswegen abreisen, um genau zu sein, sofort. Plötzlich fürchtete ich, daß sie mir Fragen zu den Arbeiten auf der Farm stellen würden, das taten sie natürlich nicht. Die beiden Frauen waren mitfühlend; sie sagten, es täte ihnen leid, daß ich sie verlassen würde, und auch das schien nicht geheuchelt. Tante Ada nahm an, daß ich erst nach dem Abendessen fahren würde, aber ich sagte nein; ich müsse sofort gehen, es sei eine lange Zugreise. Sie bot an, mir einen Teil der wöchentlichen Vorauszahlung zu erstatten, was ich ablehnte.

Dann erinnerte sich Julia plötzlich: »O *nein*! Mein Portrait!«

Ich hatte es vollkommen vergessen. Ich stand vor ihr, suchte nach einer Entschuldigung und bemerkte schließlich, daß ich gar keine wollte; ich wollte sie sehr gerne zeichnen. Es kam mir als schönes Abschiedsgeschenk vor. Also nickte ich und meinte, wenn sie mir sofort Modell sitzen würde – ich wollte Jake nicht dabeihaben –, wolle ich sie sofort zeichnen. Julia eilte nach oben, um sich fertig zu machen – ich folgte ihr, um mein Skizzenbuch aus dem Mantel zu holen.

Oben packte ich meine Reisetasche, sah mich im Zimmer um – es war lächerlich, aber ich wußte, ich würde es vermissen – und ging dann, Reisetasche in der einen, Skizzenblock in der anderen Hand, und schlug das Deckblatt zurück, um die Skizzen des Tages durchzusehen.

Als ich zur Treppe wollte, stieß ich fast mit Julia zusammen, die die Treppen vom dritten Stock herunterkam; ihr Haar war nun frisch aufgedreht. »Oh, darf ich sie sehen«, sagte sie und griff nach dem Skizzenblock. Ich hätte eine Entschuldigung vorbringen können, doch war ich neugierig und reichte ihr den Block. Sie ging langsam vor mir her und betrachtete die Seiten; die Skizzen der Bauernhäuser in der Nähe des Dakota, die kaum Skizzen waren, eher Notizen, die nur für mich bestimmt waren. Sie kommentierte sie nicht, sondern blätterte zur Skizze des City Hall Park und der angrenzenden Straßen um.

Ich konnte ihre Reaktion vorhersehen; dies war ein Zeitalter, das absolut und beinahe unerschütterlich an den Fortschritt glaubte und Maschinen und ihre Möglichkeiten richtiggehend verehrte. Wir gingen nach unten; im Salon schließlich blieb sie stehen und sagte: »Was ist das, Mr. Morley?« Ihr Finger zeigte auf die Autos und Trucks, die ich in die Centre Street skizziert hatte.

»Automobile.«

Sie wiederholte es, als wären es zwei Wörter: »Auto Mobile.«

Dann nickte sie, offensichtlich war sie damit zufrieden. »Ja: selbst angetrieben. Eine ausgezeichnete Formulierung. Stammt sie von Ihnen?« Ich sagte nein, ich hätte sie irgendwo gehört, und wieder nickte sie und sagte: »Vielleicht in Jules Verne. Jedenfalls bin ich mir ziemlich sicher, daß wir eines Tages Automobile haben *werden*. Und sie haben den Vorteil, daß sie viel sauberer als Pferde sind.« Sie hatte bereits die Seite umgeblättert und betrachtete die Skizze der Trinity Church und des Broadway. Bevor sie ihren Kommentar abgeben konnte, nahm ich es ihr aus der Hand und zeichnete sehr schnell die riesigen Gebäude ein, die eines Tages die kleine Kirche umgeben werden. Ich gab es ihr zurück, nach einem Moment nickte sie. »Ausgezeichnet. Wundervoll symbolisch. Das höchste Bauwerk Manhattans, das irgendwann einmal von sehr viel höheren umgeben sein wird. Ja. Aber Sie sind ein besserer Künstler als Architekt, Mr. Morley; um solch hohe Gebäude zu errichten, müssen die Mauern an den Fundamenten mindestens eine halbe Meile dick sein!« Sie lächelte und gab mir den Block zurück. »Wo soll ich mich hinsetzen?«

Ich postierte sie am Fenster im Halbprofil und bat sie, das Haar zu lösen. Ich arbeitete mit einem sehr scharfen harten Stift, um die Linienführung so gut wie möglich zu gestalten; keine unscharfen, unklaren Linien. Der harte Stift erlaubte die feinste Schattengebung und Schraffierung, zu der ich fähig war.

Es wurde gut. Ich hatte die Form des Gesichts, ich hatte die Augen und die Augenbrauen, die für mich schwierigsten Teile, und arbeitete sehr sorgfältig am Haar: ich wollte es so darstellen, wie es wirklich war. Aber ich war langsam. Der junge Felix Grier kam nach Hause, ich holte meine Uhr heraus und sah, daß es bereits kurz vor fünf war. Er blieb einige Augenblicke lang stehen – nicht, daß er etwas gesagt hätte. Als ich ihn anblickte, lächelte er und nickte höflich zustimmend, in seinen Augen aber sah ich Sorge; ich wußte, warum. Auch ich sorgte mich – daß Jake Pickering kommen und erneut eine Szene veranstalten würde. Es gehörte nicht zu den Aufgaben meiner Mission, hier Probleme zu erzeugen. Ich beschleunigte die Arbeit, ohne ihre Qualität zu vernachlässigen; ich wollte, daß es gut wurde. Es war unwahrscheinlich, daß er als Schreiber in der City Hall vor 5 Uhr 30 oder 6 Uhr seine Arbeit beendete; nur noch wenige Minuten, dann wollte ich fertig sein und das Haus verlassen.

Es war natürlich mein Fehler, nicht an das Naheliegendste zu denken: daß ein Mann wie Jake Pickering, der seine Arbeit und seine Stellung als Schreiber haßte, in die

City Hall lief und seinen Job kündigte, nachdem er mit Carmody gesprochen hatte. Und nun – diesmal hatte ich ihn nicht kommen sehen – öffnete sich die Haustür, schloß sich wieder, und dort im Flur stand er. Aber nun schwankte er leicht, seine Krawatte hatte er gelöst. Der Mantel war offen, die Hände steckten in den Hosentaschen, und sein Zylinder, der weit hinten auf dem Kopf saß, hatte an der Spitze und entlang der Krempe getrockneten Dreck.

Er war nicht außer Kontrolle; er war betrunken, aber er wußte, was er sah. Julia und ich starrten ihn an, sein Blick ging von ihrem Gesicht zu den Linien auf dem Papier, zurück zu Julias Gesicht und wieder zum Block. In der Welt hat es immer Menschen gegeben, die nicht erlaubten, ein Bild von sich anfertigen zu lassen; sie glauben, daß es der lebenden Person etwas wegnehme. Und vielleicht verspürte dieser Mann, ohne sich dessen bewußt zu sein oder es zu verstehen, dieses beinahe instinktive Gefühl. Denn meine Zeichnung von Julia brachte ihn so in Wut, als seien für ihn meine Augen, die Julias Gesicht abmaßen, und mein Stift, der es zu Papier brachte, Ausdruck tiefster Intimität. Was sie gewissermaßen auch waren. Jedenfalls konnte er es nicht ertragen; in ihm war mehr als Wut, Emotion ohne jeden Verstand: berserkerhaft. Seine Augen wanderten vom Block zu mir. Sie waren nun sehr klein und rot und vollkommen unversöhnlich. Er hob seinen Arm, seine Lippen teilten sich, wie ein Tier fletschte er die Zähne und zeigte wortlos auf mich; ich glaube, für seine Wut gab es keine Worte mehr. Dann schwang der Arm in kurzem Bogen zu Julia. Sein Nacken war angeschwollen, seine Stimme so belegt, daß sie kaum zu verstehen war. »Warte«, sagte er. »Bleib hier. Und ich werde es dir zeigen.« Und fast nüchtern, das Schwanken war verschwunden, machte er auf dem Absatz kehrt und ging; einen Moment später wurde die Eingangstür zugeschlagen.

Ich vollendete das Portrait: warum nicht? Nachdem die

For Julia
Affectionately,
admiringly

Tür zugeknallt war, blickte ich zu Julia, mein Mund öffnete sich, doch alles, was dabei herauskam, war ein Schulterzucken. Es gab für mich nichts zu sagen, bis auf *gut, gut, gut* oder ähnlich Unangebrachtes. Julia zwang sich zu lächeln und zuckte ebenfalls mit den Schultern, ihr Gesicht aber war kreidebleich und blieb auch so. Ich war mir nicht sicher, warum: aus Furcht, Wut, Schock; ich wußte es nicht. Aber auch sie fühlte sich herausgefordert; während der restlichen Sitzung hielt sie ihr Kinn unbewußt nach vorne gestreckt.

Das Portrait gefiel ihr. Ich konnte es aus der Art und Weise erkennen, in der sie es immer und immer wieder ansah; und ihr Gesicht bekam wieder etwas Farbe. Meine Zeichnung war sehr genau, sehr detailliert; sie hätte ein Holzschnitt in *Leslie's Illustrated Newspaper* sein können. Aber es war auch ein gutes Portrait. Nicht nur war es ihr sehr ähnlich; ich war Künstler genug, um mit Zeit und Übung etwas Derartiges zustande zu bringen. Es fing auch etwas von Julia ein, von ihrer Persönlichkeit, soweit ich das beurteilen konnte. Vielleicht brachte es etwas von Julias ›Seele‹ zum Ausdruck.

Jedenfalls war es gut. Die anderen waren nach Hause gekommen; Byron Doverman kam, als ich gerade fertig war, dann Maud Torrence; beide blieben stehen und bewunderten und priesen es, bevor sie nach oben gingen. Tante Ada kam aus der Küche, um nach oben zu rufen, daß das Abendessen in fünf Minuten auf dem Tisch stehen würde. Auch sie bewunderte das Portrait und bestand darauf, daß ich, da ich noch immer da war, zum Essen bleiben müsse. Und da ich nicht den Eindruck erwecken wollte, als liefe ich vor Jake davon – und ließe Julia mit ihm alleine –, willigte ich ein; der Schaden war, wenn überhaupt, bereits angerichtet. Ich spürte, ich hatte Angst, ich wußte nicht, *was* zum Teufel dieser Mann tun würde, aber ich war auch neugierig. Julia, die noch immer ihr Portrait bewunderte, blickte schließlich auf und bat mich, es zu signieren. Ich nahm es, kramte in meiner Tasche nach dem Stift und überlegte, was ich schreiben sollte; ich konnte nicht einfach meinen Namen und sonst nichts darauf kritzeln. Dann dachte ich mir: wenn schon, denn schon und schrieb: ›Für Julia – in Liebe und Bewunderung‹, still fügte ich an, *und zur Hölle mit dir, Jake,* und unterzeichnete mit meinem Namen.

In all der Zeit, in der ich hier war, hatte ich kaum an Rube Prien, an Dr. Danziger, Oscar Rossoff, Colonel Esterhazy oder an das Projekt selbst gedacht; in meinem Geist waren sie weit weg, am dünnen, fernen Ende des Teleskops, winzig und klein. Beim Abendessen aber wurden sie wieder real: Was würden sie von alldem halten, wenn ich ihnen Bericht erstattete. Daß ich mit unentschuldbarer Ungeschicklichkeit in Ereignisse eingegriffen und sie gestört hatte? Vielleicht, und wahrscheinlich hatten sie auch recht; dennoch wußte ich nicht, wie ich es hätte vermeiden sollen. Die Gespräche beim Essen drehten sich alle um Guiteau, dazwischen ein wenig um das Wetter; es interessierte mich nicht. Für mich war Guiteau wieder ein Name aus einem alten Buch; verurteilt, hingerichtet und längst vergessen, die Welt, auf die ich mich wieder vorbereitete, kannte kaum noch seinen Namen. Ich aß mechanisch, versuchte dreinzublicken, als sei ich interessiert; wenn man mich fragte, antwortete ich. Aber als das Projekt und die daran beteiligten Leute in meinem Geist wieder lebendig wurden, begann ich, mich aus dieser Zeit und diesem Ort zurückzuziehen.

Ich wurde wieder hineingeworfen. Wir beendeten das Abendessen. Maud Torrence, die bereits fertig war, wartete höflich auf die anderen, bevor sie aufstand; Felix löffelte noch seinen Pudding; Byron hielt eine Zigarre und wartete darauf, aufstehen zu können, um sie anzuzünden; alle anderen tranken Kaffee. Wir hörten die Eingangstür nicht, aber wir spürten den Zug, den unsichtbaren Hauch kalter Luft, der unsere Knöchel streifte. Ich sah zu Julia und ihrer Tante, Felix mir gegenüber blickte plötzlich auf und drehte sich zum Salon. Byron, Maud und ich drehten uns ebenfalls um.

Er stand in der Mitte des Zimmers, direkt unter den vielen Flammen des Kronleuchters, und starrte uns an – stand vor uns wie ein Bär, der sich auf seine Hinterbeine gestellt hatte. Sein Mantel war noch immer aufgeknöpft, den Hut, matt unter den Lichtern schimmernd, weit hinten auf dem Kopf – so stand er da, den Kopf nach vorne gestreckt, die Schultern gekrümmt, die Arme baumelten nach unten weg, die Finger steif von sich gereckt. Er *stand* nur da, schwankte wieder ein wenig, und wir hatten Zeit zu erkennen, daß er anscheinend verletzt war; seine Krawatte war verschwunden, der Hemdkragen offen und zerrissen, die obersten Knöpfe fehlten, und die weiße Hemdbrust war über seinem Brustkorb mit Blutflecken bedeckt. Und wir, die wir regungslos dasaßen und über den Tisch oder die Stuhllehnen starrten, hatten sogar Zeit zu bemerken, wie die Blutflecken größer wurden, wie das Blut durch das Hemd sickerte und sich zu größeren und kleineren Flecken vereinigte. Er blutete noch immer, wir brauchten einen Augenblick, bis wir das erfaßt und verstanden hatten, dann rief Julia: »*Jake*«, ihre Stimme klang ängstlich und besorgt. Sie erhob sich so schnell, daß ihre Kniekehlen den Stuhl nach hinten umkippen ließen; ich bemerkte nur, irrwitzigerweise, daß er fast geräuschlos auf dem Teppich aufschlug.

Sie eilte um den Tisch herum und auf ihn zu; nun schoben wir alle die Stühle zur Seite und standen auf. Aber Jake streckte nur die Hände aus, die Finger wie Klauen gespreizt, und brachte uns damit zum Stehen – wir erstarrten dort, wo wir uns befanden – Julia bewegungslos an einer Ecke des Tisches, alle übrigen halb stehend oder in den Stuhl zurücksinkend. Einen Moment lang starrte er uns mit gefletschten Zähnen und seinem gelblich-fremdartigen Gesichtsausdruck an. Dann wanderten seine Hände nach oben, die Finger griffen den Rand seiner Hemdbrust und rissen das blutige Hemd entzwei. Sein Brustkorb war nun zu sehen, an den Seiten schwarz behaart, weniger dicht in der Mitte, die Haut war sehr weiß und unter den einzelnen Haaren klar zu erkennen. Er war nicht verletzt oder verwundet, das heißt, nicht zufällig. Das Blut, das in Tropfen aus der Haut sickerte und nun nicht mehr vom Hemd aufgesaugt wurde, sondern in kleinen Rinnsalen hinablief, kam aus unzähligen Nadelstichen.

Es war unglaublich, aber er war frisch tätowiert – mit fünf blauschwarzen Buchstaben, die mindestens fünf Zentimeter groß waren. Ich hätte über diese Absurdität laut auflachen oder protestieren oder die Augen verschließen und mir einreden mögen, daß das nicht sein konnte. Ich wußte nicht, *was* ich tun sollte oder gar empfand – aber die tätowierten Buchstaben auf seiner Brust bildeten das Wort *Julia*. Er sagte: »Mein ganzes Leben lang werde ich das nun tragen.« Er berührte seine Brust. »Nichts kann es mehr entfernen. Denn das ganze Leben lang wirst du mir gehören, und nichts kann das jemals ändern.« Er sah uns an; sein Blick wanderte von einem zum anderen. Dann drehte er sich um, ging würdevoll in den Flur und die Treppen hinauf in sein Zimmer; ich konnte nicht mehr lachen. Es war eine absolut absurde Geste, eine beinahe unvorstellbare Tat für das Jahrhundert, an das ich gewohnt war. Aber nicht hier. Hier und jetzt war daran nichts Absurdes: dieser Mann *meinte* es genau so.

Julia, bleicher als vorhin, eilte aus dem Speisezimmer, rannte einige Schritte durch den Salon, dann hörten wir ihre Schritte auf den teppichbelegten Treppen. Ich hatte meine Reisetasche im Flur abgestellt, mein Mantel und Hut hingen an dem großen verspiegelten Ständer dort – ich wollte nicht mehr bleiben. Ich wurde hier nicht gebraucht. Ich wandte mich an Tante Ada, sagte, ich müßte sofort gehen, sie lächelte abwesend, über den Tisch hinweg gaben wir uns die Hand und murmelten uns gegenseitig beste Wünsche zu. Ich verabschiedete mich von den anderen, die mit einem Augenblinzeln zum Flur draußen antworteten. Dann war ich draußen und ging zur 23rd Street.

An der Lexington Avenue nahm ich eine Droschke, setzte mich und schloß die Augen. Jegliches Interesse für die Welt draußen war nun erloschen. An der 59th und 5th Avenue, wo Kate und ich aus dem Park gekommen waren, bezahlte ich den Kutscher. Nun schritt ich wieder hinein, ging auf den Wegen und unter den wenigen Laternen nach Nordwesten, durch den dunklen, unveränderten Park; und erblickte schließlich die giebelige Silhouette des Dakota, seine vom Gaslicht erleuchteten Fenster und die flackernden Kerzen und Kerosinlampen der umliegenden Farmhäuser.

16

Am nächsten Tag gönnte ich mir Urlaub; ich redete mir ein, daß ich ihn verdient hatte, und wußte, daß ich ihn einfach brauchte: Ich brauchte eine Übergangszeit zwischen den beiden Welten und Zeiten. Ich schlief im Dakota-Apartment; obwohl ich glaubte, daß ich es nicht mehr benötigte, versetzte ich mich in eine leichte Hypnose, bevor ich mich schlafen legte. Im Finstern lag ich in der großen verzierten Bettstatt, trug das gleiche Nachtgewand wie in Gramercy Nr. 19 und wußte, daß weit unten in der Stadt das alte Postamt stand, daß seine Lobby von einigen wenigen Gaslichtern beleuchtet wurde; daß auf dem dunklen Broadway vor Hudnuts Apotheke in einem hölzernen Wachhäuschen das große Thermometer stand, das sich wahrscheinlich gerade der Minus-Zwanzig-Grad-Marke näherte, und daß jetzt wohl niemand mehr daraufschaute. Daß auf den Hochbahngleisen über den spätabendlichen Pflasterstraßen New Yorks einige kleine Lokomotiven den Strahlen ihrer Kerosinlampen folgten. Aber am Morgen, redete ich mir ein, würde ich wieder in meiner Zeit aufwachen. Ich überlegte noch, wie ich es wohl dieses Mal empfinden werde, doch noch bevor ich mir ernsthaft Gedanken machen konnte, zeigte die völlige Entspannung der Hypnose ihre Wirkung, und ich war eingeschlafen.

Am Morgen, ich lag, nachdem ich die Augen geöffnet hatte, noch einen Moment im Bett, war ich mir sicher, wo und in welcher Zeit ich war; einige Sekunden später hatte ich den Beweis. Ich hörte ein Geräusch, das ich im ersten Moment nicht einordnen konnte: ein weit entferntes, hohes und etwas bedrohliches Wimmern. Dann sprach ich es laut aus – ›ein Flugzeug‹ –, aber ich hatte dieses Zeichens gar nicht bedurft: Ich wußte bereits, daß ich zurück war, ich konnte es spüren.

Eine halbe Stunde später verließ ich das Dakota, ging hinaus auf die 72nd Street und dann nach Westen, zum Lagerhaus und dem Projekt, dachte ich. Und dann, ohne darüber nachzudenken, ohne zu wissen, warum, drehte ich um, ging zur Straßenecke zurück und wandte mich nach Süden.

Ich ging dann, Block für Block für Block, hinunter in das moderne Manhattan – mit meiner runden Pelzkappe, dem langen Mantel, mit meinem Bart und den langen Haaren unterschied ich mich kaum von vielen Männern, denen ich unterwegs begegnete. Ich wußte, daß ich das Projekt zumindest telefonisch benachrichtigen sollte – und Kate. Statt dessen tat ich, was ich tun wollte: Ich spazierte durch die City, blieb manchmal am Bordstein stehen und wartete, bis die roten *Don't walk*-Zeichen auf Grün umschalteten und ihr *Walk* aufleuchtete; und ich sah mich in den heutigen Straßen um, betrachtete die Gebäude und die Menschen.

Es gibt erstaunlich viele Zeugnisse in New York, die aus anderen Zeiten stammen. Man glaubt es nicht, nicht in einer Stadt wie New York, aber wenn man erst Midtown Manhattan verlassen hat, kann man sich davon überzeugen. Unterhalb der 54th Street begann ich schließlich einzelne Bauwerke und ganze Gebäudegruppen wiederzuerkennen, die noch aus den Achtzigern stammten oder noch älter waren. Aber das waren nicht die Ähnlichkeiten, nach denen ich suchte; ich suchte sie in den Gesichtern der Menschen und mußte erkennen, daß ich sie kaum fand.

Es war nicht eine Frage der Kleidung, des Make-up oder des fehlenden Make-up oder der Haarmode. Die *heutigen*

Gesichter sind anders; sie gleichen sich viel mehr und sind sehr viel lebloser. In den Straßen der Achtziger hatte ich menschliches Elend gesehen, so wie man es auch heute sieht; Hoffnungslosigkeit, Verderbtheit, Habgier, und in den Gesichtern der kleinen Jungen auf den Straßen diese frühzeitige Härte, die man nun in den Gesichtern der Jungen aus Harlem ausmachen kann. Aber in den Straßen des New York von 1882 war auch eine *Erregung*, die heute verschwunden ist.

Sie lag in den Gesichtern der Frauen auf der Ladies' Mile, die diese herrlichen, heute nicht mehr vorhandenen Geschäfte besuchten. Ihre Gesichter waren lebendig, sie waren froh, dort zu sein, wo sie gerade waren, an diesem Ort, zu dieser Zeit. Es zeigte sich in den Gesichtern der Leute, die ich auf dem Madison Square gesehen hatte. Man konnte ihnen in die Augen schauen und ihre Freude darüber spüren, draußen zu sein, im Winter, in einer Stadt, die sie mochten. Und die Männer auf dem Lower Broadway, die die Gehwege entlangeilten, deren Bewußtsein von Zeit und Geld bestimmt war, die am Mittag vor der roten Kugel der Western Union ihre großen Uhren nachstellten – ihre Gesichter wirkten manchmal geistesabwesend; manche waren beunruhigt, manche habgierig, manche zeigten Furcht, manche waren selbstzufrieden, als wollten sie immer leben. Dieselben Mienen wie heute, aber sie waren auch an ihrer *Umgebung* interessiert und blieben vor Hudnuts riesigem Thermometer stehen. Vor allem aber waren sie erfüllt von einem Gefühl für den Sinn ihres Lebens. Man konnte es sehen: sie waren nicht *gelangweilt*. Nur indem ich sie anschaute, gewann ich die Überzeugung, daß diese Männer durch ihr Leben gingen, ohne jemals daran zu zweifeln, daß es einen Sinn für ihr Dasein gab. Das zu besitzen bedeutet viel, es zu verlieren bedeutet, etwas Lebenswichtiges zu verlieren.

Die Gesichter heute haben diesen Ausdruck nicht mehr; sie sind allein, denn sie sind leer und verschlossen. Ich passierte Paare oder Gruppen von Leuten, die sich mehr oder weniger angeregt unterhielten, manchmal auch lachten, die lebendig waren – aber nur als Teil in der Gruppe. Sie hatten sich von der Straße um sie herum abgeschlossen, sie waren fremd und getrennt von der Stadt, in der sie lebten, und beäugten sie mißtrauisch; so war New York in den Achtzigern nicht.

Ich überprüfte meine Eindrücke. An der 23rd Street wandte ich mich nach Westen und näherte mich auf einen halben Block dem Madison Square. Am Bordstein blieb ich stehen und betrachtete den Platz vor mir. Von hier aus erschien er unverändert. Leute durchquerten oder umrundeten ihn. Aber niemand, und ich bin mir sicher, daß das jeder wahrnehmen konnte, hatte daran eine besondere Freude. New York *war* einmal eine andere Stadt, in vielerlei Hinsicht.

Bis auf die nördliche Seite, die nun aus Apartmenthäusern bestand, war der Gramercy Park unverändert, auch Haus Nr. 19. Wieder stand ich auf dem Gehweg und schaute hinauf. An den Fenstern des ersten Stocks befanden sich nun heruntergelassene Jalousien, ansonsten aber konnte ich keine Veränderung bemerken; es schien unmöglich, daß Julia und ihre Tante nicht dort drinnen waren und ihrer morgendlichen Arbeit nachgingen. Noch einmal gab ich einem Impuls nach, bevor er verfliegen konnte. Ich rannte die Stufen hoch und – ein weiterer Unterschied, den ich nun nicht mehr wahrnehmen wollte – drückte auf den elektrischen Klingelknopf. Nach etwa fünfzehn Sekunden, ich war kurz davor, wieder zu gehen, öffnete eine Frau die Tür und schaute mich mit fragenden Augen an. Sie hatte dickes weißes Haar, das mit einem Band nach hinten gebunden war; sie war in ihren Vierzigern, besaß aber die Figur eines Mädchens und trug orangefarbene Hosen, einen Rollkragenpullover der gleichen Farbe und eine silbern schimmernde Weste. Sie sah sehr freundlich aus. Ich zog meinen Hut und sagte: »Es tut mir leid, aber ich kannte die Leute, die hier einst gewohnt haben. Vor einigen Jahren. Eine Miss Julia Charbonneau und ihre Tante. Aber ich sehe, sie wohnen hier nicht mehr.«

»Nein«, sagte sie freundlich. »Wir leben hier schon seit neun Jahren, und die Leute vor uns waren vier Jahre lang hier. Aber sie hießen auch nicht Charbonneau.«

Ich nickte, als hätte ich das erwartet, was wohl auch der Fall war. Ich verzögerte den Moment des Abschieds, um in den Flur schauen zu können; sehr höflich trat sie ein wenig zur Seite. Die Wände waren mit Tapeten, weiß mit einem zierlichen blauen Muster, bedeckt, von der Decke hing ein wunderbarer Kristalleuchter. Der Flur sah teuer und ganz anders aus, nur der schwarz-weiß gekachelte Boden war derselbe.

Sie fragte mich natürlich nicht, ob ich das übrige Haus sehen wolle, nicht in New York. Ich lächelte und nickte, dankte ihr und ging. Ich weiß nicht genau, warum ich dort hingegangen bin; ich wollte es einfach nur sehen, das war alles. Ich ging zur 23rd Street zurück und nahm ein Taxi zum Projekt.

Die Atmosphäre am Projekt war diesmal eine völlig andere. Der Mann an der Tür im winzigen Büro an der Straße war Harry, zumindest sagte dies der rotgestickte Aufdruck über der Brusttasche seines weißen Beekey-Overalls. Er schickte mich alleine im Fahrstuhl nach oben zu Doc Rossoffs Büro. Seine Anweisung für den Fall meines Erscheinens, wie er sagte. Als ich ankam, war dort nur Oscars Krankenschwester, die große attraktive Frau mit dem graugesträhnten Haar. Sie lächelte, begrüßte mich und stellte die üblichen Fragen. Es mangelte ihr allerdings an Interesse, wie mir schien; wahrscheinlich war das zu erwarten gewesen. Sie ließ mich in Oscars Büro warten; sie telefoniere mit ihm, sagte sie, er würde gleich hier sein.

Vier oder fünf Minuten später traf er ein. Er begrüßte mich so, wie er es immer getan hatte; er gratulierte mir, stellte eifrig Fragen – aber auch hier war es nicht das gleiche. Er war abgelenkt, bemerkte ich nach etwa einer Minute, hörte meinen Antworten nur halb zu und nickte manchmal abwesend, bevor ich mit meiner Antwort fertig war. Schnell hatte ich das Gefühl, daß er mich loswerden wollte, um wieder dahin zurückkehren zu können, woher er gekommen war. Denn er drängte mich in den Einsatzbesprechungsraum, ohne mir Kaffee anzubieten, was nicht zu ihm paßte und obwohl eine halbvolle Silex auf der Herdplatte in seinem Büro stand.

Die Unterschiede setzten sich fort. Diesmal waren die anderen nicht in Oscars Büro gekommen, um mich zu sehen. An der Tür des Raumes verließ mich Oscar, bat mich, einen kurzen, aber kompletten Bericht des letzten Besuchs zu diktieren, gab mir einen Klaps auf die Schulter und eilte fort. Im Raum hielt sich nur der Techniker auf, der den Recorder bediente. Er legte eine neue Bandrolle ein, sagte nur *Hi* und nickte. Einen Augenblick später kam das Mädchen, das auf der elektrischen Schreibmaschine das Transkript erstellte, und lächelte mich reflexartig an. Ich setzte mich und sprach meinen Bericht der letzten zwei Tage in das kleine Brustmikrophon. Ich machte es kurz, ließ aber nichts aus. Anschließend begann ich, die Liste mit Namen, Fakten und allem, was nachprüfbar war und mir in den Sinn kam, zu rezitieren.

Nach zwanzig Minuten fragte ich, wo alle waren, und der Typ, der die Aufzeichnungsmaschine überwachte und gelegentlich an den Rollen hantierte, sagte, daß sie ein großes Treffen hätten; es habe gestern begonnen und dauere bis heute an. Das erklärte einiges und erklärte es auch wieder nicht; ich bemerkte in mir das kindische Gefühl, vernachlässigt zu werden.

Man ließ mich doppelt so lange beim Debriefing wie sonst. Nach fünfundvierzig Minuten sagte ich, daß mir nichts mehr einfiele. Er meinte, ihm sei aufgetragen worden, mich einige Stunden lang dazubehalten – eineinhalb Stunden mindestens. Wir drei bekamen lausigen Instant-

Kaffee aus einer Maschine draußen im Gang, standen dann einige Minuten herum, zwangen uns dazu, den Kaffee zu trinken, und sprachen über das Wetter der letzten Tage, wozu ich nicht viel zu sagen hatte. Ich hatte den Eindruck, daß ihnen aufgetragen worden war, mich nicht über den Besuch auszufragen, denn er wurde nicht erwähnt. Nach fünf Minuten nahmen wir das Debriefing wieder auf. Ich hielt eineinhalb Stunden durch, wobei die Pausen jedoch immer länger wurden. Nach einer Weile brauchte ich zwei bis drei Minuten, bis mir wieder etwas Neues einfiel, das ich hinzufügen konnte. In zwanzigminütigen Abständen kam der glatzköpfige Mann herein und nahm die Blätter, die das Mädchen getippt hatte, mit hinaus.

Schließlich kehrte Oscar Rossoff zurück. Ich war fast fertig und suchte die Winkel meines Gedächtnisses ab. Als er die Tür öffnete, nannte ich gerade den Namen eines Jungen, den ich zum letzten Mal in der siebten Klasse gesehen hatte, der dann weggezogen war und an den ich seitdem nicht mehr gedacht hatte. Oscar setzte sich – er sah müde aus, sein Kragen war geöffnet, die Krawatte nach unten gezogen –, wartete und starrte abwesend in eine Ecke des Raums. Ich sagte, daß Arizona 1912 als Staat in die Union aufgenommen worden war, dann stand ich auf, streckte mich und sagte, daß ich am Ende sei.

Das Mädchen tippte meine letzten Worte und zog das Blatt aus der Maschine. Der Aufnahmetechniker stoppte das Band, schnitt es zwischen den Spulen entzwei und nahm die Spule ab. Oscar sagte: »Sag Freddy, er soll warten, bis er ganz fertig ist, bevor er seinen Bericht abliefert, okay?« Die beiden nickten und gingen.

Er wies auf den Stuhl neben sich, ich setzte mich, und er sagte: »Wir sind in einer Versammlung, Si; eine große, wirklich große. Schaut so aus, als ob wir das ganze Projekt sausen lassen, ich weiß es noch nicht. Wir wollen, daß Sie in die Versammlung kommen, aber ich muß Sie zuerst informieren. Es ist ganz einfach. Wir haben Sie bislang damit nicht belästigt, aber auch andere Versuche wurden vorangetrieben, vor Ihnen und gleichzeitig mit Ihnen. Der Vimy-Versuch schlug fehl. Es gibt dort einen Frontabschnitt, der seit dem Ersten Weltkrieg unberührt ist: Franklin Miller kam aus einem Schützengraben, wo er mit einer Infanteriekompanie während eines simulierten viertägigen Artilleriebombardements gewartet hatte und wo er sich gegen Ungeziefer zur Wehr setzen mußte. Wirkliches Ungeziefer. Aber als er rauskam, war dort nichts als leeres weites Land, der Stacheldraht war verrostet, die Gräben eingefallen, ein halbes Jahrhundert nach Kriegsende. Er ist bereits wieder zu Hause in Kalifornien.

Zu jedermanns Überraschung, ja Erstaunen hat der Notre-Dame-Versuch vielleicht geklappt. Wenngleich es nicht einmal eine volle Minute gedauert hat, bis er die mentale Kontrolle über die Situation wieder verlor und sofort in das Hier und Jetzt zurückkehrte. Aber wir *glauben* – ich werde Ihnen bei Gelegenheit ausführlich davon erzählen –, daß er in dieser Zeitspanne von vielleicht einem Dutzend aufgeregten und tiefen Atemzügen an den Ufern der Seine stand, um drei Uhr morgens im Winter von 1451. Und der Denver-Versuch funktionierte vollkommen. Ted Brietel stand in dem kleinen Lebensmittelladen an der Ecke, trank eine Flasche Limonade, die er gekauft hatte, und unterhielt sich mit dem Ladeninhaber. Dann ging er hinaus in das Denver, Colorado, von 1901; kein Zweifel – genau wie Sie. Und genau wie Sie wurde er dem Debriefing unterzogen, nachdem er dort einen halben Tag verbracht hatte. Und darum geht die Versammlung, Si; wir haben letzte Nacht bis halb zwei getagt und heute morgen bereits wieder um acht Uhr fünfundvierzig begonnen.« Oscar runzelte die Stirn, schloß seine Augen und grub die Knöchel seiner Hände in die Augenhöhlen, um Kopfschmerzen oder den schlechten Schlaf der letzten Nacht oder beides wegzureiben.

Er sah mich blinzelnd an und sagte dann: »Denn es gibt etwas, das nicht übereinstimmt, Si. Im Debriefing, meine ich. Er nannte einen Freund, mit dem er aufs College gegangen war: Knox College in Galesburg, Illinois. Ted hat ihn seitdem ein paar Mal gesehen. Er lebte wie Ted in Philadelphia und war dort im Telefonbuch aufgeführt. Nur, daß er dort nicht mehr lebt. Dort, wo er arbeitete, hat niemand von ihm je gehört. In der Sozialversicherung wird er nicht geführt. In Knox gibt es über ihn keine Aufzeichnungen. Er existiert nicht, verstehen Sie.« Oscars Stimme war sachlich. »Außer in Teds Erinnerung, und Ted ist alleine. Denn was immer auch Ted in Denver, Colorado, im Winter 1901 getan oder gesehen hat, wie vorsichtig er auch immer gewesen sein mochte, er hat in ein Ereignis oder in Ereignisse eingegriffen. Etwas wurde verändert und veränderte auch die nachfolgenden Ereignisse, die daraus entstanden.« Oscar zuckte leicht mit den Schultern. »Und dieser eine bestimmte Mann wurde deswegen niemals geboren. Das ist alles. Was sich sonst noch verändert hat, Dinge, von denen Ted Brietel *nichts* weiß – nun, wer kann das sagen? Vielleicht sehr viel, vielleicht nichts weiter.« Wir starrten uns gegenseitig an; dann stand Oscar abrupt auf. »Darum geht es in der Versammlung; kommen Sie.«

Die Leute blickten auf, als wir den großen Konferenzraum betraten; er war dicht gefüllt, fast jeder Stuhl war besetzt. Einige nickten mir abwesend zu, lächelten und richteten sofort ihre Aufmerksamkeit auf Dr. Danziger, der leise redete. Auch ich sah zu ihm, während Oscar und ich uns setzten. Er sah gelassen aus, was von den anderen nicht behauptet werden konnte; die meisten Jacketts waren offen, Krawatten waren geöffnet, niemand machte den Versuch, seine Müdigkeit zu vertuschen. Es wurde viel geraucht, auf den Notizblöcken wurde heftig gekritzelt. Doch Danziger saß entspannt in seinem Stuhl, sein zweireihiges braunes Anzugjackett offen, die olivgrüne Weste zugeknöpft, die Beine übereinandergeschlagen, ein

Arm ruhte auf der Stuhllehne, die große venenreiche Hand baumelte kraftlos und entspannt herab. »… Wissen, das wir nun haben, bedarf fortgeführter Studien«, sagte er. »Man muß nicht den gesamten Meeresboden nach oben ins Labor schaffen. Allein die Untersuchung einer einzigen Bohrung und die Analyse der Schlußfolgerungen dauert Monate, oft sogar Jahre. Genauso müssen wir mit dem Wissen, den Bohrproben, wenn Sie so wollen, unserer drei erfolgreichen Versuche verfahren. Sie müssen untersucht werden und können uns auf Jahre hinaus neues Wissen liefern. Aber es kann *keine weiteren mehr geben.*« Seine Haltung änderte sich nicht, nur seine Stimme nahm einen autoritären Tonfall an, dem ich nicht zu widersprechen gewagt hätte. »Denn es stimmt nicht, es ist einfach nicht richtig, etwas fortzusetzen, nur weil wir entdeckt haben, daß wir es können. Es wird immer gewisser, je mehr die Wissenschaften mittels neuester Techniken die tiefsten Geheimnisse des Universums entschlüsseln, daß wir nicht notwendigerweise etwas tun müssen und es auch nicht tun sollen, nur weil wir gelernt haben, wie es funktioniert. In einer Gesellschaft wie dieser muß ich nicht die offensichtlichen Beispiele aufführen und die Konsequenzen, die sich aus diesem Unverständnis ergaben. Die Lektion ist klar. Und ebenso klar sind die Gefahren eines einzigen weiteren Versuchs. Wir dürfen es nicht mehr wagen, in die Vergangenheit einzuschreiten, wir dürfen nicht mehr wagen, in sie einzugreifen – und sei es noch so geringfügig. Weil wir es nicht abschätzen können. Wir kennen noch nicht die Konsequenzen, die sich aus Mr. Morleys letztem Besuch ergeben haben, aber wenn wir irgendwelchen ernsthaften Folgen aus den wenigen vorsichtigen Versuchen, die wir bislang unternommen haben, entkommen sind, dann hatten wir einfach nur großes Glück. Ein Mann ohne besondere Bedeutung, obwohl ich mir sicher bin, daß er sich selbst bedeutend genug war, existiert nicht mehr. Hat *niemals* existiert, in einem sehr seltsamen, aber wahren Sinn.« Der große glatzköpfige Mann kam buchstäblich auf Zehenspitzen herein, Colonel Esterhazy erblickte ihn, hob einen Arm, und der Mann eilte auf ihn zu, übergab ihm einen Stoß Papiere, murmelte etwas in sein Ohr, Esterhazy nickte, und auf Zehenspitzen verließ der Mann wieder den Raum. Danziger fuhr fort. »Ansonsten scheint unsere Welt im Grunde unverändert zu sein. Das nächste Mal könnte dies anders sein, auf unvorstellbare, katastrophale Weise anders. Dieses Projekt fortzuführen bedeutet einen äußerst egoistischen und skrupellosen Akt der Unverantwortlichkeit. Ich denke, diese Versammlung war notwendig; wir mußten dies in allen Einzelheiten besprechen. Aber unsere Entscheidung muß außer Frage stehen: Wir haben keine andere Wahl.«

Er hielt inne, sah sich am Tisch um, als warte er auf Fragen, die sich für ihn bereits erledigt hatten. Ein Mann, eine halbe Tischlänge von ihm entfernt, hob seine Hand, ließ sie wieder sinken und hob sie dann erneut. Ich habe seinen Namen vergessen; ein junger Geschichtsprofessor von einer der östlichen Universitäten, der mir mehr wie eine Comicfigur vorkam. Danziger nickte ihm stirnrunzelnd zu, das Gesicht des Mannes rötete sich. Er hörte sich zumindest wie ein Professor an. »Natürlich haben Sie vollkommen recht, Dr. Danziger. Und ich will das bestimmt nicht in Frage stellen. Ich habe nicht an allen Treffen teilgenommen, es war mir nicht möglich, und ich gebe nicht vor, alles zu verstehen, was wir getan haben. Ich frage mich nur – denn alles in mir sträubt sich dagegen, dies hier aufzugeben –, ob nicht eine Möglichkeit gefunden werden könnte, um den, wie ich ihn bezeichne, absoluten Zuschauer einzuschleusen. Jemanden, der von niemandem gekannt, von niemandem gesehen wird und kein Ereignis beeinflußt. Jemand, der, völlig verborgen, der ersten Aufführung von Hamlet beiwohnt. Mein Gott. Der sich lange vor der Aufführung vor den Zuschauern und den Schauspielern verborgen hält und lange danach. Oder ein absoluter

Zuschauer bei – nun, es gibt mindestens eine Kabinettsitzung Disraelis, für die ich meine Seele geben würde, um alles darüber zu erfahren; niemand weiß wirklich darüber Bescheid, und es ist wichtig. Alles, was ich fragen möchte, ist: Könnte die Möglichkeit des absoluten Zuschauers nicht untersucht werden. Um einen Weg zu finden …«

Doch Danziger schüttelte langsam seinen Kopf; die Stimme des Mannes verebbte. Danziger sagte: »Ich sehe, was Sie meinen. Und ich verstehe die Versuchung, denn ich spüre sie genauso wie Sie. Aber es *gibt* keine Möglichkeit, jemanden völlig zu verbergen; ich bin mir sicher, Sie verstehen das. Und ohne diese Möglichkeit bleibt das Risiko bestehen; ein Risiko, das wir nicht auf uns nehmen können, wie wir nun erfahren haben, das wir auch nicht wegargumentieren können.« Er wartete. Aber niemand sagte etwas; schließlich sprach Esterhazy, in sanftem Konversationston.

»Ich denke, ich könnte das, was Dr. Danziger gesagt hat, Wort für Wort wiederholen; so aufmerksam habe ich zugehört. Und ebenso, nehme ich an, haben Sie alle zugehört. Die Weisheit des Ratschlags von Dr. Danziger ist unwiderlegbar.« Mit seiner Hand vollführte er eine kleine entschuldigende Geste. »Trotzdem haben wir das nicht *eingehend* diskutiert«, sagte er, als hasse er es, Dr. Danziger selbst im kleinsten Punkt zu widersprechen. »Nicht in allen Einzelheiten. Denn ich verfüge nun über einige Informationen, die wir vorhin noch nicht hatten.« Rube saß neben Esterhazy; er trug ein weißes Hemd, die Krawatte war geöffnet, er las die getippten Seiten, die vor wenigen Minuten gebracht worden waren; Esterhazy wies mit einem Nicken des Kopfes auf die Skripte. »Wir haben soeben den Bericht von Mr. Morleys Debriefing erhalten: sowohl eine Zusammenfassung der Geschehnisse, was absolut faszinierend ist, als auch die Testergebnisse. Die Blätter werden nun kopiert und vervielfältigt, und Ihnen werden bald die Kopien vorliegen. Mr. Morley war diesmal nicht nur einige Stunden fort, sondern zwei Tage, seine Kontakte waren weit mehr als zufällige und kurze Begegnungen. Wir gingen ein kalkuliertes Risiko ein; wir haben es bewußt auf uns genommen, und jetzt haben wir das Ergebnis.« Rube schaute auf. Esterhazy nickte ihm zu, Rube sah wieder auf die Blätter in seiner Hand und faßte zusammen.

»Keine Veränderungen bislang«, sagte er mit flacher, monoton-sachlicher Stimme. »Alles in Ordnung.«

Unmerklich und fast ein wenig traurig nickte Esterhazy; eine Geste, die suggerierte, daß Fakten Fakten waren, die außerhalb seiner Kontrolle lagen, die er in keiner Weise beeinflussen konnte und akzeptieren mußte. »Da dem so ist«, sagte er mit einer Stimme, die der Geste entsprach, »denke ich, ist allen klar, daß wir unserer Verpflichtung nicht genügen, unserer Verpflichtung gegenüber Dr. Danziger, dem Projekt und allen anderen, wenn wir nicht die Konsequenzen diskutieren.« Sein Blick schweifte über den Tisch und lud zur Diskussion ein; sofort ergriff Rube das Wort.

»Okay«, begann er, als akzeptiere er die Einladung, anzufangen, »was sind die Fakten? Keine Konsequenzen, keine Veränderungen, kein Schaden aus dem – wir nehmen das zumindest an – Besuch in der Stadt Paris, oder dem Dorf, das es damals im Jahre 1451 war. Und wenn irgendeine Ereigniskette geändert worden wäre, dann hätte sie lange Zeit gehabt, anzuwachsen. Keine Konsequenzen, keine Veränderungen, kein Schaden aus Si Morleys erstem kurzen Besuch. Keine aus seinem zweiten Besuch, der sehr ausgedehnt war und einen Gang quer durch die Stadt – in Begleitung – mit einschloß. Und nun: Keine Konsequenzen, keine Veränderungen und kein Schaden aus einem zweitägigen Besuch, während dem er in einem Haus voller Menschen lebte und nicht nur in Ereignisse eingegriffen, sondern sogar welche provoziert hat, die kaum zu glauben wären, wenn ich nicht wüßte, wie schwach ausgeprägt seine Erfindungskraft ist.« Er grinste mich an, mildes Lachen und Gemurmel ertönte.

Sein Grinsen verschwand. Rube zuckte eine muskulöse Schulter und sagte: »Zusammenfassend: Brietel verursachte eine Veränderung, ja, aber eine unbedeutende.« Schnell blickte er zu Danziger. »Bedeutend für den Mann, den sie betraf, sicherlich, aber –«

»Und der nicht gefragt wurde«, sagte Danziger, »ob er dieses Opfer auf sich nehmen wollte.«

»Das ist wahr, und das tut uns allen leid. Aber verglichen mit dem potentiell enormen Nutzen für den Rest der Welt, ich wiederhole – und ich denke, das ist realistisch –, war die Veränderung eher klein. Aber wichtiger noch ist, daß die Auswirkungen unserer anderen erfolgreichen Versuche, die viel länger dauerten, gleich Null waren. Nichts. Aus ihnen kann man schließen, daß das Resultat von Brietels Besuch nichts anderes war als ein Zufall, der sich über die Zeit hinweg akkumuliert hat. Deswegen, bei allem Respekt für die Meinung Dr. Danzigers, schlage ich vor, daß wir auch von Fällen kalkulierten Risikos ausgehen können.«

»*Verdammt noch mal!*« Danzigers Faust schlug auf den Tisch, ein Aschenbecher sprang, vollführte in der Luft eine halbe Drehung und fiel mit der Oberseite nach unten auf den Tisch; Asche und Zigarettenkippen verteilten sich auf der Tischplatte, der Aschenbecher rollte wie eine Münze und kam dann klappernd zum Stehen. Über den Lärm hinweg sagte Danziger: »*Welche* Kalkulation! Ich verachte den Ausdruck! Risiko, verdammt noch mal, ja! Verdammt viel Risiko!« Er drehte sich in seinem Stuhl, um Rube anzustarren, wobei er sich weit über den Tisch beugte. »Aber *zeigen Sie mir Ihre Kalkulationen!*« Es gab eine lange stille Pause, in der Danziger Rube anstarrte. Rube wich seinem Blick nicht aus, er blinzelte einige Male, um ihm zu zeigen, daß keine Feindschaft bestand und er sich nicht in einem Wettbewerb sah, in dem es darum ging, den anderen niederzustarren. Dann lehnte sich Danziger zurück und sagte ruhig: »Was wissen wir? Wir wissen, daß durch einen von vier oder möglicherweise fünf gelungenen Versuchen die Vergangenheit beeinflußt wurde. Und deswegen auch die Gegenwart. Das ist *alles,* was wir wissen. Der nächste Versuch schon könnte verhängnisvoll werden. Rube, es gibt keinen Fall eines kalkulierten Risikos. Weil es *keine Berechnungen* gibt, nur Risiko. Wer hat uns das Recht verliehen, für die gesamte Welt zu entscheiden, ob wir es auf uns nehmen?« Wieder starrte er Rube an, dann schweifte sein Blick langsam über die Runde. »Als Kopf und Urheber dieses Projekts sage ich, und wenn es sein muß, befehle ich es, daß das Projekt gestoppt werden muß bis auf das Studium dessen, was wir bereits haben. Es gibt niemanden, der diese Notwendigkeit mehr hassen könnte als ich. Aber es muß sein und ist unvermeidlich.«

Danach gab es eine ziemlich lange Pause. Als Esterhazy schließlich zu reden begann, tat er dies mit so bedauernder und vorsichtiger Stimme, daß allen sein Schmerz über das, war er zu sagen hatte, deutlich wurde: »Ich ...«, begann er, stoppte und schluckte. »Ich ... bringe es einfach nicht über mich, alles, was Dr. Danziger über das Projekt gesagt hat, in Frage zu stellen. Der Wunsch, Ihnen allen vorzuschlagen, daß wir für eine Zeit aussetzen und über alles nachdenken, ist sehr stark in mir. Aber viele von Ihnen sind von weit her gekommen. Und niemand war darauf gefaßt, daß er diesen zusätzlichen Tag noch hierbleiben muß; ich glaube nicht, daß wir noch weiter warten *können.* Und da wir nun an diesem Punkt angelangt sind, ist es meine Aufgabe, nicht mit Ihnen zu diskutieren, sondern Sie daran zu erinnern – ich *muß* das tun, Dr. Danziger –, daß jede wichtige Entscheidung, die das Projekt betrifft, durch die Mehrheit der vier obersten Mitglieder des Vorstands gefällt wird, wobei die Stimme des Präsidenten als fünfte, ausschlaggebende Stimme gewertet wird, falls das notwendig ist. Von diesen vier Mitgliedern ist Dr. Danziger natürlich der erste, die anderen sind Mr. Prien, Mr. Fessenden, der Vertreter des Präsidenten, und ich selbst. Ich werde daraus keinen formellen Akt machen, aber es ist klar, wie Dr. Danziger dazu steht und was Mr. Prien und ich dazu denken. Also, Mr. Fessenden, wie steht es mit Ihnen? Sind Sie zu einer Entscheidung gekommen?«

Ich wußte nicht, wer er war, bis er zu reden anfing beziehungsweise sich vorbereitend räusperte. Er war etwa fünfzig Jahre alt und glatzköpfig, obwohl eine Strähne graubraunen Haares von der Seite über den Kopf gekämmt war, die seine Glatze verbergen sollte – zumindest für ihn. Sein Gesicht unterhalb der Wangenknochen war ziemlich voll, er trug eine Brille mit dünnem Gestell, das kaum zu erkennen war. Hätte ich ihn bereits vorher gesehen – er hätte sich mir in keiner Weise eingeprägt. Er sagte: »Ich möchte gerne, wenn es denn dazu kommen muß, meine Entscheidung überdenken. In aller Ausführlichkeit. Eine Nacht darüber schlafen. Aber der Fairneß halber muß ich sagen, daß ich mich eher Ihnen anschließe.«

Esterhazy öffnete den Mund, Danziger kam ihm allerdings zuvor: »Das ist es dann also? Das ist die Entscheidung?«

»Ich glaube nicht, daß das eine formelle …«, begann Esterhazy. Danziger unterbrach ihn brüsk: »Hören Sie auf mit dem Unsinn. Das ist die Entscheidung!« Er wartete einen Moment, dann bellte er: »Nun?«

Esterhazy preßte die Lippen aufeinander und schüttelte den Kopf. »Es muß sein, Doktor. Es muß einfach –«

»Ich trete zurück.« Danziger stand auf und schob den Stuhl weg.

»Warten Sie!« Esterhazy erhob sich. »Wir können das nicht zulassen. Ich möchte mit Ihnen reden. Unter vier Augen. In einigen Minuten.«

Ich muß dem alten Mann etwas zugute halten: Ich habe ihn nie in einer unwürdigen Situation erlebt; auch jetzt nicht. Kein Davonpreschen, kein lauter Protest; diese Art der Theatralik verabscheute er. Er zögerte einen Moment, dann sagte er: »Natürlich. Aber es ist bereits geschehen: Niemand wird nachgeben oder seine Meinung ändern. Ich erwarte Sie in meinem Büro, Colonel.« Dann ging er zur Tür, im Raum war es vollkommen still, und war fort.

»Es gefällt mir nicht«, sagte eine Stimme unten am Tisch. Wir drehten uns um. Ein junger, plumper und glatzköpfiger Mann, der, ich glaubte mich erinnern zu können, von einer der kalifornischen Universitäten stammte. Er sah intelligent aus und ein wenig verrückt. Er sagte: »Ich habe keine Stimme, aber einen Mund, und verdammt viel Interesse an allem; ich bin Meteorologe, eigentlich nur hier, um meiner Universität davon zu berichten. Aber ich werde nicht gehen, bevor ich nicht die Frage los bin, wie wir es hier verantworten können, nicht Dr. Danzigers Meinung und Entscheidung zu akzeptieren.«

»Hört, hört! Wie die Briten sagen«, rief jemand mit erfreuter Stimme aus; ein Typ, der jeden Streit genießt, solange er zwischen zwei anderen abläuft.

Ich dachte, Colonel Esterhazy würde darauf antworten, doch Rube stand auf; langsam, vollkommen entspannt, sich Zeit lassend und im Bewußtsein – das fiel mir in diesem Moment auf – seiner Befehlsgewalt. Er sagte: »Wie? Weil man nicht mehr zurück kann. Nie mehr. Man gibt nicht Milliarden aus, um einen Mann auf den Mond zu schießen, und beschließt dann, es nicht zu tun. Oder erfindet das Flugzeug, betrachtet es und entscheidet dann, die Erfindung wieder rückgängig zu machen, weil irgend jemand irgendwann damit Bomben abwirft. Man *beendet* solch große Projekte wie dieses hier nicht einfach; das hat es in der menschlichen Geschichte noch nie gegeben. Risiko? Ja, vielleicht. Ja, *gewiß*. Aber wer hat so etwas jemals gestoppt? Jemand, dessen Geburtstag zum Nationalfeiertag wurde? Wir *machen weiter*. Wir –«

»Wer ist wir?« rief eine verärgerte Stimme; ich fand niemals heraus, wer es war.

»Wir alle«, sagte Rube ruhig und beugte sich weit über den Tisch, sein Gewicht ruhte auf den Handknöcheln. »Wir alle, die wir endlos viel Zeit und enorme Anstrengungen in dieses Projekt gesteckt haben: einen wichtigen Teil unseres Lebens. *Denken Sie doch nach,* verdammt noch mal. Können Sie sich wirklich vorstellen, daß es gestoppt werden kann? Einfach aufgegeben? Vergessen? Das wird nicht passieren, Gentlemen. Warum also herumsitzen und mit den Zähnen klappern?«

Das beendete die Diskussion vorläufig, obwohl die Gespräche noch eine Weile weitergingen. Kopien meines Berichts und der Testresultate kamen herein und wurden verteilt; jedes Blatt war numeriert und mußte gelesen und zurückgegeben werden, bevor der Vorstand den Raum verließ. Eine ganze Anzahl von Leuten blickten auf, während sie lasen, lächelten mir zu und schüttelten verwundert den Kopf. Ich grinste zurück. Die Diskussion ging währenddessen weiter, manche stimmten zu, daß das Projekt vorsichtig fortgeführt wurde, manche stellten das in Frage und äußerten ihre Zweifel. Ich glaube, daß vor diesem Treffen vielen der hier Versammelten nicht bewußt gewesen war, wie gering ihr Einfluß auf die Politik des Projekts war. Esterhazy beendete das Treffen, indem er die Mitglieder sehr taktvoll darauf hinwies, daß alles, was sie über das Projekt wußten, vertrauliche Informationen waren. Sie würden benachrichtigt werden, wann das nächste Treffen stattfinden würde; in der Zwischenzeit dankte er für ihr Erscheinen.

Rube wußte, daß ich eine Entscheidung zu treffen hatte, und tauchte sofort neben mir auf, als ich den Konferenzraum verließ. Im Gang lud er mich in eine Bar in der 6th Avenue ein, in der wir ein- oder zweimal gewesen waren und wo wir zu Mittag essen konnten. Ich sagte, ich wolle zuerst Dr. Danziger sehen, und wir gingen gemeinsam zu seinem Büro. Aber Danzigers Vorzimmerdame meinte, Colonel Esterhazy sei bei ihm, was Rube kaum verwunderte und was noch etwas länger dauern konnte. Ich war ausgehungert, also ging ich mit Rube zum Essen: Jeder hatte eine große Schüssel Gemüsesuppe und ein Pastrami-Sandwich, dazu einige Gläser Bier. Wir saßen in der letzten Nische in der hinteren Ecke, neben und hinter uns war eine Ziegelwand, und niemand befand sich in der Nähe, der uns hätte belauschen können.

Ich will nicht jedes Wort unserer Unterhaltung wiedergeben. Wir gaben unsere Bestellung auf, dann wies Rube sehr sachlich und mit ruhiger Stimme darauf hin, daß sie zwar hofften, ich würde mit dem Projekt weitermachen – neue Kandidaten waren nicht leicht zu bekommen, und ihre Ausbildung sei eine langwierige Angelegenheit –, dennoch sei ich für das Projekt nicht unersetzlich. Wenn ich nicht weitermachte, würde ich für eine Verzögerung sorgen, Ersatz aber würde schließlich gefunden werden. Ich wußte das natürlich. Zumindest wußte ich, daß das, was Rube als Gewißheit verkaufen wollte, im Bereich des Möglichen lag. Und es lief mir kalt über den Rücken, als er es sagte, denn ich konnte nicht leugnen, daß der Gedanke, niemals wieder zurückzugehen, für mich schwer zu akzeptieren war. Alles, was ich tat, war, mit dem Kopf zu nicken und zu sagen, sicher, aber mit dem Projekt weiterzumachen würde mein Gewissen nicht entlasten, wenn ich überzeugt sei, daß es ein Fehler war.

Unsere Sandwiches kamen, wir aßen sie, Rube hatte bereits die Hälfte davon verschlungen und es sichtlich genossen, als er es auf den Pappteller legte, sich über den Tisch beugte und antwortete. Mit leiser Stimme, die in einem Meter Entfernung nicht mehr zu hören war, sagte er: »Si, Dr. Danziger ist ein alter Mann. Vergessen Sie das nicht. Und was das Projekt bislang erreicht hat, ist genug – für ihn. Für ihn stellt es einen Höhepunkt dar; er hat erreicht, was er sich vorgenommen hatte. Und wenn sich herausstellt, daß das alles ist, dann kann er zufrieden sein. Ich mag ihn, wirklich. Aber er ist ein alter Mann, der vom

Risiko befangen ist. Wenn Sie ihm nur lange genug zuhören, gewinnen Sie die Überzeugung, daß Sie im Januar 1882 nur laut genug niesen müssen, um eine Kette von Ereignissen in Gang zu setzen, die schließlich zur Zerstörung der Welt führt. Aber so ist es nicht; die Auswirkungen sind nicht anders als hier und jetzt. Versuchen Sie es, Si.« Er grinste mich an und nahm sein Sandwich wieder auf. »Kommen Sie! Hier sind einige Dutzend Menschen; niesen Sie. Und nichts, absolut nichts wird passieren. Verdammt noch mal, die Leute heiraten nicht wegen der alltäglichen, trivialen Handlungen eines Fremden. Sie haben nicht einmal diesen Pickering aus der Bahn geworfen. Das ist offensichtlich seine Natur, so handelt er, und dementsprechend benimmt er sich, mit oder ohne Sie. Es zählt einfach nicht; die wirklich wichtigen Ereignisse werden nicht zufällig herbeigeführt. Sie sind das Resultat von vielen miteinander verschränkten Kräften, eine Tat allein hat keinen Einfluß auf sie. Wenn Sie nicht zurückgehen und bewußt etwas Entscheidendes, Einschneidendes tun, durch das sich ein größeres Ereignis einfach ändern *muß*, werden Sie kaum etwas bewirken. Wollen Sie ein Dessert?«

Ich lehnte ab, Rube bestellte Apfelkuchen und ein weiteres Glas Bier. Ich sagte wenig und ließ mich auf keine Diskussion ein. Zweifelnd, und wahrscheinlich etwas verwirrt, saß ich da. Rube aß schnell, mit einem Bissen verschlang er ein Viertel des Kuchens, gefolgt von einem vierten Bier. Plötzlich, auf einen Impuls hin, grinste er mich an, ein Typ, den man einfach mögen mußte, und sagte: »Si, bleiben Sie bei uns, Herrgott noch mal. Sie haben bislang nicht den geringsten Schaden angerichtet, Sie haben nichts, absolut nichts beeinflußt, und wir haben dafür Beweise. Und genauso wird es auch weiterhin sein, wenn Sie vorsichtig sind.«

Wir redeten ein wenig über das, was im Gramercy Park Nr. 19 geschehen war, während Rube es sich mit einer

Zigarre im Mund bequem gemacht hatte. Ich erzählte ihm von meinen Eindrücken aus dem New York von damals und heute. Er hörte zu, stellte Fragen und war fasziniert. Er sagte: »Ich kann es nicht. Ich habe es versucht, lang bevor ich Sie kennenlernte, aber ich kann es einfach nicht. Gott, wie ich Sie beneide.« Er schaute auf seine Uhr und setzte sich dann widerstrebend auf; er wollte schon aufstehen, faßte aber plötzlich über den Tisch und legte seine Hand auf meinen Unterarm. »Ich muß mit Ihnen nicht diskutieren, denn Sie sehen es genauso wie wir alle; das Projekt kann nicht fallengelassen werden; es geht einfach nicht. Und da Sie dabeibleiben wollen, hat es keinen Sinn, wenn Sie gehen.« Ich nickte nicht, murmelte auch keine Zustimmung, aber ich lehnte auch nicht ab. Rube glitt aus der Nische, ich stand mit ihm auf, und auf dem Weg zurück zum Lagerhaus sprachen wir über Football. Selbst heute noch schäme ich mich dafür; es gibt keine Entschuldigung. Ich konnte mir einfach nicht die Chance entgehen lassen, wieder zurückzukehren; ich wußte es, und das war alles, was es dazu zu sagen gab.

Als wir ankamen, war Danziger bereits fort, Gott sei Dank, wie mir damals wohl durch den Kopf ging. Seine Sekretärin gab mir allerdings seine Adresse und Telefonnummer; er wohnte in einem Apartment in der Bronx. Ich telefonierte von ihrem Telefon aus, erhielt aber keine Antwort. Wahrscheinlich war er noch nicht zu Hause, vielleicht war er auch nicht direkt dorthin gefahren. Als ich aufhängte, ließ ich meine Hand auf dem Hörer, rief dann aber Kate doch nicht an; zögerte ich es hinaus, mich mit ihr zu treffen?

Wenig später, ich ging durch die Straßen zu ihrem Laden, dachte ich darüber nach. Ich hatte viel zu tun gehabt, redete ich mir ein, und kaum Zeit, Kate anzurufen. Aber wenn das auch stimmte, so war es doch nicht die ganze Wahrheit. Stand mein Widerwille – er war da, ich mußte es zugeben – mit Julia in Verbindung? Nun, mein

Puls ging schneller, wenn sie um mich war, auch das mußte ich zugeben, ich glaubte nicht, daß es an Julia lag.

Vielleicht waren es die Neuigkeiten, die ich Kate mitzuteilen hatte; daß Iras Vater schlichtweg ein Betrüger, ein korrupter Schwindler war. Aber er war gestorben, lange bevor Kate geboren wurde, außerdem war er kein Verwandter; die Neuigkeiten konnten Kate nicht verletzen. Ich *wußte* nicht, was los war, ich lief einfach durch die Straßen, bis ich an ihrem Laden angelangt war.

Kate war da; sie kam gerade aus ihrem kleinen Arbeitszimmer an der Rückseite des Ladens, als ich die Tür öffnete und die Glocke klingelte. Sie hatte von einem Stuhl alte Farbschichten entfernt; sie trug Blue Jeans, eine alte Bluse und eine Schürze, ihre Hände waren voller Beize. Also beugten wir uns nur vor, um uns gegenseitig einen kleinen Kuß zu geben; im Arbeitsraum saß ich auf einem kleinen Faß, das dort herumstand, während sie an dem Stuhl weiterarbeitete, und erzählte ihr alles. Es machte Spaß, sie war total begeistert.

Nachdem Kate den Laden geschlossen hatte, gingen wir zum Supermarkt im nächsten Block, wo sie ein Steak und Butter kaufte. Einige Häuser weiter holte ich aus dem Liquor Store eine Flasche Whiskey, kam dann zum Supermarkt zurück und kaufte noch einige Flaschen Soda. Als wir dann oben in Kates kleinem Apartment waren, den zweiten Drink nahmen, in der Küche brieten die Kartoffeln, konnte ich nicht verstehen, warum ich gezögert hatte, hierher zu kommen. Das hier war der einzige Ort, wo ich sein wollte, und die Stunden, die noch vor mir lagen, versprachen verdammt gut zu werden.

Kate hatte natürlich ein besonderes Interesse an dem, was ich ihr während unserer Drinks und während des Essens erzählte. Sie hatte den Ort und die Zeit gesehen, von der ich sprach, sie hatte, wenn auch nur kurz, Jake Pickering gesehen. Und als ich ihr von Carmody erzählte, bewegte sie sich kaum – mit offenem Mund hörte sie fasziniert zu. Als ich ihr von Danziger, Esterhazy, Rube und meiner Entscheidung berichtete, gab sie einige wenige, vorsichtige Kommentare ab, darauf bedacht, in meine Entscheidung nicht einzugreifen; ich wußte, sie war froh – sie konnte nicht anders –, daß ich wieder zurückging.

Sie stand vom Tisch auf, ging in ihr Schlafzimmer und kam mit der roten Akkordeonfaltmappe wieder; noch im Gehen löste sie das rote Band. Erneut betrachteten wir die kleine Schwarzweiß-Aufnahme von Andrew Carmodys Grabstein. Dort stand er, geheimnisvoll, zwischen den Gänseblümchen und dem spärlichen Gras: ein Grabstein, wie vom Karikaturisten gezeichnet, oben ein perfekter Halbkreis, die Seiten gerade, der ganze Stein in den Boden gesunken und ein wenig geneigt. Und auf dem Stein, klar und deutlich zu erkennen, die fremdartige Gravur: kein Wort, kein Name oder Datum, nur der neunzackige Stern in einem Kreis, der aus unzähligen, in den Stein gehauenen Punkten bestand; der Stern, den wir, es war kaum zu glauben, im Schnee unter einer Straßenlaterne gesehen hatten, auf dem Broadway in New York, am 23. Januar 1882.

Verwundert betrachteten wir wieder den blauen Umschlag und die mit schwarzer Tinte geschriebene Adresse. Kate schüttelte den Brief aus dem Umschlag und las laut den oberen Teil über dem Falz vor. »›Wenn eine Unterredung über den Carrara-Marmor im Court House für Sie von Interesse sein sollte, so kommen Sie bitte nächsten Donnerstag um halb eins in den City Hall Park.‹« Sie zeigte mir den Brief. »Und nun wissen wir«, sagte sie mit ehrfürchtiger Stimme, »wir wissen *wirklich*, was im Park vor sich gegangen ist. Ich bin froh, daß Ira es nicht gewußt hat.« Dann las sie den Teil unterhalb des Falz vor. ›*Daß dieses Sendschreiben die Zerstörung des gesamten Welt*‹ – wie lautet nur das fehlende Wort! – ›*durch Feuer herbeiführte. ist kaum zu glauben. Dennoch ist es so, und der Fehler und die Schuld*‹ – wieder unterbrach sie, um das fehlende Wort anzuzeigen – ›*bei mir. Sie ist weder zu leugnen, noch ist ihr zu entkommen. Dieses erbärmliche Souvenir vor Augen, beende ich nun das Leben, das bereits damals hätte beendet werden sollen.*‹ Kate schob den Brief in den Umschlag zurück. »Tu, was sie dir auftragen, wenn du zurückkehrst. Aber finde für *mich* heraus, was dieser Brief bedeutet. Deswegen ignorierst du Danziger, oder? Du mußt zurück, du kannst nicht anders.« Und ich nickte.

Esterhazy besaß am nächsten Morgen genug Taktgefühl, nicht Dr. Danzigers Büro zu übernehmen. Wir trafen uns in Rubes kleinem Büro; Rube saß in Hemdsärmeln hinter seinem Schreibtisch, tief in seinen Drehstuhl versunken, die Hände hinter dem Kopf verschränkt, und grinste mich an. Esterhazy war halb an eine Schreibtischkante gelehnt, halb saß er darauf und sah in seinem grauen Gabardine-Anzug, dem weißen Hemd und der dunklen Krawatte sehr herausgeputzt und fast militärisch aus. Ich saß ihnen auf einem Stuhl gegenüber.

Ich sollte zurück und die Mission wieder aufnehmen. Das war alles, was sie mir zu sagen hatten. Sie wollten alles wissen, was ich noch über Andrew Carmody und das, was zwischen ihm und Jake Pickering geschehen war, in Erfahrung bringen konnte. Vor allem die Historiker, sagte Rube, waren daran interessiert; ein Team von Historikern und Postgraduierten arbeitete bereits in der Library of Congress und versuchte, alles auszugraben, was es über Carmodys Beziehung zu Cleveland gab; ein zweites Team arbeitete in den Staatsarchiven. Alles, was ich erfahren konnte, würde ihre Ergebnisse erweitern oder in ein neues Licht rücken. Endresultat dieses Pilotprojekts, so hoffte man, könnte eine brauchbare Methode zur Erweiterung unseres gesamten historischen Wissens sein.

Auf meinem Weg zum Dakota – Rube fuhr mich hin – sagte ich mir, daß ich das Richtige tat: In den Argumenten, die ich gehört hatte und die ich mir selbst zurechtgelegt hatte, war kein Fehler. Aber wenn das stimmte, warum *spürte* ich dann, daß ich das Falsche tat. Und warum, wenn ich von dem, was ich tat, so überzeugt war, warum hatte ich dann nicht mit Dr. Danziger gesprochen? Es wäre genügend Zeit gewesen, mit ihm zu telefonieren; es war noch immer genügend Zeit. Aber ich wußte, daß ich ihn nicht anrufen würde.

17

Es war fast schon zur Gewohnheit geworden, das Dakota zu verlassen und in den Winter von 1882 hinauszugehen. Ich hatte mich nun an das Prozedere gewöhnt; es gab keinen Zweifel mehr, daß es nicht klappen könnte. Ohne es in Frage zu stellen, wußte ich, daß ich zurück war, und akzeptierte es. Es schien ganz natürlich zu sein hinauszutreten, in den Central Park zu gehen und – es hatte während des Tages geschneit – Pferdeschlitten zu sehen. Dutzende und Aberdutzende glitten über die Wege des Parks.

Ein wunderbarer Anblick. Als ich durch den Park spazierte, spürte ich, wie sich alle Sinne in mir öffneten, und plötzlich war ich mir der Wirklichkeit des Winters bewußt. Ich spürte die saubere eisige Luft an den Wangen, meine Lungen kosteten sie; sie war klar und kalt. Fast jedes Pferd, das an mir vorübertrabte, hatte Glocken am Zaumzeug, die winterliche Luft war von ihrem Tönen und den dumpfen Schlägen der Hufe durchdrungen. In diesen Geräuschen und in den gedämpften, hohen Stimmen, die draußen im Neuschnee waren, lag ein besonderes Gefühl, ein glückliches, ein nostalgisches Gefühl. Ein kastanienbraun lackierter Schlitten hatte Seitenteile, auf die winterliche Szenen gemalt waren, einige der Pferde hatten Büschel aus gefärbtem Pferdehaar oder Federn in ihre Mähne gebunden, und ich schwöre, daß in den Augen jedes Mannes, jeder Frau und jedes Kindes, das an mir vorbeifuhr, das Vergnügen über diesen Augenblick zu sehen war.

Ich blieb stehen und machte von der Szene eine schnelle Skizze. Viel später, sorgfältig nach der Mode der Zeit ausgearbeitet, da dies mir angemessen erschien, beendete ich sie. Sie finden sie auf den nächsten Seiten. Im Hintergrund sieht man das Dakota, und ich wünschte, man könnte das silberne Klingeln der reich verzierten Pferdeglocken hören.

Am Ausgang des Parks waren auf dem Teich Schlittschuhläufer; überall im Park tummelten sich Kinder, die mit den Bäuchen auf hölzernen Schlitten lagen; kleinere Kinder, die auf höhere Schlitten gepackt waren und von älteren Geschwistern oder Erwachsenen gezogen wurden. Einer dieser Schlitten fuhr an mir vorbei; gezogen wurde er von einem weißbärtigen Mann, dessen Kleidung – Gamaschen, enganliegende Hosen, ein seltsamer Seidenzylinder, der oben bereits ausfranste – seit Jahren unmodern war. Er mußte weit über siebzig sein; er zog diesen Schlitten durch den Schnee und lächelte; wie jeder andere auch, dem ich im Park begegnete, hatte er seinen *Spaß* daran. Genau wie ich; ich war plötzlich glücklich, hier an diesem Ort, zu dieser Zeit zu sein; ich war glücklich, wurde mir bewußt, wieder zurück zu sein.

Ich freute mich jedoch nicht darauf, zum Gramercy Park Nr. 19 zurückzukehren; es war Sonntag, und Jake Pickering konnte zu Hause sein. Also betrat ich einen Saloon in der West 57th Street – die Vordertür war, wie ich erfuhr, nachdem ich zwei Männern durch eine Seitentür gefolgt war, wegen des sonntäglichen Sperrgebots geschlossen. Ich aß dort eine Suppe und zwei große Sandwiches; ich wollte die Begrüßung und die Fragen, vor allem das erste Zusammentreffen mit Jake Pickering so kurz wie möglich gestalten und sofort auf mein Zimmer gehen mit der Ausrede, ich sei nicht hungrig. Aber als ich um die Ecke kam, standen zwei große Schlitten vor dem Haus. Felix Grier und ein Mädchen, das ich nicht kannte, saßen auf dem Vordersitz des ersten; Felix hielt die Zügel, das Mädchen hatte Felix' Geburtstagskamera auf ihrem Schoß. Byron Doverman half gerade einer anderen jungen Frau in den Rücksitz. Julia kam vorsichtig – die Stufen waren mit einer frischen Schneeschicht bedeckt – die Treppe herab, und an ihrer Seite war Jake, in Zylinder und dunklem Mantel mit Lammfellkragen, der ihren Ellbogen hielt. Maud Torrence folgte ihnen, und oben im Hauseingang stand Tante Ada.

Sie sahen mich, bevor ich mich abwenden konnte; sie riefen und schrien. Felix, außer sich vor Freude, schrie über das Mädchen hinweg zu mir die Straße hinunter. »Willkommen zu Hause! Gerade rechtzeitig für die Schlittenpartie! Mr. Pickering hat zwei Schlitten gemietet!« Ich winkte verhalten, versuchte zu lächeln und mir eine Entschuldigung zurechtzulegen: müde von der langen Zugreise, außerdem hätte ich mir *la grippe* eingefangen. Denn natürlich konnte ich kein Fuhrwerk steuern und war, neben den beiden Männern mit ihren Begleiterinnen, das fünfte Rad am Wagen. Im anderen Schlitten mit dem wütenden Pickering mitzufahren, der zu Gott weiß was imstande sein mochte, war unmöglich. Sie kamen auf mich zu, Felix sprang aus seinem Schlitten, um meine Hand zu ergreifen, sie bestürmten mich mit Fragen – wie ging es meinem Bruder, wie der Familie? Sie hießen mich willkommen. Als nächster ergriff Byron meine Hand; alle waren so erfreut, mich wiederzusehen, daß meine Augen feucht wurden.

Und dann wurde meine Hand erneut ergriffen; Jake drückte sie und grinste mich dabei glücklich an! Ich versuchte zu antworten: Meinem Bruder ginge es unerwarteterweise viel besser; zu Hause wäre alles in Ordnung; ich sei froh, wieder zurück zu sein! Aber verwundert starrte ich Jake an: Seine großen braunen Augen waren warm und freundlich, sein Lächeln, als er mir die Hand schüttelte, war echt, so echt wie das der anderen. Julia lächelte mich an; sie war so erfreut, daß mein Herz hüpfte. Sie gab mir

Si Morley

die Hand, dann Maud, und als Tante Ada meine Hand ergriff, beugte sie sich vor und küßte mich auf die Wange.

Und nun *wollte* ich plötzlich mit diesen Menschen mitfahren, wollte nichts anderes als das. Tante Ada nahm meine Tasche und brachte sie ins Haus, Byron und Felix stellten mich ihren Begleiterinnen vor: Felix' Dame war sehr jung und schön, die von Byron älter und, obwohl ihr Gesicht mit Pockennarben überzogen war, attraktiv; sie sah sehr intelligent aus. Höflich luden sie mich ein, mit ihnen zu fahren; doch noch bevor ich darauf etwas erwidern konnte, sagte Jake nein, ich müsse mit *ihnen* fahren, nahm mich am Ellbogen und drängte mich dazu, in seinen Schlitten zu steigen. Als Julia vorschlug, mit ihnen vorne zu sitzen, stimmte Jake enthusiastisch zu und bot mir die ›Seile‹, er meinte die Zügel, an. Ich gab es auf, darüber nachzudenken, was passieren konnte; Jake, nahm ich an, war manisch-depressiv veranlagt, ein emotionales Pendel, und beließ es vorerst dabei.

Er nahm die Zügel, nachdem ich dankend abgelehnt hatte; die Pferde hätten sich lachend zu mir umgedreht, wenn ich versucht hätte, sie zu führen. Maud und Tante Ada saßen hinten, Julia vorne zwischen Jake und mir. Es hatte, wie ich entdecken mußte, etwas sehr Intimes, sich unter der Decke, mit Knie und Hüfte, an die junge Frau anzuschmiegen. Ich zog die Decke über mich, schaute zu Jake, der mich, die Hände an den Zügeln und bereit, loszufahren, angrinste. Weniger angenehm allerdings war, daß wir Schulter an Schulter saßen, also zog ich meinen linken Arm unter der Decke hervor und legte ihn auf die Rücklehne des Sitzes, hinter Julia, sorgfältig darauf achtend, sie nicht zu berühren; es hatte keinen Zweck, sich dem Gedanken hinzugeben, wie schön es war, so nah neben ihr zu sitzen. Ich zwang mich dazu, die Szenerie zu genießen, die schneebedeckten Eisenzäune, die Bäume und Sträucher des kleinen Gramercy Park, der neben uns lag.

»Fertig?« schrie Felix über die Schulter nach hinten, jubelnd rief Jake zurück, er sei bereit. Die Zügel schnalzten gleichzeitig, und beide Gespanne fuhren los, die Glocken am Zaumzeug begannen zu klingen. Die Schlitten glitten leicht über den Schnee, die Pferde fielen zurück; bei einem zweiten Schnalzen der Zügel, als wir die Ecke zur 21st Street umfuhren, warfen sie ihre Köpfe hoch, gaben eine Wolke weißen Atems von sich und fielen in Trab; offensichtlich genossen sie es ebenso sehr wie wir. Die Glocken sangen nun.

Alles, was ich über diesen Nachmittag und Abend sagen kann, ist, daß er wunderbar war. Ein Traum. Die weißen Straßen von Manhattan waren voller Schlitten; die Luft war erfüllt vom Tönen der Glocken, das, ich kann es nicht anders sagen, etwas überaus Lyrisches hatte. Die Fuhrwerke und großen Wagen, die sich unter der Woche hier tummelten, waren verschwunden, selbst Pferdebusse tauchten nur selten auf; die Straßen und Gehwege gehörten den Menschen.

Auf den Wegen wurden Kinder auf ihren Schlitten gezogen, Schneebälle geworfen und Schneemänner gebaut; Kinder, Erwachsene, alte Männer und Frauen lachten und riefen sich zu. Und in den Straßen, durch die wir und die anderen Schlitten fuhren, wurde uns zugerufen, und wir riefen zurück. Manchmal lieferten wir uns Rennen; wir rasten die 5th Avenue hoch, zwei weitere Gespanne neben uns. Die Fahrer waren aufgestanden, Peitschen knallten, die Mädchen schrien – so ging es fast zwei Blocks weit, bis ein entgegenkommender Schlitten uns wieder in die Reihe zwang. Irgendwo auf der Höhe der 50th, Felix' Schlitten war einen halben Block hinter uns, bog Jake plötzlich in eine Querstraße ab, als ein von Norden kommender Schlitten dies ebenfalls tat. Mit bimmelnden Glocken trotteten wir nebeneinander her und lächelten uns zu.

Es war ein großer, grün lackierter Schlitten mit Schwanenhals, ein wunderschönes Gefährt. Fünf junge Männer um die Zwanzig saßen darin, und ein Mädchen mit einer rotweißen Strickmütze, die unter ihrem Kinn festgebunden war, begann zu singen: *Dashing through the snow! In a one-horse open sleigh! O'er the field we go!* Und bei der Zeile *Laughing all the way!* fielen schließlich alle ein; bis auf mich kannten alle den vollständigen Text. Zum Rhythmus der Pferdehufe und dem Bimmeln der Glocken wurde dann das gesamte Lied gesungen: *Bells on bobtail ring! Making spirits bright! What fun it is to ride and sing* – und das war es auch, o ja, das war es – *a sleighing song tonight!* Und dann brüllten wir alle: *Jingle bells, jingle bells! Jingle all the way! Oh what fun it is to ride in a one-horse open sleigh!* Zwei Blocks lang sangen wir – Leute auf den Bürgersteigen riefen uns zu, Kinder warfen Schneebälle auf uns. Julias Stimme neben mir war hoch, ein sehr klarer, lieblicher Sopran; der weiße Dunst ihres Atems unterstrich jeden Satz. Maud war kaum zu hören, Tante Ada mit überraschend jugendlicher und schöner Stimme, und Jake ein holpernder Bariton. Ich selbst, denke ich, war ein etwas verlorener Tenor. An der nächsten Ecke bogen die anderen nach Süden. Unter Winken und Rufen fuhren wir weiter nach Norden, zum Central Park; und solange der Schlitten noch in Hörweite war, setzten wir unseren Gesang fort.

Felix schloß zu uns auf und übernahm im Park wieder die Führung; mit Hunderten anderer Schlitten flogen wir über die gewundenen Wege. Wir fuhren schnell, Schlitten rasten an uns vorüber, die Hufe dröhnten, und die Pferde an den Seiten hoben in den Kurven manchmal beinahe vom Schnee ab. Einige der Fahrer hatten sogenannte Fischhörner bei sich: Hörner aus Messing, die sie von Zeit zu Zeit an die Lippen setzten und bliesen und die einen einzigen, traurigen, jedoch irgendwie aufregenden metallischen Ton von sich gaben, der dann einen Moment lang in der Luft hing. Vor uns fuhr Felix an den Wegrand, um eine Aufnahme zu machen. Wir blieben hinter ihm stehen und warteten, während er seine große Kamera aus rotem Leder und lackiertem Holz, deren Messingverzierungen im winterlichen Licht schimmerten, aufstellte. Die Aufnahme wurde gut; als ich sie später sah, bat ich ihn um einen Abzug. Hier ist er; ich kann ihn nicht betrachten, ohne vor Freude zu lächeln.

Eine halbe Meile später erblickte Felix eine weitere Szene, die er aufnehmen wollte. Während wir hinter ihnen warteten, sah ich, was er photographierte. Die Aufnahme befindet sich auf der nächsten Seite. Ich muß sagen, er besaß ein gutes Auge. Sie bemerkten uns nicht; die Mutter holte ein Taschentuch für den Jungen auf dem Schlitten hervor, und ich hörte, wie das Kind im Wagen die ältere Frau als ›Nanny‹ bezeichnete.

Während Felix die Aufnahme machte, ging ich zu ihrem Schlitten hinüber. Als er fertig war, erzählte ich ihm, ich hätte an der anderen Seite des Parks, an der 72nd Street, ein Apartmentgebäude gesehen, das ich bewundere, und fragte ihn, ob er nicht davon eine Aufnahme machen

könne. »Das Dakota«, sagte er. »Sicher. Nur müssen *Sie* sie machen.« Er reichte mir die Kamera. Ich zögerte, ich wollte sie nicht benutzen und dankte ihm, er aber erklärte mir, wie ich eine neue Platte einzulegen hatte.

Auf halber Höhe des Parks bat ich Jake anzuhalten, und mit Felix' Hilfe machte ich das Photo. Mir gefällt es; es zeigt, wie einsam das Dakota einst gestanden hat. Allerdings kommt das vom Eis reflektierte Licht kaum heraus, und leider ist es überbelichtet. In der Mitte des Vordergrunds stand zum Beispiel ein Mann mit einem Seidenzylinder; ich weiß nicht, ob er zu erkennen ist. Wir fuhren weiter, näher an das Dakota heran, und ich stellte die Kamera – sie war wirklich simpel, aber gut – auf eine Steinsäule für eine längere Belichtungszeit, da das Licht schwächer wurde. Was dabei herauskam, könnte schöner nicht sein. Mit einer Leica, Graflex oder irgendeiner anderen Kamera wäre es nicht besser geworden.

Dann ging es weiter durch den Park, bis wir ihn schließlich verließen und – erstaunlich, wir befanden uns noch

immer auf Manhattan Island – auf dem flachen Land waren. Schließlich hielten wir vor einem großen Holzgebäude, dem Gasthof Gabe Case's. Es war nun völlig dunkel; das Wirtshaus war hell erleuchtet, durch die Fenster fiel das Licht in großen Rechtecken auf den Schnee. Und es war voll; sicher über fünfzig Schlitten standen draußen unter einem großen Unterstand, die Pferde waren angebunden und mit Decken verhüllt.

Drinnen war jeder Tisch besetzt, der Raum berstend voll, die Stimmen und das Gelächter waren so laut, daß es fast unmöglich war, sich zu unterhalten. Felix rief mir etwas zu, ich kämpfte mich zu ihm durch und schloß mich seiner Gruppe an, wobei ich meine verlor. Wir aßen im Stehen Sandwiches – es gab keinen freien Tisch – und tranken Glühwein und unterhielten uns ein wenig über das Gebrüll hinweg, meistens aber grinsten wir uns aus Spaß und Freude nur an.

Ein außergewöhnlicher Nachmittag und eine außerge-

wöhnlicheNacht, die am nächsten Morgen der *Times* eine Geschichte wert war, die mit ›UNTERWEGS‹: TAUSENDE VON FRÖHLICHEN NACHTSCHWÄRMERN GENIESSEN DIE SCHLITTENFAHRT überschrieben war und folgendermaßen lautete:

> All diejenigen, die Cutters, altmodische Schlitten, alte Piano-Schlitten oder andere Gefährte auf Kufen ihr eigen nennen und gestern Zeit hatten, sie hinter edle Pferden, oder solche niedrigeren Geblüts zu spannen, hatten die Gelegenheit, sich auf den Wegen des Central Park oder den großen Straßen, die dorthin führen, zu erfreuen. Die Schneeverhältnisse waren auf dem Broadway, der 5th Avenue und allen Avenuen der Stadt, wo keine Straßenbahngleise liegen, gut. Der Schneefall sorgte für den bislang besten Untergrund in diesem Winter, und Tausende nutzten die Gelegenheit. Eine große Zahl bemerkenswerter Pferde war auf den Straßen, Kaufleute, Banker, Politiker und professionelle Pferdezüchter begegneten einander in fröhlichster Laune.
>
> Der Leiter für öffentliche Angelegenheiten Hubert O. Thompson erregte in seinem feinen Cutter große Aufmerksamkeit, als er auf sanfte Weise sein mächtiges Pferd lenkte. Der Geschworenenrichter George Caulfield, der einen Rotfuchs lenkte, zeigte Mr. Thompson den Weg zu Gabe Case's Anlage. Dieser stieg von seinem Cutter und dankte Mr. Caulfield, als hätte ihm dieser das Leben gerettet. Polizeirichter J. Henry Ford flog in einem eleganten Cutter, der von einem schnellen Pferd gezogen wurde, über den Schnee und war nicht zu stoppen. John Murphy, der professionelle Fahrer, saß hinter seiner Stute Modesty und flog wie der Wind vorbei. Gefolgt wurde er von Frank Work mit seinem Gespann Edward und Swiveller; Joseph Doyle mit seiner wundervollen Stute

Annie Pond; William Vassar mit Red and Black und Keno; John DeMott im schönsten Cutter auf der Straße, davor sein brauner Wallach Charley; Samuel Sniffen mit seiner Blackwood Queen; Gen. J. Nay mit seinem Garryowen, Salvine Bradley mit seinem Gespann Jack Slote und Hen Seaman; Ike Woodruff mit seinem Dan Smith; James Kelly mit seiner Stute Codfish; Robert J. Dean und Gesellschaft in einem großen Schlitten und John Barry mit seinem Fuchswallach Gossip.

Nach Einbruch der Dunkelheit, als das ganze Land weiß im Mondlicht glänzte und die Straßenlaternen im Umkreis von einigen Meilen aussahen wie eine Glühwürmchenparade, erreichte die Stimmung ihren Höhepunkt. Die großen Schlitten, in denen junge Männer und Frauen lachten und sangen, bewegten sich schnell in alle Richtungen …

Durch die Nacht fuhren wir nach Hause – die anderen hatten auf mich gewartet, als wir Gabe Case's verließen, und obwohl ein leichter Wind aufgekommen und es kälter geworden war, saßen wir warm in unsere Decken gehüllt und sangen leise ›The Spanish Cavalier‹ und sehr, sehr leise und langsam ›Bring Back My Bonnie to Me‹. Im Park glitzerte der Schnee, die Gebäude an der 5th Avenue waren in geheimnisvolles Mondlicht getaucht, staunend fuhren wir durch die Stadt. Eine Szene blieb in meinem Gedächtnis haften; viel später machte ich davon ein Aquarell; auf der vorhergehenden Seite sehen Sie die Szene so, wie sie mir in Erinnerung geblieben ist. Ich wünschte, ich könnte ihre wunderbare Lebendigkeit wirklich zum Ausdruck bringen.

Wir fuhren an den hohen Wänden des Reservoirs vorbei, dort, an der 5th und der 42nd, wo eines Tages – was die anderen nicht wußten – die Public Library stehen sollte, die 5th hinunter, vorbei am Madison Square und dem rechten Arm der Freiheitsstatue, dessen Finger und Knöchel mit Schnee bedeckt waren – ich wollte, es hätte genügend Licht gegeben, damit Felix sie photographieren konnte. Dann bogen wir auf der 23rd Street nach Osten zum Gramercy Park, und ich sagte: »Mr. Pickering, ich danke Ihnen; das war einer der schönsten Abende, die ich jemals erlebt habe.«

Er nickte; er rauchte nun eine Zigarre, und bei jedem Zug zog der Rauch in einem langen dünnen Band über seine Schulter. Er sagte: »Sie waren herzlich eingeladen, Mr. Morley. Es war übrigens so eine Art Feier, wissen Sie.«

Ja, ich weiß, dachte ich; *eine Feier deiner Aussicht, durch Erpressung reich zu werden*. Höflich sagte ich. »Nein, das weiß ich nicht.«

Er nickte wieder und lehnte sich nach vorne, um mich über Julia hinweg besser ansehen zu können; in seinen Augen sah ich einen Zug von Blasiertheit und Selbstgefälligkeit. »Ja«, sagte er langsam. Bewußt hatte er, so erkannte ich später, dies den ganzen Abend hinausgezögert und seine Vorfreude verlängert; nun kostete er es ganz aus. »Wir haben Sie im Gabes gesucht, um mit Ihnen einen Toast auszusprechen.« Die Zigarre in einem Mundwinkel, grinste er über die Verwirrung, die in meinem Gesicht lag, und wartete so lange mit der Antwort, bis Julia schließlich ungeduldig ihm zuvorkam, wie mir schien, obwohl ihre Stimme es nicht verriet.

»Mr. Pickering und ich haben uns verlobt und wollen heiraten.«

Nach einer Weile sprach ich die richtigen Worte und formte den angemessenen Gesichtsausdruck. Lächelnd beugte ich mich über Julia hinweg, gab Jake die Hand und gratulierte ihm. Noch immer lächelnd stimmte ich Maud und Tante Ada zu, daß dies wunderbare Neuigkeiten seien. Dann lächelte ich Julia zu. Als ich ihr allerdings sagte: »Ich hoffe, Sie werden sehr glücklich«, spürte ich, wie das Lachen aus meinen Augen schwand. Julia nahm es wahr und nickte nur kurz; ihre Lippen waren fest geschlossen. Ich fragte, wann und wo sie heiraten wollten, und saß da, als hörte ich Jake und Tante Ada und ihren Antworten zu, vernahm sie jedoch nicht.

Statt dessen dachte ich in den wenigen Minuten, die wir noch fuhren, bis wir vor Gramercy Park 19 anhielten, an alle möglichen Dinge. Ich dachte an die tätowierten Buchstaben, die auf Jakes Brust nun heilten und sie sein Leben lang mit Julias Namen markierten. Ich hatte für ihn und seine Zukunft mit Julia niemals eine Bedrohung dargestellt; das war nicht möglich. Aber das wußte er nicht; vielleicht wäre es so gewesen, wenn die Dinge anders gelegen hätten; soviel spürte er. Nun – Kinn und Bart nach vorne geworfen, mit selbstzufriedenem Grinsen, Zigarrenrauch kräuselte sich über seiner Schulter – hatte er sie schließlich. Für ihn, soweit verstand ich Jake, war diese Verlobung ein bindender Kontrakt; sie war nun vor allen Versuchungen geschützt und für immer sein. Er *hatte* sich wirklich gefreut – triumphierend –, mich wiederzusehen.

Mehr als an Pickering aber dachte ich an Julia, die still neben mir saß. Ich glaubte nicht, daß sie die Frau war, die in der Art und Weise von Jake besessen werden mochte, wie er es sich vorstellte. Und ich wußte, *wußte,* daß sie an der Seite dieses verruchten menschlichen Wesens, das der Erpressung fähig war, nicht leben und glücklich sein konnte. Dennoch mußte ich es geschehen lassen. Trotz meines Wissens über Jake Pickering mußte ich lächeln und erfreut tun und mußte dieses warmherzige, liebenswürdige Mädchen neben mir ihn heiraten lassen. Was – mit Sicherheit – ihr Leben zerstören würde. *Dr. Danziger!* sagte ich leise über die Jahre hinweg, die uns trennten. *Muß ich das wirklich?* Aber ich kannte die Antwort: Du darfst nicht eingreifen.

Es war mir nicht möglich, einfach in das Haus zu gehen und mich oben schlafen zu legen. Ich sprang aus dem Schlitten, um Julia, ihrer Tante und Maud herauszuhelfen, und sie gingen die Treppe hoch und wünschten sich eine gute Nacht. Felix schnalzte mit den Zügeln, er und Byron fuhren ihre Gefährtinnen nach Hause oder wohin auch immer. Jake blieb im Schlitten, um ihn zum Stall zurückzufahren; ich glaube, die Frauen nahmen an, daß ich ihn begleiteten würde. Ich ließ Jake eine kurze Abschiedsgeste zukommen und drehte mich zu den Stufen um. Als Jake mit den Zügeln schnalzte und davonfuhr, wandte ich mich um und ging schnell zur 3rd Avenue.

Ich wußte nicht, wohin ich ging; ich wußte nur, daß ich nachdenken mußte, und schritt einige Blocks die 3rd hinunter, die dunkel und fast verlassen vor mir lag. Der Wind war nun stärker, die Temperatur sehr viel niedriger, und sie fiel weiter, dachte ich. Es hatte wieder zu schneien begonnen, ein harter körniger Schnee, der mit dem Wind in mein Gesicht fuhr und unter den Füßen knirschte. Keine Nacht zum Spazierengehen; an der 16th Street sah ich über meine Schulter, eine Pferdetram kam auf mich zu, der Kopf des Pferdes war vom Wind abgewandt, die Kerosinlampen flackerten an der Vorderseite des Wagens.

Er hielt für mich an, ich sprang auf die vordere Plattform, das Pferd stemmte sich gegen das Geschirr, die metallenen Hufeisen schlitterten und rutschten auf dem Schnee, bis der Wagen wieder in Fahrt kam. In dieser Nacht, bei diesem Wetter, wo nur wenige Passagiere unterwegs waren, handelte es sich um einen Bobtail-Wagen, eine Bezeichnung, die ich von Byron Doverman gehört hatte und die bedeutete, daß kein Schaffner anwesend war. Auf der offenen Plattform, unter Aufsicht des Kutschers, befand sich ein großer Fahrgeldkasten, in den ich meinen Nickel warf, ich öffnete die Tür, trat ein und schloß sie wieder gegen den Wind. Ein einziger Passagier saß drinnen, ein Mann mit Derby und Walroßschnauzer, der die *Evening Sun* las. Ich ging auf dreckigem nassem Stroh den Gang entlang und setzte mich. Die blechummantelte

Lampe, die unter der Decke hing, rauchte entsetzlich, es roch stark nach Kerosin.

Wir rollten durch die Nacht, abwesend starrte ich hinaus auf die schäbigen kleinen Läden der 3rd Avenue, einige wenige besaßen fahle kleine Gaslichter tief im Inneren des Ladens, viele hatten Pfosten und Zinnüberdachungen über den Gehsteigen; einige der Blocks, an denen wir vorbeifuhren, sahen wie die Kulissen von Western-Filmen aus. Ich hatte dies alles bereits zuvor gesehen, dennoch starrte ich hinaus und wurde nicht müde, es zu betrachten; die Spannung und das Wunder, hier in diesem fremdartigen New York zu sein, war noch immer nicht verflogen.

Ich hatte mich einmal mit einem Freund unterhalten, der seinen Urlaub in Paris verbracht hatte. Wie viele andere liebte er diese Stadt; jeden Tag durchwanderte er sie, bis ihm die Beine zitterten, und freute sich über fast alles, was er sah. Eines Morgens aber, nach fast zwei Wochen, wurden Paris und seine Menschen plötzlich zu etwas anderem als einer bloßen Hintergrundkulisse für seine Ferien. Er saß in einem Café auf dem Bürgersteig, trank eine Tasse nach Paris riechenden, nach Paris schmeckenden Kaffees und betrachtete den Verkehrsstrom, erfreut über die zahllosen Radfahrer, die sich gekonnt zwischen den Autos und Bussen und Lastwagen durchschlängelten. Dann sprang die Ampel um, der Verkehr hielt an und wartete, und ein Mann auf einem Fahrrad, einen Fuß auf dem Rad, das andere auf dem Boden, hob seinen Arm und wischte sich mit dem Handrücken den Schweiß von der Stirn. Und plötzlich wurde alles real. In diesem Augenblick war der Fahrradfahrer nicht mehr nur Teil eines bezaubernden Hintergrunds; er wurde zu einem wirklichen Menschen, der müde vom Radfahren war, und meinem Freund wurde bewußt, daß es für all diese Leute, die so pittoresk durch den Verkehr fuhren, einen wirklichen Grund dafür gab: Sie wollten das Geld für Bustickets sparen und konnten sich kein Auto leisten.

Danach, in den wenigen Tagen, die ihm noch blieben, genoß mein Freund weiterhin den Aufenthalt in Paris. Aber die Stadt war nicht mehr nur ein riesiges Reiseposter, sondern eine wirkliche Stadt, denn die Menschen waren real geworden.

Hier, im Wagen der 3rd Avenue, bis über die Knöchel im dreckigen Stroh, mit immer noch kalten Füßen und tauben Zehen, erhaschte ich durch das kleine Fenster der geschlossenen Tür einen Blick auf den Fahrer, der die Zügel an sich riß, um den Wagen zum Halten zu bringen. Eine Frau mittleren Alters mit einem so irischen Gesicht wie die anti-irischen Cartoons auf der letzten Seite der meisten Ausgaben von *Harper's Weekly*, kletterte in den Wagen; über ihrem grauen Haar trug sie einen schweren gehäkelten Schal, der auch ihre Schultern bedeckte; sie hatte keinen Mantel. An einem Arm trug sie einen Korb. Als sie die Tür öffnete, die kalte Luft hereinströmte und das Stroh im Gang raschelte, hörte ich das Schlittern und Klappern der Hufe, hörte das Krachen der Peitsche, und als sich die Tür wieder schloß, erblickte ich den Körper des Kutschers, der mit den Füßen aufstampfte, hörte den gedämpften Ton des Stampfens, und plötzlich wurde er für mich wirklich, während ich verstand, wie kalt es dort draußen auf der offenen Plattform sein mußte.

Und dann wurde auch die Stadt real; der Wagen war kein Museumsstück mehr, was er für eine spätere Zukunft werden sollte, sondern befand sich im Hier und Jetzt: Er war aus massivem Holz, zerkratzt, unbequem, dreckig, das Stroh war mit Kautabaksaft durchsetzt, gesteuert wurde er von einem sorgengeplagten, überarbeiteten Mann, gezogen von übel geschundenen Pferden. Es war kalt draußen auf der Plattform, aber ich stand auf, ging nach vorne, öffnete die Tür, trat hinaus und zog hinter mir die Tür zu. Ich mußte mit diesem Mann reden.

Ich wollte nicht sofort über ihn herfallen. Ich stand rechts neben ihm und starrte über die schaukelnden

Rücken der Pferde nach vorne auf das Kopfsteinpflaster, das im Schatten der Hochbahngleise über uns lag. Meine Augen tränten vor Kälte und dem steten Druck des Fahrtwinds. Hin und wieder fielen Böen eines lästigen Seitenwinds über uns her, der Schneewehen über die Gleise trieb. Der Fahrer hatte mich mißtrauisch beäugt; warum sollte ich hier rauskommen, wenn ich es nicht mußte? Ich lächelte ihn an. Er trug eine flache runde Stoffmütze, die hinten weit nach unten ging und Hals und Ohren schützte, darüber ein zerlumptes, braunes Stricktuch, das unter dem Kinn zusammengebunden war. Sein Schnauzbart war riesig. Er trug einen schweren braunen, sehr abgetragenen Stoffmantel; eine große Tasche, in der ein Tuch steckte, war halb abgerissen. Er hatte dicke Stiefel, schwere vereiste Fäustlinge und offensichtlich so viele Kleidungsstücke unter dem Mantel, wie darunter paßten; sein Körper war formlos. Das flackernde Licht der Laternen, die vorne am Wagen hingen, beleuchtete sein Gesicht. Ich brauchte eine Minute, bis mir bewußt wurde, daß er nicht alt war; sein Gesicht jedoch war zerfurcht und von kleinen geplatzten Äderchen überzogen, seine Farbe war die von ungekochtem alten Fleisch.

Er stand nur da, die meiste Zeit hielt er lose die Zügel in den Händen und trotzte der Kälte; ich konnte nicht verstehen, warum die Plattform *offen* sein mußte. Vor uns bog aus einer Querstraße ein leichter Lieferwagen auf die 3rd, unter seiner Hinterachse hing eine Laterne, und mit seinen Rädern schob er sich in die Gleise, auf denen leichter fortzukommen war. Er fuhr ein wenig langsamer als wir; der Pferdebahnfahrer trat auf seine Fußglocke, und der Wagen vor uns beschleunigte.

»Kalt«, sagte ich dann und krümmte meine Schultern; kein wirklich dummer Kommentar, nur ein Wort, das ich in Anerkennung seiner Gegenwart äußerte.

»Ja. Es ist kalt«, sagte er süffisant.

Ein halbes Dutzend Hufschläge schwieg ich. »Gewöhnt

man sich daran?« sagte ich dann. »Nach einer Weile? Ich glaube nicht, daß ich es ertragen könnte.«

»Daran gewöhnen? Soll ich darüber lachen?« Er dachte ein bis zwei Sekunden darüber nach. »Nein, man gewöhnt sich nicht daran. Man hält es höchstens aus, das ist alles. Wenn Sie wirklich wissen wollen, wie es ist, dann bewerben Sie sich im Winter als Pferdekutscher. Wenn ich eine Expedition zum Nordpol führen sollte und brauchte dafür Männer, die das Klima ertragen, dann würde ich die Kutscher nehmen. Ein Mann, der das aushält, hält alles aus.« Ein Ausbruch an Redseligkeit; ich hatte das Gefühl, daß ich seit langem der erste Passagier war, der ihm die Möglichkeit dazu gegeben hatte. Einen halben Block lang sagten wir nichts; dann strich an einer Querstraße eine so eiskalte Böe über die Plattform, daß das Pferd ins Stolpern kam. Ich drehte dem Wind meinen Rücken zu, zog die Schultern ein und litt. Ich glaubte nicht, es aushalten zu können, und wollte nach drinnen gehen, tat es aber nicht.

Als er sah, daß ich nicht reinging, mußte er ein wenig lächeln und begann wieder zu reden. »Ziemlich kalt, was? Ich sehe, Sie stampfen mit den Füßen und stecken die Hände in die Taschen und freuen sich darauf, an einen warmen Ofen zu kommen. Aber ich muß das den ganzen Tag ertragen; ich stehe hier draußen in der Kälte und im Wind, bis meine Hände so steif gefroren sind, daß ich die Zügel nicht mehr spüre, und in meiner Nase ist so wenig Gefühl wie in einem Eiszapfen.«

»Wie lange arbeiten Sie?«

»Vierzehn Stunden am Tag, manchmal länger, bis der Wagen ausgewaschen und alles fertig ist. Bleibt nicht viel Zeit, um die Familie zu sehen, was?« Ich sagte nein, da ist nicht viel Zeit, und er nickte und sagte: »Was glauben Sie, was wir verdienen?« Der Damm war nun gebrochen. Ich schüttelte nur den Kopf. »Einen Dollar und neunzig Cents am Tag. Oder ein wenig mehr für die langen Routen nach Harlem; das ist das Maximum, was wir verdienen können.

Wir sollen sieben Touren am Tag fahren, die Tour zu siebenundzwanzig und ein Siebtel Cents. Bei Stau, wenn die Straßen blockiert sind, schaffen wir nicht so viele Touren und verdienen weniger. Und dann stellen Sie sich vor, mit einem Dollar neunzig Cents am Tag eine Frau und Kinder zu versorgen. Die meisten von uns arbeiten am Sonntag; arme Leute können es sich nicht leisten, in einer großen Stadt wie dieser am Sabbat zu ruhen. Manchmal, wenn ich am Sonntag frei habe, gehe ich in die Kirche und nehme meine Frau und die Kinder mit. Irgendwie ist das anständig. Und dann besteigt der Priester die Kanzel und spricht von der Dankbarkeit, die wir Gott für den Segen, den er uns gibt, entgegenbringen sollen, und wie dankbar wir sein sollen, daß wir durch seine Gnade leben. Das mag schon wahr sein, so weit das ihn betrifft, aber ich denke oft, ich möchte nicht undankbar oder ungläubig erscheinen, daß die meisten Menschen auf dieser Welt recht wenig haben, wofür sie dankbar sein können, und daß es keinen Grund gibt, warum sie Gott für ihr Leben danken sollten. Neun Zehntel aller Menschen in New York finden in ihrem Leben kaum einen Moment, den sie allein für sich haben, und erleben kaum etwas anderes als Elend, von einem Jahr zum nächsten.« Er war auf das äußerste verwirrt; seine Stimme verriet ihn. Es gab diesen unleugbaren Widerspruch, dem er nicht entfliehen konnte und den er nicht aus seinen Gedanken streichen konnte. »Wie ist es mir möglich, mit meinem Herzen Gott zu danken für das Essen und das Leben, das er mir gibt, wenn ich jeden Krümel, den ich esse, mit meiner Arbeit und meinem Leiden verdiene? Es mag für die Reichen eine Vorsehung geben, aber der Arme muß seine eigene Vorsehung sein. Was den Wert des Lebens angeht, wir armen Menschen leben nicht für uns; wir leben für andere Leute. Ich frage mich oft, ob der Reiche, der große Lagerhäuser besitzt und seinen Reichtum nach Millionen zählt, ob der, wenn er an seinem wohlgedeckten Tisch sitzt und in die Gesichter seiner glücklichen Kinder sieht, nicht auch an den armen Pferdekutscher denkt, der zu seinem Nutzen für einen Dollar und neunzig Cents den Tag arbeitet und der glücklich ist, wenn er zweimal in der Woche Fleisch kosten und den Kleinen warme Kleider und Decken für den Winter geben kann.

Kalt, sagen Sie. Nun, Menschen können sich an alles gewöhnen, nehme ich an, und so gewöhnen wir uns auch an die Kälte. Nach einer Weile macht sie uns kaum noch etwas aus. Früher ließen sie uns sitzen, aber vor einigen Jahren ist ein Mann dabei erfroren. Der Wagen kam zurück ins Depot, und den Fahrer fand man steifgefroren auf seinem Sitz, die eine Hand an der Bremse, in der anderen die Zügel. Er war weggedöst und nicht mehr aufgewacht. Am schlimmsten Ort, wohin er gelangen konnte, ist es zumindest warm, obwohl ich gehört habe, daß die Eskimos glauben, in der Hölle sei es kalt. Jedenfalls konnte ihn nun niemand mehr zwingen, für einen Dollar und neunzig Cents einen Wagen zu fahren. Und was machte die Gesellschaft nachher? Die Plattformen schließen? Nein, das kostet Geld. Eine Verordnung wurde herausgegeben, daß die Angestellten sich nicht mehr hinsetzen dürfen, damit sie nicht einschlafen und erfrieren können. Man sagt, das sei eine sehr angenehme Art zu sterben. Ich glaube es; mehr als einmal war ich kurz vor dem Wegdösen und spürte die Kälte nicht mehr. Aber ich habe mich jedesmal wieder hochgerappelt und mit den Füßen gestampft, denn ich mußte an die Kleinen denken: Wenigstens schlafen sie nicht in den Heukähnen. Wenn ich nicht mehr wäre, bliebe ihnen wohl kaum etwas anderes übrig.«

»Heukähne?«

Er schaute mich wegen meiner Unwissenheit verärgert an. »Wo, glauben Sie, schlafen die Jungen – und, ja, auch die Mädchen –, die tagsüber Ihre Schuhe putzen und die Zeitungen verkaufen? Die meisten von ihnen sind Waisen oder Kinder, die niemand mehr haben will und die auf sich selbst gestellt sind. Einige von ihnen schlafen in den Heimen der Zeitungsjungen und dergleichen, die meisten aber dort, wo es möglich ist. Gehen Sie runter zum East River und leuchten Sie in die Heukähne; Hunderte von ihnen sind dort an den Docks und am Ufer festgemacht. Sie werden die Jungen sehen. Manche sprechen von Tausenden, was ich auch glaube, obwohl niemand genau weiß, wie viele sie sind, die sich dort in den Heuladungen ihre Nester zurechtgemacht haben, in denen sie hocken. Manche von ihnen sind keine fünf Jahre alt. Also ertrage ich meinetwillen und meiner Kinder willen die Kälte. Manchmal versuche ich, durch einen Schluck Whiskey warm zu bleiben, aber nachher friert man nur um so mehr.«

Vor uns kam ein Mann mit Derby und schwerem Pullover, an dessen Hals die graue Winterunterwäsche heraussah, aus einem Saloon und rannte zur Haltestelle an der Ecke. Während der Wagen abbremste, beschloß ich auszusteigen. Ich ließ mich auf das Trittbrett hinab und überlegte, was ich dem Fahrer sagen sollte: Viel Glück? Nein, ich glaubte nicht, daß er es jemals haben würde. Der Wagen hielt an und über die Schulter schaute ich zum Fahrer zurück. »Gute Nacht«, sagte ich. Er nickte. »Gute Nacht.«

Während meiner Zeit in der Army wurde mir beigebracht, wie man in der Nacht die Augen benutzt; man blickt nicht direkt auf das, was man sehen möchte. Statt dessen schaut man leicht daran vorbei auf etwas anderes, und das Objekt, das man sehen möchte, erscheint nach einiger Zeit scharf in den Augenwinkeln. Manchmal funktioniert das Gehirn auf die gleiche indirekte Weise, wenn man ein Problem alleine läßt und keine Antwort herbeizwingt. Ich ging zum Broadway hinüber, fand am Metropolitan Hotel eine Droschke, und als ich wieder am Gramercy Park war, wußte ich, was ich zu tun hatte.

Es war eine lange Fahrt durch das dunkle verlassene

Geschäftsviertel des Broadway, aber ich stand nicht mehr im Wind; ich war bis zur Taille in eine schwere Pelzdecke gehüllt, die ein wenig speckig war und roch, nach einer Weile aber kuschelig warm wurde. Das stete gleichmäßige *Klipp-klapp, klipp-klapp, klipp-klapp* der Pferdehufe, das durch das Milchglasfenster gedämpft wurde, hatte hypnotische Wirkung, ohne Anstrengung formten sich meine Gedanken. Die Stadt war früh an diesem Abend ein magischer Ort gewesen, voller Schlitten und Gesang und Lachen. Jetzt aber, spät in der Nacht, war mir bewußt, daß es auch die Stadt des Pferdekutschers war, mit dem ich soeben gesprochen hatte. Und während ich in Jakes Schlitten im Central Park spazieren fuhr, suchten zahllose obdachlose Kinder am Ufer des East River in den Heukähnen einen Platz zum Schlafen. Die Stadt war nicht mehr der exotische Hintergrund meines eigenen seltsamen Abenteuers. Sie war nun wirklich, jetzt erst verstand ich, daß ich wirklich in dieser Zeit war und daß diese Menschen lebten. Und daß Julia lebte.

Beobachte, greife nicht ein: eine Regel, die leicht zu formulieren und für das Projekt offensichtlich notwendig war … wobei die Menschen dieser Zeit nur als Geister angesehen wurden, die aus der Wirklichkeit schon lange verschwunden waren. Nichts blieb von ihnen zurück außer den seltsamen Sepia-Photographien, die in alten Alben oder in Kästen und Schubläden in irgendwelchen Antiquitätengeschäften aufgehoben wurden. Aber dort, wo ich nun war, lebten sie. Wo ich war, war Julias Leben noch nicht beendet und seit langem vergessen: es lag noch vor ihr. *Und war so wertvoll wie jedes andere.* Das war der Schlüssel: Wenn ich es in meiner eigenen Zeit nicht ertragen und mitansehen kann, wie das Leben eines Mädchens, das ich mag, zerstört wird und ich es verhindern kann, dann konnte ich hier nicht anders handeln. Das wurde mir schließlich klar.

Würde es denn zerstört werden? Ich dachte darüber

nach. Die Kutsche bog am Union Square vom Broadway ab hinüber zur 4th Avenue. Mit dem Ärmel wischte ich den Dunst von der Scheibe und sah unter leuchtenden gelben Kugeln das Theaterschild: *Tony Pastor's New 14th Street Theatre* stand dort zu lesen. Und auf den gemalten Plakaten an den Eingängen: *Geduld, oder die bühnenverrückte Jungfrau. Erleben Sie Miss Lillian Russel! Ein erstaunlicher Erfolg, ein künstlerisches Juwel.* Ich war versucht anzuhalten und den Schluß des Stückes noch zu sehen, doch es gab zuviel, worüber ich nachdenken mußte. Wenn ich Julia auch erst seit einigen Stunden kannte, so war ich mir doch sicher, einiges über sie zu wissen. Wenn man die Fähigkeit hat, ein Portrait von jemandem anzufertigen, dann lernt man dabei mehr über die Person als in den Tagen oder sogar Wochen einer beiläufigen Bekanntschaft. Mir hat immer die Geschichte des Psychiaters gefallen – man hatte ihn damals noch als Alienisten bezeichnet –, die man hin und wieder lesen kann und der vor einem Portrait von Sargent oder Whistler stand und lange darauf starrte. Es war das Portrait eines Mannes, der sein Patient gewesen war, und nachdem der Alienist es zwanzig Minuten lang studiert hatte, nickte er und sagte: »Nun verstehe ich, was bei ihm nicht gestimmt hat.« Nun, ich bin nicht Whistler oder Sargent, ich besitze weder ihr Talent noch ihre Einsicht. Aber um eine Person auf Papier oder Leinwand abzubilden, muß man mehr beobachten, als eine Kamera einfangen kann. Und ich *wußte*, daß sich das Gesicht einer bestimmten Person, die Julia Charbonneau hieß und die ich gezeichnet hatte, verändern würde, wenn sie ein Leben als Frau von Jacob Pickering führte – verändern würde hin zu permanenter unglücklicher Verbitterung; und ich würde das einfach nicht zulassen.

Die Folgen für die Zukunft durch ein Eingreifen in die Vergangenheit? Ich zuckte mit den Schultern: Durch jede Handlung in der Vergangenheit ergeben sich Folgen für *jede* Zukunft. Den Handlungsablauf in *meiner* Zeit zu verändern bedeutete, eine weitere, noch nicht vorstellbare Zukunft zu verändern, und dennoch tun wir das in jedem Moment unseres Lebens. Und nun würde die Zukunft, die meine eigene Zeit war, damit zurechtkommen müssen. Denn ich wußte, daß ich Julia nicht fallenlassen würde wie jemanden, der nicht zählte, da nur wir zählten. Ich schaukelte zur Seite, als die Kutsche in die 20th Street einbog und dann, einen Block später, zum Gramercy Park. Als sie langsamer wurde und vor dem Haus Nr. 19 anhielt, lächelte ich: Mir war nun klar, daß ich einen Weg finden mußte, ihre Verlobung mit Jake Pickering rückgängig zu machen. Und wer konnte denn sagen – kam mir der Gedanke –, ob die Auswirkungen auf meine eigene Zeit, sollten sie denn eintreten, nicht eine Verbesserung darstellten? Es war eine Zeit, die Veränderungen dringend nötig hatte.

18

Am nächsten Morgen war ich gleich nach einem Frühstück, bei dem ich kaum ruhig sitzen konnte, draußen auf der Straße. Tante Ada servierte es zusammen mit der *Times*, sie zu lesen versuchte ich erst gar nicht. Alles, was mir im Kopf herumging, war der Gedanke: *das ist der Tag*. Heute nacht um 12 Uhr würden sich Pickering und Carmody im City Hall Park treffen. Nichts würde mich davon abhalten, auch dort zu sein; intuitiv spürte ich, daß ich endlich erfahren würde, was die Notiz im blauen Umschlag bedeutete. › … *die Zerstörung des gesamten Welt … durch Feuer* …‹ Die Worte waren sinnlos, sie sagten mir *nichts*, außer: An einem Tag in ferner Zukunft wird sich Andrew Carmody wegen ihnen eine Kugel in den Kopf schießen.

Ich weiß nicht, wie ich so dumm sein konnte – so regelrecht *stupide* –, aber ich glaubte, es gebe für mich nichts zu tun, als den Tag irgendwie auszufüllen und darauf zu warten, bis ich mich auf den Weg in den Park machen konnte. Ich ging nach oben und borgte mir Felix' Kamera; er hatte gesagt, ich könne sie haben, hatte sie mir fast aufgedrängt und letzte Nacht in Gabe Case's sein Angebot nochmals wiederholt. Die Kamera arbeitete mit Platten, die er in einer Schachtel in seinem Schrank aufbewahrte. Er besaß zwei Dutzend von ihnen, also füllte ich den kleinen lackierten Holzkasten, der als Transportbehälter diente. Es paßten zehn hinein, eine weitere legte ich in die

Kamera. Überall in der Stadt gab es Bilder, die ich machen wollte.

Manhattan Island ist nicht groß; man kann es an einem Tag von einem zum anderen Ende durchstreifen. Ich nahm die Hochbahn hinunter zur Battery. Auf den Zug mußte ich etwas warten, die Zeit nutzte ich für eine Aufnahme. Ich wartete auf den Zug, und aus dem Nichts heraus befiel mich ein leises Unbehagen: Gab es etwas, etwas von äußerster Wichtigkeit, das ich statt dessen tun sollte? Die Platt-

form erzitterte leicht, auf den Gleisen war ein Zug aufgetaucht, der von Downtown heraufkam. Für mein Photo spielte dies keine Rolle; ich hatte die Kamera oben und hielt sie fest, bis der Zug in den Sucher kam. Das ist die Aufnahme. Bis ich die Aufnahme gemacht und die Platten gewechselt hatte, war der Zweifel wieder aus meinem Gedächtnis entschwunden.

Der Battery Park war schön; viel Schnee, die Wege aber waren geräumt. Ich sah Gruppen von neuangekommenen Einwanderern, die ihre ersten Eindrücke erhielten; ich konnte nicht widerstehen, sie zu photographieren.

Ich nahm dann die Hochbahn hinauf zur Brooklyn Bridge und bestieg – ein echter Tourist – über Holztreppen den Turm, ängstlich darauf bedacht, nicht hinunterzuschauen, bis ich oben war. Ohne mir Zeit zu lassen, darüber nachzudenken, begann ich, den Fluß auf einer notdürftigen hölzernen Hängebrücke zu überqueren, die hoch über der noch unfertigen Fahrbahn gespannt war. Aber das Ding schwankte! Der Handlauf bestand aus einem dünnen Kabel, es gab nichts, das einen auffangen konnte, wenn man stolperte und tief, tief, tief abstürzte. Sie war unglaublich hoch und schwankte im frostigen Winterwind. Die Augen hatte ich starr auf die Holzplanken zwischen meinen Füßen gerichtet. Ich wagte kaum mich zu bewegen, und ich

konnte nicht widerstehen, zwischen den Spalten nach unten zu blicken auf den blaugrauen Fluß, der unendlich weit unten zu sein schien, und die schreckliche Leere der Fahrbahn. Zehn Schritte, und ich konnte nicht mehr weiter. Ich wollte umdrehen, doch zwei Männer kamen auf mich zu. Es gab keinen Platz, aneinander vorbeizugehen; wenn ich es versucht hätte, wäre ich bestimmt abgestürzt.

Ich zwang mich, Schritt für Schritt weiterzugehen. Es schien ewig zu dauern und wollte kein Ende nehmen. Der dünne Handlauf glitt durch meine verkrampfte Faust, bis die Handfläche rauh und schwarz vor Dreck war. Dann schließlich betrat ich die Plattform des Brooklyn-Turms, der wunderbar fest und wunderbar breit war. Ich stand oben, schluckte und spürte, wie der Schweiß angesichts der drohenden Katastrophe, der ich entronnen war, auf meinem Gesicht trocknete.

Auf der vorigen Seite ist die Aufnahme, die ich von dort oben machte und auf die ich stolz bin. Die beiden Männer, die hinter mir gegangen waren, hatten in der Mitte gestoppt, um die Aussicht zu genießen; einer lehnte sich sogar an den Handlauf zurück. Ich konnte kaum hinsehen.

Aber ist das nicht ein herrlicher Anblick? Links, weit in der Ferne, befindet sich die Trinity Church. Ich war nun froh, sehr froh, daß ich den Trip über die Brücke – bravourös, wie ich mir einzureden versuchte – gemacht hatte. Zurück nach Manhattan aber nahm ich die Fähre.

Fünfzig Meter weiter war ich tief in den Slums, zwei Blocks weiter hatte ich weit mehr gesehen, als ich sehen wollte; die Photographie, die ich dort machte, zeigt, warum. Die Gehwege, vom Schnee geräumt, waren voll mit Abfalltonnen, die, wie ich annahm, seit Wochen nicht mehr geleert worden waren. Auf den Straßen sah es noch schlimmer aus. In den Rinnsteinen türmte sich der Schnee, fast vollständig mit Abfall, Ruß, Dreck und allem möglichen Unrat zugedeckt. Auf der gegenüberliegenden Seite

sehen Sie meine Aufnahme davon. Wir kümmern uns kaum um die Armen. Das neunzehnte Jahrhundert, so schien mir allerdings, kümmerte sich noch weniger um sie.

Ich nehme an, es spricht nicht unbedingt für mich, aber es gab nichts, was ich hier tun konnte; es war einfach zu deprimierend. Mit schnellen Schritten eilte ich durch die Stadt zum City Hall Park; ich wollte hier weg. Als ich die Park Row erreichte, blickte ich nach links, sah das Times Building und direkt daneben das Gebäude, in dem Jake sein geheimes Büro hatte. Und beim Anblick desselben tauchte plötzlich ein Gedanke in mir auf: *Sie werden nicht im Park bleiben!* Im ersten Moment blieb ich reglos auf dem

Bürgersteig sehen. Wie konnte ich das übersehen haben? Welche hohlköpfige Gedankenlosigkeit hatte mich glauben lassen, daß Pickering und Carmody dort jenseits der Straße im Park sitzen würden – mitten in der mitternächtlichen Dunkelheit!

Ich bog in die Park Row zum Potter Building ein. Ich wußte, daß ich recht hatte. Jake würde niemals seine Dokumente in den Park mitnehmen, damit keiner sie ihm gewaltsam entreißen konnte, falls Carmody jemand engagiert haben sollte, der sich im Park versteckt hielt. Außerdem wollte er bestimmt das Geld zählen. Und Carmody würde nicht das Geld überreichen, bevor er nicht Pickerings Unterlagen gesichtet hatte. *Sie mußten zu Jakes Büro, um die Transaktion durchzuführen; sie mußten einfach. Es gab für mich keine Möglichkeit, sie zu belauschen.*

Ich blieb auf dem Gehweg stehen und starrte zum Gebäude hoch; ich dachte nun nicht mehr an die Photographien. Das Gebäude hatte sich nicht verändert: Die oberen Stockwerke bestanden aus vier identischen Reihen schmaler Fenster mit Giebelaufsatz. Die Schaufenster der Läden an der Straßenseite waren so verschmutzt wie zuvor, die Sommermarkisen waren zerrissen und zerfranst und an die Wand gefaltet, die Geländer zum Schutz der Fenster rosteten vor sich hin, ihre Farbe blätterte ab. Sie waren in einem verwahrlosten Zustand; was sie verbreiteten, war Hoffnungslosigkeit. Ich betrachtete die langen schmalen Schilder, die die Geschäfte der Hauptmieter bezeichneten; sie hingen, wie bei vielen der niedrigen Gebäude am Broadway, unterhalb der Fenster und waren nach außen geneigt, damit sie von der Straße aus gelesen werden konnten. Ich las sie erneut: *Turf, Field and Farm* lauteten die goldfarbenen Lettern auf dem schwarzen Hintergrund unter einer Fensterreihe im vierten Stock; *The Retailer* lautete ein weiteres Schild, *The Scottish American* ein drittes. Unter einer Fensterreihe im dritten Stock hing *Scientific American*, und wieder betrachtete ich – mit ebensowenig

Interesse – das Schild, das ich niemals vergessen sollte: *The New-York Observer*.

Ohne besonderen Grund, nur um die anderen Seiten des Gebäudes zu sehen, die, wie ich feststellen mußte, ebenso aussahen wie die erste, ging ich um das Bauwerk herum, entlang der Beekman Street, bog dann in die Nassau Street und betrat durch den an dieser Straße gelegenen Eingang das Haus. Kein Hämmern oder Sägen war zu hören, als ich diesmal das Vestibül betrat; als ich die Treppen zum zweiten Stock hochging, war das Büro, in dem die Zimmerer gearbeitet hatten, verschlossen. Nicht nur verschlossen, die Tür war vom Boden bis zur Decke mit Brettern vernagelt und mit Warnschildern bemalt. Offensichtlich hatten sie den Boden ganz herausgenommen. Auf dem Weg in den dritten Stock dachte ich, daß sie nun vielleicht dort arbeiteten und daß sich mir dadurch irgendwie die Möglichkeit eröffnete, auf die ich wartete.

Aber im dritten Stock sah alles aus wie zuvor. Wenn sie seit meinem letzten Besuch hier gearbeitet haben sollten, dann hatten sie nun die Arbeit eingestellt; die Tür war mit einem Vorhängeschloß versperrt, in roter Farbe war eine Warnung aufgemalt. Wieder probierte ich die Tür zu Pickerings Büro; sie war verschlossen.

Nichts hatte sich verändert; ich kauerte mich nieder und sah durch das Schlüsselloch; wieder erblickte ich den Rolltisch und den Stuhl vor dem hohen schmalen Fenster und die mit Brettern vernagelte Verbindungstür zum angrenzenden Raum rechts. Ich erhob mich und stand hilflos im Gang herum. Es gab einfach keine Möglichkeit, dort hineinzugelangen. Dennoch mußte ich hinein. Ich versuchte mich an alles zu erinnern, was ich jemals über das Einbrechen in verschlossene Räume gehört hatte. Mit einem Plastik- oder Zelluloidstreifen die Türseite entlangfahren, damit das Schloß zurückschnappt, hieß es in Geschichten, die ich gelesen hatte. Aber dabei handelte es sich um Schlösser, die damals noch nicht in Gebrauch waren; das hier war anders, es besaß keine Feder, die man zurückschnappen lassen konnte. Es gab keine Möglichkeit, hineinzukommen. Ich stand im engen Gang, der von einem einzigen offenen Gaslicht erleuchtet wurde, und starrte wütend und stur auf die verschlossene Tür. Irgend jemand kam hoch, und irgend jemand ging nach unten; jedesmal drehte ich mich um – die Kamera hatte ich mit dem Lederriemen umgehängt – und ging zum Hauptkorridor, als wolle ich gerade gehen. Wenn die Schritte außer Hörweite waren, kehrte ich wieder zurück.

Ich konnte nicht gehen; ich war wie hypnotisiert. Ich phantasierte von solch wilden Dingen, wie mich vom Dach aus zum Fenster von Raum siebenundzwanzig oder dem anliegenden, verschlossenen Raum abzuseilen. Oder den halbfertigen Aufzugsschacht bis zur Unterseite des dritten Stocks hinaufzuklettern … und dann? Ich wußte es nicht.

Ich hörte in meinem Gang das Geräusch einer Tür, die geöffnet wurde, drehte mich schnell um und ging zur Treppe. Ich ging nach oben, der andere, wer immer es auch sein mochte, ging nach unten, dann kehrte ich um und stand wieder hilflos im Gang. Eine Minute verging; ich wußte, daß ich genausogut gehen konnte, war aber nicht dazu imstande.

Weiche schlurfende Schritte – Pantoffeln, die ich erst hörte, als sie in meinen Gang einbogen – waren hinter mir; ich flog herum. Der alte Hausmeister kam langsam auf mich zu; mit eingezogenem Kopf besah er sich einen Packen Briefe, die er durch die Hände gleiten ließ. Er hatte mich noch nicht gesehen; in dem Moment aber, in dem er seinen Kopf hob, würde er mich erblicken. Der Gang war zu eng, um unbemerkt an ihm vorbeizuschlüpfen; es gab keine Möglichkeit, auszuweichen. Ich hatte noch Zeit, ein freundliches Lächeln aufzusetzen, dann sah er auf, stoppte und schaute mich stirnrunzelnd an; er hatte mich bereits früher einmal gesehen, soviel wußte er, aber er konnte mich nicht einordnen.

Dann plötzlich erinnerte er sich und nickte. »Morgen, Mr. Pickering, keine Post für Sie«, sagte er, ging an mir vorbei und schob unter einigen der numerierten Türen Briefe durch. Nichts regte sich in meinem Gehirn. Während der fünfzehn Sekunden, die er brauchte, um an das Ende des Ganges zu gelangen, umzukehren und zurückzukommen, starrte ich ihn nur an. Wieder sah er mich an, nun war er etwas irritiert. »Was ist los, den Schlüssel vergessen?« sagte er. Noch bevor ich antworten konnte, schüttelte er verärgert den Kopf. »Hab' keinen Zweitschlüssel, nicht für die Tür! Wahrscheinlich hatte ich einen, ja, ich hatte einen. Aber der ist jetzt weg. Ich kann Ihnen nicht helfen! Sie müssen nach Hause und Ihren eigenen holen. Hab' keine Zeit –«

Ich grinste und unterbrach ihn. »Doch, Sie haben einen«, sagte ich ruhig. »Sie haben einen Ersatzschlüssel, und Sie wissen das. Aber es ist ein langer Weg nach unten, nicht? Bis in den Keller?« Ich holte meine Brieftasche heraus und entnahm eine Dollar-Note. »Aber es ist nicht so weit wie mein Weg nach Hause, um den Schlüssel zu holen.« Ich gab ihm den Dollar. »Kommen Sie«, sagte ich. »Ich gehe mit Ihnen nach unten, damit Sie sich den Weg zurück sparen können.«

Zwei Minuten später, als ich die Kellertreppe hochstieg, hatte ich einen Schlüssel mit verschmutztem papierenen Anhänger, auf dem die Nr. 27 stand. Ich ging nicht sofort nach oben, sondern durchquerte das Gebäude, ging zur Park Row hinaus und fand im Times Building, im Erdgeschoß neben Nash & Crook's Restaurant, einen Schlosser, an dessen Schild ich mich erinnerte. Er verlangte zehn Cents, um ein Duplikat herzustellen. Ich ging zurück und befestigte den Papieranhänger wieder am Originalschlüssel. Fünfzehn Minuten nachdem mir der Hausmeister den Schlüssel überreicht hatte, gab ich ihn ihm zurück, als er gerade im zweiten Stock die Post verteilte.

Ich stieg zum dritten Stock hoch und überlegte, daß ich

das Duplikat vorher hätte ausprobieren sollen; doch der Schlüssel paßte hervorragend. Er ratterte im Schlüsselloch, die Zähne griffen, und er ließ sich weich drehen; dann bewegte ich den Knauf und betrat Jake Pickerings geheimes Büro.

Es war mit Aktenschränken vollgestellt, dreizehn zählte ich, die an allen vier Wänden standen. Es waren Eichenschränke, drei Schubladen hoch, jede Schublade besaß einen vertikalen Metallgriff. Sie waren zerkratzt und abgenutzt, aus zweiter oder dritter Hand erstanden, schätzte ich. Zusammen mit dem Tisch und dem Stuhl vor dem Fenster füllten sie zwei Drittel des Büroraums aus. Ich nahm den Schlüssel aus dem Schloß und zog die Tür zu; dann lauschte ich einen Moment – alles war still, und ich verschloß die Tür. So leise wie möglich begann ich, die Schubladen der Schränke zu öffnen.

Einige waren sehr schwer und ganz oder fast ganz gefüllt. Die meisten waren zur Hälfte oder zu einem Viertel voll, eine oder zwei enthielten nur einige Zentimeter an Papieren, in einer von ihnen lag ein Paar Gummigamaschen, in einer anderen eine halbvolle Quart-Flasche *Eagle Whisky*. Die Akten waren überaus sorgfältig angelegt, keine Eselsohren, keine Blätter, die oben oder an den Seiten überstanden; dazwischen Trennblätter mit Reitern, die mit schwarzer oder roter Tinte sorgfältig und beinahe kunstvoll beschriftet waren. Die meisten dieser Markierungen bestanden aus Buchstaben- oder Buchstaben- und Zahlenkombinationen wie *LL4, D, A6,7,8, NN* und so fort. Ich konnte keine Systematik erkennen; jede Schublade enthielt etwa ein Dutzend dieser Reiter, deren Markierungen keinen erkennbaren Zusammenhang aufwiesen. Einer der Reiter war mit *Wiederholung* überschrieben, ein anderer mit *Unget. Beide*, wieder ein anderer mit *???*. Ohne sie herauszunehmen, betrachtete ich einige dieser Akten. Wie Pickering Carmody erzählt hatte, bestanden sie vorwiegend aus Rechnungen. Daneben Quittungen und

Memoranden, gelegentlich Briefe mit Geschäftsadressen und Schwarzweiß-Zeichnungen von Bürohäusern oder Fabriken, aus deren Kaminen stolz der Rauch aufstieg. Und es schienen sich tatsächlich unterzeichnete Verträge darin zu befinden, die gefaltet und mit roten Bändern verschlossen waren. Ich konnte nicht erkennen, wie die Papiere geordnet waren; jede Akte, die ich anschaute – ganz egal, wie sie bezeichnet war –, enthielt Papiere mit unzähligen unterschiedlichen Namen.

Die Rollade des Tisches stand offen; ich setzte mich und besah die Fächer und kleinen Schubladen. Ich berührte nichts, ich betrachtete nur. Zwei Fläschchen von Daly's Best Bookkeeping Ink, rot und schwarz, standen hier, eine kleine runde Pappschachtel mit Stahlfedern, drei hölzerne Federhalter, die an den Enden abgenagt waren, ein rot und schwarz geflecktes Tuch, das offensichtlich zum Abstreifen der Federn diente. Daneben fünf ungebrauchte lange blaue Umschläge, ein brauner Kautabakriegel, der mit einem roten Metallstern markiert war, und ein gefaltetes Blatt Papier. Das berührte ich, nahm es heraus und breitete es aus. Der Name *Jacob Pickering* war in zwei Säulen etwa dreißig- bis vierzigmal untereinander geschrieben. Es war immer die gleiche Handschrift, die im Stil aber stark variierte; manche Namenszüge waren größer und fließender als die anderen, einige sehr leserlich, andere nur ein hingeworfenes Gekritzel. Er hatte seine Unterschrift geübt und nach der gesucht, die ihm am eindrucksvollsten erschien. Ich fühlte mich berührt und beschämt, als ich hier saß und das Eigentum dieses Mannes durchwühlte.

Dennoch ließ ich mich nicht davon abbringen. Ich durchsuchte die unteren Schubladen links und rechts an den Seiten des Tisches und fand einen Pappkarton mit Karteireitern, ein sehr dickes Glas, das er wohl aus einem Restaurant gestohlen hatte, ein Paar Ledersandalen, zwei zusammengefaltete Zeitungsseiten, die ich öffnete, um Fettflecken, Brösel und einen vertrockneten Pfirsichkern zu finden, eine Papiertüte mit Brotkrumen, vier oder fünf Sodacracker und einen faulenden Apfel. Und eine auf Karton aufgezogene Sepia-Photographie, ein Portrait von Julia. Auch diese nahm ich heraus und hielt sie an das Fensterlicht. Sie war gut; ihr volles, glänzendes Haar und dieser wissende, leicht spitzbübische Blick, den ihre Augen selbst dann ausstrahlten, wenn sie entspannt war, waren gut eingefangen.

Ich legte sie weg und lehnte mich zurück. Rechtecke und Quadrate, die heller als die übrige Wand waren, zeigten, wo Bilder oder andere Dokumente gehangen hatten; dort, wo sich eine Pendeluhr befunden hatte, war die umgedrehte Form eines Banjos zu sehen. Die Wände waren nun nackt bis auf einen Werbekalender mit der Aufschrift *Junius Roos & Son, Printing Inks*, der das letzte Blatt vom Dezember 1880 trug. Von der hohen Decke hing eine metallene, auf den Kopf gestellte T-Form, aus deren Enden zwei Gaslichter herausragten. Der Boden bestand aus Holz; neben dem Stuhl stand ein extrem zerbeulter Spucknapf. Das war das Büro; es gab nicht die geringste Möglichkeit, sich zu verstecken.

Ich ging zur Tür, die in den nächsten Raum führte. Sie befand sich in der Mitte der Wand und war mit etwa ein Zentimeter dicken Kieferbrettern vernagelt, die zehn bis fünfzehn Zentimeter breit und sorgfältig auf die passende Länge zugeschnitten waren. Aber es waren gewöhnliche Kieferbretter mit vielen Astlöchern, zwischen ihnen waren Abstände von fünf Zentimetern und mehr. Die Nagelköpfe standen ein wenig heraus, damit sie leicht wieder zu entfernen waren. In der Frankfort Street, nur einige Häuser von der Park Row entfernt, hatte ich eine Eisenwarenhandlung gesehen; ich schloß die Tür und ging. Zehn Minuten später kehrte ich mit einem Hammer zurück und schob ihn unter dem untersten Brett hindurch in das andere Zimmer, um die Ecke, nah an die Wand, damit er nicht zu sehen war. Ich wußte nun, wie ich das heutige

Treffen – das nur Stunden entfernt war – nicht nur belauschen, sondern auch beobachten konnte, und ging.

Es gab ein Photo, das ich unbedingt haben mußte; es war der wirkliche Grund, warum ich heute morgen Felix' Kamera mitgenommen hatte. Ich nahm die Hochbahn der 6th Avenue zur 23rd Street, ging einen Block nach Osten zur Kreuzung von Broadway und 5th, und draußen auf der Straße, von einer wunderbaren Straßenlaterne geschützt – *warum hatte man sie jemals entfernt?* –, setzte ich die Kamera auf den Rand eines großen Pferdetrogs und eliminierte mit dieser Belichtungszeit den starken Straßenverkehr. Sie finden die Aufnahme auf dieser Seite, rechts im Hintergrund der Arm der Freiheitsstatue, der sich hoch über die Bäume des Madison Square erhebt.

Undauf der nächsten Seite die Vergrößerung, welche Felix für mich gemacht hat.

Es war fast Mittag, ich war hungrig und sah, nur ein Dutzend Schritte auf der 23rd Street entfernt, einen Saloon. Ich ging hinein; er sah genauso aus, wie ich ihn mir vorgestellt hatte: eine lange Bar mit Messingreling, dahinter ein verzierter Spiegel und in der Ecke ein Tisch mit Speisen. Brotscheiben, aufgeschnittenes Fleisch – Schinken, Hühnchen, Truthahn, Wildente und Roastbeef –, Kartoffelsalat, eine große Glasschale mit Dutzenden von hartgekochten Eiern und Senf, Meerrettich, Essiggurken und Gewürze und viele andere Dinge. Das alles war kostenlos, wenn man einen Krug Bier für fünf Cents bestellte, was ich tat. Das Bier schmeckte anders als heutiges Bier, geschmackvoller, mehr nach Malz oder Hopfen, was ich nicht unterscheiden konnte. Am Bier nippend, aß ich, soviel ich nur konnte, und las das große, eichengerahmte Schild über der Bar: vergoldete Buchstaben vor einem schwarzen Hintergrund auf einem glänzenden spiegelähnlichen Glasuntergrund. Es lautete:

Mein Blut wallt, hör ich den geheiligten Namen
In pöbelhaften Worten, die den HERRN verdammen.
Bewahre deine Ehre, die Unsitte verachte.
Zu fluchen ist weder tapfer noch klug oder weise!
Denn fluchen wirst du nicht auf deinem Totenbett,
Wenn dein Schöpfer dir, in diesem Augenblick,
das Leben nimmt.

Offensichtlich war ich der einzige hier, der das las; niemand, der Barkeeper eingeschlossen, scherte sich einen Deut um die Botschaft des Spruchs, wie ich aus ihrer Sprache entnehmen konnte. Ich denke, er hing hier einzig und allein für seinen Anti-WCTU-Propagandawert.

Am Ende der Theke lag ein New Yorker Adreßbuch aus; ich holte es zu mir herüber: Wer lebte denn nun gerade in New York City? Nun, zum einen, ich erinnerte mich an einen Collegekurs über amerikanische Literatur, gab es Edith Wharton; sie mußte ein junges Mädchen von neunzehn oder zwanzig Jahren sein, noch unverheiratet, mit dem Familiennamen Jones, das die New Yorker Gesellschaft beobachtete, über die sie einmal schreiben würde. Aber es gab vier Seiten mit Jones', natürlich, und wenn ich vielleicht einmal den Vornamen ihres Vaters gewußt hatte, was ich bezweifelte, so konnte ich mich daran nicht mehr erinnern. Franklin Roosevelt, das wußte ich, wurde 1882 geboren, zumindest glaubte ich das zu wissen. Aber nicht im Januar, und nicht in New York City, dennoch schlug ich ›Roosevelt‹ auf und fand ein Dutzend, darunter einen Elliott und einen James. Al Smith, ein alter Politiker, über den mein Vater immer schwadronierte, lebte als Junge auf der Lower East Side, aber ich machte mir nicht die Mühe und schlug ›Smith‹ nach. Ich fand Ulysses S. Grant, der unter der Adresse 3 East 66th Street angegeben war. Walt Whitman war nicht aufgeführt; lebte er in Brooklyn? Ich konnte mich nicht erinnern. Aber General Custers Frau, Elizabeth B., wurde als ›Witwe‹ geführt und lebte in der 148 East 18th Street – das Stuyvesant-Apartmenthaus womöglich?

Ich beendete das Essen und wollte bereits gehen, als mir ein weiterer Name einfiel, den ich dann nachschlug. Er war da: ›Melville, Herman, Inspector, h. 104 E. 26th.‹ Ich ging zur 26th Street hoch, Nr. 104 fand ich zwischen 4th und Lexington, an der südlichen Seite der Straße. Ein altes Haus, das sogar jetzt altmodisch aussah. Einige Minuten

lungerte ich davor herum und ging langsam die 26th auf und ab. Er war zweifellos auf der Arbeit, irgendwo in den Zollgebäuden am Fluß. Außerdem wußte ich sowieso nicht, wie er aussah. Irgendwie, dachte ich, würde ich ihn erkennen, falls er des Weges gekommen wäre, und ich hätte ihm gerne gesagt, daß mir *Moby Dick* sehr gut gefiel, was zwar einer Übertreibung, aber nur einer kleinen, gleichgekommen wäre. Es war blanker Blödsinn, schließlich ging ich. Ich dachte kurz daran, vom Haus eine Aufnahme zu machen, aber es war uninteressant, ohne besondere Merkmale, und ich hatte nicht mehr viel Film; von ihm selbst jedoch hätte ich gern eine Photographie gemacht.

An der 35th und der 5th näherte sich ein Bus, wie Kate und ich ihn bereits früher benutzt hatten. Ich machte diese Aufnahme, vor allem, weil ich auch das A. T. Stewart-Mansion (rechts im Bild) und die Zwillingsbauten von Astor links dahinter mit ablichten konnte. Das ist der Ort,

an dem später das Empire State Building entstand. Eine typische Ansicht der 5th Avenue; die schmiedeeisernen Geländer in der linken unteren Ecke schützen die Treppen zu den Kellergeschossen der New Yorker Sandsteingebäude; sie sind absolut identisch mit den Geländern, die bis in die zweite Hälfte des zwanzigsten Jahrhunderts hinein überlebt haben.

Ein Gedanke überkam mich, wie ein Baumstamm, der sich vom Grund eines Sees gelöst hat und langsam nach oben treibt: *Julia*. Nun, was war mit ihr? Ich ging die 5th nach Norden. Es war nun fast warm, viel Blau zeigte sich zwischen dem Grau des Himmels. Es gab kein Problem mit Julia; ich hatte das letzte Nacht für mich beschlossen, eine Entscheidung, die ich nicht ändern würde. Dennoch blieb ein Gefühl nicht näher zu bezeichnender Besorgnis.

Ich hatte mehr als die Hälfte meiner Platten aufgebraucht. Als ich die 42nd Street erreichte, mußte ich allerdings eine Aufnahme des Croton Reservoir machen. An der Ecke 5th und 42nd befanden sich in der Steinmauer rostige Sprossen, und während ich noch überlegte, ob es überhaupt erlaubt war, kletterte ich auf die Mauer hinauf; nach der Brücke war das hier nichts. Oben, mit Blick nach Süden, machte ich die Aufnahme auf der vorigen Seite. Der Wasserspeicher befindet sich zur Rechten, links sind weitere der Sandsteingebäude zu sehen, die ich bereits weiter oben erwähnt habe. Ich denke, diese Ansicht zeigt sehr gut, wie schmal die 5th Avenue ist. Wie schmal sie war. Zu beachten sind die Gehwege; sie bestehen aus Pflastersteinen, kein Beton.

Einige Sekunden lang stand ich dort oben auf dem Croton Reservoir und starrte hinunter auf die Kutsche, die am Randstein in der linken unteren Hälfte des Photos, das ich gerade gemacht hatte, anhielt; ich starrte, aber nahm sie kaum wahr. Irgend etwas *gab* es, das ich vernachlässigte, und es *hatte* mit Julia zu tun. In meinen Gedanken aber tat sich nichts. Als eine Frau aus dem Haus – dem Herrenhaus, eigentlich – kam und die wartende Kutsche bestieg und die livrierten Diener herabsprangen, um die Tür für sie zu öffnen, seufzte ich, legte die Kamera über meine Schulter und kletterte vorsichtig wieder hinunter.

In der 44th Street machte ich die Aufnahme auf der folgenden Seite. Ich war mir sicher, daß das Ye Olde Willow Cottage noch ein Relikt aus kolonialen Zeiten war. Im Laden von Tyson's hingen ganze Schweine- und Rinderhälften; auf meinem Film verschwanden sie leider im Schatten.

In den modernen Straßen auf der Höhe der 50th waren

die Passantenströme dichter, ich machte eine Aufnahme vom William K. Vanderbilts Villa – das nagelneu scheinende, aus strahlend weißem Kalkstein erbaute Haus in der Mitte.

Ich ging entlang dem Central Park bis hinauf zur 70th, bevor ich wieder umkehrte. Hier befand ich mich wieder in der Umgebung der kleinen Bauernhäuser, zum größten Teil unbebautes Land, auf das, wie ich von der gestrigen Schlittenfahrt wußte, nur noch offene Landschaft folgte.

Zur Abwechslung ging ich auf dem Rückweg einen Block zur Madison Avenue hinüber und bog dann nach Süden ab. An der 71st Street hielt ich an und machte untenstehendes Photo; ich bin mir nicht sicher, warum es mich interessierte, aber ich denke, das Bauernhaus stellte ebenfalls ein koloniales Relikt dar, wie es auf Manhattan Island damals noch zu sehen war. Hinter dem Central Park, im Hintergrund, ist von hier aus, an der Ecke der 71st und Madison Avenue, in diesem seltsam ländlichen

New York deutlich das Museum of Natural History zu erkennen.

Ich hatte noch eine Platte, die ich auf der Höhe der 40th, wieder im bebauten Teil der Stadt, benutzte; für mich ist es das beste Photo von allen. Madison Avenue war eine sehr viel ruhigere Straße als die 5th, aber wie die 5th war sie vom Schnee des Vortags geräumt worden. Jede einzelne Treppenstufe, jeder Quadratzentimeter des Gehwegs war – ich war mir sicher, alle Häuser hatten Diener – freigeschaufelt und gesäubert worden.

Die Straße war so ruhig, daß ich meine eigenen Schritte hören konnte. In der nachmittäglichen Wärme dieses kurzen Tauwetters Ende Januar – der Himmel war fast ganz blau, auf meinem Gesicht spürte ich den klaren Sonnenschein – schlenderte ich diese friedliche, längst vergangene Madison Avenue entlang und fühlte mich so glücklich wie lange nicht mehr. An der 41st Street setzte ich Felix' Kamera auf eine Reihe von Steinsäulen, die den Treppenaufgang zu einem Sandsteingebäude flankierten. Ich ließ mir Zeit, stellte sorgfältig die Brennweite ein und machte eine Aufnahme, die gut die Stimmung einfängt, die ich zu beschreiben versuchte: die friedliche, ruhige Atmosphäre, die bessere Zeiten ahnen läßt. Oben ist sie: 41st Street und Madison Avenue, ein völlig anderer Ort und eine völlig andere Welt als im späten zwanzigsten Jahrhundert. Aber ich mochte sie; so wie sie war. Ich machte mein Bild und ging weiter, noch jetzt kann ich das *Klipp-klapp* des Pferdewagens hinter mir hören, der in der Bildmitte zu sehen ist, und die Schritte der Frau mit langem Kleid und Schirm auf den Pflastersteinen des Gehwegs, die rechts einen Block entfernt ist. In jenem Moment, dem Moment, in dem dieses Bild entstand, befand ich mich an dem einzigen Ort der Welt, wo ich wirklich sein wollte.

Und dann, wie ein Computer, der schließlich die richtige Lösung präsentierte, tauchte in meinen Gedanken die Frage auf: *Wie? Wie kannst du Julia dazu bringen, ihre Verlobung zu lösen? Wie kannst du ihr erklären, was du über Jake weißt?* Aber ich hatte keine Antwort. Ich beschleunigte meine Schritte, als würde mich das der Lösung näherbringen, und eilte in Richtung Gramercy Park und zu Julia. Aber dann wurde ich wieder langsamer. Es war eine leichte Entscheidung, die ich gestern abend getroffen hatte, jedoch nun: Was zum *Teufel* konnte ich ihr sagen? *Stellen Sie bitte keine Fragen, aber … Julia, vertrauen Sie mir einfach, aber Sie können ihn nicht heiraten … Bitte verlangen Sie nicht irgendwelche Erklärungen, aber …*

Vor dem Abendessen saß ich im Salon im Gramercy Park Nr. 19. Der Tag neigte sich seinem Ende zu, mit der einbrechenden Dunkelheit kehrte die winterliche Kälte wieder zurück. Ich saß mit Felix und Byron zusammen und tauschte mit ihnen Teile von Felix' *Evening Sun* aus. Felix freute sich, daß ich seine Kamera benutzt hatte, entschieden weigerte er sich, die Bezahlung, die ich ihm für die Platten anbot, anzunehmen; nach dem Abendessen, sagte er, wolle er die Platten entwickeln und Papierabzüge machen. Maud Torrence kam herunter, schließlich Jake. Tante Ada und Julia deckten im Speisezimmer den Tisch,

Julia blickte zweimal zu mir herüber. Ich starrte sie an und überlegte mir, wie ich das tun konnte, was ich zu tun hatte.

Langsam begann ich verrückt zu werden. Ich sah zu Jake hinüber, der am großen Ofen saß und seine Zeitung las. Von Zeit zu Zeit schaute er auf, als fiele es ihm schwer, ruhig sitzenzubleiben, runzelte die Stirn und befeuchtete die Lippen. Da wußte ich, daß ich es nicht zulassen würde, daß er Julia heiratete. Aber ich wußte nicht, wie ich es verhindern sollte.

Während des Abendessens saß er mir am Tisch beinahe direkt gegenüber; ich wollte ihn piesacken, wollte auf ihn losgehen – ich konnte nicht anders. Maud Torrence erzählte von einem Professor Peirce, der gerade vor der New Yorker Akademie der Wissenschaften einen Vortrag gehalten hatte über die Vorteile, nationale und internationale Zeitzonen einzurichten. Beim Zuhören entdeckte ich, daß es nirgendwo im Land oder auf der Welt standardisierte Zeiten gab. Jede kleine Stadt konnte sich ihre eigene Zeit heraussuchen. So variierte die Zeit in Städten, die nur einige Meilen auseinanderlagen, oft beträchtlich; manchmal elf, manchmal siebzehn oder einunddreißig Minuten. Eisenbahnstationen besaßen mehrere Uhren, die die Zeit von verschiedenen Orten anzeigten; Byron bemerkte, daß es fast unmöglich sei, Eisenbahnfahrpläne für die langen Ost-West-Routen zu erstellen, da die Orte, die die Züge passierten, über siebzig verschiedene Zeiten hatten. Professor Peirce schlug Zeitzonen vor, die er Atlantic Time, Mississippi Time, Rocky Mountain Time und Pacific Time nannte. Ich wollte bereits eine Vorhersage wagen, unterließ es dann aber; Jake interessierte mich im Moment mehr.

Als Maud fertig war, sagte ich, der Wahrheit entsprechend: »Ich war heute oben im Central Park und«, eine Lüge, »sprach mit einem Mann, der meinte gesehen zu haben, wie Inspector Byrnes vorbeifuhr. Er klang, als habe er eine wichtige Persönlichkeit getroffen. Wer ist dieser Inspector Byrnes?«

Es funktionierte hervorragend: Jakes Mund klappte so fest zu, daß Ober- und Unterlippenbart nicht mehr zu unterscheiden waren, in seinen Augen blitzte Härte auf, als er mir einen kurzen Blick zuwarf. Wie immer, wenn man eine Gemeinheit ausführt und darin Erfolg hat, stellt sich kein Gefühl des Triumphs ein; ich fühlte mich eher klein und nichtswürdig, allerdings nicht ohne einen Anflug fröhlicher Schadenfreude, denn das Thema wurde sofort aufgegriffen. Mindestens drei am Tisch antworteten gleichzeitig. Es war offensichtlich, daß der Name ›Inspector Byrnes‹ einen mächtigen Zauber ausübte.

»Dieser Mann!« rief Tante Ada aus, und ihre Augen blitzten vor Ablehnung. Maud murmelte etwas, das bis auf das Wort ›abscheulich‹ nicht zu verstehen war. Und Byron sagte: »Nun, ich werde es Ihnen sagen«, was er dann auch tat. »Er hält sich nicht immer an die Buchstaben des Gesetzes«, Byron hatte Messer und Gabel hingelegt und beugte sich über den Tisch, so interessiert war er an seinen eigenen Worten, »aber es läßt sich nicht bestreiten, daß er Erfolg hat! Er hat die Taschendiebe vertrieben. *Und* die Bankräuber. Nicht wahr, Jake?«

Jake hatte eine Zigarre hervorgeholt, die er bei Tisch nicht anzündete, die er aber zwischen den Lippen rollte und auf der er herumkaute; er wollte nicht einmal mehr den Anschein erwecken, als wolle er noch weiteressen. Auf Byrons Frage erwiderte er nichts, nickte nur kurz.

»Er hat den dritten Grad erfunden«, sagte Felix, der gerne sein Wissen loswerden wollte.

»Das spricht kaum für ihn!« sagte Tante Ada.

»Das heißt, daß Leute geschlagen werden, oder?« warf Maud ein.

Julia sagte nichts; ich schaute zu ihr hinüber. Sie beobachtete mich mit neugierigen, fragenden Augen. Es schien mir, als wisse sie, warum ich das Thema Byrnes angeschnitten hatte. Ich grinste ihr zu und verleugnete es nicht, wenn es denn das war, was sie dachte.

»O nein«, antwortete Byron auf Mauds Frage. »Zumindest ist das nicht alles. Ich erwarte nicht, daß er Skrupel hat, jemanden ein wenig zu schlagen, wenn er weiß, daß er schuldig ist. Und warum auch? Ich glaube nicht, daß wir uns darüber irgendwelchen falschen, rührseligen Vorstellungen hingeben sollten. Oder wollen Sie, daß er zum Schaden der Gesellschaft Kriminelle auf freien Fuß setzt mangels einiger kleiner Beweise? Der Mann ist kein Schlächter, er ist der erfahrenste Polizist in der Stadt! Er ist skrupellos, keine Frage, und überschreitet oft seine Befugnisse. Und es ist ein offenes Geheimnis, daß er, wenn auch nicht Geld, Aktien oder Wertpapiere, so doch vertrauliche Informationen von den Wall-Street-Millionären entgegennimmt, mit denen er befreundet ist. Man sagt, so sei er reich geworden. Aber wir sollten ihn eher als einen guten ersten Sergeant betrachten; wenn er den Laden sauberhält, sollte man nicht zu sehr auf seine Methoden achten. Und wenn er einige Nebeneinkünfte empfängt, die mit dem Gesetz nicht übereinstimmen, ist das nur recht und billig, warum sonst sollte er das alles auf sich nehmen? Er ist weit mehr als ein roher Mensch; wenn ich ihn in einer Kutsche vorbeifahren sehe, wie das Ihre Bekanntschaft, Mr. Morley, getan hat, dann ziehe ich vor ihm den Hut. Sein berühmter ›dritter Grad‹ ist gewöhnlich wesentlich mehr, als einem Schurken ein Geständnis herauszuprügeln. Haben Sie gehört, wie er den Unger-Mordfall gelöst hat?«

»Ja!«, sagte Felix mit Enthusiasmus und so erpicht darauf, die Geschichte weiterzuerzählen, daß Byron lächelte und sagte: »Fahren Sie fort, Felix, erzählen Sie die Geschichte.«

»Nun, Sir, Byrnes folterte den Verdächtigen, folterte ihn wirklich«, Felix schaute sich am Tisch um, um die mögliche Wirkung seiner Worte zu erkunden, »ohne ihm auch nur ein Haar zu krümmen. Drei Tage lang sperrte er ihn in eine fast vollkommen dunkle Zelle; das einzige Licht, das einfiel, kam von einem Fenster am Ende eines langen Ganges draußen. Niemand sprach zu ihm. Er bekam niemanden zu Gesicht. Das Essen wurde unter der Zellentür durchgeschoben, während er schlief. Er hatte nichts zu tun, außer in seiner kleinen finsteren Zelle auf- und abzugehen oder sich auf das Sofa zu legen, das die ganze Einrichtung darstellte. Am vierten Tag, kurz vor der Morgendämmerung, als die Stimmung des Gefangenen auf dem Nullpunkt war«, wieder schaute er sich am Tisch um, er hatte nun die Aufmerksamkeit seiner Zuhörer, »nahm Byrnes leise seinen Platz vor der Gittertür der Zelle ein. Und nun entzündete er zum erstenmal die Laterne, die an der Decke im Gang vor der Zellentür hing. Das ungewohnte Licht fiel auf das Gesicht des schlafenden Schurken, der sofort aufwachte. Reglos starrte Byrnes ihn an; man sagt, daß sein kalter, bedrohlicher Blick einen Menschen förmlich durchschneiden kann. Der Gefangene, der in das Licht blinzelte, sah nur die beiden kalten Augen, die ihn anstarrten; mit einem Schrei fuhr er auf. Und genau wie Byrnes es vorhergesehen hatte, erblickte der Gefangene das Sofa, auf dem er den größten Teil der drei Tage und Nächte zugebracht hatte. Es war mit großen Flecken geronnenen Blutes überzogen! *Das* war das Sofa, auf dem er sein schlafendes Opfer ermordet hatte! Mit einem Aufschrei sprang der Gefangene heraus und fiel Byrnes vor die Füße, seine Hände umklammerten die Stäbe der Zelle, und er bat darum, herausgelassen zu werden und alles zu gestehen! Byrnes hatte einen Stenographen dabei, und erst als der Gefangene sein volles Geständnis diktiert und unterzeichnet hatte, wurde er aus der Zelle mit der blutverschmierten Couch in eine andere geführt. Einen Monat später, kurz nach seiner Verurteilung, wurde er gehängt.«

»Schrecklich. *Schrecklich*«, sagte Tante Ada; Julia und Maud nickten, während Byron die Schulter zuckte.

»Das stellte wahrscheinlich eine Verletzung seiner Menschenrechte dar«, murmelte ich, niemand aber achtete darauf.

Jake nahm die Zigarre aus dem Mund und sagte: »Ich habe gehört, er schreckt nicht davor zurück, falsche Beweise anzuschaffen, wenn er sonst nichts finden kann.«

»Das mag möglich sein.« Byron zuckte wieder mit den Schultern. »Jeder weiß, daß er ohne Moralvorstellungen handelt und für diese kein Verständnis aufbringen kann. Aber die Jungs von der Wall Street haben sich darüber bislang nicht beschwert.«

»Nein«, sagte Jake. Er nickte gedankenverloren; ich war mir sicher, daß er daran dachte, nach dieser Nacht auch zu ihnen zu gehören. Ich überlegte kurz, ob ich fragen sollte, ob Byrnes auch Erfolge mit Erpressern vorweisen konnte, ließ es dann allerdings. Wir unterhielten uns noch ein wenig über Byrnes, dann – wie immer – über Guiteau. Und schließlich stimmten bis auf mich alle überein, die Mormonen vollständig zu verdammen. Aus einigen Bemerkungen erfuhr ich, daß in den Prairien von Utah der Polygamie offensichtlich noch immer gefrönt wurde; keiner hieß das gut, obwohl Byron eher amüsiert als schockiert wirkte. Dann ließen Julia und Tante Ada Apfelkuchen zum Dessert herumgehen.

Es war für Jake und mich ein schrecklicher Abend. Er konnte nicht stillsitzen, nahm sich eine Zeitung oder eine Zeitschrift, las darin einige Minuten, dann sprang er auf, durchquerte das Zimmer und fing mit jemandem ein Gespräch an, ohne recht zuzuhören. Einige Zeit saß er am Tisch im Speisezimmer und spielte Solitaire. Zweimal ging er in sein Zimmer hoch, um einen Drink zu sich zunehmen, wie ich vermutete, erschien aber gleich darauf wieder.

Körperlich war ich ruhiger, meine Seele aber schrie auf. Zweimal mußte ich der Versuchung widerstehen aufzustehen, in die Küche zu gehen, wo Julia und ihre Tante den Abwasch besorgten, und ihr alles zu erzählen; woher ich kam, warum ich hier war, alles, was ich über Jake wußte.

Ich wußte einfach nicht, was ich tun sollte, ich kann

mich nicht einmal mehr daran erinnern, ob ich zu lesen versuchte. Kurz nach zehn – umgetrieben von dem, was passieren sollte – konnte Jake es nicht mehr ertragen: er wünschte Julia, die nun am Eßtisch saß und ein Handtuch ausbesserte, kurz angebunden eine gute Nacht und ging nach oben. Einige Minuten später begab sich auch Maud auf ihr Zimmer, und weitere fünf Minuten später – dies war ein Haushalt von Frühaufstehern – waren Byron und Felix, die im Salon um Pennies gespielt hatten, ebenfalls verschwunden. Tante Ada kam von der Küche herein, und als ich sie im Flur die Eingangstür zusperren hörte, gab es auch für mich nichts mehr zu tun, als gute Nacht zu sagen und auf mein Zimmer zu gehen. Als ich die Treppen hochstieg, löschten Julia und die Tante die Lampen und besprachen das Frühstück.

In meinem Zimmer lauschte ich mit dem Ohr an der Tür; ich hörte Tante Ada und Julia in ihre Zimmer im dritten Stock gehen, hörte, wie sie sich gute Nacht wünschten, horchte ein wenig länger und hörte niemanden mehr auf dem zweiten Stock. Dann – jetzt oder niemals – öffnete ich die Tür, trat hinaus, schloß sie leise und stieg schnell und geräuschlos in den dritten Stock hoch. Julias Zimmer ging zur Straße hin, soviel wußte ich, und unter ihrem Türspalt zeichnete sich Licht ab. Ich ging hinauf und kratzte leise mit einem Fingernagel. Julia öffnete die Tür, und ich sagte: »Ich habe gewartet, bis Sie hochgingen; ich muß Ihnen etwas erzählen, was sonst niemand wissen darf.«

Nur den Bruchteil einer Sekunde zögerte sie, dann kam ihr Kopfnicken. »Kommen Sie herein.« Ich ging in das kleine Zimmer mit einem einzigen Gaubenfenster, darunter standen ein Hocker, ein Bett mit weißem Laken, ein kleiner Tisch, ein Schaukelstuhl. Julia wies mich höflich auf den Schaukelstuhl, aber ich lehnte ab. »Nein, nehmen Sie ihn«, und setzte mich auf den Hocker. Julia ließ sich in den Stuhl nieder, schaute mich an, die Hände in den Schoß gelegt, und wartete freundlich lächelnd.

Ich sagte das einzige, was mir an diesem langen Abend eingefallen war, und vielleicht war es das beste, was ich sagen konnte, denn es war sehr unkompliziert. »Ich bin ein Privatdetektiv«, erzählte ich ihr; in ihrem Nicken glaubte ich ein Gefühl der Befriedigung erkennen zu können, als beantworte das eine Frage. »Ich bin hier, es tut mir leid, das sagen zu müssen, um einen Ihrer Gäste zu observieren.« Ich wartete einen Augenblick, dann fügte ich an: »Wegen Erpressung.« Ihre Augen weiteten sich; sie wußte, ich sprach nicht von Felix oder Byron, und ich nickte in Übereinstimmung mit dem, was sie dachte. »Ob das jemals öffentlich bekannt wird, weiß ich nicht. Vielleicht wird das niemals der Fall sein. Vielleicht wird sein Plan sogar gelingen. Ich bin nicht von der Polizei.« Ich zögerte und sagte dann: »Julia, Sie dürfen ihn nicht heiraten; ich *mußte* Ihnen das einfach sagen.«

Mit gleichmütiger Stimme, weder zustimmend noch abstreitend, fragte sie: »Und wen, sagen Sie, erpreßt er?«

Ich sagte es ihr; der Name bedeutete ihr nichts. Aber dann beschrieb ich mit beinahe denselben Worten, wie Jake es getan hatte, seine Vorbereitungen in den vergangenen zwei Jahren, den wirklichen Grund, warum er in der City Hall gearbeitet hatte. Ich vermutete, es klang plausibel für sie, wie ihr Gesichtsausdruck zeigte – einigen alten Fragen war gerade eine mögliche Antwort gegeben worden. Ich erzählte ihr von dem für heute nacht geplanten Treffen, daß ich dabei sein und wie ich das bewerkstelligen wollte. Dann ließ sich Julia alles eine ganze Weile, drei bis vier Minuten, was unter diesen Umständen eine lange Zeit war, durch den Kopf gehen. Vor ihrem Bett lag ein ovaler, geknüpfter Läufer, der von vielen Waschgängen ausgebleicht war; den starrte sie nun an, blickte kurz zu mir hoch und dann wieder auf den Läufer. Ich lehnte mich gegen das Fenster, spürte durch meinen Mantel hindurch die Kälte der Glasscheibe und sah mich im Zimmer um. Es war sehr schön und sehr karg. An den Wänden hingen gerahmte Bilder ohne besonderen Wert, auf dem Fensterbrett standen einige Bücher und eine Kirchenzeitung. Die Buchtitel konnte ich nicht erkennen. Die Wände waren bis etwa ein Meter unter der Decke tapeziert, dann kam sauberer weißer Putz. Die einzige Gasleitung, die sich direkt über dem Kopfende ihres lackierten Eisenbettes befand, war mit einer opaken weißen Kugel versehen.

Ein angenehmes, bequemes Zimmer, ein akzeptabler Rückzugsraum für eine vielbeschäftigte Person, die sich dort nicht viel aufhielt. Aber es besaß einen fast bewußt unpersönlichen Charakter; während ich mich umblickte und dabei Julia anschaute – ihre Unterlippe hatte sich unter die Vorderzähne geschoben, stirnrunzelnd betrachtete sie den Läufer, den sie mit der Spitze ihres Schuhes leicht hin- und herschob –, glaubte ich zu erahnen, woran sie gerade dachte. Sie war eine intelligente energische Frau, die ihrer Tante half, zu ihrem Lebensunterhalt eine Pension zu führen. Sie mußte bereits schlechte Zeiten erlebt haben; sie mußte ein Gespür für die Realität haben. Vielleicht dachte sie an ihre eigene Zukunft, und die lag sicherlich nicht in diesem Zimmer, sondern in einer Heirat. Sobald sie jedoch gehört hatte, was ich über Jake erzählte, wußte sie, daß es wahr sein konnte.

Dachte sie daran, ihn trotzdem zu heiraten? Oder ihn vor mir zu warnen? Vielleicht, aber das glaubte ich nicht. Das war das Risiko, das ich eingehen mußte. Ich wußte nicht, was sie fühlte, als sie eingewilligt hatte, Jake zu heiraten. Ich konnte nicht glauben, daß es Liebe war, aber wer weiß das schon; wer weiß, was das Wort für jemand anderen überhaupt bedeutete? Sie empfand etwas für Jake; zu einem gewissen Grad mochte sie berechnend sein, aber sie war nicht skrupellos. Sie empfand etwas für Jake, schätzte aber auch sich selbst und ihre Zukunft sehr realistisch ein. Und sie nahm meine Worte gegen Jake nicht einfach hin, stritt die Möglichkeit aber auch nicht ab. Ich wußte nicht, ob ich in meinem Augenwinkel eine Bewegung wahrgenommen hatte, jedenfalls drehte ich mich um und sah auf die Straße hinab. Jake trat gerade von der untersten Stufe auf den Gehweg und knöpfte den Mantel zu. Ich trat schnell zurück und außer Sichtweite, falls er hochblicken sollte.

Julia wußte augenblicklich, was ich gesehen hatte. Sie trat zum Vorhang, zog ihn einen Zentimeter von der Wand weg – ich stand nun hinter ihr und sah ihr über die Schulter – und beobachtete Jake, der nun schnell zur Ecke der 20th Street ging und verschwand. Ich denke, Julia hätte sich auch sonst so entschieden, wie sie es tat, aber das bestärkte sie vermutlich. Nachdem er fort war, starrte sie ihm noch einen Augenblick lang nach, dann drehte sie sich um und – sie fragte nicht, sondern sagte es nur: »Ich werde Sie heute nacht begleiten.«

Ich nickte. »Einverstanden. Treffen wir uns in zwei Minuten unten im Flur.«

19

Jake befand sich in seinem Büro: Es war elf Uhr fünfunddreißig, Julia und ich standen im dunklen Hauseingang des Morse Building an der Nassau Street, direkt gegenüber dem Eingang des Potter Building. Im dritten Stock war das zweite Zimmer rechts vom Nassau-Street-Eingang erleuchtet, ein hohes Rechteck gelben Lichts: Jakes Büro, der einzige Raum in der dunklen Fassade des alten Gebäudes, in dem Licht brannte. Zehn Minuten später flackerte es kurz rötlich auf, dann erlosch es.

Julia hatte sich bei mir eingehängt, ihr Arm schloß sich nun fester um meinen. »Er geht«, murmelte sie, ich nickte in der Dunkelheit. Hoch oben am Himmel stand ein Dreiviertel-Mond, aber wir standen tief im Türeingang, in vollkommener Dunkelheit. Ich stellte mir Jake vor, der nun die Tür zu seinem Büro schloß, im fahlen Licht, das von draußen einfiel, den kurzen Gang entlangschritt, vielleicht benutzte er ein Streichholz, obwohl das Licht nicht zu sehen war. Dann die Stufen hinunter, eine Hand auf dem Geländer. Und nun, nun ging er durch den langen Korridor, der das gesamte Gebäude durchquerte, zur Park Row und hinaus in den City Hall Park. Während er über die Straße ging, blickte er zur Uhr der City Hall; sie zeigte zehn oder elf Minuten vor zwölf. Und auf der anderen Seite des Parks würde nun im Mondschein Carmody den Park betreten, in einer Hand eine schwere Tasche.

Ich stieß Julias Arm an, um unseren Posten zu verlassen,

aber – man kann niemals genau vorhersagen, was ein anderer tut – Jake trat direkt gegenüber der Straße aus dem Eingang; auf dem Gehweg blickte er sich vorsichtig nach allen Seiten um. Horchte er? Augenblicklich erstarrten wir, wagten kaum zu atmen. War mein Herzschlag in der Stille zu hören? Hatten unsere Füße ein Geräusch erzeugt? Auf der anderen Straßenseite ging Jake an unserem Eingang vorbei, dann über die Beekman in Richtung Ann Street; seine Schritten hallten laut zwischen den Häusern.

Natürlich hatte er das Haus nicht durch den Park-Row-Eingang verlassen, damit Carmody, oder wer auch immer dort warten mochte, ihn nicht sehen konnte. Statt dessen würde er auf dem Broadway nach Norden gehen und den City Hall Park von Westen betreten und so die Lage seines Büros geheimhalten, bis er Carmody selbst dahin führen würde.

Wir warteten, lauschten und beobachteten ihn. Jake erreichte die Ann Street und wandte sich dann nach Westen, aus unserem Gesichtsfeld hinaus; seine Schritte verstummten abrupt. Dann eilten wir über die Nassau Street hinauf über die mondbeschienenen Stufen und in den kurzen Gang zu Jakes Büro. Ich holte meinen Schlüssel heraus, fand das Schloß, drehte den Schlüssel um, die Tür öffnete sich. Ich zündete ein Streichholz an, schützte es in meiner Handfläche und ging zum Gaslicht über dem Tisch, drehte es auf, hielt das Streichholz an die Spitze, und der Gasstrom entzündete sich rötlich. Ich drehte das Gas herunter, bis eine gleichmäßige Flamme entstand, dann flog ich buchstäblich durch den Raum zu der mit Brettern vernagelten Tür, beugte mich hinunter und fand den Hammer.

Es ging nicht anders, ich mußte den kreischenden Protest der Nägel, die ich herauszog, in Kauf nehmen. Aber ich zog mit gleichmäßigem Druck, um den Lärm so gering wie möglich zu halten. Sobald sie gelockert waren, stemmte ich das Brett mit den Hammerklauen weg. Ein zweites Brett, dann ein drittes, etwa einen halben Meter über dem Fußboden befand sich nun eine ebenso hohe Öffnung. Ich half Julia hindurch, die sich mit den Händen auf dem obersten Brett abstützte; sie schob ein Bein durch, duckte sich, zog den Kopf hindurch und schrie vor Entsetzen auf. Ich sah durch die Öffnung: Durch das hohe schmale Fenster fiel fahl das Mondlicht, und der größte Teil des Bodens war verschwunden; nichts als schwarze Leere, die sich unter uns auftat.

Die Zimmerer hatten seit meinem letzten Besuch ihre Arbeit fortgesetzt; sie hatten den zweiten Stock unter uns fertig und hatten hier weitergemacht – die Bretterbohlen waren herausgesägt und die großen Deckenbalken freigelegt. Sie hatten – wahrscheinlich an diesem Nachmittag – von der Außenwand begonnen und sich zur Tür vorgearbeitet; nun war nur noch eine Ecke des Bodens übrig, ein Dreieck, das von der zugenagelten Verbindungstür zur Eingangstür zum Gang reichte.

Genug, um darauf zu stehen, vielleicht konnte man sich sogar hinsetzen; nach einer Weile, ihre Hand faßte das Brett fester, kletterte Julia durch. Ich folgte, so schnell ich konnte. Wir hatten einige Augenblicke verloren, die wir nun vielleicht brauchten, falls Carmody im Park bereits gewartet haben sollte und sie nun in diesem Moment zurückkehrten. Sie konnten sich bereits unten im Eingang befinden und die Treppen hochsteigen.

Ich mußte das Risiko auf mich nehmen. Ich hielt das zuletzt weggestemmte Brett an seine vorherige Stelle, die Nägel, die sich noch im Brett befanden, paßten in ihre ursprünglichen Löcher. Mein Arm hatte genügend Platz, um mit dem Hammer die Nägel wieder in der ursprünglichen Position festzusetzen. Ich legte das zweite Brett an und verspürte bereits einen leichten Krampf, aber noch war ausreichend Platz für meinen Arm und den Hammer. Ich hatte ihn gerade erhoben und wollte ihn niederfahren lassen, als es mir einfiel.

Ich ließ Hammer und Brett los, die krachend auf den Boden von Jakes Büro fielen, und zwängte mich durch die Öffnung – quetschte mich hindurch, achtete nicht auf einen abgerissenen Mantelknopf, solange er auf unserer Seite lag, zerkratzte mein Gesicht von der Wange bis zum Ohr, fiel fast hin und rannte die zwei Schritte zu Jakes Schreibtisch. Dann waren meine Finger auf dem Sperrhahn das Gaslichts, ich drehte daran, und das Licht erlosch, so, wie Jake es verlassen hatte. In der Dunkelheit stolperte ich zurück und zwängte mich wieder in den leeren, bodenlosen Raum. Julia hielt den Hammer und das Brett für mich bereit; ich blinzelte mit den Augen, um sie schneller an das dämmrige Mondlicht zu gewöhnen, steckte die Nägel wieder in ihre Löcher und hämmerte sie fest. Ich legte den Hammer auf unsere Seite der Tür und nahm das dritte Brett auf, als wir sehr schwach – unser Gebäude stand dazwischen – die langsamen Schläge der Uhr der City Hall hörten. Wir zählten sie nicht; gemächlich ertönten zwölf Schläge, während Julia und ich, die Finger auf den Brettkanten, versuchten, es wieder in seine ehemalige Stellung zu schieben; schließlich fanden wir die Löcher der Nägel, die Nägel rasteten ein. Dann, jeder hatte ein Ende des Brettes gefaßt, zogen wir, so stark wir nur konnten; leise betete ich, uns nicht ausrutschen und in die schwarze Leere hinter und unter uns stürzen zu lassen. Der letzte langsame Schlag ertönte, das Brett war so fest, wie es unter diesen Umständen möglich war. Ich schob meine Finger durch die Zwischenräume über und unter dem Brett und fühlte nach den Nägeln; sie standen einen guten Zentimeter heraus, als ich am Brett rüttelte, wackelte es. Aber es hielt, redete ich mir ein, und sah von außen unverändert aus.

Wir hatten noch zwei oder drei Minuten, um uns einzurichten. So bequem es ging, mit unseren Mänteln als Kissen, saßen wir in dem fast finsteren Raum an der vernagelten Tür. Die Knie angezogen, Hände über den Knöcheln, versuchten wir, so nahe wie möglich an den Öffnungen zwischen den Brettern zu sitzen, ohne daß unsere Fußspitzen unter dem untersten Brett hervorschauten. Ich berührte Julias Knie und gab ihr einen beruhigenden Klaps; zumindest war das meine Absicht.

Wir hörten sie nicht draußen auf dem Gang, keine Schritte, keine Stimmen, nicht einmal ein Knarzen des Bodens. Das plötzliche Rasseln des Schlüssels im Schloß von Jake Pickerings Büro war das erste Geräusch, das wir vernahmen; Julias Hand ergriff meinen Unterarm. Dann waren sie im Raum, Fußtritte auf dem Boden, und Carmodys Stimme – sie klang schrecklich in unserem Versteck – sagte: »Was ist das!« In dem leeren Raum, in dem wir uns befanden, klang sie hohl; Julias Hand drückte meinen Arm fester.

Das Gaslicht im angrenzenden Büro wurde entfacht; es fiel durch die Astlöcher und Spalten der vernagelten Tür und warf flackernd deren Silhouette an die andere Wand unseres Verstecks; in der Mitte befand sich der Schatten eines Mannes, der zu uns hereinstarrte. In dem einige Zentimeter hohen Freiraum unten erschienen die Spitzen eines Stiefelpaares, die fast meine berührten, daneben die silberne Spitze eines Elfenbeinrohrstocks.

»Nichts; ein Aufzugsschacht«, antwortete Pickerings Stimme ungeduldig. Wir konnten hinter Carmody nichts erkennen, der kaum zwanzig Zentimeter von unseren Augen entfernt stand. »Bringen Sie den Koffer.« Einen Augenblick lang bewegte sich Carmody nicht; mit dem Koffer in der Hand stand er da und starrte in den angrenzenden Raum. »Boden ist weg«, murmelte er zu sich, dann drehte er sich um.

Bis auf die schmalen unregelmäßigen Lichtstreifen und kleinen Lichtkreise an der Wand hinter uns und ein Lichtparallelogramm zu unseren Füßen bestand unser Raum aus Schatten und Schwärze; das hohe Mondlicht fiel blaß und schräg durch das schmale Fenster und verschwand in der Dunkelheit unter uns. Auf der anderen Seite unserer Barrikade konnte ich fast das gesamte Büro erkennen, außer der nahen Wand, einem Streifen des Bodens und einem Streifen der Decke, die sich unmittelbar vor und über unserer Verbindungstür befanden. Ich war aufgeregt und fühlte mich irgendwie schuldig, hier, im geheimen, Leute zu beobachten. Mir lief ein Schauer über den Rücken, wie ich seit meiner Kindheit keinen mehr gespürt hatte.

»Hierher«, sagte Pickering. Er stand neben seinem Tisch, das Gesicht zu uns gewandt, und zeigte auf die Oberfläche des Schreibtisches. Carmody, blieb davor stehen, wir hörten ihn seufzen, als er den Koffer hinaufhievte. Beide Männer hatten ihre Hüte abgenommen und an die Haken bei der Tür gehängt, ihre Mäntel allerdings hatten sie angelassen. Wir sahen Carmodys geschäftige Hände, hörten Riemen, die geöffnet wurden, und das metallische Klicken der Verschlüsse, als sie aufsprangen. Pickering starrte mit weit aufgerissenen Augen.

Dann öffnete Carmody den Koffer; er war voll mit Papiergeld, Greenbacks und Yellowbacks, die mit braunen Banderolen zu Bündeln gebunden waren. Wir hörten Jake Pickering durchatmen, sahen, wie er sich nach vorne beugte und auf das Geld starrte. Dann, mit einem ruhigen Grinsen im Gesicht, blickte er zu Carmody und beide wirkten freundlich, glücklich, als ob beide die Freude über den Anblick auf dem Schreibtisch teilten. »Ist alles hier drin?« sagte er langsam mit ehrfürchtiger Stimme. Carmody nickte. Jake grinste erneut und schien sehr zufrieden mit Carmody; alles war verziehen.

Noch immer nickend – ich sah das Schimmern seines dunklen Haares, während er den Kopf bewegte – sagte Carmody: »Ja, es ist alles da. Alles, was Sie bekommen werden: zehntausend Dollar.«

Ich hielt meinen Atem an und mußte Jake bewundern: Er behielt sein Grinsen bei. Aber seine Augen verengten sich, im leichten Flackern des Gaslichtes blinzelten sie Carmody hart und drohend zu. Er sagte nichts, sondern lehnte sich mit den Knöcheln seiner Fäuste auf die Tischkante, beugte sich auf seinen steifen Armen über den offenen Koffer hin zu Carmody und starrte ihn an, bis dieser zu reden anfing. »Die Öffentlichkeit hat genug von Tweed-Ring-Skandalen«, sagte er wütend, seine Stimme aber klang defensiv. »Als ein kleineres Ärgernis, das Sie und Ihre Informationen darstellen«, er wies mit dem Kopf auf den vor ihnen liegenden Koffer, »sind Sie nicht mehr als das hier wert. Der Ring ist zerschlagen, Tweed ist tot, so wie die meisten anderen Zeugen.« Mit dem silbernen Knauf seines Stockes, der die Form eines Löwenkopfes besaß, wies er auf die Aktenschränke an den Wänden. »Und all Ihre Papiere können mich nicht ins Gefängnis bringen.«

»Oh, das weiß ich.« Jake veränderte seine Position nicht. »Ihr Geld wird Sie aus dem Gefängnis raushalten. Das war mir immer klar. Aber ich zerstöre Ihre Reputation, und all Ihr Geld kann Ihnen das nicht wiederbringen.«

Carmody lachte, ein kurzes Lachen durch die Nase, und begann, im Raum auf- und abzugehen. Er hielt seinen Stock in der Mitte umfaßt und ließ den Knauf kreisen, während er sprach. »Reputation«, sagte er zornig. »Sie sind ein Schreiberling und haben die Mentalität eines Schreiberlings. Glauben Sie wirklich, daß irgend jemand von Bedeutung mich aufgrund Ihrer Informationen weniger achtet? Es gibt kaum einen Reichen in dieser Stadt, der nicht dasselbe wie ich getan hätte, die meisten sogar Schlimmeres.« Er blieb vor Pickerings Schreibtisch stehen und berührte mit dem Stock verächtlich das Geld. »Nehmen Sie das, und schätzen Sie sich glücklich.«

Erneut grinste Jake. »Sie haben recht; Carnegie würde es nicht kümmern. Er würde Sie höchstens für einen Dummkopf halten, weil Sie sich erwischen ließen. Und auch Gould würde es nicht kümmern. Oder Michaels oder Morgan, Seligman oder Sage, oder alle übrigen. Die Männer würde es überhaupt nicht kümmern.« Er griff über das Geld hinweg in ein Fach seines Schreibtisches und brachte einen langen Zeitungsausschnitt zum Vorschein, der sorgfältig an den Rändern herausgetrennt worden war. Er war gefaltet; Jake schlug ihn auf und hielt ihn ans Licht; es war, wie ich sehen konnte, eine lange Liste in zwei Reihen. »›Mrs. Astor‹« las er vor, wobei seine Stimme die Anführungszeichen mitintonierte. »Das ist alles, denn wir wissen alle, *welche* Mrs. Astor gemeint ist, nicht wahr? Und *sie* würde es kümmern, Mr. Carmody. ›Mrs. August Belmont‹ würde es kümmern. ›Mrs. Frederic H. Betts, Mrs. H. W. Brevoort, Mrs. John H. Cheever, Mrs. Clarence E. Day‹ – *sie* alle ginge das etwas an. Und ›Mrs. Stuyvesant Fish, Mrs. Robert Goelet, Mrs. Ulysses S. –‹«

»Was lesen Sie hier vor«, unterbrach ihn Carmody barsch.

»Einige zufällige Namen aus der Liste der Veranstalter des Wohltätigkeitsballs, der heute abend in der Musikakademie stattfindet. ›Mrs. Oliver Harriman, Mrs. J. D. Jones, Mrs. Pierre Lorillard, Mrs. Thomas B. Musgrave, Mrs. Peter R. Olney, Mrs. John E. Roosevelt, Mrs. A. T. Stewart‹; *sie* alle würde es kümmern! Und ›Mrs. W. E. Strong, Mrs. Henry A. Taber, Mrs. Cornelius Van –‹«

»Das reicht.«

»Nicht ganz.« Pickering sah von seiner Liste auf. »Einen Namen habe ich übergangen: den wichtigsten von allen. Von allen auf dieser Liste wäre sie am meisten betroffen, denn niemals wieder würde ihr Name in solch illustrer Gesellschaft auftauchen.« Pickerings Zeigefinger ging an den Anfang der Liste, fuhr dann langsam nach unten und blieb fast sofort stehen. »›Mrs. Andrew W. Carmody‹« las er vor, in diesem Moment sauste der silberne Löwenkopf auf seinen Kopf nieder; wie eine von den Fäden gelöste Marionette fiel er in sich zusammen und stürzte gegen den Schreibtischstuhl, der quietschend über den Boden rutschte. Julia seufzte auf, mehr ein unterdrückter Schrei, der vom Kreischen des Stuhls übertönt wurde. Als sie aufstehen wollte, drückte ich sie an den Schultern nieder und flüsterte ihr ins Ohr: »Nein! Nein! Er ist nicht wirklich verletzt!«, obwohl ich das natürlich nicht wußte.

Carmody starrte auf den gekrümmt am Boden liegenden Pickering; dann betrachtete er den vom Blut geröteten Knauf des Stocks in seiner Hand. Er sah auf den offenen Koffer voller Geld, dann wieder auf den Boden – nicht zu Pickering, sondern auf das Zeitungsblatt, das sich noch immer in Pickerings Hand befand. Plötzlich beugte er sich hinab und löste es aus Pickerings Fingern. Er las es, überflog es und suchte nach dem Namen. Laut murmelte er: »›Mrs. Andrew W. Carmody‹.« Er starrte noch einen Augenblick auf die Liste, dann wieder auf den regungslosen Pickering. Plötzlich zerknüllte er das Blatt zu einem Ball und warf es auf Pickering. Er warf den Stock zu Boden und eilte die zwei Schritte zum Schreibtischstuhl, zog ihn zu Pickering, beugte sich nieder und zog den bewußtlosen Mann auf den Stuhl. Dort wäre Pickering, den Kopf nach vorne hängend, wieder herabgerutscht, hätte Carmody nicht den Stuhl so weit nach hinten geneigt, daß nur noch Pickerings Zehen den Boden berührten. Carmody löste Pickerings Gürtel und zog ihn aus den Schlaufen, wand ihn dann durch die Streben der Stuhllehne und versuchte ihn über Pickerings Brustkorb und Oberarmen zu schließen. Die Gürtelschnallen trafen sich nicht, mit einem angezogenen Knie hielt Carmody den Stuhl geneigt, löste seinen eigenen Gürtel und zog ihn durch die Schnalle von Pickerings Gürtel. Dann wand er den doppelten Gürtel über Pickerings Brust und Oberarme, gerade über den Ellbogen. Die Schnallen an der Stuhllehne zog er so fest an, daß wir Leder und Holz knarren hörten; ich fragte mich, ob Pickering noch atmen konnte.

Er konnte es: Er bewegte sich, als Carmody fertig war, murmelte etwas, Speichel floß aus einem Mundwinkel, und mit noch immer geschlossenen Augen versuchte er, den Kopf zu heben. Carmody trat zurück, nahm seinen Stock auf und stellte sich schnell wieder hinter Pickerings Stuhl. Jake hob seinen Kopf, er öffnete die Augen, blinzelte und schloß sie sofort wieder, als er den Schmerz des Schlages spürte. Sein Kopf mußte schrecklich pochen; sein Gesicht wurde kreidebleich, seine Wangen sogen Luft ein, und seine Schultern zogen sich zusammen, als kämpfe er gegen eine Ohnmacht an. Einige Sekunden lang bewegte er sich nicht. Dann hob er ganz langsam wieder den Kopf und öffnete ein wenig die Augen, um sie ans Licht zu gewöhnen. Wieder zogen sich die Schultern ein, dann war er – blinzelnd – in der Lage, die Augen offen zu lassen; in sein Gesicht kehrte Farbe zurück.

Er starrte an sich herab. Dann wanderten seine Hände nach oben zum Gürtel. Aber seine Fingerspitzen berührten nur das Leder. Carmody kam herum und baute sich vor ihm auf. Sie sahen sich an: Ein schmales, fast gerades Band gerinnenden Bluts lief über Pickerings Schläfe, ein weiteres über die Stirn in eine dicke schwarze Augenbraue. »Sie haben eine unmögliche Situation geschaffen«, sagte Carmody. »Sie haben den Schlüssel gefunden.« Mit der Stockspitze berührte er die zusammengeknüllte Zeitungsseite, dann stieß er sie zur vernagelten Tür, wo sie unter dem untersten Brett durchrollte, an mir vorbei, und in den Schacht fiel. »Diese Saison ist die erste, in der meine Familie ihren Platz in der New Yorker Gesellschaft einnimmt. Und sie wird nicht die letzte sein. Darauf werde ich achten.« Er verschloß und verschnürte den Koffer und stellte ihn auf den Boden. »Sie hätten das nehmen sollen, als Sie die Chance dazu hatten. Nun werden Sie überhaupt nichts bekommen.« Carmody nahm den Mantel ab, warf ihn auf den Schreibtisch, öffnete Kragen und Krawatte, knöpfte die Weste auf, entnahm einer Westentasche eine Zigarre und entzündete sie sorgfältig. Als sie Feuer gefangen hatte, schüttelte er das Streichholz, warf es zu Boden und trat darauf. Dann ging er zu einem Aktenschrank und öffnete die oberste Schublade.

Für eine Weile sagte er nichts, stand nur da, die Zigarre zwischen den Zähnen, und starrte auf die verschlüsselten Aktenmarkierungen. Jake Pickering konnte seinen Stuhl drehen, er sah ihm jetzt zu. Carmody blickte über die Schulter zu ihm zurück, wollte etwas sagen, unterließ es dann aber. Er wandte sich wieder den Akten zu. Er begann vorne mit den Papieren; mit einem unablässig sich bewegenden Zeigefinger durchsuchte er sie. Für jedes Papierstück brauchte er etwa eine Sekunde, seine Hand gönnte sich in ihrer gleichmäßigen Bewegung kaum eine Pause, nur gelegentlich berührte er mit dem Zeigefinger seine Zunge oder nahm die Zigarre aus dem Mund, um auf den Boden zu aschen. Selten nahm er ein Blatt heraus, er besah sie sich nur. Manchmal hielt er inne, nahm das Blatt zur Hand und las eine längere Passage. Zweimal legte er ein solches Blatt zur Seite, oben auf den Aktenschrank; die anderen warf er zerknüllt einfach auf den Boden.

Ich nehme an, es befanden sich drei- bis viertausend, vielleicht sogar fünftausend Blätter in der sechzig Zentimeter langen Aktenablage. Die Uhr der City Hall schlug einmal; es war ein Uhr. Carmody war noch nicht einmal zur Hälfte durch die erste Schublade, oben auf dem Aktenschrank lagen zwei Papiere. »Ich habe solange gewartet«, sagte Pickering, »damit Sie es selbst sehen können; Sie brauchen Stunden, um allein diesen Schrank zu durchsuchen, und insgesamt gibt es dreizehn davon. Eine Unglückszahl für Sie.«

Carmody ging zu Jakes Schreibtisch und ließ seinen Zigarrenstumpen in den Spucknapf auf dem Boden fallen. Dann ging er zur offenen Schublade zurück, legte seine Hände auf die Akten, um die Suche wieder aufzunehmen, und lächelte über die Schulter zu Jake. »Ich habe die ganze Nacht«, sagte er freundlich. »Und wenn das nicht reicht, den ganzen nächsten Tag. Und danach so viel Zeit, wie erforderlich sein sollte.« Sein Zeigefinger nahm die gleichförmige Bewegung wieder auf, das ununterbrochene leise Geräusch raschelnden Papiers wurde Teil der Stille.

Ich beugte mich nahe zu Julia hin, meine Lippen berührten ihr Ohr, und flüsterte ihr beinahe lautlos mit meinem Atem zu: »Legen Sie sich hin; ruhen Sie sich aus. Wir werden hier lange, lange bleiben.« Ich konnte ihr Gesicht klar erkennen; ein Streifen gelben Lichts aus dem anderen Raum bewegte sich über ihre Stirn, als sie nickte. Sie nickte und legte sich langsam und geräuschlos auf den Boden an der Wand. Vorsichtig lehnte ich eine Schulter und den Kopf gegen den Türpfosten und beobachtete Carmody mit einem Auge durch den Spalt. Fast regungslos stand er mit gebeugtem Kopf vor dem geöffneten Aktenschrank, nur die Arme und Hände waren in monotoner Bewegung.

Als die Uhr draußen zweimal schlug, hatte Carmody etwa ein Drittel der mittleren Schublade geschafft. Pickering sprach ihn wieder an. »Mittlerweile dürften Sie bemerkt haben, daß sich nirgendwo eine komplette Akte befindet. Um alle Ihre Papiere zusammenzustellen – unzählige Dokumente, die über alle Schränke verstreut sind – brauchte ich vielleicht zwanzig Minuten. Das System, nach dem sie zu finden sind, befindet sich in meinem Kopf. Aber Sie haben erst zwei in zwei Stunden gefunden! Wollen Sie nicht langsam einsehen, daß Sie mit mir verhandeln müssen?«

Carmody ließ sich nicht unterbrechen, noch blickte er auf. »Die ganze Nacht und auch den ganzen nächsten Tag für eine Million Dollar ist Lohn genug für mich.« Und das gleichmäßige, endlose Durchblättern der Papiere setzte wieder ein.

Verschwommen sah ich zu; es gab keine andere Möglichkeit, die Zeit zu messen, als auf den nächsten Schlag der Uhr zu warten. Schließlich, ohne seine Arbeit zu unterbrechen, hob Carmody langsam einen Fuß und bewegte das Bein auf und ab, spannte die Muskeln und ließ den

Knöchel kreisen. Das gleiche wiederholte er mit dem anderen Bein, dann stand er wieder, breitbeiniger als zuvor, und blätterte die Zettel durch. Ich war weder wach, noch schlief ich; ich starrte nur zu ihm hinaus. Nach einer gewissen Zeit hielt Carmody einen Moment lang inne, schien nachzudenken, dann zog er die gesamte Schublade aus dem Schrank und schleppte sie, seine Füße hatten schwer an der Last zu tragen, zum Schreibtisch. Er setzte sich auf die Kante des Tisches, der Schublade gegenüber, und nahm seine Suche wieder auf. Pickering lachte. »Ich habe mich schon gefragt, wann Sie wohl auf diese Idee kommen würden«, sagte er. »Wenn Sie müde werden sollten, darf ich Ihnen vielleicht meinen Stuhl anbieten.« Aber Carmody drehte nicht einmal den Kopf zu ihm um; seine Finger hörten mit dem Blättern nicht auf.

Ich legte mich neben Julia. Wir waren hier in der Dunkelheit. Ich vermochte nicht zu sagen, ob sie wach war, und wollte nicht unnötig flüstern. Ich wünschte mir eine Tasse Kaffee; in dem Moment, als ich daran dachte, wollte ich sie so sehr, daß ich daran fast verzweifelte. Etwas zu essen, dachte ich dann, und fühlte mich augenblicklich ausgehungert. Ich zwang mich zu einem Lächeln und fragte mich, wie lange wir noch hier bleiben konnten; ich hatte dies nicht vorausgesehen. Konnte Carmody es ernst meinen, den ganzen nächsten Tag hierzubleiben? Unmöglich; er mußte etwas zu essen holen, er mußte schlafen. Genau wie Jake; wenn sie nur beide einschliefen, könnten Julia und ich uns irgendwie davonschleichen. Ich wurde schläfrig und zwang mich dazu, die Augen offen zu halten. Ich wagte nicht einzuschlafen; einen halben Meter zu meiner Rechten hörte der Boden auf. Ich konnte wegrollen und drei Stockwerke tief bis in den Keller abstürzen. Ich setzte mich auf; Julia schlief, das wußte ich nun. Ich konnte ihr kaum vernehmbares, gleichmäßiges Atmen hören. Aber ich konnte nicht mehr zurück zur Tür; sie könnte nach rechts wegrollen, hinabfallen oder sich bewegen, daß es im angrenzenden Raum zu hören war. Ich mußte hier neben ihr bleiben, bereit, sie leise aufzuwecken, falls sie sich zu rühren begann.

Zwei Stunden lang wagte ich nicht, auch nur die Schulter oder den Kopf gegen die Wand zu lehnen. Mein Kopf fiel immer wieder nach unten, ebenso oft riß ich ihn wieder nach oben; ich blieb wach und hörte die Uhr draußen drei schlagen. Im anderen Raum schien das leise Blättern niemals aufzuhören.

Eine unglaublich lange Zeit später begann die Uhr wieder zu schlagen; unter ihrem Tönen stand ich auf. Meine Beine waren schrecklich steif, ich mußte schnell an die Wand über Julia greifen, um mich abzustützen. Dann streckte ich sehr langsam und leise jeden Muskel – Arme, Beine, Rücken, Nacken – und zählte die Schläge mit; es war vier Uhr. Ich trat vor die Tür und blickte durch einen Spalt. Jake war eingeschlafen, sein Kopf lag auf der Brust, er schnarchte leise. Carmody saß noch immer auf dem Tisch, sein Oberkörper aber lag neben der Aktenlade vor ihm: der obersten Schublade des zweiten Aktenschranks, wie ich sah. Er schlief ruhig. Ich mußte genau hinschauen, um die sanfte Bewegung seines Rückens wahrzunehmen. Ich denke, die meisten Menschen sind versucht – zumindest regt sich in ihnen der Impuls, das ganz und gar Unmögliche zu tun: in einer Kirche zu pfeifen, in bestimmten Situationen etwas völlig Unangebrachtes zu sagen. Der Gedanke kam mir, so laut wie nur möglich ›Buh‹ zu schreien und dann die wilde Verwirrung im angrenzenden Raum zu beobachten. Ich lächelte, setzte mich neben Julia und wußte, warum weiß ich nicht, daß sie wach war.

Ich ließ mich neben ihr nieder und legte meinen Mund an ihr Ohr. Um näher an sie heranzukommen, mußte ich meinen Arm um sie legen, was mir nicht unangenehm war. »Wach?« Ihr Haar strich an meine Nase, als sie nickte. Flüsternd erklärte ich ihr die Situation und nannte ihr die Zeit. Sie fragte, ob ich geschlafen hatte; wir tauschten dann die Plätze; sie setzte sich auf, um die Wache zu übernehmen, während ich sofort einschlief.

Das erste Tageslicht, das auf mein Gesicht fiel, und die langsamen Schläge der City-Hall-Uhr weckten mich. Ich öffnete die Augen; Julias Hand schwebte einen Zentimeter über meinem Mund, bereit, ihn zu verschließen, falls ich anfangen sollte zu reden. Ich hob meinen Kopf und küßte ihre Handinnenfläche. Verwirrt zog sie die Hand weg, dann lächelte sie. Sie deutete auf das andere Zimmer und legte einen Finger auf die Lippen; ich nickte. Ich hatte die Schläge der Uhr mitgezählt; es war sieben. Als sie verstummten, hörte ich wieder, was ich die ganze Zeit über zu hören schien – das gleichmäßige Rascheln von Papier im Zimmer neben uns.

Leise bewegten wir uns zur zugenagelten Tür und setzten uns davor. Der Raum war nun graudurchtränkt von schmutzigem Tageslicht. Auf dem Fensterbrett lag eine neue Lage Schnee, ansonsten aber hatte sich nichts verändert. Carmody saß auf dem Tisch und blätterte durch einen Papierstapel; es war die unterste Schublade des dritten Schranks. Jake beobachtete ihn von seinem Stuhl aus; auf dem Kopf hatte er eine Beule von der Größe einer Faust, sein Gesicht wirkte ausgezehrt, die Augen waren gerötet, die Haut darunter war von tiefen Falten durchzogen, sein Mund stand ein wenig offen. Er hatte Schmerzen, dachte ich, vom Schlag auf seinen Kopf, vielleicht auch von der Unmöglichkeit, seine Position zu verändern. Aber auch Carmodys Gesicht wirkte müde, die Augen waren trüb und starr. Ich fragte mich, ob er noch in der Lage war, die endlos vor ihm vorbeischwirrenden Papiere lesen zu können. Auf dem zweiten Aktenschrank lagen nun fünf Blätter.

Etwas mußte sich schnell ändern; das war offensichtlich. Im vom Neuschnee erhellten Tageslicht blickte ich zu Julia, die neben mir stand; sie sah ausgeruht aus und lächelte. Dennoch wußte ich, daß weder sie noch ich hier viel länger bleiben konnten. Auch Carmody nicht. Er könnte Jake Pickering einfach so zurücklassen, aber er selbst mußte fort, mußte sich etwas zu essen besorgen und dann wieder herkommen. Wenn er ging, nahm ich an, mußte er Jake knebeln. Jake wagte es nun nicht, zu schreien und einen weiteren Schlag auf den Kopf zu riskieren. Aber sicherlich würde er schreien, sobald Carmody fort war, bis ihn jemand hörte und nachsah – was nicht lange dauern konnte. Die Stadt war nun erwacht, Julia und ich konnten draußen vor dem Fenster den gleichförmigen Lärm hören. Und auch das Gebäude erwachte; zweimal hörte ich durch den offenen Schacht Schritte auf den Treppen. Was sollten wir tun, fragte ich mich, wenn Carmody ging? Wir konnten die gelockerten Bretter nicht zur Seite stoßen und durch Jakes Büro hinausspazieren, ohne daß er uns sah. Ich lehnte mich an die Tür und sah hinunter. Neben und hinter mir waren die Bodenbretter entfernt, ich konnte weit in den Schacht hinunterblicken, der auf jedem Stockwerk durch die nach Osten gehenden Fenster zur Nassau Street erhellt wurde. Die Trägerbalken der Stockwerke unter uns waren bereits abgesägt; es gab für uns keine Möglichkeit, über den Schacht zu entkommen.

Und ich war müde. Mir taten alle Knochen weh von dem stundenlangen Sitzen und Liegen auf dem Holzboden. Ich hatte Hunger und Durst, und Julia mußte es ebenso gehen. Aber wenn es eine Möglichkeit gab, hier nicht weiter ausharren und in das angrenzende Zimmer starren zu müssen, dann fiel sie mir nicht ein. Ich wiederholte mir einfach, daß sich etwas ändern mußte, bald. Und als Julia mich anschaute, lächelte ich vertrauensvoll.

Nach einer halben Stunde oder so hörte Carmody auf. Er stand auf, ließ die Schultern und den Kopf kreisen und streckte den Nacken; er versuchte, seine Steifheit abzuschütteln. Fragend schaute er zu Jake; ich glaubte, seine Gedanken lesen zu können. Er fragte sich, ob er es wagen konnte, Jake alleine zu lassen, und wenn, wie er es anstellen sollte. Aber dann dachte er an etwas, an das ich nicht gedacht hatte; er drehte sich um und öffnete nacheinander alle Fächer von Jakes Schreibtisch. Auch ich hatte diese Schubladen durchsucht und wußte, was er finden würde.

Er erreichte die linke untere Schublade, öffnete sie, hob die Papiertüte heraus, sah hinein, sah dann zu Jake und lächelte. Er setzte sich auf den Schreibtisch und aß die vier oder fünf großen weißen Cracker, seine offene Hand hielt er unter das Kinn, fing damit die Brösel auf und warf sie abschließend in den Mund. Auf dem Apfel waren weiche braune Flecken, aber er aß ihn ganz, das Kerngehäuse eingeschlossen. Er verhöhnte Jake nicht, aber Jake beobachtete ihn, und als Carmody wieder aufstand und die letzten Brösel von den Händen schlug, grinste er. Er öffnete eines der Fächer, fand die halbvolle Whiskeyflasche, zog den Korken heraus und nahm einen guten Schluck. Den Korken noch in der Hand, blickte er abwägend zu Jake. »Eine Aufmunterung gefällig?« fragte er. Jake zögerte, er wollte nicht ja sagen, war aber auch nicht in der Lage abzulehnen, und zuckte nur mit den Schultern. Carmody ging zu ihm hinüber und hielt ein wenig verächtlich die Flasche an Jakes Lippen, beobachtete ihn, wie er zweimal schluckte, dann nahm er sie ihm weg. Und dann – ich schlug die Hände über den Kopf und bewegte mich hilflos vor und zurück – machte sich Carmody wieder an die Arbeit.

Über zwei Stunden lang saßen wir dort halbbenommen; der Schneesturm nahm zu, Schnee sammelte sich auf den Fensterbrettern und drängte sich gegen die Glasscheibe. Wir hatten bereits zu lange auf dem harten Boden gelegen oder gesessen; ich wußte, wir konnten es nicht mehr lange ertragen. Julia starrte die meiste Zeit auf den Boden, ich tat das gleiche; nach einer Weile legte ich meinen Arm um sie, und sie lehnte den Kopf an meine Schulter. Jake Pickering sah verhältnismäßig gut aus; seine Gesichtsfarbe war nun, wahrscheinlich durch den Whiskey, gesünder. Außerdem hatte er mehr Schlaf als wir gehabt, seine Arme, obwohl gefesselt, waren durch die dicke Kleidung geschützt, die Ledergürtel waren breit und flach; sie schnürten nicht ein. Trotzdem hatte er sich seit über neun Stunden nicht bewegt; seine Stellung, dachte ich, mußte ziemlich unbequem sein, und ich bewunderte seine ruhige Stimme, als er schließlich wieder sprach.

Die Uhr hatte vor etwa einer halben Stunde neun geschlagen, und nun sagte Jake mit etwas unterwürfiger, zweifelnder Stimme: »Ein Geschäftsmann sollte gut mit Zahlen umgehen können: Hier ist ein kleines Problem, um Sie auf die Probe zu stellen. Wenn jemand neuneinhalb Stunden braucht, um zweieinhalb Aktenschränke zu durchsuchen, wie lange braucht er dann für alle dreizehn?«

Ohne sich zu Pickering umzudrehen, hatte Carmody von seiner Arbeit gelassen und hörte zu; reglos lagen seine Hände auf den dichtgepackten Blättern in der Schublade vor ihm. Nur eine kleine Hänselei, so schien es. Ich erwartete, daß Carmody lächelte oder mit den Schultern zuckte, irgend etwas erwiderte und dann die Arbeit wieder aufnahm. Aber ich ertappte mich dabei, wie ich automatisch auf Pickerings ›Problem‹ reagierte und die Rechenaufgabe in meinem Kopf zu lösen versuchte; wahrscheinlich tat Carmody dasselbe. Einige Augenblicke dachte er offensichtlich nach, und ich merkte, daß etwas von der unausweichlichen Antwort zu dieser Frage, die aufgezwungene Bewußtwerdung der Ungeheuerlichkeit dessen, was noch vor ihm lag, der ermüdende Schleier der Leistung, die er bereits hinter sich hatte und die erst der Anfang war, daß dies langsam in ihn einsickerte. Denn plötzlich war er gebrochen. Stieren Blicks fuhr er zu Jake herum, der ihn nur angrinste, und beugte sich über die Schublade, griff mit klauenartigen Fingern hinein und zog einen dicken Stapel Papiere heraus. Mit hocherhobenem Arm drehte er sich wieder zu Jake um und schlug den auseinanderfallenden Papierstapel in Jakes Gesicht.

Die Wucht warf Jake in den Stuhl zurück, die Metallfedern knarrten, der Stapel verteilte sich über seine Brust und Schultern, zerfiel zu einzelnen Blättern, glitt in seinen Schoß hinab und flatterte zu Boden. Als Jake sich wieder aufrichtete, lachte er noch immer, und Carmody nahm den Rest der Schublade, einen riesigen Packen, und donnerte ihn auf Jakes geschwollenen Kopf. Aber Jake hörte nicht auf zu lachen. Und Carmody rastete aus.

Er riß die oberste Schublade aus einem Aktenschrank; sie fiel hinunter, zerbarst, und die Hälfte ihres Inhalts verteilte sich über den Boden. Dann trat er mit den Stiefeln auf sie ein, bis sie ganz leer war. So schnell er nun die Handgriffe zu fassen bekam, riß er ein halbes Dutzend weiterer Schubladen aus den Schränken, die alle dröhnend auf den Boden krachten und zerbrachen. Dann watete Carmody wild um sich tretend durch ein Meer von Papieren und entfachte einen hüfthohen Sturm. Einige Augenblicke lang überlegte er, wild schaute er sich im Zimmer um nach einer Möglichkeit, die Blätter wieder loszuwerden, denn nun begann er plötzlich, sie mit dem Fuß gegen unsere Tür zu schieben. Er schob einen Stoß unter dem letzten Brett hindurch, an Julia und mir vorbei, und wir hörten das Flattern der fallenden Blätter, dann das ferne Plopp, als die Masse von ihnen unten auftraf. Die Hälfte der Papiere schob er auf diese Weise unter der Tür in den Schacht, bevor er Atem holen mußte und innehielt. Schwer atmend, mit pumpenden Schultern starrte er Jake an; und Jake hörte nicht auf zu grinsen.

Die wilde, spontane Aktion tat Carmody gut; als er nämlich wieder zu Atem kam, begann auch er zu grinsen. Für einige Augenblicke entstand sogar seltsamerweise zwischen beiden Männern eine Art Komplizenschaft. Carmody griff in die Innentasche seines Mantels, der neben der Schublade auf dem Schreibtisch lag, holte eine Zigarre heraus und führte sie an den Mund. Dann aber fiel sein Blick auf Jake, er streckte ihm die Zigarre hin,

Jake beugte sich nach vorne, biß mit den Zähnen die Spitze ab und spie sie auf den Boden. Carmody steckte nun, noch immer grinsend, das andere Ende der Zigarre in Jakes Mund und sagte ruhig: »Worüber zum Teufel lachen Sie?«

Er drehte sich um, um eine zweite Zigarre aus dem Lederetui zu holen, und während Jake antwortete, biß Carmody die Spitze seiner Zigarre ab, hörte zu und nickte. »Sie können meine Akten über das ganze Gebäude verteilen«, sagte Jake. »Es wird verdammt viel Arbeit nötig sein, sie wieder zusammenzustellen. Aber Sie können sie nicht auffressen, Carmody. Irgendwo in diesem Durcheinander, hier oben und dort unten im Schacht, liegt eine Handvoll Papiere, die Sie nach wie vor eine Million Dollar kosten.« Jake, die Zigarre im Mundwinkel, den Kopf schief gestellt, grinste Carmody an, der bloß nickte, ein großes Küchenstreichholz hervorholte und es geschickt mit dem Daumennagel entzündete. Er hielt Jake das Feuer hin. Dieser rauchte die Zigarrenspitze zu einem rotglühenden Kreis. In meinem Magen spürte ich das flaue Gefühl fehlenden Frühstücks. Dann entzündete Carmody seine eigene Zigarre, bedächtig und genießerisch, so wie es Zigarrenraucher tun. Er blies eine runde Wolke blauen Rauchs aus, nahm dann die Zigarre aus dem Mund, hielt sie zwischen den vier Fingern und dem Daumen der linken Hand und inspizierte zufrieden das glühende Ende. Eine Weile betrachtete er die glühende Spitze, die sich mit Asche überzog. Dann knickte er das Handgelenk ein, um die Flamme des Streichholzes auszuschütteln, tat es aber nicht. Seine Augen richteten sich nun – das Handgelenk war noch immer nach innen gekehrt – auf die Flamme, die sich bereits zur Hälfte des Holzes vorgearbeitet hatte; der verkohlte obere Teil bog sich nach außen. Er stand nur da und starrte auf die gleichmäßige orangefarbene Flamme, Zeigefinger und Daumen bewegten sich an das Ende des Holzes, um sich nicht zu verbrennen. Dann öffnete er Daumen und Zeigefinger und ließ das Streichholz auf den Boden fallen; die Flamme flackerte.

Sie hätte ausgehen können, noch bevor sie unten auftraf. Oder sie hätte auf blankes Holz fallen können, wo sie ausgebrannt wäre. Aber das Streichholz fiel auf den Rand eines Blattes; das verkohlte Ende brach ab. Im Raum war es vollkommen still, nichts rührte sich bis auf das schwache Züngeln der Flamme. Carmody stand da, Jake beugte sich so weit wie möglich nach vorne, zwischen seinen Zähnen die Zigarre, und beide starrten auf das Zündholz. Es schien auszugehen, ein Faden blauen Rauchs kräuselte sich – aber nein. Ein blasses Flackern war zu sehen, und plötzlich befand sich auf dem Blatt ein gelbgeränderter Ring, der sofort braun wurde. Er wuchs an, zu einem unregelmäßigen Loch, ein sich ausweitender verkohlter Kreis, der von einer Flamme umgeben war. Dann war es zu hören, ein leises Knistern, die Flamme rötete sich, sprang hoch, und das Blatt brannte hell. Das Feuer fraß sich zum Rand des Blattes vor, sprang von dort auf ein anderes Blatt über, das nun ebenfalls in Flammen stand.

Ich kann mich nicht erinnern, aufgestanden zu sein, aber natürlich waren Julia und ich nun auf den Beinen. Ihre Hand umfaßte mein Handgelenk, in ihren Augen brannte eine Frage. Ich zögerte, stand an der vernagelten Tür und preßte die Augen durch einen Spalt. Wenn Jake oder Carmody nun zur Tür geschaut hätten, hätten sie wahrscheinlich im untersten Spalt unsere bestrumpften Füße gesehen; natürlich taten sie das nicht. Die Flamme wuchs langsam an, fraß sich über die Blätter und hätte noch immer leicht ausgetreten werden können; ich war mir sicher, daß ich es in wenigen Sekunden hätte ersticken können, hätte ich nur eine Schulter durch die gelockerten Bretter gebracht. Julia und ich zogen unsere Schuhe an, um uns bereit zu halten, dann streiften wir Hüte und Mäntel über; unsere Augen waren noch immer an den Spalt gepreßt. Ich war auf das äußerste gespannt, bereit zu handeln, wenn das Feuer außer Kontrolle geriet. Ich lächelte Julia zu; ich war gespannt, hatte aber keine Angst, genau wie sie.

Aber Jake war gefesselt, hilflos. Ich denke, er versuchte, seine Worte zu unterdrücken; seine Zähne bissen auf die Zigarre; er konnte es allerdings nicht. »Herrgott«, sagte er, »nein!« Dann blickte er zu Carmody, ein flehender Blick. Er haßte es, aber er flehte ihn an.

Carmody schaute ihn kurz an. Fasziniert wandte er sich dann wieder dem tellergroßen Ring der leise knisternden, langsam vorwärtskriechenden Flamme zu. »Das ist die Antwort«, sagte er ruhig. »Ihre gottverdammten Akten zu *verbrennen*! Dann ist alles vorbei; ich habe einfach nicht daran gedacht.«

»Carmody, um Gottes willen.« Jakes Stimme klang ungerührt, doch dann brach es aus ihm heraus. »Binden Sie mich los!«

»Warum?« Er verhöhnte ihn nicht; es war eine ernsthafte Frage.

»Carmody, das können Sie nicht tun. Was ist mit den anderen Menschen im Haus? Fremde, die Ihnen nichts getan haben!«

»Sie werden entkommen; es gibt viele Treppen. Und das Gebäude hat sowieso keinen Wert mehr; Potter wird froh sein, wenn der Platz frei wird.« Er grinste Jake zu, nahm dann seinen Mantel vom Schreibtisch und zog ihn an. Die Flammen konnten nach wie vor erstickt werden, keine Frage, und ich wartete. Sollte Carmody gehen, würde ich durch die Tür brechen, die Flammen austreten und Jake losbinden. Ich hoffte noch immer, daß Carmody Jake nicht zurückließ – er tat es auch nicht. Er ließ ihn ziemlich zappeln, während er in seinen Mantel schlüpfte. Dann grinste er. »Ich werde Sie losbinden. In einer Minute. Wir werden hinauslaufen und ›Feuer‹ rufen und das Gebäude verlassen. Niemand wird zu Schaden kommen.« Dann wartete er. Aber flachliegendes Papier – und das hier war ein dicker Teppich von überlappenden Blättern – brennt nicht so leicht; um aufzulodern, bedarf es Luft von unten. Eine Zeitlang weitete sich der Flammenring beinahe kreisförmig aus. Dann veränderte er sich zu einem unregelmäßigen Oval, dessen Ränder verkohlt waren. Ich hatte meine Hand noch immer auf Julias Arm, reglos standen wir da und schauten schweigend zu. Meine Gedanken waren beherrscht von der Notwendigkeit, nicht einzugreifen; sobald sie gingen, könnten Julia und ich das Gebäude verlassen. Ich war nicht hier, Ereignisse zu beeinflussen, und schon gar nicht, ein altes, verfallenes Gebäude zu retten.

Aber Carmody runzelte die Stirn; er war nun ungeduldig. Er beugte sich vor, nahm eine Handvoll Blätter, zerknüllte sie und warf sie in die Flammen, die nun rauchend aufloderten und laut knisterten. Dann fuhr er zu Jake herum, und seine Hände machten sich an den Gürtelschnallen an der Stuhllehne zu schaffen. Alles, was wir tun konnten, war, ruhig zu bleiben; Julia fügte sich, in ihren Augen aber wuchs die Verzweiflung.

Dann waren die Schnallen offen, Jake sprang vom Stuhl auf, stolperte nach den langen Stunden verkrampften Sitzens und fiel nach vorne in die Flammen! Nur, er war nicht *gefallen*, er hatte sich auf das Feuer geworfen und wälzte sich wie ein Irrer darin; der Geruch von versengter Kleidung und versengten Haaren füllte das Büro. Er schaffte es, er war kurz davor, das Feuer zu ersticken. Dann packte Carmody ihn an Fuß und Fußgelenk und zog ihn vom Feuer weg; Jakes Arme streckten sich, um irgendwo festen Halt zu finden. Er strampelte das Bein frei, rollte sich auf Hände und Knie und kroch zum Feuer zurück. Aber Carmody war schneller, er rannte zu dem noch immer brennenden Papierhaufen und schob ihn mit einem Bein unter der vernagelten Tür durch; Julia und ich sprangen instinktiv zur Seite. Das brennende Papier schlitterte zwischen uns über den Boden und fiel hinunter. Sofort hörten wir, wie das Feuer in der Luft zu neuem Leben erwachte; als ich mich umdrehte und den Schacht hinabschaute, sah ich es unten als Feuerball auftreffen, auseinanderfallen und für einen Moment nachlassen. Dann loderte der Papierhaufen unten im Schacht explosionsartig auf. Es war nun kein Knistern mehr; das Geräusch des Feuers glich dem Tosen eines Wasserfalls, die Flammen züngelten bis in das erste Stockwerk hoch, und wir spürten bereits ihre Hitze.

Das konnte nicht mehr gestoppt werden, und wir konnten nicht mehr länger warten. Ich stemmte mich mit der linken Schulter gegen die Bretter, drückte mit dem rechten Fuß und krachte durch die Tür; die losen Bretter fielen ins Büro. Ich griff Julias Hand, und wir stiegen über die untersten beiden Bretter, die sich noch an ihrem ursprünglichen Platz befanden. Jake, auf Händen und Knien, hatte mit beiden Händen Carmodys Fuß und Fußgelenk umklammert, Carmody hüpfte wütend auf dem anderen, um das Gleichgewicht zu wahren. Ihre Köpfe drehten sich zu uns, sie starrten uns vollkommen entgeistert an. Und einen Moment lang waren sie absolut still, bewegungslos, ein Tableau – Carmody auf einem Bein, Jake auf den Knien, mit den Händen hielt er den Knöchel des anderen Beins umfaßt.

»Raus hier!« schrie ich. »Wir müssen raus! Um Gottes willen, schaut doch!« Ich zeigte auf die Tür zum Schacht; die Flammen waren nicht zu sehen, der Lärm aber war zu hören und die schimmernde, wabernde heiße Luft, die hochstieg. Dann zog Jake mit aller Kraft an Carmodys Bein, sein anderer Fuß auf dem aufgeschichteten Papierhaufen schoß unter ihm weg, und er stürzte auf den Boden. Wie ein Tier sprang Jake nach vorne und warf sich auf Carmody; sie rollten über den Boden. Ich wußte nicht, ob Jake verstanden hatte, daß das Feuer den Schacht hinuntergefallen und nicht mehr zu löschen war, oder ob er den Verstand verlor, als er sah, daß alles, worin er seine Hoffnungen gesetzt hatte, nun vorbei war. Aber draußen im Gang hörte ich schnelle Schritte, und irgendwo schrie ein Mann ›Feuer!‹ Schritte stürzten die Treppen vom oberen Stockwerk herunter, eine Frau kreischte. Weitere Schreie, »Feuer!« wurde gerufen, und nun war es Julia, die sich sträubte. Die beiden ringenden Männer auf dem Boden waren gewarnt, es stand ihnen frei zu gehen. Ich hielt Julias Hand und wandte mich zur Tür, aber sie versuchte sich loszureißen und schrie, »Jake! *Jake!* Um Gottes willen, geh!« Ich hielt sie so fest, daß ich befürchtete, ihr die Knochen zu brechen, zog sie zur Tür und öffnete sie. Ich griff ihr anderes Handgelenk, um zu verhindern, daß sie sich am Türrahmen festkrallte, und zwängte sie durch; dann schob ich sie über den kurzen Gang zur Treppe.

Im gesamten Gebäude hörten wir Schreie, den Ruf ›Feuer!‹, polternde Schritte und Namen. Meine linke Hand hielt nun Julias rechtes Handgelenk, ich war ihr einen halben Schritt voraus und zog sie nach, mit fliegenden Schritten schwangen wir uns auf die Treppe, darauf bedacht, nicht zu stolpern – dann faßte ich plötzlich das Geländer und bremste uns abrupt ab. Die Treppen waren in Ordnung. Wir konnten über das Geländer ins Treppenhaus sehen. Ebenso der Treppenabsatz und die nächste Treppenflucht zum zweiten Stockwerk. Aber vom zweiten Stock zum Erdgeschoß waren die Treppen direkt neben dem Aufzugsschacht nicht mehr zu erkennen; eine Wand orangefarbener Flammen und dicker schwarzer Rauch hüllten sie ein. Ein Mann in Hemdsärmeln, den Stift noch in der Hand, und zwei Frauen, die ihre langen Röcke halb angehoben hatten, starrten fasziniert auf die röhrende schwarz-orange Masse unter ihnen. Plötzlich fuhren sie herum und rannten auf uns zu.

Wir rannten vor ihnen die Stufen hoch und durchquerten, so schnell wir konnten, den langen Gang, der das ganze Gebäude durchzog und zur Treppe an der Park Row führte. Julia versuchte am kurzen Flur, der zu Jakes Büro abzweigte, stehenzubleiben, ich hatte aber ihr Handgelenk und schrie, daß sie wahrscheinlich schon fort wären. Dann waren wir vorbei, unsere Schritte dröhnten auf den Holzdielen zur anderen Treppe. Aber so schnell wir auch rannten, wir kamen zu spät.

Im Treppenhaus schauten wir über das Geländer, vom ersten bis zum zweiten Stock loderten auf der Park-Row-Treppe die Flammen, die die Stufen hochkrochen.

Offensichtlich hatte sich das Feuer in den unteren Stockwerken ausgebreitet; der ganze untere Teil des Gebäudes mußte in Flammen stehen. Der Mann und die beiden Frauen, die hinter uns waren, erreichten uns. Als wir uns alle umdrehten und zurückblickten, waren die Flammen bereits im anderen Treppenhaus, weit hinter uns, angekommen. Sie züngelten dort weiter, berührten die Unterseite der nächsten Treppenflucht, und dann standen auch deren Stufen in Flammen; nun wußte ich, daß der Boden unter unseren Füßen heiß wurde.

Ich faßte den Türknauf der Tür neben uns, die in eines der Büros an der Park-Row-Seite führte; er war verschlossen. Ich drehte mich um – noch immer hielt ich Julias Hand –, und wir rannten den Gang entlang, vorbei an einer Reihe von Türen, ganz nach hinten, wo eine Tür weit offen stand. *The New-York Observer* stand auf ihr, als wir durchrannten und einen großen Raum mit Rollschränken, Holztischen und Aktenschränken betraten. Ein Fenster war geöffnet, der grüne Rolladen hing weg; ich stürzte mit Julia darauf zu. Wenn es für uns einen Weg aus diesem Gebäude gab, dann durch dieses Fenster; ich zitterte vor Angst. Denn ich kannte die Fassade des Hauses. Es gab keine Fenstersimse, die das gesamte Gebäude umzogen, nur Fensterbretter, und wir waren im dritten Stock, drei Stockwerke hoch; wir konnten nicht springen.

Auf dem Fensterbrett waren Fußspuren im Neuschnee: War jemand bereits hinausgeklettert und gesprungen? Ich sah nach draußen; niemand lag unten auf dem Gehweg. Aber ich sah die Menge, die sich an der Ostseite des Postamts, an der Straßenecke gegenüber und direkt gegenüber im City Hall Park versammelte. Die Menge wuchs an; ich sah Leute, die durch den Park gelaufen kamen. Unmittelbar unter uns auf der Straße war der erste Feuerwehrwagen angekommen, zwei Feuerwehrleute rannten mit einem Schlauch zu einem Hydranten, ein anderer führte die Pferde weg. Glocken läuteten, und in der Park Row erschien ein weiterer Feuerwehrwagen. Weißer Dampf kam aus dem hohen Messingzylinder hinter dem Kutscher, ein Zweiergespann weißer Pferde preschte heran, die Mähnen flogen, unter den Hufen schlugen Funken. Und weit hinter dem Park, auf dem Broadway, bog ein schwerer, von vier grauen Pferden gezogener Leiterwagen in die enge Kurve zur Mail Street ein.

Das alles sah ich im Bruchteil einer Sekunde; dann betrachtete ich wieder das Fensterbrett und sah das Schild, das ich von der Straße aus gelesen hatte, *The New-York Observer,* das direkt unter dem Fenster war. An der unteren Kante war es an der Wand befestigt, oben aber stand es etwa dreißig Zentimeter von der Mauer weg und hing an verrosteten Drähten. Ich hatte keine Vorstellung, ob es unser Gewicht tragen konnte; ich wußte, es war dafür nicht ausgelegt. Es konnte vielleicht Julias Gewicht aushalten. Sie mußte als erste hinaus, bevor mein Gewicht das Schild lockerte oder ganz abriß. »Hinaus, Julia!« sagte ich, »auf das Schild! Und klettere zum Times Building!« Aber sie schüttelte den Kopf. Ich verstand, daß es ihr nicht möglich war, alleine hinauszusteigen und hinüberzuklettern – es gibt Menschen, die die Angst vor dem Fallen nicht ertragen können. Ich hatte die Bürotür hinter uns zugeworfen, um das Feuer abzuhalten; als ich mich nun umdrehte, sah ich schwarzen Rauch unter dem Türspalt eindringen.

Es gab nun keine andere Wahl mehr. Ich trat auf das Fensterbrett, duckte mich, setzte meinen linken Fuß auf die obere Kante des überhängenden Schildes und verlagerte langsam mein Gewicht. Es hielt. Mit beiden Händen hielt ich mich am Fensterbrett fest und setzte den rechten Fuß in die Mulde zwischen dem Schild und der Wand des

Gebäudes. Langsam stand ich auf, ließ das Fensterbrett los und stand mit meinem ganzen Gewicht auf dem Schild. Der Wind trieb harte Schneeflocken in mein Gesicht und meine Augen, und trotz der Furcht, daß das Schild sich losreißen und mich fallen lassen könnte, war ich froh über meine Pelzkappe und den Mantel. Das Schild knarrte, hielt aber. Ich drehte mich zum offenen Fenster neben mir. Wie versteinert verharrte dort Julia in ihrem dunklen Mantel und ihrer Kappe, starrte mich an, und bevor sie zurückweichen konnte, schnellte meine rechte Hand nach vorne; ich packte ihr Handgelenk und zog sie entschlossen zu mir her, so daß sie sich mit einem Knie auf dem Fensterbrett abstützen mußte, um nicht hinausgezogen zu werden. Ich hielt den Druck aufrecht, zog sie weiter, und nun mußte sie das zweite Knie auf den Fenstersims setzen, damit sie nicht wirklich hinausfiel; und weiter, weiter zog ich, sie stieß nun kleine spitze Schreie aus. Willenlos schwang sie ihre Beine über den Sims, bevor sie kopfüber hinausstürzen konnte, und dann war sie draußen und stand und kauerte sich vor mir in den Zwischenraum von Wand und dem *The New-York Observer*-Schild, eine Hand vor den Augen, um den wirbelnden Schnee abzuhalten. Im Draht vor Julia sah ich einen Knick, der sich unter der Belastung des Gewichts spannte, dann schrie ich ihr zu: »Nicht hinunterschauen! Schau nicht hinunter! Einfach *weitergehen*!« Ich schob sie an, wir kletterten halb gebückt – den linken Fuß auf der Oberkante des Schildes, den rechten in der Mulde, mit der rechten Hand stützten wir uns an der Fassade ab – zum Times Building, das vor uns im Norden lag; der Wind heulte, Schnee und Eisregen strichen über unsere Gesichter.

Das Potter und das Times Building standen Wand an Wand; die beiden Wände dienten als tür- und fensterlose, doppelte Brandmauern, die ihren Zweck zu erfüllen schienen: Im Gebäude vor uns gab es keine Anzeichen von Feuer. Aber von unserem Gebäude, während wir hoch über der Straße vorwärts krochen, stieg von unten ein heißer Luftstrom auf, der teilweise von dem V-förmigen Schild abgelenkt wurde, uns aber fast die Hände versengte, die über die obere Kante des Schildes entlangglitten. Julia, durch ihre vielen Röcke behindert, kam langsamer voran als ich; ich mußte anhalten und wurde mir wieder der Straße und des Parks bewußt. Feuerglocken tönten unter uns. Als ich durch den Schleier des Schneefalls nach unten schaute, blickte ich direkt in den funkensprühenden Schornstein eines Feuerwehrwagens. Ich sah Feuerwehrmänner mit Leitern, andere hielten messingbeschlagene Schläuche, die dicke weiße Wasserströme in das brennende Gebäude schickten, ihre schwarzen Gummimäntel überzogen sich mit weißem Reif. Dazwischen Polizisten mit Seilen, die die Menge auf der Straße und den Wegen hinter der Park Row abhielten. Die Menge, die am Rande des Parks stand, war nun dichter, von hier oben sah sie wie eine kompakte schwarze Masse aus. Zahlreiche gegen den Schnee aufgespannte Schirme waren zu sehen, seltsamerweise erinnerten sie mich daran, wie hoch oben ich mich befand. Mein Blick glitt von der Menge über den Park zur Chambers Street, wo aus Westen ein schwarzer, einspänniger Krankenwagen angefahren kam, an seiner Seite befand sich ein weißes Kreuz. Ich glaubte, seine Glocke zu hören, und sah den Kutscher, der sich weit vorbeugte und mit der Peitsche auf das galoppierende Pferd einschlug; dann verschwand er hinter dem Gerichtsgebäude.

Nur ein oder zwei Sekunden dauerte es, das alles wahrzunehmen; Julia war kaum einen Meter vorwärts gekommen. Ich schaute nach unten und nach hinten, bevor ich ihr folgte: Die Flammen schlugen hoch, aus jedem Fenster des ersten und aus manchen des zweiten Stocks stieg schwarzer Rauch auf. Und auf dem Sims eines Fensters im dritten Stock standen zusammengekauert der Mann und die beiden Frauen, die uns im Gang gefolgt waren. Sein ausgestreckter Arm hielt die beiden davon ab, ebenfalls auf das Schild zu steigen; er wußte, daß es unter dem Gewicht unweigerlich reißen würde. Er sah meinen Blick, gestikulierte wild und drängte mich weiter.

Ich krabbelte voran, versuchte mich zu beeilen, mein Fuß stieß an einen Aufhängedraht, ich hörte ihn schnappen und reißen, hörte das Schild ächzen und spürte das Zittern, das das Schild durchlief. Im selben Augenblick schrie eine Frau auf, ich dachte, es sei Julia. Aber der Schrei kam von oben; als ich hochblickte, sah ich die Spitzen eines Schuhpaares über einen Fenstersims ragten. Ich lehnte mich hinaus und sah nach oben; eine Frau stand dort, ihre Augen waren vor Entsetzen weit aufgerissen – unter ihrem Fenster befand sich kein Schild.

Plötzlich hielt Julia an, kauerte sich reglos am Ende des Schildes in die Mulde und verharrte. Ich sah nach vorne. Die Stockwerke des Times Building waren höher als unsere, so daß das Schild unter seinem dritten Stock etwas über unserem hing. Es war kurz, ging nur an zwei Fenstern vorbei, auf schwarzem Untergrund waren die weißen Lettern zu lesen: *J. Walter Thompson, Werbeagentur*. Zwischen beiden Schildern war ein fünfzig Zentimeter breiter Spalt; Julia kauerte am Ende unseres Schildes, starr und unfähig, über den Zwischenraum zu steigen.

Unser Schild begann zu vibrieren, ich drehte mich um: Eine der Frauen auf dem Fenstersims, in ihrem Gesicht wilde Panik, hatte einen Fuß auf unser Schild gesetzt und war dabei, daraufzusteigen. Wenn sie das täte, würde sich das Schild losreißen und fallen; ich *wußte* es. Auch Julia hatte sich nun umgedreht und verstand, was passierte. Plötzlich erhob sie sich und – ich war mir sicher, ihre Augen waren fest geschlossen – trat mit dem rechten Fuß hinauf und über den Spalt. Er stieß an die Wand des Times Building und schlitterte dann in die Mulde zwischen Mauer und Schild. Dann warf sie ihren Körper über den Spalt, ihr linker Fuß tastete nach dem Schild; nie mehr will ich solch einen Augenblick erleben – ich sah, wie Julias Fuß auf den schneebedeckten Rand des Schildes aufkam und ich wußte, daß, wenn sie ihn verpaßte, sie abrutschen und hinunterstürzen würde. Doch sie fand Halt, im glatten Schnee rutschte sie für einen Augenblick aus, dann griff ihre rechte Hand nach der Wand des Times Building, und sie stand, schwankend und nach Balance ringend. Halb stolperte sie, halb fiel sie nach vorne und krabbelte weiter. Selbst in ihrem Schrecken erinnerte sie sich an mich und machte mir Platz.

Aber ich trat nicht hinüber. Ich hangelte mich an das Ende meines Schildes und wartete; ich war mir nicht sicher, ob Julias Schild uns beide tragen konnte. Zurückblickend sah ich die Frau nun auf dem Schild, die sich auf mich zubewegte. Julia erreichte das erste Fenster. Noch noch bevor ich Zeit hatte, darüber nachzudenken, ob es offen sei, streckte sich der Arm eines Mannes heraus, griff Julia unter den Achseln und hob sie vom Schild in das Fenster; ihre Füße strampelten, als sie verschwanden.

Ich stand auf, trat über den Spalt und eilte zum Fenster. Als ich mich umdrehte, sah ich durch den Schneesturm die zweite Frau, die nun ebenfalls auf dem Schild war und sich dort fortbewegte. Der Mann wartete noch immer auf dem Sims, gelegentlich flackerte nun eine Flamme aus dem Fenster, die Hitze mußte schrecklich sein. Ich ließ ihm eine kleine grüßende Geste zukommen und lächelte in der Hoffnung, daß ihn dies ermutigte; er hatte Nerven. Dann war ich am Fenster, der Mann – jung und bärtig – half mir nach drinnen, und Julia und ich waren in Sicherheit.

Ich hatte den Arm um ihre Taille gelegt und grinste; mit beiden Armen hielt sie mich umschlungen, ihren Kopf preßte sie an meine Brust. Sie sah zu mir auf, schüttelte den Kopf und murmelte, halb lachend, halb erleichtert: »Gott sei Dank.« Mit meinem freien Arm schüttelte ich die Hand des Mannes, der uns hereingeholfen hatte; er hieß Thompson, und dies war sein Büro. Ein ziemlich großer Raum mit einem Rolltisch, zwei Holzstühlen, einem hölzernen Aktenschrank, einem Zeichenbrett und einigen einspaltigen Zeitungsanzeigen unterschiedlichster Art, die mit Reißzwecken an einem Nachrichtenbrett befestigt waren. Zwei Männer lächelten uns zu, von denen ich einen erkannte: Dr. Prime vom *Observer*, der Mann, der mich vor einigen Tagen zum Hausmeister geschickt hatte. Er und der Mann neben ihm, sagte er, wären ebenfalls über das Schild entkommen.

Thompson wandte sich wieder zum Fenster, um der Frau vom Schild hereinzuhelfen; Julia und ich gingen. Wir schritten durch den Gang zum Treppenhaus, ein Mann in Hemdsärmeln, der sich in seinen Mantel kämpfte, kam auf uns zugelaufen und sprach uns an, als wir die Treppe betraten; ein Reporter von der *Times*: Ob wir zu den Leuten gehörten, die über das *Observer*-Schild entkommen wären? Ich verneinte, sie befänden sich alle in Thompsons Büro. Dann rannten Julia und ich die Treppen hinunter.

Wir traten in den Wind und den peitschenden Schnee, sofort schrie uns eine Stimme wütend hinterher. Ich sah auf; ein Feuerwehrmann an seiner Maschine gestikulierte wild und winkte uns über die Straße. Rote Kohlen aus dem Ofen des großen Messingzylinders rieselten zwischen den großen roten Rädern in den schmelzenden Schnee.

Bevor wir uns in Bewegung setzen konnten, rannten vier oder fünf Männer an unserem Eingang vorbei; sie trugen eine lange Ausziehleiter, die sie vom Leiterwagen brachten. Einer der Männer, ein stämmiger, wild blickender Mann mittleren Alters mit einem stumpfen Zylinder und einem dicken, blauen Schal darunter, brüllte mir, als sie vorüberrannten, direkt ins Gesicht: »Helfen Sie uns!« Julia und ich rannten mit ihnen mit, sie setzten die Leiter ab, und ich half ihnen, sie an das brennende Gebäude zu lehnen und aufzurichten. Als wir mit dem eingebauten Flaschenzug die Leiter ausfuhren, hatte ich die Möglichkeit, hochzublicken und zu sehen, was wir taten.

Drei Männer in Hemdsärmeln und Westen, einer trug einen grünen Augenschirm, standen auf den Simsen dreier nebeneinanderliegender Fenster im vierten Stock und starrten durch den Schneevorhang zu uns herunter. Der Mann im Fenster, das dem Times Building am nächsten lag, befand sich in Panik; er hatte die Arme gehoben, die Fäuste geballt, wild ließ er sie auf- und abfahren, sein Mund stand weit offen, und er schrie.

Unsere Leiter war zu kurz: Wir hatten sie zwischen zwei Fenstern aufgerichtet, sie berührte gerade über dem dritten Stock die Wand, weit unterhalb der drei Männer im vierten. Ich wußte nicht, was zu tun war, und blickte mich verzweifelt um; etwa fünf Meter hinter mir, auf der Straße, stand Julia und schaute auf das brennende Gebäude. Etwas in ihrem Gesichtsausdruck ließ mich zu ihr hinlaufen. Und dann sah auch ich die gesamte Fassade.

Ich besitze ein Exemplar der *New York Times* vom folgenden Morgen, dem 1. Februar 1882. Die Titelseite und der größte Teil der zweiten Seite widmetn sich dem schrecklichen Feuer. Ich will nicht wiedergeben, was Julia und ich sahen, sondern direkt aus der *Times* zitieren.

> … die oberen Fenster … waren voller Menschen. Gesichter von Männern und Frauen, in denen sich der Schrecken abzeichnete, starrten durch den Rauch nach unten auf Tausende ihrer Mitmenschen; ihre Hände rangen nach Hilfe, laut riefen sie nach Rettung. [Das werde ich immer vor mir sehen, wie sie ihre Hände ausstreckten.] Die Flammen, die sich mit dem Rauch vermischten, tauchten ihre Gesichter in ein unterweltliches Licht. Ihre Schreie, die sich mit dem Tosen des Feuers und den rauhen Rufen der Feuerwehrleute vermischten, klangen für die unten stehende Menge wie Stimmen aus dem Grab. Die Feuerwehrleute taten alles Menschenmögliche; furchtlos setzten sie beim Versuch, die eingeschlosse-

nen Opfer zu retten, ihr Leben aufs Spiel. Ihre Handlungen aber, so schnell sie auch waren, schienen für die erstickenden Wesen im brennenden Gebäude nicht schnell genug zu sein. Sie über die Treppe zu erreichen war nicht mehr möglich; zu schnell hatte das Feuer seine Arbeit getan. Die Feuerwehrleute stellten Leitern auf, die allerdings nur bis zum dritten Stock reichten. Weitere Zeit verging, bis kürzere Leitern aufgestellt waren, um sie zu verlängern. In der Zwischenzeit nahte sich den Menschen im Gebäude der Tod stetig und unweigerlich von hinten, die Vorbereitungen, die draußen zu ihrer Rettung unternommen wurden, schienen endlos zu dauern …

Julia schrie auf, ihre Hand fuhr an den Mund: Der in Panik gefallene Mann war gesprungen, sein Körper vollführte während des Falls eine ganze Drehung, die Beine strampelten wild und instinktiv in der Luft, um Halt zu finden, der nicht mehr existierte. Kurz bevor er aufschlug, wandten wir unsere Augen ab.

Zwei Feuerwehrleute kamen vom Times Building auf uns zugelaufen; sie trugen einen Holztisch. Der kleine Mann im Zylinder schrie und gestikulierte zu mir, ich rannte zur Leiter zurück. Wir beugten uns nach unten, faßten die Seitenteile der Leiter, hievten sie hoch und stolperten damit zu Seite. Das obere Ende der Leiter schlitterte und krachte hoch oben gegen die Wand, bis sie zwischen den beiden Fenstern stand, in denen die übrigen beiden Männer kauerten. Flackernde Flammen züngelten aus ihren Fenstern, gelegentlich entwichen dicke Rauchwolken. Die Feuerwehrleute mit dem Tisch hatten uns erreicht und schoben ihn unter die Leiter. Ich schaute hinauf.

Das Leiterende war nun näher, aber noch immer unterhalb der beiden Männer. Aber unter ihren beiden Fenstern befand sich ein Schild. Durch den Schnee und den von unten aufsteigenden Rauch konnte ich nicht erkennen, was darauf stand. Einer der Männer stieg nun auf das Schild, kroch zur Leiter, drehte sich um und ließ sich vom oberen Rand des Schildes auf die Leiter hinunter; die Füße suchten nach der obersten Sprosse. Er ließ los, die Knie waren gebeugt, dann umfaßte er das Leiterende und kletterte so schnell wie möglich hinunter. Der kleine Mann, der die Oberaufsicht hatte, schrie zum anderen hinauf: »Gleich werden Sie gerettet werden! Bewahren Sie Ruhe!« Dann erreichte auch der zweite Mann über das Schild die Leiter. Während er herunterkletterte, strahlte der kleine Mann vor Freude; er reichte jedem die Hand und schüttelte sie. »Ich bin Anthony Comstock. Meinen herzlichen Dank! Gelobt sei Gott!« sagte er.

Die beiden Feuerwehrleute warteten mit den Händen an der Leiter. Sobald der zweite Mann die Straße erreicht hatte, fuhren sie sie ein. Sie riefen uns ihren Dank zu und forderten uns auf, die Straße zu überqueren, da wir hier in Lebensgefahr schwebten. Wir alle rannten über die Park Row, schlüpften unter den Absperrseilen der Polizisten am City Hall Park durch und drehten uns dann um.

Ich hörte Julia aufschreien; dann schluchzte sie und wandte langsam den Blick von dem brennenden Gebäude ab. Ein Anblick, den die moderne Welt kaum mehr zu Gesicht bekommt. Nur die Außenwände des Gebäudes bestanden aus Stein; das gesamte Innere – Böden, Fensterrahmen, Türen – war aus Holz. Ebenso die gesamte Einrichtung der Büros und der anderen Räume. Selbst die Innenwände und Decken waren unter einer Lage Putz aus Holz. Und über die Jahre war das Gebäude trocken wie Stroh geworden. Das Feuer hatte sich explosionsartig im Erdgeschoß ausgebreitet und über die beiden Treppenhäuser nach oben. Die Flammen schlugen nun hoch und rot aus den Fenstern der unteren Stockwerke; sie fraßen sich buchstäblich nach oben. Dicker rußiger Rauch wand und rollte sich mit den Flammen heraus. Böenartig strich der Wind durch die Park Row, die Luft ein einziges Schneegestöber, und ein oder zwei lange Momente gaben sich die Flammen den Windböen hin, flackerten und zitterten, kämpften dagegen an und versuchten, wieder hochzukommen und die Fassade des Gebäudes zu erreichen.

Jedesmal, wenn ich die Augen schließe und mich erinnere, sehe ich diese schreckliche *Farbe*: die grimmige Fassade des Gebäudes, das fürchterliche Orangerot der mächtigen Flammen und das Schwarz des Rauchs, die roten, spinnenartigen Leitern, die Menschen auf den Simsen, meist in Schwarz und Weiß gekleidet, nur eine Frau in einem lebendig grünen Kleid; alles erscheint wie in einem Traum, einem Alptraum, hinter einem weißen Vorhang aus wirbelndem Schnee.

Wir sahen zu, Tausende standen am Rande des Parks und der Ostseite des Postgebäudes, sie waren still, nur das gleichmäßige Pumpen der Maschinen, die Rufe der Feuerwehrmänner und die dünnen Schreie der Leute hoch oben auf den Simsen waren zu hören. Die Menschen auf den Fensterbrettern des dritten Stockes waren schnell gerettet, obwohl die Fenster über dem *Observer*-Schild nun hell in Flammen standen. Die letzten im dritten Stock kletterten nun herab oder wurden herabgetragen; eine junge Frau hing steif über der Schulter eines Feuerwehrmanns, der sie runterbrachte, lose baumelten ihre Arme über seinen Rücken. Plötzlich ging ein Stöhnen durch die Menge; einige wenige der Ausziehleitern waren anscheinend lang genug, den vierten Stock zu erreichen, aber als die obersten Erweiterungen über den dritten Stock hochgekurbelt wurden, gerieten sie in das Dickicht der Telegraphendrähte, die über den Gehwegen gespannt waren. Ohne die Leitern unmöglich nah an die Fassade zu stellen, kamen die oberen Erweiterungen nicht an den Drähten vorbei.

Ein halbes Dutzend Feuerwehrleute hatten eine Leiter aufgebaut und benutzten sie wie einen vertikalen Rammbock; sie versuchten, mit Gewalt durch die Drähte zu stoßen. Wir sahen die dünnen schwarzen Fäden der Drähte sich spannen, dann rissen sie und fielen, lose baumelten ihre Enden, und die Leiter war durch. Zwei weitere Leitern wurden auf diese Weise hochgekurbelt. Wir sahen Menschen auf ihnen herabsteigen, manchmal verschwanden sie ganz im schwarzen Rauch. Andere Leitern kamen nicht durch; wir sahen einen Mann, dann eine Frau, die mit baumelnden Beinen auf dem Sims hingen und dann – auf den Schrei eines Feuerwehrmanns, der oben auf der Leiter stand – sich fallenließen; der Feuerwehrmann, die Beine in den Sprossen verhakt, wartete, um sie aufzufangen.

Zwei Männer standen auf dem Sims eines Fensters im fünften Stock. Plötzlich zerbarst die Scheibe des Fensters, ein Ball rot verschmierten, schwarzen Rauches rollte zwischen ihnen heraus, Glassplitter wurden weit in die Straße gewirbelt, und während sie torkelnd durch den Schnee zu Boden fielen, glitzerte auf ihnen das Tageslicht. Die Hitze wurde nun zu stark, der Mantelsaum eines der beiden Männer wurde angesengt und begann zu rauchen; die Männer knieten sich nieder, drehten sich zur Fassade und ließen sich dann, die Hände am Sims, nach unten. Ihre Füße strampelten, bis sie auf den Ornamenten, die sich oberhalb der Fensterreihe des vierten Stocks hinzog, Fuß fassen konnten. Aber nun schlugen die Flammen auch vom vierten Stock hoch; ich bin mir sicher, daß sie Sekunden später an der Hitze und den Verbrennungsgasen gestorben wären, hätte sie nicht ein Feuerwehrmann gesehen und seinen Wasserstrahl, der auf ein Fenster im dritten Stock gerichtet war, auf die beiden Männer gehalten. Er wechselte zwischen dem dritten Stock und den beiden Männern hin und her, bis eine Leiter durch die Drähte zum vierten Stock geschoben war. Ein Feuerwehrmann ging hinauf und schrie, denn einer der beiden Männer hangelte sich etwa dreißig Zentimeter zur Seite und fiel dann schief auf die Leiter; er traf unterhalb des Feuerwehrmanns auf und mußte sich verletzt oder etwas gebrochen haben, denn er kletterte sehr schwerfällig die Leiter herab – aber er lebte. Auch der zweite Mann schwang sich auf die Leiter und ließ sich fallen.

All das geschah in wenigen Momenten, in *Sekunden*, nachdem wir die Polizeiabsperrung passiert hatten. Dann rüttelte Julia an meinem Arm. »Jake! *Jake!*« schrie sie in mein Ohr. »Vielleicht ist *er* an einem Fenster! An der Nassau Street!« Jake und Carmody hatte ich ganz vergessen; sie waren mir schlichtweg entfallen. Aber Julia drehte sich um, und ich folgte ihr und kämpfte mich durch die Menge nach hinten. Dann rannten wir im Rücken der Leute durch den Park, über die Mail Street zum Postgebäude. Dort schoben wir uns wieder durch die Menge nach vorne, einige der Leute murmelten, manche drehten sich zu uns um, andere fluchten. Aber wir kamen bis vorne an den Randstein, wo die Seile der Polizisten gespannt waren und wir nicht weiterkonnten. Von hier aus sahen wir nicht nur die westliche Park-Row-Fassade des brennenden Gebäudes, sondern auch die Beekman Street und die gesamte Südseite des Baus.

Ein Fenster im fünften Stock der Park Row, nahe der Beekman Street, zerbarst plötzlich, das Glas flog heraus. Dahinter bewegte sich etwas, dann kletterte schwerfällig eine Frau auf den Sims. Ihr Gesicht war schwarz durch das Feuer, wie ich im ersten Moment dachte. Dann erblickte ich einen roten Farbfleck über dem dunklen Gesicht und erkannte das Tuch um ihren Kopf. Es war Ellen Bull, die schwarze Putzfrau, die mir vor einigen Tagen den Weg zum Hausmeister gewiesen hatte. Hoch oben auf dem Sims schlug sie nun mit ihren Armen um den Kopf; vielleicht war es Panik, ich glaube aber, daß sie die schreckliche Hitze vertreiben wollte, die hinter ihr herausströmte. Denn fast im gleichen Augenblick schlugen die Flammen heraus und schienen ihr langes graues Kleid zu berühren. Sie ging in die Knie, drehte sich um, ließ sich über den Sims hinab und hing nun mit ihren Händen an der Fassade; unter ihr schwankten die Beine. Aus dem vierten Stock unter ihr schlugen noch keine Flammen, das Glas war noch nicht geborsten, aber es gab auch keinen Halt für ihre Füße. Zu unserer Linken waren zwei Männer unter dem Seil durchgeschlüpft und rannten zu einem Wagen gleich gegenüber der Mail Street. Er war am Randstein von Feuerwehrgeräten blockiert worden, eine ältere Frau neben uns sagte, der Eigentümer hätte das Gespann durch den Park weggeführt. Die Männer lösten nun am Wagen die graue Leinwandplane, warfen sie ab und schleiften sie hinter sich her, als sie zurückrannten. Unter Ellen Bulls baumelnden Füßen, fünf Stockwerke tiefer, begannen sie die Plane auszubreiten. Vielleicht ein Dutzend Männer schlüpften nun unter der Absperrung hindurch und verteilten sich um die Plane. Niemand wies sie an. Wir konnten sie sehen, hörten sie aber nicht, sie gestikulierten und zogen an der Plane. Sie breiteten sie aus, wiesen sich gegenseitig in Position, aber keiner schaute hoch, als Ellen Bull die Hände losließ und fiel.

Ein Aufschrei ging durch die Menge, die Männer an der Plane blickten auf, versuchten, in Position zu laufen, aber sie schoß an ihnen vorbei; bis zu uns war das schreckliche Geräusch zu hören, als sie am Boden auftraf. Die Menge seufzte verzweifelt auf, eine Frau neben uns bedeckte mit ihren behandschuhten Händen das Gesicht, krümmte sich, ihre Ellbogen drückten sich in den Magen, dann verlor sie das Bewußtsein und fiel zur Seite, von der dichten Menge um sie herum gehalten. Ellen Bull wurde von den Männern, die versucht hatten, sie zu retten, auf die Plane gelegt, vier von ihnen trugen sie dann davon, die gesamte Länge des Gebäudes entlang zum Times Building. In der *Times* war am nächsten Morgen zu lesen, daß sie ins Chambers-Street-Hospital gebracht worden war, wo sie eine halbe Stunde später starb.

> An der Beekman Street hing ein alter Mann am Fenster im vierten Stock [schreibt die *New York Times* vom Mittwoch, dem 1. Februar 1882 – Julia und ich standen in der schweigenden Menge und beobachteten ihn]. Die eifrigen Hände der Feuerwehrleute stellten eine Leiter auf, um ihn zu retten. Mit totenähnlichem Griff klammerte er sich an den Stein, die Flammen aber waren stärker. Sie barsten durch das Fenster, an dessen Sims er hing. Die Feuerwehrleute hatten ihn beinahe erreicht, als ein Aufschrei des Entsetzens sich aus tausend Kehlen Bahn brach. Man sah, wie die Hand des alten Mannes losließ und sein Körper auf das harte Pflaster stürzte. Es handelte sich um Richard S. Davey, einen Schriftsetzer des *Scottish-American*. Der bewußtlose Körper wurde zum Chambers-Street-Hospital gebracht, wo der Tod ihn in kurzer Zeit von weiterem Leiden erlöste.

Aus den Augenwinkeln heraus sah ich Julia, die sich mir zuwandte; ihr Gesicht war kreidebleich, ihre Augen waren weit aufgerissen. Fast nachdenklich murmelte sie: »Wir hätten es verhindern können«, dann packte sie mit beiden Händen meinen Arm und schüttelte mich so heftig, daß ich fast stolperte. »Wir *hätten* es verhindern können!« schrie sie mich wütend an. Einen Moment lang blickte sie mich an, dann drehte sie sich weg und murmelte: »Ich kann mir das niemals verzeihen.«

Ich hatte darauf keine Antwort; ich wünschte mir, ich wäre tot. Ich mußte etwas tun, *mußte* etwas gegen das, was hier geschah, unternehmen. In der Reihe der Polizisten, die die Seile hielten, unterschied sich der uns am nächsten stehende nicht von den anderen. In seinem knielangen blauen Mantel und dem länglichen Helm hatte er sein Gesicht zur Menge gekehrt, aber wie die anderen starrte er oft über die Schulter nach hinten zum Feuer. Diesen Moment nützten wir aus; ich hob das Seil, und Julia und ich schlüpften darunter durch. Dann rannten wir über den Schnee und das gefrorene Wasser, das aus Hydranten und Schlauchverbindungen austrat. An der anderen Seite verfluchten uns die Polizisten, wir schlüpften unter dem Seil durch und schoben uns durch die Menge zur Ecke Beekman Street, die vor uns lag. Wir konnten den Rauch riechen und hörten das Tosen der Flammen, und in Windböen spürten wir auch die Hitze, die zu uns herübergetragen wurde. Wir erreichten die Ecke neben dem New York Evening Mail Building und begannen dann unseren Weg zur Nassau Street, einen kurzen Block ostwärts gelegen. Ich wußte, daß Julia hoffte, dort Jake zu finden. Und dann kam meine Gelegenheit, etwas zu tun.

In der *Times*-Ausgabe des nächsten Tags stand folgender Absatz zu lesen:

> Als die Aufregung ihren Höhepunkt erreicht hatte, sah Charles Wright, ein junger Schuhputzer, zum brennenden Gebäude und erblickte an den Fenstern des fünften Stocks drei wild gestikulierende Männer. Von einem dieser Fenster war ein Drahtseil zum Telegraphenmast an der gegenüberliegenden Ecke der Beekman Street gespannt. Während der letzten Parade war daran eine Fahne gehißt gewesen. In diesem Augenblick kam Wright die Idee zu einer Rettungsmöglichkeit, im nächsten Augenblick war er bereits damit beschäftigt, sie in die Tat umzusetzen. Der Telegraphenmast war mit Schnee und Eis bedeckt, aber ein Dutzend starker Arme hoben und schoben den Jungen so weit hinauf, bis er die schmalen Streben erreichte, die den Telegraphenmännern als Fußhalt dienen.

Die *Times* ist hier etwas ungenau. Der Junge – übrigens ein Farbiger – ging zum Mast, kletterte etwa einen Meter hoch, rutschte dann allerdings an der vereisten Fläche ab und schrie: »Helft mir hoch.« Alle Umstehenden erkannten sofort, was er vorhatte. Ich blieb stehen, stellte mich mit dem Rücken an den Mast, brachte meine Schultern unter seine Füße und schob ihn höher. Zwei Männer zu meinen Seiten faßten seine Beine und halfen ihm einen weiteren Meter höher. Nun konnte er die hölzernen Quersprossen erreichen.

> Der Junge kletterte den Mast hoch, bis er das Drahtseil erreichte. Das Seil vom Mast loszumachen war die Arbeit eines Augenblicks. [Es dauerte länger als einen ›Augenblick‹; eine gute Minute oder noch länger.] Daraufhin fiel das Seil zur Fassade des brennenden Gebäudes. Die drei Männer im fünften Stock ergriffen das Drahtseil und ließen sich daran nacheinander nach unten in Sicherheit, wenngleich ihre Hände durch die Reibung ernsthaft verletzt wurden. Der junge Wright wurde mit Jubel empfangen, als er wieder den Boden betrat, und wurde zum Helden des Tages. Wäre nicht sein rechtzeitiges Handeln gewesen, wären die geretteten Männer zweifellos den Flammen zum Opfer gefallen, bevor Hilfe eingetroffen wäre.

Dieser Teil des Berichts ist vollkommen richtig. Es war ein schöner Anblick, das Seil, als der Junge es losließ, an die Hauswand gleiten und dort hängen zu sehen und dann den ersten der Männer, der sich hinausschwang, ohne daß es riß. Die beiden anderen behielten einen kühlen Kopf, denn sie warteten, bis der Mann vor ihnen auf dem Boden angelangt war. Aber alle glitten viel zu schnell herab und verbrannten sich die Hände. Und wir bejubelten Wright, als er vom Mast stieg. Meiner Brieftasche entnahm ich einen Zehn-Dollar-Yellowback und reichte ihn ihm, ein halbes Dutzend anderer gaben ihm ebenfalls Geld. Die drei geretteten Männer kamen zu uns herüber,

fanden den Jungen, gaben ihm die Hand und führten ihn weg; ich bin mir sicher, daß auch sie ihm in irgendeiner Form ihren Dank abstatteten, was er wahrhaftig verdient hatte.

Gegenüber ist eine stark verkleinerte Seite aus *Frank Leslie's Illustrated Newspaper* vom 11. Februar 1882, die Charles Wright oben auf dem Mast zeigt, wo er das Drahtseil löst, um die drei Männer zu retten.

Julia und ich schoben uns entlang der Beekman Street durch die Menge, als alle Köpfe in unserer Umgebung sich nach Osten wandten. Vor uns, auf der anderen Seite der Straße, stand plötzlich das Holzgerüst eines großen neuen, noch nicht vollendeten Steingebäudes in Flammen; das Feuer war über die Straße gesprungen. Die Fassade des Baus erhob sich zu zwei Türmen, die höher als alles andere in der Umgebung waren, und nun schossen die Flammen am Gerüst entlang auf diese Türme. Dort erfaßte es die Fensterrahmen, in die noch keine Glasscheiben eingesetzt waren, und ging von dort weiter zur Traufe, den Giebeln und den verzierten Geländern oben am Dach. Es war ein plötzliches und seltsames Spektakel: brennende Ringe, Quadrate, Kreise und die parallelen Linien des Geländers; es glich einem riesigen 4.-Juli-Feuerwerk, das hoch oben in der Luft durch das Schneetreiben hindurch zu sehen war. Ich denke, die Menge drehte sich dem zu, um sich von den Dingen, die wir hier sehen mußten, abzuwenden.

Während wir noch staunten, war eine junge Frau auf den Fenstersims des vierten Stocks geklettert; als ich mich wieder umdrehte und sie erblickte, wunderte ich mich, daß sie sich die ganze Zeit über im Gebäude aufgehalten hatte; wahrscheinlich war sie von einer Seite des brennenden Gebäudes zur anderen gelaufen, bis sie diesen Raum fand, der noch nicht in Flammen stand. Unmittelbar über ihr schlugen die Flammen aus dem Fenster des fünften Stocks; als würden sie durch eine unsichtbare Kraft herausgezogen, schossen die orangefarbenen Flammenzungen halb über die Straße und bildeten über ihr eine wabernde, lodernde Kanzel. Dennoch war sie nicht in Panik; sie schloß hinter sich sorgfältig das Fenster. Dann hob sie die Arme und stützte sie links und rechts gegen das Mauerwerk der Fensteröffnung, um das Gleichgewicht zu halten. Es war eine erstaunlich ruhige Haltung. So stand sie, sie schrie nicht, kreischte nicht, blickte nur auf uns herab und wartete. Sie mußte gewußt haben, daß es kein Zurück mehr für sie gab: daß dieses Fenster ihre letzte Chance war und daß es nicht mehr lange dauern konnte, bis das Feuer hinter ihr durch die Fensterscheibe barst.

Aber nichts passierte, kein Feuerwehrmann mit einer Leiter kam. Ich nehme an, sie dachten, und darin konnte man ihnen keinen Vorwurf machen, daß beim jetzigen Stand des Feuers niemand mehr an den Fenstern auftauchen konnte. Die Frau in ihrem langen schwarzen Kleid wartete – mit ausgestreckten Armen, die Hände an der Fensteröffnung, die sie umrahmte; um ihren Hals hatte sie einen weißen Schal. Plötzlich brach hinter ihr das Glas, ein dicker Schwall schwarzen Rauches füllte das Fenster, bahnte sich seinen Weg nach draußen und verhüllte sie vollständig. Eine Frau neben uns schrie auf, die Menge regte sich und murmelte. Weiter unten rief ein Mann wütend nach einer Leiter. Auf der Beekman Street rannte ein Polizist, so schnell er konnte, an uns vorüber.

Hinter dem schwarzen Rauch, der sich über den Sims wölbte, waren keine Flammen zu sehen; wir alle – jeder in der Menge, dessen bin ich mir sicher – hielten den Atem an: Würde sie noch zu sehen sein, wenn sich der Rauch lichtete. Julia war sich dessen nicht bewußt, aber sie preßte beide Hände an meinen Unterarm und drückte fest zu.

Der Wind blies den Rauch schnell fort; sie stand noch immer da oben, eine Hand am Fensterrahmen, die andere über ihrem Mund, nun klopfte sie sich auf den Brustkorb und hustete. Dann nahm sie wieder ihre vorherige Position ein, blickte zu uns herab und wartete; die Menge kommentierte murmelnd ihre Ruhe und Tapferkeit. Minuten vergingen; ein Mann neben uns starrte zur Frau hoch und fluchte ständig; vielleicht war ihm überhaupt nicht bewußt, was er tat. Dann kamen schließlich zwei Feuerwehrleute mit einer Ausziehleiter um die Ecke der Nassau Street gerannt. An der Wand des Gebäudes aber hielten sie an – sie trugen noch immer die Leiter – und unterhielten sich; einer von ihnen schüttelte den Kopf. Der Polizist an der Absperrung rannte zu ihnen hinüber und dann wieder zurück. »Die Leiter ist zu kurz«, schrie er uns zu. Einer der Feuerwehrleute rannte dann den Weg, den sie gekommen waren, wieder zurück, hielt an und kehrte wieder um. Und dann kurbelten sie die Leiter hoch, ihr oberes Ende schlug mehrmals gegen die Mauer, während sie hochgezogen wurde.

Sie war zu kurz. In den darauffolgenden Tagen übten die Zeitungen Kritik an den Leitern der Feuerwehr, die in einer Zeit, in der viele Gebäude vier, fünf und sechs, die neueren sogar bis zu zehn Stockwerke hatten, viel zu kurz waren. Die Leiter berührte, als sie ganz ausgefahren war, die Wand etwa eineinhalb Meter unterhalb des Simses, auf dem das Mädchen stand. Und nun rollte wieder eine dicke langsame schwarze Rußwolke aus dem Fenster und verhüllte sie ganz; wäre der Wind nicht gewesen, wäre sie unweigerlich gestorben, hätte das Bewußtsein verloren und wäre nach drinnen oder hinab auf die Straße gestürzt. Er trieb die Wolke an der Fassade entlang, und wir sahen den flatternden weißen Schal und das schwarze Kleid.

Ich möchte eines erklären. Seitdem wir das Times Building verlassen hatten und hier in der Menge standen, ging mir einiges durch den Kopf. Ich gab mir keine Schuld, nicht in Jake Pickerings Büro eingebrochen zu sein und das Feuer ausgetreten zu haben, als das noch möglich gewesen war; niemand hatte die plötzliche Entwicklung der nachfolgenden Ereignisse vorhersehen können. Was an mir aber nagte, war folgendes: Julia und ich hatten durch unsere verborgene Anwesenheit den Verlauf der Ereignisse in genau der Weise beeinflußt, wie Dr. Danziger es immer befürchtet hatte. Vielleicht hatten wir ein leises Geräusch von uns gegeben, das Carmody kaum wahrnehmen konnte, während er die Akten durchsuchte. Dennoch kann selbst ein kleines, kaum bemerkbares Geräusch die nachfolgenden Handlungen beeinflußt haben. So daß er, sagen wir, sein brennendes Streichholz einen Zentimeter zur Seite fallen ließ, wo es auf dem Papier landete und es schließlich entzündete. Andererseits, auch wenn wir nicht dagewesen wären und dieses Geräusch verursacht hätten, wer kann dann sagen, daß sein Streichholz auf blankes Holz gefallen wäre? Und daß er dann einfach nur dagestanden und zugesehen hätte, wie es langsam verlosch?

Ich wußte, daß auch Julia in Gedanken mitlitt: Das waren lebendige Menschen, die wir gerade sterben gesehen hatten. Und nun stand diese unglaubliche Frau hoch oben über der Straße und wartete in ihrem mutigen Schweigen entweder auf den Tod oder auf Rettung – was in den nächsten Sekunden geschehen mußte.

Noch einen Toten hätte ich nicht mehr ertragen; ich hätte es nicht ertragen, wenn sie in das Gebäude oder vor mir auf die Straße gefallen wäre. Ich mußte *etwas* tun. Und so – es war nicht Tapferkeit, sondern einfach Notwendigkeit – bahnte ich mir den Weg durch die Menge nach vorn, schlüpfte unter dem Absperrseil durch und rannte über die Straße. Ich erstieg die Leiter nicht, ich sprang einfach auf die untersten Sprossen und raste nach oben. Ich hasse die Höhe; ich fühle mich unwohl und gerate leicht in Panik. Aber nun war dafür keine Zeit. Ich befand mich in einer euphorischen Stimmung; ich hatte den Kopf nach hinten geworfen und nach oben, während meine Füße und Hände die Sprossen hochflogen; der Sims näherte sich. Ich wußte nicht, was ich dort oben tun sollte, als ich jedoch die letzte Sprosse erreicht hatte, war mir, als hätte ich es von Anfang an gewußt – alles war klar. Meine Hände schlossen sich über die abgerundeten Enden der Leiter, die Füße kletterten weiter, bis ich, den rechten Fuß auf der obersten Sprosse, den linken eine darunter, zusammengekauert oben stand. Einen Moment hing ich dort bewegungslos und versuchte, mein Gleichgewicht auszubalancieren. Dann ließ ich zum richtigen Zeitpunkt die Hände los und richtete mich auf. Einen Augenblick lang stand ich frei in der Luft, dann fiel ich nach vorne und meine Hände bekamen den Fenstersims zu fassen und dann die Schuhe der Frau, die über den Sims standen. Ich blickte hoch und sah die Knöpfe, die an einer Seite des Schuhs entlangliefen.

Ich mußte es ihr nur einmal erklären: Sie drehte sich schnell um und kletterte und schlitterte über meinen Rücken hinab zur Leiter. Zwischen meinen Füßen sah ich Kopf und Schultern eines Feuerwehrmanns auftauchen. Seine Hand griff ihre Knöchel und ließ sie nach unten, dann glitt sie von meinem Rücken auf die Leiter. Diese wundervolle Frau hatte sich bereits Gedanken gemacht, wie mit *mir* zu verfahren war. Vom Feuerwehrmann gehalten, umfaßte sie mich mit ihren Händen an der Hüfte; dank dieser Unterstützung konnte ich den Sims loslassen, mich niederbeugen und mit den Händen wieder zu den Leiterenden umgreifen. Schnell kletterten wir hinunter und hatten kaum die Hälfte des Weges zum Boden zurückgelegt, als aus dem Fenster, in dem sie gestanden hatte, schwarzer Rauch herausquoll, augenblicklich gefolgt von tosenden orangefarbenen Flammen.

Ich trat auf die Straße, das Mädchen warf ihre Arme um meinen Hals und küßte mich auf die Wange. Ich fragte sie nach ihrem Namen; sie hieß Ida Small. Ich nahm kurz ihre Hand und fühlte mich glücklich und erlöst.

Niemals werde ich Julias Augen vergessen, die auf mich wartete, als ich unter dem Absperrseil durchschlüpfte. Hände schlugen auf meine Schulter, Leute gratulierten mir, jemand rief mir etwas ins Ohr. Ein alter Mann mit Zylinder, der sein weißes Haar altmodisch bis zum Mantelkragen trug, versuchte mir seine goldene Uhr zu geben. Ich lehnte dankend ab, faßte Julias Arm, und wir verschwanden von hier in Richtung Nassau Street.

Ich sah, daß Julia, zumindest in diesem Augenblick, in mich verliebt war; ihre Augen waren erfüllt davon. Alles, was ich zustande brachte, war zu grinsen und über meinen Kopf zu streichen, da ich, ich weiß nicht wie, den Hut verloren hatte. Ich kam mir wie ein Betrüger vor, denn Tapferkeit war nicht im Spiel gewesen; ich hatte nach Absolution gesucht. Und sie in Ida Small gefunden, die wahrhaft tapfer war und nun noch ein ganzes Leben vor sich hatte.

Am nächsten Morgen schrieb die *Times*, daß sie ›als Sekretärin im Büro von D. P. Lindsley beschäftigt war, dem Autor eines Werkes über Takigraphie‹. Sie hatte alleine gearbeitet, weswegen sie erst lange nach den anderen das Feuer bemerkt hatte.

In *Frank Leslie's Illustrated Newspaper* vom 11. Februar bestand das Titelbild aus einem Holzschnitt, der Ida Small auf dem Sims und ihren ›anonymen Retter‹ auf der Leiter zeigt. Ich weiß, ich sollte es nicht tun, füge das Titelbild hier allerdings trotzdem ein, obwohl das Gesicht des Mannes meinem kaum ähnlich sieht, auch trug ich keine Weste.

An der Ecke konnten wir sowohl die Fassade zur Nassau Street als auch die zur Beekman Street überblicken, aber niemand stand mehr in den Fenstern, und die Leitern waren bereits weggenommen. Wie der Rest der Menge entlang den beiden Straßen standen wir in hilfloser Faszination, starrten auf die Wasserströme, die durch die Fensteröffnungen in das brennende Gebäude gespritzt wurden, auf die heiße Luft und die Funken, die von den Heizkesseln der dampfbetriebenen Pumpen in endloser Reihe aufstiegen, und auf den wirbelnden Vorhang aus Schnee.

Plötzlich war der Brand zu Ende: Das Dach stürzte zusammen, krachte auf die nächste, bereits angegriffene Decke, dann brach das gesamte Innere des Gebäudes bis

FRANK LESLIE'S

ILLUSTRATED NEWSPAPER

No. 1,377. Vol. LIII. NEW YORK — FOR THE WEEK ENDING FEBRUARY 11, 1882. [Price 10 Cents.

zum Keller ein, und quellende Wolken aus Funken, Rauch und Gebäudetrümmern erhoben sich fünfzehn Meter über das Dach, begleitet von einem seufzenden, zischenden Donner, der weithin zu hören war. In Sekundenschnelle sackte das Gebäudeinnere ein, und der Brand war vorüber; durch die leeren Fensteröffnungen in den Außenwänden war der Himmel zu sehen. Im Erdgeschoß brannten und schwelten die Trümmer noch vor sich hin, die Kraft des Feuers aber war erloschen, Schnee fiel und wirbelte durch die von den Mauern umschlossene Leere. Über den klaffenden Fensteröffnungen des ausgebrannten Gebäudes war das Mauerwerk rußverschmiert und schwarz, bereits jetzt fiel es schwer sich vorzustellen, daß dieser große tote Kasten einst voller Leben und Menschen war. Unvorstellbar war es, daß wir dort drinnen Jake Pickering und Andrew Carmody belauscht hatten, vor – ich holte meine Uhr heraus und konnte es kaum glauben – nicht ganz einer Stunde.

Nachdem das Spektakel vorbei war, begann die Menge um uns herum zu reden, ein stetiges aufgeregtes Murmeln, aus dem ich eine Stimme vernahm: »Gott sei Dank ist die Zeitung ausgezogen.«

»Von welcher Zeitung spricht er«, sagte ich zu Julia.

»Von der *Welt*«, sagte sie. »Bis vor einigen Monaten war das hier das *Welt*-Gebäude, die meisten Leute nennen es noch immer so. Sie hatten den ganzen oberen Stock; viele von ihnen wären dort oben sicherlich umgekommen.«

»Die *Welt*«, sagte ich langsam und versuchte, mich an den Klang zu gewöhnen. Und dann verstand ich. *Daß dieses Sendschreiben die Zerstörung des gesamten Welt – ›Gebäudes‹* war das fehlende Wort – *durch Feuer herbeiführte, ist kaum zu glauben. Dennoch ist es so …* Und Carmodys Gewissen quälte sich damit bis an das Ende seines Lebens. Von meinem eigenen Gewissen spürte ich eine schwere Last fallen: Nun wußte ich, daß nichts, was Julia und ich getan hatten, das Feuer verursacht hatte.

Ich nahm Julias Arm, und wir gingen durch die Nassau Street nach Süden, weg von der Menge. Wir hörten einen Schrei, einen einzigen Warnschrei, dann das anschwellende Murmeln der Menge. Als wir uns umdrehten, neigte sich die Beekman-Street-Fassade des Gebäudes nach innen, sehr langsam, erst unmerklich, dann schneller, immer schneller, dann krachte die Wand – fast in einem ganzen Stück – auf die brennenden Trümmer im Erdgeschoß. Nun öffnete sich das leere Innere dem Blick und dem Sturm; das Gebäude war wirklich verschwunden.

Mit der Hochbahn fuhren wir nach Hause. Julia starrte blind aus dem Fenster, hin und wieder sprach ich sie an und versuchte, sie zu trösten, ohne Erfolg. Es war wahr, und ich wußte es, daß nichts, was wir getan hatten, zum Ausbruch des Feuers beigetragen hatte. Wir waren unsichtbare Zuschauer, die in keiner Weise den Gang der Ereignisse beeinflußt hatten. Obwohl ich nicht erklären konnte, warum ich das wußte, war ich dennoch von dieser Wahrheit überzeugt. Ich denke, ich konnte Julia davon überzeugen. Aber natürlich wünschte sie sich, daß wir in den Lauf der Ereignisse eingegriffen hätten. Ich hatte sie buchstäblich aus Jakes Büro gezerrt, und nun fragte sich Julia, ob wir ihnen nicht hätten helfen können, wenn wir geblieben wären. Auch ich fragte mich das, trotzdem würde ich das, was ich getan hatte, nicht anders machen, sonst wären wir wahrscheinlich nun ebenfalls tot.

Zu Hause ging Julia erschöpft sofort auf ihr Zimmer. Niemand war unten, das Haus war still. Es war nach Mittag, wir hatten kein Frühstück gehabt, aber ich war nicht hungrig, nur leer; ich hatte keine Lust, in der Küche herumzusuchen. Ich ging auf mein Zimmer, nahm den Mantel ab und legte mich hin. Nach der Nacht und dem Morgen, der hinter uns lag, war ich sehr müde, aber zu angefüllt von dem, was geschehen war, um – wie ich dachte – schlafen zu können. Natürlich schlief ich nur

Minuten später ein, nachdem ich mich auf dem Bett ausgestreckt hatte.

Es war bereits dunkel, als ich von einem Hungergefühl wach wurde, das so intensiv war, daß mir schwindelte. Ich hatte keine Vorstellung, wie spät es war; es mußte sehr spät sein. Maud Torrence und Felix Grier befanden sich im Salon und lasen, als ich nach unten kam. Sie schauten auf und nickten beiläufig; sie wußten anscheinend nicht, daß ich beim Brand dabei gewesen war. Ebenso beiläufig fragte ich, ob Jake Pickering zu Hause war; Felix, der sich bereits wieder seinem Buch zuwandte, schüttelte nur den Kopf.

Ich ging durch das dunkle Speisezimmer in die Küche. Unter dem Türspalt sah ich Licht. Julia saß mit ihrer Tante am Küchentisch und aß zu Abend. Kalte Fleischscheiben, Brot und Butter und heißen Tee; sofort nachdem ich den Raum betrat, sprang Tante Ada auf und brachte auch mir etwas zu essen. Von ihrem Gesicht konnte ich ablesen, daß sie von dem, was passiert war, zumindest teilweise wußte; sie stellte keine Fragen. Julia blickte auf und nickte. Unter ihren Augen waren dunkle Ringe. Ich wußte zwar die Antwort, trotzdem fragte ich: »Er ist noch nicht zurück?« Julia verneinte, schloß die Augen, ließ das Kinn auf die Brust fallen und schüttelte den Kopf, als wollte sie damit ein Bild oder einen Gedanken aus ihrem Kopf verbannen. Ich wußte nicht, was ich sagen sollte.

Julia saß noch immer am Tisch, als ich mein Abendessen beendete; sie hatte ihre Hände im Schoß und wartete. Ich schaute sie an, und sie sagte: »Ich möchte zurückgehen, Si.« Ich nickte nur: Ich wußte nicht, warum, aber auch ich wollte zurück.

Draußen schneite es wieder, der Wind wehte noch immer. Der Schnee auf den Gehwegen lag nun so hoch, daß wir darin nur sehr schwer vorwärtskamen. Auf den Straßen aber waren Wagenspuren, in denen wir zur Hochbahnstation an der 23rd Street gingen. Um zehn Uhr standen wir vor der Ostfassade des Postamts, vor dem Wind geschützt, und:

> ... die geschlossene Schneedecke in der Park Row vor dem Büro der *Times* und den Überresten des alten *Welt*-Gebäudes [schrieb die *New York Times* am 1. Februar 1882] war lediglich von den Spuren der Feuerwehrleute und der Polizisten unterbrochen. Die Schlauchleitungen waren unter dem Schnee verschwunden, das Wasser, das noch immer aus den Leitungen strömte, war offensichtlich verschwendet. Das Feuer loderte nach wie vor so hell, als ob selbst eine große Flut keinerlei Wirkung zeigen könnte. Die Gasleitungen hatten großen Anteil an dem grellen Leuchten. Männer, Frauen und Kinder standen an die Mauern des Postamts an der Park Row gedrängt ... Der Wind steigerte sich zu einem Sturm, der Schnee fiel mit solcher Gewalt, daß die Menge anderswo Unterschlupf suchen mußte; um zehn Uhr waren die Straßen in der Umgebung fast verlassen. Nur einige wenige ausharrende Personen, die zu glauben schienen, es sei ihre Pflicht, hier Wache zu stehen, blieben. Mit dem Rücken standen sie an der Fassade des Postamts und starrten weiterhin auf die ausgebrannten Mauern des Gebäudes. Der Wind pfiff durch die Beekman Street und Park Row und peitschte von der Spruce Street in die Nassau und Park Row, daß diejenigen, die um diese Ecke bogen, förmlich von den Füßen gerissen wurden. Die Uhr der City Hall war hinter diesem Schleier kaum noch zu erkennen ... Um elf Uhr hatte der Schneefall fast ganz aufgehört, das Heulen des Windes war abgeebbt, die Luft war klar und rein, die Menge allerdings kehrte nicht wieder zurück.

Hypnotisiert von der schwarzen Ruine auf der gegenüberliegenden Straßenseite, gehörten wir zu den letzten, die gingen. Die Straßenlaternen davor waren zerstört, die Fassade in Dunkelheit gehüllt; Einzelheiten waren nicht mehr zu erkennen. Die unteren Fensteröffnungen jedoch waren im gleichmäßigen Feuerschein der entflammten Gasleitungen deutlich zu sehen, auf ihren Simsen schmolz der neugefallene Schnee. Die Ruine sah aus, als sei sie Jahrhunderte alt, eine mittelalterliche Ruine, reglos die dunklen Silhouetten der Feuerwehrmänner, einzig die Wasserstrahlen, die in hohem Bogen durch die leeren Fenster fielen, stellten ein Element der Bewegung dar. Weiter oben waren die Wände, wie es oft bei nächtlichen Schneegestöbern zu beobachten ist, in diffuses Licht getaucht, das keine bestimmbare Quelle hatte. Wir starrten nach oben, hinauf zum rauchgeschwärzten *Observer-Schild,* auf dem wir entlanggeklettert waren, und weiter zur Fassade des Times Building und dem Schild von *J. Walter Thompson, Werbeagentur,* das unser Leben gerettet hatte. Schließlich gingen wir; als wir die Park Row überquerten und in die Beekman Street einbogen, stand die Uhr der City Hall auf zehn vor elf.

Der Schnee auf dem Gehweg der Beekman Street war den ganzen Tag und Abend über zusammengetreten worden. Nun lag hier nur eine zwei Zentimeter hohe Schicht Neuschnee, die mühelos passierbar war. Wir blickten über die Straße. Die Wand an dieser Seite war eingestürzt, wir betrachteten den leeren Raum, der einst das Innere des Gebäudes gewesen war. Die Flammen der gebrochenen Gasleitungen röhrten leise und gleichmäßig, weiße Bögen aus Löschwasser gingen überall nieder. Aber das Feuer selbst war erloschen, ›die Zerstörung der Welt‹ vollbracht und war bereits – nicht Geschichte, sondern einfach vergessen. In diesem Augenblick arbeitete eine Reihe von Illustratoren unter den Gaslichtern von *Harper's* und bei *Leslie's Illustrated Newspaper,* nur einige Blocks in westlicher

Richtung entfernt, an der Park und dem College Place, und schuf die Holzschnitte, Abbildungen des Feuers, die in einer Woche erscheinen sollten. Die Frau neben mir, der Großteil der Stadt würde einen kurzen Blick auf ihre Arbeit werfen und sich an das Ereignis zurückerinnern. Aber mir wurde bewußt, wie schnell diese Männer, die nun die Holzschnitte fertigten, wie schnell die ganze Bevölkerung, die ihre Werke bewunderte, verschwunden sein würden, dieses Mädchen eingeschlossen. Hier und dort werden einige Exemplare in irgendwelchen Schubladen vergilben und zu etwas Wunderlichem werden, worüber man lächelt. Und dieses Gebäude und der schreckliche Brand werden aus dem Gedächtnis der Menschheit verschwinden. Einige Augenblicke lang, während wir uns auf der Beekman Street von der Ruine, die stellenweise bereits von Schnee bedeckt war, entfernten, überkam mich ein Gefühl der Melancholie; das menschliche Leben war so kurz, daß es sinnlos zu sein schien. Die Art von Gedanken, die man sonst nur mitten in der Nacht hat, wenn man aufwacht und sich allein in der Welt glaubt. Aber ich kannte eine Zeit, in der es war, als hätten dieses Gebäude und dieses Feuer niemals existiert; also hatte ich nun dieses Gefühl.

Wir bogen um die Ecke zur Nassau Street und – ohne uns abzusprechen, da wir die Anwesenheit des anderen spürten – beeilten uns plötzlich, als wollten wir diesen Ort für immer verlassen. Vor uns, gegenüber dem Eingang zum Times Building, funktionierte die Straßenlampe noch; ihr Lichtkreis lag glänzend und schimmernd auf dem Schnee des Gehwegs. Auch auf diesem Gehweg war der Schnee fast unberührt, bis auf eine Linie von Fußspuren, die im Dunkel hinter der Laterne verschwand. Als hätte jemand durch eine Fensteröffnung in das zerstörte Welt-Gebäude geblickt, dann die Nassau Street überquert und wäre auf dem Gehweg weitergegangen.

Wir näherten uns den Fußspuren. Unsere eigenen liefen

nun parallel zu den fremden. Dann, direkt unter der Lampe, ergriff ich Julias Arm, und wir blieben stehen. Deutlich in den Schnee eingedrückt, so wie ich es bereits einmal gesehen hatten, war die kleine Zeichnung eines Grabsteins; darauf ein aus unzähligen Punkten bestehender Kreis, der einen neunzackigen Stern umschloß. Diesesmal aber waren es viele. Hinter jedem Sohlenabdruck lag die oben abgerundete Gestalt des Grabsteins. »Es sind Abdrücke der *Absätze*«, sagte ich. Dann beugte ich mich nieder. »Der Stern und der Kreis sind die Abdrücke der Nägelköpfe.«

Ich sah zu Julia hoch, verwirrt nickte sie. »Ja, natürlich. Männer lassen das machen, wenn sie Stiefel anfertigen lassen. Irgendein persönliches Zeichen.« Sie zuckte mit den Schultern. »Es soll Glück bringen.«

Ich nickte und verstand. Das war Carmodys Zeichen; er war dem Feuer entronnen. Und vor wenigen Augenblicken war er hier gewesen, um noch einmal zu betrachten, was er angerichtet hatte. Ich starrte noch ein wenig auf diesen seltsamen Abdruck im Schnee. Er war unter diesem Zeichen begraben worden. In ferner Zukunft wusch und kleidete seine Witwe seinen frischen Leichnam und begrub ihn dann unter eben diesem Zeichen. Warum? *Warum?* Diese Frage blieb noch.

Wir gingen den gesamten Weg zurück. Der Wind hatte nachgelassen, es schneite nicht mehr und war nicht mehr kalt. Zu dieser späten Stunde, und wie so oft nach Schneestürmen, waren die Straßen verlassen; die Welt gehörte uns. Zumindest waren die Straßen leer; die Hälfte der Zeit schlenderten wir von Osten nach Westen und zurück, gingen aber immer weiter nach Norden, auf diesen alten alten Straßen der alten alten City von Lower Manhattan. Manchmal waren die Gehwege freigeschaufelt, wenn nicht, bewegten wir uns in den Spuren der Kutschen und

Wagen. Als die Wolkendecke aufbrach, erschien ein halber Mond, der bald von den Wolken bedeckt wurde, wieder auftauchte und wieder verschwand. Manchmal, einen Block von einer Straßenlaterne entfernt, gingen wir durch die Dunkelheit, manchmal aber, wenn der Mond herauskam und sein Licht vom Schnee reflektiert wurde, war es taghell.

Wir gingen durch stille Wohnstraßen, wie sie auch noch großflächig im San Francisco des zwanzigsten Jahrhunderts existieren. Keine isolierten Relikte, sondern ganze Blocks mit Häusern des neunzehnten Jahrhunderts, die unverändert sind und bis auf die geparkten Autoreihen genauso aussehen wie damals, wie alte Photographien ihrer selbst. Und hier nun, im Lower Manhattan des neunzehnten Jahrhunderts – oft haben wir den falschen Eindruck, als hätten hier nur braune Sandsteinbauten gestanden –, gab es ganze Blocks und Straßen mit hohen, wundervoll verzierten Holzhäusern, genau wie im modernen San Francisco. Manchmal war ein mit Vorhängen verdecktes Fenster noch erleuchtet; ein Kranker, nahmen wir an. Hin und wieder waren Wagenspuren zu sehen, gelegentlich auch knietiefe Schneeverwehungen. Ich nahm Julias Hand und half ihr hindurch. Und nach einer dieser Verwehungen ließen wir die Hände nicht mehr los. Wir hielten uns an der Hand und gingen durch diese stille helle Nacht; ich spürte, und war mir sicher, Julia empfand es ebenso, wie der Schrecken des Feuers in die Vergangenheit wegtauchte und von uns abließ. Auf einer langen schimmernden Strecke mit hart zusammengepreßtem Schnee rannten wir, noch immer Hand in Hand, plötzlich los und schlitterten über die zu dieser Nachtzeit eisige Fläche, schlitterten und balancierten, wie ich es zum letzten Mal in der Grundschule getan hatte. Es war spät, wir lachten nicht, wir riefen uns nicht zu, sondern sahen uns nur grinsend an. Ein- oder zweimal warfen wir zum Spaß Schneebälle hoch in die Luft. Ein schöner Spaziergang, und an einer Stelle hörten wir – aus einem Stall hinter dem Haus, nehme ich an – das plötzliche hohe Wiehern eines Pferdes; plötzlich war ich mir wieder des *Mysteriums* bewußt, hier zu sein, hier in den Straßen von New York City im Winter 1882.

Wir kamen zur 14th Street, bogen nach Osten ab und gingen den kurzen Block zum Anfang des Irving Place, der damals wie heute direkt zum Gramercy Park führt. Vor uns war das Gebäude an der südöstlichen Ecke von 14th und Irving Place hell erleuchtet; wir hörten Musik: einen Walzer. »Die Musikakademie«, sagte Julia. Als wir das Gebäude erreichten, standen die Seitentüren offen, wir blieben stehen und sahen hinein.

Was wir erblickten, erstaunte und blendete uns. Mindestens ein Drittel des Bodens war – die Stuhlreihen hatte man entfernt – mit einem erhöhten Tanzpodium ausgestattet, auf dessen gewachster und glänzender Oberfläche herumwirbelnde, walzertanzende Paare zu sehen waren. Auf der Galerie spielte ein großes Orchester, die Violinbögen vollführten langsame Bewegungen, und jede Loge – hufeisenförmig zogen sich die Logen, Stockwerk um Stockwerk, um die gesamte Bühne – war mit lachenden, sich unterhaltenden Menschen gefüllt, die auf die Tänzer herabblickten. Unzählige Zuschauer füllten die Bühne und die Seiten des Tanzpodiums. Große Blumenschalen befanden sich an den Ecken des Podiums, und hoch über der Bühne hingen große Buchstaben und Zahlen, die aus Gasleitungen gebildet waren. Sie waren erleuchtet, die gelbweißen Flammenlettern lauteten *Wohltätigkeitsball* – 1882.

Der Ballsaal war in dieser weißen, stillen Winternacht eine Insel aus Licht, Musik und Vergnügen; es grenzte ans Wunderbare, aus der Nacht hier hereinzukommen. Die Männer trugen Frack und Fliege, Länge und der Schnitt ihrer Frisuren, noch mehr aber die unterschiedlichen Bärte und Koteletten ließen sie interessant und individuell erscheinen. Und die *Frauen* in ihren langen schulterfreien und überraschend freizügigen Garderoben – nun, wenn die alltäglichen Kleider der Achtziger langweilig und verschlossen waren, so machten das diese Frauen in jener Nacht wieder wett. Ich kenne weder die Bezeichnungen dieser Frauenkleider noch die Materialien, aus denen sie bestanden; ich zitiere wieder aus einem Artikel der *Times*, die am nächsten Morgen über den Ball berichtete:

> Mrs. Grace trug cremefarbenen Satinbrokat mit Perlen. Mrs. R. H. L. Townsend trug blauen, mit goldenen Blättern und Blumen durchwirkten Satinbrokat. Mrs. Lloyd S. Bryce trug weißen Satinbrokat mit Spitzenbesatz. Mrs. Stephen H. Olin trug weiße Waschseide mit Perlen- und Diamantornamenten. Mrs. Woolsey trug schwarzen Tüll mit schwarzem Satin an der Taille und Diamantornamenten. Mrs. C. G. Francklyn trug weiße Seide und Diamanten. Mrs. Commodore Vanderbilt trug weiße Seide und Diamanten. Mrs. Crawford trug blaue Seide. Mrs. J. C. Barron trug weißen Satin mit Diamantborten.

Der Grund, warum ich das hier zitiere, ist, daß diese Frauen, ein ganzer Saal von ihnen, einfach *glitzerten*.

Einige Meter von uns entfernt stand ein Mann mit Frack und Fliege, aber mit dem Blick eines Polizisten, der uns milde beobachtete; die Zeit, in der Tickets kontrolliert wurden, war lange vorüber. Ich sah zu ihm hinüber, und er kam angeschlendert. »Ich kenne hier jemanden«, sagte ich ihm. »Gibt es eine Möglichkeit, die betreffende Person zu finden?« Ich verengte die Augen und blickte spähend über den Saal; aus irgendeinem Grund behandeln wir Polizisten wie Dummköpfe. Er ging zu einem kleinen schmiedeeisernen Stuhl und holte eine handgeschriebene Liste, die aus mehreren Blättern bestand, und reichte sie mir. ›Proszeniumlogen‹ war sie überschrieben, darunter waren die Logen und ihre Gäste namentlich aufgeführt, beginnend mit dem Buchstaben D. Ich sah sie schnell durch. ›Künstlerlogen‹ war die nächste Spalte überschrieben; die Logen waren nach Komponisten bezeichnet, den Anfang machten Mozart, Meyerbeer, Bellini, Donizetti. Ich sah die von einer wundervollen Frauenhandschrift aufgeführten Namen durch, die darunter aufgelistet waren; ich überflog Verdi, Gonoud, Weber, Wagner, Beethoven, Auber, Halévy, Grisi, und dann, unter Piccolomini, fand ich die Namen von vier Frauen und ihren Ehemännern, von denen einer der Name war, nach dem ich suchte.

Der Wachmann oder Polizist deutete auf die Piccolomini-Loge; vier Frauen und drei Männer beobachteten die Tänzer unten. Der Wachmann ging davon, ich murmelte zu Julia: »Dort sind sie: vier Frauen. Eine von ihnen weiß mit ziemlicher Sicherheit, daß ihr Ehemann heute ein halbes Dutzend Menschen getötet hat. Und dabei selbst beinahe umgekommen wäre. Also sagen Sie mir: Welche von ihnen ist seine Frau?«

»Das steht außer Zweifel, oder?« sagte Julia. »Die Frau im gelben Kleid.«

Ich nickte; es stand außer Zweifel. Dort saß sie, mit durchgestrecktem Rücken, der nicht die Lehne des kleinen Stuhls berührte, eine außerordentlich hübsche Frau Mitte Dreißig. Und ihr Gesicht war vollkommen gefaßt. Sie sah gut aus, beinahe schön, nur dachte man nicht daran, wenn man sie betrachtete. Selten habe ich ein solches Gesicht gesehen, und niemals zuvor oder danach das einer Frau, das von solch absoluter Entschlossenheit und Gefaßtheit war. »Wohin blickt sie denn?« fragte Julia; die Frau im gelben Kleid beobachtete nicht die Tänzer.

Von ihrer Loge, einer der größten und auffallendsten des Saals, starrte Mrs. Andrew W. Carmody vor sich auf die großen Gaslettern *Wohltätigkeitsball* – 1882, das größte gesellschaftliche Ereignis des Jahres. Und ich verstand, warum Andrew Carmody so handelte, so handeln mußte, wie er es getan hatte. »Woran denken Sie?« sagte Julia; ich konnte meine Augen nicht von dem strengen schönen Gesicht lassen.

»Sie treibt mir Schauer über den Rücken. Aber ich bin auch fasziniert – irgendwie beeindruckt.«

»Oh? Und warum?«

»Denn es wird eine Zeit kommen, in der es diese Gesichter und Menschen, diese Theatralik nicht mehr geben wird; sie werden aus der Mode kommen. Übeltäter werden geschmacklos sein und ihre Gewaltverbrechen oder Betrügereien verüben, ohne ein Gefühl für Haltung zu bewahren. Und von diesen zwei verschiedenen Möglichkeiten ziehe ich diejenige vor, die Stil bewahrt.«

Julia sah mich mit hochgezogenen Brauen an. Ich schaute ein letztes Mal zu Mrs. Carmody und auf den wundervollen Ball. Dann drehten wir uns um, gingen an einer langen Reihe von Kutschen entlang, die am Randstein warteten, ihre Lichter flackerten, die Pferde waren unter Decken verborgen, davor die livrierten Diener. Und dann gingen wir auf der stillen Straße nach Hause. Hinter uns erstarb der Klang der Walzer.

20

Ich schlief sehr lange am nächsten Tag. Als ich schließlich nach unten kam, war bereits Mittag vorüber, dennoch bekam ich ein Frühstück und las den Bericht der *Times* über den Brand, welcher die gesamte Titelseite und einen Teil der zweiten einnahm. Alle anderen Pensionsgäste waren schon lange gegangen. Julia bediente mich. Sie sah sehr blaß aus, hatte violette Ränder unter den Augen und brachte mir den Kaffee, als ich mich setzte. Wir wünschten uns einen guten Morgen, mehr nicht.

Es gab Pfannkuchen, die Tante Ada bereitete. Ich hörte das rhythmische Schlagen ihres Löffels, mit dem sie den Teig umrührte, während Julia Kaffee eingoß. Julia brachte dann die erste Pfannkuchenladung und blieb neben dem Tisch stehen, während ich sie mit Butter bestrich. Ich blickte sie an, und sie sagte: »Es war kein glückliches Leben, das er verloren hat, oder, Si?«

Ich schüttelte den Kopf. »Nein, er war besessen. Halb verrückt vor Verlangen, das er niemals hätte befriedigen können. Nichts hätte ihn jemals zufriedengestellt. Manchmal ist es wirklich besser für jemanden, wenn er stirbt. Er gehört dazu.«

Julia aber wies das zurück und schüttelte den Kopf, bevor ich ausreden konnte. »Das zu entscheiden liegt nicht an uns. Wenn wir geblieben wären, wenn wir nur *geblieben* wären.«

»Hören Sie zu«, sagte ich und nahm die Zeitung zur

Hand, die auf der zweiten Seite aufgeschlagen war. »›Der stellvertretende Führer der Leiterwagenabteilung No. 1, James Heaney‹«, las ich laut vor, »›sagte, daß sein Wagen nur etwa zwei Minuten nach dem Ausbruch des Feuers in der Nassau Street eintraf, und niemals in seinem Leben war er mehr überrascht als hier. Ein Pulvermagazin, dachte er, hätte nicht schneller hochgehen können.‹« Ich sah zu Julia, dann wieder in die Zeitung. »›Captain Tynan sagte heute nacht, daß er niemals zuvor bei seinen Einsätzen als Polizist einen gewaltigeren Brand erlebt hatte als diesen.‹«

Ich blätterte zur ersten Seite um, fuhr mit dem Finger eine Spalte runter und las. »›Die folgende Aussage zum Ausbruch des Brandes stammt von Mr. E. O. Ball: Ich ging die Treppen an der Nassau Street hinab und als ich am Fuße der Treppen angelangt war, schossen Flammen aus dem neuen Aufzugsschacht im Keller hoch. Nichts ließ auf eine Explosion schließen. Die Flammen fuhren wie ein Blitz den Schacht hoch, und ebenso schnell loderte das Feuer auf den Treppen, dichter schwarzer Rauch stieg auf, der fast augenblicklich jede Fluchtmöglichkeit abschnitt …‹«

Sie hatte eine Hand an die Brust gepreßt. »Das steht da wirklich? Ich habe die Zeitung nicht gelesen, ich hätte es nicht ertragen.«

»Das sind, Wort für Wort, Zitate aus der *New York Times* vom 1. Februar 1882; jeder kann sie nachschlagen und lesen. Die Zeitung ist voll davon, Julia«, sagte ich. »›Edward S. Moore vom Scottish-American‹«, las ich nun wieder vor, »›sagt, daß … weniger als eine Minute nach dem Feueralarm alle Fluchtmöglichkeiten auf der Park-Row-Seite des Gebäudes abgeschnitten waren.‹ Ähnliches sagt ›John D. Cheever von der New-York Belting and Packing Company … Alfred E. Beach vom Scientific-American‹ … und jemand namens James Munson, der aus seinem Bürofenster im Tribune Building blickte, sah das Welt-

Gebäude so, wie er es immer gesehen hatte, doch nur fünf Minuten später stand das gesamte Gebäude in Flammen. Julia, beruhigen Sie sich. Sie haben das Feuer nicht verursacht, Sie hätten es auch nicht stoppen können. Und Sie hätten wahrscheinlich auch Jake nicht helfen können.« Ich warf die Zeitung auf den Tisch und wies dann auf einen Absatz. »Lesen Sie sich das durch: der ausführliche Bericht von Dr. Primes Flucht über das *Observer*-Schild in das Times Building. Der Mann, der bei ihm war, hieß Stoddard.«

Es half; ich konnte es ihr ansehen. Was ich vorgelesen hatte, war wahr. In ihren Augen sah ich, wie sich die Überzeugung und das traurige Wissen breitmachten, daß sie nichts am Ablauf der Dinge hätte verändern können. Nachdem ich die Pfannkuchen gegessen hatte, brachte Julia ein zweites Tablett, und ich las ihr andere Artikel vor, die ich gefunden hatte. Guiteaus Verwandte, erzählte eine kurze Geschichte, planten, seinen Leichnam nach der Exekution einzufrieren, auszustellen und für die Besichtigung Eintrittsgeld zu verlangen. Ich lächelte; sie nicht. Ein zweiter Artikel berichtete, daß die Harvard-Klasse von 1876 Geld gesammelt hatte und einen Vertreter schickte, um einem Klassenkameraden, der in Denver des Mordes angeklagt war, zu helfen; nun lächelte Julia ein wenig.

Irgendwann im Laufe des Nachmittags, ich saß an einem Salonfenster und sah ein *Harper's Weekly* durch, sah ich einen Polizisten mit seinem hohen Helm und dem langen blauen Mantel vorbeigehen; am Kragenspiegel waren die Streifen eines Sergeants. Er klingelte an der Tür, Tante Ada machte auf; Julia war irgendwo oben. Ich hörte den Polizisten an der Tür, der mit furchtbarer Aussprache langsam die Silben heruntersagte, als lese er sie ab: »Miss Charbonneau? Sie wohnt hier?« Tante Ada bejahte und rief nach oben zu Julia. »Morley, Simon Morley. Er wohnt hier auch?« sagte der Polizist. Ich stand auf und ging mit der Zeitung unter dem Arm in den Flur, bevor Tante Ada mich rufen konnte. Der Polizist stand auf den Stufen, in seinen Händen ein kleines Stück Papier.

»Ich bin Simon Morley.«

Er nickte. »Dann kommen Sie mit.« Julia kam die Treppen herab, er nickte ihr zu. »Sie beide. Holen Sie Ihre Mäntel.«

»Warum?« sagten Tante Ada und ich gleichzeitig. »Das wird Ihnen früh genug erzählt werden.« So wie er die Worte aussprach, hielt ich ihn für einen Iren.

»Nun, ich würde das ganz gerne wissen«, sagte ich. »Sind wir verhaftet?«

»Das werden Sie verdammt noch mal gleich sein, wenn Sie nicht tun, was man Ihnen sagt!« Sein Blick war plötzlich wütend und rachsüchtig, so wie Polizisten oft sind, wenn man sie in Frage stellt. Julia drückte den Arm ihrer Tante und murmelte ihr beruhigend zu. Ich wußte, daß wir uns nicht unbedingt in den Glanzzeiten der Bürger- und Menschenrechte befanden, und schwieg daher, um Julias und meinetwillen.

Ich holte meinen Mantel und meine Pelzkappe vom großen verspiegelten Ständer im Flur, Julia holte ihren Mantel und ihre Haube aus dem Schrank unter der Treppe, versicherte ihrer Tante, daß wir sicherlich bald wieder zurück wären und daß es keinen Grund gäbe, sich Sorgen zu machen.

Am Randstein wartete eine Kutsche auf uns. Ich hatte angenommen, daß wir zu Fuß gingen, der Polizist allerdings eilte an uns vorüber, öffnete die Tür und wies uns nach drinnen. Auf einem kleinen Klapp- und Notsitz saß uns ein Mann gegenüber, der uns beaufsichtigte. Ich half Julia hinein, drängte mich dann zwischen dem Mann auf dem Notsitz und Julia ebenfalls hinein und spürte, wie die Kutsche unter meinem Gewicht nachgab. Der Polizist auf dem Gehweg schlug die Tür zu, während ich mich neben Julia niederließ; als ich zu ihm hinausschaute, flog sein Arm nach oben, und er salutierte – nicht besonders elegant, aber mit viel Respekt – dem Mann uns gegenüber. Die Zügel schnalzten, die Kutsche fuhr los, der Mann nickte dem Sergeant kühl und gemessen zu. Dann wandte er sich zu uns. Ich sah sein bemerkenswertes, einschüchterndes Gesicht und wußte plötzlich, wer er war. Niemals zuvor hatte ich ihn gesehen, dennoch *wußte* ich, wer er war; plötzlich hatte ich fürchterliche Angst.

Er war groß und hatte schwere breite Schultern: Rechts sehen Sie ein Bild, das ich von ihm gefunden habe. Es trifft ihn gut, obwohl es nicht den Glatzenansatz am Hinterkopf zeigt noch den wahren Ausdruck seiner Augen wiedergibt – es waren seine Augen, die mir Furcht einjagten. Sie waren groß, grau, eng beieinanderstehend, wie zu sehen ist, sprühten aber vor lebendigem Interesse an uns. Sein Blick strich über unsere Gesichter und unsere Kleidung, als menschliche Wesen waren wir für ihn nicht existent. Wir stellten für ihn etwas dar, etwas Wichtiges, aber nicht als Menschen.

Er besaß den größten Schnauzbart, den ich jemals gesehen habe. Er verdeckte seinen ganzen Mund. Und wenn dieser enorme Walroßschnauzer, der schwer in seinem Gesicht lag, als wäre er aus Holz geschnitzt, lustig oder komisch wirkte, dann, glauben Sie mir, täuschte das. Fasziniert starrte ich zurück und fragte mich, ob der Mund, der dahinter verborgen lag, so grausam aussah, daß er ihn verstecken mußte.

Er trug einen schwarzen Mantel, der nun aufgeknöpft war; einen schwarzen, bortenbesetzten Anzug mit stoffüberzogenen Knöpfen, eine einreihige schwarze Weste mit schwerer goldener Uhrkette, die durch ein Knopfloch ging, schwarze Schuhe; einen steifen Flügelkragen und eine große echt wirkende Anstecknadel – diejenige, die wahrscheinlich auch auf dem Photo zu sehen ist. Es war aber sein Gesicht, das mich anzog; unmerklich bewegte es sich, als diese seltsam grauen Augen uns abtasteten und unsere Haut Pore für Pore absuchten. Ich mußte meinen

Blick abwenden, blickte mit geheucheltem Interesse auf meine Schuhe, was mich erröten ließ und in mir Schuldgefühle hervorrief.

Das war der Inspector der New Yorker Polizei Thomas Byrnes, der berühmteste und berüchtigste Polizist in der Stadt. Und wenn er hier persönlich erschienen war, dann handelte es sich um keine gewöhnliche Festnahme. Ein kalter Schauer der Furcht lief über meinen Rücken. Ich nehme an, ich wollte sie abschütteln, wollte mich dem Mann als ebenbürtig erweisen und stellte eine Frage; sie sollte hart und überzeugt klingen, was allerdings rauskam, hatte den Beiklang des Humorvollen, so, als wollte ich den Anschein erwecken, ich scherzte nur. »Nun?« fragte ich, »wollen Sie uns nicht auf unsere verfassungsgemäßen Rechte hinweisen?«

Sein Gesicht änderte sich nicht, seine grauen Augen aber tasteten mich schnell ab und versuchten herauszufinden, was diese Dreistigkeit zu bedeuten hatte. Er sah, daß sie nichts zu bedeuten hatte, ausdruckslos antwortete er in einer eigentümlichen Mischung aus unkultivierter Sprache und einem seltsam verschluckten ›e‹, das er wohl für vornehm hielt. »Ich warne Sie; behalten Sie Ihre witziggelehrten [nur sprach er es ›wötzig-gölöhrten‹ aus] Bemerkungen für sich, oder ich zeige Ihnen, wo der Hase langläuft.« Eine seltsame Rede des Inspector Byrnes, über die ich nicht, auch nicht im stillen, lachen konnte.

Dann fuhren wir ein Dutzend Blocks schweigend unter der Hochbahn die 3rd Avenue hinunter, ratterten und holperten über die Pflastersteine; manchmal schlitterten wir auf schneebedeckten Abschnitten etwas zur Seite. Julia starrte durch das kleine runde Fenster neben ihr, sie war wütend und vermied es, Byrnes anzublicken. Ich saß da, schaute manchmal zu ihm hin, die meiste Zeit aber ging mein Blick auf den Boden oder hinaus auf die Straße. Der Himmel war bedeckt, die Geschäfte, an denen wir vorüberfuhren, waren nur schwach beleuchtet, die Lichter gewöhnlich tief im Ladeninneren, wo sie gelb und gleichmäßig leuchteten, wenn die Gasflamme ummantelt war, oder rötlich flackerten, wenn das nicht der Fall war. Ziemlich viele Läden besaßen hölzerne Markisen, die auf Pfosten am Rande des Gehwegs ruhten; deswegen und wegen der vielen Pfosten, an denen die Pferde angebunden werden konnten, glich die 3rd Avenue im Jahre 1882 der Kulisse eines Western. Ich versuchte mich abzulenken, doch es gelang nicht.

Wir fuhren am Cooper Institute vorbei, das genauso aussah, wie ich es in Erinnerung hatte, soweit ich das zu sagen vermochte, bogen dann nach links ab, wo 3rd und 4th sich zur Bowery vereinen. Wir ratterten einige Blocks weiter unter der Hochbahntrasse; ein Zug, der über uns hinwegfuhr, verdunkelte den Tag noch mehr. Ein kleiner roter Funken- und Ascheschauer regnete von der Lokomotive auf uns herab, ein Funken traf die Kruppe des Pferdes, wo er schließlich verglühte, das Pferd allerdings zeigte keine Regung. »Haben Sie mir nichts zu erzählen?« fragte Byrnes plötzlich. Mich hob es fast aus dem Sitz, dann schüttelte ich den Kopf, Julia tat das gleiche. Ein typischer Trick von ihm, dachte ich – das lange, lange Schweigen, dann die plötzliche Frage, die uns zum Reden bringen sollte, wenn wir nur gewußt hätten, was er von uns hören wollte. Aber damit lag ich falsch; er war uns weit voraus. Ihn trieben Motive, die ich nicht in der Lage war vorherzusehen.

Einige Blocks weiter ging es nach rechts in die Bleecker. Drei kurze Blocks in der Bleecker, dann nach links – ich sah das Glasschild an der Straßenlaterne – in die Mulberry Street. Nach der Hälfte des Blocks hielten wir am linken Straßenrand, ich erblickte zwei große rechteckige Lampen, die den Treppenaufgang zu einem vierstöckigen Steingebäude flankierten. Die Schirme der Lampen waren grün gestrichen – es handelte sich um ein Polizeigebäude. Der Kutscher sprang herab und öffnete die Tür, Byrnes wies Julia an, auszusteigen. Der Kutscher – in Derby und braunem Mantel, auch er ein Polizist – wartete; als ihr Fuß den Gehweg berührte, griff er sie fest am Arm. Byrnes ließ mir den Vortritt, folgte mir aber dicht auf, eine Hand um mein Handgelenk. Es ging schnell die Treppen hoch. Als der Polizist mit Julia am Arm eine der großen doppelten Türen öffnete, erkannte ich im Oberlicht der Tür die im Schatten liegenden vergoldeten Lettern: *New-York Police Headquarters.*

Drinnen, wir gingen schnell durch die mit Holzdielen ausgelegte Eingangshalle, vorbei an einem uniformierten, sehr stämmigen Polizisten an einem Schreibtisch, sah ich abgetretene Fußböden, verdreckte Spucknäpfe aus Porzellan, schmutzige, dunkelgrün verputzte Wände und roch diesen Geruch, der, woraus er auch immer bestehen mochte, von der Abgenutztheit des Gebäudes zeugte.

Wir gingen sehr schnell – warum, *warum* verhalten sich Polizisten immer und ohne jeglichen Grund widerwärtig, so als wäre das Teil ihres Instinkts? Wir liefen beinahe eine Treppenflucht hinunter und wurden in einen niedrigen schmuddeligen Kellerraum mit Ziegelwänden geführt. Ein kleiner Tisch stand darin, ein gewöhnlicher Küchentisch; auf einem Gestell befand sich eine perforierte Gasröhre, hinter ihr ein Reflektor, angeschlossen war sie an eine flexible Gasleitung, die sich über den Holzboden schlängelte; auf einem hölzernen Stativ stand eine riesige Kamera aus rötlichem, poliertem Holz, Messing und schwarzem Leder.

Drei nichtuniformierte Polizisten im Hemdsärmeln folgten uns; einer war glatzköpfig, die anderen beiden trugen wie der Inspector das Haar links gescheitelt; zwei von ihnen hatten Schnauzer, wenngleich kleinere als Byrnes. Auf einen Wink von ihm nahmen Julia und ich Mäntel und Hüte ab und legten sie auf einen Tisch neben dem Eingang. Einer der Männer hatte sich sofort zur Kamera begeben und begann, daran herumzuhantieren. Die beiden anderen warteten beim Stuhl vor der Kamera, um mich niederzuhalten, stellte ich fest, falls das nötig sein sollte.

Ich hatte keine Chance, hier erfolgreich Widerstand zu leisten, wußte dies auch, aber es war dieselbe Verfassung, die Verfassung der U.S.A., die hier Gültigkeit hatte; ich mußte einfach etwas sagen. »Ich möchte wissen, warum ich hier bin. Ich möchte wissen, was gegen mich vorliegt. Ich möchte einen Anwalt konsultieren. Und ich weigere mich bis dahin, photographiert zu werden.«

Byrnes nickte den beiden Männern zu. »Sie haben gehört, was dieser Gentleman gesagt hat. Erklären Sie ihm, warum er hier ist.« Sie packten, jeder an einer Seite, meine Arme, einer ließ sein Knie hochschnellen und traf mich mit voller Wucht am Steißbein. Julia schrie auf; ich taumelte durch den Raum zum Stuhl. Hätten sie mich nicht gehalten, wäre ich zu Boden gegangen. Sie wirbelten mich herum, verdrehten meine Arme in den Schultergelenken, und dann, jeder hatte eine Hand auf meiner Schulter, warfen sie mich so hart in den Stuhl, daß das Holz knarrte und der Stuhl über den Boden rutschte. Lautlos schnappte ich nach Luft, der Schmerz trieb Tränen in meine Augen. Einer der Männer beugte sich nahe an mich heran, seine Lippen umschlossen fast mein Ohr, und mit einer Stimme, die vor Vergnügen über das, was er getan hatte und noch immer tat, triefte, sagte er: »Sie sind hier, *Sir*, weil wir das so wollen!«

Seine Hand schoß nach vorne, umklammerte meinen Hals und hielt meinen Kopf so, daß ich seiner Faust nicht entkommen konnte, die er erhoben hatte, bereit, auf mich einzuschlagen. Byrnes schaltete sich schnell dazwischen. »Nein, ich will nicht, daß man ihm etwas ansieht.« Nach einem Augenblick ging die Faust nach unten, die Hand um meinen Hals drückte noch einmal zu, dann löste auch sie sich.

Meine Rebellion hatte nichts genutzt, das hatte ich bereits vorher gewußt. Aber ich hatte es ausprobieren wollen. Neben mir standen die beiden Männer, bereit, jeden Widerstand zu brechen; in ihren Gesichtern lauerte die Hoffnung, daß ich ihnen diese Gelegenheit ein zweites Mal bot. Einmal aber war genug.

Der Mann an der Kamera hielt ein Streichholz in der Hand, nun hob er ein Bein und strich es über den gespannten Stoff an seinem Hintern. Das Streichholz flammte auf, ich roch den Schwefel. Er drehte an einem Messingventil, Gas strömte aus, dann berührte er mit dem Streichholz die Perforationen, und eine rote, flackernde Flamme sprang hoch. Er drehte das Ventil, minderte den Gasstrom, die kleine Flammenzunge schrumpfte zu einem gleichbleibenden Blau zusammen. Das Licht vom gleißenden Reflektor dahinter berührte heiß meine Haut und blendete die Augen; ich blinzelte. »Nicht so!« Eine Hand auf meiner Schulter schüttelte mich härter als notwendig, so daß meine Zähne aufeinanderschlugen. »Augen auf!« Ich zwang sie auf, der Mann an der Kamera war unter sein schwarzes Tuch getaucht. Der Balg der Kamera glitt nach vorne, blieb stehen, dann ging er etwas zurück; ich sah, wie seine Hand den Auslöser drückte.

»Hab' ihn«, sagte er. Dann war Julia an der Reihe. Ich war froh, daß sie keiner berührte, als sie sich setzte. Es hätte in mir das Gefühl wecken können, eingreifen zu müssen, worauf ich unweigerlich niedergeschlagen worden wäre. Der Photograph drückte den Auslöser; als sein Kopf wieder unter dem schwarzen Tuch auftauchte, wies Byrnes mit ausgestrecktem Arm und Zeigefinger auf ihn. »*Sofort*«, sagte Byrnes, der Mann murmelte ein schnelles »Ja, Sir« und trottete mit seinen Platten aus dem Zimmer. Einer der beiden anderen hatte einen Notizblock hervorgeholt. Byrnes blickte mich an. »Achtundzwanzig bis dreißig«, sagte er. Schnell schrieb es der andere auf. »Knapp eins-achtzig, einhundertvierzig«, sagte Byrnes, der Stift des anderen flog über das Papier. Byrnes beschrieb mich und meine Kleidung, inklusive Mantel und Hut, dann Julia und ihre Kleider; der Mann mit dem Notizblock kritzelte eifrig.

Byrnes winkte mir zu, ich ging zu ihm hinüber. »Geben Sie mir Ihre Brieftasche.« Ich faßte in die Innentasche meines Mantels und hatte das Gefühl, daß ich sie nie mehr sehen würde. Mit der anderen Hand holte ich aus der Hosentasche eine Handvoll Kleingeld; verächtlich reichte ich beides Byrnes. »Behalten Sie das Kleingeld«, sagte er und lächelte über seinen eigenen Witz. Die anderen Polizisten im Raum kicherten. Byrnes berührte die Brieftasche nicht, schüttelte den Kopf und sagte: »Zählen Sie es vorher.« Ich tat es: Ich besaß dreiundvierzig Dollar. Währenddessen schrieb Byrnes etwas in ein kleines Notizbuch und sah dann auf. »Wieviel?« Ich sagte es ihm, er trug den Betrag ein, riß die Seite heraus und gab sie mir – eine handschriftliche Quittung über dreiundvierzig Dollar, unterzeichnet von *Thomas Byrnes, Inspector.* »Wir sind keine Diebe«, sagte er, wandte sich an Julia und bat sie, ihr Geld zu zählen. Er nahm das Geld – sie hatte neun Dollar – und gab ihr die Quittung und die leere Geldbörse zurück. Julia dankte ihm trocken und fragte, warum er das Geld genommen habe. »Sie könnten versuchen zu fliehen«, antwortete er und zuckte mit den Schultern. »Aber ohne Geld kommen Sie nicht weit, oder?«

Dann waren wir wieder in der Kutsche, Byrnes uns gegenüber, schauten hinaus, warteten. Hinüber zur 5th Avenue, dann Uptown. »Wohin fahren wir?« fragte ich.

»Das können Sie sich doch denken.«

»Nein, das kann ich nicht.«

»Warten Sie ab, Sie werden es schon sehen.«

Unsere Kutsche fuhr über den Washington Square, der damals genauso wie heute aussah, nur gab es den Bogen nicht; selbst eine der Häuserreihen war dieselbe. Es schien mir unvorstellbar, daß nicht im nächsten Moment ein Auto auftauchen würde. Block für Block ging es weiter, die 5th hoch, hinter dem endlosen *Klapp-klapp-klapp-klapp* unseres Pferdes. Von Zeit zu Zeit schaute Julia zu mir herüber, ich versuchte ermunternd zu lächeln, ebenso tat sie das. Dann schaute ich wieder aus dem Fenster, versuchte mein Interesse an den Leuten und Bauten zu wecken, aber die Gewißheit, daß wir uns in ernsthaften Schwierigkeiten befanden, ließ mich nicht los.

Als wir schließlich zwischen der 47th und der 48th Street anhielten, wußte ich plötzlich, wohin wir fuhren – Julia erging es ebenso, wie ich aus ihrem Blick schloß, als sie mich anschaute. Und dort, hinter dem Gehweg vor unserer Kutsche, stand es: Andrew Carmodys Herrenhaus an der 5th Avenue, das exakt dem alten, noch immer existierenden Flood Mansion auf San Franciscos Nob Hill glich; sogar der wunderbare Stein- und Bronzezaun um das kleine Rasenstück war identisch. Die Tür der Kutsche war offen, der Fahrer wies uns hinaus; er faßte Julias Ellbogen, Byrnes griff nach meinem Handgelenk.

Der Polizist klingelte an der breiten Veranda, wir standen davor und warteten. Glaubte Carmody etwa, als er Julia und mich aus dem vernagelten Raum in Jakes Büro stürmen sah, daß wir irgendwie mit dem Erpressungsversuch in Verbindung standen? Wollte er uns nun dafür anzeigen?

Ein Hausmädchen öffnete die Tür; sie trug ein langes schwarzes Kleid mit Ärmeln bis zum Handgelenk, eine riesige weiße Schürze und ein kompliziert gestecktes weißes Häubchen. Ein Mädchen, keine fünfzehn Jahre alt, die Wangen so rot, als wären sie gerade geschrubbt worden. »Kommen Sie bitte herein, Gentlemen und Miss. Sie werden erwartet«, sagte sie in so respektvollem Ton, als fürchte sie sich. Weder Byrnes noch der Polizist sagten etwas. Ich lächelte ihr zu und dankte ihr, um deutlich zu machen, was für Rüpel die Polizisten waren.

Zwei wundervolle Treppenaufgänge aus dunklem polierten Holz, die in entgegengesetzte Richtungen nach oben führten, standen uns in der weiten Halle gegenüber. Während ich dem Mädchen folgte, versuchte ich trotz allem, was hier mit uns geschah, so viel wie möglich von dem riesigen Flur wahrzunehmen, der sich zu jeder Seite der Treppe ausdehnte. Ich sah große Teppiche auf dem Kachelboden, Wände mit Gipsstukkaturen, kugelförmige Lampenschirme, Tische, Stühle, Blumen in Vasen.

Wir gingen durch einen gewölbten Türbogen, einen kurzen Gang mit poliertem Parkett entlang, wieder durch eine hohe Tür und betraten einen Raum, der von Tante Adas Salon so verschieden war, wie es nur möglich sein konnte. Er war viermal so groß; an einer Seite befanden sich französische Türen, auch die Einrichtung war französisch, im Stil eines der Louis – elegant, leicht, zierlich, als wären die Möbel kaum zu benutzen. Das weiße Holz und die hohen Türen zum Flur waren reich mit vergoldeten Ornamenten besetzt. Gerahmte Bilder hingen an den Wänden, weiße Marmorbüsten standen in bogenförmigen Nischen. Ein weißer, mit vergoldeten Elementen verzierter Flügel, vielleicht war es auch ein Cembalo, stand am Fenster.

Es war ein schöner Raum mit weichen Farben, und an einen kleinen weißen Kaminsims postiert stand Mrs. Andrew Carmody in einem langen weitärmeligen rosafarbenen Kleid, in ihrer Hand hielt sie einen gefalteten Elfenbeinfächer. Sie wirkte, als sei der Raum nur Kulisse für sie. Ihr Gesicht war exakt so, wie Julia und ich es letzte Nacht in der Loge auf dem Wohltätigkeitsball gesehen hatten – gefaßt und von sich überzeugt, als hätte sie noch nie in ihrem Leben Zweifel empfunden.

»Guten Tag, Inspector. Mr. Carmody wurde mitgeteilt, daß Sie hier sind; er wird jeden Moment erscheinen.« Sie lächelte Byrnes zu, als ob sie uns übrige überhaupt nicht zur Kenntnis nähme.

»Guten Tag, Madam Carmody. Ich hoffe, er hat keine Schmerzen?«

»Seine Verbrennungen sind schlimm, aber …« Leicht bewegte sie eine Schulter und lächelte ihn strahlend an, in einer Art und Weise, die deutlich machte, daß die Konversation nun beendet war. Ihr Fächer, den sie nun anhob, öffnete sich, sie bewegte ihn ein- oder zweimal vor ihrem Gesicht, und Byrnes, der zu vertuschen suchte, daß ihm kein Platz angeboten worden war, beugte sich über eine Marmorbüste von Marie Antoinette und inspizierte sie.

Langsame Schritte waren auf einer der Treppen in der Eingangshalle zu hören, dann auf dem Parkettflur. Sie erreichten die offene Tür, und als ich mich umdrehte, verstummten sie, während der dick bandagierte Mann den großen Teppich überquerte und auf eine Chaiselongue zuging. Die weißen Bandagen liefen über seine Stirn, bedeckten die Schläfen und beide Wangen und waren geschickt um seinen Hals gewickelt. Aber die Nase und die schmalen Streifen von Haut zwischen ihr und den Verbänden waren so rot und geschwollen, so schrecklich verbrannt, daß die noch vorhandene verletzte Haut kaum auszureichen schien, das dahinter pulsierende Blut davon abzuhalten, hervorzubrechen. Sein Haar war vollständig verschwunden, weggebrannt, seine Schädeldecke war geschwollen und verkrustet. Die Augen waren entzündet, er blinzelte andauernd oder schloß sie ganz. Ein bandagierter Arm hing in einer schwarzen Schlinge, die Fingerspitzen traten geschwollen und aufgerissen zum Vorschein.

Er legte sich auf die Chaiselongue, als sei er sehr erschöpft. Er trug schwarze Hosen mit feinen weißen Streifen und eine dunkelblaue Smokingjacke. Auf dem Klapptisch neben der Chaiselongue standen ein Glas, ein Krug, eine offene papierene Tablettenschachtel und ein Fieberthermometer. Eine Weile lang lag er schweigend da, die Augen waren geschlossen. Als er sie schließlich öffnete, sagte er: »Wie –« und hustete schwer, röchelnd kam das Keuchen tief aus seiner Brust. Dann versuchte er es erneut, die Stimme gesenkt, um dem Hustenreiz vorzubeugen, fast ein Flüstern. »Wie Sie sehen, bin ich stark verbrannt. Im Feuer gestern. Ich hatte Glück, mit dem Leben davongekommen zu sein.« Er atmete plötzlich tief ein, seine Hand ging schnell zur Brust, als wolle er wieder zu husten beginnen, aber er schluckte zweimal und unterdrückte es. Regungslos, mit geschlossenen Augen lag er da. Dann öffnete er seine Augen, blickte zu Julia, blickte mich an und nickte mehrere Male Byrnes zu. »Ja«, sagte er fast flüsternd. »Das sind sie. Ich danke Ihnen, Inspector. Nehmen Sie bitte Platz.«

»Oh«, sagte Byrnes, als würde er noch immer stehen,

weil er zerstreut vergessen hatte, sich zu setzen. Er zog einen kleinen Stuhl an die Chaiselongue und setzte sich. »Nun, Sir, erzählen Sie bitte, was vorgefallen ist.«

Wir hörten zu, während er Byrnes von dem Brief erzählte, den Pickering ihm geschickt hatte, und vom Treffen im City Hall Park. »Ich zweifelte nicht, daß er im Besitz von irgendwelchen Dokumenten war; als Lieferant für die City Hall habe ich ehrliche Arbeit geleistet, worüber es unzweifelhaft Aufzeichnungen gibt. Nicht alles, was für die Stadt getan wurde, als Tweed noch das Sagen hatte, war unehrlich.«

»Natürlich.«

»Dennoch waren seine Dokumente nicht ganz ohne Wert. Ich bin momentan in einige delikate Geschäftsverhandlungen involviert, bei denen es um Millionen geht und die durch Gerede, so falsch es auch sein mag, leicht zu gefährden sind. Also schickte ich ihm einen Mann nach. Pickering machte keine Anstalten, ihm zu entkommen. Mein Mann erfuhr also, daß er am Gramercy Park Nr. 19 wohnte. Außerdem ließ ich ihn die Namen der anderen Mitbewohner ausfindig machen. Denn ich dachte, daß auch sie in diesen absurden Plan verwickelt sein könnten. Gestern früh traf ich Pickering, der mich in sein geheimes Büro im alten Welt-Gebäude führte; ich hatte tausend Dollar in Geldscheinen mitgenommen und wollte sie zahlen, nur um den Mann loszuwerden. Hätte er auf mehr bestanden, hätte ich ihn durch Sie in seiner Unterkunft verhaften lassen.«

»Ganz röchtig«, sagte Byrnes. Es war eine ziemlich gute Geschichte, dachte ich; so verändert, wie ich – nehme ich an – es auch getan hätte, wenn ich an seiner Stelle gewesen wäre. Mit mehrmaligen Unterbrechungen, in denen er hustete, fuhr er fort; Pickering habe zögernd die tausend Dollar akzeptiert, da er wußte, nichts weiter gegen ihn in der Hand zu haben, Pickering habe ihm erklärt, warum die Tür vernagelt sei, und während Pickering aus seinen

Aktenschränken die Dokumente herauszog, brach im angrenzenden Aufzugsschacht ein Feuer aus, wie, wisse er nicht. Zu seiner vollkommenen Verblüffung seien wir – er zeigte auf uns – durch die vernagelte Tür gebrochen, ich hätte mich auf Pickering gestürzt und mit ihm gerungen, während Julia das Geld in ihre Kleidung stopfte. Er konnte das Knistern der Flammen hören, sah Rauch im Schacht hochsteigen, hörte ›Feuer‹-Rufe und die schnellen Schritte von Menschen; er mußte um sein Leben rennen. Dann begann er wieder schwer zu husten, Mrs. Carmody eilte zu ihm und hielt das Glas Wasser an seinen Mund, von dem er ein wenig trank.

Ich konnte ihn nur anstarren; dann sahen Julia und ich uns an, wir beide waren wie vor den Kopf gestoßen. Warum Carmody uns da mit hineinziehen wollte, verstand ich nicht – und dann glaubte ich einen Grund erkennen zu können, denn der bandagierte Kopf bewegte sich energisch, als er das Glas zur Seite schob und sich in der Chaiselongue aufrichtete. »Ich entkam durch die Treppen an der Nassau Street«, sagte er mit heiserem Flüstern, was einem Schreien gleichkam. »Als einer der letzten, wie ich annehme. Auf Kosten von schweren Verbrennungen im Gesicht, auf dem Kopf, an einer Hand und an einem Arm, von denen mein Arzt sagt«, seine Stimme klang nun verbittert, »daß sie mich mein Leben lang entstellen werden.« Sein Gesicht würde für immer vernarbt bleiben, sagte er, und gerötet; im Gesicht und auf dem Kopf würden kaum noch Haare wachsen. »Und *sie* sind dafür verantwortlich!« sagte er, sein Finger zeigte auf uns, und ich denke, er glaubte das auch und gab uns die Schuld für seine schweren Verletzungen. Dafür haßte er uns.

Offensichtlich, so schloß er, hätten wir von Pickerings Plan gewußt. Was nicht abzustreiten war, denn zumindest ich wußte davon. Von den Leuten in Pickerings Haus träfe die Beschreibung und das Alter des Paares, das in Pickerings Büro gestürzt war, auf uns zu; deswegen hatte er Byrnes uns hierher zur Identifizierung bringen lassen. Er lehnte sich wieder zurück. »Und wenn Pickering noch immer vermißt wird, dann sind sie für seinen Tod verantwortlich. Hätten sie nicht eingegriffen, hätte er mit mir fliehen können.«

Byrnes schaute uns an. »Pickering wird noch immer vermißt.«

»Dann stehen hier seine Mörder.«

Niemals habe ich solchen Haß gesehen wie den, der uns nun aus den geröteten Augen zwischen den Bandagen anblickte. Half es, wenn ich auf der Wahrheit beharrte? Daß *er* das Feuer gelegt hatte, daß er, nicht wir, mit Pickering gerungen hatte, daß Pickerings Tod die Schuld Carmodys war? Ich wollte es herausschreien, aber wie sollte ich dann erklären, warum wir uns neben Pickerings Büro versteckt hatten? Indem ich Byrnes alles über Danziger und das Projekt erzählte? Es *gab* keine Erklärung für unsere Anwesenheit.

Byrnes schaute mich an. »Nun?« sagte er. »Haben Sie *jetzt* etwas zu sagen?« Ich schüttelte den Kopf.

An der Tür läutete es. Wir hörten Schritte vor dem Eingang, die Tür öffnete sich, dann die Stimme des Mädchens und die eines Mannes. Fußtritte näherten sich im Flur. Das Mädchen blieb in der Tür stehen, und der Polizist, den wir am Gramercy Park zurückgelassen hatten, kam herein, den Helm unter dem Arm. Er verbeugte sich; demütig ging sein Kopf nach unten, dann machte er einen Schritt nach hinten, ein Finger fuhr an den Bart, um ihn glattzustreichen. Der bandagierte Kopf auf der Chaiselongue nickte wohlwollend, graziös neigte Mrs. Carmody den Kopf. Diese kleine Zeremonie dauerte einige Sekunden; wenn ich es nicht vorher gewußt hätte, so hätte ich nun erfahren, daß dieser Ort ein Ort des Reichtums und der Macht war, und die beiden Polizisten hatten dies verstanden. »Nun?« sagte Byrnes, und in seiner Stimme kam sein

Status zum Vorschein, der sehr viel höher als der der beiden uniformierten Polizisten war.

»Ja, Sir.« Der Sergeant öffnete die beiden Messingknöpfe an seiner Uniformjacke oberhalb des Gürtels. Er schob eine Hand hinein und ging dann mit dem instinktiven Gespür für Theatralik, mit dem jeder in dieser Zeit geboren zu sein schien, hinüber zum Tisch neben Carmodys Chaiselongue. Erst als er dort war, zog er eine dicke Banderole mit Greenbacks hervor, die er auf den Tisch warf. »Hab' das gefunden, in seinem Zimmer.« Er nickte in meine Richtung. »Die Zimmerwirtin zeigte mir sein Zimmer, das Geld war in seiner Reisetasche, unter der Kleidung versteckt.«

Ich war buchstäblich paralysiert; ich konnte mich weder bewegen noch etwas sagen. Byrnes war zum Tisch gegangen, beugte sich darüber und untersuchte den Packen Greenbacks. »Und ist das Ihr Geld, Sir?«

Der bandagierte Kopf bewegte sich wie unter Schmerzen, die entzündeten, blinzelnden Augen betrachteten das Geld. »Ja, die Scheine sind markiert. Meine Bank wird sie identifizieren, jeden einzelnen Schein.« Byrnes nahm die Geldnoten an sich, drehte sich um und kam auf Julia und mich zu, wobei er das Bündel in die Innentasche seiner Jacke stopfte.

»Nun?« Fast fröhlich stand er vor mir, und zum dritten Mal sagte er: »Haben Sie mir jetzt etwas zu erzählen?«

»Es gibt nichts zu erzählen.« Ich zuckte mit den Achseln. »Er lügt, das alles ist fingiert, um die Lüge zu unterstützen.« Ich wußte nicht, ob das Wort »fingiert« damals bereits in Gebrauch war, er verstand es aber trotzdem und nickte. »Wir haben dieses Geld niemals berührt. Ich hielt inne; mir war etwas eingefallen. »Haben Sie es nach Fingerabdrücken untersucht?« sagte ich aufgeregt. »Sie werden seine finden, ja!« Ich zeigte auf die Chaiselongue. »Aber Sie werden nicht meine oder die von Miss Charbonneau finden!«

»Ich werde was nicht finden?«

»Unsere Fingerabdrücke!«

»Ich weiß nicht, wovon Sie sprechen.«

Natürlich nicht. Ich sah, daß er es nicht wußte. Ich wußte nicht, wann Fingerabdrücke als Identifizierungsmittel in Gebrauch kamen, aber offensichtlich stand das noch bevor. »Spielt keine Rolle. Er lügt. Das ist alles, was ich zu sagen habe.«

»Nun, das ist möglich«, antwortete Byrnes. Der Sergeant ging zu ihm hinüber und flüsterte ihm etwas ins Ohr. Byrnes nickte, der Sergeant ging. Byrnes betrachtete mich einen Augenblick lang nachdenklich und rieb dann sein Kinn, so, als würde er wirklich die Möglichkeit in Betracht ziehen, daß ich die Wahrheit sagte.

»Wir haben eine Anklage, die Sie abstreiten. Wenn Sie beide das getan haben, dann hat niemand außer Mr. Carmody Sie gesehen. Sagen Sie mir: Waren Sie dort? Haben Sie sich neben Mr. Pickerings Büro versteckt? Aus irgendeinem unschuldigen Grund, vielleicht?« Einladend lächelte er.

Ich hatte Zeit gehabt, darüber nachzudenken; ich konnte unmöglich zugeben, daß wir überhaupt dort waren. Wie sollten wir das erklären? Wenn ich zugab, daß wir dort waren, aber nicht den Grund sagen konnte, schien Carmody mit seiner Anklage recht zu haben. Sofort schüttelte ich den Kopf. »Nein. Alles, was uns mit Mr. Pickering verbindet, ist, daß wir in derselben Pension wohnen. Wir wußten nichts davon, daß er diesen Gentleman erpressen wollte. Oder ob das überhaupt stimmt. Mir kommt der Verdacht, daß vielleicht Mr. Carmody hier Pickering getötet hat. Und verbrennen ließ. Er hat Angst davor, daß die Wahrheit ans Licht kommt, und sucht nun einen Sündenbock, bevor ihm unangenehme Fragen gestellt werden. Da wir im selben Haus wie Pickering wohnen, hat er jemanden das Geld in meiner Tasche verstecken lassen und klagt uns nun an.«

Byrnes nickte verständnisvoll. »Möglich, wenn Sie sich gestern nicht im *Welt*-Gebäude aufgehalten haben. Und Sie sagten doch, daß Sie nicht dort waren?« Ich nickte. Byrnes ging zur Tür. »Sergeant!« rief er in den Flur.

Sofort waren auf dem Parkett Fußtritte zu hören, dann erschien der Sergeant, den Helm noch immer unter dem Arm, im Türrahmen. Hinter ihm trat ein Mann in das Zimmer, der mir bekannt vorkam, den ich aber im ersten Moment nicht einschätzen konnte. Höflich nickte er Mrs. Carmody zu, starrte dann auf die verbundene Gestalt auf der Chaiselongue, richtete aber schnell den Blick auf uns und starrte uns an. Er nickte. »Ja, das sind sie.« Er schaute auf zwei Photographien, die er in der Hand hielt – die Polizeiaufnahmen, die von Julia und mir vorher gemacht worden waren. »Ich erkenne sie auf Ihren Photographien«, sagte er und reichte sie Byrnes. »Wie es Ihnen Dr. Prime erzählt hat – sie entkamen auf die gleiche Weise wie er; ich half ihnen durch das Fenster in mein Büro.« Wieder schaute er zu Julia und mir. »Es tut mir leid, wenn Sie sich in Schwierigkeiten befinden sollten«, sagte er; seine Entschuldigung uns gegenüber für das, was er hier tun mußte. Byrnes dankte ihm, J. Walter Thompson, in dessen Büro wir gestern geklettert waren, verabschiedete sich von allen mit einem Kopfnicken und ging. Trotz allem war er ein freundlicher Mann. Ich wollte ihm beinahe nachrufen, um ihm zu versichern, daß sein kleines Ein-Mann-Unternehmen erfolgreich sein und weiter wachsen würde.

Wir waren nun in ziemlichen Schwierigkeiten. *Haben Sie mir irgend etwas zu sagen?* hatte Byrnes einige Male auf der Fahrt zum Polizeihauptquartier und auch nachher gefragt. Und wenn wir im *Welt*-Gebäude gewesen waren, dann hatten wir ihm auch einiges zu sagen, außer wir wollten etwas verbergen. Er hatte uns bewußt die Möglichkeit zu reden eingeräumt, davon war ich nun überzeugt, in der Absicht, daß alle unsere späteren Erklärungen, nachdem wir mit der Anklage konfrontiert worden waren, in diesem

Licht als offensichtliche Lügen erschienen. Er hatte uns hübsch in die Enge getrieben; trotz seiner absurden Redeweise war er, das wußte ich nun, ein gefährlicher Mann.

»Meine Gratulation, Sir«, sagte er und sprach dem bandagierten Mann auf der Chaiselongue das Verdienst unserer Verhaftung zu. »Scheint, als hätten Sie uns zwei Mörder gefangen.«

»Der Dank gebührt Ihnen. Wenn ich mich wieder erholt habe und in der Wall Street bin, werde ich mich erkenntlich zeigen. In meinem Büro. Ihr allseits bekanntes Interesse für die Straße besteht doch noch, Inspector?«

»O ja, natürlich.«

»Großartig; wir alle wissen das zu schätzen. Kein Taschendieb, kein Unruhestifter taucht dort mehr auf, seitdem Sie die Bannmeile an der John Street eingerichtet haben. Ich werde Sie nun gehen lassen, Inspector. Ich weiß, Sie werden überaus beschäftigt sein sicherzustellen, daß sich dieses Paar der Justiz nicht entzieht. *Und wenn das alles vorüber ist* … besuchen Sie mich bitte in meinem Büro.«

»Auf beides können Sie sich verlassen, Sir.«

Ich war wie hypnotisiert, als ich den beiden, die über uns derart verhandelten, zuhörte. Und ich hatte Angst. Aber als ich zu Julia blickte und ihr aufmunternd zulächelte, war das nicht gespielt. Wir befanden uns in Schwierigkeiten, aber ich wußte, daß es im Gerichtssaal, wenn Carmody die Vorwürfe gegen uns beweisen mußte, wenn sein Wort gegen das unsere stand, ganz anders sein würde als hier.

In der gleichen Minute erfuhr ich, daß Byrnes ebenso dachte wie ich. Wir wurden aus dem Haus geschafft, zwischen uns der Sergeant, der uns beide am Arm hielt, Byrnes dahinter. Am Randstein trat Byrnes nach vorne, um den Verschlag der Kutsche zu öffnen. Aber dann, eine Hand am Türgriff, hielt er inne, blickte uns nachdenklich an und sagte: »Im Gerichtssaal wird er Sie anklagen, und Sie werden leugnen. Da ist das Geld, das man in Ihrem

Zimmer gefunden hat, und die Identifizierung durch Thompson. Aber da ist auch der Geruch des Tweed-Rings, der um Carmody liegt, nicht wahr? Und er *hat* Erpressergeld gezahlt, wenn auch die Summe gering war.« Einen Moment lang schwieg er, schaute uns musternd an, dann öffnete er die Tür der Kutsche. »Springen Sie rein, Sergeant!« sagte er; der Sergeant war überrascht, ließ dann aber unsere Arme los und tat, wie ihm befohlen wurde. Byrnes wandte sich zu uns und sprach so leise, daß es weder der Kutscher noch der Sergeant hören konnten. »Verfassungsmäßige Rechte, sagten Sie«, und murmelte es, als würde ihn der neuartige Klang dieser Worte beunruhigen. »Nun, in Ordnung. Ich denke, es ist noch zu früh, um Sie zu verhaften. Ich denke, wir brauchen noch weitere Beweise.« Wieder starrte er uns an und schien schließlich zu einer Entscheidung zu kommen. »Sie können gehen«, sagte er. »Aber Sie verlassen die Stadt nicht, verstanden!« Wir sahen ihn an und waren uns nicht sicher, ob wir ihn richtig verstanden hatten. »Sie können gehen«, sagte er fast freundlich und lächelte Julia mit einer Art väterlicher Zuneigung an, soweit sein hartes Gesicht dazu in der Lage war.

Wir hatten keine Zeit zu verlieren, bevor er seine Meinung wieder änderte, so dachte ich, nahm Julia am Arm und ging mit ihr schnell die 5th in südliche Richtung hinab, in die entgegengesetzte Richtung. Ein Dutzend Schritte, zwanzig, dreißig Schritte, er hatte seine Meinung noch immer nicht geändert. Ich konnte nicht widerstehen, ich mußte mich umdrehen. Er stand noch immer an der Kutschentür und blickte uns nach. »Sergeant«, rief er plötzlich und riß den Verschlag auf. Dann zeigte er auf uns: »Unsere Gefangenen fliehen!«

Ich blieb stehen, meine Hand auf Julias Arm riß sie mit mir herum, verblüfft standen wir da. Meine Gedanken konnten dem, was hier passierte, keinen Sinn zuordnen. Der behelmte Kopf des Sergeants erschien im Fenster der

Kutsche, und mit ausgestrecktem Arm zielte sein Zeigefinger auf uns. Aber es war nicht nur sein Finger, denn ich sah den Blitz, hörte das Donnern, spürte das Pfeifen der Kugel, die nah an unseren Köpfen durch die Luft schnitt.

Erst da wachten wir auf; wir rannten um unser Leben und hörten die Explosion des Schusses aus dem Revolver des Sergeanten, das hohe zischende Pfeifen. Aus der Balustrade des Sandsteinhauses vor uns flog ein Gesteinsbrocken. Wieder die erstaunlich laute Explosion des großen Revolvers, dann waren wir an der Straßenecke. Bevor wir um die Ecke bogen, mußte ich mich umdrehen: Byrnes war auf der Straße, seine Hand lag auf dem Handgelenk des Sergeants und riß dessen Revolver hoch; nicht um uns zu retten, sondern wegen der vielen Passanten, die zwischen uns und ihnen stehengeblieben waren und verwirrt umherstarrten.

Dann waren wir um die Ecke der 74th Street und rannten, Julia hatte mit einer Hand den Rock hochgehoben, Leute drehten sich zu uns um. Auf der anderen Straßenseite lief plötzlich ein Mann die Treppen vom Windsor Hotel herab und über die Pflastersteine, seine Hand in einer ›Halt‹-Geste erhoben. Er schrie etwas, das ich nicht verstand. Ich reckte die Faust, er blieb am Randstein stehen und ließ uns ungestört vorbei. Es war ein langer Block, eine endlose Reihe identischer Sandsteinbauten, und als wir die Hälfte davon geschafft hatten, keuchte Julia. »Ich kann nicht mehr, ich muß anhalten!« Wir verlangsamten unser Tempo auf Schrittgeschwindigkeit, ich schaute mich um. Obwohl Passanten sich nach uns umdrehten, andere sich aus den Kutschenfenstern beugten oder uns vom Fahrersitz der Lieferwagen nachblickten, verfolgte uns niemand; von Byrnes und dem Sergeanten, ich wußte nicht warum, war nichts zu sehen.

Wir erreichten die Madison Avenue. Eine Pferdetram nach Süden hielt gerade an der Ecke; wir traten auf die Straße, ich half Julia auf die hintere Plattform und schwang mich dann selbst hinauf. Der Wagen war so schnell wie wir, wenn wir die ganze Strecke volles Tempo gelaufen wären, was unmöglich war, und sehr viel unauffälliger. Ich zahlte den Fahrpreis, wir setzten uns, schauten aus dem Fenster und versuchten wieder zu Atem zu kommen. Niemand beachtete uns. Die Fahrgäste starrten durch die Fenster auf die ruhige Straße, durch die ich erst gestern mit Felix' Kamera spaziert war. Die Leute husteten, gähnten, stiegen aus und ein und schlenderten durch das knöchelhohe Stroh im Gang, das die Füße warmhalten sollte, es aber nicht tat. An der 44th und wieder an der 43rd Street blickte ich links auf die Grand Central Station, die genau da stand, wo sie auch stehen sollte und wo ich sie schon unzählige Male gesehen hatte. Nur bestand sie aus roten Ziegeln und weißem Sandstein und war lediglich drei Stockwerke hoch.

Die 42nd Street vor uns war belebter und lauter; wir hörten das endlose Geklapper eisenbeschlagener Räder auf Pflastersteinen, zwei Polizisten standen auf der Straße und regelten den Verkehr. Einer war klein, der andere groß, beide aber besaßen sie weit vorstehende Bäuche, die den blauen Stoff ihrer langen Uniformmäntel wölbten. Unsere Gleise bogen nach rechts in die 42nd Street ein; der größere der Polizisten, der direkt neben den Gleisen stand, blickte zum Straßenbahnwagen, nahm dann seinen Helm ab und starrte hinein.

Wir fuhren in der Kurve dicht an ihm vorbei. Als er vor unserem Fenster stand, beugte ich mich über Julia hinweg, um sehen zu können, was er in seinem Helm hatte. Ich glaube nicht, daß ich jemals überraschter war als in diesem Moment. Dort, in die Tiefe des Helmes gestopft, lag mein Gesicht, das mich nun anschaute. Daneben war Julias Portrait – unsere Polizeiphotographien, die auf Pappkarton gezogen waren; und nun verstand ich, weshalb Byrnes' Photograph mit seinen Platten buchstäblich aus dem Raum gerannt war. Von diesem Zeitpunkt an waren unsere

Bilder, so schnell es nur ging, vervielfältigt worden. Und während wir mit der Kutsche Block für Block zu Carmody gefahren waren, während wir ihm, Byrnes und Thompson zugehört hatten, wurden diese Photos an alle möglichen Polizisten in der Stadt verteilt – *die Weisung, nach uns Ausschau zu halten, war bereits ausgegangen, während wir noch in Gewahrsam waren.*

In diesem Augenblick blickte der Polizist an der 42nd Street von seinem Helm hoch. Eine Stunde lang oder länger hatte er alle Passagiere der Straßenbahnen mit den photographierten Bildern verglichen; wahrscheinlich war für den Mann, der uns fand, eine Beförderung ausgesetzt. Zu spät erkannte ich das nun. Unsere Blicke trafen sich, und ich sah in seinem Gesicht, keinen Meter von mir entfernt, die Erregung, die folgte, als er uns erkannte, und – was mich erstaunte – große Furcht. Was sie ihm erzählt hatten, wie gefährlich wir seien, wußte ich nicht, doch ich hörte – wir waren nun eine Wagenlänge voraus – seine dringliche Stimme, während er sich umdrehte und dem anderen Polizisten etwas zuschrie. Dieser antwortete etwas, das ich nicht verstand, und beide rannten uns mitten auf der Straße nach.

Sie waren etwa zwanzig Meter hinter uns und holten nicht auf, obwohl sie sich anstrengten, den Kopf weit zurückgeworfen, eine Hand auf den hüpfenden Bäuchen. Eine Szene, wie ich sie schon in unzähligen alten Stummfilmkomödien gesehen hatte. Sie schrien nun nicht mehr; sie brauchten ihren ganzen Atem zum Laufen. Aber der kleinere holte seinen langen Schlagstock, der in einer Schlaufe des breiten Ledergürtels hing, hervor, hielt ihn über den Kopf erhoben und ließ ihn drohend kreisen; die Ähnlichkeit mit den Keystone Cops – sie trugen ebenfalls Schnurrbärte – war perfekt.

Nur war dies alles andere als komisch. Sie waren vollkommen real, ich wußte, wenn sie uns erwischten, würden wir in Sing Sing landen. Weder der Fahrer noch der Schaffner hatten sie gesehen, obwohl sich einige der Fahrgäste, so wie Julia und ich, umgedreht hatten und ihnen nachstarrten. An der Grand Central Station würde der Wagen anhalten, das war gewiß, und innerhalb von Sekunden würden sie zu uns aufgeschlossen haben. Ich glitt von meinem Sitz, zog Julia mit mir und ging, so ernst und unschuldig blickend, wie es mir nur möglich war, zum vorderen Ende des Wagens. Wir kamen am Schaffner vorbei, ich lächelte ihn an, dann traten wir auf die offene Plattform hinaus.

Direkt vor der Grand Central Station, hoch über der Mitte der Straße, stand das kleine hölzerne Giebelgebäude der Hochbahnstation; von jeder Seite der 42nd Street führten Stufen zu ihm hoch. Anscheinend eine Nebenlinie, die, wie ich annahm, zur Hauptlinie auf der 3rd Avenue führte. Ich hatte nur einen vagen Plan, wenn man ihn überhaupt als solchen bezeichnen konnte. Es gab vier Treppenaufgänge zur Station, an jeder Straßenseite zwei, und die Station war der Endhaltepunkt der Linie. Jede der vier Treppen war durch die Station zu erreichen, wenn wir daher einen dieser Aufgänge hochrannten, hatten wir die ausgeglichene Chance, wenn die beiden Polizisten uns auf zwei Treppen nachfolgten, auf einer der anderen beiden zu entkommen.

Das war alles, was mir einfiel. Als wir auf der Plattform standen, murmelte ich zu Julia: »Spring runter und lauf, wenn ich es tue.« Julia lächelte und nickte, als sei dies eine ganz gewöhnliche Bemerkung von mir. Ich betrachtete den Fahrer, sah seine behandschuhten Hände die Zügel anziehen und spürte, wie mein Körper sich leicht nach vorne neigte, während wir abbremsten. Dann gab ich Julia ein Zeichen, wir sprangen ab und rannten. Am Pferd vorbei, mitten auf der Straße, dann zwischen zwei Wagen hindurch, von denen einer hoch mit Fässern beladen war, auf den Gehweg. Wir flogen die Stufen hoch, nahmen zwei auf einmal, Julia vor mir; sie war genauso schnell wie ich.

Leute, die herunterkamen, beachteten uns kaum, traten nur zu Seite und ließen uns passieren. An der Grand Central, stellte ich fest, war dies kein ungewöhnlicher Anblick. Hinter uns hörte ich Schreie. Am Ende des Aufgangs drehte ich mich um und sah den größeren der Polizisten, der gerade die erste Stufe erreicht hatte – er war schneller, als ich vermutet hatte. Dann rannten wir in die Station. Im Inneren des Gebäudes gingen wir. Ich setzte ein Lächeln auf, als wir uns dem Fahrkartenschalter näherten, und holte zwei Nickel heraus. Während im Häuschen der Mann gemächlich zwei Tickets von der Rolle riß, zog mich Julia am Ärmel und wies mit dem Kinn auf den Zug, der auf den Gleisen stand. Er bestand aus nur einem Wagen und der Lokomotive, die hier am Ende der eingleisigen Linie, vor dem Waggon stehend, fast das Stationsgebäude berührte. Im Wagen saß ein alter Mann, seine gefalteten Hände und sein Kinn ruhten bequem auf seinem Rohrstock, geduldig wartete er, bis der Zug losfuhr. Am anderen Ende des Wagens sah der Schaffner aus dem Zugfenster auf die andere Straßenseite. Es war verlockend, aber als ich unsere Tickets in Empfang nahm, schüttelte ich den Kopf. Im Waggon gefangen zu sein, wenn die Polizisten jeweils vom Waggonende hereinkamen, konnten wir nicht riskieren.

Wir traten hinaus auf die Plattform, vorbei an der Lokomotive. Als ich zum Aufgang hinüberschaute, den wir hochgekommen waren, tauchten der Helm und das Gesicht des Polizisten auf; er schaute sich um und sah uns. Julia und ich rannten die Plattform entlang zu den Treppen am gegenüberliegenden Ende. Wir passierten den Waggon und hörten den Schaffner, der das hüfthohe Metallgitter seiner offenen Plattform zuschlug. Die kleine Dampflokomotive hinter dem Wagen pfiff, ihr Antriebskolben setzte sich in Bewegung; dann rollte der Wagen an uns vorbei, und Julia stöhnte – wir hätten mitfahren können!

Aber nun war es zu spät. *Puff-puff, puff-puff* – die Lokomotive hinter dem Waggon, die sich auf ihrer Rückfahrt auf der eingleisigen Linie befand, gewann an Geschwindigkeit, der Schaffner schloß den hinteren Plattformverschlag, und der Helm des zweiten Polizisten erschien vor uns auf den Stufen, auf die wir zurannten. Sie hatten erraten, was wir vorhatten. Ich drehte mich um, auch der andere Polizist, eine Hand hielt seinen Helm, sein Bauch wackelte, kam keine zwanzig Meter hinter uns auf uns zu.

Ich habe niemals zu den Leuten gehört, die in Notsituationen schnell reagieren. Ich kann schnell reagieren, gewöhnlich ist allerdings das, was ich dann tue, das Falsche. Diesmal tat ich jedoch, ohne viel zu überlegen, genau das Richtige. Während beide Polizisten auf uns zurannten, schwangen sich meine Arme wie die Klauen eines Riesen um Julias Hüften, hoben sie hoch und ließen sie auf der anderen Seite des hüfthohen Gitters der hinteren Wagenplattform wieder runter. Dann – der kleine Polizist wollte mich packen, seine Hand war am Rücken meines Mantels – sprang ich auf die offenstehende Kabine der Lokomotive, die an mir vorbeifuhr, drehte mich schnell um, und der Polizist rannte mit seinem Gesicht direkt in meine ausgestreckte Faust. Er stolperte und starrte uns hinterher, während wir über das Ende der Bahnhofsplattform hinausfuhren.

In der kleinen Kabine, auf der anderen Seite, hatte mich der Lokomotivführer, der aus seinem Fenster auf die vor ihm liegenden Gleise schaute, weder gesehen noch im Rattern und Schnaufen seiner Maschine gehört. Hier in der offenen Tür der Lokomotive gewann ich rasch die Orientierung; ich wußte, wir befanden uns unmittelbar über der 42nd Street und fuhren an der Grand Central Station vorbei nach Osten. Die Zeichnung, die ich später machte, zeigt unseren Zug nach der Abfahrt von der Grand Central Station und der Plattform der Hochbahnstation. Die 3rd Avenue, die wir ansteuerten, befindet sich rechts, und unter dem Zug liegt die 42nd Street. Ich schaute nach oben und sah nur grauen, leeren winterlichen Himmel, dort, wo sonst der Himmel mit dem hoch aufragenden Turm des Chrysler Building und seiner Nadelspitze gefüllt war. Ich schaute nach unten, und wo sonst das Erdgeschoß des Chrysler Building stand, befand sich nun ein kleiner runder Ziegel- und Sandsteinturm, der auf meiner Zeichnung auf der nächsten Seite zu sehen ist, nur ein paar Meter höher als die Gleise der Hochbahn. Und in diesem Augenblick, dem Augenblick der Zeichnung, in dem ich mich durch diese teilweise bekannte, dennoch äußerst fremde und nun plötzlich feindselige Stadt bewegte, verspürte ich einen Anfall von Heimweh, der mich beinahe überwältigte. Ich mußte meine Augen schließen, um das Gefühl zu überwinden.

Innerhalb von Sekunden bremsten wir ab und fuhren in die beiden Arme der Bahnhofsstation am anderen Ende der zwei Blocks langen Linie ein. Es war nicht gänzlich unmöglich, so stellte ich mir vor, daß die zwei Polizisten diese beiden Blocks an der 42nd Street entlanggerannt waren oder sich eine Kutsche genommen hatten; ich stand in der offenen Tür der Lokomotivenkabine, starrte hinaus auf die Linie der 3rd Avenue und hoffte auf einen Zug, der uns sofort weiterbringen würde. Aber es war keiner in Sicht. Sobald neben mir der Holzboden der Plattform auftauchte, sprang ich von der Lokomotive – ich glaube nicht, daß mich der Lokführer überhaupt gesehen hatte –, und getragen vom Momentum, das die Geschwindigkeit des Zuges mir mitgegeben hatte, lief ich nach vorne zum langsamer werdenden Wagen. Julia stand am Ausgang, hinter ihr der Schaffner. »Das ist gegen die Vorschriften!« sagte er mir verärgert. Ich war mir nicht sicher, was er meinte: daß ich Julia über das Gitter gehoben hatte oder daß ich auf der Lokomotive mitgefahren war. Ich sagte, es täte mir leid, und gab ihm unsere Tickets. Dann – ich wollte ihm zuschreien, er solle das Gitter öffnen, fürchtete aber, daß er sich dann absichtlich Zeit lassen würde – holte er seinen

Stanzer heraus, entwertete sorgfältig unsere Fahrkarten und gab sie mir zurück; ich dankte ihm. Erst dann öffnete er den Ausgang und ließ Julia runter. Wir rannten zu den Treppen.

Ich denke, die beiden Polizisten hätten hier sein und auf uns warten können, als wir auf den Gehweg der 3rd und

42nd Street traten, wenn sie es nur versucht hätten. Aber sie hatten sich wahrscheinlich so schnell wie seit Jahren nicht mehr bewegt; keiner hielt uns auf. Auf der Straßenseite gegenüber aber machte ein Polizist seine Runde, sah über die beiden Schwingtüren in einen Saloon und schlenderte dann auf dem Gehsteig zur Ecke, wo er sich wie ein professioneller Entertainer aufbaute und seinen Schlagstock schwingen und kreisen ließ. Ich hatte das Gefühl, daß er sich in seiner Arbeitszeit weit mehr mit den kunstvollen Bewegungen seines Schlagstocks befaßte als mit der Jagd nach Übeltätern. Als wir in die 3rd Avenue einbogen und sie nach Süden hinabgingen, um uns so schnell wie möglich von ihm zu entfernen, ohne den Anschein unnötiger Eile zu erwecken, war ich froh, daß das sein Steckenpferd war. Julia blickte mich fragend an; ich verstand. Waren auch in seinem Helm unsere Photographien? Ich zuckte mit den Schultern. Wenn nicht, dann würden sie es bald sein. Jeder Polizist in der Stadt dürfte sie bald haben und an die nächste Schicht weitergeben, außerdem würden zusätzliche Polizisten, auch in Zivil, die Straßen durchstreifen. Die Belohnung, die Carmody Byrnes fast öffentlich angeboten hatte, war bestimmt nicht klein, wenn wir gefangen und verurteilt oder ›auf der Flucht erschossen‹ würden; was, spielte keine Rolle. Denn Byrnes war klug: Unsere ›Flucht‹ würde natürlich als Geständnis aufgefaßt werden.

Der Polizist an der Ecke war nun einen halben Block hinter uns und hatte uns nicht einmal wahrgenommen. Aber beim nächsten konnte das bereits anders sein, und wenn nicht bei ihm, dann beim übernächsten. Wir konnten nicht einfach weiterhin Block für Block durch die Straßen gehen; innerhalb von Minuten hätten sie uns gefangen. Öffentliche Verkehrsmittel waren ebenso schlecht. Wir mußten sofort von den Straßen herunter: In eine Droschke, ging es mir durch Kopf, wo wir uns zurücklehnen und ungesehen durch die Stadt bewegen konnten, mit viel Zeit zum Nachdenken. Aber Byrnes kannte die Probleme von Leuten, die sich verbergen wollten. Sie brauchten Geld, und er hatte unseres.

»Julia, haben Sie irgendwelche Freunde, bei denen Sie sich für einige Tage verstecken können und die Ihnen Geld leihen?«

»In Brooklyn, ja. Wir lebten dort bis vor zwei Jahren. Der einzige Freund hier, den ich fragen könnte, wohnt an der Lexington und der 61st und –«

»Zu weit, viel zu weit!« unterbrach ich sie. »Wo sind wir, Julia, 41st? Wo ist die nächste Brücke? Vielleicht bewachen sie sie noch nicht und wir könnten –«

»Si, es gibt nur eine Brücke, Brooklyn, und die liegt weit unten.«

Ich nickte, starrte auf die Schaufenster, die wir passierten, und versuchte zu erkennen, ob sich in ihnen niemand spiegelte, der uns verfolgte. Mehr als jemals zuvor wurde mir bewußt, daß Manhattan eine Insel war, und keine besonders große; man kann sie an einem Tag umlaufen. »Ich will nicht, daß wir auf einer Fähre wie ein Taubenpaar in der Falle sitzen. Wir brauchen Geld, verdammt noch mal! Um uns in ein Hotel zurückzuziehen, wo sie uns Essen bringen können. Vorausgesetzt, wir telefonieren mit deiner Tante –« Ich verstummte.

»Tun was?«

»Nichts.«

Aber sie hatte mich gehört. »Ich kenne niemanden, der ein Telefon besitzt. Oder jemanden, der jemals eines gesehen hat.«

»Ich weiß, ich weiß!«

»Wir könnten einen Botenjungen schicken. Es gibt hier in der Nähe ein Büro.«

»Aber wir müssen doch dort auf die Antwort warten?«

»Ja.«

»Wenn der Junge zurückkommt, wird der Polizist, der sicherlich das Haus überwacht, ihm folgen. O Gott, wenn es nur Kinos gäbe! Wahrscheinlich könnten wir uns noch ein billiges leisten und könnten dort sitzen und warten, bis es dunkel wird.«

»Kinos?«

Ich würde den Verstand verlieren, wenn das so weiterging. »Wir müssen uns trennen, Julia«, sagte ich. »Bis es dunkel ist. Sie suchen nach einem Paar; wir sollten es ihnen nicht so einfach machen. Es wird in vierzig Minuten, spätestens einer Stunde dunkel. Ich versuche, mich ins Haus zu schleichen und Geld aus meinem Zimmer zu holen. Wir treffen uns wieder in eineinhalb Stunden im Madison Square. Spazieren Sie über den Platz, als würden Sie irgendwohin gehen, und ich folge Ihnen dann. Wenn ich nicht da sein sollte, dann versuchen Sie es eine halbe Stunde später wieder. Dann brauchen Sie nicht mehr auf mich zu warten, und«, ich zuckte mit den Schultern, »alles Gute. Okay?« Bevor sie antworten konnte, sah ich in die Schaufenster eines Ladens, an dem wir vorbeigingen; der Eingang lag zwischen zwei Schaufenstern, deren Scheiben im Fünfundvierzig-Grad-Winkel zum Gehweg standen. Der halbe Block hinter uns spiegelte sich darin, und ich erblickte einen Mann, der uns offenbar nachrannte. Er trug gewöhnliche Straßenkleidung, einen Derby und einen langen Mantel, aber das alles konnte nicht verbergen, daß er ein Polizist war. Er lief auf Zehenspitzen, ungefähr ein Football-Feld hinter uns. Ohne mich umzudrehen, sagte ich schnell und ruhig zu Julia: »Laufen Sie. Um die Ecke und dann weiter. Jetzt, *jetzt!*«

Sie zögerte nicht oder verschwendete damit Zeit, sich umzudrehen, sondern hob den Rock hoch und rannte los. Ich wandte mich um und ging mitten auf die Straße. Dort drehte ich mich zum Gehweg und wartete. Und nun hatte der Mann, der uns folgte, die Wahl, sich zwischen mir und Julia zu entscheiden, wobei er, wenn er Julia folgte, mich im Rücken hatte und nicht wußte, was ich tat. Er mußte sich für mich entscheiden und tat das sehr klug. Denn er rannte an mir vorbei, als folge er Julia, wirbelte dann aber im rechten Winkel herum und ging auf mich los. Ich stand neben einem Metallpfeiler der Hochbahntrasse und trat nun hinter ihn zurück. Eine Weile standen wir so, balancierten auf unseren Zehen, zwischen uns der Pfeiler, und belauerten uns gegenseitig. Dann sprang er vor, ich drückte mich vom Pfosten weg, und er lief mir nach.

Aber er konnte schießen, wahrscheinlich hätte er es auch getan, wenn ich zu schnell war und zu entkommen schien. Auf diese Entfernung hätte er mich kaum verfehlt. Weiterzulaufen war sinnlos, und ich tat das einzige, was mir hier blieb. Ich fuhr herum und warf mich buchstäblich auf seine Knöchel – eine Aktion, die er wahrscheinlich niemals zuvor gesehen hatte; ein Football-Tackling von vorne. Ich hatte in der High School ein wenig Football gespielt, bevor die Spieler für mich zu groß wurden. Nun traf ich mit der linken Schulter seine Schienbeine, meine Arme schlangen sich um seine Knie – ein Tackling, wofür es normalerweise mindestens einen Hundert-Yard-Penalty gegeben hätte –, und er fiel über meine Schulter auf die Pflastersteine. Ich dachte, die Schulter wäre gebrochen. Der Schmerz erinnerte mich daran, warum ich das Spiel aufgegeben hatte; aber schon stand ich wieder und rannte in die entgegengesetzte Richtung davon. Ich blickte zurück; er lag noch immer auf der Straße. Fünfzehn weitere schnelle Schritte mitten auf der Straße, Kutscher drehten sich zu mir um, dann schaute ich wieder zurück. Er war nun auf seinen Knien, wandte sich mir zu und holte aus seiner Hintertasche einen großen nickelbeschlagenen Revolver. Ich befand mich nun hinter der Pfeilerreihe und warf immer wieder einen schnellen Blick über die Schulter. Mit beiden Händen zielte er sorgfältig; er wollte mich, okay. Abrupt bremste ich ab, sprintete dann wieder los; er feuerte, die Kugel traf einen Pfeiler und erzeugte einen überraschend lauten metallischen Ton. Die Leute auf dem

Gehweg blieben wie erstarrt stehen, keiner von ihnen schien geneigt, die Straße betreten zu wollen. An der Ecke bog ich nach Osten ab, in die entgegengesetzte Richtung, in die Julia gelaufen war; der Revolver feuerte erneut. Ich überdachte meinen Zustand und beschloß, daß ich nicht getroffen war.

Ich war nun um die Ecke, außerhalb seiner Schußlinie. Er war weit hinter mir, wahrscheinlich rappelte er sich gerade auf; ich wußte, daß ich es bis zur 2nd Avenue schaffen konnte, wenn meine Kondition ausreichte. Die letzten paar Meter mußte ich keuchend zurücklegen; als ich mich umdrehte, war von ihm nichts mehr zu sehen. An der 2nd wandte ich mich nach Süden und wußte, daß ich – es gab keine Funkgeräte, keine Streifenwagen, kaum Telefone – für den Moment sicher war.

Vier Blocks weiter betrat ich einen Saloon, bestellte einen Krug Bier, nahm einige Schlucke, ging dann durch den düsteren Flur zur Toilette, wo ich sechs oder sieben Minuten einfach mit Herumstehen zubrachte, kehrte zurück und nahm einige weitere Schlucke. Ein halbes Dutzend Männer standen an der Bar und beachteten mich nicht. Dann ging ich zum Tisch mit den freien Lebensmitteln, nahm ein Schinkensandwich, zwei hartgekochte Eier und eine Dillgurke, schlenderte zurück an die Bar und aß sie zusammen mit dem Bier. Als ich ging, holte ich mir noch einmal zwei hartgekochte Eier und ein dickes Käsesandwich, das ich der Tasche meines Mantels verschwinden ließ.

Fünfzehn Minuten lang stand ich in einem verschlossenen Türeingang; gelegentlich, falls mich jemand von oben beobachten sollte, zog ich meine Uhr heraus und warf einen Blick darauf, so, als warte ich auf jemanden. Dann ging ich die 2nd hinab. Zweimal passierte mich eine Pferdetram, von der ich mich jetzt allerdings fernhielt; ich wollte immer auf dem Sprung sein und jederzeit flüchten können. An der 37th Street sah ich vor mir einen Polizisten, ich bog ab, ging zur 3rd Avenue und dann wieder nach Süden. Sieben oder acht Blocks weiter erschien ein Polizist aus der 29th Street; er war keine zehn Meter von mir entfernt, sah in meine Richtung, sagte »Hey!« und ging dann schnellen Schritts auf mich zu. Ich blieb stehen. Er war viel zu nah, um wegzurennen; er hätte mich leicht in den Rücken getroffen. Einige Schritte vor mir, am äußeren Rand des Gehwegs, waren ein Mann und eine Frau ebenfalls stehengeblieben. Der Polizist, der nun seinen Helm abnahm, baute sich nun vor ihnen auf. Als ich vorüberging – so leise wie nur möglich, am liebsten wäre ich unsichtbar geworden – zog er aus seinem Helm die Photographien. Das Paar war, soweit ich das erkennen konnte, jung, das Kleid der Frau, dessen Saum unter dem Mantel zu sehen war, hatte die gleiche Farbe wie Julias, wenngleich von anderer Tönung, der Mantel des Mannes glich entfernt dem meinen. Sie trafen auf die Beschreibung zu, die Byrnes diktiert hatte; während ich weiterging, hörte ich, wie der Polizist dem Mann befahl, ihm das Gesicht zuzudrehen – ich wußte, er verglich nun sein Gesicht mit meiner Photographie. So schnell wie möglich und ohne Aufsehen zu erregen, ging ich zur Lexington Avenue hinüber. Zwei Laternenanzünder bewegten sich dort durch die Straße und entzündeten die Lichter. Bevor ich den Gramercy Park erreichte, war es dunkel.

Das eingezäunte Rechteck des Gramercy Park lag zwischen mir und der Nummer neunzehn. Ich stand im Schatten zwischen zwei Straßenlaternen und blickte durch die nackten Zweige und schwarzen Eisenpfosten des Zauns, über das schneebedeckte Gras und die Büsche hinüber zum Haus. Die Fenster unten – Salon, Speisezimmer, Küche – waren erleuchtet, ebenso die Fenster oben. Am unteren Fenster sah ich jemanden, Byron Doverman oder Felix Grier, mit der Zeitung in der Hand vorbeigehen. Und nun gingen die Lichter oben aus. Dann, zwischen den Sträuchern, dem Zaun und den Bäumen kaum zu erkennen, erblickte ich auf der anderen Seite des Parks den Polizisten. Langsam ging er am Haus vorbei.

Er schritt zur Ecke des Platzes, kehrte um und schlenderte ebenso langsam wieder zurück, am Haus vorbei und zur anderen Ecke. Er drehte sich um und ging zurück; ich holte meine Uhr heraus und stoppte die Zeit. Er brauchte genau eineinhalb Minuten, um am Haus vorbeizugehen, bis zur Ecke und sich dann umzudrehen; und die gleiche Zeit für den Rückweg. Sechsmal, die Uhr in der Hand, beobachtete ich ihn, vor und zurück, der immer gleiche Weg, so regelmäßig wie meine Uhr; jedesmal brauchte er eineinhalb Minuten. Wenn ich meine Bewegungen mit ihm abstimmte, war es möglich, um den Platz herumzugehen und dann in seinem Rücken leise zum Haus zu schleichen, wo ich mit meinem Schlüssel die Tür aufsperren und hineinschlüpfen würde, bevor er wieder zurückkam. Die Treppen hoch in mein Zimmer, innerhalb weniger Sekunden hätte ich mein Geld. Dann wieder hinunter, durch den Türspalt könnte ich den Polizisten beobachten, dann hinaus und hinter seinem Rücken wieder fort.

Aber ich setzte mich nicht in Bewegung: Sollte es wirklich so leicht sein, Byrnes ein Schnippchen zu schlagen? Der Mann hatte Julia und mir eine Falle aufgebaut und bislang nichts dem Zufall überlassen. War dieser Polizist, an dem man anscheinend so leicht vorbeischleichen konnte, wirklich das, was er darzustellen schien? Ich beobachtete ihn, wieder vollführte er seine Runde genauso wie vorher, und dann wieder. Vielleicht war es wirklich so leicht – nur ein Polizist, nicht Byrnes persönlich; ein Mensch, der seinen ermüdenden Job tat und in einen gleichmäßigen Rhythmus verfiel. Einige Meter ging ich am Zaun entlang, beobachtete ihn erneut, und nun sah ich ihn. Vollkommen reglos – er mußte frieren, egal, wie viele Mäntel er anhatte – saß ein Mann auf einer Bank im Park und blickte auf die Nummer neunzehn. Er trug dunkle Kleidung, der Mantelkragen war hochgeschlagen, er war, bewegungslos im

Dunkeln des Parks sitzend, fast unsichtbar. Dort saß er und wartete auf mich oder Julia. Und dann, wenn wir durch die Eingangstür wären, ein leiser Pfiff, und der Polizist, der bislang immer den Gehweg auf- und abgeschlendert war, würde umkehren und zur Tür laufen.

Unwillkürlich wich ich ein oder zwei Schritte zurück, dann wandte ich mich um und ging davon. Es waren nur einige Blocks zum Madison Square; obwohl ich sie vorsichtig zurücklegte, war ich mir nun sicher, daß sie uns schnappen würden. Falls ich Julia nicht einfach im Stich ließ, was ich nicht tun wollte, hatte uns Byrnes. Wir saßen in der Falle. Ohne Geld oder Essen war es sinnlos, sich irgendwo zu verstecken. Wie er es geplant hatte: Als ob er alles bereits vorausgesehen hätte, bevor er uns überhaupt gefangennehmen ließ. Wollte er uns töten, während wir uns ›der Festnahme entzogen‹? Vielleicht, es wäre die einfachste und schnellste Lösung, um sich mit Carmody in dessen Büro in der Wall Street treffen zu können. Oder wollte er uns fangen? Wahrscheinlich spielte es für ihn keine Rolle. Unsere ›Flucht‹ bewies unsere Schuld, zumindest bewies es nicht, daß wir unschuldig waren. Zwei solch mächtigen Männern wie Byrnes oder Andrew Carmody wäre es in einem Gerichtsgebäude von 1882 nicht schwergefallen, uns nach unserer versuchten Flucht des Mordes anzuklagen und verurteilen zu lassen. Alles, was ich noch tun konnte, war, bei Julia zu bleiben; ich mußte es tun, gegen jede Hoffnung, wofür, wußte ich selbst nicht.

Ich sah sie von der 5th Avenue den Park betreten; sie ging schnell, zielgerichtet. Im Licht der Laterne war deutlich die Silhouette ihres langen Kleides zu sehen, die dann im Schatten verschwamm, um im nächsten fahlen Lichtkegel wieder hervorzutreten. Ich traf sie am südlichen Ende des Parks; sie lächelte erleichtert, als sie mich sah, ich nahm ihren Arm, und wir gingen zur anderen Parkseite, als wüßten wir, wohin wir wollten. Ich erzählte ihr, was passiert war, daß wir noch immer kein Geld hatten, und sie schloß einen Augenblick lang die Augen und sagte »O nein.«

»Was ist los?«

»Ich bin so *müde*, Si. Ich kann einfach nicht mehr.« Dann lächelte sie, drückte meinen Arm fester an sich, und ich lächelte zurück; es gab nichts, womit ich sie ermutigen konnte. Sie war bei einem Botenservice gewesen, bald nachdem wir uns getrennt hatten, sagte sie, und hatte eine handschriftliche Botschaft an ihre Tante geschickt; es ginge ihr gut, lautete der Text, sie wäre eine Zeitlang fort, wenn sie zurückkäme, würde sie alles erklären. In der Zwischenzeit sollte sich ihre Tante keine Sorgen machen. »Natürlich macht sie sich Sorgen«, sagte Julia, »aber wenigstens hat sie von mir gehört. Es war das Beste, was ich machen konnte. Ich wünsche mir –« Sie zuckte mit dem Arm, und ich bemerkte die Polizisten, die die 5th überquerten und auf den Platz zukamen. Rasch kehrten wir um und gingen den gleichen Weg zurück und hofften, daß sie uns zwischen den Sträuchern und Bäumen nicht gesehen hatten. Es schien sinnlos, dennoch zögerten wir instinktiv unsere Gefangennahme hinaus.

Als wir uns dem südlichen Ende des Parks näherten, sah ich auf dem Gehweg der 23rd Street einen Polizisten stehen. Sein Rücken war zu uns gekehrt, er konnte uns nicht sehen und dachte wahrscheinlich an alles andere als an uns. Wenn wir jedoch den Park verlassen hätten und an ihm vorbeigegangen wären, hätte er uns entdeckt. Also drehten wir wieder um. Weiter oben, noch immer zwei Drittel der Länge des Parks vor uns, kamen die beiden Polizisten auf uns zu; sie unterhielten sich. Wir konnten uns nun nach Osten oder Westen wenden, es spielte keine Rolle; wir nahmen den ersten abzweigenden Pfad, der nach Westen zur 5th führte. Julia eilte an meiner Seite weiter; als sie anfing zu sprechen, wußte ich, daß sie den Tränen nahe war. »Si, ich *muß* anhalten, *muß* einfach. Laß mich einfach hier auf der Bank sitzen, und geh du weiter. Komm später zurück, und wenn ich dann noch da bin –«

Aber ich schüttelte den Kopf und zog sie mit Gewalt weiter. Ich zwang sie weiterzugehen, beinahe liefen wir. Etwas an diesem Pfad, das Aussehen der Bäume, die Plazierung der Bänke kam mir plötzlich bekannt vor. Ich war hier schon einmal entlanggegangen, und – ja. Wir folgten der Windung eines Pfades, und vor uns kam sie schließlich in Sicht, die dunkle, fast formlose Masse, die vom dichten Schirm der nackten Bäume verdeckt wurde. Aber ich erkannte sie. Als wir die Kurve hinter uns hatten, war er plötzlich deutlich zu sehen, fahl hob er sich gegen den dunklen Himmel ab: der riesige rechte Arm der Freiheitsstatue, die Spitze der großen Fackel hing hoch über den Bäumen.

Wir stiegen schnell und leise die Wendeltreppe hoch, und dann konnten wir uns endlich hinsetzen, draußen auf der runden, mit einem Geländer abgesicherten Plattform an der Basis der großen metallenen Flamme. Das verzierte Geländer verbarg uns, wir aber konnten hindurchblicken, hinunter auf die dunkle Stadt. Schweigend saßen wir da, hörten die Geräusche und beobachteten die schwachen Lichter des Verkehrs auf der 5th Avenue. Es war kalt. Wir spürten das kalte Metall durch unsere Kleidung. Für den Moment aber – wir konnten einfach sitzenbleiben, wir mußten nicht weiterlaufen – war es genug. Wenn jemandem einfiel, hier hochzukommen, um nach uns zu suchen, dann gab es kein Entkommen mehr. Byrnes hatte uns, wenn nicht in den Abgrund, so doch in eine Sackgasse getrieben. In diesem Moment jedoch kümmerten wir uns nicht darum. Vom fahlen Licht der Laternen auf dem Platz angestrahlt, schimmerte das Kupfer, an dem Julias Kopf ruhte; ich sah sie müde lächeln. »Wie gut es tut«, murmelte sie, »wie *gut* es tut, nicht mehr laufen zu müssen.« Sie öffnete ihre Augen, sah, daß ich sie anschaute, lächelte wieder, um zum Ausdruck zu bringen, daß sie das nicht so meinte, und sagte: »Wenn wir nur etwas zu essen hätten.« Ich erinnerte mich, grinste und holte das plattgedrückte Sandwich und die plattgedrückten Eier heraus, ihre Schalen waren in Stücke zerbrochen, und reichte sie ihr. Sie fragte nicht einmal, woher sie stammten, schüttelte nur den Kopf und begann zu essen. Sie bot mir etwas an, aber ich erzählte ihr, daß ich bereits gegessen hatte, und überließ ihr alles.

Die Nacht verbrachten wir drinnen, oben auf den gewundenen Stufen, geschützt vor dem leichten Wind, der aufgekommen war. Wir saßen aneinandergekauert auf der dritten oder vierten Stufe von oben, die Augen befanden sich auf der Höhe der Plattform, so daß wir unter dem Geländer hindurch auf die Stadt blicken konnten. Meine Arme waren um Julia geschlungen, ihr Kopf ruhte auf meinem Brustkorb. Es war kalt, aber wir saßen nicht im Wind, so daß es erträglich war, und ich genoß es. Julia schlief sofort ein, eine Zeitlang hielt ich sie in den Armen und starrte hinaus; alles, was ich sah, war Dunkelheit, die von einigen wenigen fahlen Lichtern unterbrochen wurde. Eines nach dem anderen dieser Lichter verschwand, schließlich war es vollkommen finster, die Stadt draußen war beinahe still, und dann schlief auch ich ein.

Zweimal wachten wir steif und kalt auf, standen auf und bewegten uns und dehnten unsere Finger. Das zweite Mal gingen wir hinaus, sorgfältig darauf achtend, keinen Lärm zu verursachen, und umschritten ein halbes Dutzend Mal die runde Plattform, sahen hinunter auf die Baumkronen, die stillen beleuchteten Pfade des Parks und blickten über die niedrige dunkle Stadt. Drinnen, ich legte wieder meine Arme um Julia, und wir versuchten uns gegenseitig zu wärmen, wußte ich, daß ich auf den kalten Stufen nicht mehr einschlafen konnte. Schließlich flüsterte Julia: »Bist du wach?« Ich nickte, mein Kinn berührte ihre Haare, damit sie es auch spüren konnte. »Ich auch«, sagte sie.

Und dann, ohne es geplant zu haben, ohne jemals daran gedacht zu haben, erzählte ich Julia mit leisen Worten, wer ich war und woher ich kam. Ich spürte, daß es Zeit dafür war und sie ein Recht darauf hatte. Ich erzählte ihr von dem Projekt, von Rube, Dr. Danziger, Oscar Rossoff und von meinem Leben in dieser weit entfernten Zeit. Mit gleichmäßigem Gemurmel, das in naher Entfernung kaum mehr zu hören war, erzählte ich von meinen Vorbereitungen mit Martin, meinem Leben im Dakota, dem ersten erfolgreichen Versuch, meiner Ankunft in ihrem Haus. Zweimal hob sie ihren Kopf, starrte mir ins Gesicht und inspizierte es, so gut es in der Dunkelheit ging, dann ließ sie sich wieder in meine Arme fallen, und ich fragte mich, was sie wohl dachte. Ich wußte es nicht. Ich verletzte eine fundamentale Regel des Projekts und wußte, daß das niemand verstehen würde. Aber ich spürte, daß ich im Recht war. Schließlich war ich fertig und wartete.

Sie atmete tief ein, dann seufzte sie und sagte: »Danke, Si. Du bist der verständnisvollste Mann, der mir je begegnet ist. Du hast mir durch eine lange Nacht geholfen. Seit ich als kleines Mädchen *Little Women* gelesen hatte, war ich nicht mehr so verzaubert. Du solltest die Geschichte aufschreiben und vielleicht illustrieren. Ich bin mir sicher, daß *Harper's* daran Interesse hat. Und nun glaube ich auch, daß ich wieder schlafen kann.«

»Gut«, sagte ich und grinste leise in der Dunkelheit: eine erfundene, ausgesponnene Geschichte, um sie zu unterhalten. Was zum Teufel sollte sie denn sonst davon denken? Und nach wenigen Minuten, vier oder fünf, denke ich, war auch ich eingeschlafen, dieses Mal tief und fest.

Ich wachte auf und wußte auf eine seltsame, instinktive Art, daß die Nacht zu Ende ging; die Morgendämmerung war nicht mehr weit, und ich war traurig. So unbequem es auch war, so schön war es auch, mit Julia hier gewesen zu sein. Nun lag nichts mehr vor uns als ein weiterer Tag, den wir nicht überstehen würden. Vielleicht konnten wir noch irgendwo ein Frühstück besorgen, aber dann müßten wir wieder durch die Straßen laufen, die Müdigkeit von gestern noch in den Knochen, bis wir schließlich geschnappt würden. Vielleicht, dachte ich, sollten wir uns gleich stellen; wenigstens könnten wir es dann warm haben und müßten nicht mehr auf den Beinen sein.

Von den ersten Sonnenstrahlen war noch nichts zu sehen, dennoch war die Dunkelheit leicht aufgehellt. Draußen konnte ich die ornamentierten Streben des Geländers erkennen, was vorher nicht möglich gewesen war. Wieder überkam mich das Gefühl der Fremdartigkeit. Ich mußte es mir einreden: Wir befanden uns, so unglaublich es klang, hoch oben im Arm und der Fackel der Freiheitsstatue. Und dann überlegte ich: Könnte es möglich sein? Ich dachte nach, kam zu dem Schluß, daß es vielleicht klappen konnte, und schloß vorsichtig meine Arme um Julia, preßte meine Wange an ihre Stirn, hielt sie fest und machte sie, so weit das möglich war, zu einem Teil von mir. In der Technik, die Oscar Rossoff mich gelehrt hatte, begann ich dann, meinen Geist von der Zeit, in der ich mich befand, zu befreien. Denn auch diese große metallene Hand mit ihrer Fackel war Teil der beiden New Yorks, die ich kannte, und existierte in beiden Zeiten. Und in meinem Geist rief ich das zwanzigste Jahrhundert wach. Redete mir ein, wo ich mich befand, wo wir uns befanden, Julia und ich. Und spürte, wie es funktionierte.

Meine Arme umklammerten sie und hielten in diesem Moment Julia noch fester als zuvor; sie bewegte sich und öffnete die Augen. Mit fragendem Blick schaute sie mich an. »Wo …« Dann blickte sie sich um, erkannte, wo sie war, sagte »Oh« und lächelte. Ich ließ sie los und erhob mich steif. Auch sie stand auf, und wir traten hinaus auf die Plattform. Die Dunkelheit war verschwunden, Helligkeit durchzog die Luft, aber noch konnten wir nichts wirklich erkennen. Wir hörten es. Ich hatte es erwartet und erkannte das Geräusch, dann schaute ich zu Julia. In ihrem

Gesicht war Erstaunen; stirnrunzelnd drehte sie sich mir zu. »Wellen?« sagte sie. »Si, ich höre Wellen, ich könnte es schwören!« Dann sog sie die Luft ein. »Und ich kann das Meer riechen.« Sie hatte Angst. »Si, was –«

Ich hatte einen Arm um ihre Schulter und sagte ruhig: »Julia, wir sind entkommen. Die Geschichte, die ich letzte Nacht erzählt habe, ist wahr. Es ist die Wahrheit, Julia. *Ich habe dich in meine eigene Zeit mitgenommen.*«

Sie starrte mir ins Gesicht, sah die Wahrheit in meinen Augen und vergrub ihren Kopf an meiner Brust. »O Si, ich habe Angst! Ich kann nicht hinsehen.«

Vor uns hatte sich der Himmel aufgehellt, der Horizont war nun rötlich, die winzigen Wellenkämme im Hafen unter uns waren zu erkennen. »Doch, du kannst«, sagte ich, nahm ihr Kinn, hob ihren Kopf und drehte ihn zum Geländer nach Osten. Sie sah hinaus, sah das Wasser und den Hafen weit unter uns; dann drehte sie sich um und sah den blauen Grünspan, die Patina von Jahrzehnten, und die riesige Kupferfackel, und begann zu zittern.

Ihre Schultern schüttelten sich vor Angst – dennoch blickte sie weiter um sich. Ihr Kopf bewegte sich von einer zur anderen Seite, und alles, was sie sagte, war »O *Si*!«, ein ängstlicher, aufgeregter, ekstatischer Ausruf. Ihr Gesicht war kreidebleich, ihre Hand, die sie gegen ihre Wange preßte, zitterte, aber sie begann zu lächeln.

Weit draußen berührte plötzlich der erste dünne Streifen Sonne den Rand des Ozeans, und nun konnten wir Schiffe sehen. Dann, die Sonne stieg über den Horizont, nahm ich Julias Hand, und wir gingen um unseren kleinen Kreis der Plattform. Auf der anderen Seite blieb Julia stocksteif stehen, atemlos verharrte sie, während sie über den Hafen auf die erstaunlichen, hochaufragenden Wolkenkratzer blickte, die die Spitze von Manhattan Island füllten; ihre unzähligen Fenster glitzerten orangerot in der Morgendämmerung.

21

Wir nahmen das erste Ausflugsboot nach Manhattan zurück. Die Handvoll Wintertouristen, die der Reihe nach ausstiegen, blickten neugierig auf Julias Kleidung, während wir darauf warteten, an Bord gehen zu können. Mich beachteten sie nicht, mein Mantel und meine runde Pelzkappe unterschieden sich kaum von vielen anderen. Es war normalerweise das einzige Boot, das ohne Passagiere nach New York zurückkehrte – bis auf dieses Mal, als wir nun an Bord gingen. Das nächste Boot entließ seine Neuankömmlinge und nahm die ersten Besucher wieder mit, und so weiter, den ganzen Tag über. Ich war dafür dankbar; ich wollte nicht ständig angestarrt werden. Ein wenig streitlustig fragte der Bootsführer, woher wir kämen. Ich sagte, wir hätten das letzte Boot gestern nachmittag verpaßt und die Nacht auf der Insel verbracht. Er brauchte eine Sekunde, um zu entscheiden, was er davon halten sollte, dann grinste er ein wenig zweideutig und winkte uns aufs Boot; unsere Kleidung schien ihn überhaupt nicht zu stören.

Das Oberdeck war offen; wir stiegen die Treppe innen hoch, als das Boot in den Kanal auslief. Dann fuhren wir auf Manhattan zu. Julia stand reglos neben mir und schaute auf die Wolkenkratzer an der Spitze von Manhattan Island, die höher und höher wurden. Wir hatten vollkommen freien Blick auf Lower Manhattan und auf New Jersey, South Brooklyn, Staten Island und auf den Hafen, wenn wir in Richtung der Verrazano-Bridge blickten. Zehn Minuten lang starrte Julia einfach nur, ohne ein Wort zu sagen. Dann beugte sie sich zu mir und nahm ihren Blick für einen Moment von den riesigen Gebäuden auf der Spitze Manhattans, die nun in der vollen Morgensonne leuchteten, und fragte: »Was hält sie *aufrecht*?« Ich erklärte ihr, was ich über Stahlkonstruktionen wußte, brach aber mitten im Satz ab. Sie hörte nicht zu, sie hatte nicht ein Wort gehört. Sie starrte nur, bis sie plötzlich meinen Arm faßte und sich ihr Gesicht erhellte. »Die neue Brücke!« sagte sie und deutete auf die Brooklyn Bridge über dem East River, rechts von Manhattan.

Ein Frachter, der auf die See hinaussteuerte, näherte sich uns und wurde immer größer; Julia starrte ihn an. Als er schließlich ziemlich nahe an uns vorbeifuhr, seine Stahlwände wuchsen neben uns beinahe endlos in die Höhe, kauerte sich Julia an mich, ihre Augen blinzelten. »Wird er uns rammen?« flüsterte sie. »Kann er umkippen?« Ich sagte ihr, es sei unmöglich, aber während wir beide die schwarze klippenartige Wand des großen Schiffes hochstarrten, wußte ich, was sie fühlte. Es sprach gegen jede Wahrscheinlichkeit, daß etwas so Großes und Hohes schwimmen konnte; ich fragte mich, was Julia beim Anblick der neuen *Queen Elizabeth* gesagt hätte, wenn sie vorübergefahren wäre.

Und dann passierte uns ein Flugzeug, eine viermotorige Propellermaschine, die sich nicht sehr hoch, vielleicht dreitausend Meter über dem Wasser, in den Himmel schraubte. Es freute mich, ihr das zu zeigen, was wahrscheinlich das Symbol unseres Jahrhunderts ist. »Schau, Julia«, sagte ich. Sie hörte das Geräusch, wußte aber nicht, wohin sie ihren Blick richten sollte, bis ich nach oben zeigte. »Das ist ein Flugzeug.« Ich wartete, ein wenig selbstgefällig, denke ich, daß sie ihr Erstaunen zum Ausdruck brachte. Aber sie starrte etwa ein Dutzend Sekunden lang nach oben, lächelte ein wenig, war interessiert und erfreut, aber nicht überrascht. Dann nickte sie mir zu. »Ich habe von ihnen gelesen, in Jules Verne. Natürlich habt ihr sie nun. Ich glaube, ich würde gerne mit ihnen fliegen. Gibt es viele von ihnen?« Sie hatte sich bereits wieder dem zugewandt, was sie wirklich in Staunen versetzte: den von Fenstern durchbrochenen Klippen Manhattans.

»Schon einige.« Ich mußte über mich selbst lachen; es geschah mir recht.

Im Battery Park gab es keine Immigranten, als wir das Boot verließen. Nachdem wir den Park durchquert und die Straße erreicht hatten, blieb Julia plötzlich stehen und faßte sich an die Brust. Erst glaubte ich, daß sie von der Realität der aufragenden Gebäude überwältigt war, den engen Straßen, die voll waren mit Taxis, Autos und Fußgängern, und dem Lärm, dem gewöhnlichen Straßenlärm, daneben das ohrenbetäubende Dröhnen von Preßlufthämmern. Aber sie sah nicht auf die Autos oder die Gebäude, sondern auf die Menschen, die gewöhnlichen Leute, die an uns vorbeigingen. Ich wußte, daß es nicht die Art ihrer Kleidung war, die sie innehalten ließ. Ich erinnerte mich an meine eigene plötzliche Ehrfurcht, die mich überwältigt hatte, als ich wirklich lebendige, atmende Menschen aus dem Jahr 1882 sah; ich glaubte die gleiche, schwindlig machende Verwunderung in Julias Gesicht erkennen zu können. Auf Liberty Island war sie so mit sich selbst beschäftigt gewesen, daß sie die Passagiere des Bootes kaum für wirkliche Menschen halten konnte. Aber nun ging es ihr wie mir damals; hier waren Menschen, die an ihr vorübergingen, sie lebten, bewegten sich, redeten! Menschen, die mehr als ein Lebensalter nach ihr lebten. Als sie sich mir wieder zuwandte, war ihr Gesicht blaß; sie konnte nur wortlos und verängstigt den Kopf schütteln.

Wir gingen den kurzen Block zum Broadway hoch, kamen an dem vorbei, was von Bowling Green noch übrig war, und ich sagte: »Weißt du, wo wir sind?«

Die Frage traf sie, als hätte sie jemand in einer fremden

Stadt gestellt, die sie niemals zuvor gesehen hatte. Sie blickte die Straße auf und ab, versuchte den Ort zu erkennen, schaute mich an, noch immer von dem, was sie sah, halb geängstigt, aber sie lächelte. »Nein.«

»Lower Broadway.«

»Nein! Unmöglich!« Wieder blickte sie die Straße hoch, und nun war das Lächeln verschwunden. »O Si, hier ist nichts, was ich erkenne! Ich –«

»Sachte, sachte«, sagte ich, nahm ihren Arm, und wir gingen schnell zwei Blocks weiter. Dann verlangsamte Julia das Tempo, schockiert legte sie eine Hand auf den Mund, und wir starrten auf die andere Straßenseite, wo die winzig kleine Trinity Church verloren im Glas- und Steincanyon der Wolkenkratzer stand. Langsam wanderte ihr Blick nach oben – hinauf, hinauf zu den Türmen, die dieses einstmals höchste Gebäude auf Manhattan Island wie einen Zwerg erscheinen ließen.

Schließlich drehte sie sich zu mir. »Es gefällt mir nicht, Si. Es gefällt mir nicht, Trinity *so* zu sehen!« Dann blickte sie wieder über die Straße und hinauf zum Himmel und den hohen Gebäuden. Und als sie sich nun wieder umwandte, lächelte sie. »Aber ich würde gern auf eines dieser Gebäude gehen.« Noch immer lächelnd schloß sie für einen Augenblick die Augen und schüttelte sich vor gespieltem Schaudern. »Broadway, wenigstens ist er so laut wie immer.« Wieder schaute sie die geschäftige Straße hoch. »Seltsam, wenn man kein einziges Pferd sieht.« Plötzlich bemerkte sie es. »Si, sie fahren alle in eine Richtung!«

An der Ecke bekamen wir ein Taxi; während wir zur Nassau Street fuhren, erklärte ich ihr das Prinzip der Einbahnstraßen. Julia besah sich aufmerksam das Innere des Taxis, und ich senkte meine Stimme, damit der Fahrer mich nicht hören konnte. »Das ist ein Automobil.«

»Ich weiß!« Auch sie sprach jetzt leise. »Ich erinnere mich an deine Zeichnung vom Madison Square; ich habe sie sofort wiedererkannt. Das macht Spaß!« Anerkennend prüfte sie die Sitze. »Ich wollte, Tante Ada könnte das sehen. Schau!« Sie zeigte mit dem Finger nach draußen; hinter uns hatte sie einen kleinen roten Sedan gesehen. »Wie praktisch! Und der Fahrer ist eine *Frau*! Wie gern hätte ich auch einen!« Das Taxi bremste vor der Ampel an der Nassau Street ab; sie schaltete von grün auf rot, und Julia verstand auf Anhieb. »Sehr klug. Warum, um alles in der Welt, sind wir nicht auf diese Idee gekommen? Aber natürlich sind das elektrische Lichter, oder, hinter dem farbigen Glas?«

Wir stiegen aus, wo die Nassau auf die Park Row trifft; das Taxi wartete am Randstein. Ich zeigte die Park Row zum Broadway hinunter. »Dort unten stand das Astor Hotel, Julia. Sie haben oben an der 44th Street ein neues gebaut, und nun ist auch das verschwunden.« Und ich zeigte auf ein Gebäude, das ich vorher, glaube ich, niemals wahrgenommen hatte. »Und hier hat das Postamt gestanden.« Jedesmal, wenn ich irgendwohin deutete, drehte sie gehorsam den Kopf, hörte meine Worte und nickte, aber ich glaube nicht, daß es ihr möglich war, wirklich zu verstehen, daß dort das Astor und hier das Postamt gestanden hatten.

Aber dann rief sie freudig überrascht ein kleines, plötzliches ›Oh‹ aus, als sie die City Hall und das Court House erblickte, die beide noch genauso aussahen wie damals, als wir sie zum letzten Mal gesehen hatten; nun erkannte sie, daß der Park gegenüber der Straße der City Hall Park war. Auch er war, so weit ich das sagen konnte, unverändert. Wenn es kleinere Veränderungen gegeben hatte, was zwangsläufig der Fall war, dann konnten wir sie nicht wahrnehmen. Julia schaute über die Straße und lächelte ängstlich; einen Augenblick lang glänzten Tränen in ihren Augen, dann wurden sie von der Freude über das, was sie sah, abgelöst. Sehr leise sagte sie: »Si, ich bin froh, daß sich das nicht verändert hat. Es tut gut, das zu sehen.«

Zum ersten Mal konnte sich Julia nun orientieren und wußte, wo wir uns befanden; unvermittelt blickte sie mich an. Ich nickte, sie drehte sich um und – ich wies den Taxifahrer an, uns zu folgen – wir gingen die Park Row entlang, wo immer noch, allerdings stark verändert, das Times Building stand. Und dann blieben wir vor dem Haus stehen, das wir hatten niederbrennen sehen. Ein Gebäude, das nun ebenso alt wie das *Welt*-Gebäude aussah, stand an seinem Platz. Es war ebenso unauffällig und glich ihm auf unglaubliche Weise; es sah aus, als sei es unmittelbar nach dem Brand wieder aufgebaut worden.

Wir standen davor und starrten es an. In meinen Gedanken sah ich die großen orangeroten Flammen, die aus den Fenstern des alten *Welt*-Gebäudes herausschlugen; ich roch noch den schwarzen Rauch, hörte das Tosen des Feuers, das nun aus dem Gedächtnis der Menschen vollkommen verschwunden war. Nur ich und die Frau neben mir erinnerten sich daran; ich fragte mich, welches Leben Ida Small geführt haben mochte. Ich schritt auf die Wand zu und preßte meine Handfläche gegen die Mauer, spürte den Stein, fühlte, wie er die Wärme der Hand absorbierte; er mußte real sein. Aber Julia schaute mich an und schüttelte den Kopf. Ich nickte. »Ich weiß; auch mir kommt es sehr unwirklich vor.« Ich steckte meine Hand in die Manteltasche, Julias Hände glitten in ihren Muff.

Sie ging zum Randstein zurück, wo das Taxi wartete, drehte sich dann zum alten Gebäude um und deutete mit dem Finger. »Ungefähr dort muß das *Observer*-Schild gehangen haben.« Sie sah zum Taxifahrer, der so tat, als hörte er uns nicht, dann trat sie näher auf mich zu und senkte ihre Stimme. »Si, kannst du dir vorstellen, daß wir vor zwei Tagen über dieses Schild geklettert sind?« Sie zeigte auf das alte Times Building. »Und dort ist genau das Fenster, durch das wir in Mr. J. Walter Thompsons Büro gestiegen sind.«

Ich nickte und lächelte, obwohl es schwer fiel, sich dies

alles überhaupt vorzustellen. »Seine Werbeagentur existiert übrigens noch immer. Ich glaube, sie ist eine der größten der Welt.«

»Oh?« sagte sie freudig, als wären das gute Nachrichten von einem alten Freund. »Es freut mich, das zu hören. Er war ein sehr netter Mann.«

Wir fuhren dann weiter, Block für Block; Julias Kopf wanderte ständig hin und her. Fast alles erschien ihr vollkommen fremd, eine völlig andere Stadt, bis auf die großen gelben Straßenschilder, die sie erkennen konnte. Und immer wieder hörte ich sie murmeln: »Verschwunden ... verschwunden ... verschwunden ...«

Ich weiß nicht, was der Taxifahrer dachte; alle paar Sekunden warf er uns im Rückspiegel einen Blick zu. Aber als er meinen Blick auffing und anfangen wollte zu reden, setzte ich die abweisendste Miene auf, die mir zur Verfügung stand. Ich mag die New Yorker Taxifahrer nicht. In der Öffentlichkeit wurde ihnen ein zu hoher Stellenwert zugemessen, sie sind arrogant geworden, und es interessierte mich nicht im geringsten, welche klugen Sprüche dieser Junge von sich geben wollte. Julia wußte ebenfalls, daß er alles, was wir sagten, hörte. Manchmal, wenn wir an einer Ampel anhielten, betrachteten uns andere Auto- oder Lastwagenfahrer, schauten auf unsere Kleidung und dann auf unsere Gesichter. Und natürlich passierte das mehrere Male, wenn wir zu Fuß gingen. Aber ich glaube, die wenigsten machten sich darüber wirklich Gedanken; wahrscheinlich glaubten sie, wir befänden uns gerade auf dem Weg zu Filmaufnahmen, für einen Werbespot im Fernsehen. Aber Julia nahm ihre Blicke sehr bewußt wahr, und als der Taxifahrer uns erneut im Rückspiegel musterte, beugte sie sich zu mir herüber und murmelte: »Sind wir nicht bald bei dir zu Hause, Si?« Ich nickte und sagte dem Fahrer, er solle sich beeilen.

Einen Umweg allerdings gönnte ich uns noch. An der 3rd Avenue und der 23rd Street bat ich ihn, nach Westen zu fahren, und als er mich neunmalklug auf meine ursprünglichen Angaben hinwies, sagte ich nur: »*Auf der 23rd nach Westen*!«; und er drehte um.

Wir fuhren um den Madison Square herum und dann auf dem Broadway nach Süden, westlich am Platz vorbei. Julia packte mich am Arm, genau, wie ich es mir gedacht hatte. »Si!« flüsterte sie, »er ist weg! Einfach weg!«

»Was?«

»Der Arm! Der Arm der Freiheitsstatue!« Der Taxifahrer mußte vor Frust den Verstand verlieren. »Natürlich, er *muß* ja fort sein«, murmelte Julia. »Aber … nun weiß ich, daß es wirklich passiert ist. Und daß die ganze Statue im Hafen steht.« Sie hatte sich mit dem Arm bei mir untergehakt und drückte sich fest an mich. »Es macht mir angst«, sagte sie und zwang sich zu einem Lächeln.

Als wir an der 23rd an der Ampel warteten, sah Julia durch die Frontscheibe hinaus auf die Straße; um den Taxifahrer kümmerte sie sich nun nicht mehr. »Das Fifth Avenue Hotel«, sagte sie. »Fort!« Über ihre Schulter sah sie zwischen den Bäumen des Platzes hindurch. »Alle Hotels sind verschwunden. Delmonico's auch.« An der 22nd Street, während wir wieder an der Ampel warteten, deutete sie erneut mit dem Finger. »Das Abbey Park Theater – verschwunden. Und die Ladies' Mile, Si?«

Ich nickte. »Verschwunden. Alles verschwunden.«

Die Ampel sprang um, wir bogen nach Osten ab, und ich sagte: »Da vorne ist die Lexington Avenue; wir können dort einen Block runter fahren, zum Gramercy Park. Dein Haus steht noch immer. Willst du es sehen?«

»O nein!« Sie schüttelte entschieden den Kopf. »Das könnte ich nicht ertragen, Si.«

Der Aufzug im Gebäude, in dem meine Wohnung lag, gefiel ihr, allerdings nicht die Frau mittleren Alters, die mit einem Pudel unter dem Arm die ganze Zeit über, bis hinauf zu unserem Stockwerk, Julia und ihre Kleider unverwandt anstarrte. In einer Spalte zwischen Türrahmen und

Korridorwand, in etwa ein Meter Höhe, hatte ich den Schlüssel versteckt; mit einem gefalteten Blatt Papier holte ich ihn nun heraus, schloß die Tür auf und bat Julia einzutreten. Sie kam herein, ich kippte den Lichtschalter, und – es war für mich nun fast ebenso eine Neuheit wie für Julia – der Kronleuchter im Wohnzimmer ging an.

Sie grinste wie ein kleines Kind und blickte mindestens dreimal vom Kronleuchter zum Schalter und wieder zurück. Dann schaute sie mich fragend an, ich nickte, und sie bewegte den Lichtschalter vorsichtig mit Daumen und Zeigefinger, und das Licht ging aus. »Wunderschön«, sagte sie. »Solch klares Licht, und zu jeder Zeit. Und so einfach«, und wieder kippte sie den Schalter.

»Ich ziehe Gaslicht vor«, sagte ich, aber das erschien ihr so unglaublich, daß sie sich nicht die Mühe machte, darauf zu antworten. Ohne den Blick vom Kronleuchter zu nehmen, bewegte sie erneut den Schalter, das Licht ging aus. Ich holte aus einer Schublade Geld und ging nach unten, um den Taxifahrer zu bezahlen; Julia stand noch immer fasziniert und vergnügt vor dem Schalter und machte das Licht an und aus, immer und immer wieder.

Ich half ihr aus dem Mantel und verstaute ihn mit ihrem Muff und ihrem Hut im Schrank. Julias Hand fuhr durch ihr Haar, dann folgte ein Moment des Unbehagens und der Befangenheit. Ich denke, das Abnehmen des Mantels und des Hutes hatten dies bewirkt, hier, als wir nun alleine in meinem Apartment waren. Etwas, das Julia, zumindest unter normalen Umständen, nicht gutheißen konnte. Sie ging darüber hinweg, indem sie meinen Davenport und verschiedene Möbelstücke untersuchte, Dinge, deren Anblick ihr fremd waren. Sie stellte ein oder zwei Fragen, ging dann zum Fenster, wo ich mich dazugesellte, und blickte eine Weile hinunter auf die Lexington Avenue; wahrscheinlich wunderte sie sich noch immer, hier zu sein.

Ich erinnere mich an diesen Tag in einer Reihe von Bildern: Julia vor dem Kühlschrank, während ich nach

Lebensmitteln suchte, um ein Frühstück zu bereiten; sie staunte über die Kälte, die Möglichkeit, wirkliches Eis machen zu können, über das Gefrierfach und das Licht, das anging, wenn man die Tür öffnete. Ihr Erstaunen, als sie Instantkaffee sah, ihr Vergnügen an dem Duft und ihre Enttäuschung über seinen Geschmack. Ihre Überraschung und Freude über gefrorenen Orangensaft, den ich aus dem Gefrierfach hervorzauberte, in einem Krug aufrührte und über Eiswürfel goß.

Und zahllose andere Bilder: Julia im Wohnzimmer, in ihrer Hand das dritte Glas gekühlten Orangensaft, während sie vor dem leeren Bildschirm des Fernsehapparats stand. Ich hatte meine Hand auf dem Knopf und warnte vor dem, was nun passieren würde. Sie nickte eifrig, aufgeregt, glaubte mir allerdings nicht oder verstand nicht, was ich meinte. Denn als ich das TV-Gerät anstellte, schrie sie trotz meiner Warnung auf, stolperte nach hinten und verschüttete den Saft auf dem Teppich, während die verzerrten Muster auf dem Bildschirm sich zu einem bewegten und sprechenden Bild einer Frau zusammensetzten, die Julia ein neues, verbessertes Geschirrspülmittel aufdrängte. Jules Verne hatte sie darauf nicht vorbereitet; das Fernsehen überraschte sie völlig. Sie konnte kaum glauben, was sie dort sah, selbst als sie darauf starrte. Dann quasselte sie los, fragte, wie es funktionierte, und hörte meiner ihr nicht verständlichen Antwort zu, blickte abwechselnd zu mir und verstohlen auf den Bildschirm.

Ich erzählte ihr, daß das, was sie nun sah, vom Band kam, die Maschine konnte ihr aber auch Bilder von weit entfernten Ereignissen zeigen, während diese geschahen, in der Annahme, dies würde sie noch mehr in Erstaunen versetzen. Aber sie fragte, was ich mit Band meinte, und als ich ihr erklärte, dies sei eine Methode, bewegte Bilder von Menschen und ihren Stimmen zu speichern, war sie *darüber* sehr viel mehr überrascht.

Ich denke, der Fernsehapparat und das, was ich ihr

dazu erzählte, verwirrten sie so sehr, daß sie anfangs nicht sicher war, ob er ihr gefiel. Aber ich schob ihr einen Stuhl unter, langsam setzte sie sich, und die Verwirrung wich einer Faszination, die sie absorbierte wie ein kleines Kind. Mit offenem Mund verfolgte sie jede Bewegung und jeden Ton, Soap-Operas wie Werbeblöcke, sie saß aufrecht und reglos auf dem Stuhl und vergaß sogar, sich zurückzulehnen. Und als ich ihr zeigte, daß man mit einer Drehung des Knopfes das Bild ändern konnte, wechselte sie in Zehn-Sekunden-Abständen die Programme, von Serie zu Unterhaltungsshow, zu alten Filmen, zu Julia Child, und ich mußte sie antippen, damit sie sich umdrehte und hörte, was ich ihr zu sagen hatte. »Ich werde für eine halbe Stunde weggehen. Ist das für dich in Ordnung?« Sie nickte nur, und ihr Kopf wandte sich wieder dem Bildschirm zu.

In meinem Schlafzimmer zog ich Jeans, ein Sporthemd, einen Sweater, Mokassins und einen kurzen Staubmantel an. Sie blickte auf, als ich wieder das Wohnzimmer betrat, und fragte: »Ist das die Art, wie sich Männer nun kleiden?« Ich bejahte, dies sei eine der Arten, und sie nickte, und ihr Kopf wandte sich wieder einer faszinierenden Allstate-Insurance-Werbung zu.

Ich bezweifle, daß sie bemerkte, wie lange ich fort war; es waren fast fünfundvierzig Minuten. Denn als ich die Wohnung wieder betrat, saß sie in den Stuhl zurückgelehnt, starrte aber noch immer auf den Fernsehapparat: Es lief ein alter Film, eine Komödie aus den Vierzigern, die für sie zu fünfundneunzig Prozent unverständlich sein mußte. Aber es bewegte sich, es wurde gesprochen, und das war genug.

Aus der Bilderreihe, die in meinem Gedächtnis haften blieb, war die nächste noch beeindruckender als Julias hypnotisierte Faszination durch das Fernsehen. Ich mußte das Gerät ausschalten, um sie davon loszueisen. »O nein, *noch* nicht!« entfuhr es ihr, als das Bild zusammenschrumpfte und der Bildschirm schwarz wurde.

Ich lachte. »Julia, es gibt noch andere Dinge zu sehen! Du kannst später wieder fernsehen.«

Sie nickte, erhob sich widerstrebend, ihr Blick ging zurück zum Gerät, und sagte: »Ein Theater zu Hause – *sechs* Theater! Ein Wunder. Wie kannst du es aushalten, nicht zu schauen?«

»Manche können es nicht. Aber ich glaube nicht, daß du zu ihnen gehörst. Es ist wirklich nicht gut, Julia, die meisten Programme sind es nicht wert, daß man sie anschaut.« Aber natürlich konnte sie das nicht beurteilen, noch nicht. Ich hatte die vier oder fünf Pakete, die ich mitgebracht hatte, auf den Davenport gelegt, ich nahm sie nun und drückte sie ihr in die Arme. »Ich denke, du mußt das anziehen, Julia. Du kannst dich in meinem Zimmer umziehen.«

»Was ist das, Si? Kleidung? Moderne Kleidung?«

»Ja.« Sie zögerte, freundlich sagte ich: »Die Leute werden dich sonst weiterhin anstarren, Julia.« Und sie grinste und nickte. »Verzeih, wenn ich darüber rede, aber ich muß es dir erklären: Ich denke, du kannst die Unterwäsche, die du trägst, anbehalten, aber wenn Probleme auftauchen, dann laß es mich wissen.« Ich hatte Schwierigkeiten, ernst zu bleiben. »In den Paketen befinden sich eine Bluse, ein Rock, Unterrock und ein Sweater. Und Schuhe und Strümpfe. Zieh sie alle an. Für die Strümpfe habe ich einen Strumpfhalter gekauft, du wirst ihn sicherlich erkennen. Wenn etwas nicht paßt, gehen wir in ein Geschäft und tauschen es um. Okay?«

»Okay.« Sie nickte schüchtern und ging in mein Zimmer. Ich öffnete das letzte Paket und legte den Straßenmantel, den ich ihr gekauft hatte, als eine Art Überraschung auf den Davenport. Er war braun, besaß ein breites Revers, einen hohen Kragen und große Perlmuttknöpfe. Das alles war nicht billig gewesen, aber es kümmerte mich nicht.

Julia blieb länger verschwunden, als ich gedacht hatte; und da die Türen so dünn waren, wie sie heute sind, was

Julia sicherlich nicht bewußt war, hörte ich ihre kleinen Ausrufe der Überraschung und gelegentlichen Verwirrung. Dann hörte ich in schockiertem Tonfall ein »Oh!«, und das nächste Bild meiner Erinnerungen zeigt Julia, die nach einer langen Weile, die auf das »Oh!« folgte, zögernd aus dem Schlafzimmer trat und vor der Tür stehenblieb. Verlegen sagte sie: »Si, du hast einen Fehler gemacht. Schau dir nur dieses Kleid an!« Ich konnte nicht mehr und brach in schallendes Gelächter aus. Das Kleid, das ich ihr gekauft hatte, war ein braunes Baumwollkleid, das konservativ genug bis zu den Knien reichte. Sie hatte es richtig angezogen. Aber an der Hüfte war es aufgebauscht, da sie darunter mindestens zwei ihrer knöchellangen Petticoats trug.

»Julia, es tut mir leid!« sagte ich; sie sah mich indigniert an. »Aber du kannst diese Petticoats nicht tragen; zieh den Unterrock an!«

»Unterrock?«

»Den rosafarbenen Petticoat, den ich mitgebracht habe.«

»Ich trage ihn!« Ihr Gesicht war knallrot. »Unter meinen Petticoats, und er ist viel zu kurz!«

Ich schloß das Lachen weg, schob es tief in mich hinein. Zumindest war es aus meinem Gesicht verschwunden, wohin es aber mit aller Macht wieder zurückzukehren bestrebt war. »Nein, Julia«, sagte ich bestimmt. »Der Unterrock ist nicht zu kurz. Er hat die gleiche Länge wie das Kleid, ein wenig kürzer, damit er nicht zu sehen ist.« Ich zuckte mit den Schultern. »Das ist die Kleidung, die Frauen heute tragen. *Ich* habe sie mir nicht ausgedacht.«

Sie stand einen Moment da, als wolle sie zu diskutieren anfangen, während ich beim Anblick der gut dreißig Zentimeter gerüschten weißen Unterröcke, die unter dem Saum des Kleides hervorstanden, mein Gesicht im Zaum hielt. Dann drehte sie sich abrupt um und war für mindestens zehn Minuten verschwunden.

Als sie aus dem Schlafzimmer wieder auftauchte, ging sie wie eine Ente; die Arme hatte sie steif angelegt. Ich brauchte einige Sekunden und Schritte, bis ich den Grund für diesen seltsamen Gang bemerkte: sie hatte die Knie dicht zusammengepreßt. »Ist das … so richtig?«

Reglos stand sie da, und ich starrte sie an, da sie einfach toll aussah. Der Kragen der Bluse paßte wie angegossen, der schokoladenbraune Sweater saß gut und war nicht zu eng, das Kleid stand ihr großartig. Wie ich vermutet hatte, besaß sie eine tolle Figur, obwohl ich nicht gewußt hatte, daß ihre Beine wunderschön waren. Hochhackige Schuhe, hatte mich der Verkäufer erinnert, waren aus der Mode, dennoch hatte ich darauf bestanden und sah nun, daß ich recht hatte. In den hautfarbenen Strümpfen betonten diese hochhackigen Schuhe ihre schönen Knöchel und vollen, runden Waden. Sie war in diesem Outfit eine auffallend schöne Frau, und ihre langen, hinten zu einem Knoten geflochtenen Haare paßten hervorragend dazu. Mein Gesicht, meine Augen und mein Grinsen machten deutlich, was ich dachte. Es half ihr; nun lächelte auch sie vor plötzlicher Freude und Stolz. Sie beugte sich nach vorne und sah an sich hinunter. Wieder fiel ihr Blick auf den Saum, der weit, weit höher an diesen schönen Beinen lag, als sie sich jemals hatte träumen lassen. Sie errötete, rannte die zwei Schritte zum Davenport, griff sich den Mantel, den ich dort liegengelassen hatte, und wickelte ihn so schnell wie möglich um die Hüfte; er berührte unten ihre Schuhe. »Ich kann nicht!« schluchzte sie. »Si, ich *kann einfach nicht* damit auf die Straße!«

Ich konnte mir nicht helfen. Ich lachte los, schüttelte meinen Kopf, ging zu ihr hinüber und legte einen Arm um ihre Schultern. Dann, einem Impuls folgend, ohne vorher nachgedacht zu haben, küßte ich sie. Ein schneller Kuß, der sie verwirrte. Aber sie lächelte, und ich brachte sie dazu, den Mantel anzuziehen, indem ich ihr sagte, daß sein Saum länger als der des Kleides sei, was er auch tatsächlich war – zwei bis drei Zentimeter. Das half. Mit dem Mantel betrachtete sie sich wieder, und während ich schon befürchtete, daß sie wieder ins Schlafzimmer laufen würde, zwang sie sich stillzuhalten. Alle Frauen, die wir draußen gesehen hatten, erinnerte ich sie, trugen ebenfalls solch kurze Mäntel. Entschlossen nickte sie und akzeptierte es.

Ich ging in mein Zimmer und holte einen Filzhut aus dem Schrank. Als ich zurückkam, stand Julia vor dem Spiegel, der über dem kleinen Tisch an der Eingangstür hing, und band die Bänder ihres Hutes unter dem Kinn fest. Diesmal versuchte ich erst gar nicht, mich zurückzuhalten; es wäre sinnlos gewesen. Einige Sekunden lang lachte ich, konnte nicht aufhören oder reden. Julia stand da, schaute mich an, sie war nicht wütend, sondern vor den Kopf gestoßen. Und jedesmal, wenn ich von neuem zu ihr hinblickte, mit ihren hohen Absätzen, dem kurzen modernen Mantel und dem altertümlichen, flachen, mit Blumen besetzten Hut auf dem Kopf, der unter dem Kinn in einer Schleife zusammengebunden war, brach es erneut aus mir heraus. Ich wollte sie nicht beleidigen und war froh, daß sie nicht wütend zu sein schien; nur, sie sah plötzlich so modern aus, daß ich dummerweise annahm, sie wüßte, wie gut sie aussah. Aber natürlich war ihr die neue Kleidung vollkommen fremd. Sie konnte sie nicht beurteilen. Für Julia paßte der alte Hut wunderbar zu diesen fremdartigen neuen Kleidern.

Aber als ich ihr sagte, der Hut passe nicht, verstand sie sofort, daß es so sein mußte, auch wenn sie vorher nicht darüber nachgedacht hatte. Sie löste die Bänder unter dem Kinn und nahm den Hut ab. Viele der Frauen gingen ohne Kopfbedeckung auf die Straße, sagte ich ihr, vor allem, wenn sie, wie sie, langes Haar trugen. Sie war überrascht und mißtrauisch, und ich meinte, wenn es sie störe, dann könnten wir ihr einen neuen Hut kaufen. Dann legte ich meine Hände auf ihre Schulter, stand eine Armlänge von ihr entfernt, sah sie an und zeigte ihr, was ich dachte und fühlte. »Julia, glaub mir: Wenn wir nun rausgehen, wirst du eine der bestaussehenden Frauen in ganz New York sein. Und das ist die Wahrheit.« Sie sah, daß ich das auch meinte, und ich konnte beobachten, wie sich in ihren Augen das Vergnügen darüber zeigte und ihr Kinn sich hob. Dann ging sie etwas wackelig – die Absätze waren fast zwei Zentimeter höher und viel schmaler als die, die sie gewohnt war – in mein Zimmer zurück. Am Schrank befand sich ein hoher Spiegel; ich wußte, daß sie ihn jetzt ansteuerte. Daß sie nun bereit war, hinauszugehen, und daß es nicht lange dauern würde, bis sie sich so gut fühlte, wie sie aussah. Ich wünschte mir, ich hätte sie noch einmal geküßt, bevor sie meinen Händen entglitt und zum Spiegel wegeilte.

Unten packte ich Julia sofort in ein Taxi; ich wollte sie in kleinen Dosen an den Anblick der Welt gewöhnen. Wir fuhren die 3rd Avenue hoch, so daß sie die Straße ohne Hochbahn und Straßenbahngleise sehen konnte. An der 42nd Street bogen wir nach Westen ab, vorbei an der Grand Central Station, nach Julias Meinung, der ich mich anschloß, weit beeindruckender als das kleine rote Backsteingebäude, das wir hier zuletzt gesehen hatten.

Die Madison Avenue hinauf; die bezaubernde ruhige kleine Straße, die Julia noch kannte, war nun natürlich nicht mehr wiederzuerkennen. Und dann zur 59th Street, am südlichen Rand des Central Park vorbei, und wieder verspürte sie die Freude und Erleichterung, etwas Bekanntes, nicht Verändertes vorzufinden. Ich mietete eine der Pferdekutschen, die neben dem Park an der 59th Street warteten; ich dachte, Julia würde die Fahrt genießen. Und eine Zeitlang fuhren wir – wieder das *Klipp-klapp, klipp-klapp* – ziellos über die kurvenreichen Wege, während Julia darüber staunte, daß keine anderen Pferde zu sehen waren und daß ›Automobile‹ so schnell und relativ leise waren. Ihr gefielen die Autos, sie fand sie weit schöner und interessanter als Kutschen, und ich merkte, daß sie lieber ein Taxi genommen hätte.

Wir fuhren Central Park West entlang, und ich zeigte ihr das Dakota, das nun von anderen Gebäuden umgeben war; dann fuhren wir zum Droschkenstand zurück. Ich bezahlte den Kutscher, und wir gingen zur Ecke 59th und 5th. Die Ecke, wo ich an einem kalten Januarmorgen zum ersten Mal die Welt von 1882 erblickt hatte, wo ich ängstlich und erregt zugleich auf den Pferdebus gestarrt hatte, der auf mich zukam, und wo ich mich dann nach Süden gewandt hatte, zur schmalen, mit Wohnhäusern besetzten 5th Avenue. Damals war ich mit Kate hier gewesen, daran aber wollte ich nun nicht denken. Ich wollte, daß Julia die gleiche Strecke der 5th Avenue, die 5th Avenue des zwanzigsten Jahrhunderts, sah.

Als wir uns gegenüber dem Plaza Hotel der Ecke näherten, sagte ich: »Julia, wir gehen hier neben dem Central Park, und das hier ist die Ecke 59th und 5th, wo also befinden wir uns?« Ich hatte den Zeitpunkt sorgfältig gewählt, nun hob ich meinen Arm und zeigte auf die wohl spektakulärsten eineinhalb Dutzend Straßenblöcke der Welt. »Sag mir also – welche Straße ist das?«

Sie seufzte, schaute mich erstaunt an, blickte dann wieder zurück, und das Ausmaß der Veränderung, der Angriff auf ihre Sinne, den diese erstaunlichen Gebäude darstellten, welche nun plötzlich vor ihr lagen, war fast zuviel. »5th *Avenue*?« sagte sie schwach, und dann ungläubig: »*Das ist die 5th Avenue!*«

»Ja.«

Eine ganze Minute lang standen wir nur da, schauten die Straße hinunter und erinnerten uns daran, wie sie einmal gewesen war. Dann blickte mich Julia an, sie brachte ein Lächeln zustande, und wir gingen die 5th hinunter, kamen an den glänzenden Riesenbauwerken, den atemberaubend schönen und unbeschreiblich häßlichen architektonischen Ansammlungen vorbei, die die halbe Menschheit aus Filmen kennt oder in der Wirklichkeit gesehen hat. Diese hohen Bauwerke mit ihren glatten Fassaden und Wänden aus Glas erscheinen selbst modernen Augen fremd. Ich bin mir nicht sicher, ob Julia überhaupt in der Lage war, sie wahrzunehmen, so sehr unterschieden sie sich von allem, was sie kannte. Es war ihr kaum möglich, denke ich, dies alles aufzunehmen und zu verstehen, denn als sie über die 51st Street schaute, kniff sie plötzlich die Augen zusammen, als wolle sie sich dessen vergewissern, was sie dort sah; es ging ihr ähnlich wie mir damals, nur nahm es sie weit mehr mit – beim Anblick der nahezu unveränderten St. Patrick's Cathedral, die in dieser fremden Welt stand, brach sie in Tränen aus. Gegenüber der Kathedrale, am Rockefeller Center, das Julia nicht einmal wahrnahm, gab es Steinbänke, zu denen ich Julia führte. Wir setzten uns, und sie starrte hinüber zur St. Pat's; dann blickte sie die 5th Avenue hinauf, wieder zurück zur St. Patrick's, die als Referenzpunkt diente, und die 5th hinunter nach Süden. Dann ging ihr Blick wieder zur Kathedrale. Die Kirche bestärkte sie in der Gewißheit, daß sie wirklich da war, wo sie war, das bekannte Bauwerk bot ihr Ruhe und Sicherheit. Schließlich gingen wir weiter, hier und dort fand sie alte bekannte Namen; Modegeschäfte, die sie vom Broadway her kannte. Wir blieben stehen, und sie starrte auf die glitzernden Auslagen in den Schaufenstern, war fasziniert von den Juwelen, den Kleidern, Pelzen, Hüten und Schuhen. »Die Ladies' Mile«, sagte ich; sie nickte.

»Ich glaube, es gefällt mir. Ich glaube wahrscheinlich …« Sie zögerte und fuhr dann fort. »Es sieht alles sehr seltsam aus, aber ich glaube, daß mir diese Sachen gefallen werden.« Wieder schaute sie lange die 5th Avenue hinauf und hinab. »Sogar diese Gebäude.« Sie schüttelte den Kopf. »Wer konnte das glauben? Wer konnte sich das jemals vorstellen?«

An der 42nd Street betrachteten wir das rußgeschwärzte

Gebäude der Public Library, und zusammen mit Julia wunderte ich mich, daß das große Wasserreservoir nicht mehr vorhanden war. Dann – sie brauchte eine Pause zwischen all diesen neuen Eindrücken – führte ich sie in eine kleine Bar in der 39th Street. Erst weigerte sie sich, in den ›Saloon‹ mitzukommen, akzeptierte dann allerdings, daß heutzutage Frauen viele Dinge taten, die ihnen damals nicht offenstanden.

Wir saßen an einem Tisch in der Ecke, von der Bar entfernt; nur ein anderes Paar war noch hier. Julia trank ein Glas Wein, ich hatte Whiskey mit Soda, und sie entspannte sich. Im stillen Einvernehmen hatten wir bislang nicht über das gesprochen, was wir hinter uns gelassen hatten; wir beide brauchten davon Abstand, aber nun redeten wir über den Brand … über Jake Pickering … über Carmodys seltsames Verhalten und über unsere Flucht vor Inspector Byrnes. In dieser Bar, mit den Geräuschen des heutigen New York, die überall präsent waren, klangen die Namen, von denen wir sprachen, seltsam, fast ein wenig komisch; sie gehörten einer lange vergangenen Zeit an. Daß wir uns vor dem Inspector mit seinem Walroßschnauzer, der noch niemals etwas von Fingerabdrücken gehörte hatte, wirklich gefürchtet hatten, schien absurd; hatten wir wirklich Angst gehabt, oder hatten wir nur an einem harmlosen Theaterspiel teilgenommen? So ungefähr lautete der Tenor meiner Gedanken, weswegen ich auch mit einem Lächeln auf den Lippen sprach. Für Julia aber war es ernst; sie verstand mein Lächeln nicht. Natürlich sprachen wir von einer Welt, in der Byrnes, Pickering, Carmody und das Feuer im *Welt*-Gebäude für sie sehr viel realer waren als für mich.

Wir erzählten uns nichts Neues; wir gehorchten der Notwendigkeit, über die Dinge zu reden. Julia machte sich Sorgen, was ihre Tante nun denken mochte; unausgesprochen lag über allem die Frage nach Julias Zukunft. Aber das würde sich erst mit der Zeit herausstellen; ich ging darauf nicht ein, weil ich darüber nichts zu sagen hatte, obwohl es vieles gab, worüber ich nachdenken mußte.

Es gab andere Dinge, die ich Julia zeigen mußte. Nach einer Weile gingen wir und fanden ein Taxi. Es war noch immer hell, und ich fuhr mit Julia hinauf zum Besucherdeck des Empire State Building. Während der langen, langen Expreßfahrt im Aufzug, an Dutzenden von Stockwerken vorbei, betrachtete Julia die Stockwerksanzeige; sie mußte sich vergewissern, daß wir uns wirklich so schnell und so weit nach oben bewegten. Sie hielt meine Hand und umklammerte sie fest. Auf der von einer Steinbalustrade umgebenen offenen Plattform, über neunzig Stockwerke über der Erde, blickte sie über den Dunst der Stadt und mußte sich selber klar machen, daß die weit entfernte Grünfläche vor ihr wirklich der Central Park war und daß das mit Autos gefüllte Straßennetz, das sich weit unter uns ausdehnte, wirklich die Stadt war, die sie so gut gekannt hatte und die ihr nun so fremd vorkam. Sie blickte über die Stadt, den Park, die Flüsse. Dann schaute sie in den Himmel hoch und zeigte auf eine bemerkenswerte Wolke; eine solche hatte sie noch nie gesehen. Ich schaute nach oben, und in gewissem Sinne hielt ich sie wirklich für eine Wolke – sie war zur Wolke geworden. Hoch in der Luft mußte es windstill sein, und der Kondensstreifen eines Flugzeugs hatte sich zu einer absolut geraden, dünnen, meilenlangen Wolke aufgelöst, die von der untergehenden Sonne berührt wurde. Und dann sah auch ich dies nicht mehr als Kondensstreifen, sondern als sonderbare lange, linealgerade Wolke; ein weiteres Beispiel, wie unterschiedlich Julias Blick auf meine Welt war.

Es interessierte sie, als ich ihr erklärte, was diese Wolke wirklich war. Und sie genoß unseren Aufenthalt hier oben, sie war beeindruckt und aufgeregt. Schließlich aber wandte sie sich von der Balustrade ab und seufzte ein wenig. »Es ist nun genug, Si. Das ist alles, was ich vertragen kann. Bring mich bitte nach Hause.«

Statt zum Abendessen in ein Restaurant zu gehen, gingen wir in ein Delikatessengeschäft und kauften Steaks und gefrorenes Gemüse. Das Gemüse – Mais und Brokkoli, die sich hartgefroren in einer transparenten Plastikhülle befanden und die ich mitsamt der Hülle in kochendes Wasser fallen ließ – faszinierte Julia. Wie uns allen gefiel ihr die einfache Zubereitungsweise, aber natürlich war der Geschmack oder die Abwesenheit jeglichen Geschmacks etwas anderes; aber sie war höflich.

Den Kaffee nahmen wir im Wohnzimmer. Erfrischt und gestärkt sagte Julia: »Ich habe nun deine Welt gesehen, Si; ich habe einen kleinen Einblick gewonnen. Nun sag mir, was in all den Jahren geschehen ist – in den Jahren zwischen meiner Zeit und dieser.« Sie kuschelte sich in die Kissen des Davenport und schaute mich so erwartungsvoll an wie ein Kind, das eine Geschichte hören möchte.

Ich nehme an, ihr Lächeln und ihre freudige Erwartung hatten mich beeinflußt, denn ich ertappte mich dabei – *wo fängt man an? Wie faßt man all die Jahrzehnte zusammen* –, daß ich mit den erfreulichen Dingen begann. »Nun, die Pocken sind fast ausgerottet, man sieht keine Pockennarben mehr. Ebenso die Cholera. Ich glaube, seit Jahren ist kein derartiger Fall mehr aufgetreten. Zumindest nicht in den Vereinigten Staaten.« Julia nickte. »Und Polio – Kinderlähmung. Auch fast ausgerottet, wenigstens in den zivilisierten Ländern.«

Wieder nickte sie; sie schien das erwartet zu haben. »Und Herzkrankheiten auch? Und Krebs?«

»Nein, noch nicht. Aber wir setzen neue Herzen ein! Entfernen chirurgisch das kranke Herz und ersetzen es durch das eines soeben Verstorbenen.«

»Das klingt wunderbar. Und sie *leben*?«

»Nun, nicht allzu lang, meistens. Es funktioniert nicht besonders gut. Aber irgendwann wird es gelingen.«

»Und wie lange leben die Menschen? Sicherlich über

hundert Jahre und mehr. Ich habe eine Voraussage im *Atlantic Monthly* gelesen –«

»Eigentlich, Julia, scheinen die Leute kaum länger zu leben als in deiner Zeit. Es gibt da einige andere, neue Dinge, die uns, äh – das Leben verkürzen oder uns umbringen und die es zu deiner Zeit noch nicht gegeben hat. Luftverschmutzung zum Beispiel. Aber wir haben Klimaanlagen.«

»Was ist das?«

»Maschinen, die im Sommer die Luft kühlen.«

»*Überall?*«

»Nein, nein, nur in Häusern. Ich habe eine im Schlafzimmer – das Ding im Fenster, falls du es bemerkt haben solltest. In den Hitzeperioden kühlt es die Luft bis auf zwanzig Grad herab.«

»Welch ein Luxus.«

»Ja, eine angenehme Einrichtung. Und es gibt sie in den meisten Büros, Restaurants, in Kinos und Hotels.«

»Was sind Kinos? Du hast das schon einmal erwähnt.«

Ich erklärte ihr, dies sei ähnlich dem Fernsehen, nur viel größer, klarer und – hin und wieder – auch viel besser. Dann sprach ich von elektrischen Heizdecken, Supermärkten, von Radar, Luftreisen, Waschmaschinen, Geschirrspülern und sogar, Herr vergib mir, von Autobahnen.

Julia trank ihren Kaffee aus, nahm meine leere Tasse und Untertasse und trug sie in die Küche. »Aber was ist *geschehen*, Si?« fragte sie, als sie ins Wohnzimmer zurückkehrte. »Erzähl mir alles.« Als ich über die Ereignisse nachdachte, begann sie im Zimmer umherzugehen, fingerte an den Vorhängen herum, besah sich die Rückseite des Fernsehapparats und schaltete ein paar Mal die über dem Gerät angebrachte Lichtleiste an und aus. Die Antwort fiel mir nicht leicht. Es erinnerte mich an Briefeschreiben; man kann mehrere Seiten mit der Beschreibung eines Wochenendes füllen, versucht man aber, einem alten Freund die Ereignisse der letzten fünf Jahre nahezubringen, fällt das nicht so leicht. Was war in dieser Zeitspanne passiert?

»Nun, es gibt nun fünfzig Staaten.«

»Fünfzig?«

»Ja.« So selbstgefällig, als hätte ich sie geschaffen, sagte ich: »Alle Territorien sind nun Staaten. Auch Alaska und Hawaii. Und die Flagge wurde verändert; sie hat jetzt fünfzig Sterne.«

Interessiert nickte Julia; sie wühlte im Zeitschriftenständer neben dem Davenport und zog eine Zeitung heraus.

»Und, laß sehen. Nun, es gab ein Erdbeben in San Francisco ... 1906, glaube ich. Der größte Teil der Stadt wurde dabei durch Feuer zerstört.«

»Oh, das tut mir leid; es soll eine schöne Stadt sein, habe ich gehört.« Sie zeigte auf die Zeitung. »Ihr könnt Photographien drucken, sehe ich.« Sie legte die Zeitung weg und ging zum Bücherregal.

»Ja, auch in Farbe. Irgendwo muß ein altes *Life*-Magazin mit Farbphotos herumliegen. Und – mein Gott, wie konnte ich es vergessen! Wir schießen Raketen in den Weltraum! Sie befördern Kapseln mit Menschen. Einige von ihnen sind zum Mond geflogen und sind dort gelandet. Mit Menschen an Bord. Und wieder zur Erde zurückgekehrt.«

»Meinst du das ernst? Zum *Mond*? Mit Menschen?«

»Ja, wirklich.« Wieder hörte ich mich mit diesem lächerlichen Tonfall in der Stimme, als hätte ich etwas damit zu tun.

Es schien sie zu freuen. »Sie waren wirklich *auf* dem Mond?«

»Ja. Sie sind dort herumgelaufen.«

»Das ist faszinierend!«

Ich zögerte, dann sagte ich: »Ja, wahrscheinlich. Aber es ist bei weitem nicht so faszinierend wie damals, als ich ein Kind war und Science Fiction gelesen habe.« Sie sah mich verwirrt an. »Es ist schwierig zu erklären, Julia, aber ... das alles bedeutet nichts. Nach der Aufregung, die die Reise verursachte – es war alles im Fernsehen, wenn du dir das vorstellen kannst, Julia; wir konnten die Männer auf dem Mond wirklich sehen und hören – habe ich das meiste schon wieder vergessen. Ich habe selten nachher daran gedacht. Von den Männern war es unglaublich mutig, und dennoch … irgendwie fehlte dem ganzen Projekt die Würde. Denn es verfolgte keinen richtigen Zweck, es hatte keinen Sinn.« Ich hielt inne, denn sie hörte nicht mehr zu.

Während ich sprach, hatte Julia die Buchtitel betrachtet, schließlich einen Roman herausgenommen und ihn durchgeblättert. Plötzlich drehte sie sich zu mir um, ihr Gesicht und Hals waren bis hinunter zum weißen Kragen der Bluse scharlachrot. »Si. Solche Dinge«, erschrocken schaute sie auf das aufgeschlagene Buch in ihren Händen, »werden *gedruckt*?« Sie klappte das Buch zu, als könnten die Worte von der Seite springen. »Das hätte ich niemals gedacht!« Sie konnte mich nicht anschauen.

Ich hatte nichts zu sagen. Wie sollte ich die Veränderung des Denkens beschreiben, die in fast hundert Jahren vor sich gegangen war? Ich lächelte; der Roman, den sie in Händen hielt, war recht harmlos. Ich hatte andere im Regal, die sie wahrscheinlich einer Ohnmacht nahe gebracht hätten.

Verwirrt und aufgewühlt faßte Julia in das Regal und zog ein anderes Buch heraus. Sie las den Titel laut vor, hörte sich selbst jedoch kaum zu, da sie noch immer damit beschäftigt war, das schreckliche Thema, auf das sie gestoßen war, zu verdauen. »›Eine illustrierte Geschichte des 1. Weltkriegs.‹« Dann wurde ihr die Bedeutung der Worte bewußt. »Ein Krieg? *Weltkrieg*? Was bedeutet das, Si?« Sie schlug das Buch auf, aber ich war schon auf den Beinen und ging zu ihr.

Es ist immer wieder erstaunlich, wenn man feststellt, wie schnell das Gehirn manchmal arbeitet, welch lange Sequenzen von Bildern und Gedanken in dem Bruchteil einer Sekunde produziert werden können. Es war lange her, daß ich das Buch, das Julia öffnete, angeschaut hatte. Aber während der zwei schnellen Schritte zu ihr erinnerte ich mich an ein Dutzend Photographien in diesem Buch: eine zerstörte Stadt, nur noch Ruinen und Schutt, im Vordergrund ein totes Pferd in einem Graben ... Flüchtlinge auf einer Straße, das verängstigte Gesicht eines kleinen Mädchens, das in die Kamera blickt ... ein Flugzeug, das in Flammen aufgeht ... ein Schützengraben, der mit toten Soldaten gefüllt ist, ihre Beine mit Stoffetzen umwickelt, das Gesicht des einen bereits so verwest, daß die Schädelknochen zu sehen sind, obwohl er noch Haare auf dem Kopf hat. An eine der Photographien erinnerte ich mich in allen Einzelheiten: Auf einem brettartigen Vorsprung, der in die Wand des Schützengrabens getrieben war, saß ein Soldat. Er trug keine Kopfbedeckung, seine Füße standen knöcheltief im Wasser, das den Boden des Grabens bedeckte, und direkt neben ihm lag eine Leiche; er rauchte eine Zigarette und blickte mit leeren Augen abgestumpft in die Kamera, so als ob er niemals gelächelt hätte und niemals wieder lächeln würde. Diese Schrecken, wurde mir plötzlich klar, sollte Julia nicht sehen, bis sie nicht selbst Teil dieser Welt, die sie hervorgerufen hat, wurde. Ich zwang mich zu einem Lächeln und nahm ihr das Buch aus der Hand, bevor sie es sehen konnte. »O ja«, sagte ich, drehte das Buch um und betrachtete den goldenen Titel auf dem Rücken, als wollte ich mich des Titels vergewissern. »Das ist vor langer Zeit geschehen.«

»Ein *Welt*krieg?«

»Man nannte ihn so, Julia, da ... da die gesamte Welt darüber besorgt war. Es ging alle an, verstehst du, und ... sie machten dem bald ein Ende. Ich hatte es beinahe vergessen.«

Ob das für sie Sinn ergab, weiß ich nicht. »Und was bedeutet *I.* Weltkrieg?« fragte sie.

»Nun ...« Mir fiel nichts anderes als die Wahrheit ein.

»Das ist nicht der Buchstabe des Alphabets, Julia, sondern eine Zahl. Eine römische Zahl.«

»*Erster* … Weltkrieg? Es gab noch *weitere*?«

»Einen zweiten.«

Sie war mißtrauisch. »Und – wie war er?«

Meine Gedanken vollzogen erneut ihre alltägliche Wunderarbeit. In kürzester Zeit hatte ich die vier langen Jahre des Stellungskriegs an mir vorbeiziehen lassen: die Schlacht von Verdun, in der Millionen von Menschen starben, der U-Bootkrieg. Dann dachte ich an den Zweiten Weltkrieg und die Zerstörung der Städte durch die Deutschen, das Morden von Frauen, alten Menschen und Kindern; und die Bombardierung der deutschen Städte durch die Amerikaner, bei denen Feuerstürme entstanden, die mit Geschwindigkeiten von über hundert Stundenkilometern Frauen, Alte und Kinder einäscherten. Und an einen Mann, den ich mir oft vorzustellen versuchte: einen deutschen Ingenieur, der jeden Morgen aufstand, frühstückte, in sein Büro ging, an seinem Zeichenbrett saß, sorgfältig die Ärmel hochschlug und dann sehr sauber und detailliert in Tinte Zeichnungen und präzise Produktionsangaben von falschen Duschköpfen entwarf, aus denen schließlich Gas ausströmte, das in Todesfabriken Millionen von Menschen tötete. Und ich dachte an Menschen, die noch effizienter getötet wurden: den augenblicklichen Tod von Hunderttausenden in den hellen Blitzen der beiden Atombomben über Japan. Wie war der Zweite Weltkrieg? Unglaublich, er war schlimmer als der Erste Weltkrieg; mir fiel keine Antwort oder dumme Lüge ein.

Ich denke, sie erriet es. Sie wußte, daß sie nicht umsonst ›Weltkriege‹ genannt wurden. Sie betrachtete den Umfang der illustrierten Geschichte, die ich ihr weggenommen hatte, dann schaute sie mich an und sagte: »Ich will nichts darüber hören.«

»Ich will nicht darüber reden.« Ich stellte das Buch an seinen Platz, und wir kehrten zum Davenport zurück.

Aber Julia ließ sich nicht in die Kissen fallen. Sie saß auf der Kante des Sofas, die Hände in ihrem Schoß gefaltet – eigentlich zusammengepreßt. Einige Augenblicke, in denen sie geradeaus starrte und ihre Gedanken ordnete, schwieg sie. »Während des Tages«, begann sie dann, »habe ich überlegt, was ich tun möchte. Und ich habe daran gedacht, hierzubleiben, wenn es möglich wäre, Tante Ada davon zu unterrichten. Und dann, als wir die 5th Avenue entlanggingen, habe ich beschlossen, falls wir es Ada sagen könnten, daß ich hierbleiben *würde.*« Ich saß neben Julia, die sich nun mit einem schüchternen Lächeln zu mir herdrehte. »Ich habe niemals gedacht, daß ich das einem Mann sagen könnte, aber ich kann es: Liebst du mich, Si?«

»Ja.«

»Und ich dich. Von Anfang an, obwohl ich es nicht wußte. Aber Jake hatte es erraten, oder? Er spürte es. Nun weiß ich es auch. Was soll ich tun, Si? Was willst du, daß ich tue? Soll ich hier bleiben?«

Ich dachte, daß ich darüber nicht nachdenken mußte, nun wußte ich, daß das nicht nötig war. Ich nehme an, Julia glaubte, daß ich mir die Antwort durch den Kopf gehen ließ, während ich dasaß und sie anschaute; aber das war nicht der Fall. Im stillen sprach ich zu Julia. *Nein*, sagte ich, *ich werde nicht zulassen. daß du hierbleibst. Julia. Wir sind Menschen, die die Luft, die wir atmen, verpesten. Und die Flüsse. Wir zerstören die großen Seen; Erie ist bereits tot, und nun beginnen wir mit den Meeren. Wir füllen die Atmosphäre mit radioaktivem Fallout und vergiften die Knochen unserer Kinder. Und wir wissen das alles. Wir stellen Bomben her, die innerhalb von Minuten die gesamte Menschheit auslöschen können; sie sind bereits auf ihre Ziele gerichtet und bereit, abgefeuert zu werden. Wir haben Polio besiegt, und dann entwickelte die U.S.-Army neue Bakterienstämme, die tödliche, unheilbare Krankheiten verursachen. Wir hatten die Möglichkeit, den Schwarzen in Amerika Gerechtigkeit widerfahren zu lassen*, und als sie sie einforderten, widersetzten wir uns. In Asien haben wir Menschen lebend verbrannt. Wir erlauben, daß in den Vereinigten Staaten Kinder unterernährt aufwachsen. Wir erlauben, daß Leute Geld damit verdienen, indem sie auf unseren Fernsehkanälen unsere Kinder zum Rauchen überreden, obwohl wir wissen, welche Folgen das hat. Wir leben in einer Zeit, in der es schwieriger und schwieriger wird, sich einzureden, welch gute Menschen wir nach wie vor sind. Wir hassen uns gegenseitig. Und wir haben uns daran gewöhnt.

Ich hörte auf; ich würde nichts von alle dem sagen. Diese Bürde war nicht die ihrige. Statt dessen sagte ich: »Warst du einmal in Harlem?«

»Ja, natürlich.«

»Gefällt es dir dort?«

»Sicher. Es ist zauberhaft. Ich habe das Land immer gemocht.«

»Bist du jemals nachts im Central Park spazieren gegangen?«

»Ja.«

»Allein?«

»Ja, es ist sehr friedlich dort.«

Julias Zeit hatte ihre eigenen Schrecken, ich wußte das. Ich wußte, daß die Saat von allem, was ich in meiner Zeit haßte, in ihrer gelegt und ausgesät worden war. Aber sie war noch nicht aufgegangen. In Julias New York konnten sich die Straßen in einer Mondscheinnacht nach Neuschnee noch mit Schlitten füllen, Fremde riefen sich noch zu und sangen und lachten miteinander. Leben hatte noch einen Sinn und Zweck im Denken der Menschen; die große Leere hatte noch nicht begonnen. Nun schienen die guten Zeiten lange vorüber, wahrscheinlich waren Julias Tage die letzten. »Du mußt zurück«, sagte ich zu Julia und legte ihre Hände in meine. »Glaub mir, Julia. Weil ich dich liebe. Du kannst nicht hierbleiben.«

Nach einer Weile nickte sie bedächtig. »Und du, Si wirst du auch zurückkommen?«

Die Freude darüber war meinem Gesicht abzulesen; Julia lächelte. Aber ich mußte ihr anderes sagen. »Ich weiß es nicht. Ich habe hier noch einiges zu erledigen.«

»Und du weißt nicht, ob du es kannst. Für den Rest deines Lebens?«

»Ich muß mir sehr sicher sein.«

»Ja, das mußt du. Um unser beider willen.« Einige Augenblicke schauten wir uns an, dann sagte Julia: »Ich werde zurückgehen, Si, jetzt, heute nacht. Ansonsten werde ich dich dazu drängen mitzukommen und den Rest deines Lebens in einer anderen Zeit zu verbringen. Aber das mußt du alleine entscheiden.«

Ich stimmte ihr zu und nickte. »Kannst du allein zurück?«

»Ich glaube schon. Ich konnte nicht hierher kommen, in eine Zukunft, die außerhalb meines Vorstellungsvermögens lag; du mußtest mich mitnehmen. Aber ich kann mir meine eigene Zeit vorstellen, ich spüre sie und kenne sie – viel besser als du.«

Und nun fiel es mir wieder ein; ich hatte es fast vergessen, so weit weg schien es hier, an diesem Ort und in dieser Zeit. »Carmody! Du *kannst* nicht zurück, Julia! Carmody wird –«

»Nein, wird er nicht.« Sie schüttelte den Kopf. »Erinnerst du dich daran, was ich tat, als uns Inspector Byrnes abholte? Du warst im Salon und hast gelesen, und ich –«

»Du warst oben.«

»Ja, in Jakes Zimmer. Ich habe seine Kleidung zusammengelegt und sie in seiner Kommode verstaut. Als ich dich rufen hörte, verpackte ich gerade seine Stiefel. Und heute nachmittag, warum weiß ich nicht, fielen mir diese Stiefel wieder ein. Ich hielt sie in der Hand, als es an der Tür klingelte, und, Si – mein Blick fiel auf die Absätze. Die Nägel bildeten ein Muster, einen neunzackigen Stern in einem Kreis. Jake hat den Brand überlebt, nicht Carmody.

Das war Jake, der in Carmodys Haus in den Bandagen steckte. Und voller Haß war.«

Ich wußte, daß sie recht hatte, sofort wußte ich, wie alles abgelaufen war. »Mein Gott, Julia. Irgendwie schaffte er es, dem Feuer zu entkommen. Er hatte schwere Brandverletzungen, aber in Gedanken formte er bereits einen Plan. Ich bin mir sicher, er ging direkt zum Haus der Carmodys, traf dort Carmodys Witwe, und – kannst du dir das vorstellen? – sie trafen ein Abkommen! Ohne Carmody würde sie ihr Vermögen verlieren, also wurde er zu Carmody. Als wir sie beim Wohltätigkeitsball sahen, hatte sie sich bereits, kurz nach dem Tod ihres Ehemanns, in ihre neue Rolle eingefunden. Es gibt wohl kaum jemanden, der mehr auf Geld und Ansehen versessen ist; sie passen gut zusammen, diese beiden!«

»Worüber lächelst du?«

»Tue ich das? Es ist mir nicht aufgefallen. Es ist auch nicht einfach zu erklären, aber … ich lächle, weil Jake ein solcher *Schurke* ist! Es ist das erste Mal, daß ich dieses Wort überhaupt gebrauche, aber das ist er, ein Schurke. In allem, was er tut. Er ist ein vollkommenes Kind seiner Zeit, und ich glaube, ich lächele darüber, weil ich ihn trotz allem mag. Der gute alte Jake, als Carmody verkleidet – nun hat er es doch noch in die Wall Street geschafft. Ich hoffe, er kauft den Markt auf, was immer das auch bedeuten mag.«

»Ja«, sagte Julia, »er ist verdammt. Ich hoffe, er findet sein Glück, obwohl ich mir sicher bin, daß ihm das nicht gelingen wird.« Sie wußte natürlich nicht, was ich damit meinte. Für sie hatte das Wort *Schurke* nichts Altertümliches oder Komödiantisches; Jake war für sie ein Schurke, das war alles. »Er kann mir nun nichts mehr anhaben«, sagte sie. »Ich weiß, wer er ist, und wenn er das weiß, bin ich vor ihm sicher. Und du … wenn du zurückkommst.« Abrupt stand sie auf, ging schnell in das Schlafzimmer und zog sich um.

In einem Taxi fuhr ich mit Julia Downtown. Es war nun

dunkel; sie saß vom Fenster zurückgesetzt, und niemand außer dem Fahrer sah ihre Kleidung. Einen halben Block vor unserem Ziel, in gehöriger Entfernung von der nächsten Straßenlaterne, stiegen wir aus. Ich zahlte das Taxi, dann gingen Julia und ich zu dem riesigen Granitblock, der die Basis des Manhattan-Turms der Brooklyn Bridge bildete. Im Schatten nahm ich Julias Hand und sah sie an. In ihrem langen Kleid, dem Mantel und dem Hut, an einem Band hing ihr Muff vom Handgelenk, sah sie genauso aus, wie sie auszusehen hatte. »Ich möchte zurückkommen«, sagte ich. »Ich möchte mein Leben mit dir verbringen, aber …«

»Ich weiß, ich weiß.«

Wir wiederholten, was wir bereits einige Male gesagt hatten. Ich umarmte Julia und hielt sie lange fest. Ich küßte sie, wir sahen uns erneut in die Augen, gleichzeitig holten wir Luft und wollten den Mund öffnen, um etwas zu sagen. Aber wir sahen uns nur an, hielten den Atem an und lächelten dann traurig; es war alles gesagt. Julia legte ihre Hand an meine Wange, dann schüttelte sie schnell den Kopf; sie wollte sich nicht verabschieden.

Sie nahm meine Hand, und wir gingen einige Schritte von der Granitmauer des Brückenturms weg, drehten uns dann um und sahen zurück; er wirkte nun wie ein riesiger Steinvorhang, der die Welt dahinter verbarg. »Die Zeit«, sagte sie, »in die ich geboren wurde und zu der ich gehöre, ist da, Si; sie ist sehr viel wirklicher als die Zeit, auf die ich heute einen kurzen Blick werfen konnte. Meine eigene Welt … ich kann sie spüren, sie ist sehr real.« Ich nickte; ich konnte nichts sagen. Julia drehte sich um, küßte mich schnell, dann ließ sie meine Hand los und ging zu einer Ecke dieser riesigen Wand. Als sie dort ankam, zögerte sie einen Moment, blickte zurück, als wolle sie noch etwas sagen, tat es aber nicht. Dann die letzten Schritte und sie war um die Ecke des mächtigen Turmfundaments verschwunden; ihre Schritte wurden schnell leiser.

Stille. Dann ging ich zur selben Ecke, begann zu laufen, so schnell ich konnte, erreichte sie und ging um sie herum, schneller, als sie hätte verschwinden können. Aber sie war nicht mehr zu sehen.

22

»Das mag Ihnen ungehörig übereilt und geschmacklos erscheinen«, sagte Colonel Esterhazy; mit seiner Hand wies er auf Dr. Danzigers Büro. Er saß hinter dem Schreibtisch. Rube und ich waren eingetreten und hatten in den beiden lederüberzogenen Metallstühlen Platz genommen. Wie Rube trug Esterhazy Hose und Hemd der Army, ohne Abzeichen, aber so glatt gebügelt, daß sie aussahen, als wären sie aus khakifarbenen Metallplatten. Ich trug meinen blauen Anzug. »Aber ich bin nur hier«, sagte Esterhazy, »weil wir unter Raumnot leiden; das hier ist das einzige leere Büro. Irgend jemand muß das Projekt leiten, jetzt, da Dr. Danziger nicht mehr hier ist.« Bedauernd zuckte er mit den Schultern. »Ich wünschte, er säße hier statt meiner auf diesem Platz.«

Ich sagte nichts dazu. Ich hatte mich im Zimmer umgesehen, als wir eingetreten waren; es sah genauso aus wie früher, nur aufgeräumter. Danzigers Photographien, sein Bücherregal und der Pappkarton mit den Papieren auf dem Boden waren verschwunden, ein halbes Dutzend Klappstühle standen nun an der hinteren Wand. Der Schreibtisch war leer bis auf einen Füllerständer, ich stellte mir vor, daß die Schubladen ausgeräumt worden waren. Hinter dem Schreibtisch stand nun eine goldumrandete amerikanische Flagge aus Nylon auf einem Ständer, an der Wand hing ein großes gerahmtes Farbphoto des Präsidenten.

»Das Debriefing ist in Ordnung«, sagte Rube zu Esterhazy, »wie ich Ihnen bereits am Telefon mitgeteilt habe. Glauben Sie mir, wir sind darüber sehr erleichtert.« Lächelnd wandte er sich mir zu. »Denn Sie waren auf diesem Trip sehr geschäftig, nicht wahr? Sie entkamen dem Feuer, Sie entkamen ... wie hieß er gleich wieder?«

»Inspector Byrnes.«

»Ja. Und Sie entkamen auch, nehme ich an, dem Mädchen. Julia.«

Ich lächelte; die beiden Männer sahen mich eine Weile grinsend an. Den Morgen hatte ich hier im Projekt verbracht, hatte meine Liste mit Zufallsfakten heruntergeleiert und einen langen, vollständigen Bericht von allem diktiert, was ich während des letzten ›Trip‹, wie wir es nun zu nennen schienen, erlebt hatte. Außer, daß Julia mit mir zurückgekommen war. Das hatte nichts mit dem Gelingen oder Mißlingen meiner Mission zu tun; ich hatte also nur angegeben, daß, als wir uns mitten in der Nacht auf dem Arm der Freiheitsstatue versteckt hielten, Julia sich an das Nagelmuster von Jakes Stiefel erinnerte. Wir wußten, daß uns nichts mehr passieren konnte; in der Morgendämmerung hatte ich sie zu Gramercy Park Nr. 19 zurückgebracht, hatte mein Geld geholt und war mit einer Droschke zum Dakota gefahren. Den gestrigen Tag, sagte ich, hätte ich schlafend im Apartment verbracht.

»Wenn das Debriefing also«, sagte Rube, »nach all diesem Mumpitz in Ordnung zu sein scheint, dann bedeutet das, daß der Strom der Ereignisse –«

»– sich so verhält, wie wir das immer vermutet haben«, unterbrach Esterhazy. »Die ›Zweig-im-Fluß‹-Theorie«, erinnerte er mich brüsk. »Der Strom vergangener Ereignisse ist ein wahrhaft mächtiger Strom, der so leicht nicht abzulenken ist – was nun offensichtlich sein sollte. Es kann zufällig passieren, wie wir erfahren mußten. Die Konsequenzen allerdings sind zu vernachlässigen. Jedenfalls im historischen Kontext. Aber wir zweifeln nicht daran, ebenso wie Dr. Danziger, daß er absichtlich beeinflußt werden *könnte.*«

Es fiel mir schwer, ihm zu folgen; als er schließlich innehielt, nickte ich und sagte: »Nun, gut, Colonel, Rube, ich denke, ich habe meine Mission erfüllt. Wie einfach es ist, vergangene Ereignisse zu studieren, verglichen mit den Risiken, die ich auf mich nahm, als ich mich auf sie einließ, das müssen Sie und Ihre Leute entscheiden. Aber jetzt stehen private Dinge an; ich muß über einiges nachdenken. Und was ich nun wünsche, wenn Sie hier mit mir fertig sind, ist«, ich lächelte, »ein ehrenhafter Abschied.«

Beide schwiegen eine Weile. Sie sahen erst mich, dann sich an. »Nun«, sagte Esterhazy schließlich, »bevor wir uns dem zuwenden, Si, möchte ich Sie etwas wissen lassen. Es steht Ihnen frei, zurückzutreten. Sie haben Ihren Job wundervoll ausgeführt, haben alles getan, was man von Ihnen erwarten konnte, und mehr. Aber ich bin mir sicher, es interessiert Sie zu hören, was ich Ihnen sagen möchte. Und dann überdenken Sie vielleicht noch mal Ihre Entscheidung, zum jetzigen Zeitpunkt zurückzutreten.«

Eine Frau, die ich hier noch niemals gesehen hatte, öffnete die Tür. »Die anderen sind hier, Colonel.«

»Schön. Schicken Sie sie herein.« Esterhazy stand hinter seinem Schreibtisch auf und blickte mit freundlichem Lächeln zur Tür.

Zwei Männer, die mir bekannt waren, traten ein. Der erste war der junge Geschichtsprofessor mit der großen Nase und dem Wust dünner werdenden, schwarzen Haares, das ihm das Aussehen einer TV-Comicfigur verlieh; sein Name war Messinger. Der Mann hinter ihm war Fessenden, der Vertreter des Präsidenten, um die Fünfzig, glatzköpfig, der sein graubraunes Haar über den glänzenden Hinterkopf gekämmt hatte. Beide grüßten mich. Professor Messinger kam auf mich zu, während ich mich erhob, und gab mir die Hand. »Willkommen zu Hause«, sagte er und hielt die Kopie eines maschinenbeschriebenen

Blatts hoch; es war mein Bericht vom letzten Trip. »Phantastisch«, sagte er und raschelte mit dem Papier, »einfach phantastisch«; er *hörte* sich sogar so an wie eine TV-Figur. Fessenden nickte mir förmlich zu, beschloß dann aber, es Messinger gleichzutun, fächelte mit seiner Kopie des Berichts und versuchte zu lächeln, was ihm nicht recht gelang; herzliche Vertrautheit war nicht unbedingt ein Teil seiner Natur.

Rube brachte zwei Klappstühle, von denen er bereits einen im Gehen öffnete; mit seinem Fuß schob er seinen eigenen Stuhl Fessenden hin, den anderen, aufgeklappten gab er Messinger. Als wir in kleinem Bogen vor dem Schreibtisch Platz genommen hatten, setzte sich Esterhazy und sagte: »Das ist nun der Vorstand, Si. Es fehlt nur der Senator, der heute eine Vorlage durch den Senat bringen muß, weswegen er nicht anwesend sein kann. Und Professor Butt, an den Sie sich vielleicht erinnern: der Biologieprofessor aus Chicago. Er ist nun beratendes Mitglied, ohne Stimme, und kommt nur, wenn sein Gebiet betroffen ist. Der alte Vorstand war zu unbeweglich; das hier ist viel praktischer. Jack, wollen Sie Si in Kenntnis setzen!«

Messinger drehte sich zu mir und lächelte freundlich, während Fessenden ihn beobachtete; ich hatte den Eindruck, er war auf Messinger neidisch. »Nun, Mr. Morley – ich darf Sie ›Si‹ nennen?«

»Natürlich.«

»Schön. Nennen Sie mich bitte Jack. Auch wir waren nicht faul, Si, während Sie fort waren. Wir taten das gleiche wie Sie: Wir beschäftigten uns mit Mr. Andrew Carmody, wenngleich nicht so hautnah, wie Sie das taten. Ich war in Washington, begleitet von einer Sekretärin. Einer sehr guten, übrigens, obwohl«, er grinste zu Esterhazy »sie vielleicht etwas attraktiver hätte sein können. Wir waren im Nationalarchiv, unten im Keller, und stöberten durch die Aufzeichnungen der beiden Amtszeiten von Cleveland, während der Rest meines Teams sich in anderen

Bereichen des Archivs aufhielt. Carmody war wirklich ein Ratgeber Clevelands, einer von vielen in den Jahren, die Ihrem Besuch folgten, Si. Er begann, sich ab dem Frühjahr 1882 in der Politik zu engagieren, während Cleveland Gouverneur von New York war. Aus gelegentlichen Aufzeichnungen Clevelands, aus den Berichten über einige Treffen und den Referenzen in zwei Briefen Clevelands erfuhren wir, daß er in Clevelands erster Amtszeit so etwas wie ein Freund war. Wie es dazu kam, weiß ich nicht; darüber gibt es keine Unterlagen, was nicht überraschen mag. Sein Einfluß in dieser Zeit war gleich Null, soweit wir herausfinden konnten. Aber Carmody – oder, wie wir jetzt wissen, Pickering – förderte die Freundschaft, die ihren Höhepunkt in der zweiten Amtszeit Clevelands erreichte. Die Anhaltspunkte, die wir in den Archiven fanden, zeigen deutlich, daß Cleveland den Ratschlägen Carmodys – wie ihn die Aufzeichnungen nennen, und wie auch ich ihn weiterhin nennen werde – teilweise folgte. Sein Einfluß war jedoch niemals groß und niemals besonders wichtig, außer in einem Fall; was wir dazu gefunden haben, ist sehr aufschlußreich. Cleveland wurde zum zweiten Mal zum Präsidenten gewählt, als sich ein Krieg mit Spanien wegen Kuba abzeichnete, der von einigen Zeitungen kräftig gefördert wurde. Cleveland hoffte, den Krieg vermeiden zu können; einige Leute rieten ihm zu einer ziemlich guten Lösung, nämlich, Spanien anzubieten, daß die U.S.A. Kuba kauften. Das alles ist bekannt, es existieren darüber eindeutige Aufzeichnungen; in jeder vollständigen Beschreibung der zweiten Amtszeit Clevelands ist das zu nachzulesen. Es wäre nicht das erste Mal gewesen; vorausgingen die Erwerbung Louisianas von Frankreich und Alaskas von Rußland. Und es gibt Hinweise, daß die Spanier die Möglichkeit begrüßten, einen Krieg zu vermeiden, den sie, wie sie wußten, niemals gewinnen konnten. Aber hier kommt, wie ich herausgefunden habe, Pickering-Carmody ins Spiel: Auf seinen Rat hin stimmte Cleveland dagegen. Ich weiß nicht, was er sagte; das wenige, was zu finden war, ist von eher technischer Natur und sehr skizzenhaft. Aber es ist gewiß, darüber gibt es keinen Zweifel. Und das ist alles. Seine Rolle in der Geschichte ist eine negative, kaum von Bedeutung, eine Fußnote, über die man leicht hinweggehen kann. Nach Clevelands zweiter Amtszeit hören wir, soweit wir das in Erfahrung bringen konnten, von ihm nichts mehr.«

Er hielt inne. Eine Weile saß ich da, nickte und dachte über das, was er erzählte hatte, nach; es interessierte mich. »Nun, es freut mich«, sagte ich, »zu dem etwas beitragen zu können, so unwichtig es auch sein mag, daß Carmody eigentlich Pickering war. Persönlich freut es mich sogar ein wenig, den alten Jake Pickering im Weißen Haus als Berater Clevelands zu sehen.«

»Auch wir freuen uns über Ihren Beitrag«, sagte Esterhazy. »Sehr sogar. Wir hatten auf etwas in dieser Richtung gehofft, und Sie haben es uns gebracht. Ein Beitrag, der weit wichtiger ist, als Sie denken mögen. Rube?«

Rube wandte sich mir zu, er schwang ein Bein über die Stuhllehne, um mich bequemer ansehen zu können, und lächelte sein wunderbares Lächeln, das einen glücklich sein ließ, ihn zum Freund zu haben, und das den Wunsch weckte, auf *seiner* Seite zu sein. »Si, Sie sind nicht dumm«, begann er. »Sie verstehen, daß dieses Projekt praktische Resultate erbringen muß. Es ist schön, daß es zur Vermehrung des Wissens beiträgt, aber das reicht nicht. Man kann nicht Millionen ausgeben, wichtige Leute von anderer Arbeit abziehen, um der Geschichte eine kleine Fußnote hinzuzufügen über jemanden, von dem sowieso noch nie jemand gehört hat. Ihr Erfolg – und wie bemerkenswert der ist, dafür, denke ich, gibt es keine Worte – hat die nächste Phase des Projekts erst möglich gemacht. Sie beinhaltet eine Ausweitung des Experiments. So sorgfältig und vorsichtig wie die vorhergehenden. Und sie ist möglicherweise von großem Nutzen –«

»– von unschätzbarem Nutzen«, warf Esterhazy ein.

Rube nickte. »– von unschätzbarem Nutzen für die Vereinigten Staaten. Sie wurde vom Vorstand in Betracht gezogen und einstimmig beschlossen und dann in Washington von höchster Stelle abgesegnet; wir waren heute morgen fast eine Stunde lang direkt mit Washington verbunden.«

Esterhazys Unterarme lagen auf dem Schreibtisch, die Hände waren gefaltet, eine entspannte Position, wie es schien. Nun aber lehnte er sich weit über den Tisch hin zu mir, und als er sprach, waren seine Hände so fest gegeneinander gepreßt, daß die Fingerspitzen weiß wurden. Er konnte sich nicht zurückhalten und unterbrach Rube. »Wir wollen, daß Sie ein weiteres Mal zurückgehen. Und dann, wenn Sie so wollen, akzeptieren wir sofort Ihren Abschied, eine dankbare Regierung wird sich erkenntlich zeigen, das verspreche ich Ihnen. Wenn die Zeit reif ist – nicht, solange wir leben, glaube ich, aber sie wird kommen –, wenn die Zeit reif ist, daß dies nicht mehr geheimgehalten werden muß, dann wird Ihnen ein Ehrenplatz in der Geschichte dieses Landes zuteil werden. Ihre Ergebnisse, Si, machen diesen nächsten Schritt möglich, und nun wollen wir, daß Sie sie anwenden. Sie kehren zurück und tun nur eines: Sie machen ›Carmodys‹ Geheimnis publik. Sie stellen ihn als das bloß, was er ist – ein Schreiberling namens Pickering, der für Carmodys Tod verantwortlich ist und für die Zerstörung des *Welt*-Gebäudes. Natürlich werden Sie keine Beweise haben; er wird nicht verhaftet oder verurteilt werden. Aber sein Ruf ist ruiniert. So wie er es verdient. Können Sie das tun, Si?«

Ich war wie vor den Kopf gestoßen. »Aber … *warum*? Weshalb?«

O'Esterhazy grinste. »Sehen Sie das nicht? Das ist der nächste logische Schritt, Si. Ein sehr kleines, vorsichtiges, kontrolliertes Experiment … um den Lauf der vergangenen Ereignisse zu verändern. Wir haben das bislang vermieden, haben darauf geachtet, es unter allen Umständen zu vermeiden, soweit es uns möglich war. Bis wir aus Erfahrung feststellten, daß das Risiko, den Lauf vergangener Ereignisse zu beeinflussen, sehr gering ist. Und selbst wenn es passiert, sind die sich daraus ergebenden Folgen zu vernachlässigen. Nun ist es an der Zeit für den nächsten vorsichtigen Schritt, eine kleine und vorsichtige Änderung der Ereignisse in der Vergangenheit ... zum Wohle unserer Zeit und unseres Landes. Denken Sie darüber nach! Wir können verhindern, daß Carmody – oder Pickering, wie wir nun wissen – Berater des Präsidenten Cleveland wird. Und es gibt gute Gründe anzunehmen, daß dadurch wirklich der Lauf unserer Geschichte beeinflußt wird. Wenn um 1890 Kuba ein dauerhafter Besitz der U.S.A. geworden wäre ...« Er grinste. »Nun, ich muß den Nutzen *dessen* nicht ausführen. Der Name Castro wird das bleiben, was er war, ein unbekannter Name. Und der Mann selbst ein Arbeiter in den Zuckerplantagen, den niemand kennt. Das ist der nächste Schritt, Si; falls es funktioniert, erwächst daraus ein klarer, sofortiger Nutzen und, was *noch* wichtiger ist, es dient als Fallbeispiel für spätere, größere Eingriffe. Mein Gott ...« Seine Stimme erstarb in Ehrfurcht. »Fehler der Vergangenheit zu korrigieren, die unsere Gegenwart unumstößlich geprägt haben – welch eine unglaubliche Gelegenheit.«

Im Raum war es vollkommen still. Ich war verblüfft. Ich war, und wußte das auch, ein ganz gewöhnlicher Mensch, der noch lange nachdem er erwachsen war, die kindliche Vorstellung mit sich herumtrug, daß die Leute, die unser Leben mehr oder weniger kontrollieren, irgendwie besser informiert wären und ein höheres Urteilsvermögen besäßen als wir übrigen; daß sie intelligenter seien. Erst durch Vietnam wurde mir bewußt, daß einige der wichtigsten Entscheidungen aller Zeiten von Menschen getroffen werden, die nicht mehr wissen und nicht intelligenter sind als wir anderen auch. Daß sogar möglicherweise meine eigene Meinung und mein eigenes Urteilsvermögen genausogut oder besser sein können als die des Politikers, der eine Entscheidung von weitreichenden Folgen traf. Vieles von dieser kindlichen Ehrfurcht gegenüber Autoritäten war geblieben; als ich nun vor Esterhazys Schreibtisch saß – im Raum war es still, jeder blickte mich an und wartete –, schien es anmaßend zu sein, daß der gewöhnliche Simon Morley den Sachverstand dieses Vorstands in Frage stellte. Und den der Männer in Washington, die damit übereinstimmten. Dennoch war es so. Und ich tat es.

Ich stotterte, sprach verworren, unzusammenhängend. Ich begann sogar mit dem unwichtigsten Aspekt der ganzen Entscheidung. »Zurückgehen und bewußt Jake diskreditieren?« begann ich. »Sein Leben zerstören? Ich, äh ... hat irgend jemand dazu das Recht?«

»Der Mann ist seit langem tot, Si«, sagte Esterhazy ruhig, als spräche er zu einem Tölpel, den er nicht beleidigen wollte. »Was zählt, sind wir.«

»Er ist nicht tot, dort, wo ich ihn treffe.«

»Ja, aber, Si, viele Menschen bringen viel größere Opfer als er. Zum Wohle des Landes.«

»Aber er wird nicht einmal danach gefragt!«

»Das werden sie auch nicht; sie werden einfach in die Armee eingezogen.«

»Nun, vielleicht sollten sie auch gefragt werden.«

Er verstand es wirklich nicht. »Was meinen Sie damit?«

»Vielleicht ist es falsch, jemanden in die Armee zu zwingen, wo er gegen seinen Willen andere töten muß.«

Sie sahen mich nur an. Was ich sagte, war ihnen einfach unverständlich. Ich erkannte, daß ich völlig falsch argumentierte. »Colonel, Rube, Mr. Fessenden, Professor Messinger«, fuhr ich fort, »hören Sie zu. Kann es – *richtig* sein, vergangene Ereignisse zu verändern? Ich meine, wer *weiß* denn, ob es von Vorteil ist? Wer kann sich dessen *sicher* sein?«

»Warum, verdammt noch mal, *wir* wissen es«, sagte

Esterhazy. »Oder wollen Sie abstreiten, daß es nicht besser wäre, wenn Kuba seit langem zu den U.S.A. gehörte und nicht ein kommunistisches Land wäre, das nur neunzig Meilen von unserer Küste entfernt liegt?«

Ich zuckte mit den Schultern. »Nein, das streite ich nicht ab. Nur – es geht nicht darum, was ich denke, denn das könnte falsch sein. Wer weiß denn, ob Kuba uns jemals Schaden zufügt? Es ist schrecklich klein und hat uns bislang noch nicht geschadet.«

»Sie haben es versucht, oder?« Esterhazy schrie es fast.

Ruhig, darauf bedacht, die Wogen wieder zu glätten, sagte Fessenden: »Die Raketenkrise«, als wolle er mich höflich auf etwas aufmerksam machen, das mir entfallen war.

»Ja«, sagte ich. »Obwohl es laut Robert Kennedy das Militär war, das JFK davon überzeugen wollte, daß die Gefahr größer sei, als es wirklich der Fall war. Aber ich möchte hier nicht eine Debatte über die Kubakrise führen. Was immer auch die Wahrheit sein mag, ich glaube nicht, daß *irgend jemand* über die gottähnliche Weisheit verfügt, durch Veränderung der Vergangenheit die Gegenwart neu zu gestalten. Das geht zu weit! Mein Gott, schauen Sie doch einfach, was bereits alles geschehen ist. Die Wissenschaftler machen phantastische neue Entdeckungen, die sofort von anderen an sich gerissen werden, die immer wissen, was für uns andere das beste ist. Die Wissenschaft lernt, Atome zu spalten, und sofort *wissen* sie, daß das Beste an dieser neuen Entdeckung ist, Hiroshima dem Erdboden gleich zu machen!«

»Glauben *Sie* das denn nicht?« sagte Esterhazy kalt. »Oder hätten wir zulassen sollen, daß Hunderttausende amerikanischer Soldaten an den Küsten Japans starben?«

»*Ich weiß es nicht!* Wer weiß das denn schon? Ich denke, die wichtigsten Entscheidungen werden von Leuten getroffen, die es *auch nicht wissen*. Nur ihrer eigenen Meinung nach wissen sie es. Sie *wissen*, daß es richtig und notwendig ist, die Atmosphäre mit Radioaktivität zu verseuchen. Sie *wissen*, daß wir die genetischen Entdeckungen der Wissenschaftler zur Erzeugung von neuen und schrecklichen Krankheiten benutzen sollten. Und sie brauchen dafür nicht einmal die Zustimmung von neunundneunzig Komma neun Prozent der Bevölkerung. Und nun ist hier ein weiterer Wissenschaftler, Dr. Danziger, der *diese* enorme Entdeckung gemacht hat; er sitzt zu Hause, ins Abseits gestellt, und ist nicht in der Lage zu entscheiden, was damit getan werden soll. Wieder *wissen* nur Sie, daß es das beste wäre, Castros Kuba zu eliminieren. Nun, *woher* wissen Sie das? Wer hat dieser neuen kleinen Spezies, die die gesamte Umwelt vergiftet hat und die ganze Menschheit auslöschen kann – wer hat ihr die göttliche Macht gegeben, unser Leben und unsere Zukunft zu kontrollieren? Die meisten von ihnen kennen wir nicht und haben sie verdammt noch mal nicht gewählt!« Ich blickte sie nacheinander an, dann senkte ich meine Stimme. »Selbst wenn Sie mit Kuba recht hätten, wohin soll das denn führen? Es führt zu größeren und immer größeren Veränderungen, wobei eine Handvoll Militärs die Vergangenheit, Gegenwart und Zukunft gestaltet, gemäß *ihren* Vorstellungen, was für den Rest der Menschheit das beste ist. Nein, Sir, Gentlemen, ich lehne ab.«

Esterhazys Nasenflügel waren vor Wut gebläht, seine Zähne mahlten, er atmete tief und lange durch die Nase ein, füllte seine Lungen, um gleich zu explodieren. Rube sah es, und bevor es aus Esterhazy herausfuhr, sagte er: »Lassen Sie mich!« Ich hörte den Befehlston, erstaunt stellte ich fest, daß das ein Befehl war – von Major Prien an Colonel Esterhazy –, und ich wußte, daß ich bislang die wahren Rangverhältnisse im Projekt falsch eingeschätzt hatte. Esterhazy gehorchte und preßte die Lippen aufeinander. Rube wandte sich mir zu und sprach mit monotoner, ruhiger Stimme; er wollte mir nicht schmeicheln, er wollte mich nicht beruhigen, er erklärte nur die Fakten, sachlich und ungeschminkt.

»Es täte uns allen leid, wenn Sie ablehnen sollten«, sagte er. »Sie sind der beste Mann, den wir haben. Unsere Rekrutierung ging ohne Unterbrechung weiter, aber es ist kein bißchen leichter geworden, qualifizierte Leute zu finden. Daneben sind andere Bereiche des Projekts weitergeführt worden; Ihr Projekt ist nicht das einzige. Der Mann, der einige Sekunden im mittelalterlichen Paris verbracht hatte, hat es wiederholt. Vor vier Tagen haben wir für zwanzig Minuten Denver im Jahre 1901 erreicht. Mißerfolge hatten wir in North Dakota, in Vimy und in Montana. Und wir haben Probleme mit dem Winfield-Projekt in Vermont. Der Mann dort war erfolgreich. Er hat zweimal den Sprung geschafft, beim zweiten Mal allerdings ist er nicht mehr zurückgekehrt. Wir wissen nicht, warum. Es gibt einige Vermutungen, aber wir wissen es nicht genau. Worauf will ich nun hinaus? Ich sage Ihnen ehrlich und offen, daß wir ernsthafte Probleme haben. Ich sage Ihnen, daß Sie vielleicht der beste Mann sind, den wir jemals finden werden. Ich sage Ihnen, daß wir stark hoffen, daß Sie Ihre Entscheidung nochmals überdenken. Aber ich sage Ihnen auch, daß – *sollten Sie das nicht tun* –« Er hielt inne und sah mich an; in seinen Augen war kein Lächeln, ruhig und monoton beendete er den Satz: »– wir einfach jemand anderen finden werden. Und wenn das Experiment nicht in New York City, 1882, mit Jacob Pickering durchgeführt werden kann, wird es jemand anderes an einem anderen Ort, zu einer anderen Zeit durchführen. Ich will mich mit Ihnen nicht streiten. Sie sollten nur eines verstehen: es wird durchgeführt werden.«

Einige Sekunden lang starrte Rube mir reglos in die Augen. Dann ließ er einen Anflug des alten Lächelns zu und sagte: »Ich stimme Ihnen – nicht in allem, und nicht in den wichtigsten Punkten – aber in vielem, was Sie gesagt haben, zu. Was Sie denken, spricht für Sie. Aber, Si, ich kann nur wiederholen: Wir werden es tun, mit allen erdenklichen Vorsichtsmaßnahmen, aber wir werden es tun. Nun nehmen Sie sich Zeit, lehnen Sie sich zurück und denken Sie nach. Dann sagen Sie uns, was Sie tun wollen. Wie immer Ihre Entscheidung ausfällt, wir werden sie sofort und ohne weitere Diskussion akzeptieren.«

Ich saß einige sehr lange Minuten da und dachte nach, intensiver als jemals zuvor in meinem Leben. Einmal wollte Messinger etwas sagen, aber Colonel Esterhazys Hand fuhr dazwischen und befahl ihm zu schweigen. Ich schaute auf, Esterhazy lehnte sich in seinen Sessel zurück, versuchte sich zu entspannen, nahm sich Zeit und ließ mich wissen, daß ich alle Zeit hatte, die ich wollte. Wieder Schweigen, eine lange Weile, schließlich blickte ich auf.

»Gut«, sagte ich. »Mein Gewissen ist rein. Ich tat mein Bestes. Ich tat mein Äußerstes, um Sie von dem zu überzeugen, von dem ich immer noch glaube, daß es richtig ist. Und wenn von diesem Treffen Aufzeichnungen gemacht werden, dann möchte ich, daß das darin verzeichnet ist. Aber nun – okay, Rube; auf das, was Sie sagten, gibt es keine Antwort. Wenn das durchgeführt wird, gleichgültig, was ich davon halte oder denke oder tue, dann möchte ich dabei sein. Ich habe es begonnen, und bevor es ein anderer zu Ende bringt, möchte ich das lieber tun. Denn da ist etwas, das ich besser als jeder andere kann, und ich bitte nun darum, daß Sie mir das zugestehen. Ich tue, was Sie wollen, denn ich weiß, daß es sowieso getan werden wird, aber ich bitte Sie, daß Jake Pickering so schonend wie möglich behandelt wird. Ich trat ungefragt in sein Leben und habe ihm Schaden zugefügt, obwohl ich glaube, daß es gerechtfertigt war. Aber ich will ihn nicht zerstören. Lassen Sie mich nur soviel tun: sein Ruf in seinem Umkreis – und nur der ist für Sie von Bedeutung – soll Schaden leiden. Das wird ausreichen, um zu bewerkstelligen, was Sie wollen, es wird den Mann aber nicht ganz zerstören. Seine Zukunft ist schlimm genug; wir sollten ihm wenigstens etwas lassen. Wenn Sie dem zustimmen, dann tue ich es. Aber dann trete ich zurück.«

Alle waren zufrieden, Rube und Esterhazy stimmten sofort zu. Wir erhoben uns dann alle, jeder schüttelte mir die Hand und versicherte mir, daß ich diese Entscheidung nicht zu bereuen brauchte, daß sie es nicht auf die leichte Schulter nahmen, daß sie sehr nüchterne, verantwortungsbewußte und äußerst wichtige Leute in Washington davon überzeugen mußten und daß jede Vorsichtsmaßnahme beachtet werde. Nun riefen sie erneut Washington an; wann konnte ich zurück? Ich sagte, ich brauche ein wenig Zeit, um mich um meine eigenen Angelegenheiten zu kümmern; wie wäre es mit einer Woche? Rube meinte, eine Woche wäre wunderbar. Ich fragte ihn dann nach Oscar Rossoff und Martin Lastvogel; ich mochte sie und hätte sie gerne wiedergesehen. Aber Esterhazy sagte mir, daß Oscar das Projekt verlassen hätte; er hatte sich um seine Praxis zu kümmern und die Zeit, die er dem Projekt widmen konnte, wäre – leider – vorüber. Das war natürlich möglich, vielleicht sogar wahrscheinlich, aber ich glaubte es nicht. Der Gedanke kam mir, daß Oscar aus Protest gegen den Kurs, auf den sich das Projekt begeben hatte, gegangen war. Auch Martin war fort: Er war wieder an seine Universität zurückgekehrt.

Wir standen im Büro, redeten, es gelang mir mittlerweile wieder zu lächeln und sogar eine kleine Rede aus drei Sätzen zu halten. »Nun, jetzt sind wir alle geschafft. Ich habe mein Bestes gegeben, Sie umzustimmen; ich denke, ich mußte das tun. Aber ich muß zugeben … da Sie mit mir oder ohne mich weitermachen wollen, daß ich verdammt sein möchte, wenn ich nicht dabei wäre.« Sie grinsten alle und applaudierten sogar ein wenig.

Ich werde nicht viel von meinem Besuch bei Kate erzählen. Es war schrecklich; sie wartete auf eine Lieferung und konnte den Laden nicht verlassen, also mußten wir uns dort unterhalten, gelegentlich unterbrochen von Kunden, die hereinkamen. Dann wanderte ich durch den Laden, wartete ungeduldig, bis sie wieder gingen, und versuchte meine Ungeduld nicht zu zeigen.

Ich erzählte Kate von dem ›Trip‹ – die Bezeichnung des Projekts, an die ich mich mittlerweile gewöhnt hatte. Und natürlich war sie fasziniert. Die Lieferung kam, als ich mitten im Erzählen war, Kate mußte die vier Kartons mit sorgfältig eingewickelten alten Gläsern prüfen und den Zustand des Inhalts begutachten, bevor sie quittieren konnte. Und dann, endlich – es war noch nicht Zeit, den Laden zu schließen, aber spät genug – schloß Kate zu und wir gingen hinauf.

Das erste, was sie oben tat, nachdem sie Kaffee aufgesetzt hatte, war, in ihr Schlafzimmer zu gehen, wo sie die rote Akkordeonfaltmappe holte. Und während ich meine Geschichte zu Ende erzählte, betrachteten wir wieder den langen blauen Umschlag und den Brief darin. Als ich geendet hatte, las Kate den letzten Satz vor: »›*Dieses erbärmliche Souvenir vor Augen, beende ich nun das Leben, das bereits damals hätte beendet werden sollen.*‹« Sie blickte auf und nickte; die Fragen, die sie ihr ganzes Leben lang beschäftigt hatten, waren nun beantwortet. »Ich habe es mir so oft vorgestellt«, sagte sie. »Der Schuß fiel, und die Frau, die als seine Ehefrau an seiner Seite lebte, kam angelaufen.«

»Zu der Leiche, auf deren Brustkorb *Julia* tätowiert war.«

Sie nickte. »Ja. Und dann wusch und kleidete sie ihn alleine. Niemand durfte die Tätowierung sehen.«

Ich hielt den blauen Umschlag in der Hand, warf einen letzten Blick darauf, reichte ihn Kate und nahm den kleinen Schnappschuß. Ich starrte auf das scharfe, klare Bild des Grabsteins, unter dem Mrs. Andrew Carmody Jake schließlich bestattet hatte. Kein Name darauf; sie hatte mit ihm als ihrem Ehemann gelebt, aber sie wollte ihn nicht als diesen beerdigen. Dort auf dem Stein bei Gillis, Montana, waren die wettergegerbten Punkte, die sich zu einem neunzackigen Stern in einem Kreis formten. Nur erschien mir der Stein nicht mehr als Grabstein. Den kurzen Stein, oben gerundet, an den Seiten gerade, sah ich nun so, wie ihn auch die Frau gesehen hatte, die ihn in Auftrag gab: Es war Jake Pickerings Stiefelabsatz in Stein, ein letzter Zug von Melodrama in diesem Leben des neunzehnten Jahrhunderts.

Kate legte die Mappe weg, schenkte uns Kaffee ein, wir tranken und warteten, bis das, was gesagt werden mußte, gesagt wurde. Schließlich sagte ich es, unbeholfen. »Es hat sich für uns beide nicht ergeben, nicht wahr, Kate?«

»Nein«, sagte sie. »Ich weiß nicht, warum. Weißt du es?«

Ich schüttelte den Kopf. »Ich dachte, es könnte klappen; ich war mir dessen sicher. Aber es kam der Punkt, wo es hätte …«

Sie wollte darüber nicht weiterreden. »Und es nicht passiert ist. Das kommt vor, Si. Was bleibt noch zu sagen? Es ist keine Frage der Schuld; es kann nicht erzwungen werden. Gib dir dafür nicht die Schuld.«

Wir redeten natürlich viel mehr, überraschend viel, lachten sogar über Dinge, die passiert waren. Und als ich schließlich ging, glaubte ich, hatten wir beide ein gutes Gefühl gegenüber dem anderen. Ich wußte, nach einiger Zeit würde ich mich freuen, Katie wiederzusehen.

Auf dem Nachhauseweg kamen mir Zweifel, und alles verdüsterte sich. War es mir möglich, zurückzugehen und mein Leben mit Julia zu verbringen? Konnte ich das, wenn ich die Zukunft kannte? Konnte ich im New York des neunzehnten Jahrhunderts leben und Kinder in ihren Kinderwagen ansehen, wenn ich wußte, was sie erwartete? Es war eine vergangene Zeit, fast alle, die damals lebten, waren seit langem tot. Konnte ich wirklich ein Teil davon werden?

Während der nächsten Woche behielt ich die Frage im Hinterkopf; ich wollte eine Antwort nicht erzwingen. Statt dessen vollendete ich einige Zeichnungen und begann diesen Bericht; ich arbeitete regelmäßig und schnell und schrieb mit der Hand, da ich keine Schreibmaschine besaß, unterbrach nur zum Essen oder machte hin und wieder einen Spaziergang, tat aber sonst nicht viel. Es half mir nachzudenken, wenn sich meine Gedanken nicht direkt mit dem beschäftigten, womit sie sich beschäftigen sollten. Manchmal dachte ich an Rube Prien und mußte lächeln; wenn er gewußt hätte, was ich hier tat, hätte er jede einzelne Seite mit *Streng vertraulich* abgestempelt oder sie gleich verbrannt – was ich sowieso tun müßte, wenn ich nicht zu Julia zurückkehrte und das Manuskript mitnahm. Ich habe einen Freund, einen Schriftsteller, und ich bin sicher, er ist der einzige, der jemals den großen verrottenden Stapel alter religiöser Schriften in der Abteilung für seltene Bücher in der Public Library New Yorks durchgestöbert hatte. Sollte ich bei Julia bleiben, konnte ich das Manuskript vollenden, dachte ich, und dann, wann immer – 1911? – diese Bibliothek erbaut wurde, konnte ich es dort niederlegen, wo er eines Tages darauf stoßen würde. Ich saß an meinem Küchentisch, arbeitete und lächelte; die Idee gefiel mir. Es verlieh mir das Gefühl, einen weiteren Grund zu haben. Aber der wahre Grund wollte sich nicht einstellen; die Frage in meinem Hinterkopf beantwortete sich nicht von alleine.

Rube rief jeden Tag an und kam zweimal in dieser Woche vorbei. Er rief jedesmal zuerst an, um den Eindruck zu vermeiden, er kontrolliere mich, genau das, was er natürlich tat. Jedesmal, wenn wir uns unterhielten, machte ich mir die Mühe, ihn wissen zu lassen, daß ich meine Meinung nicht geändert hatte.

Am letzten Tag rief ich Dr. Danziger an. Seine Nummer war im Telefonbuch, beim fünften Läuten antwortete er, gerade als ich – mein Gewissen war rein – auflegen wollte. Als wir miteinander sprachen, wünschte ich mir, ich hätte ein Läuten früher aufgehängt. Denn er war, auf diese mysteriöse Weise, die manchmal eintritt, plötzlich gealtert;

ich war froh, ihn nicht sehen zu müssen. Seine Stimme zitterte nun, er war alt und geschlagen; mit der Wucht der Gewißheit traf mich die Erkenntnis, daß er nicht mehr lange zu leben hatte. Ich erzählte ihm, was Esterhazy und Rube mir gesagt hatten – er bestand darauf, und ich denke, er hatte es verdient, davon zu erfahren. Er wußte von alldem nichts, niemand hatte ihn informiert. Er war so verstört, seine Stimme zitterte so stark, daß ich bereits Angst hatte, er würde anfangen zu weinen; natürlich tat er das nicht. Ich hätte es wissen müssen; er war alt und würde wahrscheinlich bald sterben, aber er war nicht der Mann, der sich so sehr veränderte. Er war wütend. »Stoppen Sie sie!« schrie er. *»Sie müssen sie stoppen!* Versprechen Sie mir das, Si! Sagen Sie, daß Sie sie stoppen werden.« Natürlich sagte ich ja, was sonst, und hörte mir selbst zu und hoffte, daß meine Stimme aufrichtig klang.

Eine Woche nach meiner Rückkehr war ich wieder im Dakota und trug die Kleidung, die mir nun natürlicher erschien als die, die ich in meinem Apartment zurückgelassen hatte. Ich verbrachte hier eine Nacht und den größten Teil des folgenden Tages, nicht weil ich die Zeit brauchte, um den notwendigen Geisteszustand zu erlangen, um wieder in Julias Zeit hinauszuschreiten. Sondern weil ich mich hier noch einsamer und freier fühlte als in meinem Apartment, um über die wichtigste Entscheidung in meinem Leben nachzudenken, hier in diesem Zwischenraum der Zeiten und Welten.

Es schneite nicht; ein trüber Februarhimmel mit geringer Sichtweite, als würde es jeden Moment anfangen zu schneien. Schließlich, lange nach Einbruch der Dunkelheit, verließ ich das Apartment, ging die Treppen hinab zur Straße und zum Park. Auf der Straße waren Autos, ihre Reifen tönten naß auf dem Teer, am Randstein blieb ich stehen. Dann sprang die Ampel auf grün, ich überquerte die Straße und ging in den Park hinein, fand eine Bank und setzte mich. Ich wartete dann, tief im Park, in der Stille, und wartete auf die Veränderung, auf ihre *Akkumulation*. Als ich schließlich aufstand und mich zwischen den Bäumen umblickte, die vom Licht des nächtlichen Himmels, das vom Schnee reflektiert wurde, erleuchtet waren, sah der Park nicht anders aus. Aber ich wußte mit absoluter Sicherheit, wo ich war und in welcher Zeit ich war; als ich wieder auf die 5th Avenue hinaustrat, ratterte langsam ein leichter Lieferwagen vorbei, das Pferd war müde, es hatte den Hals gebeugt, unter der Hinterachse baumelte eine Kerosinlampe. Auf dem Gehweg kam eine Frau mit einem schwarzen Federhut an mir vorbei, um die Schultern hatte sie ein Pelzcape, ihr langes dunkles Kleid hielt sie etwa zwei Zentimeter über den nassen Pflastersteinen.

Ich wandte mich nach Süden, die enge 5th Avenue hinunter, und blickte auf meinem Weg in die von gelben Lichtern erhellten Fenster und erhaschte Bilder: ein glatzköpfiger bärtiger Mann, der die Abendzeitung las, das Licht des offenen Kamins, den ich nicht sah, spiegelte sich rötlich im Fenster; ein Hausmädchen mit weißer Haube und weißer Schürze ging durch einen Raum; ein monatealter Christbaum, dessen Kerzen eine Frau zur Freude des fünfjährigen Jungen neben ihr anzündete.

Es war ein langer Weg; ich dachte nicht nach, ich wollte nur sehen, welche Gefühle sich bei mir einstellten. Dann stand ich neben dem Eisengeländer des Parkzauns und starrte auf die hohen erleuchteten Fenster von Gramercy Park Nr. 19. Einige Minuten lang stand ich da, jemand schritt schnell an einem der unteren Fenster vorbei, ich konnte aber nicht erkennen, wer es war. Ich stand, bis mir kalt wurde und die Füße taub, aber ich ging nicht hinein; nach einer Weile entfernte ich mich schnell.

Und dann, vom Madison Square den Broadway in nördliche Richtung hinauf, entlang dem Rialto, wo New Yorks Theater standen, als der Broadway noch der Broadway war. Die Straße war voller glänzender und polierter Kutschen, die Gehwege voller Leute, von denen mindestens die Hälfte Abendkleidung trug. Die Nacht war erfüllt von ihnen, das Gefühl der Aufregung und des Vergnügens hing in der Luft.

Aber ich gehörte nicht dazu. Ich eilte an den erleuchteten Theatern, den Restaurants und den großen Hotels vorbei, bis ich zwischen der 29th und der 30th das Gilsey House erreicht hatte. Dort, am Zigarrenschalter des Foyers, kaufte ich eine Zigarre, ein langes dünnes Exemplar, und verstaute es sorgfältig in der Brusttasche meiner Jacke unter dem Mantel. Draußen überquerte ich die 30th Street und blieb vor einem Theater stehen, das nagelneu aussah: Wallack's. *The Money Spinners* stand in großen schwarzen Lettern auf den Schildern neben den Eingängen. Vor mir faltete ein Mann mit einem Rohrstock mit Silberknauf seinen Chapeau claque und hielt dem Mädchen, das ihn begleitete, die Tür auf. Sie gingen hinein, ich folgte ihnen und betrat ein überwältigend schönes Foyer. Es war dunkelblau mit kastanienbraunem Samt, vergoldeten und versilberten Ornamenten, dunkel lackiertem Holz und reich verzierten Kronleuchtern. Zwei Treppen, eine an jedem Ende des Foyers, führten hinauf zu den Balkonen. Ich ging hinüber zum Kartenschalter, vor dem sich eine kleine Schlange gebildet hatte, und las die eingerahmte Preistafel: *Parkett und Orchester unten $ 1,50; Erste Reihe $ 2,00; Zweite und dritte Reihe $ 1,50; nächste fünf Reihen $ 1,00; nächste Reihen 75c und 50 c.*

Ich blickte durch die Glastüren; die Frau, auf die ich wartete, war noch nicht hier. Ich stellte mich an eine Wand und lauschte dem aufgeregten Stimmengewirr des Foyers. Minuten vergingen, vielleicht vier oder fünf; dann sah ich sie, mit gebeugtem Rücken und trippelnden Schritten kam sie näher. Sie hatte weiße Haare und trug einen kragenlosen Herrenmantel, der an der Hüfte mit einem Seil zusammengebunden war. Ihre Schuhe waren an den Seiten aufgerissen; ein zerlumpter Schal war unter ihr Kinn geknotet. An einem Arm trug sie einen Korb, der zu zwei

Dritteln mit glänzend roten Äpfeln gefüllt war; sie blieb mitten auf dem Gehweg stehen und begann mit krächzender Stimme ihren Refrain: »Äpfel, Äpfel, Äpfel, *kauft* eure Äpfel, kauft sie jetzt. Äpfel, Äpfel, Marys beste Äpfel! Geschwind, geschwind, kauft eure Äpfel, Marys beste Äpfel, kauft sie *jetzt*.« Ich beobachtete sie; nur einer von den drei oder vier Männern, die ihr eine Münze gaben, nahm sich auch einen Apfel, betrat aber nicht das Theater, sondern ging weiter und aß den Apfel. Die anderen kamen herein oder blieben auf dem Gehweg stehen.

Stetig fuhren Kutschen vor und luden am Randstein ihre Gäste ab. Nun hielt eine weitere an, und eine Familie stieg aus; alle trugen Abendkleidung: ein bärtiger Vater mit einem rubinroten Kragenknopf an der Vorderseite seines weißen Hemdes, die Mutter, eine freundlich lächelnde Frau in einem rosaroten Kleid und grauem Umhang, und die beiden Töchter. Eine Mitte Zwanzig, die andere jünger. Beide trugen sie ihren Umhang über dem Arm, ihre Schultern waren nackt; eine trug ein graues Kleid, das mit roten Schleifen besetzt war, die jüngere trug ein wunderschönes Samtkleid, unverziert, in einem satten hellen Frühlingsgrün. Sie wirkte bezaubernd, als sie lächelnd durch die Tür schritt, die ihr ihr Vater geöffnet hatte.

Im Foyer trafen sie Freunde, unterhielten sich, lachten. Ich hätte gerne gelauscht, konnte aber nicht: Ich starrte weiterhin auf Mary, die draußen ihren Singsang vortrug. Und kaum eine Minute später erschien er, auch er in Abendgarderobe, bis auf den Schnurrbart glattrasiert, er bewegte sich geschickt durch die Gruppen auf dem Gehweg, ein schlanker, sehr großer schöner Mann in den Zwanzigern. Die Foyertüren neben mir gingen ständig auf und zu, und als er draußen neben Apple-Mary stehenblieb, hörte ich ihn die Worte sagen, die ich für ihn fast hätte wiederholen können. »Da bist du ja, Mary. Viel Glück für dich und viel Glück für mich!« Ich sah das Aufblitzen von Gold, als er eine Münze in ihre Hand fallen ließ. Sie starrte in ihre Hand, dann blickte sie zu ihm auf. »Gesegnet seien Sie, Sir, oh, *gesegnet* seien Sie!« sagte sie laut, und dann sprachen meine Lippen lautlos ihre Worte mit. »Dieser Abend *wird* für Sie gesegnet sein; merken Sie sich meine Worte!«

Ich schaute schnell nach links. Die Familie verabschiedete sich von den Freunden und wandte sich langsam zur Treppe, während ihre Freunde auf die Türen unten zugingen. Und der Mann, den ich auf dem Gehweg beobachtet hatte, schlenderte zu meiner Tür; seine Hand ging zum Türgriff. Meine eigene Hand kam aus der Brusttasche des Anzugs hervor, die andere stieß die Tür auf. »Entschuldigen Sie, Sir«, sagte ich lächelnd und verstellte ihm den Weg. Langsam führte ich die Zigarre in der Hand an meinen Mund. »Aber haben Sie Feuer?«

»Gewiß.« Er holte ein Streichholz hervor, hob einen Fuß, um es am trockenen Teil der Sohle zu entzünden, und brachte dann das flackernde Holz, eine Hand schützend herumgelegt, an meine Zigarre. Zu Tode betrübt zog ich den Kopf ein, ich konnte ihm nicht in die Augen schauen, und rauchte meine Zigarre an.

»Danke«, sagte ich dann. Aus einem Augenwinkel heraus sah ich die Treppe zum Balkon, auf der das Mädchen im blaßgrünen Kleid gerade hochging. »Bitte«, der Mann vor der Tür schüttelte das Streichholz aus, dann trat er an mir vorbei ins Foyer und blickte sich um. Aber es gab nun nichts mehr, das sein Interesse hätte wecken können. Auf der Treppe blitzte zum letzten Mal der grüne Samt auf, aber ich glaube nicht, daß er ihn jemals wahrgenommen hat. Aus der Tasche seiner weißen Weste zog er ein Ticket und durchquerte dann das Foyer des Theaters.

Als ich die dunkle Seitenstraße östlich des Broadway entlang ging, die Hände in den Manteltaschen vergraben, wurde mir seltsam bewußt, daß, sollte ich noch einmal das große Backsteinlagerhaus mit der Aufschrift Beekey's betreten – obwohl ich wußte, daß das nicht mehr vorkommen würde –, ich dann vor sechs Stockwerken stehen würde, die mit Haushaltswaren gefüllt waren. Und sollte ich in der Army nach einem Major namens Rube Prien suchen, dann würde ich jetzt einen zähen, kleinen, ehemaligen Football-Spieler finden, der ein wundervolles Lächeln besaß. Er würde in seiner sauberen Khaki-Uniform irgendwo an einem Schreibtisch sitzen und in gutem Glauben und absolut von sich überzeugt Gott weiß welche Greueltaten planen. Und er würde mich nicht kennen.

Am Telephon hatte ich Dr. Danziger nur das versprochen, was ich an dem Tag, an dem mir Rube Prien und Esterhazy gegenüberstanden, für mich beschlossen hatte. Nun hatte ich mein Versprechen gehalten. Und der Mann – die Ähnlichkeit der Gesichtszüge war auffallend –, der Dr. Danzigers Vater, und das Mädchen im grünen Kleid, das seine Mutter geworden wäre, wurden es nun niemals.

Aber das waren Gedanken, die nicht mehr zu meiner Zeit gehörten. Sie gehörten nun einer weit entfernten Zukunft, mit der ich nichts mehr zu tun hatte. Ich berührte das unvollendete Manuskript in der Tasche meines Mantels und sah mich in der Welt um, in der ich mich nun befand. Neben mir waren braune Sandsteingebäude, die von Gaslaternen beleuchtet wurden. Über mir der nächtliche Winterhimmel. Auch das war eine unvollkommene Welt, aber – ich atmete tief ein, scharf und kalt spürte ich es in meinen Lungen – die Luft war noch rein. Die Flüsse führten sauberes Wasser wie seit Anbeginn der Zeiten. Und der erste der schrecklichen Kriege lag noch Jahrzehnte entfernt. Ich erreichte die Lexington Avenue, wandte mich nach Süden – die gelben Lichter des Gramercy Park erwarteten mich am Ende der Straße – und schritt auf die Nummer 19 zu.

ENDE

Eine Fußnote

Ich habe versucht, die historischen Fakten exakt wiederzugeben. Pferdestraßenbahnen fuhren wirklich dort, wo Si mit ihnen gefahren ist. Hochbahnstationen befanden sich dort, wo er zu- und ausgestiegen ist. Alles, was er in der Lobby des alten Astor House sah, war wirklich dort. Zitate aus Zeitungen, die er anbringt, sind wortgetreu wiedergegeben. Und der Arm der Freiheitsstatue stand wirklich auf dem Madison Square, eine Tatsache, die mich besonders freut. Gelegentlich bekamen meine Versuche, genau zu sein, etwas Zwanghaftes, wie etwa in meiner Beschreibung des Brandes und der Ereignisse, die ihm vorausgingen; ich wollte sogar in der Beschreibung der Tageszeiten oder anderer Details wie der Änderung des Wetters während des Feuers, den Namen der Mieter oder der Zimmernummern in diesem alten, kaum erinnerungswürdigen Gebäudewrack genau sein oder der Wahrheit zumindest nahe kommen. Ich redete mir sogar ein, daß meine fiktionale Lösung der nicht aufgeklärten, unbekannten Ursache des Brandes so gut mit den bekannten Fakten übereinstimmt, daß sie zur damaligen Zeit als Wahrheit hätte akzeptiert werden können. Diese Art der Recherche wird leicht zu einer zeitraubenden, unsinnigen Tätigkeit, die allerdings Spaß macht.

Ich habe jedoch die Geschichte nicht der Genauigkeit geopfert. Wenn ich ein wunderschönes altes Dakota-Apartmenthaus im Jahr 1882 gebraucht habe und herausfand, daß es erst 1885 vollendet wurde, dann habe ich es einfach ein wenig zurückdatiert; klagen Sie mich deswegen an. Es gibt also einige bewußt in Kauf genommene Ungenauigkeiten, vielleicht sogar ein oder zwei gewichtige Irrtümer; es ist nur eine Geschichte, die unterhalten will. Aber aufgrund der enormen Hilfe von Warren Brown und Lenore Redstone, die einen großen Teil der anerkennenswerten Forschungen durchführten, bin ich mir sicher, daß mir nicht allzu viele Fehler unterlaufen sind.

Die Photographien und Skizzen stammen natürlich nicht von Si. Viele der besten Illustrationen wurden mit unendlicher Geduld, Freundlichkeit und Sachverstand von Charlotte La Rue vom Museum of the City of New York herausgesucht. Andere wurden mir freundlicherweise von Brown Brothers (Seiten 359, 360) zur Verfügung gestellt; von Culver Pictures, Inc. (Seiten 322–23, 332, 365 unten, 367); von der Home Insurance Company (Seiten 157, 470); vom Museum of the City of New York (Seiten 211, 327, 328, 330, 348 oben und unten, 349, 351, 362, 363, 365 oben, 366); und von der New-York Historical Society, New York City (Seite 329). Die Photographien und Zeichnungen geben, denke ich, die Zeit sehr gut wieder, auch wenn nicht alle direkt aus den 1880ern stammen. Vor 1900 änderten sich die Dinge nicht so schnell wie heute – ein weiterer Grund, warum Si sich dafür entschied, dort zu bleiben.

J. F.

Liebe Leserinnen, liebe Leser:

Si Morleys Zeitreisen sind noch nicht beendet. Noch einmal braucht Ruben Prien, der Leiter des Projekts ›Vergangenheit‹, seine Hilfe. Diesmal soll Si einen Boten überwachen, der wertvolle Dokumente von Europa nach Amerika transportiert, Dokumente, die helfen könnten, den Zweiten Weltkrieg zu verhindern. Und so bucht Simon eine Passage auf demselben Schiff, auf dem auch der Bote reist: auf der TITANIC …

Einer der ungewöhnlichsten ›TITANIC- Romane‹, ein ›bemerkenswertes Bild von dem, was hätte sein können.‹
Clive Cussler

Auf den folgenden Seiten finden Sie eine Leseprobe aus

Jack Finneys Roman
IM STROM DER ZEITEN:

Und selbstverständlich
ist auch dieser Roman mit
zahlreichen Fotos ausgestattet

Wir lagen neben ihr, schaukelten auf dem Wasser, Männer in einer Frachtluke an der Backbordseite zogen uns mit Bootshaken heran, und ich machte den Schnappschuß rechts. Captain Smith selbst stand dort oben und beobachtete, wie wir an Bord gingen. Eine Gangway wurde heruntergelassen, und wir stiegen nach oben, zur schwarzen Ladeluke.

Drinnen trennten wir uns für immer; alle anderen wurden von uniformierten Besatzungsmitgliedern nach links gewiesen, nur mich mit meinem dunkelgrünen Ticket wies man höflich zu einer Treppe. Den Fuß auf der ersten Stahlstufe, hielt ich einen Moment inne und starrte den anderen nach, die sich plaudernd entfernten, um bald zu ertrinken, falls … falls was?

Durch das Schiff stieg ich nun nach oben, immer weiter, hoch zu meinem Deck – ich wußte noch nicht, wo die Aufzüge waren, noch wußte ich, ob sie so weit nach unten gingen. Die Ausstattung der Stufen veränderte sich, aus blankem Stahl wurden mit Teppichen belegte Holztreppen; sie wurden breiter, die Verzierung des Geländers nahm mit jedem Deck zu, die Geländersäulen waren voller Holzschnitzereien. Ein neues Deck, und nun bestanden die Säulen am Absatz zur nächsten Treppenflucht aus Bronzefiguren, die Lampen trugen; ich sah buntes Glas, gerahmte Bilder, und über der Treppe eine geschwungene Decke aus farbigem Glas, das die Stufen und verzierten Säulen mit buntem Licht überflutete. Die öffentlichen Räume, Lounges und Lobbies, durch die ich kam, waren verschwenderischer ausgestattet als die hinter mir liegenden, ich kam nun an wunderschönen Frauen in modischen Kleidern vorbei, ihre Männer rauchten Zigarren und trugen Anzüge, Westen, Uhrketten, steife weiße Kragen, manche Schiffsmützen, einige wenige sogar Melonen. Fast alle lächelten, waren erfreut und aufgeregt angesichts der neuen Geräusche und Ansichten. Während ich auf mit Teppichen ausgelegten Stufen durch dieses mächtige Schiff nach oben ging, wurde mir der besondere Geruch der *Titanic* bewußt, der sich von dem der *Mauretania* unterschied; dieser einzigartige Geruch – ich erkannte ihn nun – des Neuen. Die Farbe war erst vor kurzem getrocknet, die Teppiche neu und noch nicht ausgetreten, das Holz frisch verleimt – alles war neu an diesem herrlichen luxuriösen, noch jungfräulichen Linienschiff: Wir waren die ersten.

Für die zufriedenen und aufgeregten Passagiere, die mit mir durch das Schiff liefen, verhieß dies alles reines Vergnügen. Ich sah es an ihren Gesichtern, hörte es in ihren Stimmen, und es berührte mich. Für einige kurze Momente hatte ich Teil an den Erwartungen der Reise, die nun beginnen sollte. Dann trat ich in den Salon der ersten Klasse und sah den glänzenden Flügel, auf dem möglicherweise noch niemand gespielt hatte. Ich erinnerte mich an die Geschichte eines irischen Mädchens, einer Immigrantin, die in einem der Rettungsboote gerettet wurde – hatte ich sie auf der Fähre gesehen? Während das Schiff langsam unterging, stieg sie mit anderen Zwischendeckpassagieren vom Zwischendeck bis hier nach oben in diesen herrlichen Salon. Sie ging weiter hinauf zum Bootsdeck, und als sie sich umblickte, sah sie einen der Immigranten voller Ehrfurcht vor dem Flügel stehenbleiben. Er berührte die Tasten, begann dann zu spielen und ließ sich auf dem Hocker nieder. Seine Gefährten versammelten sich um ihn und begannen zu singen, ihre Blicke starr auf den unvorstellbaren Luxus gerichtet, den sie hier vorfanden. Das war das letzte, was das Mädchen von ihnen gesehen und gehört hatte.

Die Erinnerung an diese Geschichte – mochte sie nun wahr oder falsch sein – trennte mich plötzlich von den anderen Passagieren: diesen herrlichen Frauen und Zigarren rauchenden Männern mit ihren Kneifern auf der

Nase. Wer von ihnen würde gerettet werden? Viele der Frauen, nur wenige der Männer. Ich verdrängte diese Gedanken; ich befand mich hier auf diesem Schiff aus einem gewichtigen Grund, und darauf wollte ich mich konzentrieren.

Meine Kabine befand sich dort, wo sie laut dem Plan des White-Star-Deck liegen sollte, nahe der Treppe. Das ist sie, Kabine B 59 auf der *Titanic*, eingerichtet wie ein Hotelzimmer. Die Tür stand offen, der Schlüssel steckte, als ich in der Tür stand und dieses Photo machte. Hinter mir sagte der Steward: »In Queenstown an Bord gegangen, nicht wahr, Sir?« Ich verstand, er wollte das Ticket sehen, und ich drehte mich um: Er trug ein grünes Jackett mit Messingknöpfen, ein weißes Hemd und eine schwarze Krawatte. *Wirst du gerettet werden*, ging es mir durch den Kopf, als ich ihm das Ticket reichte. Er gab es zurück und nickte. Ich war der einzige Erste-Klasse-Passagier, der in Queenstown zugestiegen war, mein Gepäck mußte also bald hier sein. Ich nickte und ging hinaus, um mich danach zu erkundigen.

Noch eine Treppe hoch zum Bootsdeck, aber bevor ich sie erreichte, blieb ich stehen. Neben jeder Treppe befand sich zu beiden Seiten jeweils eine Lampe hinter Glas, die nun nicht erleuchtet war. War das nicht die Treppe, fragte ich mich, und waren das nicht die Lichter, die der Zweite Offizier Lightoller sah, als er Frauen und Kinder in die Backbord-Rettungsboote lud? Als er von Zeit zu Zeit nach unten blickte und das grüne Ozeanwasser langsam hochsteigen sah, und in dem Wasser das gespenstische Leuchten dieser Lichter? Ich glaubte ja; glaubte – von dem, was ich darüber gelesen hatte –, daß dies Lightollers Treppe war, die nun auf die Nacht wartete, in der das Meer langsam, Stufe um Stufe, höher stieg.

Ich schloß bei dem Gedanken die Augen und trat auf den neuen Teakholz-Boden des Bootsdecks hinaus, dem höchsten Deck unter dem blassen Himmel und der schwachen Sonne. Durch das Leder meiner Sohlen spürte ich plötzlich das Vibrieren der großen, viele Decks unter mir liegenden Schiffsturbinen; wir fuhren auf die offene See hinaus. Hier hingen die Rettungsboote, das hier war das Deck, das bald mit Männern, Frauen und Kindern in Rettungswesten gefüllt sein würde. Einige unter ihnen würden Ruhe bewahren, andere weinen oder schreckliche Angst haben, einige würden lachen über diesen, wie sie meinten, falschen Alarm. Hier oben würden überhastet und in Panik halbleere Boote zu Wasser gelassen werden – *verdränge es!* Ich ging zur Steuerbordseite des B-Decks hinüber, wo sich in glänzend weißer Farbe das Boot fünf befand. Hier hing es sicher an einem Schiffskran, glänzend weiß, darüber das straff gespannte Segeltuch; ich berührte die neue Farbe an dem Boot. Unter meinen Fingerspitzen fühlte sich das frisch lackierte Holz weich an und ein wenig warm von der Sonne. Darüber aber war alles solide und wirklich. *Titanic Boat Five* stand in schwarzen Buchstaben am Bug; ich strich über das *T*. Dann faßte ich an die kühle Schiffsreling unter dem Boot fünf, und ich war tatsächlich hier. Auf der neuen *Titanic,* deren Geschwindigkeit nun zunahm – ein zum Untergang bestimmtes Schiff, das mich und jede andere Seele an Bord zu der riesigen eisigen Masse trug, die auf uns lauerte. Wieder fühlte ich mich sehr alleine und schloß die Augen vor meinem nutzlosen Wissen.

Ich ging weiter; neben mir, so hoch wie ein zehnstöckiges Gebäude, stand ein großer, beige- und schwarzfarbener Schornstein in einer Linie mit drei weiteren identischen Monstern hin zum Heck. Sie ragten durch die Decken der verschiedenen Aufbauten, ihr dünner schwarzer Rauch vermischte sich mit der Luft und verlor sich hinter uns. Riesige Lüftungsschächte wuchsen wie gigantische Hörrohre aus dem Deck. Ich drehte mich um und schaute nach vorne. Direkt vor mir erstreckte sich die geschlossene Brücke über das gesamte vordere Ende des Decks. Eine Tür an der Seite stand offen und schwang in Einklang mit den Schiffsbewegungen hin und her. Ich ging darauf zu und warf einen Blick hinein. Dort waren sie, vier Offiziere, drei in Blau, der vierte, Captain Smith, in Weiß. Sie standen in einer Reihe und starrten durch die langen rechteckigen Fenster. Captain Smith hatte seine Arme hinter dem Rücken verschränkt, eine Hand hielt das Gelenk der anderen. Hinter ihnen, in seinem eigenen verglasten Abteil, war der Steuermann, die Hände auf dem großen hölzernen Rad, die Augen auf dem Kompaß, der sich vor ihm in einem Messinggehäuse befand. Er stand mir genau gegenüber, nur einige Meter entfernt, doch bevor er aufschauen und mich sehen konnte, ging ich wieder.

Eine Weile stand ich dort draußen allein, sah hoch zur Antennenanlage, die zwischen den beiden Masten gespannt war; die erste, die jemals ein SOS-Signal aussenden würde. Durch das Geflecht der schwarzen Drähte summte stetig trauernd und einsam der Wind, als ob er wüßte, was passieren wird und er es mir sagen wollte. Ich ging zurück zu meiner Treppe.

Hier unten auf dem B-Deck, dessen Seiten durch lange Glasfenster vor der See geschützt waren, war es wärmer; ich ging auf der sonnigen Seite zum Heck. Ein Junge, der auf dem ruhigen Deck mit einem Kreisel spielte, hatte ein kleines Publikum; ich gesellte mich zu ihnen und machte diesen Schnappschuß. *Wird dieser Junge überleben?* Ich war die Frage leid und ging weiter. An jedem Eingang begaben sich Passagiere in das warme Innere, ich ging, weiter zum Heck und dem Eingang zur Veranda und zum Palm Court. In des Hecks standen Passagiere der zweiten Klasse auf ihrem Deck und beobachteten die privilegierte erste Klasse und mich mit meiner roten Lederkamera, als ich sie und den Eingang zum Palm Court aufnahm. Das

Photo ist auf der nächsten Seite. Während ich dies in meinem winzig kleinen Sucher sah, dachte ich: *Die meisten von euch werden Sonntag nacht untergehen*. Ich ging weiter, blieb in der Tür rechts stehen und machte die Aufnahme des Palm Court, der leer und deprimierend still war. Ich drehte um und ging auf der Backbordseite zurück und wünschte dann, ich hätte es nicht getan. Es gab dort kaum Sonne, niemand war zu sehen, und die Reihen leerer Liegestühle erzeugten den Eindruck eines verlassenen Schiffes. Meine Schritte klangen, als wäre ich der einzige Passagier, und vorne bog ich um die Ecke zum Bug. Ich zog den Film nach und sah in dem kleinen roten Fenster, daß ich noch ein letztes Bild besaß. Über die Reling gebeugt, machte ich die düstere Aufnahme auf Seite 291: die *Titanic*, die nun über diese seltsam tödlich ruhige See der Nacht entgegensteuerte.

Ich hatte genug, verbrachte den Rest des Tages in meiner Kabine und ließ mir vom Steward das Essen bringen. Ich wollte keine anderen Menschen sehen, die einen ihrer letzten Tage zubrachten, oder vorzeitig Archie begegnen und ihm stotternd und stammelnd alles erzählen und so alles verderben. Wenn es eine Möglichkeit gab, Archie das Unglaubliche glaubhaft zu machen, dann mußte ich sie finden. Ich lag auf meinem Bett, spürte die leichten Bewegungen, hörte die ruhigen, regelmäßigen und beinahe vertrauensvollen Geräusche des Schiffes, das durch eine ruhige See fuhr.

Ich hätte vom Zahlmeister heute morgen erfahren können, welche Kabine Archie hatte; statt dessen durchwanderte ich einfach die öffentlichen Räume, bis ich ihn in der Lounge in einem großen Ledersessel fand: grauer Anzug, einfarbig blaue Krawatte; er rauchte seine Morgenzigarre.

Argwöhnisch schaute er mich an, wie ich näher kam und mich zwischen den Stühlen und großen Loungesesseln durchschlängelte. Er lächelte nicht: Wer immer ich auch sein mochte, was immer ich auch von ihm wollte, aus meiner puren Anwesenheit auf diesem Schiff konnte er schließen, daß ich nicht diese zufällige Bekanntschaft aus New York war, für die er mich gehalten hatte. Ich vermutete, daß er sich nicht einmal erheben würde. Aber im letzten Moment brachte ihn seine anerzogene Höflichkeit auf die Beine; als ich »Hallo, Archie« sagte und eine Hand ausstreckte, nahm er sie, schüttelte sie mir höflich und betrachtete mich mit scharfen, durchdringenden Augen.

»Setzen Sie sich«, sagte er und wies auf den Sessel ihm gegenüber.

Ich ließ mich nieder, beugte mich zu ihm vor und sagte, was ich mir zurechtgelegt hatte. »Archie, ich weiß von Ihrer Mission. Ich bin nicht Ihr Feind: Ich will, daß sie von Erfolg gekrönt ist. Aber ich möchte Ihnen etwas mitteilen, was Ihnen wahrscheinlich ganz unglaublich vorkommen wird. Hören Sie mir bis zum Ende zu. Und dann, Arch ... warten Sie. Wenn Sie den Beweis vor sich haben ... werden Sie wissen, daß ich die Wahrheit gesagt habe.« Ich sah ungeduldiges Blinzeln und kam zum Thema.

»Ich weiß von Dingen, von denen man unmöglich etwas wissen kann, dennoch ist es wahr. Heute haben wir Freitag. Sonntag nacht, um etwa elf Uhr dreißig, wird dieses Schiff auf einen Eisberg laufen. Zwei Stunden später wird es sinken.« Er beobachtete mich und wartete. »Viele Menschen werden in diesen zwei Stunden gerettet werden. Aber viele Rettungsboote werden nur teilweise besetzt zu Wasser gelassen werden. Und eintausendfünfhundert Menschen werden sterben. Weiß ich das wirklich? Sonntag nacht wird es sich zeigen. Es wird geschehen, und dann will ich, daß Sie Boot Nr. 5 nehmen, das nur mit wenigen Menschen niedergelassen wird. Zuerst einige Frauen, und da keine weiteren in der Nähe sind, werden die Männer zugelassen. Sie und ich, wir könnten da sein –«

»Si, ich habe einige unerklärliche Dinge gesehen; ich weiß, daß sie passiert sind. Möglicherweise wissen Sie das, was Sie mir soeben erzählt haben. Vielleicht. Vielleicht wissen Sie es wirklich. Aber Sie scheinen mich nicht zu kennen. Würden Sie mich nämlich kennen, dann würden Sie nicht auf den Gedanken kommen, daß Archibald Butt neben einem Rettungsboot steht und daran denkt, dort einzusteigen, wenn noch Frauen und Kinder zurückgelassen werden!« Er sah mich an und lächelte ein wenig. »Ich würde dort sein, wo jeder andere Gentleman an Bord sich aufhalten sollte: irgendwo, wo er ruhig darauf wartet, was das Schicksal ihm bereithält. Sehr wahrscheinlich in dieser Lounge, mit einem Glas Brandy, Gottes Willen akzeptierend. Nicht wie ein Feigling neben einem Rettungsboot, während Frauen ertrinken. Ich glaube, das ist der Ort, wo man Sie finden wird, Si. Wenn Sie bereits darüber nachgedacht haben. Ich bin mir dessen sicher.«

»Aber was ist mit Ihren *Papieren*, Arch? Sollten nicht zumindest sie gerettet werden?«

Verächtlich blickte er auf mich, den verrückten Spinner. »Ich weiß nicht, wovon Sie sprechen.« Er beugte sich in seinem Sessel nach vorne und sah an mir vorbei auf eine leise tickende Standuhr auf der anderen Seite der Wand. »Und nun entschuldigen Sie mich.« Er erhob sich, lächelte kurz und ging; ich verstand – er hatte mir damit deutlich zu verstehen gegeben, daß ich ihn nicht mehr belästigen sollte.

Ich war gescheitert. Archie würde untergehen, der Erste Weltkrieg eintreten. Aber ich hatte niemals daran glauben wollen, daß ich etwas tun konnte, *irgend etwas*, das diesen Krieg verhindern könnte. Und dennoch, als Archie die Lobby verließ, brannten meine Augen.

Willy, was war mit Willy! Nun … Jahrzehnte lagen zwischen ihm und dem 2. Dezember 1917, dem Datum seines Todes, das Rube mir gezeigt hatte. Eines Tages würde ich meinem Sohn erzählen müssen, woher ich kam. Nun, ich würde ihn einfach vor dem Datum warnen. Er könnte sich schützen: sich diesen Morgen krank melden, nach links gehen statt nach rechts, *irgend etwas* tun, irgend etwas, das die Ereignisse der nächsten Stunden leicht veränderte. Willy konnte ich die Mittel geben, sich selbst zu retten.

Es kam mir seltsam vor, daß ich hier in dieser ruhigen, fast leeren Lounge saß und diese Gedanken dachte und wußte, was ich wußte – daß dies die Jungfernfahrt der *Titanic* war und zugleich ihre letzte Fahrt. Sonntag nacht würde sie auf einem Ozean untergehen, der so erstaunlich ruhig war, daß sich die Überlebenden an das Licht der Sterne erinnerten, das sich auf dem Wasser spiegelte. Ebenso seltsam kam es mir vor, daß dieses große Desaster eine Frage von wenigen Zentimetern war: Hätte sie den Eisberg, so erinnerte ich mich nun, mit nur etwas größerem Abstand passiert, wäre sie über den tödlichen, unter dem Wasser liegenden Eissporn hinweggefahren, der schließlich ihre Seite aufriß. Und triumphal in New York eingelaufen.

Aber nun? Ich ging in meine Kabine und – die Mahlzeiten ließ ich mir vom Steward bringen – verbrachte dort den Tag, verwirrt und niedergeschlagen. Ich wußte, was kam, *wußte* es; aber was war zu tun? Einfach warten, bis es an der Zeit war, in das fast leere Rettungsboot zu steigen? …

Für alle Feunde von
Ann Granger und Rita Mae Brown

Lawrence Ambrose war einst ein bekannter Schriftsteller. Nun plant er ein Comeback – mit einem Roman über Zinnia, Mississippi, Sarah Booth Delaneys Heimatstadt. Ambrose lädt zu einer großen Feier ein, die in einer Katastrophe endet. Jeder der Gäste hat offensichtlich etwas zu verbergen, etwas, dass Ambrose in seinem Buch zu enthüllen droht. Als Sarah am Morgen danach über eine Leiche stolpert, beginnt sie mit ihren Ermittlungen … und gerät dabei sehr schnell selbst in Gefahr!

Der zweite Roman um Sarah Booth Delaney ist ebenso spannend wie ihr Debut WER DIE TOTEN STÖRT. Hier ist eine ›Autorin mit außerordentlichem Talent am Werk‹. The Milwaukee Journal

ISBN 3–404–14678–6

BASTEI LÜBBE

Neuer Lesestoff für alle MARTHA GRIMES Freunde!

Der verkrümmte Leichnam einer Siam-Katze und die des dazugehörigen Besitzers. Das ist Meredith Mitchells erster Eindruck von dem kleinen Städtchen Westerfield, wo sie eigentlich nur an der Hochzeit ihrer Nichte teilnehmen wollte; nun aber wird sie in einen komplizierten Mordfall verwickelt und beginnt auf eigene Faust zu ermitteln – sehr zum Mißfallen von Inspektor Markby, einem geschiedenen Mann mittleren Alters, der sich nicht nur beruflich für Meredith interessiert.

MORD IST ALLER LASTER ANFANG ist der Auftakt einer Reihe von Kriminalromanen im klassisch englischen Stil um das liebenswert-exzentrische Detektivpaar Meredith Mitchell und Alan Markby.

ISBN 3-404-12966-0

BASTEI
LÜBBE

Eine ungewöhnliche Schottlandsaga
für alle Freunde von Diana Gabaldon,
teils Thriller, teils historischer Roman

Großbritannien, heute: Am Vorabend der Ernennung des neuen Königs wird der Stein der Kelten gestohlen, der Stein, auf dem die britischen Monarchen seit Jahrhunderten gekrönt werden. Stecken schottische Separatisten hinter dem Diebstahl? Andrew Trentham, ein junger Parlamentarier, wird mit der Aufklärung des politisch brisanten Falles beauftragt und folgt einer Spur in den hohen Norden. Dort muss er sich der Vergangenheit stellen – der eigenen und der einer ganzen Nation: Schottland.

ISBN 3–404–14590–9

BASTEI
LÜBBE

Hochbrisanter Thriller um Genforschung und künstliche Realitäten

Als Spezialagent Charlie Monk einen Observierungsauftrag erhält, findet er dabei scheinbar seine verloren geglaubte Vergangenheit wieder. Denn plötzlich tritt die Hirnforscherin Dr. Susan Flemyng in sein Leben, und er meint in ihr seine erste Liebe, Kathy, zu sehen. Diese Begegnung veranlasst Charlie dazu, den absoluten Gehorsam gegenüber seinen Auftraggebern zu durchbrechen ? und dabei kommt er einer spektakulären Intrige auf die Spur, in der er selbst das Opfer ist. Mit einem Mal findet er sich als Gefangener in einem Versuchslabor wieder. Sein bisher härtester Kampf beginnt ...

ISBN 3-404-14837-1

BASTEI LÜBBE